采访 109 岁抗战老兵

阅读

小憩

在藏区行走

在书房

在中缅边境采访

站在珠峰脚下

范稳自选集

范稳 ◎ 著

天 地 出 版 社 | TIANDI PRESS

图书在版编目（CIP）数据

范稳自选集 / 范稳著 . —成都：天地出版社，2018.6
（路标石丛书）
ISBN 978-7-5455-3583-9

Ⅰ.①范… Ⅱ.①范… Ⅲ.①长篇小说—小说集—中国—
当代 Ⅳ.①I247.5

中国版本图书馆CIP数据核字（2018）第030076号

范稳自选集
FANWEN ZIXUANJI

出品人	杨　政
著　者	范　稳
责任编辑	杨永龙　李晓娟
封面设计	今亮后声
电脑制作	九章文化
责任印制	葛红梅

出版发行	天地出版社
	（成都市槐树街2号　邮政编码：610014）
网　址	http://www.tiandiph.com
	http://www.天地出版社.com
电子邮箱	tiandicbs@vip.163.com
经　销	新华文轩出版传媒股份有限公司

印　刷	天津文林印务有限公司
版　次	2018年6月第1版
印　次	2018年6月第1次印刷
成品尺寸	160mm×238mm　1/16
印　张	37.75
字　数	617千字
定　价	58.00元
书　号	ISBN 978-7-5455-3583-9

序言

王蒙

　　新华文轩集团在做一套当代作家的自选集，第一批将出版陈忠实、史铁生、张炜、韩少功、王蒙的自选作品，目前签约的则还有熊召政、王安忆、赵玫、方方、池莉、苏童等同行文友，今后还将考虑出版港澳台及海外华语作家的自选作品。好事，盛事！

　　现在的文学创作并没有太大的声势，人们的注意力正在被更实惠、更便捷、更快餐、更市场、更消费也更不需要智商的东西所吸引。老龄化也不利于文学作品的阅读与推广，因为老人们坚信他们二十岁前读过的作品才是最好的，坚信他们在无书可读的时期碰到的书才是最好的，就与相信他们第一次委身的情人才是最美丽的一样。新媒体则常常以趣味与海量抹平受众大脑的皱折，培养人云亦云的自以为聪明的白痴，他们的特点是对一切文学经典吐槽，他们喜欢接受的是低俗擦边段子。

　　孟子早就指出来了，"耳目之官不思，而蔽于物。物交物，则引之而已矣。心之官则思，思则得之，不思则不得也。"他强调的是心（现在说应该是"脑"）的思维与辨析能力，而认为仅仅靠视听感官，会丧失人的主体性，丧失精神的获得。因为一切的精神辨析与收获，离不开人的思考。

　　当然，耳目也会激发驱动思维，但是思维离不开语言的符号，而文学是语言的艺术，是思维的艺术，是头脑与心灵而不仅仅是感觉的艺术。文艺文艺，不论视听艺术能赢得多多少少倍的受众，文学仍然是地基又是高峰，是根本又是渊薮。文学的重要性是永远不会过时与淡化的。

　　当代文学云云，还有一个问题，"时文"难获定论，时文受"时"的影响太大。学问家做学问的时候也是稀罕古、外、远、历史文物加绝门暗器，不喜欢顺手可触、汗牛充栋的时文。

　　但读者毕竟读得最多最动心动情最受影响的是时文。时文而晒一晒，静一静，冷一冷，筛一筛，莫佳于出版自选集。此次编选，除王蒙一人而外都是文革后"新时期"涌现的作家，基本上是知青作家。知青作家也都有了三十年上下的创作历程与近千万字的创作成果。几十年后反观，上千万字中挑选，已经甩掉了不少暂时的泡沫，已经经受了飞速变化与不无纷纭的潮汐的考验，能选出未被淘汰的东西来，是对出版更是对读者的一个贡献。以第一批作者为例，陈忠实的作品扎根家乡土地，直面历史现实，古朴淳厚，力透纸背。史铁生身体的不幸造就了他的悲天悯人，深邃追问，碧落黄泉，振撼通透，沉潜静谧。张炜对于长篇小说的投入与追求，难与伦比，乡土风俗，哲思掂量，人性解剖，一以贯之，未曾稍懈。韩少功更是富有思辨能力的好手，亦叙亦思，有描绘有分解，他的精神空间与文学空间纵横古今天地，耐得咀嚼，值得回味。我的自选也忝列各位老弟之间，偷闲学学少年，云淡风清，傍花随柳，作犹未衰老状，其乐何如？

我从六十余年前提笔开写时就陶醉于普希金的诗：

> 我为自己建立了一座非人工的纪念碑，
> ……所以永远能和人民亲近，
> 我曾用诗歌，唤起人们善良的感情，
> 在残酷的时代歌颂过自由，
> 为倒下去的人们，祈求宽恕同情。
> ……不畏惧侮辱，也不希求桂冠，
> 赞美和诽谤，都心平静气地容忍。

看到文友们的自选集的时候，我想起了普希金的诗篇《纪念碑》。每一个虔诚的写者，都是怀着神圣的庄严，拿起自己的笔的。都是寄希望于为时代为人民修建一尊尊值得回望的纪念碑来的。当然，还不敢妄称这批自选集就已经是普希金式的纪念碑，那么，叫路标石就好。几十年光阴荏苒，总算有那么几块石头戳在那里，记录着时光和里程，记忆着希冀和奋斗，还有无限的对于生活、对于文学的爱惜与珍重。它们延长了记忆，扩展了心胸，深沉了关切与祝福，也提供给所有的朋友与非朋友，唤起各自的人生百味。

自序：现实是纬线，历史是经线

　　这是我的第一本自选集。身边的作家朋友好多都出全集了，我还只有自己的那些单行本。这有点像养了一群孩子，长大后他们就各奔东西了，家长一时还没有能力将他们重新召集在一个屋檐下，济济一堂，把酒言欢。不过倘若有的孩子长得丑、命运多舛，一来到这世界上就默默无闻，再怎么打扮也还是那个样，反倒显出家长袍子下的"短"来，则不如各安天命的好。不客气地追问：在这个大家都在手机上阅读的时代，有几个人读完过一套全集之类的大部头？我私下认为，全集一类的东西是自己对自己（或者也是别人对你）盖棺论定。对那些写作一辈子的老作家，则是一件大好事。我现在尚能写下去，因此接到天地出版社汤万星先生的电话，说是为我出版一部自选集，便认为这适合我目前这种状态——有一些作品可资再谈，还有更多的不足教人不敢放弃，尚需继续努力。

　　选编这本自选集有如沙场点兵，够格的就上，老弱病残的则束之高阁。汤先生嘱咐我各种文体的都选一些，但我这十多年来潜心于长篇创作，对中短篇小说、散文等文体几乎染指不多，甚至也写不好了。早年起步阶段倒是从写中短篇开始，但现在展卷读来，常常汗颜。多么幼稚、多么肤浅、多么愤青，多么多么地羞于见人。既然是自选嘛，刚好给了鄙人腾挪躲闪的空间，好货摆在上面，残次品深藏于书房。这也是一种让各位看官可以理解的藏拙吧。

　　吾辈亦晚，历史进入 21 世纪了，才开始慢慢悟得长篇小说创作三昧。"藏地三部曲"是在新世纪的钟声敲响之际开始田野调查、采访构思并写作的，这三部书一写就是十年。现在看来真该感谢这十年，人还不算太老，既有激情也刚刚学会有点理性，雪山还爬得上去，在藏区的高原上还不会感到缺氧，酒自然是还敢和我的那些康巴朋友们拼。这是人生最敢拼搏的十年，也是最为美好的十年，没有去经商，也没有去做官，只是潜心写作，过着天不管地不收、姥姥不疼爷爷不爱的自由自在的日子。一个作家最好的状态或许就该是这样，上帝安排你在最佳的年华做最恰当的事情。当然好日子并不是天天都有，再好的作家也有跟现实妥协的时候。只是当他认输时，如何保持住应有的体面和尊严，才最为重要。

"藏地三部曲"有百余万字，本自选集因为篇幅限制，只选了35万字左右，每部十来万字。这是一件剔骨去肉的工作，自己把自己搞得内心鲜血淋漓。但为编者和读者着想，我还是尽量在每部书里保持了故事和人物命运的逻辑性和阅读美感。我不想让读者读来一头雾水，他们能读这本书，已经是对一个写作者最大的尊重，所以我也理应尊重他们。不敢说经过压缩的作品就是故事和文字的"精华素"，但至少可以让读者看到写作者的创作历程，看到我所反映的藏区历史与现实、宗教信仰与民族文化的某个侧面，看到某些我所描绘的人物跃马横枪、浪漫血性的身影。

我不是一个老老实实的写作者，我追求讲故事的不同方式，也就是批评家们所说的文本意识。但在"藏地三部曲"以及所选的两部抗战题材的小说中，这种文本意识不得不被打破。这就像在一个不大的空间里，一个拳师只能按套路来，无法自由发挥一样。尤其是在《悲悯大地》和《吾血吾土》中，当初写作时刻意追求的文本风格和结构创新只得让位于把故事轮廓和人物命运大体展现出来就好。这里顺便啰唆两句，本自选集所选的两部抗战题材的小说是我在走出藏区后，从2011年开始对我们民族抗战历史的一次再发现和重新书写。我现在已不敢轻易再回藏区，不是酒量不行了，而是没有新的发现（或者是随着年岁增长，没有了当年的激情与浪漫）。当一个人头发胡子都开始发白时，他或许应该去读一读历史了，而作为作家，也理应该有些历史感和沧桑感。过去我在大地行走寻找灵感和创作的源泉，现在我在典籍和对历史老人的采访中找到写作的资源。现实是纬线，历史是经线，我在自己所处的坐标中"瞻前顾后"。既追寻那些飘逝的硝烟，发掘那些被遗忘或遮蔽的记忆，也观照当下浮躁的人心，以及时代的变迁。我笔下的抗战，不是那种攻城略地、杀敌三千甚至裤裆里藏着手雷的抗战，喜欢看抗日神剧的读者或许会失望。我更专注于写文化的抗战。无论是《吾血吾土》还是《重庆之眼》，各位看官将会看到在战争年代那种凛然屹立的"士气"。士者，有文化的读书人也。士心不倒，民心从之。中华民族古往今来抵御外辱之历史，概莫能外。

行文至此，不失谦卑地为自己作一次广告，有读完此自选集不甘心者，或尚需细读者，可再去书店或网上购买原版本重读之。否则，自选本的意义安在？感谢上帝，所选之书目前仍在不断再版，还没有在市场经济的大潮中被淹没得无影无踪。一本小书在世上尚有立足之地，书就没有死，作家也就还幸运地活着。

丁酉年秋于昆明滇池畔

目 录

长篇小说

附　录

长篇小说

水乳大地（选章）

谁如果只知道一种宗教，他对宗教就一无所知。

——马克斯·缪勒

第一章　世纪初

1·叩开西藏的大门

沙利士神父弥留之际，他没有看到天国的光芒，但他一定看到了很久很久以前的某一天，当他第一次站在西藏东部的大门前时，层层蛮荒的山峦在天地间铺展开去，像无垠的大海中凝固了的波浪，山峦之上是白得发亮的云团，云团飘浮在蓝得纯净如天国的天空中，还有一座金字塔似的雪山耸入云天。它是如此地秀美纯洁，像一个冰清玉洁的无言美人，吸引着每个第一次看见它的人。在二十世纪之初，法国巴黎外方传教会的沙利士神父还不到三十岁，正处于一段胸怀大志的年轻人追逐荣耀、浪迹天涯的黄金岁月。不过，他没有想到自己将会终生为西藏东南部这片隐秘闭塞的土地魂牵梦绕，也没有想到一个人的孤独实际上和一片土地的孤独有着不可更改的必然联系。那时他只不过是一个刚出道的年轻神父，跟随已在西藏的边缘地区传教多年的杜朗迪神父正从事一件对教会来讲意义非凡的壮举——叩开西藏的大门。

"杜神父，我看见西藏的雪山了。"沙利士神父指着远方天际之下那座金字塔形的雪山兴奋地说。

那些为他们牵马的藏族人则丢下缰绳，冲着远方的雪山俯身于地，磕起了长头。他们眼睛噙着泪水，嘴里喃喃道："卡瓦格博，卡瓦格博！"

"这是什么意思呢？"杜朗迪神父问他的向导。

"卡瓦格博，白色的雪山，藏族人的神山！"向导不是在回答神父的问题，而是在向雪山礼赞。他高高抬起双手，仿佛要把他的虔诚传达到远方的雪山上。

沙利士神父望着远方仿佛是飘浮在云层之上的雪山，不解地问："神山，它有多神？"

藏族向导虔诚地说："老爷，你们真是有福分的人，许多来朝圣的人，走几千里的路，还不敢说能第一眼就看到神山。没有朝拜过卡瓦格博神山的喇嘛，他的法力就会减少一半；没有转过卡瓦格博神山的藏族人，死后他的尸体都没有人帮忙抬，因为他不干净。"

"你瞧，沙神父，"杜朗迪神父嘲笑道，"多么愚蠢的异教徒。我们的职责，在看见这座壮观的雪山时就非常明确了，那就是：把圣十字架插在他们的神山上。"

那个为他们牵马的藏族向导抬起头来说："老爷，你们上不去的。"

"是吗？"杜朗迪神父此时心情良好，用对一个孩子说话的口吻说，"你等着瞧吧，孩子。没有天主到不了的地方。"

那时他们刚旅行到滇藏交界处的一条绵长深邃的隐秘峡谷里，他们已经沿着澜沧江一侧的马帮驿道走了七天了。那条大峡谷仿佛不是由澜沧江千百万年冲刷而成，而是它一夜之间的杰作，两岸的悬崖和陡坡就像用刀劈出来的一样。源自西藏高原的澜沧江是一条从云层之上倾倒下来的天河，巨大的落差使江水不是向前流淌的，而是跳跃着往天上窜。河岸两侧巨石乱布，波浪撞在上面嘶喊哀鸣、粉身碎骨，终日在他们的身边发出愤怒的吼声，像一场接一场的惨烈战争；这些巨石和疯狂的巨浪使神父们不能不想起《圣经》上洪水滔天时期的蛮荒世界，但即便是诺亚的方舟，在如此凶猛的汀水中也绝无生存的机会。自进入到陡峭阴森的峡谷里以来，他们一个人也没有碰见，要不是有一支三十人的马帮队伍为两个传教士提供后勤支援，不要说主耶稣的使徒，就是耶稣本人，也早被饿得奄奄一息了。

杜朗迪神父是一个在中国偏远地区传播耶稣福音的老手，经验丰富，意志坚定，同时又很自负虚荣。三年前，他被法国外方传教会派到了打箭炉（今四川康定）教区，那时教会的愿望是先在藏东至藏东南的地区建立传教点，依托四川、云南前往西藏的马帮驿道，步步为营地向西藏的中心拉萨挺进。传教会在打箭炉设了宗座监牧区，在莫维尔主教的统领下，神父们在滇、川藏区遍设传教点。组织到西藏的传教探险队与杜朗迪神父坚定的意志有关，又和他渴望扬名于欧洲的虚荣心相连。因为他认为：如此令人惊叹的大自然如果不是天主所造，如此纯朴虔诚的人民如果不是主的选民，那就真是神父们的过错了。他早就决心成就一件让耶稣基督也为他感到光荣的大事业，而今天是实现它的第一步。他坐在马背上，用望远镜仔细地观察了远方的雪山，也禁不住感叹道：

"主啊，它大约有两万英尺高①。真是全能的天主缔造出来的一座美丽非凡的大雪山。阿尔卑斯山和它相比，不过是一座小山头罢了。"

"可它是西藏的雪山。"沙利士神父说。

"马上它就属于我主耶稣了。"杜朗迪神父自信地说，"顶多三天，我们就会到达它的面前，让基督的光芒照耀着它。"

两个传教士看着那座在远方的蓝天下银光闪耀的雪山，也禁不住眼眶湿润起来。向导说，只要到了那座雪山下，就算到了西藏了。而从地图上推测，那座雄伟壮丽的雪山和缅甸、印度的东北部地区挨得很近，甚至比去圣城拉萨都近。骑在马背上的神父们相信，只要叩开了西藏的大门，就没有他们去不了的地方。教会的传教历史将因为他们的探险壮举而写下新的篇章。

傍晚的时候，神父们和他们的商队露宿在澜沧江峡谷里一个只有三户人家的小村子里。村子前方的马帮驿道上有一块残破的石碑，上面刻写着"大清国云南府"，这意味着他们确实已经站在西藏的大门口了。可是这扇大门依然紧闭且充满敌意。吃晚饭时，一队康巴人的马队冲到了神父们面前，一个看上去衣着体面的藏族汉子跳下马来对杜朗迪神父说：

"峡谷里的风前几天就带来了魔鬼的气味，我家的土司老爷不允许长得和魔鬼一样的人进澜沧江峡谷。你们，回去。"

他的语气不容置疑，自信而傲慢，与那些经常和神父们打交道的汉人完全不一样。杜朗迪神父的向导低声对他说，这人就是雪山下野贡土司手下的扎巴多吉头人，他扼守着澜沧江边悬崖上的一条栈道。除了天上的鸟儿不需要它，任何人和牲畜要到西藏都得从那上面经过。按土司定下的规矩，每一个从栈道上通过的商旅都得交两块云南半开银元。

杜朗迪神父笑容满面地捧了一条哈达走上前去说："尊敬的朋友，我们不

---

① 1英尺约等于 0.3048 米。

是魔鬼，是法兰西国的商人，我们将给你们带来财富和希望。至于通过栈道的过路费，我们将如数付给你，甚至可以比任何一个商人都付得多。"

"看看你手臂上的毛吧，只有魔鬼才会这样浑身长毛。"扎巴多吉推开了杜朗迪神父的哈达，鄙夷地说，"还有你们的眼睛，头发，鼻子，哼哼，原来喇嘛们经书上的魔鬼就是你们这个样子。请睁大眼睛看看你的脚下，这可是一条藏族人去拉萨朝圣的道路。有哪个藏族人会愿意踩着魔鬼的脚印去拉萨朝圣呢？"

扎巴多吉拨转马头走了，仿佛害怕沾上一身的晦气。杜朗迪神父在中国各地传教十多年了，还没有见到如此骄傲的中国人。他深信在西藏传教既需要耐心，又少不了计谋。刚才他没有表明自己的真实身份，是他和沙利士神父早就谋划好了的，他们将以商人而不是耶稣的使徒的身份进入西藏。因为他们面对的是一个世界上宗教势力最强大、最完整的民族。他们就像要到岩石上去播种的农夫，既愚蠢又固执，既聪明又义无反顾。

天已经黑下来了，杜朗迪神父眼前苍茫的群山显得沉重而朦胧，让他就像看不清真实的西藏。黑暗拒绝了神父迷惘的目光，西藏拒绝了神父探寻的脚步。当一个旅人在如此冷漠的峡谷中徘徊时，他可能更多地感受到的不是畏惧，而是孤独。

在接下来的日子里，传教士们和扎巴多吉展开了拉锯式的谈判。一方对自己要去西藏的目的闪烁其词，遮遮挡挡，一方却认定是在和魔鬼谈事关自己的土地和子民的信仰、生存的大事。艰苦的谈判几乎进行到雨季来临，杜朗迪神父知道，如果等到泥石流下来时，他们今年就再也没有进藏的机会了。而西藏就在他的眼前，只要通过这条不足三百米长、依托在澜沧江悬崖边的栈道，他就可以实现罗马教会几百年来最伟大的梦想。在一个大雨即将来临的上午，杜朗迪神父带着几个仆人闯到了扎巴多吉头人的屋子前，他大声喊道：

"尊敬的扎巴多吉先生，这是你最后的机会。请出来面谈一次吧。"

头人在两个康巴骑手的护卫下来到杜朗迪神父的面前。"别费心思啦，这条栈道属于我们藏族人。而你这个自称是来自大海另一边的人，既不是去拉萨朝圣，要做的生意也不是我们藏族人需要的茶叶、布匹、丝绸。谁知道你会不会把魔鬼的灾难带给藏族人呢？所以无论你出多少的买路钱，我都不会放你过去。"扎巴多吉头人说。

"那好，既然你说这条栈道是你的，我就买下它。"杜朗迪神父语气坚定地说。

"你的口气比牦牛的肚皮还大。你有那么多的银元吗？"头人笑着问。

"你开个价吧。"

扎巴多吉没有想到西洋人会当真，他随口说："喏，那里有一个接雨水的石缸，一场连下三天三夜的大雨，才能将它填满。你的银元再多，能把它填满吗？"

杜朗迪神父只看了看那个房子外面的石缸，说声"你等着"就走了。中午的时候，他和手下的人牵来了三匹骡子，每匹骡子上都驮有两大筐云南半开银元。杜朗迪神父令人将银元哗啦啦地倒进石缸里，那连续不断的清脆悦耳的声音连天上的神鹰都听呆了，以至于忘了扇动翅膀，垂直地向澜沧江里栽了下去。在人们惊讶的目光中，石缸被银元顷刻间填满了。对扎巴多吉头人来说，满满一缸的银元，当然远比大旱之年的一场甘霖重要得多。

"妈的，这条栈道是你的了。"他肥厚的手掌一击，宣布了铁幕下的西藏对外国传教士的开放。

假如扎巴多吉头人能确切知道杜朗迪神父要去西藏干什么，他大约不会被一石缸的银元所打动。因为后来发生在这片土地上的灾难证明，为了这个目的，罗马教会已经作了四百来年的努力，而与杜朗迪神父用三年时间打通走进西藏的道路比起来，一石缸银元实在是一笔很划算的交易。

因此，当两个神父以及他们的商队穿过了那条花重金买下的栈道，翻过一座山口，看到西藏湛蓝如洗的天空，白得发亮的云层，切割纵深的大峡谷，还有那座就像仙境中的大雪山时，杜朗迪神父感到自己正在拉动西藏封闭了几千年的铁幕的绳索。不知是悲壮还是狂喜，他的眼泪潸然而下。

"现在是掀开铁幕的时候了。"

2·学习

三天以后，神父们在一个天上冰雹飞舞、地上大风肆虐的黄昏，叩响了他们进入西藏以来所遇到的第一座寺庙噶丹寺的大门。那座矗立在澜沧江峡谷西岸一个山头上的寺庙已有六百多年的历史，就像一座坐落在山坡上的村庄，鳞次栉比的僧舍依山而建，簇拥着山坡中央地带巨大的措钦大殿。大殿里威严的佛像洞悉着大地上即将发生的一切。仿佛神造天设，峡谷里未来五十多年的宗教敌人在这个天上的神灵发怒的日子走到了一起。站在西藏大门外的那个人说：

"尊敬的僧人，我们是来自遥远的法兰西国的商人，请给我们提供一块能避风雨的地方吧。"

而寺庙内的僧人伸出了谦逊友善的双手："哦呀，远方的客人，请进来吧。寺庙里从不缺少慈悲和关爱。"

就这样，两个神父顺利地住进了他们渴望已久的寺庙，住进了西藏的心脏。因为他们知道，要用一种宗教取代历史悠久的藏传佛教，首先要学习藏语和藏民族的文化与历史，只有向那些学问高深的喇嘛们学习，他们才能最终战胜被天主教徒视为异端的藏传佛教。

第二天，神父们除了留下两个仆人和一个翻译，遣散了为他们牵马的马夫，把带进来的东西堆放在一间大屋子里。然后他们拜访了寺庙的住持活佛五世让迥活佛和八大老僧。让迥活佛是个慈祥温和的中年人，他高贵典雅的气度立即就征服了两位神父的心。历辈让迥活佛从来都是寺庙里学问最深、德行最高远的大德高僧，这个传承体系几百年来已经到了出神入化的地步，每一辈活佛都给寺庙、给峡谷地区带来过广阔无边的福祉。尽管噶丹寺的活佛同时有好几位，但让迥活佛这个转世体系历来是神品尊位最高的大活佛。杜朗迪神父献给活佛一座自鸣钟，两块西洋翡翠，一幅耶稣的画像。自鸣钟让活佛叹为观止，他说：

"洋人今天能用两根棍子（指时针和分针）来确定时辰，明天他们就会用马来拉动太阳和月亮了。"

"你们的时间走得太缓慢了，或许根本就没有流逝过。"杜朗迪神父用一个文明人自负的口吻说，"世界已经进入机器时代啦，而你们仿佛还生活在中世纪。知道什么叫机器吗？它重新规划了人们的生活。自从世界上有了各式各样的机器后，人们连走路都要小跑。"

让迥活佛没有过多追问机器为什么要驱赶人们一路小跑，他捻着手里的佛珠，缓缓说："洋人的想法让神灵也感到不可思议，既然每个人的终点都是死亡，我不明白他们跑那么快干什么。"

让寺庙里的喇嘛们大开眼界的是神父们带来的那些来自西洋和汉地的商品，可他们的要价让所有的喇嘛都瞠目结舌，而要命的是喇嘛们对这些从没见过的东西又好奇喜爱得不能自持。在日复一日的讨价还价中，神父们已对寺庙的一切了如指掌了。当让迥活佛第一次用神父们带来的望远镜看到了峡谷对面山上的岩羊，并且连岩羊的胡须都看得清清楚楚时，他惊叹道：

"这个东西真是奇妙无比，它缩短了时间和空间，我仿佛伸手就可以把岩羊捉到。它是长了胳膊的眼睛。"

杜朗迪神父不无夸张地说："它实际上丰富了人的生命。如果我们能轻易看清远处的事物，并感觉到可以把它放入我们的口袋，我们就赢得了生命的意义。"

虽然让迥活佛说生命的意义不是占有，而是放弃，占有只能给人平添更多的烦恼，让人的心灵不堪重负、无法解脱。但让迥活佛认为如果为这"长胳膊的眼睛"念经、赋予它无穷的法力的话，说不定可以用它看见印度的佛陀和高僧。于是便提出用寺庙里的珍宝换望远镜。但是杜朗迪神父说，他并不对西藏人的珍宝感兴趣。到后来除了镇寺之宝外，让迥活佛摆出了寺庙里珍藏了数百年的所有宝贝，它们摆满了措钦大殿外喇嘛们跳神的广场，而杜朗迪神父对此看也不愿多看一眼。一方越是死守自己能控制时间和空间的宝贝不放，另一方就越是想得到它。在让迥活佛的多次恳求下，杜朗迪神父最后说：

"如果你同意的话，我情愿用它来换你们西藏人的舌头。"

在汉藏接壤地区，人们形容会说不同民族语言的人为长有不同舌头的人。一个人如果能有几个舌头的话，就意味着他在这个多民族杂居的地方到处都会有朋友。让迥活佛从来没有遇到过这样的交换，但是他认为杜朗迪神父是个有远见的商人，他已经会说汉话了，现在他又要学藏语，这说明他不想在藏区饿死。出于慈悲和怜悯，让迥活佛同意了这个交换条件。

从那以后，杜朗迪神父和沙利士神父在寺庙里和喇嘛们同吃同住，享受着贵宾的待遇，跟随让迥活佛和学问高深的格西喇嘛学习藏语和藏传佛教的基础知识。他们既有学者的坚韧，又具备了探险家的野心，更隐藏着传教士的狂热。杜朗迪神父私下里也不得不承认，这些喇嘛都是一些正直的、颇有学识涵养的僧侣。但是每当夜深人静的时候，他却在自己的卧室里向天主发誓：他要在这片土地上用耶稣基督的教义替代藏传佛教的教义。他将用毕生的生命来向藏族人指出藏传佛教的荒谬与错误，他甚至梦见有一天传教士们把西藏的所有寺庙都改宗成了天主教的教堂，那可是一些全世界最为华丽壮观的寺庙啊。尽管他在白天的学习中是那样地谦逊和谨慎。他不无得意地向远在打箭炉的莫维尔主教写信汇报说：

这些纯朴的喇嘛们绝对没有想到，我在他们的铁砧上接受可贵的锻造，今后必将用他们赋予我的利矛去攻打他们的宗教。条件成熟时，我决心向他们挑起捍卫我们的宗教、指出他们的谬误的战争。在全能的主耶稣护佑下，我必将战胜他们。

　　两年的时间很快过去，神父们已经可以说一口流利的藏语，已经会喝酥油茶、会吃糌粑面，已经会和喇嘛们共同探讨佛教的佛陀、涅槃、轮回、转世、无我、无常、因缘、四法印、五蕴、三界六道等教规教义，他们甚至还学会了唐卡画①的画技。他们的脑袋绝顶聪明，学习任何东西都很快，从喝酥油茶到本地方言。而在好学虚心的表象背面，杜朗迪神父在昏暗的酥油灯下写出了一部《藏文—拉丁文宗教对照词典》，这是为将来所有到西藏传教的法国传教士们准备的一件对藏传佛教展开进攻的必备武器，他还用藏文写了一本《天主教要义》的小册子，准备作为今后散发给藏族信徒的礼物，而另一本书《圣主光辉驱散雪域上空的黑暗》，则汇集了他和沙利士神父在喇嘛们的教导下认真学习了藏传佛教的教理后，合作写下的批判这个宗教的檄文。他们还了解到从云南到西藏去的道路情况，绘制了地图，这些地区的民风民俗他们也了如指掌，甚至做到了比自己的法国故乡还更了解。他们就像那些数百年来在这条汉地通往西藏的远古走廊上歇一歇气、调整一下体力再继续往前赶路的外地旅行者，和睦友好地同本地融为一体。没有人认为他们将在这里永远待下来，也没有人会想到他们将给这条峡谷带来前所未有的灾难。尽管他们的初衷是想把耶稣基督的福音带给这片大地。

　　当神父们感到在喇嘛们的帮助下已经成为了刺向西藏及其宗教的一把锋利的剑后，杜朗迪神父把那部望远镜交给了让迥活佛，并且分文不收。

　　喇嘛们感动得不行，并对这两个行为古怪的西洋人的慷慨大度深为不解。当初任凭你把世界上所有的好话说尽，他们也紧攥着自己的宝贝儿不松手。现在他们一个子儿也不要就送给你了。让迥活佛连连说，如果这样的话，你就太亏太亏了。但杜朗迪神父说：

　　"一点也不。我已经拥有了西藏人的舌头，我必将拥有西藏的一切。世界

---

　　① 流行于藏区的一种宗教卷轴画，通常绘于布帛和丝绢之上，是西藏地方绘画的主要形式之一。其表现题材十分广泛，既有宗教方面的，也有民俗、历史等方面的内容。

上没有比这更令人愉快的交易了。"

3 · 第一个受洗者

峡谷里的杜鹃花遍山开放的时候，神父们为这壮丽的景观所陶醉，那些高山杜鹃都是他们在欧洲从来没有见过的种属，它们和峡谷里险峻的山岗、辉煌的寺庙、藏族人火柴盒一般的土掌房、还有纯净得令人想融化进去的蓝天白云浑然一体。杜朗迪神父对沙利士神父说："多么壮观的大自然啊，看来到了举行毕业典礼的时候了。"

沙利士神父说："如果教会允许，我真想一直住在这漂亮的寺庙里做一个佛教的求知者。"两年来在寺庙里的学习使沙利士神父变得有些像一个佛教徒那样严谨、谦逊、刻苦忍耐。寺庙里的宁静使他不自觉地陷入在经典中求知和辨析真理与谬误的学究生活中。与总是笑呵呵的杜朗迪神父不同，沙利士神父容貌清瘦，目光犀利，神态严峻，面相悲苦坚韧。人们在那些磕着等身长头去拉萨的朝圣者身上，可以感受到从这个人身上发出的一模一样的宗教狂热感，他们都是那种随时可以为信仰献身、并坚信传播信仰就是自己的使命的苦修僧侣。让迥活佛一度对他颇为欣赏，说如果他不是和藏族人长有不一样的肤色和眼睛的话，他会是个"有佛缘"的人。

"别忘了自己的使命。"杜朗迪神父不高兴地说，"我们献给佛教徒们的第一件毕业作品，就是征服那个好战的野贡土司。"

"而我认为，我们应该先将天主的福音传播给峡谷里的纳西人。因为他们是弱小的一群，也不是藏传佛教的信徒。"沙利士神父说。

杜朗迪神父为沙利士神父的建议感到羞耻，他大声地说："我们千辛万苦地到西藏来，难道只是为了在佛教的强大面前畏惧吗？神父，干吗不把自己变成一支刺向他们的利剑？"

野贡土司是峡谷里最古老、最富裕庞大的家族。五百多年前一个从拉萨来的活佛从云南白族地区的鸡足山朝圣回来后路经这里，苦于山高路险，随身携带的行李又多，就向当地的信徒借牦牛。野贡家族的祖先及时地为活佛贡献了一头牦牛，活佛说："野给贡马，会有好福气。""野给贡马"的汉语意思就是"借牦牛给活佛的人家"。这家人后来就被荣幸地称为野贡家族。

传说活佛回到拉萨后为牦牛加持了法力，让它独自回来。一路上任何人也别想将它牵回家，因为它的两只角会放出烁人的火光。牦牛回到野贡家时，天上降下了一阵青稞雨，那是活佛从拉萨吹了一口仙气后飘过来的。青稞落在大地上，长出了苗，抽了穗，那一年野贡家的粮食堆得像小山一样高。峡谷里第一次出现粮食产量比所有的人家都高、且还吃不完的人家。后来牦牛老了，死了，野贡家的人就把它的头割下来，埋在了火塘下面，从此火塘的火就特别的旺，连刚从山上砍下来的湿柴都可以立即烧燃。五百多年来野贡家不仅人丁兴旺，家中的火塘再也没有熄灭过。

藏族人的火塘就像汉族人的香火，具有生命生生不灭、代代不熄的象征意义。野贡家族传到第三代时，纳西人跟随明朝时云南丽江的木氏土司征战藏东地区。木氏土司败亡后，纳西人的后裔留下了，藏族人容纳了这些前统治者，条件是藏纳不通婚，纳西人不得在牦牛行走的地方开地。

汉族人来到这个地区时，野贡家族已经传到第七代，那时峡谷的人和魔鬼已经一样多了。人和魔鬼为争夺宇宙的控制权经常发生战争，寺庙的喇嘛们决定着这些战争的进程，而百姓只需把青稞和酥油背进寺庙就行了。据说这样的战争每三百年才发生一次，而野贡土司和邻近地区的各个土司部落的战争，每年都在发生。在洋人到来之前，这里已有一个县的设置，可是县衙门里由清朝政府委任的官员却不能制止峡谷里年年都在发生的战争。第九代野贡家族的传人野贡·顿珠嘉措已是被清朝皇帝册封的本地土司，和卡瓦格博县的知县、寺庙的贡嘎喇嘛一起管理峡谷地区的僧俗事务。

其时，峡谷里无论土司和百姓都知道了这两个和魔鬼长相差不多的西洋人，他们在寺庙里的刻苦学习使其赢得了"白人喇嘛"的尊称。当他们在一个上午拜访野贡土司，并向他奉献了一批西洋礼品和五支西式快枪时，连野贡土司也对白人喇嘛究竟是商人还是僧侣闹不明白了。他是一个身高体胖、野心勃勃的土司。他对那些令人晕眩的礼品不屑一顾，只对那五支西式九子快枪深感兴趣，它们比藏族人还在使用的火绳枪杀伤力大多了。野贡土司正需要这些快枪来对付雪山背后的巨人部落（在这个部落里，所有的成年男子平均身高都在一米八以上）、澜沧江上游地区的白狼部落（他们是前白狼王国的后裔），以及崇山峻岭中出没无常的土匪武装。在峡谷地区，如果说木棒是手臂的延伸，石头是拳头的延伸的话，那么射击准确的子弹，则是权力和财富的延伸。

"尊敬的客人，你送来了比土地、牛羊、房产更珍贵的礼物。有了这些西洋快枪，还有什么我不能得到的呢？从今以后，我们是朋友了。"野贡土司在给白人喇嘛敬酒时说。

"我还有更珍贵的礼物送给你哩，如果你有足够的仁慈和虔诚。"那个叫杜朗迪的白人喇嘛说。

"那么，你们是站在土司一边的西洋贵族啰？"野贡土司问。

"不，"杜朗迪神父回答道，"我们是站在天主一边的西洋僧侣。"杜朗迪神父第一次在峡谷里对一个土司说出了"天主"的名称。不过他带给土司的第一样东西不是《圣经》而是枪，这就预示了要在这里传播一种西方的宗教，战争是不可避免的。

"谁是天主？"野贡土司迷惘地问。

"啊，天主是我们信仰的至高无上的神灵。他创造了世界，主宰天地万物的一切。他派遣自己唯一的儿子耶稣从天上下来拯救我们有罪的灵魂，让我们死后免受地狱之罚、升往天堂。"沙利士神父说。

"而我们是受耶稣的派遣来拯救你们的。"杜朗迪神父补充道，"尊敬的土司，信仰天主吧，让我们虔诚地赞美他并服从他吧。你必将得救。"

"哈哈，又不打战，又没遭灾，我们有寺庙，喇嘛们控制着神灵世界的一切，我们的来世都在他们手里。"顿珠嘉措土司摇晃着脑袋不在乎地说，"谁稀罕你们的拯救。一个草场上的骑手，不需要人家去帮他牵马。"

"可是你们的灵魂是有罪的，需要在天主面前忏悔。"沙利士神父说。

杜朗迪神父接着说："不信仰天主，是要受到永无尽头的惩罚的。"

顿珠嘉措土司眼睛向上翻了翻："白人喇嘛，我们要供奉的神灵和要敬畏的魔鬼已经够多的了。老婆婆多了，男人倒是夜夜都快活，可是麻烦也多了。"

两位神父为土司的粗俗皱起了眉头。"可怜的人，天主之罚来临时，他必将像饥饿的婴儿一样，等待耶稣仁慈的拯救。"杜朗迪神父站起来时说。

没过多久，仿佛脆弱的峡谷被杜朗迪神父的咒语击中，一种不知名的魔鬼袭击了毫无防备的人们。被魔鬼俘获的人就像中了他的法术一样，每隔一天要么像身处峡谷底的六月天，浑身燥热难当，要么像置身于卡瓦格博雪山上的万年冰川上，冷得恨不能滚进火塘里。而到第二日，头天还在水深火热中煎熬的病人又什么事也没有了，放牧、下地干活，就像根本没有生过病一样。可是人们刚刚开始庆幸时，魔鬼却又来了。它令人恐怖的脚步声像准时升落的日月，人们甚至可以听到它让峡谷摇晃、沉沦、坍塌的狞笑。魔鬼控制了人们的冷暖，控制了人们出汗、喝水乃至力气。它让人们把身上所有的汗水都无缘无故地淌尽，而当你大口大口地喝水时，却依然感到口渴得不行，舌头和口腔仿佛随时都是干焦的，哪怕你把头扎进澜沧江里狂饮，无处不在的魔鬼仍然抽干你体内的每一丝水分。由于没有水的滋养，人们身上的力气像山上的泥石流一样一天天地在流失，最后连呼吸的力气都没有了，眼睛里的光芒也就暗淡下来。活着的人把死者送到天葬台去时需要排队等候，不是天葬师忙不过来，而是天上的神鹰来不及消化。

噶丹寺里精通藏医的高僧们组织了一场隆重的法会，他们为僧俗百姓配出的药方需经过七七四十九天的念经，才能将喇嘛们的法力加持到药中去。喇嘛们说是一种瘟疫从魔鬼的口袋里释放出来了，为了驱散峡谷上空飘忽不定的魔鬼，他们做法事迎请了班丹拉姆女神、白哈尔神、金刚具力神、大梵天神，以及作为地方保护神的卡瓦格博雪山神等。药需要念过经才有药力，就像饲料里要加盐，牛吃了才长力气一样，这个道理谁都明白。没有喇嘛们的法力，谁来关注并解脱人们的苦难呢？每当峡谷上空电闪雷鸣时，喇嘛们便向人们描述神和魔鬼的战争进行得如何激烈残酷。

"要不了多久，魔鬼将被驱逐，各路护法神灵将带给人们胜利的消息。"喇嘛们满怀信心地宣布说。

可是魔鬼依然横行，人们依然在死亡。这时杜朗迪神父和沙利士神父走出了寺庙，换上传教士黑色的僧衣，在弥漫着挥之不去的死亡气息的几个村庄到处游走，人们已经没有力气来追问他们到这里来究竟想干什么。在野贡土司的许可下，他们在村庄里租了两间房子，一间作神父们的卧室，一间作为天主的祈祷房，里面挂上了耶稣的画像，还设立了供坛。开初聪明的白人喇嘛并不说自己是来传播另一种宗教，并要改变人们的信仰和名字。他们不提耶稣基督，只对藏族人说这间祈祷房是"圣徒药房"，圣徒是一个全新的神灵天主的羔羊，信奉他的人将得到天主的怜悯与宽恕，战胜峡谷的魔鬼，升往天国。神父们从"圣徒药房"拿出了一种白色的药丸，先送给野贡土司家的人吃，他们立即就好了，连牦牛干巴肉也可以大口大口地吃啦。这让野贡土司第一次对寺庙里喇嘛们的法力产生了怀疑，他拿一颗白色药丸问杜朗迪神父：

"你们就靠这个拯救我们？"

"不。"神父举起了手上的一个十字架，"我们靠这个，耶稣的圣十字架。"

野贡土司看了看那个十字架，不置可否地哼哼两声。"喇嘛的法铃也比你手上那玩意儿精致哩。"他说。

白人喇嘛没有因野贡土司的忘恩负义而气馁。他们埋头抢救所有他们能遇到的病人，不论他是贵族还是农奴或者孤儿。他们对峡谷里流行的瘟疫的解释与喇嘛们的不同，他们说这是一种疟疾，它是由于一种可怕的、人的肉眼不能看到的虫子钻到了人们的体内作的怪，这些虫子又是由峡谷中的某种黑色的蚊子传播的。白人喇嘛号召人们用松柏的丫枝来熏这种蚊子，那方式好像人们平时里的煨桑，不过不是敬奉给神灵，而是熏走黑色的蚊子。他们的慈悲心肠连噶丹寺的喇嘛们都深为感动，他们派出寺庙里年轻得力的喇嘛，会同白人喇嘛一起抢救峡谷里的生灵。那时白人喇嘛给人的印象是仁慈而宽厚的，两种教派的僧人相互都很谦逊，也很尊重，白人喇嘛还用他们的药救活了一些同样染病的佛教僧侣。穿红色僧衣黄皮肤的喇嘛为穿黑色僧衣白皮肤的喇嘛带路，为他们背行囊，峡谷的山道上时常闪现着他们红黑分明的身影。

比起只会给人服药丸的杜朗迪神父来，沙利士神父的医术更为高明。他甚至可以用一把小刀把病人坏死的一块肌肉割掉，然后像织氆氇一样用针和线将划开的肌肉密密地缝好，而患者一点痛感都没有。一个在一旁参观了沙利士神父外科手术的喇嘛当时就惊讶地说：

"这是魔鬼的法术。"

沙利士神父说："这只不过是天主的仁慈罢了。"

每当他们救活了一个病人，他们才说是天主拯救了他们有罪的灵魂，而不是他们的法术。人们背着青稞和打好的酥油到白人喇嘛借住的小屋去感谢他们时，却受到彬彬有礼的谢绝，哪怕他们还饿着肚子。他们说，如果收了藏族人的一点东西，就违背了天主的旨意。天主派遣他们到这里，是来拯救大家有罪的灵魂的。有一次沙利士神父饿昏在抢救一个病人的简易手术台上，人们这才发现白人喇嘛已经断粮三天了，他们平常吃的和用的都由马帮从古驿道上运来，但是泥石流把驿道冲断了，白人喇嘛也就断了粮。人们在他们的锅里发现了还没有吃完的树根和野菜。

尽管白人喇嘛的行为令人感动，可是峡谷里的人并不知道自己的罪在哪里。他们服了白人喇嘛的药，身上的力气一天天地恢复，魔鬼的影子似乎被峡谷的风越吹越远了，白人喇嘛神奇的药丸拯救了奄奄一息的峡谷，一些藏族人冲着卡瓦格博雪山磕起了长头，他们虔诚地呼喊道："拉索啰，神胜利了。"

但是白人喇嘛及时纠正说："不，是耶稣基督胜利了。赶快在我主耶稣面前忏悔吧，不仅你们的生命将得救，你们的灵魂也必被拯救。"

忏悔，救赎，耶稣，天主，天国，基督，圣母玛利亚，洗礼，圣体，十字架，这些新鲜的另一种宗教的专有名词开始在一些藏族人口中流传。一种朦胧而遥远的爱在峡谷中涌动。多少年以来，人们对那些高高在上的神灵只有跪拜，对喇嘛们也只有敬畏。因为他们掌握着神灵赋予的无上法力，他们控制人们今生的灵魂，也负责来世的超度。而那些白人喇嘛，带给人们的却是博大的爱。他们像兄长一样待人，无论长幼贵贱，一律平等相待。这让峡谷里的藏族人有些受宠若惊，觉得自己的灵魂原来也是很尊贵的，美好的天国敞开着大门正等着他们呢。

终于有了第一个付洗者。与白人喇嘛当初的愿望相反，他不是一名贵族，而是一名叫阿措的流浪儿。没有人知道他的父母是谁，也不知道他究竟从哪里来，更不知道他白天在哪里吃饭、天黑在哪里睡觉。大疟疾流行时，他昏倒在澜沧江边只剩最后一口气了。是沙利士神父将他背回来，人们看见神父用口对着他肮脏的口吹气，把他体内的元气吹活了，阿措的眼珠才开始慢慢地转动。喇嘛们给人治病时也常使用吹仙气的招数，但他们只给病人的药吹气，说治病的法力已经加持进去了。不管怎么说，白人喇嘛给人治病的感觉既有很神奇的一面，也有非常人情味的一面。像春天里的第一场春雨，来得静悄悄的，虽然不是很大，万物却非常受用。阿措被他们口中的气吹活后，就成了白人喇嘛的第一个养子。在一个阳光灿烂的礼拜日，神父们把对他们有好感的藏族人都召集拢来，让他们见证峡谷里第一个信奉天主的信徒的光荣。杜朗迪神父那天穿了一身白色的祭衣，沙利士神父在一旁做助手，人们看见流浪儿阿措乱草一般的头发理清爽了，脸上再没有污垢和鼻涕，身上也有比较体面的衣服。杜朗迪神父手捧《圣经》朗声说：

"我主耶稣在升天前教导他的信徒们说：'天上地下的一切权柄都交给了我，所以你们要去使万民成为门徒，你们要因父及子及圣神之名给他们授洗。'孩子，来吧，光荣的时刻到了。"

阿措被沙利士神父推到杜朗迪神父面前，在他的一生中，还从来没有这么多人为他而忙活，也从来没有这么多目光关注他。他有些哆嗦，沙利士神父轻声说："孩子，别怕，你即将领受到的是圣宠，而不是苦难。"

人们看见杜朗迪神父把一注清水滴到阿措的额头上。"我洗你，因父、及子、及圣神之名。"杜朗迪神父唱道，"亚当，这是你新的名字。从此以后，你不但洁净了，你还成了天主的仆人，天主将赦免你的一切罪，让你走向天国之路。"

一个连一只狗都不如的流浪儿，竟然找到了自己的家，并有了自己的名字，他的眼睛没有变蓝，身上也没有长出像白人喇嘛一样的毛，这让峡谷里的藏族人大为惊讶。自那时起亚当就成了一个很体面的孩子，他的话像百灵鸟一样多，见人就说：

"看，这就是基督的爱。"

不过令神父们感到沮丧的是，野贡土司顿珠嘉措始终不愿意皈依到天主的圣宠之下。这个峡谷里最体面的绅士对神父们的说教哼哼哈哈，不置可否。他有三个老婆，十多个奴隶，这让他从骨子里反感神父们宣讲的宗教。杜朗迪神父说婚配是天主教徒的七大圣事之一，天主规定了男人只能有一个妻子，多娶妻子是渎神的，不洁的，是一种罪孽。可是历代野贡土司都有几个妻子，那是野贡家的传统。顿珠嘉措土司对神父们虚与委蛇只不过是对他们的西式快枪感兴趣。一天在他家的火塘边，他实在招架不住神父们的劝说，就对杜朗迪神父说："如果你们能在让迥活佛前证明多娶老婆是一种罪恶，我就信奉你们的宗教。"

杜朗迪神父说："我们能证明。我们还要在活佛面前证明，你们的宗教是一种谬误。"

顿珠嘉措土司笑了："那就像证明水里的月亮不是月亮一样难。"

两个神父其实早就盼望着这一天的到来。他们差人给寺庙送去了一封战书，要求在峡谷里的土司和百姓的面前，和五世让迥活佛展开一场谁的宗教是世界上最好的宗教的大辩论。杜朗迪神父甚至在战书中傲慢地写道："我们将彻底击败你们，用圣主的光辉驱散笼罩在西藏上空几千年的黑暗。"

4·大辩论

神父们的战书在噶丹寺掀起轩然大波，喇嘛们不但感到自己受到了挑战，而且还感到被愚弄了。这两个当初的求学者，谦逊的商人，原来是钻到佛像底座下阴险的毒蛇。在寺庙的最高宗教机构"拉昔会议"上，噶丹寺的所有活佛、掌教堪布、掌坛师（也被称为"铁棒喇嘛"）、领经师、拉萨任命的拥有格西学位的高僧等，都对白人喇嘛究竟要在这里干什么一筹莫展。高僧们先讨论了他们所不熟知的天主、耶稣、基督等促使这些莫名其妙的人到峡谷里传播一种同样莫名其妙的信仰的因果关系。天主是谁，住在哪里？他是和释迦牟尼一样的佛陀吗？但是他怎么连一幅肖像都没有呢？我们藏传佛教的任何神灵和佛祖可都是有名有尊位的。我们凭此知道怎样顶礼他们。耶稣又是谁，是和宗喀巴大师一样的圣者吗？从他们所带来的耶稣画像看，他瘦骨嶙峋、衣不蔽体，像一个苦修的普通僧侣，看上去一点也不尊贵威严。只不过西洋人把他画得非常逼真罢了。应该承认，白人喇嘛的画技是我们那些画唐卡画的喇嘛们所不及的，他们一定有什么魔法，他们画画的颜料也跟我们的不同，连水也不能将之冲洗干净。总之他们有很多我们所不知道的东西，从画画的颜料到白色的神奇药丸。但我们有自己的宗教，也有自己的佛陀，可为什么他们非要到这里来传播一种跟我们毫不相干的宗教呢？这里面是不是有魔鬼的阴谋？是不是佛法的仇敌派他们来的呢？

五世让迥活佛从六岁被确认为四世让迥活佛的转世灵童时起，他的师傅、导师从来就没有告诉过他，这个世界上还有一种宗教与他所信仰的藏传佛教在救世度人上大体相似，但其仪轨、教宗、教义却有着本质的不同。尽管白人喇嘛的苦行律己赢得了人们的普遍好感，连高僧们也承认，他们从来没有见到过如此慈悲坚韧、如此苦修行善、普度众生的僧侣。因此在这次"拉昔会议"上，五世让迥活佛一直没有发言，不过他感觉到其他高僧们也是站在澜沧江的此岸，讨论彼岸的问题。因此在穷结仲永堪布邀请他谈谈看法时，让迥活佛说：

"我不了解白人喇嘛是什么人。我目前还不能对他们下什么肯定的结论，但我可以否定他们身上的一些东西。他们不是魔鬼，尽管他们有着跟我们不一样的皮肤、眼睛、头发，但他们身体的这些器官仍然是一个人的器官。至于他们的思想是不是魔鬼的思想，我现在还不知道。他们不是商人，因为他们从不做任何生意。他们不是官吏，虽然汉人官吏和他们关系很密切，但他们与汉人不同，从不对这个地方发号施令。他们不是无赖，因为他们对所有的人都奉献他的慈悲之心，所有的人也都把他们当朋友看待，甚至连我们这些和他们持不同信仰的人。他们也不是医生，尽管他们神奇的药丸和刀子证明他们的医术有区别于藏医藏药的独到之处。他们自己出钱，离开自己的亲友，从比印度更远的地方来到我们这里行善，像我们对待众生一样为百姓服务，而且还不期待得到任何报酬。我认为，这种鼓励自己的教徒不怕路途遥远、甘冒生命风险去愉快而无私地帮助其他国家的人们，大约不是一个坏的宗教。但是他们的宗教肯定没有我们的宗教好，他们的神祇太少，宗教经典不多，竟然只有一本书；他们能控制的魔鬼也没有我们的多，他们甚至没有自己的护法神。仅从此点看，白人喇嘛的宗教不会长久的。一百年、五百年、一千年后，你们来看看，这块土地历经无数次劫难以后，能永远传承下去的，究竟是哪种宗教。"

穷结仲永堪布说："我在一个上午曾经看见白人喇嘛手里拿着一个镜子，对着路边的岩石左看右看，就像在上面找金子一样。我推测，白人喇嘛来到我们这里，或许是来找黄金的。我想他们也像那些汉人一样，只对黄金感兴趣。"

让迥活佛有些忧心忡忡地说："要是来找黄金的，那他们就找错地方了，隔一条山岭下的金沙江里才产黄金，澜沧江里却只产盐。但如果他们真是来传播一种宗教的，峡谷里麻烦事就多啦。藏传佛教的红、黄、白、花、苯五种教派，这里就有四种，还有一种纳西人的东巴教。俗话说部落太多上师苦，管家太多仆人苦。这教派太多，百姓还不是苦啊。我看他们除了藏族人的皮肤和酥油茶不能改变外，峡谷里的一切他们都想推倒重来。要是他们能像摘树上的核桃一样将太阳摘下来，连光明和热量也要被白人喇嘛重新分配。"

"那我们把他们赶出去。"一个年轻一点的喇嘛说。

"人家在峡谷里尽行善事，一点罪孽也没有做过，你凭什么赶人家走呢？如果你的慈悲没有人家的大，你就得尊重人家的德行。"让迥活佛训斥道。

"他们魔鬼的面目还没有完全表现出来罢了。"那个喇嘛不服气地说。

"放肆！"让迥活佛喝道，"他们不是要求辩论么？辩论是我们宗教的特长，哪一个格西大喇嘛不是在拉萨的高僧面前辩论出来的呢？依靠语言和智慧战胜他们，正体现了我们宗教的宽容和慈悲。躲在暗处的对手现在终于站到了台前，对峡谷的僧众来说不啻为一件好事。就像有人类就有魔鬼一样，宗教总有自己的对手。告诉他们，我等待他们前来接受教诲。他们只学了点藏传佛教的显宗常识，密宗大法我还没有来得及传授给他们哩。性急的学生总学不到真正的知识。"

三天以后，在盐田县的县衙门前，藏传佛教的高僧大德和天主教的神父展开了两种宗教的对话。知县刘若愚和顿珠嘉措土司见证了这场彬彬有礼、用语言和智慧交锋的宗教大辩论。比起后来在峡谷里两种宗教你死我活、充满着血与火的争斗，不同教派的僧侣们此刻就像宗教讲坛上的学究。在他们耐着性子讨论一个宗教问题时，峡谷里的杜鹃花有的是花开花落的时间。当满山残红飘零、雨季即将来临时，他们还没有弄清对方宗教中的一些起码问题。不是双方缺乏智慧，而是他们都是自己宗教坚定的卫道士。

他们首先讨论了世界的起源。依照神父们的论说，天主创造一切是信仰天主万能的最根本问题。而让迥活佛则驳斥说，宇宙间根本没有造物主，更没有什么天主，诸法因缘而起，一切事物或一切现象的生起，都是相对的互存关系和条件。杜鹃花为什么漫山遍野地开放，那是因为有大地。大地催生万物，万物让大地光彩重生。你们的天主离澜沧江峡谷九万万里远，他怎么能知道峡谷里杜鹃花开放的季节？如果佛陀的慈悲感天动地，峡谷里的杜鹃花便会全部开成白色的。这样的事情几百年就有一次。你们的天主怎么会知道这其中的因缘关系呢？

"恰恰相反，这正证明了天主无所不在的力量。"杜朗迪神父舔舔干燥的嘴唇，沙哑着嗓子说，"愚痴的人啊，我主耶和华在创造世界的第六日就说过：'我要使地上到处生长鲜花瓜果，结满籽实，赐予你们为食；我要把青草绿树全赐予飞禽走兽，游鱼爬虫，以及一切生物为食。'因此，即便峡谷里的杜鹃花为你们的佛陀全部开成白色，它也是天主的杜鹃。"

"神父说得对，"知县刘若愚打着哈欠说，"那确实是天主的杜鹃。"

他像一个不称职的裁判，对竞赛双方的规则与评判标准一窍不通，但是他只掌握一条从朝廷一品大员到八品官员都通行的准则，那就是不能得罪洋大人。他到这个最偏远的地方来做官，并不是赶鸭子上架，而是偌大的中国只有这一个位置留给他。

让迥活佛身后的喇嘛们眼睛都快要气得掉出来了。白人喇嘛的诡辩术没有一点明断和智慧，只有像公牦牛发情时的野蛮。他们用天主的罩子笼罩一切，无论你说什么，他们便将这罩子往上一罩，说这是属于天主的。

让迥活佛微闭着双眼，不急不躁地问："请问，你们的天主是慈悲的吗？"

"啊，天主的仁慈遍及世上万物。"杜朗迪神父说。

让迥活佛说："我们先不论仁慈。世上之人，有因造孽而失明、聋哑、瘫跛者，有因贫寒而饥饿、病痛、困顿者，有因战争而丧夫失子、因瘟疫而家破人亡者。那么，这一切无量之痛苦是谁造成的呢？如果天主创造了一切，那么你们的天主就没有大慈悲心。他给一些人带来痛苦，给一些人带去幸福，你所说的天主的公正何在？其实在我们的宗教看来，一切痛苦都源于造孽，一切幸福均来自积德。今生之苦和前世有关，今生积德则为了来世。生命是一条链，不是谁赐予的，而是生生世世，相互关联。"

"你错了，尊敬的喇嘛。"沙利士神父插进来说，"人们的痛苦不是因为他们的前世造孽所致，而是因为他们有罪，没有在天主面前忏悔。人死后没有来世，只有地狱和天堂，在主的面前忏悔认罪的人，直接升往天国。而你们的宗教，虚构了一个谁也没见过的来世，可是有谁能说出自己的前世是什么呢？尊敬的知县先生，在你来这里做官之前，你干什么？"

"我念书，后来中了举人。"刘若愚说。

"然后呢？"沙利士神父又问。

"后来，后来我家出了些银子，为我捐了这个知县。"

"这就是了。"沙利士神父击掌道，"如果你不念书，你当不了举人；如果你家不出银子，你做不了官。你现在的官位可以用你前世的钱来买吗？"

"神父说得对，官品只和现世的银子有关，前世的银子买不来现世的官。因为谁都知道，前世的钱是冥钞。"刘若愚站了起来宣布道，"时辰到啦，第一回合，西洋僧人胜，喇嘛败。第二回合之辩论，明日再说吧。"他打了个大大的哈欠，抵挡不住的烟瘾一览无余。

在刘若愚不着边际的评判下，辩论越来越缺乏公允。有一天当辩论的双方来到县衙门前时，喇嘛们发现给让迥活佛坐的凳子变矮了，而对面白人喇嘛的凳子却加高了，白人喇嘛高高在上，傲慢地俯视着峡谷里人人尊敬的活佛。让迥活佛坐下时就像聆听老师讲课的学生。穷结仲永堪布气愤地说：

"活佛，不辩了。他们欺人太甚。"

"那么你们就认输吧。"杜朗迪神父得意地说。

"坐在高处的人，并不意味着他的思想就高远。"让迥活佛一字一句地说，"雪山顶上只能长出矮小的荆棘，山腰的大树却从不和荆棘比高矮。"

"天主从来都是站在高处怜悯你们。你们的宗教是那样的荒谬，所以只配坐在矮处，接受我们的教诲。"杜朗迪神父摇晃着脑袋说。

对面的喇嘛们喘出的粗气已经像澜沧江的轰鸣了，让迥活佛挥手压住了他们的怒气，他缓缓说："如果你们非要认为一张凳子就能代表你们宗教的优越，我可以不要它。"

人们看见活佛深深地吸了一口气，双目微闭，仿佛睡意袭来，他马上就要进入美妙的梦乡。多年以后，峡谷里年长的老人还会回忆起这惊世骇俗的一幕。伟大的五世让迥活佛凭借自己深厚的法力，从凳子上腾空而起，悬在半空中和白人喇嘛展开捍卫自己宗教的大论战。当时所有在场的藏族人全都冲让迥活佛跪下了，白人喇嘛骇得目瞪口呆，他们往自己的凳子下垫石头，试图抵消自己出身低贱的自卑感，但让迥活佛始终高出他们一头。直到今天，五世让迥活佛说的话还让峡谷的众生没齿难忘，让迥活佛说：

"辩论让我们彼此了解对方。我们是在不认知你们宗教的情况下和你们辩论，而你们并不了解历史悠久的藏传佛教对西藏这片土地的意义。我认为我们或许应该尊重你们的宗教，你们也要尊重我们的宗教。我们都是替神说话的僧侣，尽管我们各自供奉的神是多么地不一样，可我们对众生怀有同样的悲悯。"

杜朗迪神父将此视为佛教徒认输的表示，他固执地说："谈论真理和谴责谬误是我们的责任。而你们的宗教恰恰充满了谬误。就像你现在靠巫术悬在半空中不下来一样。"

让迥活佛大度地说："这不是巫术，这是你还没有学到的东西。不是我不愿意教给你，而是你们太性急了。请记住，在众生面前，我们不侮辱你们的宗教，你们也不应侮辱我们的宗教。这是你们能够在峡谷里传播自己宗教的前提。"

"而我认为，这个前提是用一个真正基督徒的矛，戳穿你们的谎言。"杜朗迪神父傲慢地说。

那边的喇嘛们气得嗷嗷乱叫，但是让迥活佛依然不温不火地说："你会发现，你的矛将被折断。"

5·世仇家族

神父们和寺庙的喇嘛为了赢得人们灵魂的控制权而唇枪舌剑时，世俗的肉体凡胎却在为家族的世仇而大打出手。那时，野贡家族对寺庙与教堂的竞争态度暧昧。当两种宗教的僧侣们辩论得天昏地暗时，顿珠嘉措土司把自己当成一个看客，好话坏话对谁都不说。长期以来，土司家族与寺庙的关系并不融洽。土司允许寺庙在这片峡谷控制神灵，但并不十分乐意他们掌管世俗的权力，在土地、财富、人力以及与汉官的关系上，土司与寺庙的僧侣阶层多年以来一直在进行着钩心斗角的较量。不是他不需要神灵的护佑，而是他认为在现今这个时代，神灵的法力已不足已和一支西洋快枪抗衡。因此当来自卡瓦格博雪山背后的巨人部落掠走了野贡土司家的一群牛羊并打败了土司的家丁队伍时，野贡·顿珠嘉措首先想到的是尽快从白人喇嘛那里得到更多的枪，而不是祈求西藏的各路神灵。

在那场发生在雪山下充满血腥的杀戮中，巨人部落的一个头人泽仁达娃带领一百多号康巴汉子突然打着响亮的口哨从森林中冲出来，袭击了由顿珠嘉措的弟弟野贡·江春农布率领的土司武装。那些雪山部落的康巴人虽然武器简陋，但个个身高体壮，力大无比，骑术高超。他们的头人泽仁达娃简直就是一个神灵世界大黑护法神的化身，他的身高两米以上，膀阔腰圆，像一头雄壮的公牦牛。有一次他带人下山抢掠，被土司的强大火力赶走。心有不甘的泽仁达娃在逃跑的路上碰见土司家的两个女佃户，他巨手一揽，就将那倒霉的母女俩掠到了马上。泽仁达娃还在马背上就将女儿奸了，然后再奸女儿的母亲，这个过程中马只跑了十里地，而且后面还有追兵和呼啸的枪子儿。

那天当他们冲到江春农布的人马跟前时，许多家丁来不及点燃火绳枪就人头落地了。江春农布身边的几个枪法最好的护兵倚在一棵横陈在草地上的大树后，用白人喇嘛送的九子快枪撂倒了十多个骑快马像风一样冲杀过来的骑手，但是他们的头人泽仁达娃胯下的马比风还要快，枪手们甚至还没来得及看清抢杀过来的究竟是一阵风还是一个夺人魂魄的杀手，泽仁达娃便横刀立马跃过了他们的头，在他雪亮的马刀还没有劈下来时，枪手们的魂魄便惊叫一声，纷纷从他们的天灵盖处出逃了。泽仁达娃的战刀没有沾染上一点血，便夺走了四条人命。江春农布刚把手中的枪抬平，就被身高臂长的泽仁达娃一刀砍成两截。

成群的康巴骑手蜂拥而上，他们打马围着孤独的江春农布兜圈子，康巴人快乐的呼啸和战马兴奋的嘶鸣回荡在雪山峡谷间。在追赶的猎物走投无路、猎手伸手便可将它收入囊中时，一个男人的快感就没有不达到巅峰的任何理由。这样的快感在生命中并不多见，有的人一生中也就那么一两次，甚至一次也不会有。而男人一旦捕捉到这种感受，他们会像与漂亮的女人做爱时那样，将自己处于快乐巅峰上的时间拉得越长越好。

嗜血的口哨声终于稀落下来时，野贡·江春农布已被林立的马刀所包围，他胯下那匹没有经历过多少战火的峡谷地区的矮种马，在马刀的一片寒光中双腿已经吃不住劲，竟一屁股坐了下去。这让江春农布感到野贡家族的脸都让这不争气的马丢尽了，他不得不跳下马来，面对架在脖子上、抵在前胸和后背上的马刀，尽量挺直了腰，用他的热血赢回野贡土司家族的最后一点骄傲。人在穷途末路的时候，唯一能支配的，就只有这一口傲气了。

接着便是野贡·江春农布和土司家族的世代仇人用生命和马刀进行的一场对话。

"十四年前，我父亲死在你们野贡土司家的人刀下。"

"不错，那把刀现在还在我们野贡家。"

"现在轮到这把刀成为一件纪念品了。"

"你要知道，野贡土司家现在有洋人的快枪了。"

"哈哈，洋人的快枪再快，可我一点也不着急。我是泽仁达娃^①呢。"

"生命很短暂，快乐却有限。你想要得到的东西，可要抓紧时间下手。"

"你说得不错，在我的马刀挥起和落下之间，快乐和死亡就完成了。有什么话捎回家吗？"

"临终不说多余的话，是上等的好男儿；飞行不多拍翅膀，是有翅力的好鸟儿。下手吧。我第二次说这话了，我希望不会说第三次。"

草地上只见一道寒光飞过，江春农布的头便滚落在泽仁达娃的马蹄下。泽仁达娃手下的人想去拾起这颗倔强的头颅，用一个胜利者的方式羞辱它，但是它却逃了。它顺着草地的坡度向峡谷里滚去，跃过了草地边上的一条水沟，又绕过了一座玛尼堆，那上面有苍白陈旧的经幡飘扬，雪山上的风吹动着经幡哗啦啦作响，在天空中散发着藏族人祈愿吉祥的吟诵。就像藏族人见了玛尼堆都要绕上一圈一样，江春农布的头颅还有时间围着这无名的玛尼堆转了一圈，还用嘴叼了一块石头，轻轻放在玛尼堆上，那是它对神灵世界最后的敬畏。然后它穿越了一片树林，那树林背后有一座天葬台，几只兀鹫还盘旋在天空，等候人们将一地的尸体砸碎。江春农布的头颅仍然没有停留，它翻滚着跳过天葬台，继续向峡谷方向奔去。这时它遇到了一道横亘的山坡，挡住了它的归路。而泽仁达娃追赶而来的马蹄声已经很近很近了，急迫的蹄声似乎要把大地敲碎。头颅踌躇片刻，毅然用它的牙齿咬住山坡上的草根，再用两只巨大而坚韧的耳朵做支撑，一蹭一蹭地往上爬。泽仁达娃的手下已经追到了山坡下，他们被所看到的景象惊呆了，有人用火绳枪向头颅射击，

——————————

① "泽仁达娃"一名的汉语意思为"长寿的月亮"。

但是头颅攀援的速度超过了子弹飞行的速度，枪手们怎么也打不准它，眼睁睁地看着头颅翻过了它归家之路的最后一道障碍。

在峡谷里，野贡土司的管家旺珠听见狗的狂叫，便一阵急跑打开土司大宅的大门，随着一股血腥气扑面而来，江春农布的头颅一脸悲怆地正冲着他，嘴角上还紧咬着几棵草根呢。

管家一屁股坐在了地上，失声痛哭："佛祖呀，土司们的仇杀又开始了。"

大约在两百年前，野贡·顿珠嘉措的高祖父——第五世野贡土司迎娶了卡瓦格博雪山背后的巨人部落头人查拉的女儿，但是据说这个长得身高体壮的女人却不会生育。依照土司们的规矩，这种条件下他有权再娶一个女人为妻。那时峡谷地区风行一种名为"帕措"的父系氏族社会形态，在藏语里"帕"指父系、父亲，"措"指血缘，"帕措"一词连起来的意思就是"以父系血缘关系为主要血统而形成的家族"。一夫多妻制在"帕措"制中是非常普遍的。但问题出在那个来自雪山上的女人在五世野贡土司的新妻子讨回家后不到一年，就跑回了娘家，因为她的一只眼睛被暴怒的五世野贡土司打瞎了。雪山背后的地域向来被人们称为"热克"地区，"热克"在康巴藏语里有勇士之意，还有一个意思是出战必胜。人们常说，热克地区的康巴汉子刀出了鞘的话，就一定要沾血的。在一个月黑风高的夜晚，巨人部落的查拉头人带人闯到了野贡土司家，双方没谈上三句话，查拉头人的刀就跳出了鞘，因为五世野贡土司的话深深地刺伤了查拉头人的自尊。他说："再贫瘠的土地，只要你深耕细作，就会有收获；而你女儿的肚子简直就是岩石一块，再优良的种子播下去也长不出粮食。"就在土司碉楼前的院子里，五世野贡土司被查拉头人一刀刺穿了喉咙。仇杀的祸根就此种下。

十三年以后，六世野贡土司率人攻陷查拉头人的部落，将查拉头人拖在马后面活活拖死了，还放火烧了村子。

过了五十年，查拉头人年仅十二岁的重孙用一支毒箭射穿了六世野贡土司大少爷的胸膛。

再过四十年，在澜沧江上游白狼部落的德若土司家族和藏政府的一个宗本以及噶丹寺的活佛调解下，两个世代为仇的家族坐在一起谈判，那时野贡土司家族已经传到第七代，而那个当年射毒箭的少年也长成了一个剽悍的康巴汉子。双方谈妥了赔偿条件，由巨人部落赔偿野贡土司银子五百两，作为土司家大少爷的"命价"，从今以后两个家族不再仇杀。然后双方喝了牛血酒，结为盟帮。酒喝到高兴处时，查拉头人的重孙说："如果不是我当初的那一箭，你今天当不了土司。"七世野贡土司说："是啊，我其实一直都想找机会感谢你。"说完七世野贡土司抽出腰间的康巴藏刀，将桌上的一个印度香梨劈为两半，一半给查拉头人的重孙，一半留给自己。巨人部落的后代毕竟嫩了点，将野贡土司献上的那半以示和解的香梨吃了。但是哪知道野贡土司康巴藏刀的刀刃上一边涂了毒一边却抹的是蜂蜜，他回到自己的部落后，毒药才开始发作，在他快死时，阎王告诉了他死因。于是两个家族间的仇杀竞赛再度开始。

七世野贡土司六十岁时，在生日寿宴上多喝了几杯，土司家的人也被庆典的欢乐弄得疏于防范。第二天人们发现老土司被勒死在自己的床上，而一个仆人却神秘地失踪了。几年以后人们发现他在巨人部落做一个放牧的自由民，但是他的自由没有享受多久，就被人将他的头砍下送到了峡谷中的土司家请功来了。

到第八世野贡土司顿珠嘉措时，他发动了三次针对巨人部落的战争，其中一次成功地偷袭了泽仁达娃父亲的帐篷，土司的家丁将帐篷的绳索砍断，帐篷塌下来把里面的人全裹住了，外面的杀手们刀、枪、矛一齐朝乱成一团的帐篷往死里扎，直到把那顶黑色的牦牛毛帐篷扎成了红色的筛子。但是一个才四岁的小孩却被一个忠勇的仆人巧妙地压在尸体堆下，这个小孩就是泽仁达娃。

对于土司或头人家族来说，只要有世仇，仇杀就像一场接力赛，一代又一代地传接下去。父仇报不了子报，子报不了孙报，是这个世界上的一笔冤孽，它终归得有个了结。每一笔孽债算清，都是一段血腥而精彩的传奇在雪山峡谷间上演。仇恨是一颗种子，总有一天它会发芽，除非你把仇人一家斩尽杀绝。但要做到这一点是何其艰难。

6·建在牛皮上的教堂

澜沧江的水又一次由肥变瘦、由浑黄变清澈、由暴烈变温柔的季节，传教士们认为自己在峡谷地区已经站稳了脚跟，开始着手建立西藏第一座教堂的计划。杜朗迪神父在写给打箭炉教区莫维尔主教的信中说，依托天主的圣意，我们已经顺利地在西藏的土地上播下了信仰耶稣基督的种子。为了这一天的到来，我们传教会五年来的努力总算没有白费。这里的人们并不像外界传说的那样蒙昧愚钝，尽管他们还生活在仿佛中世纪的欧洲，但是他们善良温和，信仰坚定。男人是天生的修道士，女人是虔诚的羔羊。在这片苦寒荒芜的土地上，没有信仰的生活是无法想象的。虽然这里并不是神父们的乐园，但也不是信仰者们的荒漠。尊敬的主教大人，我和勤奋刻苦的沙利士神父在这里工作三年多了，现在已为十六个虔诚的信徒付了洗，使他们皈依到天主的圣宠之下。这个成绩虽然很小，但这不是这块土地的过错，而是这里还未经耕耘。现在我们看到了天主的光辉第一次照耀到了这片仿佛洪水滔天时代的峡谷。我听到天使在云端喊："伸出你的镰刀来，因为收割的时候已经到了，地上的庄稼已经熟透了。"

峡谷里的青稞刚刚收获，大片裸露的土地呈现在为教堂寻找立足之地的神父们面前。峡谷里的地是最珍贵的，能放平一只桶的地方，都是世代藏族人耕种的土地。杜朗迪神父看中了位于驿道边一块属于噶丹寺的平地，它离水源很近，而且很方便，旁边有一条从雪山上淌下来的溪流，佃户们只需挖开水沟就可以浇地了。噶丹寺每年从这片土地上要收五百石青稞，多年以前噶丹寺的绛边益西活佛就说过，这片地是神灵的粮仓，连冰雹都不敢下到这块土地上。神父们为如何拿下这块地作好了充分的准备，他们请来寺庙的大总管贡嘎喇嘛、知县刘若愚和他的士兵、野贡土司的管家旺珠，就在地边和贡嘎喇嘛商量买地的价钱。

"这是神灵的土地，出多大的价钱我们也不会卖的。"贡嘎喇嘛坚决地说。

贡嘎喇嘛既是寺庙的大总管，也是负责僧众纪律的"铁棒喇嘛"。在寺里是一个仅次于堪布和活佛的职务，由于峡谷地区土匪常来打劫，有时还会冲到寺庙的佛像前公然掠夺抢杀，因此这一带的各个寺庙都养有武装僧团，由寺庙里那些年轻气盛、念经又长进不大的年轻喇嘛们组成，交由贡嘎喇嘛管理。他身材高大，面相威猛，可以轻易地将一头牦牛扳倒。因此贡嘎喇嘛在噶丹寺、在峡谷地区虽然算不上高僧大德，但当他发话时，澜沧江的水也得打一个哆嗦。

杜朗迪神父说："天主在创造世界时，就创造了峡谷里最大的一块平地，他本来就属于天主，只是暂时托付给藏族人代管罢了。不过出于对寺庙的尊重，我们愿意出钱将这块土地为天主赎回来。"

"这是很公平的交易，神父们是知书识礼的人，没有人比他们心地更善良了。"

知县刘若愚站在两个士兵的前面说。如果没有带枪的士兵，他不敢在藏族人面前大声地说话；如果没有白人喇嘛，他不会给藏族人找来这么多的麻烦。噶丹寺的喇嘛们觉得这个大清皇帝派来的知县越来越令人讨厌了。佛教的信徒们向喇嘛们报告说，刘知县私下里见了两个白人喇嘛都是喊杜爷和沙爷。而他对寺庙的活佛却从来是斜着眼睛看的。他带着两个老婆到藏区来做官，又娶了一个康巴女人做第三房。据说他天天都要吃药才上床，而到早晨起来时连上马去衙门的力气都没有。高僧们认为峡谷里纯净了几百年的空气将会因为这个汉人官吏的放纵而受到污染。

　　杜朗迪神父让人抬来一筐银锭，然后说：“你们看，这是我们向你们买地的银子，其实，我们只要很小很小一块地就够了。”

　　“就这一点银子，你们能买多大一块地呢？”贡噶喇嘛轻蔑地问。

　　“不多，有一块牛皮大的地方给耶稣立足就行了。”杜朗迪神父说。

　　“就一块牛皮大的地方？”贡噶喇嘛向杜朗迪神父逼问道。

　　“耶稣基督需要的是信念，而不是地方的大小。哪怕在一个针眼大的地方，嗒，仅仅是一个针眼，天主也存在。我们只追求天主的永恒，而绝不强求其他。”

　　“你可敢与我们立下契约？”

　　“当然。我们都是将契约担在肩膀上的僧侣，我们与天主有契约，而你们与你们的神灵有约。来吧，请公正的知县先生为我们作证吧。”

　　那时贡噶喇嘛低估了杜朗迪神父的聪明，他甚至没有想到和寺庙的堪布、活佛们商量，就提笔在白人喇嘛早已准备好的契约上签下了自己的名字，双方还按了手印。一般来讲，寺庙对外的经济事务都由贡噶喇嘛一手操持，无论是放高利贷，赶马做生意，还是买地卖地，贡噶喇嘛签下的契约，从来没有让寺庙亏过本。

　　为了显示自己办事公正，刘知县真的让人找来了一张新鲜的牛皮，噶丹寺的喇嘛们将牛皮摊开，说：“拿去，这就是你们的耶稣站的地方。”

　　可是杜朗迪神父又有新的说法，他说耶稣基督怎么能站在这张还带有血污的、肮脏的牛皮上传播自己的教义呢？他提出牛皮必须经过三天的水浸泡洗后，才能作为耶稣基督的立足之地。喇嘛们商量后认为，白人喇嘛还是目光短浅，一张牛皮即便泡上三天，也撑不到哪里去。要想在这样大小的地方盖教堂，除非他们拥有魔鬼的法力。而雪域高原的魔鬼们是不会轻易为白人喇嘛所控制的。三天的时间，贡噶喇嘛准备在寺庙里做一场法事，诅咒白人喇嘛要盖的教堂。

但是白人喇嘛的法术超出人们的想象。三天以后，峡谷里所有的头面人物都目睹了白人喇嘛的戏法。杜朗迪神父拿出了一把锃亮的剪刀（人们还记得沙利士神父在给藏族人做手术时，曾用过这把小巧精致的剪刀），把那张泡胀发软的牛皮一圈又一圈地剪下，牛皮变成了细细的、长长的牛皮绳。在峡谷里最聪明的脑袋瓜、学问最深的活佛也不明白白人喇嘛究竟要干什么的时候，杜朗迪神父让知县的士兵将牛皮绳拉直、拉长。士兵们拉着牛皮绳每走五十步，就留下一个人像木桩一样永远地戳在那里，然后其余的人继续牵着牛皮绳往前走。他们走过了大片大片的青稞地，走过了雪山下的溪流，走过了绿荫匝地的核桃树林，走过了驿道，走过了驿道边的三座玛尼堆，甚至还走过了一小片草场，直到人们都快看不到他们的身影了，最后一个士兵才牵着牛皮绳走回来，这时他手中的绳子还有好长一截哩。

"好了，这就是一张牛皮大的地方，基督之光将从这里照耀着你们的峡谷。"杜朗迪神父轻松地说。

所有的人就像中了魔鬼的法术一样说不出话来了。贡噶喇嘛的脸一下被魔鬼拧歪了，许久没有恢复原状，直到他挑起了与白人喇嘛的战争。"你们，你们是一群魔鬼！我要把你们的天主剁碎了喂澜沧江的鱼。"

然后他抽出了腰间的康巴藏刀，向杜朗迪神父扑去。但是知县的士兵用枪口抵住了他的胸膛。

"买卖成交。根据大清国咸丰皇帝和大法国大皇帝签署之《天津条约》，大法国天主教传教会之传教士在中国享有保教权。外国神父在中国无论何处何地，均可买地租屋，建盖教堂。我等均应悉听尊便，不可为难，以示和约精神。故从今以后，此地属于大法国巴黎外方传教会，各级官吏、僧俗人等，均应给予其我大清国之礼仪和慷慨。"刘知县在士兵们的枪口后宣布说。

这时一阵怪异的风从人们的头上掠过，一个沙哑的声音从半空中传来：

"火最早是从木头中取出来的，但是毁灭森林的就是火。"

人们循声望去，只见苯教法师敦根桑布正骑着一面鼓从峡谷上空飞过。村里的几个六十岁以上的老民还记得，他们还是在孩童时见过他的面，那时他就是一个八十多岁的老巫师了，而今天飘浮在半空中的他看上去却不到三十岁。不过由于他和魔鬼们是朋友，所以他是一个出入于冥界与生界、法力超强的巫师。据说敦根桑布才十三岁时，便被一群魔鬼掠去，魔鬼们带他跑遍了整个雪域高原，待他重新回到澜沧江大峡谷时，他已经知道了许多魔鬼的名字和他们的居住地，更为重要的是他掌握了人类无法认知的各种降伏魔鬼的法术。比如他袍子里的一张小网可以捕获作祟的魔怪，他还能用一支羽毛截断生铁。为生者祭神，为死者降伏魔怪，是他多年以来在峡谷里赢得人们尊重的主要原因。但是在两百年前和黄教进行的一场宗教竞赛中，他输给了噶丹寺的高僧。当时苯、黄两个教派的喇嘛在为去世的五世野贡土司做灵魂超度、降伏魔怪的仪轨，敦根桑布刚刚打坐入定，他的鼻尖上便飞上来一只蜜蜂，无论他如何调集全身的法力也不能赶走它，在他一分神的瞬间，敦根桑布请神时所有的观想修持土崩瓦解，这使他顿失各路神灵的保护，自己也变成魔鬼了。后来他费了好大的劲，在雪山上的一个土洞里苦修十多年，才重新恢复了苯教巫师的身份。不过这次法术的失败，使野贡土司家族从此禁止苯教在峡谷地区传播，僧俗百姓也不许修持苯教的巫术，只有在峡谷地区遭遇大灾难时，才允许他回来协助格鲁派黄教的喇嘛们降伏魔怪。从那以后，敦根桑布就成了一个骑一面羊皮鼓在峡谷上空飞来飞去的云游僧。没有人知道他从哪里来，也没有人知道他将去到哪里，更没有人确切知道他是否还活在人间。但是每当他不请自来，回到峡谷地区时，总有大事件发生。

"哦呀呀，尊敬的上师，请把话说明白了再走！"贡噶喇嘛跪在了地上，双手掌心向上呼喊道。

"你在跟谁说话？"刘知县问。

"敦根桑布回来啦，你们的末日到了。"贡噶喇嘛仰头望天喃喃地说。

刘知县、白人喇嘛都向半空中望去，但是他们什么也没有看见，只嗅到了一股用世界上所有的语言都不能表述清楚的异味，这种味道令人头晕目眩，心灵空虚，因为这与苯教神秘的巫术有关。杜朗迪神父和沙利士神父有些不明白贡噶喇嘛的意思，问刘知县：

"谁是敦根桑布，他在哪里？"

贡噶喇嘛轻蔑地笑了："你们看不见他的。因为你们没有藏族人的眼睛。"

白人喇嘛甚至连藏族人的灵魂都要控制，没有藏族人的眼睛算得了什么呢。教堂以一种出乎峡谷地区人们想象的速度在一节一节地拔高，没有人见过这样古怪的房子，它不是河谷地区的藏式碉楼，也不是峡谷地带的土掌房，人们看见一个像雪山上的尖峰一样的楼房矗立起来，比藏族人盖的碉楼还要高出好几层，立在峡谷一侧的噶丹寺就显得比它矮多了，今后寺庙里的一切有关神的活动将被白人喇嘛尽收眼底。更为关键的是，它深深刺痛了护佑峡谷地区的各路神祇的眼睛。一些年轻气盛的喇嘛站在山梁上用甩石器把一块块石头像飞鸟一般射向教堂的彩绘玻璃，将它们击得粉碎。那玻璃碎裂的声音刺破了人们的耳膜，让许多人在好长的时间内听不到任何声音。

这是藏传佛教对天主教的第一次警告。

而白人喇嘛们并不理会这个挑战，他们将彩绘玻璃重新安装起来，并在外面安上护板。在教堂建筑工地的外围，当初被命令去牵牛皮绳的士兵如今仍然站在那里，他们的枪口冲着或愤怒或迷惑的藏族人。这些每隔五十步就像一根根木桩立着的士兵从没有接到撤退的命令，因为他们的长官被白人喇嘛收买了，成天躺在床上吸鸦片，以至于忘记了在风雨中还在给白人喇嘛站岗的士兵。他们的身上长了霉，生了苔藓，乱草一般的头发让小鸟在上面做窝，衣服成了荒草一样的颜色，皮肤和脸也与大地的颜色一模一样。他们的脚上也长出根须，使他们动弹不得。教堂打围墙时，汉地来的工匠已分不清他们究竟是一根废弃的木头呢还是一个个的活人，就派人去问刘知县。刘知县正在和军官们吸大烟，故作诧异地说：

"荒唐。木头就是木头，士兵就是士兵。难道你们没有长眼睛吗？"

军官们不耐烦地说："你管他是木头还是士兵，就让他们永远戳在那儿好了。"

工匠们争辩说："老爷，他们真的是士兵啊！"

军官吹起了胡子："是士兵回来还得天天操练，白吃皇上的粮饷。你来付啊？"

工匠们手中正缺木头，也就顺势把那些可怜的士兵当作柱子与围墙砌在一起了。只有一个士兵还有力气提出抗议，他用蚊子鸣叫一样的声音说："我在湖北老家还有七十多岁的老娘呢，你们可不能把我抛在这里。"

一个老工匠说："兄弟，自古忠孝不能两全。你就当这是为皇上尽忠了吧。"

这个冤死鬼最后用只有他自己才听得见的声音哽咽道："尽个鸟的忠，老子是在为洋鬼子站岗呢。"

白人喇嘛其实也知道这些陌生的士兵的忠勇和苦衷，但是如果没有他们站在外面，白人喇嘛就不会睡得踏实。杜朗迪神父想给士兵们做临终傅油圣事，以便使他们有罪的灵魂得到拯救，皈依到天主的圣宠之下。他一手拿着从打箭炉带来的圣油，一手捧着《圣经》来到围墙墙根，对一个已经和围墙融为一体的士兵说："可怜的孩子，如果你信仰耶稣基督，我将指领你的灵魂走出地狱，升往天国。"

士兵一动不动，唯有风声呜咽。

神父又说："啊，我听见你的忏悔了。借神圣的傅油，赖天主的无限仁慈，愿天主以圣灵圣宠护佑你，赦免你的罪，拯救你，并减轻你的痛苦。阿门！"然后神父把经莫维尔主教祝圣过的圣油抹在士兵灰扑扑的脸上。

峡谷中还是只有呜咽的风声。

贡嘎喇嘛自从与白人喇嘛斗法输了后，一直在利用藏族人的方式报复这些佛法的敌人。他的道行并不高远，但他知道一些民间常用的毁敌巫术。比如说他私下里把两个白人喇嘛的名字写在纸上，连同一些写有"断命""掏心""断精力"的咒语一起，放入自己的靴子中，这样他每走一步路，都把白人喇嘛踩在脚下，并实施一次充满刻毒的诅咒。

不过最厉害的毁敌巫术是要找出白人喇嘛的灵魂所在。依照藏族人的传统，每个人的灵魂、家族的灵魂，甚至一个民族的灵魂，都和动物界或者植物界的某种生物有关。动物界的老虎、狗熊、狮子、大象、牦牛、骡子、绵羊，植物界的树木、花草，甚至自然界的湖泊、山丘，都可能是人们灵魂所寄居的场所。简单地说，如果某个仇敌的灵魂寄居在一头牦牛身上，那么你把这头牦牛杀了，你就夺去了他的魂魄，他的死期也就不远了。从前格萨尔王在和霍尔国作战时，就是首先降伏了象征霍尔国国王灵魂的一座雪山上的妖魔，才打败霍尔国的军队的。

然而难题在于人们不知道白人喇嘛的灵魂寄居在什么事物上，他们来路不明，信仰的又是不同的宗教，他们的民族与魔鬼是什么关系人们也不得而知。可是，令白人喇嘛也始料不及的是，有一股神秘的力量始终在与他们作对。在直插西藏蓝天的尖顶教堂刚要竣工的那天，峡谷里便刮起了前所未有的大风，将白人喇嘛教堂的尖顶像吹一顶帽子一样吹进了澜沧江。

7·向天主开战

教堂的尖顶后来一直没有能再立起来，杜朗迪神父原来打算在教堂尖顶的阁楼上安放一个大钟。但是峡谷里风声日紧，信奉耶稣基督的藏族人已经成了人神共怒的发泄对象。他们来教堂做祈祷时，只得贴着村庄的墙根灰溜溜地来，再灰溜溜地回去。一些天主教徒经常在地里受到佛教徒们的嘲笑，他们被人们称为"洋人古达"，"古达"一词在东部藏语中有献媚、奴颜之意，是人们对摇尾乞怜的狗的形容。那时峡谷里的藏族基督徒还没有意识到，自从把自己交给了天主，他们便命中注定要与孤独、歧视、伤害相伴。天主即便能拯救他们的灵魂，但却不能带给他们多少好运。宗教总是和人们的日常生活紧密相连，可当宗教成为日常生活的障碍时，信仰便成了一种灾难。

大暴动是一声口哨唤来的，多年以后，侥幸活下来的沙利士神父在他事后一直没有出版过的回忆录中写道：

> 我们只听见了一声刺人耳目的口哨声，这种口哨是游牧部族和山地部落独特的语言，它和驱赶牲畜、狩猎以及谈情说爱有关。但是我们万万没有想到它还和战争相连。

口哨唤来了满山遍野的康巴人，然后是更多的口哨此起彼伏，更多的康巴人跃马横枪，冲杀而来。峡谷在摇晃，澜沧江江水也被这万年难遇的精彩一幕所撼动，从而发出愤怒的吼声。

当暴动来临时，彼得和托马斯是第一批受害者。向寺庙租地种的托马斯也是在侍奉天主和顺从寺庙的选择中虔诚地站在了天主一边。一次寺庙要维修措钦大殿，所有的佃户都被派了差役，在过去这是再正常不过的事情。可是托马斯却拒绝前往。他说这天是天主耶和华恩赐给藏族人的安息日，在这样的日子里他不能去喇嘛寺里干活了，否则就是对天主的亵渎。

彼得和托马斯被暴动者从家里驱赶出来，房子也给扒了，暴动者把两个教友吊在核桃树上，问还信洋人的天主不。托马斯说，当然信，我们还要追随耶稣基督升往天国哩。于是贡嘎喇嘛就让手下的人割下了他们的鼻子和耳朵，但是他们仍然死心塌地地追随耶稣基督，后来，愤怒的石头和弓箭便湮没了他们的躯体。彼得在临死的时候悲哀地喊道：

"主啊，我们都是藏族人啊！"

喇嘛们则愤怒地喝道："你对活佛不敬，被魔鬼夺走了灵魂，已不配做一个藏族人了！"

但是当这个世纪走到末端的时候，噶丹寺的喇嘛们却把彼得的重孙扛在了肩膀上，因为他被认定为云南藏区一个活佛的第十世转世灵童。可那个时候的喇嘛和教友们怎么会想得到有这么一天呢。天主和佛陀也想不到。

峡谷里的基督徒如惊弓之鸟，纷纷躲到教堂里寻求保护。地里的庄稼荒芜了，牧场上的牛羊无人放养。教堂成了惊涛骇浪中的一叶扁舟，随时都可能倾覆。沙利士神父望着一院子神情哀泣、惊惶不安的教友，忧心忡忡地对杜朗迪神父说："战争开始了，我认为我们应该暂时撤出去。"

"不。我们要赶快武装起来，保卫教堂！"杜朗迪神父大声喊道，像一个战场上的指挥员，而不是一个神父。

"可是我们只有几十个教友。"

"人子的光荣到了，主与我们同在。"杜朗迪神父向天空伸出了双臂。

"也许我们可以指望峡谷里的纳西人，他们毕竟不是藏传佛教的信徒。"沙利士神父建议道。他曾经到纳西人聚居的村庄去争取过信徒，他们对他还算友好，但是他们说纳西人有自己的宗教东巴教，也有自己的东巴祭司。大自然中他们的神祇已经很多了，不需要再崇拜其他民族的神。那个年轻的纳西族长和万祥还说，一个在人家屋檐下的人，是不会向主人的窗户扔石头的。不过沙利士神父认为纳西人是一个聪明实际的民族，也许花些银子，可以暂时招募一些纳西青年为保护教堂出力。

"一个真正的基督徒，可以抵得十万雄兵。沙神父，要在西藏传教，我们和佛教徒必有一战，早来比晚来好。现在该轮到我们给他们一个教训啦！"

沙利士神父非常惊讶地看到杜朗迪神父眼中从未有过的狂热和痴迷，那是一个殉教者走到天堂的门口时才会有的目光。作为一个传教士，他的职责只是传播天主的福音，而不是与人战斗。沙利士神父不知道杜朗迪神父究竟是怎样想的，但是他认为，在强大的藏传佛教面前，传教士既是耶稣基督的火种，也是在干燥的森林中玩火的人，一不小心就可能引来满山遍野的大火，把自己烧了也就罢了，还将殃及许多无辜的人。

沙利士神父苦着脸问："看看这一院子的老人和孩子吧，神父，我们怎么教训那些骑在战马上的康巴人？"

杜朗迪神父自信地对一筹莫展的沙利士神父说："天主早把一切都安排好了。你带两个人，马上到汉地去搬救兵。"

"军队一来，峡谷里将尸横遍野。"

杜朗迪神父说："这就是天主的惩罚，异教徒的命运。为了升往天国，与其教诲他们按天主的意愿去死，不如让他们为天主而献身。"

"可是，杀戮是违背天主旨意的。"沙利士争辩道。

"神父，十字军东征圣城耶路撒冷时，穆斯林教徒的鲜血还淹没到了十字军骑士们战马的膝盖呢。"

"那你怎么办，还有这些教友？"

杜朗迪神父望着峡谷前方西藏湛蓝的天空，喃喃地说："沙神父，不流血，耶稣基督的福音到不了拉萨。"

沙利士神父感到杜神父对流血的渴望已经超过传教的理想，他把自己当成走向十字架的耶稣了。鲜血真的能唤起藏族人对天主的崇敬吗？沙利士神父已经没有时间多想，他挑选了托马斯的孩子马修和孤儿亚当，马修十一岁，亚当十三岁。如果一座房子在熊熊燃烧，沙利士神父能做的只有先救出无辜的孩子。他对他们说："我们去找能伸张正义的人，但愿他不会给你们藏族人带来灾难。"

沙神父走后，杜朗迪神父叫人紧闭了教堂的大门，让两个教友在围墙上放哨。所有的教友都进教堂，这是心灵和生命最后的避风港了。战争的烽火已经映红了峡谷，但教堂里最后的弥撒仍然按时举行。那召唤教徒的钟声和枪声交织在峡谷的上空，一个悠扬而诗意，一个刺耳而血腥。一身白色祭衣的杜神父开始了他最后的布道，他打开《圣经》，嗓音低沉地说：

"教友们，我的孩子，我的兄弟姐妹，今天是我主耶稣升天的日子，耶稣基督就在这一天完成了他伟大的救世义举。在圣城耶路撒冷东橄榄山，耶稣基督为自己的信徒们祝福，一朵彩云降下来，就把我们的主耶稣接到天国去了。他是为了你们而升天的啊！一个只有高居于天上的神，才可以拯救你们，才值得你们去信仰，并为他献出自己的生命。就在昨天下午，我们的两个教友为主作证，为你们赢得了荣耀。啊，我看到了，他们的灵魂已经升到了天国；我还听见他们说，为主的光荣而死的人有福了，我们从此免除了劳苦、病痛、饥饿和人间无穷无尽的灾难。啊，异教徒的枪弹和弓箭正向我们射来，这是天主对我们的考验。想一想走向圣十字架的耶稣吧，他是那样爱我们，用自己的血使我们脱离罪恶，拯救我们的灵魂。《启示录》告诉你们说：'你将要受的苦你不用怕，魔鬼要把你们中的几个人下在监狱里，叫你们被试炼。你们必受患难十日。'我的孩子们，不要悲伤，主会擦干你们的眼泪。天国近了，被杀的羔羊，将拥有权柄、富足、智慧、尊贵和荣誉。看哪，生活是多么辛劳和痛苦，让我们在这个特殊的节日里赞美天主的无限慈爱，让我们为圣子耶稣的升天与复活而欢庆吧。基督复活了，天使们皆大欢喜。基督复活了，坟墓中不再有死人。看哪，天国的帐幕其实就在人间，他要与我们同在。让我们去追寻他的光芒，面对异教徒的刀枪。阿门。"

"阿门！"所有的教友齐声应道。有嘤嘤的啜泣在昏暗的教堂里萦回，像山涧中流淌的雪山上的溪流，清冷而孤独。

"哗啦"一声撕心裂肺的巨响，教堂的彩绘玻璃被一块石头击中，纷乱的玻璃碎片像一团被击散的雪花，飞溅在低头祈祷的人们头上。有的人脖子、脸被划破了，鲜血潺潺流下，但是谁也没有惊惶，连动也没动一下。穿过教堂的风带来了战火的消息，仿佛澜沧江的水从天而降。

杜朗迪神父拿起祭台上的一个十字架，缓缓地走下来，向教堂外走去，他说：

"来，为了天主在西藏的荣耀，让我们去。"

十天以后，沙利士神父带来了一支由一个汉人将军率领的军队。这个将军的名字不为人知，即便是在汉地，人们通常只称他为赵屠户。他身材矮小，连五官也使劲地挤压在一起，仿佛不那样的话就会与他的身段不相称。但这是魔鬼的五官，他的耳朵一天也不能不闻见人的求饶和临死前的惨叫，他的眼睛一睁开就在寻找可杀之人，他的鼻子呼吸惯了血的腥味，他的嘴巴即便闭得紧紧的也会有一股股的杀气泄漏出来，他的喉咙里滚出的最频繁的一句话就是——戴好你的帽子，小心它第二天就找不到你的头。据说他一天不杀人就没有胃口吃饭，他到监狱里视察时，砍掉那些不顺眼的犯人的头可以增进他尊贵的食欲。他把这称为"洗监"。由此引申而来的还有"洗村""洗城"，等等。如果说这位将军于国家有什么功劳的话，这就是"洗监"一词对汉语言令人胆寒的贡献。当他来到澜沧江峡谷面对遍地的狼烟时，他感到自己将要胃口大开了。

教堂已经成了一片焦土，断壁残垣还在冒着缕缕青烟。幸存的教友已成了惊弓之鸟，飞到雪山上的树林中躲藏起来了。杜朗迪神父的头颅还挂在一棵大树上，已经发肿发黑。他曾经以天主的名义，努力想把自己变成一把刺向西藏宗教的矛，但是他忘记了让迥活佛曾经告诫过他的话。沙利士神父指着赵屠户愤怒地说：

"你们必须对此做出解释！否则我将上告中国皇帝。"

赵屠户尽管杀人如麻，但是对外国人也是以爷相称。"沙爷，你不要急。

我的炮弹会给你一个圆满的答复。"然后他抽出战刀，对着蓝天下红墙金顶的寺庙说，"炮队集合，目标——喇嘛寺！"

从那天起澜沧江的水改变了它的颜色，江水在白天变红了，晚上又变黑了。江面上漂浮的尸体比水中的鱼还多。从八十多岁的老人到十来岁的孩子，都被赵屠户的大炮赶进了澜沧江。峡谷里的大风吹送着遍野的哀号，那风声让人听来像是天地间最悲壮的恸哭。过去人们只知道峡谷里经年不息的大风会带来一些山外世界的消息，但从来没有人注意到风是会哭的。当风成为大地上的一种哭喊时，魔鬼和神灵都躲得远远的了。

没有神灵护佑的峡谷便是一条不设防的峡谷。噶丹寺的高僧们面对即将到来的战争请教了佛法的护法神，一天清晨在战神白哈尔的法相前，前去供奉圣水的喇嘛捡到了一张神灵对于这场战争秘密的昭示——

咒语战胜一切。

尽管贡嘎喇嘛对此表示反对，但是神灵的指示又不得不执行，况且高僧们坚决地站在神灵一边。贡嘎喇嘛有限的军事常识告诉他，清军的炮弹同样可以打穿充满信仰的血肉之躯和泥塑的佛像。他唯一可做的，便是让手下的武装喇嘛用浸透了水的棉被和牦牛皮蒙在寺庙的大殿和大门外，然后和大家一起集中在殿堂里念经做法事，祈求神灵的帮助。

一个喇嘛吹响了胫骨法号，这把法号是用一个十七岁少女的胫骨做成的，而且她还必须是在虎年生的。献出自己胫骨的少女及其家人将受到寺庙的终生供养，并且赢得人们的尊重。因为不到重大事件发生时，寺庙是不会吹胫骨法号的。它的号声凄厉委婉，惊天泣鬼。它是灾难的号角，死亡的前奏曲。它穿透了人们的今生和来世，甚至可以穿越六道轮回 [①]，直达九重地狱。号声中每个人都看到了黑暗的地狱就在眼前，一生的信仰将接受最后的考验。措钦大殿鼓号齐鸣，诵经声大作。炮口之下的喇嘛们在殿堂内一排排跏趺而坐，以咒语、密宗仪轨和清军的克虏伯大炮开战——

---

① 指佛教六种不同的生存境界，六道即天、人、阿修罗、饿鬼、牲畜和地狱。前三道是善良虔诚的众生投生之所，也称为"三善道"；后三道是恶业较多的众生投生地，又称为"三恶道"。

水乳大地（选章）

唵，别炸巴聂，煎炸，妈哈落卡纳，哞呸，唵，都噜，都噜则渣。渣雅，洛雅则渣。哈那，哈那则渣。布噜，布噜则渣，不妈不妈则渣。别都妈聂则渣。渣拉，渣拉则渣。沙巴未嘎呐，呐呀沙，则渣沙拉呀，沙拉呀则渣。呐嘎沙呀呐嘎沙呀则渣巴巴则渣，哞，哞，呸呸。沙面达嘎则渣。牒达则渣。哞呸。

此经是藏传佛教密宗咒语中的"十三轮金刚根本咒"，喇嘛们相信念此咒能息灾退敌，救民于水火，打败佛法的仇敌。这样的密咒在藏传佛教的显宗和密宗中有八万四千条，从音节上来讲多于清兵射杀而来的子弹，从意义上说它和威力无比的佛菩萨的心相通，而战神白哈尔和各路护法神是它力量的源泉。因此，射向寺庙的炮弹越密集，喇嘛们诵经的祷文也就越高亢激昂。这是语言和枪弹的战斗，信仰和政治的较量。

战斗刚开始时，喇嘛们的咒语显示了它们的法力。最初射来的几发炮弹在咒语的作用下飞过了寺庙，落到后面的山梁上去了。负责瞄准的炮手感到不可思议，炮弹飞到寺庙的上空时，不往下落，却横着飞了出去。后来炮手们降低了炮口，甚至把大炮直接推到离寺庙大门不足一百码的地方。反正寺庙的反击只有他们听不懂的语言，而不是他们害怕的枪弹。经过校正过的几发炮弹打在寺庙大门上蒙的棉被与牛皮上时，竟被反弹回去，把放炮的清兵炸死了不少。

在大殿里念经的喇嘛们听到外面清兵的惨叫，纷纷跑出来大声呼喊："神胜利了！神灵必胜！"

然后，他们又回到大殿中，把手中的牛皮鼓、法号、钹、法铃等法器吹打得惊天动地。神灵的咒语像天上的雨点一样密集而不慌不忙。

后来，清军也请了来自汉地的神灵。他们在放炮前先焚香祷告，祈求家乡的菩萨在此助他们一臂之力。也不知是因为外来的神灵让喇嘛们的咒语失去了法力，还是由于汉地的菩萨更具威力，从那以后，从寺庙里反击出来的咒语便被清军密集的子弹和横飞的弹片纷纷击碎。它们在硝烟中像受到惊吓的燕子，吱吱呀呀地四散逃亡。语言、音节、祈祷词在枪弹面前是如此不堪一击，寺庙外的天空和山梁上遍布被打得支离破碎的咒语的尸体。在没有信仰的大兵面前，佛法的威力形同虚设。喇嘛们跪在五世让迥活佛面前，请他运用无上的法力，击退汉人的军队。可是让迥活佛说："既然他们连咒语都不怕，他们的灾难就大过我们了。让我们为他们的恶行祷告吧。"

再一次炮击之后，寺庙里已经没有了声响，因为大殿里的鼓被击穿了，号被打断了，诵经的喉咙被硝烟填满了。那把胫骨法号被一块飞来的弹片击断时，人们听到一个少女"哎哟"一声凄厉的叫声，这声音在枪林弹雨中显得那样清晰和真实，连身陷绝境中的喇嘛们也不得不悲哀地承认：神灵也是会中弹的。

清兵包围了寺庙，一个清军管带提马向前，冲着一片死气的寺庙高喊："里面的秃子们听着，限你们五分钟之内出来。双手抱在头上，否则枪弹伺候！"

贡嘎喇嘛从尸体堆里探出头来喊："毁灭佛法的魔鬼，还是回去伺候你们的小脚女人吧！"

管带朝身后一扬手："炮队准备速射，用炮弹给我把寺庙像这些秃子们的头一样地剃光。"

这时，管带看见一个似人非人的怪物从天而降，他骑在一面破鼓上，后面拖着一眼望不到头的黑烟。他从两军对垒的空地中飞驰而过，一股奇怪的无法形容的异味顿时充斥了宇宙，天地仿佛沉入无边的黑暗，那不是没有日光照耀的黑暗，而是丧失了信心、勇气、知觉和感受生命确实存在的黑暗，是一个即将死亡的人在一瞬间面临生命离他而去的黑暗。士兵们一下没有了方位感，不知道自己究竟身在何方，也从此忘记了自己是从哪里来，又来这里干什么。有的人在多年以后才醒过来，发现已回到了自己在江苏、湖南或者四川的老家，更惨的一部分人则是去到了某个陌生的连做梦都没有见到过的地方，自己随军征讨的光荣历史就像一堆已经干硬了的狗屎。但是在他们的老家已经有一座座衣冠冢孤独地横陈于青山绿水之间，他们的名字赫然刻在墓碑上。他们的妻子或者已经改嫁，或者已为战死的夫君殉情。他们被亲人当成游荡的孤魂野鬼拒于家门之外。这是对一个还活着的人最残酷的惩罚。

黑烟之后是一场罕见的大雾，九天九夜峡谷里伸手不见五指，点灯不辨东西。军队和大炮不见了，寺庙不见了，喇嘛们也不见了，还有他们的诵经之声。峡谷里除了澜沧江的涛声和风声外，一点人的生气都没有。大地就像刚刚经历了一场创世纪时期的洪水浩劫一般，到处是灾难狰狞而凄楚的脸。赵屠户在写给慈禧太后的奏折中说："大军所到之处，藏民望风跪拜，纷纷改

水乳大地（选章）

39

宗易帜，归附朝廷，齐颂老佛爷吉祥。"云云。

军队班师回朝，峡谷里满目疮痍。沙利士神父在清军的保护下到雪山森林中把那些还躲在树上和岩洞中的教友接回来。人们发现峡谷里现在既没有教堂，也没有寺庙了。心灵不知道将存放在何处，未来也不知道将交给谁。沙利士神父在教堂的废墟边临时盖了两间房，一间做祈祷室，一间做自己和几个孤儿的房间。这次教难过后教堂又增加了三个孤儿，六名女教友成了寡妇，约三分之二的家庭受到了不同程度的伤害。面对一片焦土，遍地孤魂，沙利士神父忽然感到因为信仰不同而发生的战争，是对信仰本身的最大讽刺。天主的福音和爱，并不应成为这块土地的仇恨之源。但是事实上，天主成了信奉佛教的藏族人眼睛中的沙子。

十天以后，信仰天主耶稣的教友在沙利士神父的组织下，借助于一根横跨在澜沧江上空的藤篾索——当地人称为溜索——纷纷溜到了荒无人烟的澜沧江东岸。溜索固定在江两岸的岩石上，一头高一头低。在澜沧江峡谷地区，这是一种最便捷也最危险的交通方式，一个金刚木做的溜梆套住溜索，系在人腰上的两根羊皮绳又吊在溜梆上，渡江的人一手抓紧溜梆，一手护扶住吊溜梆的绳索以保持平衡，然后双脚一蹬岩壁，利用从高处往下溜的惯性像箭一样地射向对岸。

那时东岸还是被魔鬼控制的领地，只有勇敢的猎人才敢借助溜索到江东来打猎。沙利士神父是第一次用溜索过江，尽管他不相信澜沧江里会有跃出江面的魔鬼把人从溜索中一把掠下，但他不得不畏惧溜索下的澜沧江，那些大大小小的漩涡、翻腾起伏的波涛以及它的吼叫声，可以抵一千个魔鬼。一个教友提出，由他带着神父一起过江，就像那些带着孩子过江的女人们那样，他说他将把神父绑在自己的背上。你把眼睛闭上，喘一口气的工夫就到对岸了。沙利士神父拒绝了这个有损男人尊严的帮助。"我们是去开辟一个全新的世界的，为什么不让我自己试一试呢？"

沙利士神父在江边做了祈祷后，人们为他捆好羊皮绳，一个教友抓了一把茅草，塞到神父扶溜梆的那只手上，权当手套。在开溜前沙利士神父高喊一声："主啊，求你赐我力量和勇气吧，我们来了！"然后他双眼一闭，把自己射向江对岸。

第三章　第一个十年

12 · 出埃及记

江东岸并不是《圣经》上说的遍地是流着牛奶与蜂蜜的富庶之地，这里到处是巉岩绝壁，山梁上荒草丛生，树木遮天蔽日，野兽出没，人迹罕至，连一条路也没有。"我们可不能过与世隔绝的生活，断绝同天主的联系。"沙利士神父告诫自己的教友。

教友们安慰神父说："有江水走的路，就会有人走的路。"

整整三年的时间，沙利士神父的主要工作就是带领教友们在荒山僻野中开拓道路。教友们多年以后都还在传说，神父有一个与天主随时保持方向的神奇东西，无论他带领他们走到哪里，一根永远指向北方的针让他们不会在群山中迷路。他们向南沿着澜沧江水流的方向终于打通了前往云南的道路，向东则找到了一条可以走到四川藏区的路，从那里穿越无数的高山大河就可以到打箭炉了；而到拉萨的道路则是那些借道而来的马帮们发现的。

在寻找出路的岁月里，他们甚至在前往四川方向的高山峡谷中发现了地狱里的魔鬼部落。这个部落在藏族人的传说中流传已久，但谁也没有真正见到过。人们说魔鬼统治了这个部落，使部落里的所有人都成为魔鬼的化身。当他们猝然相遇时，发现者和被发现者都惊吓得大叫不已，纷纷倒退回去了几公里。开路的教友们惊慌失措地来向沙利士神父报告说，他们在山那边见到一群魔鬼，他们大都没有头发，也没有眉毛，个个面目狰狞，一些人身上淌着死人的浓血；他们有的没有鼻子，有的眼睛只是两个空洞，有的嘴巴上长出一个拳头大的肉瘤。他们用树叶当衣服，身上布满老树疙瘩一样的结疤，有的人甚至连手指都没有。一定是作孽太多的人被打入地狱后，不知哪里弄错了，让他们又回到人间受罪啦。教友们七嘴八舌地向沙利士神父描述他们的见闻。神父那时已经可以断定他们是一群什么人了，于是他说：

"那么，让我们去拯救这些可怜的人。谁愿意与我同去？"

教友们你看看我，我看看你，竟然没有人响应神父的召唤。神父走出去很远了，孤儿亚当才慢慢地跟在他身后。不是他害怕，而是他担心一旦神父被这群魔鬼掠走了，他们可怎么办啊。他远远地看见神父勇敢地走近了那群魔鬼，向他们伸出了手。他听见神父用藏语高喊道："迷途的羔羊啊，来，让我来帮助你们！"

天黑的时候，沙利士神父回来了，教友们围在他的周围，把他们的神父左看右看，佩服得五体投地。沙利士神父告诉他们说："这是一群麻风病人，这种病在我们那边叫作汉森氏病。他们不是魔鬼，只不过是受到一种麻风杆菌感染的可怜的人。病菌侵袭了他们的身体，但他们的灵魂仍然属于天主。我已经说服他们的头领皈依仁慈的天主了。明天我们就给他们送些吃的和药去。"

"他们是藏族人吗？"有教友问。

"不全是。彝族人、傈僳族人、白族人，甚至汉族人都有。是谁让他们聚集在一起的呢？"神父说。

一个年长的教友路德说："神父，你说的那种病莫不就是我们说的'鬼见愁'吧。听我爷爷讲，过去不管哪个村庄出现这样的病人，都要被赶出去。"

"噢，不怜悯别人的人，必不蒙怜悯。"神父趁机宣讲道，"我告诉你们，我主耶稣显示他的奥迹的时候，也曾经拯救过许多患麻风病的人，主耶稣对一个患大麻风的病人说，'你洁净了罢'，那人立即就洁净了。你们要相信耶稣的仁慈。"

教友们听呆了，耶稣只说了一句话，就治好了连魔鬼都发愁的顽疾。在这块孤独封闭的地方，既然魔鬼四处横行，人们只有相信神迹，才能摆脱魔鬼的追踪。因为人是不能和魔鬼相抗衡的。

第二天神父带着一批教友来到了麻风病人的部落，他们背去了粮食、衣物和一些药品。神父把一个十字架立在了部落外面的一个山头上，代表着天主对这个被世人所抛弃的部落的关爱。部落只有三十来人，他们在一条小河边搭建了一些简陋的茅草棚，靠打鱼狩猎和采摘树林里的野果为生。部落的头领是一个曾赶过马的汉族人，得了麻风病后被马帮头领赶了出来，他在这个部落里有三个妻子。但是她们加起来只有三只完好的手，四条完整的腿，一张半尚可辨认的脸。神父与他约定，今后部落有人要死了，一定要通知他，他会赶来为死者做临终圣事。"你们的身体虽然在开始腐烂，但你们的灵魂能不能得救，就看你们的心是否和天主在一起。"他告诉头领说。

头领问神父："代表天上的皇帝的人，人们见了我们就像见到了魔鬼，你为什么要救我们呢？"他不知道天主是谁，他把他想象成玉皇大帝的模样。

神父反问他道："你见过没有牧人的羊群吗？"

头领张张溃烂的嘴说："那么，你把我们领走吧。"

神父说："我把你们的心领走就行了。我会常常来看你们的。"

当第一队马帮商队沿着藏族人开辟的道路来到江东教友们的村庄时，一个曾多次到过印度的马锅头（即马帮头领）欣喜地对沙利士神父说，从江东岸去拉萨原来比从江西岸走近多了，还可以少翻两座大雪山呢。沙利士神父自负地说，我主耶稣早就默示给我了，东岸有通往拉萨最近的道路。主会保佑它比西岸更繁华。

从此，江的东岸就不再是一个孤独地困厄于群山中的地方。

一个信使带着沙利士神父的信走了三个月，终于与远在四川打箭炉的传教会取得了联系，莫维尔主教已经被调往其他的教区了，新来的劳纳主教在回信中告诉沙利士神父说，托天主的护佑，我们以为你已经殉教了呢。人们过去一直传言澜沧江西岸的两个传教士已经为主作证牺牲了，我们上告到了中国皇帝处，迫使中国政府赔偿了巨额的银子。这些赔偿让你再建一座宏伟壮观的教堂也绰绰有余。但作为对暴民和中国政府的惩罚，超出我们实际损失的巨额赔偿是必须的。尊敬的沙利士神父，你就在澜沧江的东岸骄傲地修建一座符合天主旨意的天主教堂吧，把教堂的尖顶修得高入云端，使它成为刺向西藏蓝天的一把锋利的剑。让那些异教徒们看看天主的力量。

教堂当然要建，但关键看你采用一种什么样的姿态。是带有某种挑衅性的傲慢建一座西式教堂呢，还是建一处能和西藏的环境相适应的基督的避风港。天主不会在乎教堂的形式，他在哪儿都可以安身立命。沙神父把新建的教堂盖成了一座大房子，看上去它不过比藏式土掌房大许多罢了，它的外观土头土脑，教堂的大门是双扇木门，大门两侧是两个三层楼高的垛楼，从正面看像一个汉字的"凹"字，十字架不是醒目地立在垛楼的最高处，而是羞羞答答地竖立在"凹"字的中央。为了选这个地方，沙利士神父可说是煞费苦心，带领几个教友把江东岸的地方都跑遍了，最后他将地址选在山梁临风口的一座小山头上。教友诺瑟说，神父，这里的风太大了，我们干吗不找一个避风一点的地方呢？沙利士神父微笑道，诺瑟啊，西藏的大风刮来时，哪里还有能躲避的地方。与其东躲西藏，不如迎风挺立。

朴实的教友们哪里知道沙利士神父的心机。那时东岸还没有喇嘛寺的地，也不是野贡土司的势力范围，神父把一个山头都圈到教堂的范围之内，他带领人们用黏土夯了一道厚实的围墙，围墙上盖了个瞭望楼，还在多处地方抠了射击孔，搭建了供射击者可蹲可站的平台。从这些射击孔瞭望出去，一支步枪轻易地就可以控制方圆五百平方米的范围。被厚重的围墙圈起来的教堂既不像住家也不像衙门，但从它所处的地势上看，却非常像一处堡垒。这里是东岸两座伸向澜沧江的山梁的最高处，一条新开辟出来的马帮道路把它们连在一起，而教堂所在的地方正好是扼制这条重要道路的要冲。这两座山梁就是后来的左、右盐田村。

至于教友们的住家，则分散地建在教堂的四周。那时江东岸是一个纯基督徒的世界，人们在神父的指导下，寻找水源，开挖水渠，砍倒大树，放火烧山，劈出东一块西一块的土地，在房前屋后种上峡谷里极易生长的核桃树。在峡谷中要想有一块稍大一点的土地无异于痴人说梦话，耕地的牛能走上十步不用回头，就算是上好的土地了。那时的沙利士与其说是神父，不如说是一个原始部族的头领。他以天主的名义对所有开垦出来的土地都作了公允的分配，新开的土地虽然稀少而贫瘠，但不管怎么说，人们总算过上了安宁的日子。

13·雪山下的殉情

八世野贡土司顿珠嘉措得到自己儿子的死讯时，是他刚从拉萨朝圣回来的那个中午。其实死亡的味道他在峡谷的山梁上就嗅到了，当时他对管家旺珠说，峡谷里死人了，好像死了好多好多呢。

他走进土司的碉楼，死亡的气息扑面而来。到处是悬挂的经幡，喇嘛们超度亡灵的诵经声随着煨桑的青烟四处飘荡。野贡土司跳下马来，对着跪了一地的家人和仆人问："谁死了？"

"是是是……大少爷啊……老爷……"一个仆人泪流满面地说。

管家旺珠给了他一马鞭："老爷还没有进家门，就说这些不吉利的话。当心你的舌头。"

野贡土司这时看到了妻子央宗哀怨的泪脸，他的心一下就掉到了峡谷的最深处，但是血却涌上来了。他明确地意识到，他又要打战了。

出乎野贡土司意料的是，夺走他儿子野贡·扎西尼玛性命的不是老冤家泽仁达娃（按照峡谷里的仇杀规则，野贡家必须杀了泽仁达娃后，他部落里的人才可以复仇呢），不是一直觊觎野贡家领地的德若土司家族，也不是汉人的军队，更不是澜沧江东岸信奉耶稣的天主教徒，而是他身边一直向他纳税赋、和藏族人和睦相处了多年的纳西人。

更让他感到不可思议的是，让扎西尼玛命丧黄泉的原因竟然只是因为爱情！

那时峡谷里的藏族人还从来没有听说过，爱可以让人死。

但是纳西人则认为，如果一对恋人不能选择婚姻，那么就选择死亡。爱和死，是一对如影相随的、非此即彼的孪生兄弟。

因此，两个月前扎西尼玛从看上纳西姑娘阿美的那一刻起，就不可避免地选择了死亡。那场雪山上的狩猎仿佛有某个神灵在暗中指引，使扎西尼玛走向了死亡。

那是欢乐的第一步。有一天扎西尼玛带着十来个随从白天在高山牧场上追逐着老熊的踪迹，晚上就在帐篷前燃起篝火，饮酒作乐。那是一段快乐的时光，直到有一天扎西尼玛追一只岩羊追到一条小溪边时，他在雪山下寻欢作乐的生活才开始变得忧郁起来。他开了三枪都没将那头仿佛受到神灵保佑的岩羊打中，这让扎西尼玛很恼火，提马狂追而去。当他勒马一处悬崖边时，没有看到岩羊，却发现了悬崖下面的一汪清澈的水潭，还有水潭里一个美若天仙的姑娘，在人间是绝不会有这样美的姑娘的。当时他差一点惊得从马上滚下来。他在一瞬间有种跳下水潭把那美丽的姑娘捞起来的欲望，他相信他已经来到了神话传说中的世界。

"请别开枪！"

一声甜美的嗓音从水潭边传来，扎西尼玛平端的枪口颓然掉下，它是被这柔和的嗓音震落的，那支枪在岩石上弹了一下，像一根棍子一般落入潭中了。扎西尼玛方才回到现实，他看见了水潭边的少女，一个峡谷所有姑娘的美加起来都还没有她的一根头发美丽的姑娘。

那头被追逐的岩羊就依偎在少女的身边，显然它被打伤了，鲜血沿着它的前腿往下淌，令人奇怪的是少女正用一只手给它捂血呢。

扎西尼玛绕过悬崖，来到水潭边，他第一次不知道在一个姑娘面前该说什么话了。"佛祖啊佛祖，你你……是天上掉下来的，还还还是从水中浮上来的？"

少女笑了。哦，佛祖，那是多么动听的笑声啊，喇嘛听了也会后悔出家呢。扎西尼玛感到自己男子汉的豪情一下就没有了。从那个时候起，他就不再是野贡家的大少爷，不再是野贡家未来的骄傲，不再是众多姑娘们的情人，不再是跃马横枪，驰骋在高山牧场上的英俊猎手啦。他成了一个羞涩胆怯、被突如其来的爱情惊呆了的大孩子，成了一个被美丽的姑娘彻底征服了的绝代情种。他本想说，姑娘，你多么美啊，但从他嘴里说出来的话却是："这个……这……我打的岩羊，它……它是是你家养的？"

"看它多可怜。"少女说。鲜血从她圆润的手指中流出来，让他心疼得难受。他很想去帮她，但又不知道该怎样做。他把自己头上的狐狸皮帽子摘下来，使劲地在手上搓揉，想递给她擦手，但又不敢。土司家的大少爷在一个姑娘面前成了一个傻子，再也骄傲不起来啦。

"有一种止血的草，你认识吗？"还是她说。她仰起头来，扎西尼玛这回把她看真切了，天啦，她有一双比眼前这汪冰雪融化的水潭还要明亮水汪的眼睛，她的鼻梁比雪山还要圣洁挺拔，她的嘴唇像弯弯的月亮，她的两腮粉红娇嫩得像春天里的桃花。那一刻他想，要是能亲上她一口——佛祖，看一眼也行啊——死他都愿意。

"喂，傻站着干吗，你听不懂我说的话吗？"少女说。

"我我……我我我我……"

"你真是个傻瓜。这样吧，你来帮它捂着血，我去找止血草。"她伸出一只手把一直呆呆站着的他拉下来，他就乖乖地蹲下来了。然后，用他的狐皮帽子去捂岩羊的伤口。

"噢，多好的帽子。"她惋惜地说。

"没没没……有事的，帽子不不……好……"他大汗淋漓地说。他不明白自己为什么会出那么多的汗。

不一会儿她就扯了一把他叫不出名字的草回来了。她手脚麻利地用草擦洗岩羊的伤口。刚才他的一枪从岩羊的前腿擦过去了，这是被神灵控制的一枪，正好打得不轻不重，如果枪子儿稍稍偏一点，他怎么能追到这个水潭边来呢。

"这岩羊，是你家养的？"他已经不敢再看她的眼睛，也不会说话了。

"哈哈，你说第二次啦。"少女又笑了，笑得扎西尼玛心惊胆战。"去，去，快走啊你。回家去吧。"少女拍拍岩羊的背，它站起来了，看看这两个奇怪的人，一跛一跛地走了。扎西尼玛第一次看到一只岩羊从自己的眼前慢慢地离去，这些家伙从前见了猎人总是跑得像闪电一样快。但是闪电忽然慢下来了，慢慢地消失在树林间，那感觉就像在梦中一样。

这个下午就是一场梦啊。"你是谁家的姑娘？"他晕乎乎地问。

"阿美。叫我阿美吧，我可认识你呢，你是野贡土司家的大少爷，看看雪山下的阳光多么明亮啊，都是你带来的。"①她大方地说。

"你怎么会认识我呢？我都不认识你。"他嘀咕道。峡谷就这么大一点地方，一个最美的姑娘他怎么就不知道呢。

"哈哈，你总是骑在马上，一大堆人跟着你，在峡谷里跑来跑去的。我在窗口前看你一眼，我叔叔就要拉我下来。"

"你叔叔是谁？"

"你肯定认得，他是和万祥啊。"

"噢。"扎西尼玛想起那个人来了，他是在江边晒盐的纳西人的族长，但是他每年也得向土司家纳盐税。他头天赶着骡马驮来成筐的银子，第二天就可能又驮来很多汉地的商品，然后把成筐的银子又驮回去了。一个很精明的纳西人。

"难怪从前我没有见过你，原来是你叔叔不让。这是为什么呢？"他现在说话自如多了，慢慢地在一个美丽的姑娘面前恢复了土司少爷的骄傲和信心。

"想想你在姑娘们面前做的那些事吧，哪个纳西人家不怕你。"阿美姑娘也伶牙俐齿，她说这话时脸红了。

一条峡谷都给染红了，扎西尼玛顿时感到自己醉得不能自持，他伸手去撩姑娘飘拂在脸上的头发，嘴唇哆嗦着，一句话也说不出来。

"请拿开你的手，大少爷。"她矜持地说，"我可不是你可以随便闯进帐篷里的那些姑娘。"

"我我……我今后再不会进去啦。佛祖在上，我发誓。"他随后把一只手放在了她的肩上。

她挣脱开了："大少爷，我是纳西人呢。请好好想想。"

"难道你不是一个美丽的姑娘么？姑娘和小伙子难道不该在一起么？"

"天啦……你们土司家有土司的规矩，你可别忘了啊。"她叹了一口气，仿佛在惋惜什么。然后站起身来，打了一声悠扬的口哨，一群羊就从林子间钻出来了。啊哈，原来她是个牧羊女。让扎西尼玛更惊奇的是，那只刚才受伤的岩羊，也跟着她的羊群出来了。

"嘿，你可不能走。"他在她后面喊道。

———————————

① 在藏语里，"扎西"是吉祥的意思，"尼玛"是太阳的意思。

"峡谷里的地是你们野贡家的，这雪山上的地方也姓野贡？"她回头鄙夷地说，可看他的目光却意味深长。

他一下清醒过来了，土司家大少爷的聪明像一只放飞的鸽子又飞回他的怀里："哎，你干吗要在窗口前看我的马队呢？"

这话像一颗准确的子弹击中了阿美姑娘，她愣了一下，赶紧提了裙子逃之夭夭。但是她春心荡漾的心扉已经昭然若揭。

从那以后扎西尼玛的灵魂就被魔鬼勾走了。他的贴身仆人、口齿伶俐的拉巴平措事后对野贡土司说，他不吃饭也不喝茶了，他也不唱歌不跳弦子舞，他更不去找那些姑娘们。有人把姑娘送到他帐篷里都被他赶了出来。他成天躺在帐篷里，魔鬼使唤了他的舌头，他说的话我们一句也听不懂，要么他就成天不说一句话，连抬起头来喝口茶都不情愿。我们告诉他说发现那头老熊的踪迹了，只要骑上马，放出藏獒，半天的时间就可以追上它。但他还是一动不动，就像我们到雪山下根本不是来打老熊的。有时他却骑上马在草甸上像风一样地奔跑，也不让我们跟着，谁跟他去谁就要吃马鞭。有一天晚上我们好不容易在一个水潭边找到他，他在那里睡着了。但是满脸都是眼泪。

老爷，我们都该死。有一天少爷莫名其妙地失踪了。他是被一种魔鬼的口弦勾走的，那口弦在太阳还没有出来时就从雪山上飘下来了。我们在睡梦中都听到这口弦声，但等我们起来时，少爷的帐篷就空了。我们找啊找啊，围着卡瓦格博雪山转了一圈。我们想找不到少爷，我们就死定了。有的人想逃跑，但是想来想去，怎么跑得出老爷你的马鞭呢。后来我们总算在雪山下的一片林子外听到了少爷的歌声。那已经是半个月以后的事情了。我们钻进了林子，那是雪山下最密的一片树林，里面连太阳的影子都看不见。我们随着少爷的歌声在林子里钻啊钻，也不知道钻了多久，突然发现一片大得看不到边的草甸。天啊，那是我们看到的最大的一片草甸了，雪山下怎么还有这么漂亮的草场啊。少爷在那草甸上跳哩、唱哩。当然，还有那个姑娘。天啊，她是我们见到的最漂亮的姑娘。

老爷，那里真是天国呀，草甸上到处都是鲜花，四周是又密又高大的树木，各种野兽在树林里窜来窜去，一点也不怕人，抬头就可以看到卡瓦格博雪山洁白的尖顶。谁到了那里，都想死……哦不对啦，都想把帐篷扎在那里。少爷和那漂亮的姑娘也把帐篷扎在草甸的边上啦。我们说，少爷，回去吧，老爷要回来了。但是少爷不听，用马鞭赶我们走。那个漂亮的姑娘，我们后来才知道她是纳西人，简直就是魔鬼的女儿，她看人的眼睛太可怕了，只看你一眼你的骨头就软了，就走不动路了。我们没有办法，只好把帐篷搬来紧靠着少爷的帐篷。少爷开初不愿意，把我们打得到处乱跑。后来那个叫阿美的纳西姑娘为我们求情，少爷才允许我们留下来。

我们对少爷说，少爷，该下山了。我们会跟老爷求情，让他同意你娶这个女人做你的妻子。但是少爷说，野贡家的祖先说了，藏族人和纳西人不能通婚。我一回去，心爱的女人就飞走了。我才不回去呢，除非澜沧江水倒流了。

有一天，培楚独自出去打猎，钻出了林子。第二天他回来说，在林子外的一个山洼里发现了泽仁达娃的帐篷，人不多，只有四五个人。我们说少爷，佛祖保佑，野贡家的骄傲该轮到你了。凭我们的人枪，泽仁达娃有几条命啊。我们可以像老爷多年前那样先砍倒他们的帐篷，然后刀枪一齐往里面扎。这回可不能让那家伙得便宜了，我们要把帐篷扎成碎片，再把里面的人一个个地拉出来，吊在树上。但是少爷的骨头被那个姑娘搞软啦，他的女人说，干吗要去杀人呢？我们说他杀了野贡家的二老爷，我们要去报仇。少爷都在收拾枪弹了，但是那个纳西女人说，少爷，你看多好的阳光啊，跟我去草甸上采野花吧。少爷就把枪放下了。老爷，她只说了这一句话啊，少爷便忘记了野贡家的荣誉。那个姑娘让他去死，他怎么会不去死呢。

野贡土司听到这一段时，像一头愤怒的老熊咆哮道："该死的东西，难道采野花比报家仇还重要吗？"雪山下的泽仁达娃要杀一个野贡家的人，还需费九牛二虎之力；而这些看上去温顺厚道的纳西人，仅仅站出来一个小女子，就把土司的继承人谋害了。"现在野贡家的仇人不是泽仁达娃了，是那些该死的纳西人！"他气咻咻地说。

事实上自从扎西尼玛一来到这片仙境一般的高山草甸，他就不可避免地沉醉在爱情温柔的死亡陷阱里。峡谷里的纳西人称这个地方为"游舞丹"，意思是"殉情之地"，它是有情人殉情自尽的天堂之门。阿美姑娘一踏上雪山下芳草萋萋的草甸，就回头神情哀婉地对扎西尼玛说：

"我们纳西人一来到这里，就想死啊。"

她说她想死时，仿佛说她爱他一样真切寻常。

而这场死亡游戏中的另一个痴情者——土司家的大少爷也神魂颠倒地说："和你这样的姑娘死在这漂亮如仙境的草甸上，就好比醉死在温暖的火塘边。佛祖，我现在明白了，为什么人们会说自己幸福得要死。"

"少爷，没有找到世上最美最悲的爱情的人，是来不到这块草甸的。有些事情，有些地方，即便就在面前，但人的眼睛却看不到。"

"你们纳西人其实对神灵的敬畏跟我们藏族人一样。那么是谁最先找到这块天国里的草甸的呢？"

"你想听？"阿美姑娘问。

"想听。"他肯定地说。

"如果你相信我们纳西人的传说，你就能天天都生活在天国里。"阿美姑娘指着自己丰满的胸脯，"还天天睡在为你搭的房子里。"

"那你就快讲吧。"扎西尼玛急不可耐地说，并不知道他正在滑入"游舞丹"的死亡陷阱。

"最早的时候，是一群放牧的纳西姑娘发现了这一片高山草甸。"阿美依偎在扎西尼玛的怀里幽幽地说，"她们被草地上的鲜花和周围茂盛的森林、远处的雪山感动了。她们在遍地鲜花的草地唱歌、跳舞，在溪水边洗去一身的劳累和风尘。她们唱着、跳着，跳着、唱着，越觉得这里像天国一样地美好，就越感到峡谷里不是人生活的地方。

"'能死在这么优美的地方该多好啊！'一个姑娘首先说。

"'我愿意死在草地上的鲜花中，让我和这朵没有名字的小花一样轻盈漂亮吧。'又一个姑娘说。

"'我愿意死在雪山下，让我的身子像雪山一样洁白，谁也不要想来污染我。'还有一个姑娘说。

"'阿姐们啊，我已经十八岁了，人要是能死在杜鹃花开得最灿烂的时候，该多幸福啊。我不愿意看到杜鹃花被风雨吹落的样子。'

"最后，一个年纪最大的姑娘：'妹妹们，身为女儿，哪有不被男人欺负、不受人间苦难的呢？当你还在用尿布时父母就为你找好了一个男人，当你看到自己中意的小伙子成了人家的新郎，你们就会知道比黄连还要苦的命了。从我奶奶的奶奶那一辈的传说中，我就没有听说放牧的姑娘能和自己的心上人结为夫妻。除非是在一个叫游舞丹的地方，那里的人想和谁相爱，就和谁结为夫妻。那里没有老人，没有寺庙，没有战争，也没有土司和官老爷，人们永远都年轻。'

"于是，姑娘们问：'姐姐，你说的那是个什么地方？我们怎么去呢？'

"'那是情人们的国。我们一起死吧，死了我们的灵魂就可以去到那里了。'

"就这样，七只绿色的鸟儿为她们引路，七个放牧的姑娘为了寻找情人的理想国，一起在这片草甸边的树林里吊死了。雪山上的风把她们为情而死的消息吹遍了纳西大地，也把她们没有归宿的灵魂吹到每一个爱情不如意的青年男女心中。她们就成了纳西人又可怜又害怕的'风流鬼'，跟随她们一起出行的风是白风和黑风，昨天我们不是在树林里看见了冲我们吹来的黑风吗，那就是'风流鬼'哈出的热气啊。很久以前，白风和黑风曾把一个与人偷情的纳西姑娘吹到了岩石上，让她永远贴在那岩壁上下不来了，现在那块岩壁上都还有她的身影。"

　　"噢，幸好昨天的那阵风不大。"扎西尼玛晕乎乎地说。

　　"凡是到这片高山草甸来放牧的姑娘或小伙子，只要一唱起'风流鬼'曾经唱过的歌，跳起她们曾经跳过的舞，'风流鬼'就会钻进她（他）们的心里，她（他）们就不想活了。为情而死，是一件多么幸福的事情啊。"

　　扎西尼玛就像喝醉了一样——不，比喝醉还要迷糊百倍——痴痴地望着他心爱的姑娘说："阿美，你不想回去了么？"

　　"我不想回去了，你呢？"

　　"我父亲还要把土司的位置传给我呢。"

　　"那你就等着当你的土司吧。"阿美姑娘幽怨地说。她的忧郁引来草甸上的一阵白色的风，呜咽成一支伤感的歌。阿美姑娘从怀里拿出了一把竹子做的口弦，低头吹起来，那调子凄切绵长、悲伤哀婉，像一把温柔的刀子，一直割到人的骨头里，割到人软弱的心尖。

　　"阿美，求求你，别吹啦。我难受得要死。这是一支什么调子啊。"

　　"我们叫它'骨泣'调，是'风流鬼'喜欢吹的调子。"阿美姑娘扑闪着一双柔情万种的眼睛，那目光仿佛有一股强大的吸力，把土司家的少爷一步一步地引向纳西人的殉情天国。

　　　　阿妹的左手牵着阿哥的右手，
　　　　向"三多阿普"① 跪下，

---

　　① "三多"是纳西人信奉的古老民族保护神，其塑像为白盔白甲，骑白马，相传他能在冥冥之中率领纳西武士冲锋陷阵，因此也被视为战神。殉情的男女在临死前都要到"三多"的塑像前慷慨悲歌、山盟海誓、求卜问卦。

问一问情死的好时候，

算一算阿妹的厄年①，

算一算阿哥的厄年，

说是厄年的时光，

是情死的好时候啊。

有情的阿哥呀，你为什么不说话？

"你为什么不唱呀，扎西尼玛？"她摇晃着他慢慢僵硬了的身子，那躯体仿佛已经不是他的了，他的灵魂正在阿美姑娘凄迷的调子中徘徊，"风流鬼"已经进到了他多情的内心。

"哦，阿美，多好听的歌啊，可我怎么从来没有听到过呢？"他喃喃说。

"我们走吧，时候到了。"她牵着他的手，走过芳草凄迷的草甸，走过遍地迎风起舞的野花，走过身边飘拂的白云，走过还在风声中萦绕的"骨泣"调，走过白风和黑风的呜咽，走过纳西人一个又一个悲情哀伤的殉情故事，走过野贡土司家族规定的藏纳两个民族不能通婚的鸿沟，来到一棵高大的柏树下。

"你瞧，这是我们的殉情树，"她抚摸着粗壮的树干说，"很多不能白头到老的纳西男女，都从这棵树升到情人们的国。当我们吊上去的时候，它会为我们流泪哩。"

他由着她在树枝上结好了上吊的布绸，那是一根红色的绸子，她早为这个时刻做好了一切准备。她结两人的吊绳时不慌不忙，沉着冷静，既不忧伤也不痛苦，就像在做一件天天都要干的农活。她把布绸在树枝上打了个结，这样两人一起吊上去的时候，才不至于一头重一头轻。她甚至还用手拉了一下布绸，欣慰地说，"结实着哩。扎西尼玛，你不知道上吊的人压断了树枝，是一件多丢人的事情。"

"是一件倒霉的事情。"扎西尼玛说。然后他为自己的话忽然感到害怕，他们可是在说自己上吊的事啊。他奇怪为什么他一点也不将它当多大回事。

他还听话地搬来了两截树桩，放在吊绳下。然后他神情恍惚地跟着她站在树桩上，又像梦游一般顺从她的命令，将布绸挽的套子套在脖子上。在那

---

① 纳西人认为男子的"厄年"多为逢"九"的年月日或年龄之岁，女子的则是逢"七"的年月日或年龄之岁。

惊天地泣鬼神的关键时刻，他看到了她凄美绝伦的面庞，高贵雅致，从容不迫；看到了她那双眼睛，温柔得让人心碎；看到了卡瓦格博雪山圣洁的峰顶，一朵巨大的云飘过来，让它蒙上沉重的阴影；他还看到了纳西人的"风流鬼"，她们一身白衣，裙裾飘拂，神情端庄，像藏族人的女神；最后，他看到了他的父亲野贡土司愤怒的脸，怒气从他的嘴里、鼻孔里、眼睛里甚至耳朵里喷射出来，扑向无辜的纳西人。佛祖啊，还是让我不要看到这张脸吧。他祈祷道。

"扎西尼玛，我们去了。"阿美姑娘温柔地说，"你先蹬掉树桩吧。"

他深深地望着她，眼里禁不住淌下了两行温热感动的眼泪，那是他对人生最后一丝幸福的感受。

"阿美，我是多么地爱你。"他深情地说，然后又嘀咕道，"佛祖，这到底是为什么啊！"

14·"野蛮人高尚的战斗"

几天以后，人们费了很大的劲，才找到两个殉情者的尸体。扎西尼玛的仆人们明明曾经在那块草甸上和他们生活过一段时间，可是当他们再次回到雪山下时，竟然许久都找不到那块草甸，拉巴平措为此没少挨土司老爷的马鞭。正如阿美姑娘说的那样，有些近在眼前的地方人的眼睛是看不到的。后来还是找来了纳西人的东巴和阿贵，让他做法事确定了殉情者的方位，才依照纳西神灵的指点找到了那棵殉情树。让藏族人气愤的是，他们吊在树上的少爷死后，脚心还被烧糊了一块，和阿贵解释说这是由于殉情时女方害怕男方不够坚决，因此要检查男方是否真的死了，然后才吊死自己。因为一个人去情人们的国是不会幸福的，留在人间的那个将会更加不幸。

"这简直是比抢人还要恶毒的谋杀！"顿珠嘉措土司看着从雪山上抬回来的儿子焦糊的脚，愤怒地喊，"去把那个和万祥给我叫来。"

"他早就来了，一直跪在外面。"旺珠说。

"把巴登和扎金放出去，咬死他！"野贡土司气咻咻地说。巴登和扎金是他的两条凶猛的藏獒，曾经咬翻过一头豹子。

"老爷，康巴人不骂请罪的人。你忘了我们在拉萨商量的事了吗？"旺珠站在那里说。

"什么事？"野贡土司气糊涂了，把他一段时间以来一直想干的大事忘了。

"江边的盐田，老爷。这是一个好机会啊。"像所有对主子忠心耿耿的管家一样，旺珠总是在最适当的时候，说最恰当的话。

这次拉萨朝圣让野贡土司知道了澜沧江的盐对藏区的重要。他走了两个月的路程了，还看到人们在用峡谷里的盐。由于这几年汉地动乱不已，边藏地区土匪横行，汉地来的盐越来越少了。他甚至还听说在一些地方部族之间为了争夺盐的贩卖权而发生了战争。峡谷外一个比他的领地大多了的土司对他说，盐真是个好东西啊，一粒盐只让你舌头咸一下，一撮盐让你的酥油茶有了香味，一坨盐让你一天不愁吃喝，一口袋盐就让你腰带的银子坠不住了，而一个马帮商队的盐呢，无数个马帮商队的盐呢，你要什么就都在里面啦。

野贡土司这才开了窍，妈的，祖先当初怎么会让纳西人去江边晒盐呢？他让人给他着藏族武士装，这是在正式场合或重大节日时才穿的行头。他上身穿了五件由汉地丝绸做的"对通"短衣，一层一层地叠在一起，这代表着土司的富贵；外面又套了件"楚巴"锦缎长袍，用印度虎皮镶的边，它象征土司的威严；头上戴起珍贵的狐皮帽，标志着土司的尊贵；然后披挂上那些复杂的胸饰、腰饰，有护身符、熊掌箭囊、羊皮挂袋、如意珠、九眼莲花猫眼石，还有一只野贡家族世代相传的镶金边和嵌有各种宝石的靴子，它是几百年前由七世达赖喇嘛所赐。本来七世达赖赐给野贡家族的靴子是一双，但一只靴子被野贡土司家的老祖先供奉在土司楼前的一座白塔里，另一只野贡土司家族的历辈祖先征战时都要把它挂在胸前。多年前六世野贡土司在和德若家族的人马打战时中了对方埋伏，无数的子弹像雨点一样向六世野贡土司打来，但全被这只神奇的金靴挡住了，六世野贡土司回到家里时，从靴子里倒出了一茶碗的子弹头。当然，现在野贡土司最具威慑力的装饰品还是外国神父送的枪了。他把一支长枪和一支短枪都挎在了身上，然后耀武扬威地走到了大门外，那个倒霉的纳西族长正等着他的发落哩。

"你呀，不要像一条狗一样地蹲在我的门口。快回去准备好家伙吧，因为我们藏族人要向你们纳西人开战了。"他晃动着身子，故意把那些装饰品摇晃得叮叮当当，仿佛为他的宣战助威。

从太阳当顶时纳西族长和万祥就跪在土司家大门前了，现在太阳都要落山啦。这个可怜的族长为了本族人在藏区的生存，已经在土司面前忍辱负重多年了。尽管他比野贡土司还大几岁，但他还是说：

"大哥，这些银子够了吗？"

他没有叫他土司老爷，而是喊大哥。跟藏族人一起在峡谷里讨生活，纳西人一直把自己当小弟弟看，天下哪有大哥不原谅小弟过失的呢。他身后有十四骡子驮的银子，每筐银子都摞得高高的，筐子上大大地写着"命价"。即便野贡家的人被世仇泽仁达娃所杀，要赔偿的银子也不会有这一半多。

"不是银子的问题，老弟，你们纳西人要有灾难了。在你把女人和孩子都迁出村庄后，我的马队就要踏平你们的家了，我们康巴人不会在你们的女人孩子面前杀死你们。"野贡土司傲慢地说。

和万祥尽管还跪在土司的面前，但是依然不卑不亢，语调铿锵，他说："大哥，在我们纳西人看来，世上有九十九种祸，从来不曾有女祸；世上有九十九种仇，从来不兴有女仇。阿美和大少爷的事，在我们纳西人的村庄里，家家都碰到过。他们不能结婚成家，但是他们又不能没有这份爱，于是他们就选择了殉情。他们去的地方人永远不会老，石头上也能长出庄稼，老虎是他们的坐骑，鸟儿会唱歌，鲜花会说话，星星可以随手摘来做胸前的宝石，彩虹可以剪来做衣裳，河里流淌的都是酥油茶，人们只需干一年的活，就一辈子吃不完，剩下的日子他们就唱歌、跳舞、吹口弦，和野兽们嬉戏玩耍。他们比活在这个世界上还幸福哩。大哥，我们该为这对幸福的年轻人祝福才是啊，干吗要打战呢？在这片土地上，江水缠绕着峡谷，白云依恋着雪山，纳西人不是你的敌人，是你的兄弟啊！"

"别跟我胡扯啦！野贡土司家的世仇就是因为女人引起的。老弟，看到峡谷上方的那片乌云了吗，愿你们的神灵能保佑你们纳西人，战争马上就要开始了。"野贡土司说完，转身走了，他手下的人"嘭"地一声把大门关了。

和万祥抬头看看天上的乌云，果然就看到了战神狰狞的脸。他的眼泪顿时就下来了。

当和万祥把要和藏族人打战的消息告诉族人时，男人们开始磨刀擦枪，女人们先是抹眼泪，然后她们在一个叫木德丽大妈的带领下，找到了和万祥。纳西人的姓氏一般只有两个，官姓木、民姓和，木氏家族被认为是从前纳西王国的国王木天王的后代，即便传了多少代了，即便一个姓木的人家已经成了普通百姓，却依然在族人中享有相当高的威望。木德丽大妈在村庄中虽然也是一个晒盐户，但她是峡谷里木氏家族中最年长的一位。她对和万祥说：

"纳西人和藏族人打战，是几百年前的事情了，那时我们纳西人有木天王护佑。现在我们有谁可以指望呢？"

和万祥瞄一瞄自己手中的那杆老式火枪，说："我们只有指望它了。不是鱼死就是网破吧。"他的身边摆满了一个纳西武士的所有行头,从他高祖父那里传下来的一副铁甲胄,长矛,一镞弓箭及羊皮弓箭袋,当然还有一个号召纳西武士投入战斗、奋勇冲锋的白海螺。尽管这些东西已经有好多年都不用了,那副铁甲胄上锈迹斑驳,白海螺吹出来的声音也喑哑而低沉。

"你们男人还可以指望我们呢。"木德丽大妈说。

和万祥苦笑道:"这可是从来没有听说过的事情。木大妈,看在土司总算发了点慈悲的分上,赶快带上家里的女人和孩子逃命吧。"

"这一点点慈悲可以救我们纳西人的命。你这个族长怎么当的哦?"

"难道你们也想和康巴人的马刀对杀?"

"如果他们都是货真价实的康巴汉子,敢用马刀砍向我们的胸脯吗?"木德丽挺起虽然已经耷拉到肚脐处但依然丰满的乳房,冲着和万祥的枪口。她身后的女人个个都把胸脯挺得高高的,就像在炫耀一个武士所拥有的最厉害的武器。

"你你……你们要干什么啊大妈?"

"我们不愿失去自己的丈夫,不愿失去自己的儿子、女婿。我们都死了,也不会让你们上战场。"

"你说这话就怪了,我们不上战场,谁来保护你们,谁来保护我们的盐田?"

"你们是纳西人的种。木天王在峡谷里留下这一点种可不容易哩。"木大妈说。

"大妈,男人要死也该死得像个男人。回去吧,纳西人的种绝不了,不在这里就在那里,我们大自然中的兄弟'署'神还在,纳西人就在。"和万祥说得很凄惨。

"把枪给我!"木德丽大妈以不容商量的口气说。

和万祥把枪抱在怀里说:"大妈,你要让我空着手和野贡土司打战吗?"

木德丽大妈一挥手,她身后的女人一拥而上,将和万祥按倒了,可怜的族长只说了句"简直没有规矩……"就被婆娘们把枪夺走了。转眼那杆火枪便被砸成了两截。

接下来一个又一个的纳西男人被他们的母亲、妻子、姐姐、妹妹、嫂嫂、女儿们缴了械,女人们在这个行动中惊人地团结,惊人地坚韧不拔,男人们的刀枪全成了一堆废铁。第二天,当野贡土司的队伍冲到纳西村庄时,康巴骑手们发现了一个他们从来没有遇到过的战争场面,每一个纳西男人都被一群女人和孩子紧紧包围，她们全都赤手空拳，脸上是决绝悲情的表情，她们挺起丰满的胸脯，与男人们的马蹄、枪口和马刀对峙。

那是一场奇怪的战斗。野贡土司的家丁队长友吉对管家旺珠说："这些婆娘们真碍事儿，哪有这样打战的？砍倒她们几个，她们就知道马刀是铁打的了。"

旺珠一把拉住友吉的缰绳，高声喝道："别丢了康巴人的面子！纳西人，是条汉子就站出来！"

那时和万祥在女人们身后急得直跳脚，妈呀妹妹呀地求情，所有的纳西男人全都像他那样，在女人堆里害臊得面红耳赤，但是他们试图反抗的手脚已经不属于他们了，试图战斗的雄心也被伟大的母性淹没了。

马队在一堆一堆的女人中冲来闯去，但是马刀上没有沾上一点血。骑手们放火烧纳西人的房子，女人们看着家产迅速地化为灰烬，但还是紧紧地护住她们的男人；骑手们又朝天上放枪，枪子儿贴着女人们的发梢飞来窜去，女人们依然毫无惧色。藏族人有一句骄傲的谚语说："狮与狗斗，虽胜犹败。"而没有抵抗的战斗则更让胜利者丢尽颜面，更何况他们在打一场和女人的战斗，简直就让男人不是个男人。

野贡土司那时骑马立在高处，把村庄里发生的一切看得清清楚楚。"了不起的纳西女人。"他沮丧地说，"别再丢野贡家的脸了，让那些狗娘养的都回来吧。"

15 · 借悬崖六百尺

当天晚上，守在残垣断壁前的和万祥收到了野贡土司的停战信，野贡土司在信中说，鉴于纳西女人死也不离开她们的男人，而爱惜荣誉的康巴男人又不愿意和娘儿们打战，因此为了让纳西人也有一点尊严，他建议和万祥带着纳西人离开澜沧江西岸。信白人喇嘛耶稣教的藏族人到了澜沧江东岸后，峡谷里不是就平静下来了吗？你们纳西男人总不至于像小鸡那样永远躲在母鸡的翅膀下吧。他在信的最后又补充道。

"他这是要占我们的盐田哩。"和万祥看完信后，终于明白了野贡土司发动这场战争的目的。

和万祥请来族中的老人和东巴祭司，给他们看野贡土司的信。一个老人说："我们纳西人，除了会晒盐和赶马外，还能干什么呢？没有盐田，就没有了碗里的食。明天，还是和他们拼了吧，拼到最后一个人，也要保住我们的盐田。"

和万祥在大雨滂沱、澜沧江水陡涨三尺的危险中冒死溜到了江东岸，他羞愧万分地来见沙利士神父。首先他对自己几年前在信天主教的人们遇难时没有援之以手表示深深的惭愧，他说那是没有办法的事情，寄居在人家屋檐下的客人是不好插手主人的事务的，更何况纳西人是个谦逊温和的民族。这个小个子的纳西族长在沙神父面前谦卑而彬彬有礼，这让神父将他与那些汉人官吏区别开来。汉人官吏在洋人面前总是显得那么猥琐，但是他们其实都很狡诈。他们要向人道歉时总会找上一大堆不相干的理由来搪塞自己的错误，他们绝不会像眼前这个纳西人，自己没有做到的事，就勇敢地承认下来。"其实我很欣赏你们的聪明。"沙神父说。

"不，尊敬的神父，我们并不聪明啊。要是那时我带领族人和你们站在一起，何至于有今天这般狼狈。"

"啊，和先生，即便你们参加进来，也改变不了什么。况且我们是在为信仰而战，而我们的宗教你们又不相信。我记得当年我到盐田里宣扬基督的福音时，你派人来请我离开，说你们有自己的神灵了，并不需要洋人的天主。"

"神父，我们在这里远离自己的民族，谁都得罪不起啊……"和万祥说着说着就哭了起来。

"可怜的纳西人。"沙神父在胸前画了个十字，"我能为你做什么呢，找野贡土司谈判吗？"他问。

"神父，谈判没有用了。他的儿子和我的侄女爱上了，但是藏纳不通婚是峡谷地区几百年的规矩。他们不能结婚，就双双在雪山下殉情吊死了。"

"噢，我的天主，竟还有这等事？"神父惊讶不已。

"神父，这就是我们纳西人的麻烦啊。我们认为相爱的人不能成家，就和死了一样，还不如殉情到一个你们所说的天国一般的地方去，几乎每一个纳西人家都有年轻人到雪山上去殉情，我们是重死不重生，重情不重命。昨天和野贡土司开战，要是有男人战死了，女人也会跟着去殉情。纳西人家是很少有寡妇的。"

"一个充满悲剧精神的民族。"沙利士神父感叹道，"那么，昨天死人了吗？"

"一个人也没有死，女人们全冲到前面，把男人挡在身后。那些康巴骑手也是些珍惜自己面子的人，但是我们纳西武士的脸却丢尽了。"和万祥羞愧地说。

"野蛮人高尚的战斗！"沙利士神父评价道。他开始喜欢上纳西民族了，可惜他们不信耶稣基督。

"不，神父，这是一场卑鄙的战争。野贡土司看中了我们的盐田。他要把我们全部赶走！"和万祥愤慨地说。

"那么，你们打算去哪里呢？"神父问。

"我们打算到这东岸来开盐田。神父，我们知道江东岸是你带领自己的信徒开的，我们不会与你们争地，只求你让我们在江边的悬崖上有立足的地方就行了。"

神父沉默了，良久不说话。自从带领江西岸的教友到东岸开辟传教点六年多来，他把这里看成了西藏的伊甸园。他甚至在心中盘算着一个宏伟的计划，以后凡是在川、滇边藏地区受到生命及生存威胁的耶稣子民都可以迁徙到这里来。他要把这块土地变成一个纯基督徒的世界，使它成为一个模范传教点，让罗马教皇也为之赞叹。沙利士神父一生想为天主奉献的最高事业和理想，也莫过于此了。而现在这些崇拜大自然中多神教的纳西人也想涉足进来，便让神父感到有些不悦。天主明显地希望他拒绝，而身处峡谷中的沙利士神父又有些不忍心。

"东岸的江边不比西岸，全是被江水冲刷出来的悬崖峭壁，岩羊都不能在那里行走，你们怎么搭建盐田呢？产盐卤水的井在哪里呢？"他找了个聪明的借口。

"没有我们纳西人不能做到的事。大地上的万事万物都是我们的亲兄弟，它不会亏待我们。神父，你只要让我们过来，我们会报答你的。"

沙利士神父看着这个走投无路的纳西人，觉得是自己编一个天主的口袋让他钻进去的时候了："和先生，自中国通商开口岸以来，我们洋人在你们中国的上海、天津这样的大地方都有租界，在那里一切事务由我们洋人说了算。在租界里身份低贱的汉人与狗都不允许入内，这是文明世界的通常做法。澜沧江东岸是天主指引藏族人开的，它是天主的领地，也是受到中国政府保护的。我主耶稣说：'人若不是从水和圣灵生的，就不能进天主的国。'你们不信仰天主，怎么可以轻易进来呢？"

和万祥急了："神父，如果你有难处的话，我可以向你租借么！"

"借？借什么？"神父问。

"借一段江边的悬崖。神父，我可以写张借据给你们。"

这可是闻所未闻的事情，神父说："要是你们用这种精神来信奉天主就再好不过了。不过以天主的名义，我借给你那段悬崖。"神父在收紧口袋了，同时，他也完全把自己当成东岸的国王，这让他很得意。

沙利士神父拿出纸笔递给和万祥，他当下就写了一张借据，其文如下——

借据

澜沧江峡谷东岸之地为大法国神父沙利士君于藏历木鼠年率信奉耶稣天主之藏族人所开，铁马年夏西岸之纳西人因与野贡土司起殉情及盐田纠纷，被迫迁徙东岸。现经双方协商，纳西族长和万祥向大法国之神父沙利士借澜沧江东岸悬崖六百尺，以作开盐田之用。

立据人　纳西和万祥

沙利士神父把借据仔细地看了，笑道："'借悬崖六百尺'，和先生，法国总理大臣一定不会答应这个条约的，因为它是中法之间的又一个不平等条约，不过这次吃亏的是我们大法国。你既不说明归还日期，也没有写上租借利息怎么付。"

和万祥傻眼了，真的是借字一出口，还时难煞人啊。

沙利士神父晃晃手中的借据："再不平等的条约，天主都会接受，因为天主是仁慈的。既然你们要到天主的领地来开盐田，你们就应该放弃自己的多神崇拜，只信仰我们全能的、唯一的天主。如果每年你们能有十个人皈依到天主的圣宠之下，我就算作是你借悬崖的租息，到你们纳西人全部都信仰了天主教，这段悬崖就属于你们的了，怎么样，和先生？"

和万祥脸上的汗水下来了，良久他才说："神父，你这是在让我抵押纳西人的灵魂。"

"不是抵押，而是更新你们的生命。"神父自信地说。

沙利士神父以为从此以后他就把纳西人的信仰用绳子拴住了，他随时都可以收紧这根绳子。但是这个耶稣的使者犯了一个致命的错误，他忘记了信仰是不能捆绑的，谁束缚人们的信仰，谁就在自己的脖子上先套上了一条绳索。

17 · 让脑袋去晒盐，让脚好好睡觉

第一批盐晒出来后，银子顺利地流到了野贡土司家。而那时逃亡到江东岸的纳西人还在搭建他们仿佛永远也搭不起来的盐田呢。野贡土司在喝酒庆贺时对他的小儿子野贡·坚赞罗布说："盐真是个好东西，牛羊、土地也是好东西，但是牛羊变成银子，要好几年的时间；地里的青稞只能管我们的肚子不挨饿、酒罐里的青稞酒不干枯。这个世界上没有比盐变成银子更快的东西了。"

坚赞罗布则比他的父亲看得更深刻，尽管他那时才十二岁。他回答父亲说："爸爸，没有枪，哪儿来盐田啊。枪才是比盐变成银子更快的东西。"

坚赞罗布是野贡土司跟他的第三个老婆所生。但他已经可以骑在马上像风一样地驰骋了。野贡土司忽然发现这个最小的儿子比为了一个女人就去上吊的哥哥扎西尼玛更像一个土司。过去他把所有的注意力都放在培养扎西尼玛上，甚至还有过把坚赞罗布送到噶丹寺当喇嘛的念头，因为土司家出个喇嘛，将使土司在俗界说话更有分量，在神界更尊贵。现在他明白看错人了。如果有的儿子只喜欢到草甸上去采花，那么，他宁愿选择那喜欢枪的后代来坐土司的位置。他对伺候在一旁的旺珠喊道：

"来呀，去找一支枪。你们将来的主子需要它了。"

旺珠拿来一支白人喇嘛送的九子快枪，野贡土司郑重其事地递到坚赞罗布的手上，说："拿着，你今后的领地全在它的射程之内，就看你怎么用它了。"

坚赞罗布接过他父亲的枪，"哗啦"一声扳动上枪栓，吓得一边的旺珠大叫："小少爷小心，枪膛里有子弹呢。"

在这个不寻常的晚上表现出色的坚赞罗布说："没有子弹的枪，就像神鹰没有了翅膀。"

野贡土司哈哈大笑，用手拍打着儿子尚还幼嫩的肩膀说："好啊，明天我就带你到雪山上去，你想打什么呢我的儿子？"

"我要把子弹打进我们野贡家仇人的嘴巴里。"他平静地说。

在座的人都愣住了，或者说高兴得不知该说什么好。还是管家旺珠机灵，他冲着野贡土司弯下了腰，把手中的酒碗举得高高的："恭喜你了老爷，野贡家报世仇的日子不远啦！"

野贡土司一高兴，又叫人多宰了五头羊，一头牛，让家里所有的仆人和在盐田干活的下人们都来喝酒。那顿酒宴一直喝到天上的星星都失去颜色了，

水乳大地（选章）

太阳眼看着就要从峡谷的东边升起来，野贡土司还没有完全醉，他想，天要亮了，那是太阳的功劳；太阳要出来了，盐田里该有人去晒盐了。于是他对管家旺珠说："去，太阳……太阳要出来啦，别浪费……我的太阳。"

旺珠走到院子里，对醉卧在火堆边的友吉说："老爷发话了，叫你带人到盐田干活去。"

野贡土司家的前家丁队长友吉因为在驱赶纳西人的战斗中有功，现在被野贡土司封为盐田的管事，负责盐田的监工和贩卖，他第一批晒出的盐就为土司赚来大筐的银子，使这个家伙认为自己也是很了不起的人了。他醉醺醺地对旺珠说："我的脑袋是想……马上就到盐田边去帮老爷晒银子……哦不，晒盐啊，可是我的腿不想去啦。要是我的脚想去的话，我就……去。有劳你啦，回去告诉老爷，友吉的脚现在……它……它不听脑袋……的使唤啦……"

旺珠回来把友吉的话说给了野贡土司，土司看着已升到峡谷东边山尖的太阳，再看看大院里醉了一地的人们，知道就是给他们一顿马鞭，也不能把这些醉鬼从酒肉之乡中抽打回来。他摇醒了睡在火塘边藏毯上的坚赞罗布："罗布，罗布，醒醒，太阳出来了。可是有人说他的脑袋想去为我们家的盐田晒盐，但是他的脚不想去，你说该怎么办？"

坚赞罗布呵欠连连、睡意蒙眬地说："爸爸，脑袋想去就让脑袋去么，脚不想去，就让脚好好睡觉吧。"

土司摸摸坚赞罗布的头，说："好儿子，你说得对。你可比你父亲聪明多了。"

然后他抽出腰间的康巴刀，递给旺珠，就像让他去办一件极为寻常的事一样："去，把友吉的头割下来，放到盐田边。让这狗娘养的脚好好睡觉吧。"

旺珠没有犹豫，接过刀子大步走到友吉面前，大声说："友吉，老爷看得起你啊，让你还算忠心的脑袋去为他晒盐呢。"

友吉那时还没有完全清醒——佛祖才知道他究竟醒还是没有醒，他愣愣地看着旺珠手中的康巴刀，张了张嘴，打出最后一个幸福的酒嗝。

"那么，你请吧。"他说得有些沮丧，但也不无豪迈。

旺珠不再多说，抓住友吉长长的头发，一刀就把那还在醉生梦死的头切下来了，鲜血带着一股浓烈的酒味一下子在院子里弥漫开来，并且很快充斥了整条峡谷，把每一个醉意阑珊的人都刺激醒了。旺珠提着友吉惊得张大了嘴巴的头，一步一步地朝盐田方向走去。所有的人此时都明白了他们的身份，明白了土司老爷的刀是可以随意切断人的脖子的。他们像一群受到主人严厉呵斥的羊群一般乖乖地跟在那颗血淋淋的头颅后面。他们听到了血滴落在峡谷的土地上的滴答声，听到了太阳在峡谷东边的山峰背后攀登的匆匆脚步声，听到了野贡土司抽刀出鞘时清脆而刺人神经的那一声"嚓——"，也听到了友吉的头被切下来时刀和脖子对抗时的那一声"咔嚓"，他们还听见了友吉那没有了身子的头仍然在说话，他说得急促而懊悔：

"太阳出来了，不要浪费土司的太阳啊。"

从那以后，友吉的头就一直搁在澜沧江西岸的盐田边，每天启明星刚刚开始发亮的时候，盐民们都能从睡梦中惊醒，不是他们天天到这个时候都要做噩梦，而是因为友吉在江边叫唤呢。直到后来友吉的头与岩石连在了一起，成为江边那些褐色岩石的一部分，人们才再也听不到友吉的催促声，因为那时峡谷里的太阳已经不属于土司了。

也是从那以后，澜沧江西岸晒出的盐全是红色的了。那盐猩红猩红的，像浸透了人的血。这种红盐人不愿意吃，但把它掺在饲料里，牛吃了长力气，羊吃了长膘。

18·盐的颜色

没过多久，江对岸纳西人的盐田也开始出盐了，令人奇怪的是他们晒出的盐是白色的，不论从成色还是质量上来说，都比野贡土司的盐好。那些驮盐的马帮更愿意购买纳西人的白盐，而且红盐的价格每斤还比白盐少一个半到两个藏币，因为他们说人吃了红盐会上火。野贡土司酒醒以后，才发现他砍友吉头的那把刀太快了。

但是砍下的头怎么才能再接上去呢，那就像要想改变盐的颜色一样难啊。他问管家旺珠："都是澜沧江边的盐卤水，都是一样的盐田，都是同一个太阳，为什么现在我们就晒不出价格更高的白盐来？"

旺珠回答说："老爷，大概是因为我们的神灵和他们的不一样吧。"

野贡土司气鼓鼓地说："我们的神灵经常不站在我这一边。在我需要他们的帮助时，却尽遇到些魔鬼。你赶一驮骡子的银子到寺庙去，让他们做一场最隆重的法事，把我们的盐也变成白色的。要是有可能的话，告诉喇嘛们，用他们的法力把对岸纳西人的盐变成红色的。我想这一定是纳西人的东巴捣的鬼。"

噶丹寺的五世让迥活佛拒绝了野贡土司的要求，他对旺珠说："神灵只控制盐的味道，并不控制盐的颜色。就像地里的庄稼，神灵能控制它们的生长和成熟，但不能控制它们的青黄。"

旺珠追问道："尊敬的活佛，那么你说是什么东西控制盐的颜色呢？"

活佛望着寺庙前方峡谷中的氤氲，以及峡谷两边的大山，良久才缓缓说："你去问问大地吧，它赐予我们一切。一切因缘大法都来源于大地啊。"

野贡土司听说寺庙不愿为他做改变盐颜色的法事后，把脸上的横肉全都拉成长条状的了。"大地？大地还在我野贡家的控制之下呢！狗娘养的，西岸不给我晒出白盐来，东岸的白盐难道就只属于纳西人么？我能把纳西人赶到东边，也可以把他们赶到天边！哈哈，这要看我高兴不高兴了。坚赞罗布不是说了嘛，枪是比盐变成银子更快的东西，枪难道就不能改变野贡家盐的颜色么？（啪，他身边的一个家丁挨了一马鞭）这些只知道死念经书的喇嘛，他们还没有一个十二岁孩子脑袋聪明。哼！他们能控制神灵，可是谁见过他们把神灵像一个朋友一样带到家里来喝酒了？那些能驱散冰雹的巫师，冰雹来的时候，他们忙着把冰雹赶出寺庙的领地，别人地里的庄稼就不管了。去年那场冰雹的账我还没跟他们算呐。如果神灵真的可以战胜一切，中国皇帝的军队打来的时候，那些藏族人的护法神到哪里去了？战神们又到哪里去了？（一个挡路的家仆被踢了一脚）大黑护法神，金刚具力神，阎王神，白哈尔神，大梵天神，载乌玛保神，哼哼，喇嘛们说起他们来一个比一个厉害，可寺庙还不是一样被炮弹和枪子儿打得稀烂？我要是不聪明一点，没有跟他们站在一边，赵屠户的军队还不把这土司大宅踩平了？佛祖啊，我想了好久了，这个世道在变啦，没有信仰的人就像不勒缰绳的马一样，跑得越来越快了。想去哪里就去哪里，想怎么胡来就怎么胡来。可是你惩罚过他们吗？让迥活佛，愿佛祖保佑你的吉祥，你们的咒语被雨水淋湿了吗？"

"老爷，老爷啊……"旺珠躬身劝解道。

"别打断我。他不是还在密室里闭关静修吗？他修持到了什么？他带来的吉祥在哪里？活佛的话不管用啦，愿你吉祥。峡谷里魔鬼比人还多的时候，人们伺奉完魔鬼，自己有一口糌粑吃就行了；魔鬼和人一样多的时候，喇嘛们就躲在寺庙里挑起魔鬼和人的争端，这样他们就有事情干了；哼，总有一天，这峡谷里人会比魔鬼还多，纳西人，白族人，彝族人，回族人，还有那些看不到他们的地方尽头的汉族人，他们都会来的。哈哈，现在连喜马拉雅山那边法兰西国的人都来了，他们还带来据说能救藏族人灵魂的耶稣，这下可就热闹了，白人喇嘛控制了藏族人的灵魂，魔鬼怎么办呢？神灵们又住在哪里？喇嘛们的法力还管用吗？这个世道真他娘的乱透了！（他又把一个仆人踢出去三尺远）听白人喇嘛说这个世界上还有个国家的太阳永远不会落下。哦呀，佛祖，这些狗娘养的要晒出多少的盐啊。"

旺珠这时已经全身跪爬在地上了："佛、法、僧三宝啊！老爷，你把藏族人的神灵都得罪啦！魔鬼是召请不起的啊！"

19·大瘟疫

魔鬼们一定是听到了野贡土司的召唤，毫不客气地用死亡的阴影席卷了整条峡谷。这是一种峡谷里的人们从来没有见到过的魔鬼，连噶丹寺的喇嘛们能控制的神灵也不知道是哪一路的魔鬼释放出来的瘟疫，因为他们自身也被这种魔鬼击倒了。这场可怕的瘟疫比多年前那场肆虐峡谷地区的疟疾恐怖百倍。魔鬼像无处不入的风先从人们的腹股沟和腋下侵入，然后在那些部位开始作祟，先是疼痛、发冷，然后肿胀起来，从一个核桃大到拳头般大小。人们看到自己身上的这些包块却束手无策，念经、烧香、磕头都不能将体内的魔鬼驱赶出来。当魔鬼的阴影出现在患者的胳膊或大腿上，使黄色的皮肤发黑，并让人们的舌头也变黑时，阎王的勾魂薄上已经明确无误地写上这些倒霉者的名字了。那是一些被魔鬼控制的东一块西一团的黑色斑块，它们在人们身上像阴魂一样地出现。有的人皮肤上一出现黑斑，不到三天就死了；有的人头天晚上还在祈祷念经，第二天早晨就再也起不来啦。从牧场上的放牛娃到地里干活的佃户，从土司贵族到寺庙里的喇嘛，魔鬼不分贵贱，一律击杀，任意地掠夺它所遇到的所有人的生命。没有一家没有死者，没有一户没有哀号。失去亲人已经不是幸存者最大的悲痛，最大的哀伤在于人们不知道活着的亲人中下一个将轮到谁，每一个人看别人的目光都能拧出泪水来。到后来，人们的泪水也流干了，眼珠成了两颗干硬的核桃，没有光泽，没有活力，也没有爱、怜悯、仁慈、同情、喜悦、悲伤、孤独、仇恨。人们互相打量时，就像死人看死人。

野贡土司的三个妻子已经死了两个，另外还死了三个叔叔，两个舅舅，一个舅母，四个外甥，六个仆人，牧场上的牧人则全部死光，不少佃户更是全家死绝。野贡土司的第一房妻子央宗死在火塘边，她低声说了句："扎西尼玛，草甸上的花真的那么好看吗？"身子一偏就倒了。第三房妻子曲珍是坚赞罗布的母亲，在死的那天晚上，她仿佛有预感，硬撑着身子来到坚赞罗布的卧榻前，认真地对他说："罗布，你要想当个好土司，就要远离枪。当有人要拿枪去打战时，你最好在家里喝酒。"第二天早晨，人们发现她安详地躺在自己的床上。野贡土司一个常年在寺庙里吃斋修行的舅舅死得更为离奇，他说要去拉萨请法力无边的大活佛来镇压魔鬼。他骑上马，带了几个仆人想走出这一片被死亡笼罩的峡谷，到晚上仆人们要歇下来扎帐篷时，发现还骑在马上的老爷已经被魔鬼截杀了。谁也不知道他是什么时候咽气的，他的双脚死死地蹬住马镫，两胯将马鞍夹得紧紧的，以致人们只有把他连马鞍和马镫一起抬回来。

澜沧江东岸耶稣的子民和纳西人也同样没有逃脱魔鬼的惩罚，沙利士神父是第一个站出来解释魔鬼名字的人。半个月前，他到江边去看纳西人的盐田时，曾看到几只老鼠顺着横跨峡谷两岸的溜索爬过来了。他在当天的日记中这样写道：

> 溜索不仅是大江两岸人们的交通工具，也是动物们保持来往的走廊。我看到三只超出人们想象的巨大的老鼠沿着那根藤篾索爬过来了，只有澜沧江大峡谷的老鼠才会有这样高超的绝技，它们竟然对轰鸣着的澜沧江一点也不感到害怕。难道它们也向往基督徒的圣地吗？

当东岸的人们身上开始出现肿胀和黑斑时，沙利士神父才恍然大悟——夺人魂魄、横扫一切生灵的鼠疫来了。

从那以后，教堂天天都要敲响丧钟，连沙利士神父也不得不在心底里担忧：世界末日是否已经提前到来了？神父在教友中开展了一场卫生运动，他带领他们捕杀老鼠，焚烧死牲畜，将死者深埋，到处撒上生石灰。并且让教友们勤换衣服，天天洗澡。他告诉教友们，瘟疫是由老鼠传播的，老鼠是菌源体，寄生在它们身上的跳蚤叮了人，人也就感染了这种瘟疫了。我们欧洲人叫它鼠疫，也叫黑死病。早在十四世纪中期，这种瘟疫就在欧洲蔓延过，它大概夺走了近两千万欧洲人的性命。从流行这种瘟疫开始，欧洲每十年就爆发一次，这场灾难一直延续了一百来年。一些人死了，而另一些人则活下来，为什么呢，因为天主拯救了他们。你们赶快忏悔吧，末日审判已经来临了。他在布道时经常向自己的教友呼吁。

沙利士神父写信到打箭炉教区求援，但是送信的人还没有走出峡谷就倒毙在路边了。他在日记中写道：

> 仿佛天主抛弃了这条峡谷。难道我们做错了什么吗？即便我让这些善良的人们灵魂得到了救赎，但谁来拯救在深渊中沉沦的峡谷？

第五章

27·九头喇嘛

峡谷里的老人们至今还记得，黑色的瘟疫是在一个大风年被狂风一点一点地刮走的。那是一场刮了整整三百六十五天的大风，瘦小一些的牛羊和孱弱一点的小孩都被狂风刮到了天空，他们就像升向天国的幸运儿，毫无牵挂地脱离了大地，在风中和澜沧江里的鱼、山岭上的动物、地上的牛羊、飘飞的经幡一起自如地舞蹈。人们要用巨大的石块压在房顶上，才可保住屋顶的木片不被风刮飞。狂风荡涤了一切，峡谷里的房屋、寺庙、教堂、道路、土地等裸露在外面的东西，都被风洗得干干净净，甚至把人们的头发都梳洗干净了，许多人一年都没有到峡谷的温泉里洗过澡。到大风停止时，人们发现天地如此之新，家家的房子就像被水洗过了一样。连噶丹寺措钦大殿外的那一排金黄色的转经筒，过去长年累月地被信徒们的香火熏染，又被无数藏族人抚摸推动，早就在上面积淀了一层厚厚的黑色油腻物。清军的炮火曾经锤炼过它们，但是一点也没能改变它们的颜色。可旷日持久的大风就像一把刷子，将这些转经筒从里到外清洗得如同崭新的一般。寺庙专门为此做了一场法会，庆贺这些古老的转经筒的新生。

那一年峡谷的地里没有收到一粒粮食，盐田里也没有收到一粒盐。青稞种刚一撒下去，就被天上的神灵收走了；盐田里人们刚把卤水倒出来，穿越峡谷的风便把田里的水吹到天空中，一点希望也不给人们留下。那是饥饿的一年，草根、树皮、野果，甚至江边悬崖下的一种白色的黏土，都是人们肚子里的食物。许多人胃里长出了手，从嘴里伸出来，抢掠一切牙齿能嚼碎、喉咙能咽下的东西。饥饿是一只巨大的口袋，笼罩在峡谷的上空，这个口袋里除了肆虐大地的大风，连一根枯草也没有给人们留下。

民国以后，泽仁达娃率领雪山部落的大部分康巴好汉加入了与汉人军队打战的藏军队伍。把自己的部落轻率地拖入到与官府连年不断的战争中，并最终使这个延续了近十代人的部落走向衰落，是因为"九头喇嘛"的故事燃起了泽仁达娃反叛的怒火。那天有个牧人来告诉他从水碾房下的水沟里淌出的水全是红色的鲜血，他便带了几个人来到水碾房察看。他们看见一个没有头的喇嘛在水沟边清洗自己的头颅，旁边摆着一个已经很破旧的羊皮鼓。那被洗的头颅还在说话哩，它说：

"赵将军可以砍下我的头，但草场万万不可开垦。草场上不会生长庄稼，只能养育牛羊啊，没有草场就没有了牛羊，没有了牛羊，就没有了藏族人啊。"

那头颅边哭边唱，边唱边淌着鲜红的血。泽仁达娃一声惊呼："哦呀，那不是敦根桑布法师吗？"

但是他们向前走，法师就向后退，水碾房也跟着向后退。他们永远走不到敦根桑布的身边，就像圣洁的卡瓦格博雪山峰顶，你看得见、感受得到，但作为一个凡人，神灵早就规定好了你与神界的距离。泽仁达娃急得大喊：

"上师，你真的是能骑在鼓上飞行的敦根桑布法师吗？"

苯教法师的头颅说："我就是敦根桑布。"

泽仁达娃问："法师，谁要开垦草场啊？"

头颅说："赵屠户赵将军。"

这个被藏东地区的藏族人视为恶魔的屠户将军泽仁达娃当然知道，不过早有传说讲他被藏族人打死了，看来魔鬼真的不止一条命。

"他开垦草场了吗？"

"他把我的头砍下来了。"

"哦呀！"

"砍下一个头后，我又生了一个头。"

"哦、哦呀！"

"又砍下一个头，我再生一个头。"

"哦呀呀……"

"再砍，再生。"

"哦……"

"生了九个头，砍了九次。"

"……"

"这是最后一个头，也被他砍了。赵将军说，你就是有一万个头，也不能阻挡我开垦草场。我的士兵年年要吃十万斤粮，你们能年年拿十万个头来阻挡？"

藏族人跪在法师没有头颅的身躯前，哭成了一片。

"康巴的汉子们，上马呀！"泽仁达娃跃上了战马，抽出了马刀。从那天以后，他就没有再回过自己的部落，常常连睡觉做梦都是在马背上。

藏东地区二十三个雪山下的部落和三十六个草原游牧部落只要一听到"九头喇嘛"的悲壮经历，都立即召集起牧场上的汉子们，跃上战马，打着嗜血的口哨，杀向官军驻防的军营。那是一场波及藏东十六个县的连绵日久的战争，"九头喇嘛"的故事传到哪里，哪里的战火马上就燃烧起来了。

六年的战争过后，藏东地区再也见不到一个汉人士兵，连汉人官吏都不见踪影，仿佛他们真的做了藏族人的护法神或者被风吹跑了一样。其实不是他们在藏区闹够了，而是他们陷入了中国军阀大混战的烂泥潭。但是泽仁达娃当初带出来的四十八条康巴汉子，如今只剩下二十一个骑手了。他们长年累月地在马背上颠簸厮杀，他们的村庄被前来进剿的汉人军队烧了个精光，他们的女人孩子都躲到连他们也不知道的地方，他们的牛羊要么是被汉人军队掠走，要么是饿死冻死了。他们再没有了曾经能放牧、能唱歌、能繁衍后代、能祭祀神灵的村庄。马背成了他们唯一安身立命的地方，他们忘了节令，不知寒暑，甚至已经不会农耕放牧了。有一天饥饿的泽仁达娃立马在峡谷的一座山头上，看着河谷底的村庄和江边的盐田，忽然对他身后同样饥饿的康巴弟兄说：

"活佛说过的那些话，经书上的那些戒律，不能帮我们填饱肚子。这个乱世如果我们要想活下去，首先得把自己变成一群魔鬼。"

29·探寻与迷失

教堂新来了一个名叫巴勃的神父，他是一个传教史方面的专家，尤其对罗马传教会在东方的传教历史颇有研究。在来盐田教堂之前，他曾在澳门、温州、天津等地传过教。这是一个性格孤僻古怪、书卷气很重的传教士，沙利士神父从劳纳主教写来的推荐信中感觉到，巴勃神父和教会的同人不太合群，似乎在哪里都受到魔鬼的捉弄，按他的资历和学识，他至少也应该升到主教一类的圣职了，但是他现在连一个本堂神父的名分都没有。劳纳主教在信中明确指出，他是来协助沙利士神父工作的。如果他能在你的帮助下开辟一个新的教点，天主会感谢他；如果他在澜沧江的大峡谷中能证明罗马传教会几百年来在中国——尤其是在西藏——的传教是符合天主旨意的，教皇会让他吻其尊贵的脚背。沙利士神父从这些揶揄的文字中读出了巴勃神父的处境。他很同情这个比自己还年长二十多岁的老传教士，但是当他第一次站在巴勃神父的面前时，他感到一股刺骨的阴风被巴勃神父带来了。他似乎终生都与风有关，他一来就赶上了吹了一年的大风，他最终也必将消失在风中。

与巴勃神父一同来的还有一个来自澳门的修女微娜，她干瘦而精悍，对天主的事业充满热情和理想。与身材普遍高大健壮的康巴女人比起来，微娜修女就像一个中学生。但不管怎么说，巴勃神父和微娜修女的到来，让沙利士神父感到了教区主教大人对目前在西藏唯一的传教点的重视，从今以后，他不再是在西藏孤军奋战的斗士了。而教会方面的考虑则更为深远，劳纳主教在给沙利士神父的信中还说："和你的传教点隔着一座大雪山下，美国'五旬节'教派的牧师们已经在靠近藏区的傈僳人中开展工作了。我相信他们要去的最终目的也和我们一样——圣城拉萨。"

劳纳主教说的那个地方就是卡瓦格博雪山背后的怒江大峡谷，那条峡谷和澜沧江峡谷几乎是平行的，也是一条前往西藏的通道，卡瓦格博雪山是这两条大江的分水岭。

"可恶的美国人，到处他们都要插上一脚。"沙利士神父想到自己的光荣将要被美国人抢先，心里便不平衡起来。但转念一想，这又违背天主的旨意，于是他又说："傈僳人是比藏族人更原始野蛮的民族，'五旬节'教派的牧师能在那里站住脚，也不容易啊。愿主保佑他们。"

但是巴勃神父的回答是："只有品质符合天主性质的人，才可以在天国里占有一席之地。一个不合时宜的弥赛亚①，无疑于干柴下的火星。"

最近几年，沙利士神父开始对东巴教产生了浓厚的兴趣，并不是纳西人的多神崇拜使他对天主产生了怀疑，而是纳西人的东巴象形文字引起了欧洲学术界的震惊和轰动。这个事件的肇始者就是沙利士神父。多年以前他通过

---

① "弥赛亚"就是基督徒认为的救世主，也被指称为耶稣。

邮路给巴黎国家博物馆邮寄了两本东巴象形文字的经书。这两本由树皮纸书写的经书是东巴和阿贵的一个侄儿偷偷卖给他的。自从沙利士神父在鼠疫横行的年代里见到了纳西人丧葬仪式中珍贵的《魂路图》后，他就对这个民族怪异诡谲的文化着了迷，但是和阿贵东巴却对沙利士神父深怀敌意，他有个令沙利士神父哭笑不得的说法："天地间自古就有可以看的和不可以看的东西，有看了养眼睛的和看了伤眼睛的东西，东巴象形文如果被蓝色的眼珠看得太多，邪恶的秽气将会污染我们的经书，得罪纳西人的神灵。"

不过这难不倒聪明的沙利士神父。他结识了东巴和阿贵的侄儿兼学徒和令高，这个家伙正准备结婚，手头上有些紧，沙利士神父用一匹羊的价格就从和令高那里买到了两本他偷偷临摹的东巴经书。因为对一个东巴学徒来说，不仅要跟着师傅学做各种法事，念唱经文，能临写一手好的东巴象形文，也是必须掌握的技艺之一。

在欧洲露面的东巴象形文经书令欧洲的学者们大为惊叹，人们将之赞誉为"远东自甲骨文之后的又一重大发现"。学者们和各学术机构纷纷来函向他索要"人类启蒙时期的原始图画文字"。沙利士神父由此而在欧洲名声大振，人们甚至把他看成一个勇敢无畏的探险家、人类文化学家，有的大学甚至邀请他回欧洲去演讲。这倒让沙利士神父始料不及，他是作为一个传教士来到西藏的，如果是神学院递过来的教鞭，他会很乐意地接受。但是对着那些从没有见到过澜沧江峡谷的学院派的学者们，你如何跟他们讲得清纳西人万物有灵、多神崇拜的宗教观呢？

经过几年时间的收集，沙利士神父已经有了近千本东巴经书了。这是因为到后来他已经不理会欧洲各学术机构的征购要求。他要自己保留这些东西，并且学习它们。仿佛是天主的圣意，他对东巴经文的热爱超过了当年他跟随杜朗迪神父在噶丹寺学习藏传佛教时的热情。在和万祥和几个纳西老人的指点下，他已能识读一些常用的象形文字，他的雄心是要做欧洲第一个能破译纳西东巴经文的人。

巴勃神父带来了十匹骡子的书籍，他一来到右盐田的教堂，不是尽快地熟悉自己的工作，不是花更多的时间在教友中走访，也不是对当地的民风民情表现出相应的热情，而是把自己整个儿埋进了书堆里，仿佛他是罗马神学院的教授。他阴郁少言，落落寡合，对教友缺少一个神父应有的爱和热情，即便散步时遇见虔诚的教友，人家向他问安，他也懒得回应。生活艰苦并不是巴勃神父的苦难，孤独寂寞也不是他终日忧郁的原因，他的忧伤更不是耶稣在客西马尼园的忧伤①，而是一种看出了天主的旨意错误了的忧伤。

右盐田的教友经常可以看到这个满脸胡须、面色阴沉的神父在傍晚时分于落寞的山道上徘徊而行。他的胡须是淡黄色的，乱蓬蓬地遮盖了他大半张脸，使他本来就没有表情的面部更加神秘幽深。噶丹寺的喇嘛们放出的咒语在风声流传：这个新来的黄胡子白人喇嘛是风鬼的化身，是他带来了经年不息的大风。看看山梁上枯黄的草吧，都是被他的黄胡子染黄的。澜沧江西岸焦虑的牧人如果不是还饿着肚子，连过溜索的力气都没有了的话，早就派出杀手把巴勃神父解决了。

沙利士神父在大风中也听到了一些对巴勃神父不利的消息，他告诫巴勃神父不要一个人于黄昏时刻在山梁上到处乱走，因为大风中掩藏着威胁。

"为什么？"巴勃神父那时正要跨出教堂的大门，他回过头来问沙利士神父，"散步是天主赐予人的权利，即便它不有助于身心的健康，也对在这茫茫群山中寻找天主有帮助。"

"不管怎么说，你还是要小心，哪怕是一次平常的散步。在西藏，天主也有鞭长莫及的时候。"沙利士神父冲巴勃神父孤单的背影说，"一个在妙不可言的西藏找不到生活乐趣的人。马修，去，跟着他。既不要魔鬼惊扰巴勃神父的散步，也不要巴勃神父感觉到你的存在。"

30·来来往往的军队

夏季即将结束的一个黄昏，西边的太阳被一片碎云切割得支离破碎，大风驱赶着黑夜步步逼近，天空一半深蓝一半乌黑，云层堆积在峡谷的上方，仿佛是自上而下即将冲下来的黑色洪水。巴勃神父一如既往地站在山梁边那块突出的岩石上，面对空空的山谷发呆。狂风吹起他的黑色长袍，望上去使他像大地上一只被剪断了翅膀的鹰。马修远远地跟在一块巨石后，抱着他的火绳枪都要打瞌睡了，这时他嗅到了一股比魔鬼的味道还要肮脏的气味。不

---

① 《圣经·新约·马太福音》中记载，耶稣在被捕前，曾在客西马尼园感到十分的忧伤，他对自己的门徒说："我心里甚是忧伤，几乎要死。"这是《圣经》中耶稣唯一为自己感到忧伤的地方。

是由于这种气味很臭，而是因为它和纯洁的峡谷格格不入。当年带来那场鼠疫的臭气也不能和这个美好黄昏里野蛮地闯进来的陌生气味相比。

"糟啦，神父还是把汉人军队给引来了！"马修在岩石后面叫苦道。

多年以后，马修还坚持认为，巴勃神父之所以要天天晚上到左右盐田的山梁上去"习惯"，就是为了在那里等汉人军队。他对村里人说，巴勃神父黑色的衣袖一甩，汉人军队就从他的袖子后面钻出来了。

那是从四川方向来的一支军队。带队的是四川军政府的一个小连长。他的队伍在崇山峻岭中走了两个多月了，一个人影也没有见到，他都怀疑自己是否走出地球了。当他猛然和孤单地伫立在山梁上的巴勃神父相遇、并和神父蓝色的眼光相对时，这个自以为是的连长惊得把腰间的手枪抽了出来，他大叫道：

"妈的，我们走到欧罗巴洲了！"

"军官先生，这里不是欧洲，是天主的国。"巴勃神父伸开双手说。他看到穿军服的人，以为是看到了文明人。他认为，至少他们比藏族人更有教养一些。

"这里不是中国？"连长的惊讶还没有完。

"欢迎来到西藏。"巴勃神父再次伸开双手说，"我的书籍你们带来了吗？"一个月前，他接到劳纳主教大人的信说，近期将有政府的军队把他要的书带来。

"噢，西藏。他妈的，我们终于走到西藏了。你的什么？"连长甩掉帽子问。

"我的书籍。"

"噢，那些书啊，一路上弟兄们要拉屎，它们正好派上用场。"连长满不在乎地说。

"天主啊，那可是教会的历史！"巴勃神父痛心疾首地说。

"教会的屎（史）也是屎，也得有东西去揩。让开道。"连长挥挥手，根本就不把巴勃神父放在眼里。

"滚回去！野蛮人！"巴勃神父再不把他们当文明人了。

"洋鬼子，让开道！别把老子惹火了。"他把枪掏出来点着巴勃神父的鼻子尖说。

这时马修像豹子般窜到连长和巴勃神父之间，谁也没有弄明白这个巨汉是从哪里冒出来的，他一把就把大兵连长举到了半空中，如果不是巴勃神父喊住他，他差点就把这家伙扔到山谷里去了。

马修前面的大兵们拉枪栓的声音响成一片，巴勃神父连忙高喊："士兵们，别开枪，要不军官先生就没命了。"

那个连长悬在半空中也急得喊："哪个打枪我日他妈！爷，快放我下来！"

好在沙利士神父带人适时赶来，一场遭遇战才没有打响。沙神父把大兵们迎进教堂，让亚当和微娜修女烧热水给他们烫脚，煮树叶菜汤给他们喝。他们脚上的臭味和身上的汗味熏灭了祭台上的蜡烛，让圣母玛利亚也皱起了鼻子。他们身上养的虱子比一粒粒青稞还大，他们一边喧闹，一边把虱子从身上捉下来，顺手就塞进嘴里，还咬得"啪嗒""啪嗒"响，仿佛那声音能让他们感到幸福。祭坛上的耶稣圣体也被大兵们在教堂院子里的喧哗搅醒，沙利士神父察觉到了耶稣的不悦，他在心中向耶稣告罪道：主啊，宽恕这些无知的人们吧。他们是来为教堂提供保护的。但是他转回头去看到教堂里一片狼藉，他的祈祷又变了。哦，全能的天主，还是让他们尽早离开吧。他们不是一些迷途的羔羊，而是一群没有了缰绳的野马。

士兵们只在教堂里待了两个小时，但教堂就像经受了一场战争。他们打坏了十六只木碗，两口大铁锅，七条凳子，三扇玻璃；他们还像骡子一样在教堂的墙角到处撒尿，修女微娜开初还出来为士兵们烧洗脚水，但是几个大兵看着她就淌口水，下流的嬉笑也一同淌了出来，吓得微娜再不敢露面了。

"你们是一支什么样的军队？"沙利士神父等那个连长烫好了脚，在阳光下把脚上的血泡一个个挑了，才问他。

"我们么，我们是刘司令的队伍。"

"是属于北洋政府的吗？"沙利士神父对中国近期的时局多少有些了解，据说一个乡村里的乞丐，只要他敢于打出一杆旗帜的话，他就可以自封为将军。

"谁还听那个鸡巴政府的。"连长姓张，他从脖子后抓了一个巨大的虱子，扔到嘴里"啪嗒"一声咬碎，一丝血从他弥漫着口臭的嘴唇处流下来。沙利士神父皱起了眉头，只有天主才知道他从前是否就是一个乞丐。他继续说："现今中国南方的军队和北方的军队打，西面的队伍和东面的打。张飞打岳飞，杀得满天卵子乱飞，就差没有打到玉皇大帝那里去了。政府说的话还不如当兵的放个屁。"然后他一拍腰间的枪说："这就是你的政府。从今天以后，我就是政府，政府就是我。兄弟我已经被刘司令委任为盐田县的县长了。"

沙利士神父惊得目瞪口呆："可是……可是，你是个军人。"

"军人怎么啦？军人又不是和尚，人家的女人都睡得，县太爷的位置就坐不得了？"张连长一边说，眼睛一边往微娜修女的房间看。

"当然，如果军官先生愿意的话，大总统的位置也是可以坐的。过去贵国的袁世凯不也是军人吗？"沙利士神父讥讽道，"不过我要奉劝军官先生一句，右盐田是天主教徒的领地，传教是受贵国政府保护的。如果军官先生的队伍对教友有所侵犯，当被视为对教会、对法兰西国的冒犯。我国政府绝不会视而不管。"

沙利士神父用外交口吻一字一句地说，这一招还真把这个粗鲁的大兵震住了，他不得不收回自己时常往微娜修女的房间溜来溜去的眼光，他说："其实，我们是来为你们提供保护的。"

"我认为，"沙利士神父站起身来说，"你对我们最好的保护就是马上带上你的军队从教堂、从右盐田撤出去。"他做出了送客的手势。

"可是，可是我的县衙门，要要……要设在这里呢。"张连长吞吞吐吐地说。

"右盐田没有你设县衙门的地方，这里是教会的土地。不要说一支军队，就是一只没有皈依天主的猫，都不允许在这里留下来。"沙利士神父说得很坚决。

张连长摸摸自己腰间的枪，但是他没有勇气把它抽出来。"那么，我们就到下面的那个村庄开署办公吧。他妈的，不管中国是哪个朝代，洋大人还是洋大人。狗杂种们，集合！"

三天以后，盐田县政府的招牌就在左盐田纳西人的村庄中挂出来了。纳西族长和万祥对这支粗俗不堪的军队持谨慎欢迎的态度，他想至少在康巴藏区，有政府总比没有政府好，江对岸的野贡土司不是随时扬言要靠枪弹改变自己家盐的颜色吗？过去清政府时县府设在江西岸，县衙门就像是野贡土司家族开的。现在纳西人在政府的保护下看来可以直起腰杆来了。因此他动员全村的父老为新成立的县府盖了一幢房子，还买了鞭炮，在一片喧闹声中把张连长迎进了县府。张连长那天换了身长袍马褂，此后他就被人们称为张县长了。

但是张县长的宝座还没有坐热，他就被云南人一枪打死在县府的大门前。那支从云南来的军队手中全是法式武器，连小炮都有两门。一个滇军少校营长在三月峡谷里桃花盛开的中午，带着一支满身是泥的军队开到了左盐田。他掏出一张发黄的委任状自己宣布说，奉"靖国护法"军杨司令的命令，鄙人从今日起正式履行盐田县县长一职云云。

张县长那时带了几个马弁堵在县府的大门前，他冲滇军营长嚷："云南蛮子，别拿啥鸡巴羊司令马司令来唬人，滚远点！哪个给你发的委任状啊，茅坑里揭下来的吧。"

滇军营长不露声色地说："它给我发的。"他眨眼就把手枪掏在了手上，一枪就把张县长打了个狗吃泥。滇军士兵一拥而上，用刺刀把四川的官吏赶走，将新县官登堂入室地拥入了县太爷的宝座。

三个月后，来自藏东昌都地区的藏军又赶走了云南人。那是第一支训练有素的藏族军队，他们由英国人提供武器和负责训练，一个穿藏装的英国上尉指挥了那次战斗，这样他们不用再靠占卜来决定战斗的方式和进程。他们行军时演奏的军歌都是"上帝护佑女王"。沙利士神父在教堂里听到这支熟悉的曲子时，咬着牙帮对巴勃神父说：

"可恶的英国佬，他们倒扮演起十字军的角色了。难道他们又要靠铁和血来传播天主的福音吗？"

来者是打了胜仗的英国上尉以及他身边的藏族军人。他是一个满头金发的青年，看上去三十来岁，西藏高原强烈的阳光使他白皙的皮肤呈现出油亮发光的古铜色，这在欧洲一定非常受人羡慕，但必须是天天喝上好的酥油茶、新鲜的牛奶，吃上精致的牛羊肉，才可以养成如此健康漂亮的肤色。像沙利士神父和巴勃神父，他们已经有将近一年不知牛羊肉的滋味了，他们的肤色和本地的藏族人一模一样，干燥、黢黑、粗糙，沟壑纵横，像久旱无雨的大地。

气质高雅的英国上尉与其说是一个军官，不如说更像一个冒险家，他随身带有罗盘、经纬仪、望远镜、海拔表，以及一台德国莱卡相机，一个藏族仆人身上挂满了这些来自欧洲文明世界的产物。他用法语向两位神父问安，并说他有好长一段时间都没有进过教堂了。他谦逊地问沙利士神父，他可以进教堂做忏悔吗？

沙神父不客气地说："如果你的战争是正义的，天国的大门一直向你打开。"

上尉矜持地说："英国皇家军队的战争都是正义的。"

沙利士神父推开教堂的大门说："那也得看时候。1840年你们和中国人的鸦片战争，能算是正义的吗？英法百年战争中，又有哪几场战争是正义的呢？"

上尉说："不管怎么说，现在我们是盟友，在欧洲共同打败了普鲁士人。"

"欧洲的战争结束了，你来西藏干什么呢？打中国人吗？"神父点燃了祭台上的蜡烛。

"不是，"英国上尉面对耶稣像划了十字，默默地祈祷了一番才说，"为了防备俄国人。"

"在耶稣面前，你得说真话，俄国人在西藏的北边，你们却跑到藏东来了。"

英国上尉愣了一下，换个话题问："神父，你们为什么要到西藏来传教呢？"

神父一针见血地说："那不是你关心的问题。把凯撒的归还给凯撒，天主的归还给天主。西藏更需要什么，只有天主知道。但一定不是你们的枪炮。"

英国上尉回敬道："神父，恕我冒昧，也不一定是你们的十字架。"

31·虹化

那段时间寺庙正面临一桩重大的事件，五世让迥活佛在一个月前预言，他将在天上的两颗星星交汇时圆寂。按藏族天文历算，这两颗星星三百年才交汇一次。

五世让迥活佛已经是八十来岁的老翁了，他闭关静修的时间前后加起来就长达四十多年，几乎占了他生命的一半时光。那是在雪山上阴冷黑暗的山洞、寺庙里幽暗潮湿的房间中一人独处苦修的四十年，一个肉体凡胎几乎不能抵御那寂寞、苦痛的煎熬。但像所有德行高深的僧人一样，让迥活佛把一切苦难当作是成佛的必然之路。无论是修习藏传佛教的显宗还是密宗，藏东地区能和让迥活佛法力相抗衡的高僧大德几乎没有。噶丹寺的喇嘛们都知道这样一句格言："噶丹宝座无主人，谁有学问谁去坐。"人们记得，多年前曾经有一个来自四川藏区的云游密教大喇嘛来到噶丹寺，他对峡谷里的僧众对让迥活佛的敬仰很不以为然，提出要和让迥活佛比试法力。让迥活佛万般推脱不得，只得应允。那个大喇嘛深得宁玛派（红教）密法真传，有一身"拙火定"功夫，他坐在雪地上，赤裸上身，一坐就是三天三夜，身上仍然热气蒸腾。旁边观看的人无不抚掌叹服。而让迥活佛说："要证明这一点功夫不需要那么长的时间啊。"他也脱了僧衣坐在雪地上，让人把一件透湿的羊皮披在自己身上，那羊皮经水一淋马上就冻硬了。但不一会儿工夫，人们就看见披在让迥活佛身上的羊皮在冒蒸汽了，俄顷，透湿的羊皮变成干羊皮，仿佛被烈日暴晒了几日一样。四川的大喇嘛仍不服气，在众目睽睽之下把自己的身子变得近乎透明，人们只听得见他的呼吸和飘浮的话语在空气中飘来飘去。但是当他试图再显身变回来时，让迥活佛法杖一挥，在空气中便形成了一道法力深厚的无形的墙，四川的大喇嘛无论如何也穿越不了这道墙。他只能在墙那边向让迥活佛俯首认输，不然的话，他就永远会被囚禁在那道法墙内了。让迥活佛在这场比试结束后对四川来的大喇嘛说："我战胜了你，让我感到羞愧，因为这并不能说明我的德行就有多高远。我只是想告诉你，法力深厚的人不应该经常显示自己的法力，那是爱好虚荣的表现。"

让迥活佛大限到来时那一天，天上阳光灿烂，蓝天透明得深不见底，寺庙里从早到晚诵经声不绝于耳，四周的信徒扶老携幼，将寺庙围了个水泄不通。人们痛哭流涕，失魂落魄。噶丹寺的三大堪布掌教，降边益西活佛等高僧，都汇集在让迥活佛的僧房里，等待着活佛的最后明示。因为他们还不知道他将转世到何方哩。一般来说，大活佛要圆寂时，总是要用隐晦的比喻来说明自己即将转世的方向，这样寺庙里的转世灵童寻访小组才有依可循。自让迥活佛预言自己将要圆寂以来，人们从没有听他说起过自己转世的方向，哪怕是可以牵强附会的只言片语。

让迥活佛希望到僧房屋顶的平台上去，他平和地说："阳光会收走一切。"

人们把活佛抬上了僧房的平台，他在一个蒲团上跏趺而坐。从这里他可以看到寺庙周围转经磕长头的人们，而人们看不到他。他身边的喇嘛们发现阳光照在让迥活佛油亮发光的脑门上，像一盏白日里的酥油灯。让迥活佛从前曾经修习过宁玛派的密法，脑门能随意念张开一条裂缝，那裂缝大到可以放进一根草根，此法力谓之曰开顶。能开顶的高僧可以由此而吸收太阳的能量和天地之气，用肉体凡胎的身、口、意三业[①]，与佛身的身、口、意三密相应，以达到人神合一的瑜伽最高境界。人们今天看到让迥活佛头上的那条肉沟经太阳一晒，泛出新鲜肉一样的红色。他们就知道，活佛今天八成是要虹化在这满峡谷的阳光中了。

高僧们在让迥活佛周围跪了一地，人人口中诵经声不断。让迥活佛眼望着寺庙周围的人群，对他身边的洛桑喇嘛说：

"我不过是要去参加一次贤者的喜宴罢了，他们为什么要那么悲恸呢？"

农布喇嘛是让迥活佛的近侍，他已照顾让迥活佛的起居近五十年了。他躬身匐在活佛身边说："活佛啊，他们不是为你即将来临的圆寂悲恸，他们是在祈祷你能早日更换自己的身体。"

---

① 佛教的"业"是指行动或作为，体现力量和作用、功德。

"生命不过是澜沧江里的一个波浪，波浪消失了，水还在；只要水在流动，下一个波浪又将出现。"让迥活佛说。

　　"活佛，下一个波浪将出现在何方呢？"穷结仲永堪布问。

　　让迥活佛微笑了："在我生前的遗憾还没有安排好之前，我还不能确定我在哪一户人家更换我的身体。也许，到我去到西天乐土后，我的灵魂会告诉你们。"

　　"活佛啊，我跟了你几十年了，虽然不及你的聪慧十万分之一，但我想，我能猜出你的遗憾是什么。"农布喇嘛躬身说。

　　"那好，你就说说看。"

　　"大殿里宗喀巴大师、莲花生大师、释迦牟尼大师的法像该塑一层金身了。可是寺庙里没有那么多的银子。"

　　"农布喇嘛，你的眼睛不能只看到寺庙里，要往众生看。"

　　"哦呀，活佛是众生的佛。我明白了，活佛是担忧江对岸的洋人宗教威胁着我们的寺庙。"农布喇嘛说。

　　"洋人宗教本不是我佛教的敌人，我们佛教可以包容他们，就像天包容地一样。但是他们却攻击我们的宗教，动摇我们藏族人的根本，我们的年轻喇嘛就去杀他们的人，他们又召来朝廷的军队毁我的寺庙。他们是没有信仰的军队，有信仰的人的争论，由没有信仰的人来调解，就像把两条在水中嬉戏的鱼捉出来放在沙滩上一样。宗教可以争论，但绝不可以杀生。世界上没有教人杀生的宗教啊。农布喇嘛，你说对了我的遗憾之一。"

　　农布喇嘛为自己能猜中让迥活佛的遗憾甚为高兴，他转身为活佛献上一碗酥油茶，说："那么，活佛的另一个遗憾……"

　　让迥活佛没有回应农布喇嘛的话，苍老的眼睛望着蓝得透明的天空，手中捻着佛珠继续说："洋人宗教也不是一种坏的宗教，众生有不同的信仰，本来也是一件好事。没有信仰的人就像黑暗中少了一盏酥油灯，那该多么可怜啊。遗憾的是，佛陀没有告诉我们，藏族人可不可以信仰洋人的宗教。他们好像是播错了种子的粗心农夫。雪山下只生长青稞和麦子，而不会生长谷子。尽管我们现在就像酥油和水一样地不能融在一起，但是我们藏族人有打酥油茶的茶桶哩，水和酥油不也可以在茶桶里交融在一起吗？因此你们应牢记我们藏族人常说的那句话：朋友有时可能变成仇人，仇人有时可以变成朋友，对谁都不要怀有敌意。"

穷结仲永堪布说:"活佛,家禽和野兽怎么能在一面山坡上吃草呢?"

让迥活佛微笑道:"宗教庇护一切。"

此时阳光下的卡瓦格博雪山散发出圣洁耀眼的光芒,在天气晴朗的日子里,卡瓦格博雪山一天中也会像澜沧江一样,更换不同的衣裳。从早晨像少女脸色的含羞绯红,到白天如哈达般洁白如玉,再到傍晚似喝醉了酒的康巴汉子脸膛那样血红辉煌。她的衣裳是神灵赐予的,是神界向人间展示天堂美丽梦幻景色的一个窗口。

这时人们看到让迥活佛头上的那条缝裂开了,太阳的七彩光线从那缝里射进去,进入让迥活佛的头颅里,再通过他的意念,进到他那颗悲天悯人的内心,进到他慈悲无限的腹部。彩色的光线在他的体内旋转、舞蹈,把即将死亡的细胞激活,让快要停滞阻塞的血管重新畅通起来,使一个僧侣平静了一生的鲜血再次活跃起来,像一个新生婴儿的血那样的鲜嫩、洁净、充满活力。

五世让迥活佛的身体此时仿佛是一盏不点自燃的酥油灯,尽管屋顶上撒满灿烂的阳光,一团红色的光晕始终萦绕在他的头顶,使他像一尊坐在法座上的佛。从让迥活佛身上散发出红宝石一样的光芒,与绚丽的阳光相互辉映,并相互碰撞,发出兵器与兵器交锋时"叮当叮当"的脆响!这光芒不是来自他绛红色的袈裟,而是源于他像大地一样坚硬的躯体,像江河一样蜿蜒的血管,像太阳一样温暖慈悲的内心。

阳光下,让迥活佛缩小了一圈,仿佛是一个刚受戒的小比丘。

屋顶上的高僧们都惊呆了。他们即使再修习几生几世,也达不到让迥活佛如此深厚的法力,因为虹化是藏传佛教修持密宗的最大成就。

"这不是什么奇迹,"让迥活佛说,"只不过是一个波浪在慢慢消失罢了。"

让迥活佛虹化圆寂的消息被峡谷的大风吹遍整个藏东地区,关于活佛虹化的奇迹在信徒的传言中越传越神奇,已到了出神入化的地步。在让迥活佛虹化后的那一周里,沙利士神父甚至让教堂的敲钟人亚当每天下午六时都敲响长达半个小时的钟声。他在教堂的丧钟声里对自己的教友说:"不管怎么说,他也是一个虔诚的僧侣,尽管我们的教义和教规决定了我们不同的牺牲精神,但是僧侣和僧侣之间的慈悲是一样的。不过你们应该牢记:在神圣的耶稣基督面前,任何令人难以置信的异教奇迹都是必须加以抛弃的异端。"

沙利士神父对让迥活佛在阳光下的虹化始终持怀疑和批判的态度,他在日记中写道：

　　　　人们传说这个高级僧侣在阳光下融化了，最后只剩下婴儿般大小。
佛教的信徒把这个事件作为他们所信仰的宗教奥迹加以崇拜。但是，天
主啊，藏族人对事物的夸张是欧洲人远不可比拟的，看看他们平时的民
歌就知道了。他们在此方面具有天才般的文学才能。因此，有谁能证明
这个高级僧侣所演示的奥迹是一种真实存在还是某种魔术表演呢？他们
宁愿相信一个人在阳光下被蒸发，而不相信耶稣也会复活，甚至还会以
他的圣灵降临人间。天主，尽管我在为他的去世祈祷，但我要指出他所
行的谬误。如果我还有机会和他展开宗教大辩论，我将明确地告诉他：
一个复活的灵魂远比在众目睽睽中消失的肉体更有宗教价值。

32·昂贵的烦恼

　　沙利士神父不得不承认西藏的太阳确实与欧洲的太阳不一样，甚至与他
在汉地传教时见到的太阳也不一样。天碧蓝如洗，云团堆积出千奇百怪的形
状，变幻出黄、红、白、黑、绿、紫、青、蓝、灰等远远超出你想象的颜色；
阳光从云缝中射出来，极富穿透力和表现力，像一束巨大的追光照射到大地
上。有时这种追光就像被神灵所使唤一般，任意地打扮着苍茫的大地，使它
雄浑、古朴、苍凉，仿佛天主创造世界时的景象。有一天一束奇特的阳光照
射到左盐田的村庄，久久不肯离去，使那里的房舍和农田看上去像是个大舞
台，纳西人土掌房的轮廓被极具质感的阳光勾勒出一道道金边，炊烟在金色
的追光中袅袅上升，使人感到倘若能随着这些彩色的炊烟袅袅上升，就能抵
达贫寒苦难的人们梦寐以求的仙境。而那时峡谷里其他的地方还笼罩在一片
烟雾弥漫中。敲钟人亚当在教堂的屋顶平台上首先看见了这神奇的光芒，他
大声对教堂里的人喊："快来看哪，太阳的手掌像妈妈一样在抚摸纳西人。"

　　人们在亚当的叫喊声中拥到屋顶去看稀奇，因为雨季里峡谷已有一个多
月没有见到太阳了。大家对纳西人村庄的福分惊叹不已，沙利士神父在胸前
画了个十字，高声宣布说：

　　"那是耶稣的光。"

　　"哦呀！感谢天主。"屋顶上的藏民们一起叹服道。

"纳西人有福了。"沙利士神父继续说，"这是一个好的征兆。耶稣基督说：'我是世界之光，凡跟随我的人，不会在黑暗中行走。'耶稣的光已经照耀到了他们的村庄，要不了两年，纳西人将会放弃他们的多神崇拜，皈依到耶稣基督的圣宠之下。"

沙利士神父边说边为自己的美好描述所感动。用天主教取代纳西人的东巴教多年以来一直是他的梦想。这个梦想似乎只隔着一层窗户纸，但沙利士神父在藏区传教那么多年了，就是捅不破它，让耶稣的光照射过去。这也是让沙利士神父百思不得其解的一个难题，照理说他们已从强大的藏传佛教阵营中打开了一个突破口，他们就更有能力将弱小的纳西东巴教徒们改宗为主耶稣的信徒。尽管沙利士神父很同情纳西人——他们和他一样，是藏区的少数人——对他们的东巴教也深感兴趣。并不是他不认为东巴教是一种异端，而是这种宗教让他看到了文明世界的昨天——欧洲人永远不知道、并且再也回不去的昨天。

一个云游法师被野贡土司刚从拉萨请来，他是个被拉萨藏政府解职的代言神巫。代言神巫的职责是替神灵说话，向达官贵人们传达神灵的旨意。从转世灵童的寻找，到每年藏政府的政事农桑，官员们都要向代言神巫问讯。这样的职位在圣城拉萨至关重要，但却风险万端。多年以前英国远征军入侵拉萨时，布达拉宫交给这个名叫丹玛的代言神巫一件根本不可能完成的任务，让他预测藏军应该在哪个方向阻击英军。丹玛神巫迎请神灵附体后，以神灵的口吻明确无误地告诉藏政府的噶伦们，藏军应占领某条河谷里的一座小山头，因为从这座小山头上散发出来的法力会让英军不战自溃。噶厦政府听从了丹玛神巫的神谕，占领了那座山头。但是连简单的工事都没有构筑，"神灵的法力会照顾一切"，藏军将领都如此认为。而英国人的远征军并没有理会看不见的法力，轻而易举地就越过了那座山头，直抵拉萨。自那次代替神灵宣谕失败后，丹玛神巫差一点被藏政府的官吏杀了。以后他就再没有脸面在拉萨混了，成了个云游四方的喇嘛。当然如果有人请的话，他还是很乐意替神灵说话的，尽管这是一件十分危险的工作。有一段时间丹玛神巫心灰意冷，索性结了婚。可是在一次降神的过程中，神灵惩罚了他的不敬，让他吐出了自己的五脏六腑。幸好他及时地向白哈尔神悔罪，并发誓今后再不近女色，神灵才没有收走他的内脏，让他自己重新装了进去。

丹玛神巫在向峡谷里的人们叙述自己不平凡的经历时说："人的头脑里装什么，心里装什么，肚子里又该装什么，我比谁都清楚，因为我都看见了。就像我们藏族人的白塔里总要装进佛像、经书、五谷、珠宝、猎枪一样。"

丹玛神巫看上去是那种不容易使人相信的人，他的头老是不停地摇晃，就像山羊的头一样。他一到峡谷就东嗅嗅西看看的，再加上他下巴上的一撮胡子，就更与一只羊没有什么两样。也许是因为经常替神灵说话，他的话常常让人感到是飘在半空中的语言，就像飘在卡瓦格博雪山山腰的云彩一样，看上去非常美丽灿烂，但离你却十分缥缈遥远。当他被人领到野贡土司的客房中时，野贡土司决定先试试他的法力。他对丹玛神巫说：

"拉萨来的尊敬的神巫，我这里正好有件烦心的事情需要垂询你。我的一个生于马年的朋友，哦呀，一个多么好的人啊。只要我一出门，他就一直跟着我。可是你看，这些年来我是越来越胖，而他却越来越瘦了。请你降神告诉我，是什么魔鬼让他一天天瘦下去的呢？"

丹玛神巫晃晃自己的头，细着嗓子说："尊敬的土司老爷，这点小事根本用不着烦请无所不知的神灵啊。我已经知道你朋友瘦下去的原因了。"

"尽管你是从圣城拉萨来的人，但在我野贡家的峡谷里，抬手要小心你的手臂，走路要小心你的脚掌，而说话，则要小心你的舌头。如果你不能代表神灵说话，你就是在代表魔鬼说话。"野贡土司这个朋友的事，半年前他就告诉给一个自称去过印度的占卜术士，结果给出了错误答案的占卜术士被丢进了澜沧江。

丹玛神巫说："我还是把答案写下来吧。不敬神的话语，神灵听了要生气的。"

旺珠给他准备好了纸笔，丹玛神巫在客房的神龛前上了一炷香，又磕了头，然后才在纸上写下一行字。旺珠凑过去看，只见那上面写的是：

土司家并不缺钱，就买副新的吧。

这个回答和野贡土司所要问的问题显然牛头不对马嘴。旺珠把它拿给土司看了，两人眼神一碰，然后哈哈大笑起来。原来野贡土司"越来越瘦下去的朋友"实际上是他的一匹坐骑蹄下的马掌。野贡土司走到丹玛神巫的面前，躬身向他施礼，用崇敬的口气说：

"我今天总算见到法力高深的人了。上师，你比那些成天在寺庙里修行的喇嘛们还要有学问呢。来呀，给丹玛上师抬银子来。"

"且慢，"丹玛神巫抬手阻止道，"土司老爷还有话要说，你的心事都在神灵那里搁着哩。你可不会为了一副马掌大老远的把我请来。"

土司再次向丹玛神巫躬身道："你说得对。如果你真的能替神灵说话，你就是我请进家里来喝茶的第一个神灵了。请吧，请吧，让神灵为一个土司说出他的心事吧。如今这世道，有谁还会为一个土司的烦恼操心呢？"

"六藏克①银子。"丹玛神巫声色不露地说。

野贡土司咂咂嘴："请神灵说话，可不是一件容易的事。"

丹玛神巫说："烦恼是很昂贵的，穷人只要吃饱了肚子，就从来没有烦恼。"

"那么，就看看你的金口玉言里，有没有我昂贵的烦恼了。"土司说。

"我需要闭关打坐三天，洁净我的身体。"神巫站起身来说。

和丹玛神巫一起来的还有几个小喇嘛，他们忙着为丹玛神巫作降神的准备，一个巨大的铁头盔被小喇嘛们抬出来，刀、剑、三叉戟、弓箭等各种兵器，其中一把又长又重的剑需要两个喇嘛才抬得动，他们称之为"疙瘩金刚剑"，还有做法事时用的法号、头盖骨碗、经书、钹、铙、羊皮法鼓等。降神的地点就选在土司大宅前两棵巨大的核桃树下，人们围了里外三层，尽管各类神灵早已遍布西藏的山山水水，但不管怎么说，看神灵说话对峡谷里许多人来讲还是第一次。

所有的人关心的是：神将告诉我们什么？

丹玛神巫在助手的帮助下已经穿戴整齐了，他头戴五佛冠，身穿鲜艳的地方神法衣，胸前挂着个巨大的护心镜，脚蹬牛皮高统靴，被他的助手们拥到一个临时搭建的宝座上。他落座后，喇嘛们开始念诵祈请神灵的经文，两个小喇嘛各持一支法号，对着丹玛神巫的耳朵吹响凄厉的号声，此时锣、鼓、铙、钹一齐敲响，土司的大宅前顿时充满热闹而阴森的喧嚣。

虽然没有人看见要请的神灵是如何进入丹玛神巫的体内的，但是人们感觉得到神灵确实依附到了他的身体上。他开始抽搐、痉挛、脸色发红发紫，他的身体仿佛已不是他自己的了，像一个喝醉了酒的人那样晃来晃去。在他颤抖得最厉害的时候，神灵便开始控制他的身体，人们把那把"疙瘩金刚剑"

---

① 一藏克约等于十四公斤。

抬到丹玛神巫的面前，他轻轻地就把它拿起来了，在众人还没有看清楚时，丹玛神巫就像拧一条氆氇一样地将"疙瘩金刚剑"拧成了麻花状。

"哦呀——"所有的人张大了嘴。

"他倒真有些力气呢。"野贡土司说。

"那不是他的力气，是神灵的法力。"管家旺珠说。

丹玛神巫把"疙瘩金刚剑"扬手扔得老远，他的助手们又递给他一把三尺长的短剑，他在颤抖中将剑从嘴里塞了进去，人们看到剑越进越深，最后只有剑柄露在外面。然后一个小喇嘛从他的背后将那把剑一抽而出，剑上一点血也没有。

"哦呀——"

法术表演得差不多了，丹玛神巫开始降神。助手们将那个又大又重的铁头盔抬起来，扣在丹玛神巫的头上。这样重的头盔，一个人别说戴，连抱起来都困难。但是丹玛神巫在法力的作用下竟然将它顶起来了，还在场地上走起了神灵的舞步。那是巫术士的舞步，就像踩在虚空中的步履一样，每一步都搅起阵阵鬼气。

丹玛神巫现在取下了沉重的头盔，他还在痉挛，像一个正在发作癫痫病的病人，一个神志清醒的人是请不来神灵的，就像你大白天不能做梦一样。丹玛神巫和他刚才降神之前已判若两人，但是他现在要替神说话了，或者说，神灵自己要说话了。一个助手早领了野贡土司的旨意，贴进丹玛神巫的耳边问：

"土司老爷请问神灵，他目前最烦恼的事情是什么？"

"咕噜……咕噜咕噜……"丹玛神巫神经质地摇晃着头，像鸽子叫唤一样。

这就是土司费了老鼻子的劲，请来的神灵所要说的话。它必须经过神巫的助手翻译，人们才能知道其意思。不过，即便是翻译过来的话，也是非常隐晦难懂的。那个担任翻译的助手对大家说：

"神灵说，红云和白云。"

野贡土司看看自己的管家，他也一脸茫然；然后他又看看天上，天上既没有红云也没有白云。

丹玛神巫忽然开始用拳头捶打自己胸前的护心镜，他捶打得那样疯狂，以至于把自己的手指骨节都打断了，一节节手指飞到了天上，神巫黑色的血污染了洁净的大地；然后他又去撕自己的喉咙，仿佛那里阻塞了似的，那喉咙被撕开以后，人们隐约看见一个绿头小鬼在喉管深处张头露耳，一脸坏笑。

他的助手连忙上前去死死地拉住了他，急速地说："尊敬的神灵啊，求你再多留一会儿。"

"咕噜咕噜……咕噜。"神灵又发话了。

"颜色。神灵说，有种颜色伤了土司老爷的眼睛！"他的助手高声翻译道。

野贡土司一直坐在丹玛神巫的对面，现在他猛地从椅子上跳了起来，将身后的椅子都碰翻了，好像他也被神灵附体了一样。他高举双手伸向天空，大声叫道：

"说得多对啊！颜色对眼睛的伤害，比刀子划破了眼珠还厉害哩。白人喇嘛来到峡谷里时，他们白色的皮肤和蓝色的眼珠让喇嘛们的眼睛受到了伤害；大地上的青稞由绿变黄时，雪山上泽仁达娃的土匪们眼睛就被伤着了；草原上涌起绿色的波浪时，牛羊的眼睛就被伤着了。澜沧江边的盐有红色的也有白色的，我站在西岸看东岸白色的盐田时，我的眼睛就被那盐发出的白光烧伤了，难道你们没有看到老爷我的眼睛很久以来就是红的了吗？"

"白色的盐，让峡谷不安宁。"神巫的助手不等神灵说话，就自己宣布道。

野贡土司接过一个仆人递给的一条哈达，双手捧着将它献给了丹玛神巫，然后转身对众人说："你们听见了吗，神灵告诉我们了，又要打战啦！真好啊，盐的颜色就像女人的颜色一样。我喜欢白色的盐，就像我喜欢皮肤白皙的女人一样。来呀，把海螺吹起来，牛皮鼓敲起来！康巴的勇士们，上一次和纳西人打战，你们虽然胜利了，但是让我感到羞耻！纳西武士手上连一根木棍都没有，纳西的娘儿们用她们的奶子挡住了你们的马刀，今天洗刷你们耻辱的时候到了。去吧，告诉江东岸的纳西人，让他们像一个真正的男子汉一样，做好战斗的准备。"

由盐的颜色引发的第二次藏纳战争很快就要打响了。野贡土司蓄谋已久，只等神灵的一个暗示，战争的宣言便顺利地发布。中国内地军阀之间正在忙于内战，藏政府派来的官员连每年来收盐税都嫌麻烦。没有比现在进行战争更好的时机了。野贡土司以神灵的名义向澜沧江西岸自己属下十二个村庄的头人都派了差役，让每一户佃户和农奴都出人出枪，随时听候他的调遣，这被称为"门户兵"。"门户兵"将为白色的盐而战，为土司敏感而布满血丝的眼睛而战。因为他说："白色的盐将会治好我的红眼病。"

多年以后，每当峡谷里有孩子的眼睛患了红眼病的时候，父母们都用白盐融化的盐水为他们清洗。他们说："白色的盐清火哩，当年土司的红眼病就是被白色的盐治好的。"

那一年，丹玛神巫宣布说："打战的吉祥日子将定在峡谷里第一朵桃花开放的时候。要让江对岸的纳西人知道，我们是为颜色而战。"

> 红色的桃花开得这样美丽，
> 姑娘啊，我要去打战了，
> 别一朵桃花在胸前，
> 就像把你的脸藏进了怀里。
> 我右肩的战神啊 ①，
> 请照顾好我桃花一样忧伤的姑娘。

很多年以后，这支离别的歌谣还在峡谷里传唱；很多年以后，它还在缤纷的桃花雨中飘零；很多年以后，六七十岁的老人在唱这支歌时还泪流满面；很多年以后，它还是一支藏族女人不能听到的歌，一听到它就心如刀绞。

33·让迥活佛的智慧

但是战争的进程与第一次藏纳战争相比却大不一样。纳西人已经没有了退路，纳西女人不再把他们的男人挡在身后，而是准备好了一根根殉情的贞洁带。连接澜沧江两岸的溜索在战争还没有开始时就被纳西人砍断了，康巴的勇士们于是效仿古人的方式，将一张张整羊皮缝成一个个的口袋，留下一只腿作为气嘴，然后往里吹满气，再扎紧气嘴，就成了一个个的气囊。每个康巴勇士都有一个这样的气囊，他们把它绑在自己的胸前，作为渡江的救生筏。据说这是很久以前元朝的开国皇帝忽必烈的发明，他的士兵就曾采用这样的气囊渡过了藏东的一些大江，征服了云南、四川、西藏的大片地方。

胸前绑着羊皮气囊的康巴勇士们像一只只大腹便便的庞大青蛙，在澜沧江的激流中沉浮。东岸坚守自己盐田的纳西人箭矢、火枪、石块像雨点一般射向江里，康巴的勇士们既要和激流搏斗，又要躲避纳西人的枪弹，在江水中他们几乎没有还手的能力，更何况以骑射著称的康巴人水性并不那么高明，多数康巴勇士还没有抵达江东岸，就被一个接一个的波浪带走了，就像在风

---

① 藏族人认为每个人的右肩上都是战神居住的地方，它也特指个人保护神。

中飘零的一瓣瓣桃花。有少数的勇士泅水到了岸边，但是东岸的地势太陡峭，他们还来不及在峭壁上站稳脚跟，纳西人的长矛就将他们赶下江中。江面上到处都是漂浮的尸体，纳西人和康巴人拼死搏斗的呐喊充斥了峡谷，凄厉、野蛮、愤怒、惊恐的叫声连太阳都吓得躲进云层深处去了。刚吃过午饭不久，天就黑下来了，仿佛天上的神灵不愿意看到人间这残忍屠杀的一幕。

野贡土司指挥作战的帐篷就搭建在江边，他把这次战争当成一场野餐，他以为康巴的勇士们一冲锋，纳西人除了让娘儿们在前面抵挡一下外，自己就会丢下盐田，逃到另外一个地方去。这样，他就可以在江边的帐篷外为凯旋归来的康巴勇士大摆酒宴、欢歌跳舞了，他甚至连要宰杀的牛羊都圈在了自己的帐篷外面。

这天晚上，他收到了纳西族长和万祥的一封箭书，它是将信绑在箭杆上从江东岸射过来的。尽管双方眼下正处于战争状态，但和万祥在信中照样称野贡土司为大哥，他在信中说：

大哥，以江东岸地势之险峻，你就是有百万康巴勇士，也不可能攻上我江东的土地。不是我们纳西武士如何能打仗，也不是康巴汉子缺乏勇气，而是神灵始终都是公正的。尽管我们是不同的种族，但一切都在神灵的护佑之下。我们的东巴经书《人类迁徙记》中说，人类的祖先崇忍利恩与天女衬红褒白成婚后，生下三个儿子。但是他们长大后都不会说话。后来一只从天上飞下来的蝙蝠告诉他们，只要敬畏神灵，诚心祭天，儿子们就会说话的。祖先们信了，祭天，敬神。第二天，三个儿子到门口蔓青田里玩耍，看见一匹马跑来吃蔓青，他们急了，高声喊叫起来，老大用藏语喊："达尼芊玛早！"老二用纳西话喊："软尼阿肯开！"老三用白族话喊："满尼左各由！"

他们喊叫的其实都是同一个意思："马吃蔓青了！"

从那以后，三个儿子就会说话了，一母之子也变成了三个不同的民族。老大是藏族，住在拉萨白坡脚，老二是纳西族，住在人生广阔地，老三是白族，住在苍山下洱海边。

大哥，现在是你的马要来吃我们纳西兄弟的"蔓青"，我们共同的祖先看着你呢。

在和万祥的信后，还有一封沙利士神父的短笺，上面说，他对峡谷里藏纳两个民族再次发生的战事感到非常遗憾，尽管这场战争与天主无关，但是他还是要奉劝尊敬的土司先生，这场为盐的颜色而引发的战争是违背天主旨意的，因为主耶稣说过："盐本是品质纯正的，如果它失去了盐味，怎么能使它再变咸呢？"我最尊敬的朋友，盐一旦没有了咸味，还不如沙子；人如果没有了正直，还不如牲畜。

野贡土司把信给自己的儿子野贡·坚赞罗布看，他现在已经是个二十一岁的汉子了。他先问："阿爸，我们藏族人和纳西人真的是同一个祖先吗？"

野贡土司想了想才说："很久以前，纳西人曾经做过我们这里的王。我们和纳西人的祖先都是赶着牛羊从北边迁徙下来的。"

坚赞罗布说："既然纳西人说他们'住在人生广阔地'，那就让他们沿着澜沧江继续迁徙下去吧。"

野贡土司吃惊地看着自己的儿子，觉得自己真的有些老了。刚才纳西人同一个祖宗的说法让他还有所犹豫，可你看看坚赞罗布，祖宗的话已经吓不倒他了。

野贡土司拍拍儿子的肩膀说："我一直认为，你会比你阿爸更有出息。那些狗娘养的，自以为知道点过去的事，就来对现在的人说三道四。太阳可不等我们。继续干吧。"

"老爷，不能再打下去了。让迥活佛回来啦。"管家旺珠跌跌撞撞地跑进帐篷里说。

野贡土司那时眼睛红肿得只剩一条缝了，那可不是江东岸的白盐灼伤的，而是战事不顺让他急火攻心，欲望的火苗一下就蹿到眼睛里了。他现在看什么都觉得那东西在着火，体内的欲望不仅燃烧着自己，还燃烧着眼前的世界。这让他感到很烦躁。他就顺口说："那就请活佛到帐篷里来喝碗酥油茶。"

旺珠吓了一跳，以为他老爷真的看见让迥活佛来了呢，忙扭头往回看。他的背后就是澜沧江的东岸，纳西人矗立在悬崖上的村庄和盐田，在他回头一瞥的瞬间，他看见了江面上明晃晃的阳光下，一个孩子正跏趺坐于一个波浪之上。

"佛祖啊……"

旺珠眼泪顿时就下来了。这个孩子的前身他是多么熟悉、多么崇拜啊！

澜沧江两岸的战火暂时停下来了。丹玛神巫向野贡土司献上了一条渡江的计策，他建议野贡土司放弃过时的羊皮囊，改用牛皮筏渡江。峡谷里的人从来没有见到过船、筏一类的渡江工具。青藏高原上的澜沧江太凶猛，根本就不是一条可以行船的江。丹玛神巫说，如果给牛皮筏加持了法力的话，它就可以抵御澜沧江的波浪。

野贡土司杀死了本来用来庆功的数十头牦牛，在丹玛神巫的指点下，晒干后缝制成了六条牛皮筏。牛皮筏的前面还设计了一块挡板，蒙上厚厚的棉被和牛皮，用以遮挡纳西人的弓箭和火枪散弹。丹玛神巫还向野贡土司建议，寺里有那样多年轻力壮的喇嘛，为什么不请他们一起来乘坐牛皮筏呢？如果他们过了江，洋人的脚就要打抖了。

忙于打仗的人们有所不知的是，在战争还没有开始前，绛边益西活佛就带领众僧在寺庙里举行了好几场秘密大法会，僧众在大法会期间隔天只喝一次酥油茶、吃一顿糌粑，为的是对神灵的虔诚。而寺庙里像活佛、堪布、格西、掌坛师、领经师等高僧大德们，据说已经在半个月时间里除了隔天一碗茶外，没有吃任何东西了。而且他们还经常一起在佛堂里修持一种普通僧侣不能观看的密法，在他们修持这种密法时，连大地都在微微颤动。

很久以来，俗界的土司在准备战争，僧界的喇嘛们却在为五世让迥活佛的转世煞费苦心。五世让迥活佛虹化已经四年多了，他的转世灵童应该浮现于人间了。但是，由于灵童是找出来，而不是选出来的，因此这个过程既有很多的波折，又暗藏着许多不可更改的法定的东西。鉴于让迥活佛在虹化时并没有明确说明自己将在哪个方向更换自己的身体，他的圆寂方式又相当独特，噶丹寺的高僧们只能像在黑暗中凭借着微弱的星光赶路一样，在崎岖漫长的寻访转世灵童的道路上摸索前进。做法事，观湖相，求佛陀，问神灵，刻苦修行，迎请了各路神灵前来指引寻访灵童的高僧小组不要被魔鬼所迷惑干扰。

就在峡谷里的桃花被当作是战争的信号时，睿智的五世让迥活佛抢在桃花开放前的一个清冷的早晨，向人们显示了自己的转世方向。他的灵塔的东面塔顶上，竟然长出一支杜鹃花苗来。两天后，这株杜鹃苗竟开出白色和红色两种颜色的花朵，喇嘛们发现了这个奇迹，纷纷前去告诉寺庙的临时大住持绛边益西活佛。而那个早上绛边益西活佛正为自己昨晚的一个梦百思不得其解。他在梦里看见五世让迥活佛在江面上行走，边走边回头向西岸张望。寺庙的高僧们根据种种神奇的迹象判定，五世让迥活佛的转世灵童将要出现了。

绛边益西活佛明白了五世让迥活佛的智慧。他告诉大家："你们应该仔细想一想五世让迥活佛虹化前说的最后几句话：'我就像沐浴在一条向南流淌的阳光之河里，我要涉过去啦。'在我们这里，向南流淌的河只有澜沧江，伟大的五世让迥活佛涉过了这条江。五世让迥活佛灵塔上的那株杜鹃花为什么要向着东面开花呢？佛祖啊，五世让迥活佛是在告诉我们，他在江的东岸等我们哩。"

　　寺庙的转世灵童寻访小组秘密来到了江的东岸。过去他们在寻访转世灵童时也曾多次来到过江东，他们沿着这边的马帮驿道甚至一路走到了拉萨，但是他们从没有进过渡江后最近的两个村庄——纳西人的左盐田和信奉天主教的藏族人的右盐田，因为这不是佛教徒的村庄。但是这一次，五世让迥活佛的法力指引他们走进了纳西人的村庄，他们刚一进村口，就看见一个四岁的纳西男孩在路口迎接他们，他用一种与他的年龄不相称的口吻对行色匆匆的高僧们抱怨道：

　　"你们怎么才来啊，战火都快要烧到纳西人的房子了。"

　　绛边益西活佛蹲在那个孩子面前，激动地问："孩子，你家在哪里？"

　　"在八瓣莲花上。"孩子说。

　　能住在八瓣莲花上的可不是凡人。"佛祖啊！"一群老僧冲着孩子全跪下了。

　　接下来的验证过程就像人们所期望的那样顺利吉祥，尽管这个男孩是纳西人的东巴教祭司和阿贵的小儿子。他牵着绛边益西活佛的手，把高僧们领回自己的家里。老僧们发现，孩子家的房子立在一处巨大的岩石上，那岩石看上去形状既规整又奇异，像一朵盛开了千万年的莲花。

　　当几个老喇嘛出现在院子门口时，和阿贵吓得一屁股坐在院子里，他还以为野贡土司的人马已经打过江来了呢。他曾经想过，如果野贡土司征服了江东，第一步是占了纳西人的盐田，第二步大概就是要纳西人改宗藏传佛教了。那么，他这个东巴既没有了盐田和土地，也没有了自己的信徒。与其如此，他还不如像一个纳西武士骄傲地战死。

　　但是事情的发展没有和阿贵想象的那样糟糕，但又超出了他的想象。"一个藏传佛教的活佛，怎么会投生到一个东巴人家呢？你们没有弄错吧？"闻讯赶来的族长和万祥对高僧们说。

　　"神灵的眼睛是不会看错人的。"穷结仲永堪布说。

和阿贵眼看着自己的孩子被喇嘛们抱在膝前，心中有剜肉之痛，他说："可我们是纳西人啊！"

"这样的事情不是没有先例，"仁钦平措格西说，"早在大清乾隆年间，邻近的四川藏区在你们纳西人中就找到了转世灵童；光绪初年，云南藏区的一个纳西佛后来又转世回一户藏族人家。在我们这个地区，不同的民族是依照神灵的旨意像种子一样播撒在大地上的，有谁能知道活佛会在哪一个民族更换自己的身体呢？"

和阿贵苦着脸对和万祥说："族长，你看怎么办呢？"

被战火搞得焦头烂额的和万祥恍然大悟地说："这是藏族人的活佛在拯救我们的村庄。"

"藏族人和纳西人，都在让迥活佛的悲悯之下。"绛边益西活佛说。

"战争该结束了。"那个孩子突兀地在人群中说。

这时刻，在澜沧江对岸，野贡土司牛皮筏全部做好了。丹玛神巫为牛皮筏加持了法力，它们的底部在神巫的咒语声中自行膨胀起来，让聚集在江边所有准备出征的人们看得目瞪口呆。丹玛神巫夸耀地说："如果需要的话，我还可以让它们在空中飞行哩。"

全身武士打扮的野贡土司说："那我们坐着它飞过去不是更好？"

丹玛神巫说："当然，飞过去是件很容易的事，但是请好好想一想吧，天空是神灵控制的，大地才属于我们。如果我们双脚离开了大地在空中飞翔，神灵就会把我们狠狠地摔在地上。"

野贡土司说："多聪明的神巫啊，这就是为什么我们不能在悬崖上像鹰一样从高处飞下来的原因。"他向众人表明了自己也很聪明。每条牛皮筏里可以乘坐五个康巴勇士，野贡土司带着儿子坚赞罗布坐在第一条下水的牛皮筏上，他们在牛皮筏四周装饰了五彩的经幡，经幡上是一些祈诵战神保佑的经文。被打扮得花花绿绿的牛皮筏看上去不像是去打战，而是去参加宗教节日。

牛皮筏成为了那次战斗中威力强大的新式武器，东岸的纳西人看着藏族人竟然能够坐在一种他们从来没有见过的神奇东西上渡江而来，纷纷扔下手中的火枪和长矛，用手捂住了自己惊讶得闭不拢的嘴。

"天哪，他们坐在江里！"一个纳西武士说。

"这是东巴经中说到过的神船，它是属于神灵的！"另一个也惊呼道。

有人说："赶快问一问和阿贵东巴，我们的神灵的船是不是被土司偷走了？"

纳西人纷纷从岩石后探出头来看坐着神船渡江而来的藏族人。他们在上面还可以神闲气定地向岸上射击。坚守江岸的纳西武士措手不及，惊慌失措，被一阵阵排枪放倒了好几个。

从东岸上投来的标枪和射来的火枪散弹几乎不能对牛皮筏上的康巴勇士们构成什么威胁，牛皮筏前那块巨大的挡板足以遮挡纳西人微弱的抵抗。野贡土司一手拿着枪，一手捻着胸前的佛珠，望着江东岸悬在半空中、排列得参差不齐的盐田对坚赞罗布说：

"纳西人像对待女人一样来搭建江边的盐田。"

"阿爸，我不明白你的话。"坚赞罗布说。

"哈哈，等你和十个以上的女人睡过觉后，你就明白啦。"

"使劲划呀，谁第一个站在纳西人的盐田上，谁就是那块盐田的永远主人！"他又对牛皮筏上的划桨手们说。

"嗬呀！"划桨手们一声欢呼，恨不得一步就跨上岸去。

但就在此时，划桨手们忽然发现牛皮筏划不动了，既不向岸上移动，也不顺着水流的方向下漂，每只牛皮筏都仿佛被施了法力定在了那里。年轻的坚赞罗布最先发现战事的异样，他手指江东岸，大声惊呼："阿爸！喇嘛，喇嘛们！"

野贡土司忙循声望去，果然看见东岸江边站着一群老僧，他们或许是站在江水中，或许是站在岸边，或许是悬浮在水面之上，总之，江西岸寺庙里的喇嘛出现在江东岸纳西人的领地就是一个奇迹。至少，你弄不明白他们是怎么过江的。那群老僧就像一群江边的雕像，面对纷飞的战火和湍急的江水岿然不动。

降边益西活佛怀中抱着一个孩子，老僧们拱卫在四周，仿佛怕野贡土司的人抢走了似的。

"战争结束了，土司老爷！"绛边益西活佛挥手冲牛皮筏上的人们高声喊。

"谁说的？"野贡土司厉声问。

"峡谷的众生啊，五世让迥活佛转世灵童我们找到啦！你们怎么还来这里干杀生的事情呢？"嗓门一向很大的尼玛次尼领经师高声说。

野贡土司呆呆地问："谁是让迥活佛的转世灵童？"

所有乘坐在牛皮筏上的康巴勇士都在问："谁是转世灵童？"

"他就是我们的五世让迥活佛的转世灵童。"绛边益西活佛把那孩子高举在自己的肩膀上，大声宣布道，"以佛、法、僧三宝的名义，我要告诉你们，你们不能攻打一个产生了活佛的村庄。"

"别听他的，那是纳西人的村庄！"野贡土司喊道。

绛边益西活佛呵斥道："尊敬的土司老爷，请原谅我的冒犯，你已经掉入二障①的蛋壳中出不来了，贪婪和愚痴蒙住了你的眼，充斥了你的心。如果今天见了小灵童你还要舞刀弄枪的话，明天你就可以骑在活佛的头上了。"

野贡土司仿佛被一颗子弹击中了似的，手中的枪一下掉进了澜沧江。他回头一看，只见牛皮筏上的那些连死都不怕的康巴勇士们，全都冲那个刚寻找出来的转世灵童跪下了。

战争确实结束了。

而在另一只牛皮筏上的丹玛神巫，正伏在牛皮筏边呕吐。一个冒牌的神巫是不能见真正的活佛的，就像黑暗不能见到阳光一样。丹玛神巫先是吐出了早晨喝下的酥油茶和糌粑，然后吐出了昨晚吃下的酒肉；神灵的惩罚纷至沓来，他开始呕吐自己的内脏，先吐出了胃，再吐出肠子，又吐出了肝和肺，直至他把自己的一颗心也吐了出来，它是黑色的。那是魔鬼的心，丹玛神巫的本来面目昭然若揭。他已经不可能像他刚来时吹嘘的那样，将吐出的五脏六腑再装回去，因为天上的一只受到神灵派遣的神鹰一个俯冲，把那颗罪孽深重的心收回去了。

丹玛神巫最后吐出了自己的舌头，舌头上坑坑洼洼，布满了是非和刻毒的咒语，它一掉进江里，水中的鱼立即被毒死了好几条。

绛边益西活佛轻蔑地说："舌头多了，祸事就来了，哪里来的还是回哪里去吧。把峡谷的安宁还给我们。"

活佛的话音刚落，丹玛神巫翻身就落进了江水中，他变成了一条黑色的鱼，在波浪中一闪就再也不见踪影了。

于是，本来是去抢占纳西人盐田的牛皮筏，现在成了迎请纳西转世灵童的过江工具。在出发前野贡土司为牛皮筏装饰的彩色经幡，正好为这隆重庄

---

① 即佛教所说的烦恼障和所知障，经文中经常把愚痴者和困惑者形容为掉到一个鸡蛋中出不来的人。

严的时刻装点出些节日的色彩。伟大仁慈的五世让迥活佛的转世灵童顺利找到了，没有人再有心思打战，也没有人再顾及盐的颜色，并为大地上的一种颜色而战，因为一个产生了活佛的村庄是受人尊重的。宗教庇护一切，灵魂的皈依比什么都重要。

第七章　三十年代

38·劫婚

连年的战争造就了许多奇奇怪怪的人穿梭来往于峡谷：神汉、占卜术士、江湖游医、云游的喇嘛、藏戏班子、说唱艺人，等等。他们来到有钱人的大宅前，宣称自己与神灵们交往的经历，以此换取一碗酥油茶、一袋青稞面。去年就有个流浪四方的格萨尔王传的说唱艺人，他说自己从前只不过是一个铁匠，但自从他在拉萨河谷边见到了格萨尔王后，他就可以说唱格萨尔王的英雄故事了。野贡土司顿珠嘉措那时把他待为上宾，好酒好肉地款待，他能说会唱的本事倒也真不小，一段格萨尔王的故事他可以不吃不睡地说唱三天三夜。所有的人都昏昏欲睡时，这个江湖艺人就爬上了野贡土司家最漂亮的一个女仆的肚子。最后看在格萨尔王的面子上，野贡土司才没有打断他的腿，只是把他赶走了事，当然还有那个女仆。野贡土司也发了善心，给了她自由民的身份，让她随那说唱艺人流浪四方。"谁叫他肚子里有那样多格萨尔王的英雄故事呢。说唱英雄故事的人，自己也是半个英雄。"野贡土司说。

那时峡谷显得比往年热闹多了，澜沧江的东岸和西岸都有了通拉萨和汉地的驿道，除了冬季，月月都有成队的马帮从峡谷里穿过，他们都是些走南闯北、为了生存甘冒风险的男人。左盐田马帮生意做得最红火的当数精明的纳西商人和德忠，他的马帮常常聚集起几百匹骡子和马，上百人的赶马队伍，浩浩荡荡地从峡谷中穿过，领头的头骡一般都高大威武、披红戴绿，体现着这支马帮队伍实力不凡。人们问和德忠："去拉萨的路好走吗？"他豪迈地回答说："条条大路通拉萨。"人们又问："从拉萨到印度远吗？"他说："从圣城拉萨出来，一支山歌还没有唱完，印度就到了。"如今和德忠在左盐田盖的大宅几乎可以和土司家媲美了。人们说要不了多久，和德忠也可以当纳西人的土司了。

但是当另一个真正意义上的探险家来到峡谷时，马帮们的气派和见识和他比起来，就显得寒碜得多了，连走南闯北的和德忠也不得不为他的勇气和铺张感到惊讶，因为他就像一个闯进贫寒的峡谷里来的国王。

这个人就是布洛克先生，一个风度翩翩的英国绅士，夏威夷大学的植物学博士，或者说那个年代最疯狂的冒险家、植物学家、民族人文学者。他在与西藏毗邻的云南纳西族地区已生活了十多年，同时为英国和美国工作。他给英国爱丁堡皇家植物园寄去横断山脉地区丰沛的植物珍稀标本和花卉种子，丰富了英国人的花园；同时他又为美国《国家地理》杂志撰写专栏文章，介绍滇、川、藏地区多民族杂居而形成的多元文化状态和这里瑰丽壮观的自然景观。当他第一次来到右盐田的教堂时，他带有一支由三十多个纳西武士组成的卫队，还有四个仆人，八个轿夫。尽管他可以骑马，但布洛克博士认为，在中国乘坐轿子是一种身份地位的象征。"如果你不搞得像一个国王出行，那些以衣帽取人的政府官吏是不会把你当多大回事的。你瞧，当我到左盐田时，那里的县长叫我布爷。"他对沙利士神父说。他的行头也让沙利士神父目瞪口呆，望远镜、显微镜、测量仪器、罗盘、欧洲最新款的双筒猎枪、德国莱卡照相机等，甚至还有一套洗印彩色照片的设备。"天主啊，摄影已经进入了彩色时代了。"他感叹道。

更让沙利士神父惊叹的是，布洛克博士即便生活在中国偏远的民族地区，又到如此蛮荒闭塞的地方来探险，但他依然保持着一个绅士的生活习惯，甚至到了奢侈的地步。他带来了钢丝床、可折叠的餐桌、躺椅、在欧洲的海滩上才可见到的太阳伞，甚至还有一个帆布浴缸。布洛克博士说："我在这里的生活几乎和欧洲一样，甚至比在欧洲还要快乐。尊敬的神父，你在哪里洗浴自己的身体呢？"

沙利士神父不卑不亢地回答道："在自然中。"

就像沙利士神父对布洛克博士的铺张感到不可理喻一样，博士对神父的清贫与坚韧也同样吃惊。"他们说云南以远就再没有传教士了，因为我所在的地方，仿佛已是地球的边缘。神父，要是你回到欧洲的社交沙龙，你会成为那里的英雄。"

"我不是为了当英雄才来这里，"神父说，"真正的英雄是雪山上的藏族人。"

"在我看来，你们都是值得钦佩的人。我在云南的怒江大峡谷探险时，也碰见过一个和你一样的传教士。"

"美国人。五旬节教派的牧师。"沙利士神父有些不屑一顾地说。

"是的。那人是摩尔牧师。他在傈僳人中传教，那是一个连文字都没有的山地民族，令人尊敬的摩尔牧师和一些传教人员甚至为他们创造了一种文字。"

"天主创造世界，美国人创造麻烦。在某种意义上，文字就是麻烦的根源。"沙利士神父酸溜溜地说。

"噢，神父，你不能这样说。"布洛克博士从嘴边取下烟斗说，"你们伺奉的是同一个造物主呢。我认为，你们应该互相走动。"

沙利士神父自负地说："我会在拉萨等他。"

"我非常乐意转告你的话，要是我能再见到摩尔牧师的话。顺便说一句，几年前我在怒江峡谷见到摩尔牧师时，他也跟我提起过雪山这边的教堂，他说他将在拉萨等你。"布洛克博士故意刺激沙利士神父。

沙利士神父转头向巴勃神父说："跑道上的两个对手，不是吗？"

巴勃神父撇撇嘴："但愿大家都不要跑错了方向。"

左盐田这些年的发展超过了右盐田和对岸的卡瓦格博村，一是由于政府的县衙门一直设在这里，二是因为聪明而善于经商的纳西人使他们的村庄成了来往过路马帮的大驿站。左盐田现在已经不是一个纯纳西族的村庄了，一些随着赶马人来的汉族人、彝族人、傈僳族人、白族人都到这里落脚或做生意。这个多年前由于巨大的山体坍塌而造就的小村庄不仅有了客栈、酒馆、杂货店，甚至连从汉地来做皮肉生意的暗娼店都有了。老鸨们带来了会唱女妖歌声的木匣子，一张像饼一样的片子放进匣子内，里面就传来一个女人嗲声嗲气的、可以使人浑身起鸡皮疙瘩的歌声。男人们说，这歌听了让人脚发软，老想和女人做那事儿。因此每当木匣子里女妖的歌声一响起，那些腰里有几个钱的男人们就往挂着红灯笼的铺子里钻。对这方面的事嗅觉最为灵敏的东巴和阿贵对充斥左盐田的秽气深恶痛绝，尽管他在自家的后院里做了几场驱赶秽气的法事，但是污秽的气味依然填满了峡谷的天空。因为每天晚上挂红灯笼的铺子一开门，秽气就像魔鬼喷出的毒雾一样冒出来，还有女人的浪笑和男人的呻吟。老天啊老天，看看他们都在你的领地里做了些什么。你们把天空污染了，灾难就不远啦。

和阿贵的诅咒没能阻挡峡谷的颓废，左盐田的富商和德忠向族人宣布他将从云南纳西地娶回第二个老婆。"这是为了让盐田里的盐卤水更丰盛。汉地为什么那样富裕啊，因为他们的有钱人都有三四个老婆。"他为自己的行为辩解道。那时左盐田一向勤俭持家的纳西人还没有讨小的习惯，只有藏族人的土司和头人才有可能娶第二个老婆，许多贫苦的藏族人还几兄弟娶一个老婆呢。

仿佛为了和对岸的野贡土司斗富，和德忠在贫穷的峡谷大张旗鼓地操办自己的婚事。他的新娘从云南丽江雇了八个轿夫用轿子抬到峡谷，前后还有二十人的武装护卫，那场面几乎可以和那个老是叼着一个大烟斗的英国人媲美。峡谷里有一句赞美和德忠的话说："银子是走出来的，春宵是买回来的。"

据说那来自纳西地丽江的姑娘从前也是大户人家的女子，只是家道中落了，父亲又嗜酒如命，她的醉鬼父亲便被一千块云南半开银元的聘礼所打倒，把她卖到西藏。左盐田的纳西人记得，当新娘从花轿里走出来时，所有的男人都感到了一阵揪心的痛，所有的女人都张大了嘴。这哪里是人肉凡胎的父母养出来的人儿啊，分明是美丽的春神的女儿。过去人们认为一个纳西女人的美在于健壮、高大、肤色黑红发亮。可是他们看见的却是一个白皙、纤巧、像一株嫩杨柳一般的娉娉婷婷的忧郁美人儿，娇嫩得像马上就要融化的雪团。如果你非要说她有什么缺点，那就是她大约不会笑。可就她阴郁的面容，也是一种峡谷里旷古绝伦的美。她从此改变了峡谷里的人们对女性美的看法。

纳西地最漂亮的女人撼动了整整一条峡谷，甚至连卡瓦格博雪山也被她脸上的羞涩映红了，那天强盗泽仁达娃也被这红色的雪山震惊了，他问自己的手下：

"卡瓦格博雪山怎么红得像姑娘的脸？"

一个兄弟说："大哥，因为峡谷里来了一个可以做格萨尔王妃子的美人儿。"

泽仁达娃望着红得害羞的雪山沉默片刻，走向了自己的战马，他一跃便跨上了马鞍，马鞭往峡谷里一指，用不容置疑的口吻说：

"如果她真的是雪山女神，那我们去把她抢过来。"

泽仁达娃的马队在人家新婚之后的第二个夜晚冲进了和德忠的大院，他们来势凶猛，像一盆从天而降的祸水。那时和德忠一家还沉浸在新婚的喜庆里，大多数的客人都还没有从头天的宿醉中醒过来，飞扬的马蹄就将他们踢翻在地。和德忠手里拿着一把短枪，衣冠不整地从洞房中跑出来，但是泽仁达娃的马头一下就把他撞倒了，他从地上爬起来时，看到了泽仁达娃那双燃烧着无穷欲望的豹子眼。

"我认识你。"和德忠说。

"是吗？"泽仁达娃问，"以后你再也认不出我了。"他扬起了手里的马刀。

"请等一等，好汉。"和德忠说，"干吗不下马来叙叙旧呢？我的喜酒还多的是。"

泽仁达娃笑了："还不知道是谁的喜酒呢。我们真的认识？"

和德忠也算是一个老跑江湖的人，知道怎样和一个凶恶的强盗打交道。他把泽仁达娃引进客厅，让吓得发抖的仆人给他们上酒，他们在宽大的火塘前坐下，和德忠指指陈设奢华的客厅说："好汉，你看，我的这些家产，都是你给的。你要的话，都可以拿去。这尊金佛像是印度产的，这个梳妆镜是英国人造的，这架留声机，美国货，里面可以唱出女妖的歌声；还有这个不穿衣服的纯铜女人雕像，法国货。他们派神父到峡谷来宣讲耶稣的苦难，自己却过着淫秽的日子。"

泽仁达娃扇扇鼻子道："我对这些不感兴趣。我也从没有买过这些没用的东西给你。"

"记得多年前你还我的那匹骡子吗？"和德忠结束了和一个大强盗的哑谜。

泽仁达娃一拍自己的脑门说："哦呀。真的像汉族人说的那样了，我们不是冤家不聚头。"他想起了多年前曾经借过这个人的骡子逃命，后来又驮了两大筐大洋还恩的往事。

和德忠给他倒了一碗酒，也给自己倒了一碗，说："好汉，为我的喜事，也为我们再次相逢，干。"

泽仁达娃仰头把一碗酒喝了，说："为我们脑袋都还在肩膀上。"

"再拿酒来，还有外面那些弟兄，要像待远方尊贵的客人那样让他们喝高兴。"和德忠大声喊道。

这场奇怪的抢劫便以抢和被抢的双方大醉一场开始。如果不是泽仁达娃上马走的时候看见了他朋友妻子惊世骇俗的美，如果不是新娘在外面闹哄哄的场面即将收场的时候要去上那一趟厕所——她躲在洞房里实在憋不住了，如果不是泽仁达娃在酒气熏天中忽然闻到了那一股使人骨头发酥的香味——天知道他怎么能在醉醺醺的时候还能嗅到爱的味道！泽仁达娃在痛快地畅饮之后就真的以为自己真刀实枪地杀到左盐田，只不过是来会一个多年不见的老朋友。他在马鞍前一回头，就看见了那个绝色美女凄美艳丽的芳容。新娘只瞥了泽仁达娃一眼，眼光就像受到惊吓的小鸟，"吱"地一声飞了，泽仁达娃听到了这目光飞逃的声音。仅这惊鸿一瞥，灵光闪现，泽仁达娃就跨不上他的战马了。

和德忠那时还在对他的朋友拱手作揖，他说："恕不远送了。"

一瞬间，泽仁达娃做出了一生中最为残酷的决定，他说："朋友，应该是我送你上路啊。"

和忠德笑着说："大哥，你喝多了。"

泽仁达娃眼睛直勾勾地望着人家的新娘说："我可比什么时候都清醒。"

和德忠终生的错误在于他不能跟一个强盗称兄道弟。他可以是一条好汉，但他不一定就当得了你的大哥。和德忠伸出一只手去，想把泽仁达娃扶上马。但是不知是泽仁达娃误解了他的意思，还是和德忠的动作惹恼了泽仁达娃，他反手一掌，就将和德忠推出老远。

"大哥，你……你真是喝多了。"和德忠说。

泽仁达娃抽出了身上的康巴刀："兄弟，我要对不起你了。多年前我本该杀了你，你说你还没有娶老婆。一个男人还没有沾过女人，是不能死的。现在你有两个老婆了，我还光着身子在这个世界上闯荡。这公平吗？"

"你的妻子呢？"和德忠问。

"哈哈，早被官军杀了。他们杀了我全家。"

和德忠说："那些官军该杀。"

"可我得杀了你，兄弟。"泽仁达娃冷酷地说。

"大……大哥？我们不是……冤家。"和德忠说话有些不利索了。

"现在是了，兄弟。我喜欢上你老婆啦。不是第一个，是第二个。这一个。"泽仁达娃指着还站在院子里发呆的新娘子说，就像说喜欢上他兄弟的某样东西。

和德忠愤怒地说："你不是我的大哥了，我也不是你的兄弟。快滚吧。"

身高臂长的泽仁达娃一步就跨到和德忠的跟前，用刀顶住了他兄弟的脖子。"眼睛一闭，你就看不到人间的痛苦了。兄弟，可别怪我啊。"

然后他的刀锋横着一抹，和德忠的喉咙就断了。鲜血喷出来老高，溅了泽仁达娃一脸，仿佛是他身上的血一样。和德忠软软地倒下去了，手脚不断地抽搐，喉咙里还在"咕噜咕噜"地冒着血泡，好像还有好多话没有说完。不知是在惦记着他的娇妻呢，还是想说那座没有来得及为泽仁达娃建的吊桥。院子里和德忠家的人全都吓呆了，有片刻时间大家以为这是在梦里，刚才两个兄弟还在推杯换盏地喝得高兴，现在一个就把另一个的脖子抹了。这不是在梦里又是在哪里呢？

最先醒悟过来的是那立即做了寡妇的新娘子，她尖叫一声，捂着脸扭身往洞房里跑，泽仁达娃追了过去，他撞开了洞房的木门，新娘像一只野兔一样在房间里躲来躲去，人高马大的泽仁达娃东扑西扑，可就是闻得着新娘身上的体香，摸不着新娘的裙边，两人就像在做一场游戏。最后新娘从洞房的窗子里跳了出去，又打开后院的门跑了。泽仁达娃恼怒地从洞房中出来，大声喝道："牵马来！我醉了，我的马可没有醉。"

院子里早已乱作一团，和德忠的家人正和泽仁达娃手下醉意阑珊的土匪们扭打成一团。泽仁达娃拔出手枪，朝天上打了两枪，他的战马听出了泽仁达娃的枪声，自己跑到了他的面前。泽仁达娃一步跨了上去，一提缰绳冲出去了。

他沿着山道狂奔，不必担心他会找不到那可怜的新娘，因为她的体香在峡谷里绝无仅有。泽仁达娃像一条狗一样嗅着那酥人的香味，只追了不到半里地，就看到了那个像一只金丝鸟儿一般仓皇出逃的女人。他一夹马肚，感到自己的下身一阵阵地温热。他想，还没有把人家压在身下，自己的东西就喷出来了，真没有出息啊，还没有哪个女人把我折磨得这样狼狈。在他还没有从自我愉悦的陶醉中醒悟过来时，人家的新娘已经娇喘吁吁地在他汗淋淋的怀里了。

他把她横抱在马鞍前，仿佛抱着一只羔羊，女人已经惊吓得昏厥过去了，脸色苍白得像月光下的雪地。泽仁达娃本来可以在马背上就搞了她，但是他没有。他得找个地方好好地享受一番。他的马儿似乎很知道主人的意思，它一路飞奔，还嘶嘶地高叫。泽仁达娃浑身的血都在往上涌，女人身上熏人的乳香味都快要让他疯狂了。马儿终于跑到林间的一块草地上，泽仁达娃翻身下马，轻轻地把那女人放下来，仿佛放下一团洁白的云朵。

哦，佛祖啊！当一个饥饿的人忽然面对一顿美味大餐时，他一定不知道从哪里下手。泽仁达娃此时所有的酒劲和幸福感一齐涌了上来，搞得他浑身发软、眼前发黑，竟一头栽倒在女人的身边。

泽仁达娃醒过来时，睁眼看见了头上的蓝天白云，那些白得发亮的云团似乎还在旋转，而他却找不到太阳在哪里。他首先想，我这是在哪里呢？然后他又想，我为什么要躺在这个地方？最后他终于想起来了，刚才他割断了一个人的脖子，因为他看上了这个人的老婆。哦呀，那个漂亮得可以当格萨尔王妃子的女人呢？

他伸手一抓，只抓到了草地上的一把青草。泽仁达娃翻身爬起来，草地上空无一人，现在他完全清醒了。狗娘养的，没有出息到家了。他感觉腰间有点不对，伸手一摸，枪还在，但康巴藏刀被那个女人摸走了。泽仁达娃笑了，毕竟是女人见识啊。

他跌跌撞撞地在林子边找到了那个女人，他感到奇怪的是，她正在用刀割自己的裙子。"嗨，你不会脱裙子吗？"他问。

"别过来。我有刀。"新娘子恨恨地说。

"我还有枪呢。"他笑着问，就像在逗一个小孩玩耍，"你为什么不拿我的枪？"

"我要用刀做一条绳子。"她幽怨地说。

"干什么用呢，牵马的缰绳吗？"

"吊死鬼的绳子。站远点！"新娘声色俱厉地说，她想把用裙子结好的绳子扔到头上的树枝上，但是树枝太高了，她扔了几次都没有扔上去。

泽仁达娃又笑了，她往上抛绳子的姿势可真好看。"哎，要我来帮你吗？"

"人家要去死了，你还笑。"

"你们纳西人就是怪，男人死了，还有其他男人么。活着多好。"他上前一步。

"走开。"新娘软弱地说。

"我走了，谁来帮你把绳子扔上去？"他又往前了一步。

"别过来，你这个强盗！"她用刀子对着泽仁达娃，嘶喊道。

"是的，我是个强盗，土匪，杀人不眨眼的家伙，或者说是个魔鬼。但是，我喜欢上你了，你应该感到自己的好运来了，因为峡谷里再没有比我更坏的人。"他直接用胸膛面对着她的刀尖。

"别想来碰我，我会杀了你！"

"来吧。"他说，"要么你杀了我，要么让我喜欢你。"他的豹眼死死地盯住她的一双凤眼，他有充足的信心，可以用目光打落她手中的利刃，"我叫泽仁达娃，你叫什么？在你下刀之前，请告诉我你的名字。佛祖在上，我死了也会记住它。"

"木芳。"她软软地说。不像是在向仇人宣布自己的大名，而像是告诉一个情人她草木春秋、鲜花芬芳的芳名。

康巴藏刀无声地落在地上。木芳自长这么大，还从没有听一个男人说他喜欢她。当初和德忠来到她家时，她被人引到那个陌生而矮胖的男人面前，就像一件待价而沽的货物展示给他看，然后和德忠就给他父亲下订单了。即便是在他们新婚的第一个晚上，和德忠也没有对她说他喜欢她。他在黑暗中爬到她的身上，喘着粗气，很快就完了事，然后他翻身下去就睡了，仿佛刚才干了一件很累人的活儿。他只让她感受到了男人的一丁点东西。可是当她第二天在院子见到这个巨人时，一瞬间她把他同昨晚的另一个男人作了短暂的比较，这让她羞愧万分。她第一次感到她对和德忠的恨比眼前这个强盗更甚。尽管是他杀了自己的丈夫，也是他把她劫到这个人不知鬼不觉的地方。但在这个巨汉面前，一个女人既恐惧又安全，既惊惶又好奇。

可怜的木芳没有选择，她身子一软，往地上瘫去。泽仁达娃长臂一伸，把她拦腰搂住了。他把她紧抱在怀里，凑着她的耳朵说：

"佛祖在上，我的美人儿，你要什么，我都可以给你。"

木芳浑身发抖，紧咬着嘴唇摇头。泽仁达娃像一个殷勤体贴的情人，连声对她说，你要雪山上的雪莲吗？要山洞里的珍宝吗？要印度珍贵的虎皮要草原上的貂皮吗？要十二个眼的猫眼石吗？要比雪山下的湖泊还要绿的翡翠吗？要比太阳还红的红玛瑙吗？最后，他终于问到了点子上啦，他问：

"你要一个终生都爱你的男人吗？"

女人不发抖了，也不咬嘴摇头了，她忽然像睡着了一样平静。泽仁达娃现在可以把她放平在草地上啦，他也再不会头脑发热地晕过去。这一次，他发现他从没有像爱哪个女人一样爱上了这个美人儿。

39·风中的危险

春末，峡谷底的桃花落英缤纷，满地残红，而高山牧场上的春天才开始真正来临。先是漫山遍野的高山杜鹃花竞相开放，把一条条山岭装扮得花花绿绿，万紫千红；那些杜鹃花就像藏族人的性格，开放得热情而泼辣，迅猛而果敢，仿佛在一夜之间，它们就由千万个神灵的千万支神奇的画笔，把峡谷里的山岭点染得五彩缤纷。藏族人的情歌在杜鹃花盛开的季节唱得最为火热，满峡谷都是余音袅袅的歌声。峡谷两岸的牧羊人和马帮驿道上的马脚子常常会互相赛唱，有些情歌唱得露骨而直白，连山岭上的杜鹃花听了都会羞红了脸。有的康巴汉子受不了对岸唱歌的妹妹的挑逗，干脆抛下羊群，丢开手里的农活，跑下山梁，从溜索上滑过来跟情人幽会了。

在沙利士神父眼里，没有战争和自然灾害的时候，峡谷里的藏族人日子过得还是很诗意的。他对成天忧心忡忡的巴勃神父说："我在藏区传教三十多年了，还没有发现哪个藏族人有精神障碍。噢，天主，尽管这里生活清苦，但是这里的人们比欧洲人快乐多了。他们把人生简化为三件事：干活，信教，娱乐。你瞧，身体的需要交给劳动，精神的需求交给宗教，其余空闲下来的时间，就全部交给了唱歌、跳舞、喝酒和谈情说爱。他们中的智者甚至连自己什么时候死都安排好了。还有比这更会安排生活的民族吗？"

　　巴勃神父揶揄说："有，天堂里的人。"

　　沙利士神父知道，巴勃神父曾经给教区主教大人劳纳主教写信要求调换一个传教点，但是遭到了劳纳主教的拒绝。劳纳主教在给沙利士神父的信中说，欧洲局势紧张，中国内地战火遍地，传教会近期根本不可能派出更多的传教士到西藏来。在这充满战火和仇恨的世界上，望你们通过守斋和祈祷做信仰的见证。我会为你们的虔诚转求天主，使你们永远度过一个基督化的生活。想一想你们的光荣吧，耶稣在西藏的先驱。天主将护佑你们的伟业。

　　无数个黄昏，巴勃神父在山道上散步时，就这样沉浸在历史的黑暗隧道里不能自拔。由于他几乎不与人说话，他的散步就成了一个在傍晚游荡的孤魂。马修一如既往地远远跟在他的身后保护他，和巴勃神父一起完成晚饭后的"习惯"，以至于马修现在吃晚饭后不出去走走，胃里便会感到不舒服。马修对自己的妻子安妮说："习惯其实就是你养的一条狗，你把它养大了，它就一直跟着你。"

　　秋风像一群群赶路的厉鬼在峡谷里穿越而过时，人们并没有注意到这一年的秋风与往年有什么不同。它们总是滚动着低沉而如雷鸣般的吼声从青藏高原上呼啸而下，像澜沧江里夏季的洪水，但是它们比洪水泄得更快更凶狠。人们往往忽视风的破坏威力，只不过在无垠的天空中敢于和它们抵抗的东西不多罢了。当然峡谷里的人们也不会忘记多年前的那个大风年，把地上的一切刮得干干净净，澜沧江西岸的佛教徒至今还认为，是东岸上盐田教堂里的那个大胡子白人喇嘛带来整整刮了一年的大风。他的命运与风有关。

　　马修到死的那天都还记得巴勃神父出事的那个傍晚风声如雷，一弯上弦月早早地就挂在了北边的天空。他奇怪的是那月亮竟是金黄色的，就像一把金镰刀。巴勃神父那时长久地伫立在左右盐田间的山梁上，面对着朦胧阴森的山涧。这样迎风挺立的姿势多年来他一直没有改变，风梳理着他一脸乱蓬蓬的胡须，也梳理着他时而混乱时而严谨的思绪；那是一个宗教史学者的思绪，是在历史的长河中迷失了方向的思绪，被澜沧江大峡谷里的大风一吹，它就更加混乱了；风还撕扯着他的黑色长袍，离巴勃神父足有几十米远的马修都能听到那长袍在风声中噼里啪啦地呻吟。

马修躲在一个背风的岩石下，怀里抱着他的火绳枪。他想，沙利士神父就不会像巴勃神父这样，把更多的时光用在这无聊的"习惯"上。每天晚饭后，沙利士神父一般都到教堂里一个人面对耶稣的圣像默想许久。在教友们眼里，沙利士神父才是纯正的基督徒，他的谦逊，热情，仁慈，智慧，以及忍受苦难的毅力，做得就跟藏族人的活佛一样。作为一个异族人，如果你能和藏族人一起忍受苦难，并从精神上给予一定的指导，比你帮助他们改变这种苦难更能赢得尊敬。因为在一个藏族人看来，苦难不过是为了来世的一种修行。如果今生不把人间所有的苦难都吃尽，他们怎么敢保证来世的幸福呢。尽管神父们一再告诉信仰耶稣天主的教友们没有来世，只有天堂里天主的国，可是他们还是一不小心就把幸福的来世和天主的国混为一谈。

马修突然听到了一种奇怪的声音，尽管在大风的呼啸声中这声音并不大，像一只鸟被勒紧了脖子那一刹那间的惊叫。马修的心却猛地一紧，仿佛站在悬崖边一脚踏空般惊惶和恐惧。他从岩石后窜出来，巴勃神父刚才站立的地方空无一人。

"神父……"马修急得大喊。

而巴勃神父此时正在山涧里御风飞翔。

马修看到，巴勃神父像一只低空飞行的巨大苍鹰，在峡谷里大风的吹送下，在他的视野中越飞越远。在朦胧的山谷中，与其说那是一个人在飞行，还不如说那是一片黑色的树叶。他的黑色长袍像飘飞的翅膀，在黑暗的山谷里迎风招展。

马修吓得一屁股坐在了山道上。他从没有看到过一个坠崖的人可以在风中飞得这么远，除非他是那个经常骑着一面鼓在峡谷里飞行的法力高深的苯教喇嘛敦根桑布。

"巴勃神父被风吹走了。"这个消息很快就在右盐田传开。沙利士神父组织所有的教友打着火把溜到山谷底去寻找巴勃神父的尸体，左盐田的纳西人也纷纷过来帮忙。人们的火把将两个盐田间的那条山谷都映红了。沙利士神父开初不相信风会把一个人吹走，他认为巴勃神父一定是遭到了江对岸佛教徒的暗算。可是等他们终于找到巴勃神父的尸体时，他自己也被搞糊涂了。巴勃神父坠落的地点离他生前最后站立的悬崖边至少也有一公里的距离。难道一个体重足有八十公斤的成年男人会被大风吹得这么远？

"在我们的东巴经书里，风还把人吹到崖壁上揭不下来哩。"纳西族长和万祥看到沙利士神父那么伤心，就宽慰他道。

如果可怜的巴勃神父真被风吹到悬崖下，那倒好了。沙利士神父心里想。他担忧的是，巴勃神父的神经被西藏的大风吹断了，显然这是教会最不愿意看到的。

三天以后，教堂为巴勃神父举办了隆重的葬礼，人们把他葬在杜朗迪神父的坟墓边。当年沙利士神父开辟澜沧江东岸的教区时，除了确定教堂的位置、村庄的布局和土地的分配外，还特意留了一块空地作为基督徒的墓地。它就在马帮驿道的下方，面对峡谷里的澜沧江，从驿道上过往的人们都能看到那些坟墓上的简陋木十字架，现在那里已经有十多座坟茔了。天上的兀鹫有时嗅着尸体的味道，降落在这些十字架和坟头上，瞪着一双迷茫的眼睛四处打量，似乎在问：天葬师到哪里去了？

41 · 红色军队

进出峡谷的马帮带来的消息说，有一支红色的军队最近开到了藏区边缘，他们在和政府的军队打战，已经死了很多很多的人，走了很远很远的路了。据说这一切只是为了中国的颜色。

"这真是一个令人难以理解的国家，"沙利士神父对亚当说，"他们不为宗教信仰而战，不为权力而战，却为虚无的颜色杀人。"

那是复活节前圣周一的一个下午，春日的太阳暖洋洋地照在教堂里，把空泛无味的时光拉得很漫长。神父在教堂的院子里翻拣邮差通过马帮驿道送来的信件和教会分派过来的简报，那个忠厚老实的藏族邮差阿雅每个月来一次。简报中就有这几年在中国内地到处发生的有关红色军队的消息。

沙利士神父忧心忡忡地问亚当："对你们东方人来说，颜色是不是和人们的理想有关？既然这方小小的峡谷里都曾经因为盐的颜色而发生过战争，中国那么广阔的地方，同样会因为代表各种意义的颜色而打战。藏传佛教的信徒们在几百年前，不也因为佛教的颜色不同而分成不同的派别，并且互相攻击吗？如果以颜色来区分这个世界，谁知道在他们眼里，天主和教会属于什么颜色？"

"黑色的，神父。"嘴快的亚当说，"因为神父们都穿黑衣服。"

沙利士神父又问："亚当，你们藏族人喜欢什么样的颜色？"

亚当那时正在院子的一个角落里劈柴，笨拙粗大的斧子在他手里就像使一把小刀那样运用自如，如果有必要，亚当甚至可以用斧子给你劈一根掏耳朵的耳匙。他揩揩脸上的汗说："神父，看看我们的房屋和佛教徒们的寺庙就知道了。吉祥的颜色能带给我们好运。"

"可怜的人们。"沙利士神父说，"对一个时运不佳的国家来说，好运就像水里的月亮。遗憾的是好运并不是你手中的斧子，而竟然被某种颜色所决定。"

"神父，我们藏族人认为，天上的神灵是有颜色的，地上的人信奉的神灵不同，他们就会为颜色而打战。神父，红色的军队能带给我们好运吗？"亚当问。

沙利士神父耸耸肩说："只有天主才知道。"他想了想又说，"教会和军队从来就不是兄弟。除非路易九世麾下的十字军①。"

复活期第二个主日②的凌晨，一场春雨不大不小地下了起来，天上的春雷响得很特别，像音乐厅里的大鼓，在峡谷的天边轰鸣得很有节奏感。这是一个很美妙宁静的春夜，沙利士神父那时还躺在床上，忽然想起了巴黎的音乐厅，就像回想一场遥远的梦中某个模糊的片断。他还记得，在来中国传教之前，曾到巴黎的一家不太著名的音乐厅里听过一场音乐晚会，那时他还是一个刚从神学院毕业的年轻学生，对未来充满信心，对天主的事业坚定不移。他笃信荣耀天主的伟业于一个年轻的教士来说，便是去到遥远神秘的东方，把天主的福音传播到一个欧洲人想象力以外的地方。地球这一边的事情，一个欧洲人冥思苦想一万年，也挨不到边。沙利士神父想。

他在起床洗漱时迅速归纳了自己的思路，准备在早上的弥撒布道时的发言。耶稣基督复活了，这是我们举行神圣慈悲瞻礼的一天；耶稣基督复活了，一个救世主在天地间诞生，人类的罪孽从此得到了救赎；耶稣基督复活了，坟墓里不再有死人，天地间充满了圣徒们的爱……

他一边想一边走进了教堂，厨子诺斯已经在升火烧茶了。沙利士神父先

---

① 指公元 11 世纪法国国王路易九世带领的参加第一次十字军东征的军队。

② 即复活节后的第一个星期日。

在耶稣像前默祷片刻，然后来到祭室，换上了一件白色的法衣，他在祭台上巡视了一遍，为耶稣像前的两盏长明灯添了些酥油。当他把一切准备妥当后，天空已经微微泛白了。要是在往常，虔诚的教友们应该陆续来到教堂了。

但是在这个早晨，沙利士神父在教堂门口引颈张望时，看到的却是几个他从不认识的带着长枪、穿着灰色军装的汉人。他们就像从地上冒出来一般，突然就出现在教堂的大门前，一个别短枪的年轻军官很有礼貌地拍了拍开着的大门，问：

"我们可以进来吗？"

马修已经把火绳枪端在了手上，亚当也操起了一把斧子。沙利士神父愣了几秒钟，看到了年轻军人帽子上的红色五角星。他们就是红色的军队！怎么来得这么快？或者说，怎么连一点声响都没有？因为从前，凡是有军队开到峡谷，哪怕是三五个带枪的毛脚土匪，早就闹得鸡飞狗跳了。

显然抵抗是徒劳的，也来不及了。沙利士神父挥手制止了马修和亚当，做出了一个邀请的手势，用汉语说："欢迎啊，为中国的颜色而战的军队。"

年轻的军官笑了，露出一排洁白整齐的牙齿。这让沙利士神父很惊讶，一支知道刷牙的军队，应该是中国最有希望的军队。

"你就是那个外国人？原来你不是长有三只眼睛的魔鬼。"军官笑着说，抬腿进了教堂。

"你们也不是红眼睛红眉毛的妖魔鬼怪啊。"沙利士神父回敬道。

军官说："我们是中国工农红军。中国工人和农民的队伍。"然后他又笑了，仿佛他除了打战，就是笑。

沙利士神父仔细打量了这些军人，他们的军装很陈旧，甚至到了破烂的地步，但是收拾得利落整齐；戴的帽子除了有布缝的红色五角星外，还有令人费解的八个角，像一圈连绵的小山峰；他们的军服也不是统一的灰色，有的服装是黑色的，有的几乎就看不出原来的颜色了，似乎这支军队的后勤给养有问题，但是他们精神十足。沙利士神父不得不承认，这个军官与他从前在峡谷里见到的所有带枪的人不一样，他的笑容灿烂而朴实，如果不看他身上陈旧的军装和腰间别着的勃朗宁手枪，他和一个庄稼人没有什么两样。不过从他笑容中的自信可以看出，他们是一支有信仰的军队。

沙利士神父招呼军官在院子里的方桌前坐下，又让亚当来冲酥油茶。这个军官自我介绍说，他是一名政委。沙利士神父不知道红军的政委是多大的官阶，他认为大约相当于西方军队里的随军牧师，但好像他们的权力又比一个牧师大得多。随同红军政委来的几个军人把枪放在一边，操起扫帚就扫起地来，其中一个军人还拿起亚当放在一边的斧子劈柴。他们就像回到自己的家，把教堂所有能干的活都抢过来干，而且一点也不陌生，那个劈柴的士兵一看就是个干过农活的人。这些红军军人乐观、热情，对教堂里的藏族人彬彬有礼，人们甚至被他们这种出人意料的谦逊姿态吓住了。他们呆呆地站在一边，仿佛成了外人。

沙利士神父当然清楚，这些长途跋涉而来的红军，肯定并不仅仅是来为教堂扫地劈柴的，他在请红军军官喝了第一碗酥油茶后，便问："军官先生，你和你的士兵们都是信仰天主的基督徒吗？"

年轻的政委又笑："我们不信仰天主。但是我们信仰一个比你们的耶稣更伟大的人，他的名字叫马克思。"

沙利士神父耸耸肩："我听说过他。一个德国犹太人。"

"是的，他是我们中国共产党人的革命导师。他让我们明白了如何铲除这个世界上的不平等，如何消灭剥削与压迫，如何让自己的人民翻身得解放，建立一个平等自由的红色新中国。"

"这就是说，如果你们在中国打战赢了，中国将要变成红色的了？"

"当然，那时中国将是一个红彤彤的崭新的国家。"红军政委肯定地说。

"包括藏族人吗？"嘴快的亚当在一边问。

"藏族同胞是我们的兄弟，我们有责任解放他们。"红军政委挥手说。

"可是，国民政府的十多万军队正在追赶你们。"沙利士神父说。

红军政委轻松地笑了，仿佛他并不是一个被追赶者，他说："十多万军队算什么，我们有四万万中国民众的支持。我们要到中国的北边去抗击日本人，拯救我们的民族。"

"可是你们却跑到藏区来了。"神父嘀咕道。

红军政委说："蒋介石不让我们去，我们只有多走一些路了。中国那么大，条条大路都可走到抗日前线。你们要明白，将来解放全中国只能依靠我们工农革命的武装，而不是代表资产阶级和封建地主阶级少数人利益的蒋介石反动政府。"

沙利士神父再次耸耸肩："那是你们中国内部的事了，但愿你们也来一次法国式的大革命。可对于教会来说，凡是受过洗礼、信仰天主的教友，都是天主的选民。我们的教堂虽然是受国民政府保护的，但我们不是你们的敌人，你们也不是我们的敌人。对吧？"

"我们尊重你们，不是我们害怕国民党政府，而是工农红军爱护我们的人民，尊重人民群众的信仰。因为将来我们要建立的红色新中国，人人都是自由平等的，当然信仰也是自由的了。"

"那可真是天主的国了。"沙利士神父松了一口气，他现在明白了，尽管他们的信仰与教会的要求相去甚远，但是他们的行为和一支基督徒的军队没有什么两样。"那么，尊敬的军官先生，我可以为你做些什么呢？"他问。

"听说神父会做外科手术。我们部队有几个受伤的伤员，不知是否可以抬来请你看看？"

"噢，帮助有困难的人，是一个神父的天职。请抬来吧。"

不多一会儿，四个伤员抬来了，他们都有非常严重的枪伤，由于长途跋涉，消毒不严，四个伤员的伤口都严重感染甚至溃烂了，如果不立即做手术，他们大概活不过半个月。沙利士神父就把手术台建在教堂院子的屋檐下，由于没有麻醉药品，沙利士神父问红军政委，是不是等找到了麻醉药后再做手术。但是那个政委一挥手说，没有麻醉药的外科手术我们经常做。神父，你放心做就是了。

在几乎整整一个白天里，沙利士神父用一把外科手术刀在四个活人身上小心谨慎地切除腐烂的死肉，用镊子把他们身子里的子弹头取出来，他甚至还把一条已经坏死了的胳膊锯掉了。在这整个过程中，他没有听到一个红军伤员呻吟。当最后一个手术做完后，他瘫在地上，仿佛已经严重脱水了。这不是因为劳累，而是由于高度紧张而感到后怕，锯下那条坏死的胳膊时，小钢锯拉动摩擦骨头的响声让他全身的骨头都酥了，他用了一万分的勇气才让自己没有倒下去。

红军政委适时递给沙利士神父一碗酥油茶，还拿出一块毛巾来给他揩汗。"知道他是什么人吗？"他指着那个被锯掉了胳膊的红军伤员问。

"在我看来，你们个个都是令人钦佩的军人。"沙利士神父真诚地说。

"他是我们的军长。"红军政委充满尊敬地说。

"什么？"沙利士神父大为惊讶，"他那样年轻，就当到将军了。他大概还不到四十岁吧？"

"不，他才二十七岁。他已经指挥了一百五十多次恶战了。他是我们的战神。"

"噢，天主啊。一个中国的拿破仑。"

"过去他能双手使枪，现在只能用一只手了。"红军政委有些惋惜地说。

"如果你们是基督徒的军队，那该多好啊。"

"我们是工农大众的军队，不是更好吗？"

这支红军部队在峡谷里待了五天时间，峡谷的人们从来没有见到过这么多的人马，不是他们数不清究竟来了多少红汉人的军队，而是他们身上有某种神奇的魔力，就是有十万扛枪的红汉人在你身边，你该干什么还干什么，连你做的梦都不会受到惊扰或改变。要是在过去，扛枪的人一来，村子的人半年都睡不踏实觉。现在峡谷里虽然涌进那么多身经百战的人，但是峡谷的安宁一点也没有被打破，连见了陌生人必定要狂吠不已的藏獒都不叫一声。如果说他们给峡谷带来了些什么改变，只是这些红汉人的歌声让人们感到新奇。他们仿佛是一支唱着快乐的歌儿打战的军队，凡是有红汉人在的地方，歌声就从那里飘荡出来。不仅他们自己唱，他们还组织藏族人、纳西人唱。他们乐观开朗，乐于助人，对藏族人和纳西人秋毫无犯。

当然，红汉人的军队也不是不需要粮食，但是他们做得像一支文明社会的军队一样体面和纪律严明。他们在左右两个盐田的村庄口设置了购粮点，把大洋一摞摞地摆在临时借来的桌子上，价格由当地人定，他们绝不讨价还价。这让峡谷里的人们非常稀奇，自古以来，有人有枪的军队是不需向老百姓买粮食的，要么是官府和土司支你的"乌拉"差役，无偿供奉给他们吃的用的，要么是他们明火执仗地抢夺。出钱买粮食的军队，峡谷里的人们还闻所未闻。和万祥是第一个把粮食挑到红汉人的购粮点的人，他说："你们真是一支义军，这一担粮食算我的一点心意吧。"但是红汉人的军队非要给他钱，而和万祥怎么也不要，这时那个红军政委出现了，他对和万祥说："老乡，如果他们不给你钱，他们就违反了我们红军的纪律，是要受到处罚的。"

和万祥问："是我送你们的，你会怎么处罚他们呢？"

红军政委严肃地说："任何红军士兵，如果拿了老百姓一点东西，哪怕是一粒粮食，就违反了我们的纪律。情节严重的，我会枪毙他们。"

第九章　四十年代

48·打冤家

泽仁达娃已经等了野贡家族的杀手三十多年了，他们始终没能杀了他，连泽仁达娃都不耐烦过这种老是与死神相伴、被人追杀的日子。有几回野贡土司的谋杀看上去就要成功了，但他是一个命相当硬的家伙。有一次他们把他手下的弟兄都杀光了，还毒死了他的战马，一队康巴骑手追他到澜沧江边，但是他居然抢了一个纳西小商贩和德忠的骡子跑了。还有一次野贡土司不惜重金从拉萨雇来了杀手，他有举枪击落天空中飞行的一只苍蝇的本事，并且还亲自示范给野贡土司看过。他化装成一个云游喇嘛，成功地混到了泽仁达娃的火塘边，并和他一起喝酒。他喝酒胜过了泽仁达娃，但是他杀人的运气和胆量却没有泽仁达娃好，他在泽仁达娃醉生梦死的时候掏出藏着的手枪，对准了泽仁达娃的太阳穴，他连扣了三次扳机，竟然都没有打中。第一次子弹卡壳了，他把子弹退出来，又打，但是又遇上是颗臭子儿，这个倒霉的杀手不得不再来一次，重新装上一颗崭新的子弹，可是他连扣动扳机的力气都没有了。因为他看见睡着了的泽仁达娃还微微睁开的眼睛，一股恨恨的目光从睡眠的深处溢出来，足以让一个盖世英雄胆寒。在离泽仁达娃的脑袋不到半米远的地方，这个可以打掉苍蝇的神枪手竟然不能把子弹打进一个熟睡的脑袋。胆怯的子弹把泽仁达娃头上蓬松的头发推出了一条深沟，一簇头发落地的响动让泽仁达娃心疼。他惊醒过来，伸出长长的胳膊，一把就将那个杀手揪到自己怀里，两下就把他的脖子扭断了。然后——这是传说中的一种——他继续睡觉。

那个漂亮的纳西姑娘木芳被劫到雪山上的第二年，生下了一个儿子。在到底谁是他的父亲这一点上，泽仁达娃当初也有过狐疑。可是随着孩子一天天长大，随着木芳对雪山上的生活日益适应，他不再为这个问题烦恼。他给儿子取名叫益西单增，在他四岁的时候就把他扔到马背上，他的玩具就是泽仁达娃的手枪、藏刀、佛珠、护身符，以及和他一起长大的一匹小马驹。木芳不仅是一个绝色的美女，还是一个不错的妻子。这几年泽仁达娃自己也试着做一些马帮生意，他在雪山下的一个山谷里安下自己的营寨，手下随时有四五十个弟兄可供调遣，不出去抢人的时候，他们也放牧、开地、做生意。尽管土地贫瘠、远离驿道和村镇，人们辛勤的努力收获都很微薄，但这些事都是木芳在操劳。她安排四季的农耕，决定生意的大小，管理几十个人的生活，甚至还亲自为牛羊接生催产。康巴汉子们没有想到一个纤弱的女人有这么大的能量，她在狭窄的山谷里上上下下地奔忙，指挥一群汉子做这做那，但就是反对他们出去抢人。

可是，仿佛老天总要跟泽仁达娃做对，这年的夏天，山谷里发生了一场罕见的泥石流，二十多个兄弟被冲走了，还有他们几年来艰难开垦出来的土地和好不容易慢慢长大的牛羊，全都被冲得一干二净。泽仁达娃右肩驮着自己的儿子单增，左手拉着木芳，从泥石流中九死一生地逃出来。在整整一个秋天，他们没有一粒青稞，全靠山上的野菜和野物度日。到了冬天，泽仁达娃在四川的几个土匪朋友来约他合伙抢劫峡谷里的村庄。因为那里连续两年没有遭受大的自然灾害了，这意味着峡谷里有了点"油水"。泽仁达娃对面黄肌瘦的木芳说："不是我不想做一个不抢人的丈夫，而是饥饿的肚皮只能养出一个强盗。等我把那狗娘养的土司的财富都抢过来了，我儿子就再不用当强盗了。"

木芳泪水涟涟地说："佛祖啊，一个当强盗的父亲，难道还能把他的儿子培养成一个体面的有钱人？"

泽仁达娃抚摸着木芳的脸说："你等着瞧吧，我儿子会过上体面的生活的。妈的，这年月，什么才叫体面的生活呢？"

那年峡谷里飘起第一场大雪时，泽仁达娃的人马和四川藏区的土匪武装把峡谷两头的道路都堵死了，除了天上的飞鸟和澜沧江里的鱼，任何有生命的东西都被装在土匪们布下的口袋里。泽仁达娃发出的抢掠号令是：每一个弟兄的腰间都要塞满大洋，每一匹战马身上都要驮满粮食，每一个没有女人的弟兄都要有一个女人。

尽管泽仁达娃号称带了一千来号人的武装来围攻野贡土司的大宅，但是顿珠嘉措土司认为这些乌合之众并不是他装备精良、训练有素的家丁队伍的对手。他连德国造的马克沁机枪都有两挺呢。这得感谢那些进出峡谷的马帮们，现在不仅可以买到汉地的各式商品，甚至还能买到世界各地的东西，野贡土司要购买军火再不用求江东岸右盐田的外国神父了。战事正如顿珠嘉措所料，泽仁达娃的马队抵不过土司大宅里像雨点一样泼过来的机枪子弹。土匪们在机枪的欢叫声中铺下一层层的尸体，土司大宅前的开阔地看上去就像一个屠宰场。泽仁达娃恼怒地对其他几个匪首说：

"死水潭也经不住瓢舀，围他几个月，我看这狗娘养的土司老爷还有多少机枪子弹。"

这是一条聪明的计策。半个月以后，从土司大宅里射出来的子弹日益稀少了，泽仁达娃看到了胜利的曙光。但是，来自澜沧江东岸的支援打破了他的美梦。

当土匪们封锁了峡谷后，澜沧江两岸人们的惊恐其实是一样的。东岸的纳西族长和万祥受族人之托，到右盐田找沙利士神父商量对付土匪的办法。他发现这边已经戒备森严。每一家的墙上都抠了枪眼，柴薪都搬得离房子远远的，以防土匪放火烧房子，粮食也都埋藏起来了。男人们枪不离身，连睡觉都放在身边。沙利士神父对和万祥说："这得感谢那个红汉人，他教会了我们如何打战。"

这个红汉人是上次红军路过时掉队的伤员，他是汉地江西省人，人们私下里都叫他高班长。红军走后，他在教堂里养了一段时间的伤，国民党的军队追过来时，沙利士神父建议他躲到高山牧场上去。他在那里待了一年多，而他的部队已经到了中国的西北。高班长回到峡谷后便同一个放牧的藏族姑娘结了婚，并且很快就非常藏族化了，甚至能说一口看不出破绽的藏语，再没有人怀疑他曾经是一个红汉人。土匪打过来时，沙利士神父想起这个曾经打过仗的人，就让他来组织右盐田的备战。高班长见到和万祥的第一句话就是："我正要叫人去请你呢，我们应该联手打过江去。"

和万祥犹豫片刻，才说："可是我们纳西人和野贡土司过去有仇，右盐田的天主教徒和那边的佛教徒也曾经是冤家。"

高班长说："都在一条峡谷里生活，会有多大的仇呢？现在最大的敌人不是西岸的藏族人，而是土匪。"

沙利士神父说："可以肯定，泽仁达娃下一个目标就是江东岸的两个村庄。"

高班长说："我们的人从溜索上过去，抄土匪们的后路。土司大宅里的人再打出来，前后一夹击，他们就垮了。"

和万祥一击掌道："拇指挨砸，小指也疼。我们干吧。"

于是在一个月黑风高的夜晚，澜沧江东岸四百多条好汉趁着夜色从溜索上飞到了澜沧江西岸，高班长指挥藏纳两个民族的汉子偷袭了泽仁达娃的营地。搞偷袭是红军习惯的战术，而泽仁达娃的土匪武装却对此一无所知。他们从梦中醒来时，帐篷已经着火了，马群也炸了，一些土匪甚至连自己的枪都找不着。天色微明时，土司大宅的人马也及时冲出来。土匪们更是慌成一团，很快他们就像退去的洪水一样，消失在山岭上的密林之中。

野贡土司看见了一身征尘的和万祥，看见了仗义行侠的纳西武士，看见了右盐田全副武装的教友。他的眼眶潮湿了，他拉住和万祥的手说：

"兄弟，你再迟来几天，就见不着你大哥了。"

和万祥说："我等了你这句话二十年。"

两个月后，泽仁达娃队伍和来追赶红军的政府军队遭遇，政府军开初误以为他们是红军的武装，于是用一个团的正规军，像用梳子赶头上的虱子一样把泽仁达娃经常出没的山谷反复梳理了几遍，终于在一个山洞内将他擒获。他们把泽仁达娃打得不成人样，给他戴上四十公斤重的手铐和脚镣，在冰天雪地里让他赤脚从山道上走过。峡谷里的人们都拥到官道的两旁来观看这个江洋大盗，他的一只眼睛肿成一条线了，鼻子是烂的，嘴里的门牙也被打掉了，腿也是一瘸一瘸的，浑身上下没有一块好肉。尽管有几十名荷枪实弹的大兵围着他，但他高大威猛的身躯还是让人恐惧，峡谷里的人们见到这个噩梦中经常出现的强盗束手就擒，竟然没有谁敢拍手称快，甚至连多看他两眼都需要勇气。

野贡土司顿珠嘉措也从江西岸赶过来看自己宿敌的下场。他们坐在县衙门大堂内的三张太师椅上，让人把泽仁达娃押进来，顿珠嘉措笑呵呵地问："哦呀，老冤家，你怎么成了这个样子啊？"

"你胖得像一头猪。"泽仁达娃蔑视地说。

顿珠嘉措扭头问章团长："你们干吗不马上杀了他呢？峡谷里从来不缺杀泽仁达娃的人。"

章团长说："我们要把他押解到军事法庭去受审。"

顿珠嘉措说："那就太便宜他了。泽仁达娃，没想到你要死在汉人手里。"

泽仁达娃高傲地说："杀我的人还没有生出来呢。"

顿珠嘉措指指站在自己身后的坚赞罗布说："看看我的儿子，都长成一个男子汉了。可是他今后没有冤家打了，多没意思啊。"

泽仁达娃说："你等着看吧，我还有儿子哩。"

土司肥胖的身子抖了一下，但他很快掩饰住了内心的惊惶。泽仁达娃和被他抢去的那个漂亮的纳西女人居然在一起生活了那么多年，这让所有的人都感到惊奇。顿珠嘉措又问王县长："他家里的人抓到了吗？"

"大军压境时，他们就跑到四川那边去了。"王县长说。顿珠嘉措又把头扭向章团长。"要是你们肯追杀过去的话，我可以奉送十匹骡子的大洋，算是给弟兄们的烟酒钱。"他说。

但章团长不耐烦地说："那边不是我们的防区。"

泽仁达娃笑了："别打斩草除根的主意啦。我儿子将来是要干大事情的。一个喇嘛说过，峡谷里的恩怨要了断，除非中国再换一个朝代。喇嘛还说，我儿子会成为这里的大土司。"

顿珠嘉措和王县长、章团长都哈哈大笑起来："一个强盗的儿子会当上土司，乞丐也可以当总统了。"

泽仁达娃却神奇地看到了那么一天，他的儿子带着一支勇敢的军队把眼前这些县长、团长、土司撵得屁滚尿流。他的儿子将是峡谷里受人尊敬的大人物。

草莽英雄泽仁达娃一生中最为聪明的决定就是在情况危急时，把木芳和儿子送出了峡谷。实际上他在四川的强盗朋友也是一个有身份和地位的人，他是一个土司手下的大头人。那边藏区的风气似乎比西藏和云南藏区更糟糕，他们平时忙于农耕和经商，冬季没事可做时，就出来四处抢掠。并不是他们需要抢掠来抵抗饥饿和贫困，而是抢掠本身让他们感到自豪和骄傲。

泽仁达娃被抓获时，木芳和她儿子益西单增已经到了四川境内藏区玉丹头人的领地。随同他们母子俩一同来的还有一驮骡子的银锭和十块金砖。显然泽仁达娃已经做好了最坏的准备。玉丹头人是一个很仗义的人，他问木芳今后如何打算，形容枯槁的木芳说，她自己今生算是彻底完了，让她忧心如焚的是孩子今后怎么办。长大后是去做一个仇杀家族的复仇者呢（尽管孩子还小，但是泽仁达娃可没少给木芳说他家和野贡家族的世仇），还是子承父业，做藏区的江洋大盗？玉丹头人问，那么你希望孩子做点什么事才好呢？木芳幽幽地说："我希望他能上学读书。在我的家乡，有钱人家的孩子都是要上学的。"

玉丹头人说："在我们这里，孩子要学点东西，要么送他到喇嘛寺，要么送到汉地。"

木芳说："送到汉地去吧。他们的先生都是一些学问很高的人。只是不知道该怎么去。"

玉丹头人拍着胸脯说："我在汉地大地方成都有朋友，他们年年都要到我这里来买藏药和野货。这个事情可以交给他们来办。"

木芳担忧地问："泽仁达娃留给我的这些金银，够吗？"

玉丹头人豪爽地说："不够的就全包在我身上。我再给你一驮骡子的银子，我想也差不多了。你可以在那里买一所房子，陪你儿子念书。只是你得给孩子取一个汉族人的名字，在这里我们欺负汉族人，在汉地汉族人欺负我们。"

木芳想了半天，最后说："就叫木学文吧。愿这个名字能带给他吉祥。"

49·天主的早餐

太平洋战争爆发后，在藏区的传教会和欧洲几乎失去了所有联系，澜沧江峡谷深处的教堂更像是被遗忘了一般。自从巴勃神父"升天"以后——沙利士神父对自己的教友总是这样说——他已经数次给传教会打报告，希望能再派一名勇于献身的年轻神父来，但发出去的信函总是石沉大海。那一段时间沙利士神父过得寂寞而消沉，这并不是由于失去了巴勃神父使他感到哀伤，而是峡谷里的人们对此事的传言使天主的信誉受到了伤害。"你想想，"人们说，"天主派来替他说话的人居然会被风吹走，天主说的那些话还能镇压得住峡谷里的魔鬼吗？如果白人喇嘛说的天堂真的存在，为什么他们自己没有升向天堂，却葬身在峡谷的山涧里？"喇嘛们话里有话地说："哦呀，这个可怜的白人喇嘛大概是想飞向天堂的，但是西藏的大风并不帮他。"

这些传言从噶丹寺里传出，变成了佛教徒们讥讽天主教徒的笑料，峡谷的风又把它从澜沧江西岸吹到东岸，让东岸的天主教徒们深感迷惘和屈辱。于是，在这一年圣神降临节①的前一天，沙利士神父在布道中对自己的信徒说："有那对主的信仰不够坚定的人，问我能不能带给你们一点天堂的消息。我知道你们藏族人是相信神迹的民族，你们历来认为天上的东西比地上的事物更值得信赖。那么好，明天上午十点，你们将看到主耶稣在峡谷显灵。诺斯，明早你不用为我准备早餐了，主会给我从天上送来一顿丰盛的早餐。"

第二天上午，厨子诺斯和亚当在沙利士神父的指点下在教堂外的空地上

---

① 又称为"五旬节"，耶稣复活后第四十天升天，第五十日差遣"圣灵"降临，门徒从此领受圣灵后开始传教。因此教会规定每年复活节后的第五十日为圣神降临节。

用生石灰划了一个横竖均有一箭之地的巨大的十字架。沙利士神父还叫人为他摆了一张桌子，上面铺上亚麻白布，还摆上了吃西餐的刀叉、勺匙，甚至还摆了一副明显多余的枝型烛台。那是他多年都没有用过的餐具，因为平时他都和教友们一起用手捏糌粑吃。沙利士神父坐在桌子前，脸上充满自信，像一个国王。人们围在十字架外面，等待耶稣神迹的降临，人人脸上既激动又迷惑，这可是沙利士神父到峡谷传教以来，第一次向人们证明主耶稣的奥迹。连左盐田的纳西人也来了不少，他们也想看看，白人喇嘛如何吃到从天上落下来的早餐。

那天天空湛蓝，人们曾经猜测神父的早餐大概会从云团上面飘下来，但是天上一点云彩也没有，爱惜神父声誉的人开始为他担心。但是神父依然是那副不慌不忙的模样，他在自己的胸前系了一块白布，神父说这叫餐巾，在他们的国家，人们吃天主盛宴时都要戴这个东西。

十点刚过，一种像公牦牛发情时的嗡嗡声从南边的天空传来，神父的脸上露出了自信的微笑。人们引颈张望，天上盛早餐的篮子、碗、茶壶，甚至一张烙饼，都不见一点踪影。但是，他们忽然看见一只飞得很高的鹰，公牦牛叫的声音就从那里发出，它越飞越近，越飞越低，冲着教堂外的那个大大的十字架飞了过来。巨大的声音让所有的人都跪下去了，不断地在胸前划着十字。

“那是神鹰啊！”有人惊呼道。

令人敬畏的神鹰在教堂的上空盘旋，它张开的翅膀并不扇动，可是它飞得那样快、那样高。“真是一只翅力好的鹰。”人们说。神鹰最后对准了地上的十字架俯冲过来，仿佛有一只巨手，把人们头上的帽子一把摘走了。人们正在惊慌之际，却惊讶地发现一朵白色的蘑菇开在空中，缓缓地向地面降落下来。

“感谢你，仁慈的天主！是你赐予我们每天的食粮，也是你让峡谷的人们知道了自己的罪，并且相信你的力量。”沙利士神父单腿跪在地上，双手伸向天空，仿佛要接住天主赐给他的早餐。

那朵白色的蘑菇在天空中飘啊飘，把地上所有人的心都搞得飘忽不定，不知道自己是否在梦里。它后来准确地落在十字架的中央，沙利士神父走过去，从瘪了的蘑菇下取出一个铁箱子。神父让亚当把箱子打开，一刻钟以后，神父的餐桌上摆满了天主的早餐，那都是些峡谷里的人们从来没有见到过的东西，神父告诉他们说，这是咖啡，我们在吃早餐前要先喝它，就像你们的酥油茶一样；这是面包，黄油；这是巧克力，一种甜食；这是沙拉酱，这是……啊，感谢天主，这是多么丰盛的一顿早餐啊。你们也来一点吗？

所有的教友都还在目瞪口呆中醒悟不过来，有几个教友跪下去说："神父，我们相信了。"

"相信了什么？"沙利士神父明知故问。

"相信了主无所不在的力量，相信了天堂的确存在。要是我们天天真诚地祈祷，主耶稣就会派那只神鹰来接我们上天堂。"一个教友说。

"我实实在在地告诉你们，"沙利士神父用耶稣的口吻说，"巴勃神父的灵魂其实早已经在天堂里了。他肉体跌落在峡谷的山涧里，只不过是天主借此考验你们是不是真心爱他敬他罢了。看哪，今天是纪念主耶稣圣灵降临的日子，这顿来自天上的早餐已为耶稣作出了见证。你们要悔改，奉耶稣基督的名受洗的人啊，你们的罪要得到赦免，就必须领受主所赐的圣灵。好了，现在，我要好好享受这主耶稣所赐的早餐了。"

这是一次非常成功的表演。两个月前，当布洛克博士从四川藏区探险回来路经教堂时，在和沙利士神父的闲聊中，说起他和正在支援中国政府抗战的陈纳德将军很熟。曾经有一位飞行员说他在藏东飞行时，看见了一座比珠穆朗玛峰还要高的大雪山。这在世界上引起了巨大的轰动。但是布洛克博士亲自前往那座雪山测量，发现它只不过是一座海拔七千多米的雪山。此事让布洛克博士名声大振，连美国空军总部也邀请他去华盛顿，为驼峰航行上一些他们还没有搞清楚的雪山标出准确的高度。因为飞虎队每年都要在这条飞越喜马拉雅山脉、令人胆寒的航线上摔下不少飞机。因此布洛克博士说，如果他需要，他随时都可以调遣飞虎队的飞机为他提供探险活动中后勤方面的保障。

沙利士神父那时正为峡谷里天主的信誉受到质疑而焦心，便异想天开地让布洛克博士请飞虎队为天主的力量做一次见证。布洛克博士是个虔诚的天主教徒，同时也深为敬佩沙利士神父的奉献精神。两人约定，在圣灵降临节这一天，飞虎队将派出一架飞机为神父送来天主的早餐。"这并不是天主的幽默，只不过是要让这些虔诚的人们感受到耶稣圣灵的降临，是可以通过一顿早餐来证明的。"沙利士神父说。

50 · 强盗一家

抗战胜利后，木学文已经在汉地的大城市成都上中学了。自从离开藏区，木芳像一个保姆始终陪伴着念书的儿子。他们在成都租了一间房子，白天木学文去上学，木芳就在家操持家务，有时也帮人干点缝衣服、锁纽扣眼的针线活，以补贴家用。母子俩日子虽然过得清贫，但却很恬淡宁静。没有人知道他们的真实身份，也没有人去打搅他们平和的日子。木学文的学习成绩总是班上最好的，他穿上学生装，留着汉人的小分头，胳肢窝里挟着课本，曾经很粗糙的皮肤在汉地柔和的阳光下越来越细腻滋润。木芳从儿子身上隐约看到了与他父亲不一样的生活道路。

但是国内时局动荡不安，读书人纷纷抗议道，他们连摆放一张书桌的地方都快没有了。红色汉人和白色汉人眼看着又要打战，工人和学生三天两头地上街游行示威，他们不要战争，只想填饱自己的肚子。日益飞涨的物价和变魔术一般贬值的纸币让木芳心惊肉跳，当她要上街买一扎草纸时，她要付出比买回的草纸还要大捆的国民政府金圆券。"汉地的魔鬼作起恶来可一点也不比我们藏区的差，他们不但惩罚我们贫穷，还把我们活下去的路子像抽一根带子一样抽走了。"木芳对儿子说。

"妈妈，我们得和他们斗争。"儿子说。木芳发现木学文那段时间经常在她面前说一些她不明白的新鲜词汇：斗争，革命，民主，独裁，剥削，反抗，劳工大众，法西斯，内战，白色恐怖，共产党，红色中国，毛泽东。儿子长大了，并且像泽仁达娃一样，天生具有叛逆、倔强、刚直、侠义的性格。木芳在汉人城市里到处哀嚎的警笛声中时常为儿子担惊受怕。

不久以后，木学文在街上参加游行示威时被捕，一群身份不明的男人大白天忽然闯进木芳的家里翻箱倒柜地搜查。他们的行为比泽仁达娃还要匪气十足，泽仁达娃抢人时还要通报自己的姓名，事情做得还有一定的规矩，触犯神灵的事一定不会干。可是这些人就像不通人性的野兽，像来自地狱的恶煞小鬼，他们把木芳的神龛掀翻了，把衣柜里的衣物抖得一地都是。一个家伙甚至还捏着木芳的下巴说："一个长得多让人心疼的小娘子啊。"他们不但抄了她的家，还搜了她的身，几个家伙肮脏的手像几条令人恶心的蛇在木芳发抖的身子上到处游走。而且，他们搜她身子的时间，长于他们抄家的时间。

他们走了以后，木芳倒在凌乱的家里哭了三天，那是粒米未进、滴水不沾的三天。在这个陌生的汉人城市，她举目无亲，身边的魔鬼却比在藏区时还要多。那些小特务们三天两头地来骚扰她，让她噩梦不断。当年泽仁达娃霸占她时，说峡谷里没有比他更坏的人了，可现在比泽仁达娃坏得多的家伙却遍地都是。后来她明白了，汉人地方要么根本就没有护佑信男善女的神灵，要么神灵们并不站在纳西人或者藏族人一边。一个在汉地没有神灵护佑的女子，不如归去。

她没有勇气在老家云南丽江的纳西地生活，因为她的酒鬼父亲刚刚醉死在一个水潭边，据说他死前的呕吐物使几条野狗舔吃了后成了疯狗。老家那边一向生活十分严谨古板的亲人，不但以她父亲的荒唐人生作为茶余饭后的笑谈，而且还以木芳和一个大土匪生活了那么多年为羞耻。木芳只在自己的家乡停留了一晚上，满城的闲言碎语几乎就要淹没她了。第二天她就跟随一队马帮回到了峡谷，但是她发现在左盐田她的婆家里，人们看她的目光比看一个娼妓还要鄙夷。他们认为，如果她当初追随丈夫殉情而死，她就是一个烈女；但是她却活下来了，她就成了一个比娼妓还不如的女人。她早就应该找一条绳子吊死自己啦。

在左盐田暂住的那段时间里，前夫和德忠的阴魂每个晚上都来骚扰她，当年被泽仁达娃抹了脖子的伤口直到现在都还没有愈合，黑红的血还在咕噜咕噜地往外冒，像一眼红色的山泉。令人不可思议的是，木芳在雪山下泽仁达娃的部落里，在汉地又那么多年，和德忠却很少来打扰她。而她一回到左盐田，他就找到她的梦里来了，还和他临死前一模一样，矮矮的、胖胖的，瞪着一双精明过人的商人的眼睛。有一次他甚至在梦里提了一把刀到处追杀她，一直把她追到了梦外，他还站在梦的门槛边挥舞着刀子说，贱货，你要再过来，我一刀把你的脖子抹了。

峡谷里的杜鹃花满地残红的时候，木芳感到生命的凋零其实比花儿更快更凄凉。她终于结好了一根上吊的绳子，不慌不忙地把它搭在了一棵松树上。她想，要是十多年前泽仁达娃不阻止她结同一条绳子，她就不会活在世上受这么多的罪了。"挨刀别的泽仁达娃。"她临死前都还在恨他。在木芳面前的山坡上，是遍野枯萎凋敝的杜鹃花；在她身后的村庄里，是房前屋内到处游走的流言蜚语；而在更遥远的汉地，是生死不知、身陷牢狱的儿子。没有一件事使她再有理由活在这个世界上，于是她把自己挂了上去。

"啪嗒"一声脆响，挂绳子的树枝断了，木芳重重地摔在了地上。

"天啊，难道死也这么难吗？"她躺在地上向苍天抗议道。

"不是难不难的问题，而是你的罪还没有得到天主的赦免。"一个沙哑苍老的声音在树丛后面说。

"是……是人还是鬼？"木芳紧张地问。她想我还没有吊死自己，怎么就听到了来自阴间的声音了呢？

"是沙利士神父在和你讲话哩，天主可怜的迷途羔羊。"沙利士神父从树丛后面转了出来。他在左盐田收集东巴经书，早就从人们的流言中知道了这个不幸女子的遭遇，这一天木芳神色凄惶地独自来到山坡上时，沙利士神父就远远地跟来了。因为他有某种预感，多年以来，他没有能在纳西人中发展一个信徒，如果这个遗憾要想有所弥补的话，那个从汉地回来、曾经被土匪抢过、心灵满是创伤的女子，将会成为天主在纳西人中的突破口。

木芳本来想站起来逃走，但她摔下去时把脚崴了。她一瘸一拐地走了两步，便再次跌倒了。沙利士神父上前去搀扶起她，和蔼地说："如果你在自己的家里都找不到同情和怜悯，我主耶稣那里有一个温暖的火塘。"

"放开我！你说的那些跟我有什么关系？"

"噢，可怜的人，我们一直在等你归来。"沙利士神父殷勤慈爱地说。

就这样，木芳成了第一个皈依天主教的纳西人，她由沙利士神父付洗，取圣名为凯瑟琳，并在沙利士神父面前发了四愿①，成为教堂里的第二名修女。在那个年代，那似乎是她能活下去的唯一路子。如果天主连这样的人都不怜悯，还有谁能得到他仁慈的垂怜？在穿上灰色的修女袍的某一天，她在沙利士神父亲自担任老师的灵修课后忽然问："神父，我在主的面前是不是还不够贞洁，我的丈夫还生死不知呢？"

沙利士神父沉吟良久，才说："你还想他吗，那个强盗丈夫？"

凯瑟琳修女说："我恨他，是他让我落到今天这个地步。"

沙利士神父及时纠正她道："不是他让你成为今天这个样子，是主耶稣拯救了你，才让你成为他面前的一只美丽善良的羔羊啊！"

峡谷里的人们都在传说泽仁达娃早就死了，但也有人说魔鬼都有九条命，泽仁达娃这样的强盗，阎王才知道他的命有多硬。其实，泽仁达娃自从被政

---

① 指嘉布虔小兄弟会，意为"顶风帽"，因其会员服装附有尖顶风帽而命名。该修会提倡安贫、节欲、发四愿、过清贫的生活。

府军捕获后不久，就被押解到汉地一个他不知道的地方，那里没有一个藏族人，那里的混乱也比峡谷里好不了多少。他曾经在囚车中遇到过日本飞机的轰炸，囚车被炸得翻了几个滚，泽仁达娃只受了点轻伤。那是天上的魔鬼第一次以看得见、感受得到的形象出现在泽仁达娃的面前。泽仁达娃大笑道，哈，原来你们汉地的天空也到处是魔鬼。

泽仁达娃在汉地的监狱里过着双重的囚禁生活，国民政府不但囚禁了他的身体自由，还囚禁了他的语言。他和一些死刑犯和政治犯关在一起，没有人能听得懂他说的话，他也无法与人交流。在放风的时候，那些政治犯曾经试图对他表示友善，把他当兄弟看，但是不同的语言却像监狱的高墙一般使他们无法突破交流的障碍。而监狱里杀人越货的江洋大盗，巨匪惯偷，却总想和一个康巴人比试一下高低。一次一个曾经聚啸山林的巨匪纠集了七八个犯人，想把泽仁达娃按翻教训一顿，但结果是他们中三个折了胳膊，两个断了肋骨，一人被打掉了一嘴的牙。那个斗败了的巨匪头子捂着自己的肚子说："好汉，以后你就是这牢房里的老大了。可惜你他妈的只会像老虎一样吼叫，不会说话。"

泽仁达娃就这样莫名其妙地当了监狱里的哑巴老大，所有的犯人都畏惧他，有好吃的都要先孝敬他一份。他也为犯人们做一些他们不敢做的事情，要是哪个狱卒欺负了谁，犯人们就把他叫来，瞅准机会让他往那个狱卒面前一站，瞪他两眼也就够了。后来不但犯人们拿他当狐假虎威的保护神，监狱长也把泽仁达娃当宝贝。因为他经常在妓院和老鸨们打牌，输的钱累计起来让他卖了乌纱帽也还不清。每当他欠的债实在赖不下去时，他就把手枪掏出来拍在牌桌上，说："我就是世上的活阎王，从来都是别人欠我的债，今天我欠了你们的，大家就扯平了。你们他娘的应该为此感到高兴。"一次监狱长在牌桌上说他的牢里关了一个和美国好莱坞影片《人猿泰山》里一样高大的家伙，要是放到你们这妓院来，保你们这皮肉生意再也做不下去了。老鸨不相信，监狱长就和她打赌，说她一定会被那家伙的东西吓倒。那个女人臃肿、肥胖，年轻时拿身子当地种，年纪大了又以出卖其他女人的青春为生，一生都在和形形色色的男人打交道。她笑着说老娘也是做卖笑起家的，什么男人没有见到过。你只管放他来，老娘要是皱一下眉头，你的账就一笔勾销。监狱长当了真，第二天就偷偷让人把泽仁达娃押到了妓院，他命令一个狱卒将泽仁达娃的裤头褪了下来，老鸨只往那地方看了一眼，就不是皱眉头的事情了，而是昏了过去。监狱长轻易地平了自己的账，于是又和老鸨联手做起了新的生意。他们每周选一个晚上，给泽仁达娃戴上一百多斤重的镣铐和铁链后，再带到妓院里来，不是要给他舒服放松，而是让那些在妓女们面前找不到自信的嫖客们来参观足以让男人骄傲的样本。老鸨打出的广告招牌是"雪山野人，无敌金枪"。这个主意使妓院的生意一度十分红火，沉溺于花天酒地中的嫖客们像看西洋景一般在妓院的门外排起了长队，尽管每看一次得交一个大洋。

监狱长和老鸨数钱数得高兴时，忘记巨人终于醒悟过来了。当那个狱卒再次想褪他的裤头时，他一把揪住了狱卒的头，稍一用力就把狱卒的脖子拧断了，然后泽仁达娃夺下了他的枪。妓院一时大乱，监狱长从老鸨那里跑来时，正撞在泽仁达娃的枪口上。

"钥匙。"泽仁达娃用汉语准确地说。

"妈呀，原来你并不傻，还知道钥匙。"

"钥匙。"泽仁达娃重复道，把枪口捅进了监狱长惊骇得合不拢的嘴里。

监狱长乖乖拿出了挂在腰间的一串钥匙，泽仁达娃轻松地就将自己身上多年的禁锢捅开了，连哪一把钥匙开哪一把锁，顺序一点都没有乱，仿佛他早已开过它无数次。那脚镣已经生了锈，深深地嵌在他的脚踝皮肉里，还生了根，一些地方新长出来的肉已经和脚镣连在一起了。但是泽仁达娃眉头都没有皱一下，连皮带肉一把将它们扯开了。

他哈哈一笑，然后像放出牢笼的老虎，在这间散发出脂粉味的屋子里转了两转，仿佛在活动筋骨。监狱长那时不敢跑也不敢喊，在一旁瑟瑟发抖，他甚至真切地听到泽仁达娃自由了的身躯里骨骼在"啪啪啪"地舒展。巨人站起来了，再不是任人宰割和羞辱的阶下囚，泽仁达娃一把将监狱长捏了起来，就像提一个包袱一般，横提着他走过一间间昏暗的包房，走过妓院暧昧的长廊，走过长廊里一盏盏猩红的红灯，走过一群群小便失禁的妓女，走过阳痿了的嫖客，走过再度昏过去了的老鸨，最后，走到自由的天空下。他将手里的监狱长远远地扔了出去。他年轻时和汉人军队打战受了重伤，一个活佛看见阎王要来拖他走，他把阎王像扔一个松果一样扔得老远。现在，他把人间的一个阎王扔到昏暗的大街上，把囚禁的生活甩在一边。天上飘着细细的雪花，泽仁达娃从雪花中嗅到了故乡卡瓦格博雪山的气息。尽管日思夜想的神山是那样的遥不可及，但是泽仁达娃是自由的，再遥远的路跨一步就到了。

51·耶稣的蜜蜂

在寂寞封闭的澜沧江峡谷，有时连沙利士神父也会陷于"时间是轮回的"这个佛教的理论。澜沧江水涨水枯，山岗上花开花落，年年岁岁都上演着同样的景观，去年山崖上盛开的野花，今年同一时间同一地点准时开放，去年开春后路过的马帮，今年同样的季节里马帮的铃声照样在茶马古驿道上响起，还有那些辛勤的赶马人，赶着那些任劳任怨负重的马匹骡子，连马儿们在古道上落下的每一步，都走在往年的那个蹄窝上，以至于由青石板铺成的驿道上全是不规整但有序的马蹄印，像藏族人撒落一地的茶碗。如果说这宁静得像月球上的某个地方的峡谷还会有所改变的话，那就是人们头上的白发和日益苍老的面容了。沙利士神父面对镜子时，常常不乏这样的感叹。

好在这时都伯修士及时被教区主教大人派来了，沙利士神父低沉的情绪才稍微有所缓解。

身材高大的都伯修士是个好动快乐的人。他是一个参加了欧洲二战的老兵，蹲过著名的马其诺防线。残酷的战争使他失去了生活的勇气和信心。他曾在德国人的集中营里囚禁了三年，身上的骨头关节都生了锈，人虚弱苍白得风都可以把他吹倒。都伯修士的家族是一个古老高贵的家族，家族中的一个祖先曾经做过红衣大主教，和教皇的关系密切。他之所以在心灵饱受创伤之后选择做一名遁世的修士，和家族的荣誉不无关系。而且，他一步就到了西藏，这让他家乡的人们深为羡慕。因为在他们眼里，西藏是比天堂还要遥远的地方。

都伯修士的到来使宁静了多年的教堂变得热闹起来，他庞大的身躯使教堂处处都显得狭小、拥挤。他兴趣广泛，性格活跃，对一切事情都感到新鲜好奇，不仅如此，他还扰乱了一个修女的心扉，这人就是刚受洗不久的凯瑟琳修女。

天主的爱使这个曾经饱受苦难的女人找到了一方宁静的港湾，在到教堂一年多以后，她过着晨钟暮鼓的安祥生活，在守斋和祈祷中默想天主的恩赐。她很快就恢复了往昔的容颜，似乎比十年前还年轻，比天使还纯洁。在她后来一直孤独清贫的岁月里，她永远都不会忘记都伯修士的背影第一次映入她的眼帘时的情景，那仿佛是在她寂静得如雪山下的湖泊的心灵里扔下的一块石头，响声打破了湖泊的宁静，涟漪一层层地荡开去，一千年也不会平静。

那天凯瑟琳修女和马修到村子里磨青稞面，当他们回到教堂时，凯瑟琳修女忽然发现院子里一个虎背熊腰的汉子正把头扎进木盆里，搞得一院子水花四溅。"天主啊，他不是已经死了吗？"

她脑子一阵晕眩，险些倒了下去。她身后的马修一把搀住了她。"站稳啊，凯瑟琳修女。"马修说。

"泽仁达娃……"

凯瑟琳修女嘴唇发抖，脸色苍白，就像中了风一般。马修往院子里望去时，那个洗头的巨人正好抬起头来，回头面对他们，水从他的头发上、脸上、胡须上似眼泪一样往下滴，使他像个哭泣的蛮汉。

"你们好。"他用生硬的藏语说。然后他看见了凯瑟琳修女忧郁的眼神，像太空里的黑洞，一下让他坠了进去。那是比全欧洲所有苦难寂寞的女人的眼睛都要伤感忧郁、深不见底的眼睛。他还看见围着这个忧郁的女人飞舞的几只蜜蜂，就像她是它们要采花粉的花朵。

"噢，对不起，真的、真的很……对不起。"他狼狈不堪，满头是水，想找个什么东西来揩一揩，可却找不到自己的毛巾。他转身往屋子去，但却走向了教堂的厕所方向。他躲进了厕所，把湿漉漉的头不断地往墙上撞，祈求天主不要让他坠入魔鬼的诱惑。他来教堂才第一天哩。

哦呀，天主，他不是泽仁达娃。院子里那个可怜的修女暗自庆幸。但是凯瑟琳的心还是乱了，泽仁达娃已经不知生死有七八年啦。现在天主派来一个和他一样牛高马大的巨人，仿佛在考验她伺奉天主的勇气和信心。从那天以后，凯瑟琳修女便不能正视都伯修士的眼睛，甚至不敢多看两眼他的背影。

夏季闷热的河谷里苍蝇无数，但是教堂里的人们似乎习以为常，连沙利士神父也对在餐桌上、屋子里嘤嘤嗡嗡到处乱飞的苍蝇熟视无睹。有一次吃饭时，都伯修士眼睁睁看见一只苍蝇掉进了汤里，可是沙利士神父只是用拇指和食指把它捉出来，顺手弹进火塘，然后把汤盛进自己的碗里，就像什么都没有发生。而都伯修士那时差点恶心得要呕吐。

都伯修士勇敢地投入到和苍蝇的战斗。他在教堂到处拍打苍蝇，以打发每天无聊的时光。后来他发现了一种有利的武器，那就是多年前峡谷里瘟疫流行时，虔诚的教友为了驱赶身上的魔鬼，用来抽打肉体的那种名为"荣子"的荆棘。这东西握在手上既轻巧又灵活，就像一根得心应手的鞭子。当都伯修士挥舞着手中的"荣子"向苍蝇抽去时，它们往往躲避不及，"唰"一下便被打下来了，还一点响动都没有，不至于影响沉浸在东巴象形文字中冥思苦想的沙利士神父。

他把抽打苍蝇的技巧发展到百发百中、炉火纯青的地步。在他的房间里，不一会儿工夫就满地苍蝇的尸体，以至于亚当一天要为他打扫五次房间。没过多久，他赢得了战争的胜利。他甚至能做到命令苍蝇悬停在半空中不敢飞走的地步，他对苍蝇说："我是都伯修士。"苍蝇们便停在半空中瑟瑟发抖，然后他一鞭子将苍蝇抽下来。都伯修士多次在沙利士神父和两个修女面前表演自己这一绝招，他得意地说："什么东西都是可以驯化的。只是看你采用哪种手段罢了。"

到后来，他走到哪里，哪里的苍蝇便一哄而散，纷纷逃窜。当他抽打永远也打不尽的苍蝇时，只有凯瑟琳修女用欣赏的目光看他。因为她也讨厌苍蝇，还有一个在她内心深藏不露的缘由是，都伯修士面对苍蝇忙碌出击的身姿总让她想起另一个巨人。如果从背影上看，他们几乎像是两兄弟。这个身形如塔的身影，不能不勾起寂寞的凯瑟琳修女过去某些动人心扉的往事——被窝里的销魂，噩梦中醒来能依靠的坚实臂膀，以及单调乏味又艰辛的寻常生活中一只温暖的巨大手掌对心灵和身体的抚慰。

都伯修士在教堂里到处追杀苍蝇的时候，就像一个童心未泯的大孩子。其实谁也不知道那是他的一场游戏，一场目的地很隐蔽又非常明确的游戏。有一天他终于把所有的苍蝇都追赶到了凯瑟琳修女的面前，那时她正在厨房前打酥油茶，一群群的苍蝇围着她嗡嗡转，仿佛在等着她饲养它们。

"这些该死的苍蝇。"凯瑟琳修女嘀咕道。

"让我来对付它们。"都伯修士从自己的房间里走了出来，手里提着他的荆棘鞭子，就像蛰伏在堑壕中终于等到冲锋命令的士兵。他在走向她的时候，步履坚定，目光炯炯，呼吸急促，带起一阵风，地上的尘埃都打起了小旋儿。

"我是都伯修士。"他对苍蝇们宣布自己的身份。

"嗡"，一群苍蝇飞走了，转眼，另一群又来了。

"滚开，我是都伯修士。"他又重复道。

"扑哧"，凯瑟琳修女笑了，手上一失控，竟将茶桶里的酥油茶泼洒了不少出来。因为四只眼睛不合时宜地碰在了一起，目光和目光碰得支离破碎，像两只打碎了的玻璃杯子。

都伯修士慌乱中用手里的鞭子猛抽一阵，赶走了猖狂的苍蝇。如果一个巨人要掩饰自己的心慌，他的动作会夸张得吓人。凯瑟琳修女仿佛面对一个拳打脚踢的武林高手，她快要被他眼花缭乱的招式吓晕过去了。

"噢，对不起，我吓住你了。"都伯修士说。

"你以为自己是个英雄？"凯瑟琳修女忽然变了脸色，冷冷地说。然后她收起酥油茶桶，回厨房去了，几只围着她转的蜜蜂和她一起仓皇逃窜。厨房对面，沙利士神父的咳嗽声正从房间门口传来。他手里拿着一本东巴经书，眯着眼睛来到院子里灿烂的阳光下。

"都伯修士，你吓住谁了？"沙利士神父问。

"一只蜜蜂。"都伯修士说。

"噢，蜜蜂也飞到教堂里来了。"沙利士神父说。

"是的，那是耶稣的蜜蜂。"都伯修士回答道。

"一切都荣归天主。"沙利士神父微微颤颤地走过来，"可是纳西人的东巴经书上说，蜜蜂分管他们的爱，就像我们的爱神丘比特。"

好在日渐老迈的沙利士神父没有看到都伯修士慌乱的眼神，没有听到厨房里茶壶打落在地的"咣当"声，也没有感觉到有一股气流绕过他的身边，向另一个人春风拂面般地吹去。他在阳光下的一张躺椅里坐下，自顾自地喃喃道："蜜蜂怎么能管好纳西人的爱情呢？"

"也许是通过空气，"都伯修士看着厨房那边说，"它们的翅膀扇动时，搅起一阵阵爱的气流，敏锐的纳西人感受到了，而你却不知道。"

"这倒是一个很独特的见解。"沙利士神父说。

都伯修士感受到了蜜蜂带来的爱的气息，一种看不见的气流从那天起就在教堂里暗中形成了。不论白天还是黑夜，不论刮风还是下雨，这股气流在耶稣的圣像前，在圣母玛利亚慈爱的目光注视下，在朗朗的诵经声中，在就餐前的默祷时，在每个清晨的滴滴露珠前，在中午炽热明亮的阳光下，在黄昏时夕阳越拉越长的惆怅中，在半夜月明星稀的寂寞里，在马修劈柴时的"嘿嘿"声中，在亚当拨弄火塘的火苗上，在微娜修女指挥唱诗班咏唱圣歌的音符间，在沙利士神父独自朗读东巴经文干涩沙哑的嗓音后，在落在教堂屋顶的乌鸦"呱呱呱"的凄叫声里，在桃花悄然开放的黑夜，在杜鹃花灿然怒放的午后，在牧场上的姑娘悠扬歌声飘来时余音袅袅里，在教堂里的蜜蜂嗡嗡作响的翅膀下，这股气流在空气中左躲右闪，暗自滑行，像那条伊甸园里的蛇。

但是另一个人却试图赶走这条有罪的蛇。他已经走了几千里的路，卡瓦格博雪山是他永不会迷失的路标，也是他的人生终点。他受到一股芳香气味的神秘引导，翻越重重山岭，跨过道道险碍，终于找到教堂里来了。人们立即认出了他，所有的人都仿佛回到噩梦里。

　　他就是泽仁达娃。

　　他形单影只，蓬头垢面，饥肠辘辘，衣衫破烂，像一个从深山里闯出来的野人。那时他还不知道，天主已在他和要寻找的女人间划了一道深不见底的鸿沟。一个和他一样身胚巨大的白人汉子把他挡在了教堂门外，都伯修士对他说："你不能在天主面前讨要自己的妻子。"

　　泽仁达娃那时想揍他一拳，但是都伯修士身后的凯瑟琳修女甚至连看他一眼的勇气都没有，脸上冰冷得像冰川的冰面。泽仁达娃看着那个一身黑袍的女人，觉得她的良心比她那身衣服还要黑，他隔着都伯修士高大的身躯问："哎，我儿子呢？"

　　凯瑟琳修女忽然掩面哭泣，然后转身跑回了自己的房间。都伯修士对泽仁达娃说："他被你们的政府抓去啦。找蒋先生要去吧。"

　　泽仁达娃就这样落寞地离开了教堂，临走前他对都伯修士说："不管你的天主是哪一方的神灵，总有一天，我会带人来踏平你们的教堂，抢回我的女人。"

　　都伯修士耸耸肩："这既要看天主愿不愿意，也要看凯瑟琳修女高不高兴。"

　　泽仁达娃在教堂门口的诺言使他轻率地再度落草为寇。在峡谷里，这是再容易不过的事。过去他为饥饿当土匪，现在他为向天主夺回自己心爱的女人而战。第二年仲秋，一支马队拖着长长的尘埃直冲教堂而来。泽仁达娃腰别双枪，马刀在阳光下闪着寒冷的光芒。但是森严壁垒的教堂给予他迎头痛击。那时他的人马不够多，还不足以打破教堂高高的围墙，没过两天就被教堂的武装赶了回去。半年以后，他卷土重来，还邀约了四川藏区玉丹头人的武装。他们包围了教堂，截断了教堂的水源，试图困死教堂里的人们。十天后，教堂里断水断粮，能抵抗的子弹也不多了，泽仁达娃攻破教堂指日可待。一个阴风凄惨的黄昏，凯瑟琳修女站到了教堂围墙高高的垛楼上。

　　"泽仁达娃，我有话跟你讲！"她迎着土匪们的枪口高喊道。

　　泽仁达娃提马前来。"木芳，出来吧，跟我走。"他说。

　　"在我心里，你已经死了。"凯瑟琳修女冷酷无情地说，"我可不跟你一起下地狱。"

"你信他们的地狱，还不如信我们的神灵。出来吧，要下地狱我们一起下。"

"泽仁达娃你听着，要是你不把你的人带走，我就从这里跳下去。"凯瑟琳修女坚定地说，同时往前迈了一步。

垛楼下就是十几米深的悬崖，当初沙神父把教堂建在易守难攻的山头上时，仿佛已经考虑到了凯瑟琳修女将会以这种方式来挽救教堂。泽仁达娃仰望着自己的女人，一阵阵心疼。

"别……"他挥手喊。

"你不会得到天主的宽恕的。"凯瑟琳修女又上前了一步，半个身子已悬在外面了。风吹动着她黑色的修女袍，仿佛随时都要将她吹起来，升到天空中去。

"狗娘养的洋人喇嘛，魔鬼把你的心吃了。"泽仁达娃愤愤地说，"弟兄们，我们走。"他拨转马头，把手枪里的子弹一连串射向了天空。此时他才明白，洋人的天主并不喜欢他家人团聚。

52·仁慈的白杜鹃

泽仁达娃知道，他再也找不回自己的女人了。那一段时间里他陷入深刻的孤独和忧郁中，一个巨人突然忧郁起来，是一件很可怕的事情。他不说话，是能量在胸中积蓄，他脸上没有笑容，是杀气憋在肚子里，他躺在床上几天不吃不喝，是冬眠的老熊。他手下的弟兄们都离他远远的，隔着九尺远也大气不敢出。当他们终于有机会跟他一起出去做事时，这位老大杀戮无常的脾气也让他们捉摸不透。一次他们在一条山道上劫持了一队商旅，其中有一个饶舌的家伙说他会说唱格萨尔王的故事。"如果你们抢了我，就是对伟大的格萨尔王不恭。峡谷里令人尊敬的野贡土司曾经说过，说唱格萨尔王英雄故事的人，自己也是半个英雄。"他喋喋不休地对泽仁达娃说。多年前他在野贡家说唱格萨尔王时，拐走了野贡家漂亮的女仆，野贡土司也没有把他怎么样，因此他认为自己真的是受格萨尔王护佑的半个英雄。泽仁达娃手下的弟兄都以崇敬的目光看着那个倒霉鬼，他们甚至还要求他立马唱上一段，为弟兄们开心。可是泽仁达娃在他的英雄故事刚刚从喉咙里冒出来时，便挥刀斩断了他的英雄梦。刀刃割断那家伙的脖子时，人们还可以听到格萨尔王的英雄故事顺着鲜血源源不断地淌出来，旋律和歌词伴着血珠四处飞溅。有个兄弟斗胆喊道:"大哥,你干了件蠢事。"泽仁达娃瞪了他一眼,他就哑了,再不会说话。而且,从此以后路经这条山道的人,都会变成哑巴。那个格萨尔王英雄故事说唱者的精魂游荡在山道边的古树和怪石间,报复那些在不该说话时却多嘴多舌的人。

当然,忧郁的泽仁达娃也没有从此变得嗜杀成性。藏历新年快要到的时候,他们和野贡家族的马帮队伍打了一仗,抓到了野贡家的马帮队长洛桑,那是泽仁达娃和野贡土司结仇以来第一次抓到野贡家族的人。刀架到洛桑的脖子上时,洛桑想到再也见不到自己心爱的姑娘了,便对泽仁达娃说:"在你杀我之前,请让我唱一支歌吧。风会把我的歌声带给我心爱的姑娘。"

泽仁达娃懒洋洋地说:"唱吧,趁你的歌声还没有被刀斩断。"

洛桑引吭高歌,悠扬而凄凉的歌声似高山流水般淌出来,天上的云不走了,风也不吹了,路边松树林的松果纷纷往下落,像是有情人情到深处的大滴眼泪。洛桑是峡谷里的情歌王子,他苦难的爱情使他的情歌苍凉悲壮,激越凄美,悠长的调子像一个人徘徊挣扎的灵魂,也像一把刀穿透了所有找不到爱的人心。

泽仁达娃忘了自己要做的事儿,仿佛一颗铁石心肠正在被一只温柔的手掌抚摸,先是使它温热,然后让它感动,直至将它融化。那是他从未有过的感受,比砍下一个人的头颅美好得多。他第一次明白生活的目的并不是为了报仇和杀人,享受美妙的情歌并被它所击倒,然后在美丽而忧伤的痛苦中回忆自己爱过的女人,才是真正的生活。泽仁达娃收起了要嗜血的康巴刀,对他说:"滚吧,你的嗓子是神灵赐予的。"

一个也跟野贡家族有仇的弟兄说:"大哥,你的康巴刀是青稞面做的吗?"

"你们这些家伙就只知道杀杀杀,"他忽然变得像一个很有教养的人,把刀小心地插进了刀鞘,"你们应该明白,美妙的歌声会让我们想起爱过的女人。"

不久以后泽仁达娃的土匪武装再次受到政府的合力围剿。两次围攻教堂使沙利士神父到处写信陈述峡谷里的匪患对天主事业的威胁,他甚至给法国总领事也写了一封措辞激昂的信。洋人的事情在那个年代可不是一件小事,政府在左盐田县成立了一个"弹压委员会",专门为教堂提供保护。拉萨方面也派出了一支藏军开到峡谷里,由一个代本带队。这次他们列队前进时不是演奏《上帝护佑女王》,而奏的是《桃花江是个美人窝》。沙利士神父对此的评价是："英国佬的阴谋终于在西藏没有得逞，国民政府总算知道自己该做点什么了。"那个代本对沙利士神父夸下海口说，三个月之内，他就可以提着泽仁达娃的头来见他。沙利士神父忙说："别，我只是想看到他皈依我主耶稣的心，而不是一颗滴血的人头。"

但那个代本把神父的话理解错了，他对自己的手下说："谁抓到了泽仁达娃，就把他的心挖出来。白人喇嘛要用它来祭祀他们的神灵。"

藏军显然比汉人军队更擅长在雪山上作战，没过多久他们就把泽仁达娃的武装赶到雪山的背后，有一段时间泽仁达娃甚至逃到缅甸西北部人烟罕迹的原始森林中去躲避。他翻越了卡瓦格博雪山垭口，下到怒江大峡谷中。他穿越了这条陌生的峡谷，一直走到了一个没有藏族人和汉人的地方。这倒不是藏军把他追得那么惨，而是他有一个晚上做了一个梦，梦见一棵参天大树就要倒了，弯下的树身像一个年逾古稀的老人，仿佛在召唤他。

那棵大树就是泽仁达娃的灵魂寄居树，多年前由一个活佛占卜算出来的，活佛还没来得及告诉他这棵奇异而高大的树究竟在什么地方，就圆寂了。多年来泽仁达娃一直在寻找自己的灵魂树，或者说，在寻找自己的灵魂。现在，梦告诉他：应该往西边去找，见到了原始森林，就见到了那棵灵魂树。

泽仁达娃从来都相信梦里的景象，因为梦是神灵对凡夫俗子的显现。和藏军作战屡次失败证明了他的灵魂寄居物一定出了点什么问题。如果它受到伤害，被护佑的人肯定就没有了好运。他沿着梦中的召唤来到异国他乡，身边只有三个铁心跟他的弟兄。他们在现实世界里寻找梦中的大树，在苍茫群山中捕捉梦的影子。他们终于来到了神灵的眼睛也看不透的原始森林。在一匹背阴的山梁上，泽仁达娃看到了他梦中的那片森林，还有那棵巨大无比的树。但那是一片已成了焦炭的森林，那棵大树高得让人望掉了帽子，可它同样被烧焦了，只剩下一根黑黢黢的弯曲的树干和少部分丫枝，孤零零地矗立在一片焦土上。

"完了，"泽仁达娃一声哀叹，"我这一生再不会有好运了。"

"是天火烧了这片森林。"一个兄弟说。

他刚说完，西边的天空就滚过一阵阵雷霆，向他们打来。泽仁达娃没有躲，愤怒地掏出身上的枪，对准天上的雷霆射击。

"狗娘养的，你干的坏事比我还大。"他怒喝道。

天上的雷神被泽仁达娃的子弹击伤，哀鸣着逃了。从那以后，他就和雷神结下了冤仇，在他回来的路上，天空中的炸雷一直追着他打，就像官军在他的屁股后面穷追猛打一样。在过怒江峡谷时，一颗炸雷准确地落在他们中间，炸死了泽仁达娃的两个好兄弟，而泽仁达娃只被炸飞了右脚的三个脚趾甲。在翻越卡瓦格博雪山垭口时，天雷再次追来，击倒了站在泽仁达娃身边的最后一个兄弟，并且灼伤了泽仁达娃的腹部。那是一颗正中他肚子的响雷，但是泽仁达娃满腹的怒火将响雷挡了回去，他对着天边喊：

　　"来吧！天打雷劈，爷爷也不怕你。"

　　在后来逃亡的日子里，天雷到处追杀他，无论他躲在岩洞里还是古树下，无论他愤怒地反抗还是虔诚地祈祷，兜头打下来的天雷秉承神灵的旨意，从下到上一步步地向他的脑门逼近。一天他在一棵大树下避雨时，一颗天雷绕过山梁，直奔他而来，他转身躲到树后，但是胳膊还是被烧着了，一个指头被炸飞；半个月以后，他在一处岩洞睡觉时，一颗炸雷在洞口爆炸，洞内红光闪耀，响声震天，像地狱里炼人的火炕，泽仁达娃苏醒过来时，脸上的胡子全部被烧光，耳朵许久听不到人间的声音。

　　在雪山上幽静的密林里，他成了无处可逃的罪人。泽仁达娃终于明白，一个人的罪孽在朗朗乾坤下是无法掩藏的，即便是在黑夜里，月亮和星星的光芒也让泽仁达娃胆战心惊。你纵有天大的本事，纵然是世上最强的强人，躲得过官军的追捕，躲得过仇家的追杀，躲得过无数扑面而来的子弹，躲得过像风一样飞舞过来的刀子，但是，你躲不过上天的惩罚。

　　他不再暴怒，不再有起伏无常的杀心，走在山道上连一只小鸟都害怕惊吓着它。他在山上过着野人一般的日子，靠野果野菜充饥，不要说山上的野物不敢打，就是高山牧场上走失的牛羊，他也不敢抓来吃了。他在等待最后一颗直冲他脑门而来的天雷。

　　那颗期待中的天雷终于在一个阴霾的下午如约而来。泽仁达娃预感到这是自己人生中的最后一站，他已彻底放弃了永不服输的骄傲，放弃了面对厄运的最后抵抗。一个康巴汉子即便失败了，也会败得体面而尊严。

　　"来吧，冲这里打吧！"泽仁达娃拍打着自己的胸脯，对远方电光闪闪的天空说，"我知道你就差这点骄傲的本钱了。劈死泽仁达娃可是一件能说上一百年的事儿。"

雷神躲在厚重的乌云后，积蓄着最后一击的力量。它先放出一些小雷试探虚实，把闪电的鞭子在泽仁达娃的上空挥来舞去。狂风带来死亡的消息，掀翻了他的毡帽。魔鬼的狞笑充斥了山谷，大地上飞沙走石，树木战栗，山峰低头，仿佛阎王出行。

"够啦，把活儿做得像个男人。"泽仁达娃在一片昏天黑地中说。

满世界的混沌中，泽仁达娃忽然发现对面山崖上的一点红，它并不十分耀眼，但让人瞥一眼就终生难忘，仿佛那是深渊里的一盏酥油灯，黑夜中的一颗星星。

泽仁达娃正对那点朦胧中的红色发呆时，天雷打来了，它怪叫着、咆哮着，拖着魔鬼吃人时才会发出的凄厉悠长、暴怒横蛮的声音，劈头盖脸地向泽仁达娃打来。泽仁达娃尽管在为匪生涯中九死一生，多次被子弹击中，被仇家算计谋杀，被炮火从马背上掀下来，被天雷一直穷追猛打，可还从来没有见到过这么迅猛、凶残的一个大雷，从来没有像现在这样感到生命在自然——神灵——面前如此弱小和不堪一击。他竟然在这最关键的时刻，失去了一个男子汉的尊严，一屁股坐在了溪流边的一块石头上。

"佛祖啊！"他哀叹道。

这一声不算太迟的呼唤救了他。昏暗的山谷中适时地闪现出一道红光，直奔索泽仁达娃命的天雷而去，并准确地在半空中将它击落。天雷落在地上死亡的声音泽仁达娃清晰地听见了，就像摔碎了一个瓦罐。

泽仁达娃看见对面山崖上一个喇嘛绛红色的僧衣在狂风中飘拂。"你就是佛祖。"他伏身在地，长久不敢抬起头来。

许多时日以后，阳光重新普照大地，天上滚来滚去的炸雷了无踪迹，泽仁达娃在六世让迥活佛的面前剃度受戒，取法名吹批。一代枭雄泽仁达娃其实在那最后一个天雷击来时，已经死了。仁慈的六世让迥活佛并没有救他的命，也没有运用自己修持到的无穷法力击落那颗奔泽仁达娃脑门而来的天雷，他甚至没有为他讲经说法，更没有为他显示佛法的力量，让满峡谷的杜鹃花因为一个罪人的皈依而感天动地，全部开成白色的花朵。那是一个让峡谷里的人们一百年都不会忘记的奇迹。人们只知道，六世让迥活佛为了拯救一颗罪孽深重的心灵，提前结束了自己在雪山上山洞里的闭关苦修，在一个雷电交加的下午，用法杖轻轻地触了一下那个跪在苍天之下的罪人的头，告诉他说：

"解脱之路不过是要证得佛的存在罢了。"

53·葡萄园中的原罪

　　凯瑟琳修女病了，并且病得很严重，但是教堂里的人们都忽略了她的病。这场大病是由蜜蜂引起的。一个月前的一个黄昏，凯瑟琳修女到教堂的后院打核桃，她用一根竹竿去捅那些枝头上的核桃，却不料将一个蜂窝捅下来了，蜜蜂一下炸了群，像一群被惹恼了的小天使，疯狂地向凯瑟琳修女进攻，她尖叫着往屋里逃。以至于在后来漫长孤独的岁月里，凯瑟琳修女一听到蜜蜂嗡嗡的声音，就会想到这个爱情本不该发生的下午。可是，谁叫凯瑟琳修女是纳西人呢，蜜蜂掌管着人们的爱情，它们飞来了，爱情就不可避免。

　　这时都伯修士手里挥舞着他的鞭子及时赶来，用他制服苍蝇的本领为凯瑟琳修女解了围。那时教堂里没有人，沙利士神父带着亚当到左盐田找东巴和阿贵请教问题去了，他有时甚至就借住在和阿贵家，几天都不回来；勤杂工马修和厨子诺斯回家帮助收青稞，微娜修女也不在。教堂里连耶稣和圣母玛利亚都安息了，对即将要发生的一切浑然不知。

　　那是一个被天主错误地安排了一切的黄昏，如果说凯瑟琳修女有所预感，那么都伯修士则似乎是早有准备。他到"圣徒药房"找了些消炎药水，对惊魂未定地斜靠在床上的凯瑟琳修女说："蜇着哪里了？让我帮你抹点药水吧。"

　　凯瑟琳修女咧着嘴说："脖子，头，手臂，主啊，好像到处都是。"她痛得几乎要哭了，但是她看见都伯修士发光的眼神，感到一股熟悉的气流直向自己逼来，这气流已经搅得她连续几个月睡不踏实觉了。于是她打起精神说："你别过来，我自己抹。"

　　都伯修士把药水递给了她，看着她艰难地东抹抹西擦擦，可是当她把药水从左手换到右手时，她"哎哟"了一声。

　　"怎么了？"都伯修士问。

　　"这……这手指头上……"她指着发肿了的右手食指说。

　　"给我看看吧。"都伯修士一把将那受伤的手握在自己巨大的手掌中，两人的皮肤刚一接触，竟然同时哆嗦了一下，都伯修士当兵时曾经坚守过的马其诺防线不攻自破了。

　　"噢，主啊，都肿了。"都伯修士说。

　　凯瑟琳修女脸色通红，娇羞得像一个怀春的少女。她感到先是自己的手掌被这个巨人捏碎了，然后全身的骨头在变酥变软。她觉察到自己是在向一个充满诱惑的罪恶深渊坠去。

"凯瑟琳，刺还在里面哩。我们得把它挑出来才行。"

凯瑟琳修女显然不可能用左手挑出右手的刺。她只有任自己软绵绵的手被都伯修士的巨掌轻轻握住，然后看着他像一个笨拙的绣花匠那样用一根针在她的指头上左挑右探，难为得他满头大汗、面红耳赤。而凯瑟琳却一点痛感都没有，并不是都伯修士挑刺挑得好，而是凯瑟琳修女脆弱寂寞的心灵承受不住一个男人如此近距离的关爱。

"噢，对不起，噢，我真笨。凯瑟琳，你痛吗？"

刺挑出来了，但是凯瑟琳的指头上血肉模糊。凯瑟琳修女那时说了一句她一辈子都会后悔的实话，她说："我不感到痛。"

都伯修士把这句话的含义想得太复杂了，他在凯瑟琳修女面前跪了下去，连他自己都被这个举动吓了一跳，忙找了个非常合适的理由。"凯瑟琳，让我把它吸吮出来吧。"他捧着她的手说。

"什么？"凯瑟琳修女吃了一惊，想把自己的手抽出来，但是她只做了一点点尝试，就没有再坚持了。那推脱本来是想表示拒绝，但却让都伯修士感到他在受到引诱。她抽手的时候，把都伯修士往自己的怀里带了一下，带到了一个危险的禁区前。

"蜜蜂的毒液还在里面哩。"都伯修士说。然后他用坚定的目光逼着凯瑟琳修女羞赧的眼神。多年以前，一个和都伯修士同样高大的巨人也曾经用这种目光击落了凯瑟琳修女手中的刀子。那时她才十七岁，现在她三十七岁了，可错误就像轮子上的轴，永远支撑着轮子转，而凯瑟琳修女，就是那可悲的轮子。

都伯修士慢慢把凯瑟琳修女的指头塞进了自己的嘴里，他的刀子一样的目光一直没有离开凯瑟琳，逼得她动弹不得。他吸吮得很轻柔，让凯瑟琳修女感到仿佛那是一张婴儿的嘴，她全身的骨头一下全散架了，一颗心悬在了半空中，找不到依靠。

"别别别……"她几乎要晕眩过去。

"凯瑟琳，噢凯瑟琳……"都伯修士也战栗起来了。

"别别别……"她只有这一个词。

"噢凯瑟琳，凯瑟琳……"都伯修士语无伦次，因为他的嘴现在已经不在指头上，而是移到了凯瑟琳修女的手背，手腕，然后是她细嫩的小手臂，丰腴的胳膊；令人惊奇的是，他的放肆并没有受到激烈而坚决的拒绝，那个娇柔的小妇人只是不停地颤抖，牙齿磕得像幽谷深泉的水滴。于是都伯修士步步逼近，攻到了她白皙的脖子处和像满月一样的脸庞。在圣母玛利亚慈爱的目光下，都伯修士为自己的行为找到了差强人意的理由，既然指头上蜜蜂蛰的毒液需要吸吮出来，手上，胳膊上，脖子上被蛰伤的地方，当然……圣母玛利亚，宽恕我们的罪吧！

最后，在都伯修士的嘴就要封住浑身发抖的妇人哆嗦的嘴唇时，凯瑟琳修女只来得及叫了一声：

"噢主耶稣，罪孽啊！要下地狱的……"

而罪孽总是和欢娱、欲望、不可抑制的快感连在一起。它给人的感觉不是在地狱里，当然，也不是在天堂。几天以后，两个罪人都沉浸在偷吃禁果的深深忏悔里。那是不能在沙利士神父面前忏悔的罪过，也是不能面对耶稣和圣母的罪过。都伯修士每个夜晚都辗转难眠，庞大的身躯将床板压得嘎吱吱乱响，以至于睡在他隔壁的沙利士神父有一天私下里问他，修士，晚上也有苍蝇钻到你的被窝里来吗？都伯修士的目光一下乱了，一时语塞，不知如何作答。沙利士神父尽管老眼昏花，做事时颠三倒四，经常呼错教友的名字，甚至在布道时把《马太福音》上的引言说成是《马可福音》的，把施洗者约翰的德行和圣徒保禄混为一谈，可他对隔壁房间的骚动却机警得像一条嗅觉灵敏的藏犬。他一针见血地向都伯修士指出："'天主十诫'①中的第六戒不仅要我们在行为上保持洁德，思想上的洁德也同样重要。既不要乱摸别人的身体，也不可乱摸自己的身体。耶稣在你的身体内哩。"

神父的话像乱军阵中胡乱地放出的一支箭，但它却直奔都伯修士的要害处，吓得他晚上躺在床上像一具僵硬的僵尸，但是他的手同样不老实。他无法不想念那个丰腴性感的小妇人，尽管修女的长袍将她全身包裹得一片素黑，但那天蜜蜂让他看见了她白皙的胳膊、脖子。那是让人惊心动魄的白嫩，细腻得像中国上等的瓷器。抚摸甚至亲吻她，都是比进天国还要幸福的事情。他一遍又一遍地在想象中抚摸那片白嫩，可是摸着摸着手就摸向了自己。自

---

① 天主十诫是天主教徒伦理生活的基本准则，其内容包括：1.钦崇一天主在万有之上，2.毋呼天主圣名以发虚誓，3.守瞻礼日，4.孝敬父母，5.毋杀人，6.毋行邪淫，7.毋偷盗，8.毋妄证，9.毋愿他人妻，10.毋贪他人财。

从那个蜜蜂飞舞的黄昏后，他违反了天主的戒律，先乱摸了别人的身体，然后，只有无奈地乱摸自己的身体。

在一个令人昏昏欲睡的午后，微娜修女在午眠，沙利士神父在自己书房里诵读一本新得到的东巴经文，谁也听不懂他读的是什么，但那声音就像一只年迈的知了的鸣叫，同样催人睡意绵绵。凯瑟琳修女独自到教堂后院拾掇葡萄园，那里的葡萄刚收获过，葡萄架上只是一些葡萄藤和快要枯黄的葡萄叶。几分钟以后，都伯修士嗅着那妇人酥人的气味而来。在凯瑟琳修女正要弯腰抱起地上的一捆葡萄藤时，都伯修士从背后一把抱住了她。

"嘘……"都伯修士用手指压住自己的嘴唇，又指指沙利士神父的房间，神父枯燥乏味、似唱非唱的东巴经文诵读声正从那屋子的窗口传出来，听起来像是一个刚刚启蒙受教育的老小孩的读书声。

仿佛是为了配合都伯修士，凯瑟琳修女没有敢出声，连出气都减弱了。但是她浑身发抖，目光飘浮，就像即将走向屠场的羔羊。

都伯修士把她扑倒在那堆葡萄藤上，掀起了她的修女袍。噢主啊，雪白细腻的酮体在阳光下刺得人眼睛都快要睁不开了，都伯修士脑子里嗡嗡乱想，一眼望不到头的欲望自上而下地向他压来，像多年前他在保卫法兰西的前线时面对德国人铺天盖地而来的容克 -87 式轰炸机，炸弹爆炸时掀起的气流把人的心都撕碎了。都伯修士现在也差点把凯瑟琳修女的内衣撕碎了。他们在葡萄藤中翻滚，像在做一场配合默契的游戏。她只要喊一嗓子，所有的侵犯都将被彻底打退，可是她没有喊，只是为了天主的荣誉做着毫无意义的无声抵抗。那抵抗如此的温柔，仿佛是在撒娇，是在配合入侵者将动作做得更迅猛果断。他们搅得葡萄园里枝叶飞舞，泥土四溅，宁静的葡萄园像闯进来了一群野牦牛。歇息在葡萄架上的麻雀们也为他们近乎野蛮的翻滚感到害羞，叽叽喳喳地一哄而散。凯瑟琳修女在两个人粗重急促的喘气声和葡萄藤稀里哗啦的乱响中听到了从沙利士神父房间里传来的诵经声，那是她从小就耳熟能详的东巴经文。

> 砍柴男奴缢于山，背水女奴缢于箐；或缢行走之路口，或缢分手之桥边；脚穿金子鞋，跳死于悬岩；手拿细麻绳，吊死于树上……

凯瑟琳修女听出来了，这是为殉情的纳西男女做祭风道场的经文。纳西人的殉情者都是一些爱情出了差错的风流鬼，他们殉情后灵魂徘徊飘荡在房前屋后、田野和山岗，必须由东巴祭司做法事超度他们的灵魂，指领他们回到祖先的家园。凯瑟琳修女沮丧的是，为什么偏偏在自己的爱出了差错时，要听到这晦气的经文。在纳西人苦难的情感世界里，偷情总是和死亡连在一起，它们就像不被承认的爱的两翼。偷情是欢娱的开始，死亡则是爱情的结局。

来吧，让死亡和爱一同飞翔吧。

"唉！"凯瑟琳修女重重地叹了口气，彻底放弃了抵抗。

都伯修士乘胜前进，一直攻到自己梦寐以求的目的地。妇人不再战栗了，而是有节奏地化解着他猛烈的冲击，化解着他一腔的欲火，就像大地化解着凶猛的洪水。都伯修士弄出的那些"嘿——嘿——嘿——"的声音，在凯瑟琳修女巧妙而艺术的迎合下，变得像马修劈柴时的喘气，像亚当深翻葡萄园时锄头挖进湿润土地时的欢唱。因此午后的葡萄园即便有一些让耶稣忧伤、令圣母玛利亚怜惜，让沙利士神父失望、让教会愤怒的耐人寻味的响动，也很容易使人以为不过是有谁在这里辛勤地劳作罢了。因为如果凯瑟琳修女不这样做，都伯修士的欲火不但会焚毁他自己，还会焚毁这精致浪漫的葡萄园，焚毁凯瑟琳修女为天主守斋节欲的清白之身，甚至焚毁沙利士神父殚精竭虑、九死一生才在西藏站稳了脚跟的教堂。

凯瑟琳修女感到自己身下那座沉睡了千年的雪山湖泊决堤了，爱的洪流倾泻而下，滋润着龟裂的大地。时间已经凝固了，在肉体与肉体剧烈冲撞的间歇中，他们还有机会舔尽对方眼中的眼泪和绝望，还有耐心欣赏牧场上牧羊姑娘们飘来飘去的浪漫情歌。葡萄园竟然宁静得听得到风儿拂过喇叭花时和它的亲昵声，听得到鸟儿落在枝头上的轻微脚步，听得到蜜蜂的翅膀在空气中的扇动——这爱的天使，情欲的精灵，它振动翅膀的嗡嗡声令人亢奋。实际上纳西人的眼光最为独到，他们与自然本是一家，因此最了解蜜蜂和爱情的关系，没有蜜蜂，山岭上不会开出那么多五颜六色的花儿，世界上不会有这样多错综复杂的爱情，人的情感世界也不会这般千变万化，以至于超出了无所不能的天主的控制。当蜜蜂沉醉在花蕊之上时，世界变成了一个真空的乐园，只有沙利士神父近在咫尺的诵经声，似哭似唱：

　　　主人这一家，眼不见吊死鬼，耳不闻殉情鬼，鬼却要作祟，鬼偏要
　缠人……

到都伯修士达到雪山的巅峰禁不住要滑下来时，他一头扎进地里，把满腹的快乐隐藏在虬枝遍地的葡萄藤中了。

"噢，凯瑟琳，你是个多么丰沛的女人啊。"

"修士，我是个多么有罪的女人啊。"

"凯瑟琳，罪孽不过是我们自己套给自己的枷锁。凯瑟琳，我喜欢你，哪怕下地狱，我也喜欢你。"

凯瑟琳修女忽然紧紧抱住了都伯修士："都伯，哦都伯，我害怕啊！我们怎么面对圣母，怎么面对耶稣？"

她的声音稍微大了点，都伯修士忙堵住了她的嘴，再次用手指了指沙利士神父房间的方向。那里，神父还在一字一句地念：

鬼渴无水喝，鬼饿无饭吃，鬼身无衣披，脚烂无鞋穿，亡失无人找，死后无人祭。

"主，他成天在念些什么？"都伯修士嘀咕道。

"神父他……他在唱爱情的悲歌啊！"凯瑟琳修女泪水涟涟地说。

"他可真的是老了。"都伯修士嘲弄道，丝毫没察觉到那是一支唱给他的歌。

第十章 五十年代

54·蒙难

这年春，一只云雀带来了改朝换代的消息。那是一只从很远很远的汉地飞来的浑身通红的云雀，峡谷里从来没有人见到过它。连东巴和阿贵也不知道这天空中的红色精灵来自何方。它从云层之上俯冲下来，响亮的叫声唤醒了沉睡的峡谷。春风在它的翅膀之后，峡谷里的第一场春雨应着它的呼唤。那个雨后清新的早晨，云雀落在左盐田县衙门前的一棵核桃树上，唱起了谁也听不明白的歌。左盐田的纳西人都纷纷围过来聆听云雀的歌声，令人奇怪的是，县衙门大门洞开，里面一个人也没有，连平时县守备队站岗的士兵也不见踪影。到了中午，一条峡谷的人都知道了这样一个消息：县衙里的县长大人跑了，"弹压委员会"的官吏们不见了踪影，守备队的士兵扔下枪换上了老百姓的衣服。一只红色的云雀告诉人们，这里和平解放了。

那时峡谷里的人们对解放的理解就是再没有了汉人的衙门，盐民们可以不被抽高额的盐税了；而对澜沧江西岸的喇嘛们来说，和平解放就是赶走洋人和汉人，让峡谷重新回到神灵的统治中。

事实上那一阵教堂的上空始终笼罩着一股厚重的晦气，东巴和阿贵早就看出来了，他曾警告过沙利士神父，你们的教堂里有一股污秽之气，那是有了男女私情才会发出的气味。它玷辱了你们的神灵。当时沙利士神父一笑置之，只把这忠告当成纳西人特有的情爱观。通奸会污染神灵控制的天空，并产生一种污染鬼——秽鬼，这种鬼原来是不存在的，就像欲望的痛苦和爱情的不幸本来不存在一样，都是因为人们行为不检点才造成的。沙利士神父现在也可以算作一个纳西通了，教堂上空这一阵总是阴云密布不过是一种自然现象罢了。至于和阿贵说的秽鬼将阻塞男人的尿道和女人的阴道，使右盐田的男女再没有了生育能力，沙利士神父更将此作为一种独特的文化现象来看待，他在当天的日记中写道：

> 纳西人称男人的精液为"尼"，女人的分泌液（或叫作生殖之蛋）为"窝"，他们认为"生殖之路"要畅通，人丁才会兴旺。因此要保证"父亲流尼之路"和"母亲下窝之路"不受秽鬼的干扰。那个认为地球上的天空都属于他管辖的东巴竟然要求到我们的教堂做一次驱除秽鬼的仪式，他要迎请一个名叫"凑树吉般"的性神来赶走秽鬼。这本来是一个很好的学习机会，但是主啊，我怎么能让一个信奉多神教的祭司到你的面前亵渎圣灵呢？

当凯瑟琳修女的腹部逐渐大起来、成为一个在天主面前不容争辩的事实时，沙利士神父才发现自己原来太自信了。纳西东巴真有一只嗅觉灵敏的鼻子。那是教堂前所未有的一场灾难，比当年喇嘛们在西岸捣毁了教堂和杀死杜朗迪神父还要严重。沙利士神父气得大病一场，三天三夜茶饭不思，羞愧得不敢走上布道坛。那几天连教堂呼唤教友们前来望弥撒的钟声都羞羞答答的。那两个偷吃禁果的人儿，一个曾经想再度自杀，把一块草乌吞了下去，但是沙利士神父及时地为她洗了胃，她命中注定一生要经历无数次自杀，不是她没有勇气死，而是天主要她为耶稣在峡谷的光荣与苦难作出见证；另一个罪人现在再不用荆棘抽打自己的肉身，他受到了教区主教大人的严厉申斥，并勒令他收拾行装，择日回法国接受宗教法庭的审判。

在等待归程的日子里，都伯修士把娄子捅得更加不可收拾。这倒不是他还在和凯瑟琳修女幽会，而是他触犯了西藏的地神。几天以前，右盐田的教友们发现左盐田噶丹寺分寺的喇嘛们在教堂外面的驿道路口堆了一座玛尼堆，还把一些五彩经幡和风马旗插在路口，佛教徒们称它为"战神的城堡"。路过的藏族马帮走到这里时都要大声高呼："拉嗦啰！神灵必胜，魔鬼必败！"可是天主教徒们却认为它亵渎了圣神的教堂，他们告诉都伯修士说，玛尼堆的石头上刻满了渎神的咒语，这些咒语白天黑夜都面对着教堂，散发出让人看不见的魔力，它会让我们进不了天国。都伯修士急于在天主面前为自己扳回一分，就不假思索地带了几个教友将玛尼堆铲平了。

喇嘛们又将玛尼堆重新堆了起来。傍晚，都伯修士带人再次将它铲掉。

于是，峡谷里的玛尼堆之战开始了。当喇嘛们又来路口堆放"战神的城堡"时，他们发现原来堆玛尼堆的地方布满了牛粪和人粪，一些经幡旗被扯到地上，上面满是污秽。喇嘛们气得哇哇乱叫，向教堂扑去。但是教堂围墙上一排排伸出来的枪口逼得他们不得不退了回去。

噶丹寺的八大老僧和活佛们对洋人的这种挑衅行为深为愤慨，连一向处事温和的六世让迥活佛也愤愤不平地说："我们在西藏的大地上修建神灵的城堡，洋人有什么权力去毁坏它？要是我们的人去砸教堂的十字架，他们又当作何想？"

寺庙武装僧团的带兵百长鲁茸次尼说："那么，我们就去砸十字架吧。"

"冤冤相报，不是一个有信仰的人做的事情。你去砸了十字架，他们就会来砸我们藏族人吉祥的白塔；然后我们就该去烧他们的教堂，他们呢，就会叫官府的兵来捣毁我们的寺庙。因为信仰纷争而杀生的人，不可能有真正的宗教精神，语言和智慧才是征服对方的法宝。你们去通知教堂里的白人喇嘛，我将等待他们前来就此事做出说明。我要像我的前世五世让迥活佛一样，和他们辩论。"

但是，寺庙发出的辩论邀请被都伯修士轻蔑地忽略了，沙利士神父已经没有当年敏捷的才思和滔滔的辩才，他躺在病床上对都伯修士说："我老了，已经过不了溜索了。修士，我现在终于明白我们在这片峡谷里和佛教徒相处的法宝仅仅是只埋头宣讲耶稣的教义，不触犯西藏的神灵，不批评人家的宗教。修士，寄宿在主人家的客人不会去打坏人家的窗户玻璃。"

"那我们怎么办，向那些佛教徒道歉吗？"都伯修士问。

沙利士神父没有回答，也无法回答。传教士们的自负使峡谷里的宗教悲剧再次不可避免。

圣枝主日①的前一天，几个在山坡上采摘棕树枝准备为教堂做装饰的教友受到了武装喇嘛的袭击，两人被打成重伤，一人被割去了一只耳朵。都伯修士带人前来救援，用枪打死了一名武装喇嘛，教堂和寺庙的新仇旧恨再度燃烧起来，噶丹寺的武装喇嘛纷纷过江围攻教堂，这是自峡谷里第一次宗教纷争后佛教徒和天主教徒最为激烈的冲突，教堂周围的山梁上都是喇嘛，驿道也被他们截断了。教友们都退守到了教堂大院内，右盐田一些教友的房子被烧毁。空气中飘浮着浓烈的仇恨和恐惧，神灵和神灵翻了脸，仁慈和宽容被丢在了一边。

喇嘛们向被围困的教堂提出了唯一的条件：交出杀人凶手都伯修士。

沙利士神父在教堂的垛楼上望见四周山头上喇嘛们扎下的帐篷，对都伯修士说："盐田县政府的官吏们跑了，基督的委屈看来只有到拉萨去申述了，那里还有国民政府的办事处哩。"

"我把喇嘛们的罪行都拍了照片，这些证据可能对我们有帮助。神父，给我一个赎罪的机会吧。"都伯修士说得很诚恳，甚至连眼眶中都闪着泪花。在不拍打苍蝇的时候，都伯修士经常摆弄布洛克博士为教堂留下的那台照相机，他拍了许多峡谷风光的照片。要是有一天都伯修士能回到欧洲，这些照片将会给他带来令人羡慕的荣誉。

圣周四，都伯修士将带着教堂忠实的杂役马修前往拉萨申述，这是主的罪人得到怜悯与宽恕、和耶稣修好的一天。沙利士神父在那天的早祷上让全体教友为两个远行的人祈祷，祈祷全能的耶稣赦免都伯修士的所有罪孽。凯瑟琳修女一身素黑，安静地坐在教堂前排，不敢抬头面对耶稣和圣母玛利亚。都伯修士在默祷中乞求天主宽恕自己的罪，也宽恕那个可怜的妇人。他向天主陈述道，是教堂的蜜蜂引诱了他脆弱的心灵，就像伊甸园里的蛇引诱了亚当和夏娃。可是现在教堂里的蜜蜂了无踪迹，窜来窜去的爱的气流衰弱得连

---

① 也称基督苦难主日（因耶稣在本周被出卖、审判，最后被处十字架死刑），是圣周开始的标志。

一支蜡烛都吹不熄。

　　表面上看反反复复的洗胃让凯瑟琳修女元气大伤，其实真正让她形容枯槁、柔肠寸断的是这生不如死的苦难人生。由死亡和欢娱构成的爱的翅膀折断了，可悲的是断掉的那只翅膀是欢娱，而不是死亡。如果天主可以追问，她真想跪在他的面前乞问：进你的国难道真的就这样难吗？

　　那天另一个大肚子的女人是马修的妻子安妮，她已经怀孕七个多月了。清晨她挺着肚子来为马修祈祷，在送马修出教堂大门时，安妮大叫一声：

　　"马修，孩子等着你哩！"

　　马修和安妮已经有两个孩子，马修不明白妻子说的究竟是已经出生的孩子们，还是没有出生的那个。他回头望了安妮一眼，说："好吧，就让他等着吧。"

　　昨晚大约下了一场不大不小的春雨，早晨的空气很清新湿润，大地呼出婴儿一般的气息。天还没有亮透，对岸的卡瓦格博雪山还笼罩在云层之中。今天都伯修士和马修如果一切顺利的话，将上到雪山的半山腰，明天他们便可以翻越雪山垭口，然后下到怒江大峡谷，顺着这条峡谷进入到西藏腹地。他们选择了敌人后方的一条冒险的线路，因为澜沧江东岸的驿道都被喇嘛们封锁了，连一只有基督印记的鸟儿都不能从东岸飞过。当过兵的都伯修士说，最安全的道路就是敌人鼻子底下的那一条。

　　人们目送两个男人宽阔的背影出了教堂，随他们去的还有教堂的一条藏獒摩比，他们的身影很快消失在山坡下。大家又不约而同地上到了教堂围墙的垛楼上，在那里他们牵挂的目光可以被拉得更远。沙利士神父把教堂的望远镜翻出来，不等多久就往峡谷对岸张望。快到中午时，沙利士神父终于在对岸半山腰的灌木丛中发现了都伯修士的身影，马修背着行囊跟在他身后，如果他们能上到雪线以上，那就基本上安全了。沙利士神父刚刚松了一口气，忽然发现从另一座更为险峻的山梁上，几个红色的身影在陡峭的山路上闪现。两条山梁在峡谷里几乎呈平行状态，在雪线的下方处交汇，远远望去就像一个人伸出的两条大腿。神父用望远镜仔细追踪着那些在西藏高原的湛蓝天空下随处可见的绛红色身影，越看他的心就越凉。神父判断，依照这些红色身影攀登的速度和他们与都伯修士的距离，喇嘛们至少应比都伯修士提前半个小时抵达两条山梁的交汇处。

　　神父的心一下凉了："快敲钟通知他们。"

　　亚当敲响了教堂的钟，那急促的钟声在峡谷里带着某种焦灼的心情传播出去，但没传多远就被峡谷里的大风吹散了。在神父看来，这不是报警的钟声，而是为那两个迷失了方向的羔羊敲的丧钟。

"主与都伯修士同在。"神父苍老的脸上流下了两行热泪。

凯瑟琳修女一下晕倒在垛楼上。人们忽然发现鲜血洇红了她的下身，等大家把她抬到房间里时，凯瑟琳修女已经流产了。从那天以后，她就再没有离开过病床，一直到她的另一个亲人回到峡谷。

峡谷对岸的山梁上，都伯修士和马修对即将到来的灾难一无所知。都伯修士已经累得气喘吁吁，大汗淋漓。他身上所有的东西都交给了马修，但还是快拖不动自己的脚步了。那山梁上的小道几乎有六七十度的坡度，他们手脚并用地爬行。都伯修士说："马修，这不是人走的路。"

"修士，这是兽道。看见那些蹄印了吗，豹子的。"

"主啊，它们可别再来给我们添乱了。"都伯修士在胸前划了个十字。

忽然，从前方山崖上的灌木丛中射出来一枪，枪声沉闷而突然。子弹准确地打进马修的右胸，他一屁股坐在了地上。"修士，喇嘛们来啦。"他喊道。

走在他身后的都伯修士迅速伏在了地上，他抬起头来，看到了前方约两百米处几个红色的身影。喇嘛们的枪弹噼里啪啦地打过来，都伯修士忙把马修拉到岩石后。血正从马修的肺部流出来，洇浸了他胸前的衣衫。"噢主啊，噢，全能的天主。他们还是抢在了我们的前面。"都伯修士一时不知该怎么办了。这个经历过世界上最残酷的战争的人，现在竟然也慌了手脚。

"枪，修士。"马修困难地说。

都伯修士把马修肩上的枪取下来，往前方胡乱放了几枪。他把马修背上的行囊背在自己背上，想把他搀扶起来。

"修士，我不能去拉萨了。你自己去吧。"马修喘着气说。

"不，我不能丢下你不管。来，我们回去。"

"修士，求求你，别让他们抓住我。喇嘛的法力会让我上不了天堂。"都伯修士听马修说起过，当年他的父亲托马斯被喇嘛们吊在树上，让他的灵魂一直升不到天国。可怜的人，天主的福音到峡谷以来发生的两次教案，都给马修的家族赶上了。

"我发誓，绝不会让他们抓住你。坚强些，马修，我们还来得及。"

"修士，给我一枪吧。"

"不！"

"来吧，修士，让我痛快些。"

"绝不！"

"修士，修士，听啊，我听到主的声音了。基督复活了，坟墓里不再有死人。"马修惨淡地笑了笑。

修士把枪口抵近了马修的头，他感到自己脚下的大地在下陷，天要垮下来了。

"修士，别伤心，我又要当父亲啦！"马修微笑着说。

"是的，你又要为耶稣生出一个小基督徒啦。你是一个好父亲，一个好基督。"都伯修士的枪口在马修的脑袋上游动，似乎在找一个准确的射击点。

"神父会给他付洗的。"

"当然。"都伯修士找好射击点了，他相信马修一点也不会痛苦。

"还会给他取个好听的名字。"

"是的，"都伯修士的手指扣在扳机上，"一个圣人的名字。"

"是一个儿子。"马修自豪地说。

"当然，是个儿子。"都伯修士痛苦地闭上了眼睛。

"把他交给天主……修士，你一路上要小心喇嘛，还要提防山谷里的大风，不要像巴勃神父那样，被风吹走了。"多年以来，马修一直为当年自己没有为巴勃神父挡住那阵夺他命的大风而后悔不已。他总认为，如果没有信奉耶稣的教友在神父们身边，连一棵树枝都可能是一种威胁。

都伯修士哽咽道："放心吧，马修，孩子们等我们回去哩。"

"下手啊。"马修突然提高了声音，"基督复活了，天使们皆大欢喜。天使啊天使，请等一等……"

都伯修士开了那一枪，打掉了马修半个脑袋。他的心就像被痛苦的马修紧紧抓住，以至于他差点憋死过去。喇嘛们的大呼小叫和枪声越来越近，才让他清醒过来。

下午的太阳非常火辣，山谷里空气闷热，一点风也没有。都伯修士拼命往雪山上爬，喇嘛们的枪子儿像蜜蜂一样在他的身后飞舞。在到达雪线时，他累瘫在浅浅的雪地上，他的大腿上已经中了一枪。都伯修士已经看见了前方的冰川，像一条悬在头顶上的白色的河，冰川的上面才是雪山垭口。几年以前，凯瑟琳修女的男人泽仁达娃就是从这个垭口翻过了卡瓦格博雪山，下到怒江峡谷。也是在这片山谷里，他回来时受到了雷霆的追击，幸运的是他被拯救了。可是，现在有谁来拯救孤独无援的都伯修士？

喇嘛们的子弹又飞过来了，都伯修士想爬起来，但是一颗子弹又打中了他的腹部，强大的冲击力让他一个翻身从雪坡上滑了下去，一直滑到山涧的深处。

都伯修士醒来时，不知道自己究竟在哪里。山谷里再也听不到喇嘛们的叫声和枪声。"主啊，是你赶走了这些像苍蝇一样的家伙。"他嘀咕道，却没想到这句祈祷触犯了山谷里的苍蝇国王。都伯修士发现自己正被强大的苍蝇集团所包围，像笼罩在他头上的一小团黑色的乌云，蝇们叮得他连眼睛都睁不开。他浑身是血，黑压压的苍蝇爬满全身，使他像个蝇人。苍蝇尖尖的吸嘴像一只吸血管，贪婪地吸吮着他的血，就像他当初吸吮凯瑟琳修女雪白的肌肤一样。"噢主啊，噢，这些吸血鬼。"他悲哀地叫道。蝇群嗡嗡的叫声让他不能不想起二战时德国人的机群，容克－87轰炸机和梅－109战斗机的噪叫都没有这些苍蝇的叫声令人沮丧。因为这是西藏所有苍蝇推出的复仇者，哪怕只是一只，也可以把巨人都伯击倒。况且都伯修士的防线彻底垮了，成千上万的敌人从缺口处蜂拥而入，他不过是一块摆放在案板上的鲜血淋淋的大肉。

"走开。"他说，"我是都伯修士。"他想故技重演，靠自己从前和苍蝇的战斗中赢得的威望吓唬住对手。

蝇群嗡嗡地欢叫着，并不飞走，仿佛是在嘲笑一个被废黜了的将军的命令。

"看在主的分上，求求你们啦。"他哽咽道，但是没有流泪。不是他害怕和恐惧，而是感到深深的屈辱。"啊凯瑟琳，啊主啊，凯瑟琳……"

最后，都伯修士在半昏迷中终于看见了那只苍蝇王国的国王，它比噩梦中的幻觉还要巨大可怖。它或许有一只公蜂那么大，或许可与德国人的飞机相比。它像一个土著部落的酋长，指挥着它的部落向生命之光一点点暗淡下去的都伯修士发起轮番进攻。这位酋长高高在上，声色不露，但是都伯修士清楚地看见了它尖长的吸嘴，还有它锋利的爪子，像牙齿一样张开的翅膀。它在都伯修士的头顶盘旋，巨大的羽翼带着死亡的阴影在雪地上游动，一圈又一圈地向都伯修士覆盖过来。主啊，世界上有谁见过这样大的苍蝇啊？

"你不是苍蝇王国的国王，就是天使！"都伯修士嘟噜道。

它降下来了，落在离都伯修士不远处的一棵小松树上。凶悍的眼睛死死盯着血肉模糊的都伯修士。它的头上光秃秃的，专啄人肉的嘴看上去比刀子还要坚硬。天空中，它更多的同伴大张着翅膀滑翔下来了。如果你要升往天国，它们是最好的工具，就像马是峡谷里的人们最好的朋友一样。

"我知道你啦。"都伯修士用尽了最后一丝力气绝望地喊，"你这西藏的黑色天使，飞行在天空中的棺材，下手吧，懦夫！"

55·末日审判

雪山上发生的悲剧峡谷里的人们浑然不知，雪崩掩盖了一切，冰川上就像什么都没有发生过。沙利士神父那段时间唯一可做的事情就是屈指掐算着都伯修士的行程，当他认为国民政府该来解救峡谷里受困的基督时，一队国民党兵开到了峡谷。神父欣慰地对自己的信徒宣布道：

"主护佑着都伯修士和马修的平安，基督的福祉降临了。"

但是残酷的现实嘲弄了沙利士神父的宣言。那是一队被红汉人击溃的国民政府残军，带队的是一个吊着一只胳膊的团长，可是他对百姓下起毒手来比两只手都健全的人还要狠毒。他们先洗劫了左盐田，就像一群恶狼扑进了羊群。左盐田的纳西女人们最先遭殃，孩子的哭喊和妇女的尖叫让行云落泪，雪山蒙羞。然后是左盐田的牛羊、粮食和家财，最后是他们的房子，稍有反抗的纳西人家的房屋全被一把火烧了。那是地狱里的一天，十几名受辱的妇女跳进了澜沧江，她们中年龄最大的近五十岁，最小的才十三四岁。纳西族长和万祥是第一个被杀的男人，他试图阻挡国民政府的军队对女人和粮食的要求，他说：

"如果你们肚子饿了，我们可以卖粮食给你们，甚至可以请你们到家里来吃饭；如果你们需要女人，请不要动我们的妻子和女儿。"

但是一个下级军官一枪就打在和万祥的肚子上，他说："你们不是自己宣布解放了吗？这就是你们的解放。"

左盐田的血腥味飘到了山涧对面的右盐田，年轻一些的女人全都失去了说话的能力，恐惧攫住了每一个人的心。从山梁那边升起的黑烟直达到云层之上，并且久久不散。峡谷里那么猛烈的大风，竟然没有吹散这象征着死亡与灾难的浓烟，它们就像冻结在天空中一样。一些教友聚在教堂里，让沙利士神父想个办法。神父说："他们是政府的正规军，不是泽仁达娃的土匪武装，可怎么连土匪都不如？"

神父吩咐亚当说："敲钟吧，荣耀天主的时刻到了。让我们上围墙。"

急促的钟声在村庄上空回荡，教友们从没听到过教堂的钟声如此惊惶紧迫。那钟声仿佛在说，耶稣有难了，快去拯救遇难的基督。村子里从十几岁到六十多岁的男人都带上了家里能找到的自卫武器——火绳枪、弓弩、长刀、铁矛、斧子，女人们则带来了菜刀、剪子、锥子，即便她们不能用它来杀死敌人，也可用来杀死自己。

天快黑时，在左盐田作恶够了的魔鬼们挟带着死亡的气息向右盐田扑来。神父站在墙头，手拿一支顶端镶有铜十字架的法杖，悲怆地喊道："天主的子民，让我们跟随主的召唤，与他同去！"

奔杀而来的马队有两百来人，张狂的蹄声敲打着宁静的驿道，搅起的尘土冲天而起，像随同魔鬼一同扑来的雾瘴。两个修女和其他女人们一样，准备好了剪刀，当教堂被攻破时，也就是她们为主献身、保持贞洁的最后时刻。村民们在胸前画着十字，低声地祈祷，有个教友唱起了赞美诗，然后大家低沉地跟着一起唱——

> 父啊这杯酒，这杯酒，这杯苦酒，
> 你是否要我把它喝干？
> 我心烦意乱，我害怕；
> 求你赐我力量，求你给我勇气。
> 背起十字架，背起十字架，
> 走到骷髅山下，走到骷髅山腰，
> 走到骷髅山上，像一只绵羊，
> 在屠刀下，没有抵抗。

马队冲到离教堂约一百米处猝然停下，山谷里静得像没有人一样，死亡的气息却在四处蔓延。双方对峙了约五分钟，对方显然在观察估量这视死如归的教堂。一个教友实在忍受不了这决死前的拖延，他猛然站在墙头上，发出藏族人驱赶野兽的那种高亢激昂的吆喝：

"胆小鬼，下地狱去吧！"然后他用火绳枪冲那边打了一枪。

令人惊奇的是对方没有还击，也没有提缰冲锋。一个士兵下马往前走了十几步，大喊："不要开枪，我们长官有话对你们讲。"

他说的是汉话，围墙上只有沙利士神父听懂了，他招呼教友们安静，然后站在垛楼上，用久已生疏的汉话说："这里是教堂，是受国民政府保护的。看在主的分上，我希望你们善待自己的仁慈！"

这时一个军官模样的人站到了马队前，高声问："你就是那神父吗？"

沙利士神父凛然答道："正是。如果你有罪过忏悔，可以对我说；如果你有什么灾难要降临到这个村庄，我向耶稣发誓，你要下地狱。"

那军官说："别紧张，能下来谈谈吗？"

神父回答说："与人交谈，拯救有罪的灵魂，正是我的天职。"神父把法杖交给亚当，对教友们说："假如我回不来了，相信主，他会帮你们度过这一劫。"

教友们全都跪下了，很多人泪流满面，他们乞求神父不要离开。神父将他们一一搀起，可是他发现他永远搀扶不尽这些屠刀面前的羔羊了。因为当他去搀扶下一个时，刚扶起来的那个又跪下了。神父此时也老泪纵横，说了句与他的圣职不相称的话："这不是为了使你们得救，而是我自己也看不到灾难的尽头了。"

一刻钟后，沙利士神父站到了军官的面前，看到他肮脏的军服领口后挂着的银白色十字架。他威严地说："你这罪人，难道见了十字架还不知道忏悔吗？"

军官没有发怒，笑着问："是新教教堂吗？"

"不，是天主教的圣母圣心教堂。"

"可惜，我是新教教徒呢。"军官说。

"那有什么区别，在天主面前，你都是有罪的。"神父喝道。

"谁知道呢？皈依了上帝的人都有罪。神父，我想看看你的教堂。上帝啊，我有好多年没有进过教堂了。如果你允许，我还想请你听听我的忏悔。"他见神父没有反应，又自己嘀咕道："谁知道这是不是最后一次忏悔。"

"可怜的罪人，但愿我能医治你邪恶的灵魂。"神父松了一口气，"你的士兵，那些异教徒，不能进村庄和教堂。"

军官大度地说："遵命，神父。这些家伙本来就只配在路边吃土。神父，你先请吧，我随后就来。我保证，一个人。"

神父回到教堂时，人们用疑惑惊恐的目光望着他。神父说："都回去吧。主再一次显示了自己的力量，那是一支由一个基督徒带领的军队。唉，多年来这样的事情还是第一次。这是主的恩典。"

"可是他们在左盐田烧房子、抢女人。"一个教友说。

神父一时语塞，只是说："主自会审判他们的罪孽，至少我们现在安全了。

回去吧回去吧。"

当神父为那个军官打开教堂的大门时，他惊诧于自己的眼睛。他看到一个西装革履、绅士味十足的中年男人站在他的面前，尽管他的左手还用绷带吊在胸前。"神父，你瞧，我信守了我的诺言。我可以进来了吗？"

"天国的大门永远向迷途的羔羊开启，"神父揉了揉自己的眼睛，确信自己没有看错人，"请吧，尊敬的军官先生。"

他们进了教堂的院子，向教堂大殿走去，神父说："自这所教堂建立以来，还没有一个新教教徒进过这扇大门。不过在此特殊时刻，让我们摒弃教派之争，都皈依到天主的仁慈之下吧。"

"是上帝的仁慈。"军官说。

"都一样，"神父说，"他的慈悲与怜悯对我们同样重要。"他把祭台上的蜡烛点燃，教堂笼罩在一片柔和朦胧的烛光之中。

军官在耶稣的圣像前单腿跪下，低头画了个十字。然后他嘀咕道："天主教的教堂我也是第一次进呢，要是我妈妈知道了，肯定会打我屁股。"

神父问："你是在哪里受的洗？"

"上海徐家汇耶稣圣心教堂。"军官在教堂里四处打量。

"噢，主，那可离这里很遥远。"神父感叹道。

"是啊，命运把我抛到这里来了。"军官伤感地说。

"是主把你感召到这里的。"神父肯定地说。

"谁知道呢？"这是军官的口头禅。也许这只迷途的羔羊永远找不到去天国的路了，甚至连回家的路都找不到。沙利士神父想。

"神父，你看我们能打赢这场战争吗？"军官突兀地问。

"我不是占星术士，我只拯救有罪的灵魂。"神父矜持地说，"多年以前，一支军队被你们追赶到这里，但是现在轮到你们被他们追赶。当兔子也会追赶猎人的时候，主的光芒就照耀在兔子身上了。"

"可他们是不信耶稣基督的。"

"谁知道呢？"现在轮到神父来说这句话了，"他们离你们有多远？"

"已经过了金沙江进入藏区了。云南、四川那边全都赤红一片啦。神父，你也不会有好日子过了。"

"那有什么关系，关键看他们有没有信仰。"神父说。

"当然，他们有信仰，不过他们信仰苏俄那一套。一个大胡子德国人马克思，一个小胡子俄国人斯大林，还有一个不长胡子的毛泽东，就是他们的弥赛亚。"军官怨气冲天地说。

"我也很奇怪哩，这个世界越来越乱了。弥赛亚太多啦，天主会忧郁的。"神父说。

"他们就像有神相助，三下五除二地就把政府的军队打垮了。神父，猎人还会追赶兔子吗？"

"你先忏悔吧。"神父走进了忏悔室，放下布帘，"我的孩子，说出你的罪过。"

很长一段时间，神父没有听到外面的声音，他以为那个罪人消失了，或者被风吹走了。这时他听到一阵低低的啜泣："我也不知道怎么走到今天这一步，就像一件摔烂了的珍贵瓷器，谁还珍惜它当初的完美与高雅呢？要是当年听我母亲的话，进神学院，然后做一名上帝的使徒，哪里会有今天？可那时正在打日本人，我父亲非要让我上军校，他说国家更需要热血男儿，而不是牧师。"

"说说你今天的罪行。"神父冷冷地说。

"我有罪，神父。他们抢粮食，抢女人，都是在我的眼皮底下干的，我没有制止他们。我们这样做，不是由于我们手里有枪，而是因为我们害怕。我们走在山路上，连一只乌鸦飞过都要让我们惊恐半天。我们还孤独，思念家乡，在藏区转了一个多月了，天天都和死亡打照面，军官们看不到前途，士兵们只想女人，及时行乐，过一天算一天。神父，别看我的队伍有两百多号人，可一大半是拉来的土匪武装，如果我制止他们，我们就会火并一场。其实，我也肚子饿啊神父。"

"我主耶稣把面饼分给他的门徒，让成千上万的人都吃饱了肚子。你应该记得耶稣的奥迹。"

"神父，我怎么能跟一帮饿红了眼，不知明天脑袋是否还在肩膀上的大兵讲耶稣？"

"如果你的军队不可教化，如果他们依然坚持异教徒的暴行，如果你还把自己当成一个基督徒，那么，放下武器，重新皈依到天主的仁慈之下吧。"

"可是，可是，即便上帝赦免了我的罪，共产党也不会宽恕我的。我跟他们打了那么多年，他们会杀了我的。"

"杀人者终将被人杀，与其拿起武器，不如举起圣十字架。"

外面沉默良久，似乎军官在想武器和十字架孰轻孰重。"晚了，神父。"

他的声音阴郁而空洞，像来自地狱的边缘。"上帝与你同在。"他说。

"主与你同在。"神父灰心地想，这颗罪恶的心灵，他是拯救不了啦。

军官起身告辞，神父从忏悔室里出来时，只看到军官宽阔、笔挺的背影。他似乎在抹眼泪。神父内心深处发出一声叹息，他冲那背影喊：

"在你刀光剑影、充满血腥的日子里，请留下一点点时间，接受末日的审判吧。天国近了，你应当忏悔！"

军官在教堂的门口站住了，就像站在审判台上的罪人，一动不动，长久才说："他妈的，会有人来审判我的。"

两天以后，红汉人的军队就打过来了。他们在左盐田一侧的一个山头上和国民党残军打了一战，嘹亮的军号和冲锋的呐喊瞬间就如洪水一般淹没了曾经在百姓们面前不可一世的白色汉人。他们被追赶到澜沧江边，可是没有谁敢把自己挂到溜索上去，尽管那样或许可以保一条命。有几个白色汉人试图游过江去，但是他们的头像江水中飘零的几截朽木，转瞬就不见了踪影。一些白色汉人跪在地上，把手里的枪举得高高的，另一些知道自己最终逃不脱红汉人惩罚的军官拔枪自尽。那个吊着一条胳膊的败兵团长在这时想起了耶稣基督，他往教堂方向跑，不知是想去赢得天主的护佑，还是想找神父做最后的忏悔。在他看到教堂的十字架时，几个追击而来的红汉人扑倒了他。到他被五花八绑地押走时，他想起了神父的话，末日的审判来临了。

56·个人的失败

此时才是峡谷真正的解放。前些日子由那只云雀宣布的解放不过是一些上层人物为了向红汉人表示友好，提前发布的一个消息。人们发现红汉人的军队里有一个藏话说得非常流利的年轻军官。这个长有两个舌头的青年身材高大魁梧，看上去有些面熟。直到他带了几个红汉人到了教堂，喊卧病在床的凯瑟琳修女"阿妈"时，人们才恍然大悟，噢，主啊，他是木芳的儿子！

红汉人这次来到峡谷和他们上次一样，纪律严明，朴实热情。他们为老百姓挑水、背柴、耕地，还到盐田帮晒盐女们背盐卤水。沙利士神父想在这支军队中找到他曾经为他们治过伤的红汉人，可是他们个个看上去都差不多，几乎就像一群随着岁月的流逝而不会有什么变化的年轻人。神父特地让人做了一副横幅，上面写着"荣耀属于仁慈的军队"，并把它挂在教堂外面的驿道路口。他借此表达了自己对这支军队的欣赏。

沙利士神父以乐观的语调给教区主教大人写了一封信（他已经有半年多没有得到主教大人的音讯了），他在信中写道：

自红汉人来了以后，峡谷里一样都没有改变，土司依旧是土司，寺庙的喇嘛照样供奉他们的神灵，而天主的子民也没有受到一丝侵犯。唯一有所改变的大概是峡谷从此变得更安宁了，红汉人看上去似乎比白色汉人做事更有效率得多。我想我有充足的理由继续在这个地方留下来。既然那么多年来天主的圣教事业在强大的藏传佛教包围下都坚韧地存活了下来，那么，天主的羔羊们同样可以在红汉人的世界中生存下去。

这封信还没有来得及发出去，沙利士神父便接到了红汉人让他离开峡谷回国的通知。这个要神父命的通知是凯瑟琳修女的儿子木学文带着一个红汉人的政委来告诉他的。

他们就坐在教堂的阳光下交谈，那是一次饶有趣味的谈话，表面上看双方谈的话题风马牛不相及，实质上则是沙利士神父没有弄明白在中国政治与宗教的关系。他争辩说，你们可见过没有牧人的羊群？你们不想让自己的百姓升向天堂吗？政委说，我们所认为的天堂就是共产主义，它是实实在在的。要不了几十年，我们就可以达到这个目标了。你们的天堂里并没有什么具体的目标，好像只有一个天主。而一切统治阶级、帝王将相，都是我们要打倒的。蒋介石不是被我们打倒了吗？神父以自己多年来在深山峡谷里对蒋介石极为肤浅的认识，极力想向政委说清他们和罗马教会的区别，但是他越说越糊涂，越说越像政委所认定的帝国主义分子。当他论说到罗马教会把中国划为一个教省，边藏地区视为一个大的教区时，就引来政委的猛烈抨击，他向神父指出：新生的人民共和国是一个独立主权的国家，有自己的民族尊严，也有自己历史悠久的宗教，如佛教、道教、儒教等，干吗要让你的什么罗马教廷来管中国的宗教事务。三日之内，你必须离开这里。神父固执地说，要我离开，除非有教皇的手谕。政委更加严厉地说，什么教皇？中国的皇帝、总统、委员长，统统都被我们推翻了。你那个教皇也应该被打倒，让人民起来革他的命。神父用拉丁语嘀咕了一句，异教徒的言论。政委问，你说什么？神父苦笑道，我说你现在就在革我的命了。

上午的阳光暖洋洋的，在以往，这是神父喝茶的好时光。他时常会捧一本东巴经书坐在屋顶的平台上，面对空旷的峡谷和高远的蓝天，喝着亚当或者修女们打的酥油茶，时睡时醒，一坐就是几个小时。可怜的神父忘记了这是人衰老的信号，忘记了自己的存在，忘记了现实和梦的区别，忘记了自己是个神父还是纳西东巴象形文字的研读者，忘记了头上日益稀疏的白发和下巴上越长越密的胡须，忘记了自己究竟从哪里来，甚至还忘记了山上的杜鹃花一岁一枯荣。当它们年年把峡谷里的山梁点染得色彩斑斓，像印象派大师的巨幅油画时，沙利士神父常常会为这蔚为壮观的大自然感动得涕泗横流。

沙利士神父忽然想到一个关键的问题，他问："你们赶走了神父，谁来照管那些信奉耶稣天主的教友呢？谁来拯救他们的灵魂？我的迷途的羔羊啊。"

政委响亮地说："毛主席，共产党。我们不把他们当羔羊，我们要让他们做新中国的主人。"

"可是人的灵魂生来就是有罪的。这是原罪，知道吗，尊敬的政委先生？在天主面前，我们都是罪人。"

"我只知道人民无罪，有罪的是国民党反动派和帝国主义及其走狗。"

"你说的是政治，我说的是宗教。政委先生。"神父说。

"宗教从来就是为政治服务的。我说得对吧？"

沙利士神父终于不得不面对自己在右盐田教区——这个在西藏克服了无数难以想象的困难才建立起来的唯一传教点——的失败。导致这场败局的不是来自于宗教派别之争，不是西藏恶劣的自然环境，不是与罗马教会遥远的距离，不是民族与民族之间的文化差异，不是语言的巴别塔，不是酥油茶和咖啡的味道区别，不是青稞酒与葡萄酒不同的醇香，不是罗马教堂的尖顶与藏式土掌房的建筑风格之不同，当然也不是一个传教士飘零的白发，更不是天主仁慈的目光没有垂怜到这地球上最偏远蛮荒的峡谷，而是政治。

"如果你们真要赶我走，那么，我接受我个人的失败。"神父微微颤颤地站起身来，缓缓地说，"我不想再多说什么啦。如果天主不被更多的人所接受，或者说，虽然我们有一万个理由证明天主存在，但却被地球上另一部分人所不能理解和认知，历史就会重新制造出一个救世主来。由他来创造一切，并发号施令，带给人们新的福音。愿主保佑我们大家。"

政委笑了，以胜利者的姿态。

政委走了以后，木学文想留下来陪陪他母亲，可是凯瑟琳修女从病床上硬撑起来把他挡在门外。"别进来，"她喑哑着嗓子说，"既然你赶走了神父，也就可以赶走自己的妈了。"

木学文那时正年轻气盛，对他母亲的落后表现深为不满，他站在院子里高声说："阿妈，全中国的妇女都解放了，可是你怎么还执迷不悟？这些骑在你们头上欺负藏族人的外国传教士，都是些帝国主义的走狗、特务。"

凯瑟琳修女那时还深深地沉浸在对都伯修士的思念中不能自拔，他似乎是第一个让她刻骨铭心地感受到了爱的男人，尽管这种爱是在都伯修士离开以后，才一个夜晚一个白天，又一个夜晚又一个白天地增强，就像雨季来临时天天见涨的江水。可是现在她含辛茹苦养大的儿子却说她日思夜想的人是狗，是她在汉地时领教过的曾带给她深刻屈辱的特务。

"滚出去，你不再是我儿子了。"她喝道。

那是严峻而漫长的一天，教堂里一片死气，像战败的战场。人们说话走路都是轻轻的，因为沙利士神父仿佛佛教徒的活佛入定了一般，在院子里一直坐到天黑。微娜修女下午时曾小心地到他面前问，如果神父真的要离开，她怎么办？神父静默了许久，微娜修女的腰都站麻木了，他才说："服从主的安排吧。"这是他说的唯一一句话。

沙利士神父在房间里转来转去，不知道自己该先收拾些什么。房间里凌乱得如他的思绪。他已经在这片隐秘的峡谷生活了四十多年了，忽然发现自己根本就没有考虑过离开这里。他根本就不知道该如何收拾要和这片土地分离的心情！无论是教会要他回去述职，还是巴黎那些大学和学术机构的邀请，都没有让他产生过一丝离开自己的信徒的念头。在这段漫长的岁月里，他对天主的事业是否能在西藏获得成功已不在乎，当年来到峡谷之初一心要为天主献身的狂热、执着、理想，现在已经变成连他自己都感到吃惊的冷静、隐忍、沉默。甚至连传教士们经常提在口中的异教徒，他也能以超然的态度来对待，他已经是纳西人的朋友，西方公认的纳西学者。谁知道再过上几十年，他会不会成为佛教徒的朋友，成为一个藏学专家呢？——只要天主给他时间和机会。

神父最后只收了三套换洗衣服和一本圣经。他明确地听到了主的旨意，他必将回来。多则八九年，少则两三年，这峡谷里教堂还是教堂，神父还是神父。深夜十二点了，沙利士神父忽然精神抖擞，一反下午时的萎靡不振。他叫醒了亚当，把他带到教堂的忏悔室。亚当以为自己在梦里，因为他看见神父的眼睛像黑暗中的豹眼，熠熠闪光。他跟着神父来到教堂的忏悔室，亚当不解地问："神父，你要听忏悔，是不是太早了点？"沙利士神父狡黠地笑笑说:"我要你看一个秘密。来,掀开这块地板。"

他指指忏悔室里平时自己坐的那张高高的凳子下,亚当举着酥油灯趴在地上,好不容易才找到了上面隐藏的机关。神父半夜三更地叫他起来,不过是让他将一大摞手稿和纳西人的东巴经书抱到地窖里去。

神父老了。如果一个人抱不动自己看的书和写的东西,那他就真的老了。

亚当不无怜悯地想,随即他又为自己这个想法感到有罪。从来都是神父怜悯我们,我们怎么可以怜悯神父呢?

他们在地窖里折腾到凌晨三点,才把一切都收拾好。手稿和东巴经书都装在一个密封的大铁箱里。亚当记得,这个大铁箱还是当年天上的神鹰给神父投来早餐的那只箱子。在出地窖前,亚当多了一句嘴,他问:"神父,你藏的这些东西难道比珠宝玉石还值钱吗?"

"珠宝玉石值几个价?这是无价之宝啊。"神父抚摸着用油纸包裹得密密实实的书稿说,仿佛抚摸着一个圣婴。神父沉默良久,又说:"亚当,我走后,对你有个要求。"

嘴快的亚当说:"神父,不用你说,我已经知道了。尽心伺奉我主耶稣,虔诚地祈祷,过一个基督化的生活。"

这个世纪初,峡谷里的流浪儿亚当被沙利士神父收留以后,便在教堂里长大,成为教堂的敲钟人。神父视他如同自己的孩子,他聪明机灵,伶牙俐齿。早些年神父想给他撮合一门亲事,但是亚当说他不愿意离开教堂和神父,而他多嘴多舌的毛病有时也让人讨厌。神父突然有些后悔,今晚应该叫诺斯。

"亚当,你说得都对。"神父拉过地窖里唯一一把椅子,"来,孩子,坐下吧。"

亚当忙说:"神父你坐,我站着。"

"坐下吧,孩子。我主耶稣可以为他的门徒洗脚,你为什么就不能在一个神父面前坐下呢?"神父把亚当强压在了椅子上,搞得亚当诚惶诚恐。

"你听好,亚当,"神父指着桌子上的大铁箱说,"有些秘密会在黑暗中腐烂,有的则是森林中的火星,与其让它燃烧起来招致灾难,还不如让它熄灭;而更多的秘密,将会在时间的河流中被冲洗干净,成为历史。就像澜沧江中那些巨大的岩石,在水落石出时,人们便会发现,洪水滔天时的波浪和漩涡,不过是这些沉默的岩石与水流在抗争罢了。你知道,这是我二十多年的心血。日本人曾经毁过它一次,这几年我又重新将它复原了。就像一个失去眼珠的人,重新看到了光明。"

"神父，我知道。你为了这些纳西人的东西，经常吃饭睡觉都忘了呢。"

"连我的圣职都快忘了。亚当，我还没有做完这件工作。我不希望再在路上遗失这些宝贝。因此我把它们留下来，我还会回来的，主已经明示我了。即便……即便我回不来了，孩子，我请求你，以一个基督的名义，替我保护好它们。"

"神父，放心吧，谁也别想从我这里夺走你的宝贝。"亚当肯定地说。

"只要你管好自己的嘴，就没有人来夺走它们。如今你是知道这个地窖的最后一个人了。"

"神父，我发誓……"亚当举起了自己的右手。

"在天主面前，毋妄誓。"神父将手摸到亚当的头顶上，动情地说，"我把自己活下去的勇气和信心都交给你。我们都是和天主有契约的信徒，现在我和你也有了一个契约。"神父的语调哽咽起来："孩子，别让一个老人失望。"

亚当感到自己浑身的血在往上涌，他从椅子上滑下来，跪在神父的脚下："神父，我会报答你的。"

"报答天主吧。"神父把他扶起来，"走，让我们去迎接天国的光芒。"

第二天，神父到村子里的教友家一一和他们道别，感谢他们顺应了主的感召，皈依到天主的圣宠里。本来他还打算到左盐田去跟和阿贵告别的，但是教堂里的马都被解放军征用去驮军粮了，神父已没有勇气徒步走到左盐田。下午，几个教友抱来了马修的孩子，要求神父为他付洗。这时他强烈地思念起都伯修士和马修来，他们现在在哪里？愿主的恩宠与他们同在。那是一个长得很健康的男婴，用一双无邪的眼睛滴溜溜地打量着神父，这让神父一直很郁闷的心情豁然开朗。到该给孩子取教名时，沙利士神父不假思索地说：

"安多德。一个圣人的名字，愿主赐福与他。他将成为主忠实的仆人。"

第三天，早晨七点，解放军一个姓赵的排长带着两个士兵准时来到了教堂，他们还牵来了一匹马。神父和教堂的两个修女早就恭候在大门口，他回头对修女们说："时辰到了，人子的光荣终将得到见证。"修女们倚在教堂的大门旁，目光哀哀地和他作最后的道别。神父向她们微笑着说："我会回来的，至少在大雪封山前。主与你们同在。"

微娜修女本来也想跟沙利士神父一起走的，但是她又不忍心抛下病重的凯瑟琳修女。微娜修女很小的时候就进了澳门的一家修道院，她在广东的老家还有什么亲人，连她也不知道。与其回到陌生的故乡，不如服从主的召唤，留在寂寞的峡谷。微娜修女仁慈的选择让她的后半生命运多舛。

神父原来以为教堂的大门外应该有一群教友来为他送行，可是他一个人也没有看见。在这样的一个上午，生活跟以往一样，村子里的狗吠叫唤出生动的生活气息，鸟儿在树上欢唱。这个离别的日子看上去一点也不显得伤感，甚至有歌声从村子里飘来，那是红汉人的宣传队在教村民们唱和赞美诗的旋律大不一样的革命歌曲。神父在心里嘀咕道，原来他们唱歌去了。

赵排长示意他的两个士兵扶沙利士神父上马，神父上了两次，都没有成功。过去他是先踩在亚当的背上跨到马背上，但是今天亚当到哪里去了呢？神父想，或许他不愿忍受离别时的伤感吧。赵排长过来抱住神父的一只腿，三个人几乎是将他举上去的。神父叹了一口气，说："看来我真是老了，老得上不了回故乡的马。谢谢。"

神父尽量挺直了腰坐在马背上，决心在离开这生活了四十多年的峡谷的最后时刻，将自己的形象塑造得跟进来时一样：热情，谦逊，执着，充满活力和希望。但是他发现要做到这一点很难。当年他和杜朗迪神父进来时，为了敲开西藏的大门，可以用两匹骡子的银元买下一段被土司控制的栈道，如今谁还相信他们当初的豪情。他不能不想起巴勃神父说过的一句话：传教士在西藏的命运，不过是九死一生地进来，在石头缝里播种信仰的种子，然后，被驱除。幸运的巴勃神父，他被峡谷的风吹到了天国，我却是被中国革命的风吹回去了。他心酸地想。

在走到村口时，那伴随了沙利士神父几十年的大风终于吹来让他感动的歌声。不是一个人的，而是很多人，也许是所有右盐田教堂的教友们。他们此刻唱的不是红汉人新教给他们的歌曲，而是沙利士神父在每个弥撒日做圣事，从圣杯中倾倒出耶稣的宝血时，教堂总是要回荡起的歌声——

> 主，我担不起，你到我心里来，
> 主我担不起啊，你到我心里来。
> 只要你说一句话，只要你说一句话，
> 我的灵魂就会痊愈，就会痊愈。

沙利士神父欣慰地笑了，这是他自接到红汉人的通知要离开峡谷以来，第一次在苍老的脸上露出笑脸。他拉住了马缰绳，定定地立在村口，像一个聆听天主福音的倾听者。

歌声已经消失得连余音都没有了，沙利士神父还没有走的意思。赵排长拍了一下马屁股："怎么不走了？"

沙利士神父回头对他说："请让一个老人享受一下他一生的骄傲。"

赵排长不明白沙利士神父在说什么，他当然也听不懂藏族人用藏语唱的圣歌。他不耐烦地说："走吧走吧，不要啰唆了。"

沙利士神父心情良好，慈祥地对他说："孩子，我真想与你一同分享啊。"

但是赵排长一句话从此就破坏了沙利士神父的好心情："谁是你的孩子？别忘了，我们现在是西藏的主人，不是你了。快走！"

峡谷的风吹送着黯然神伤的沙利士神父一路南行，他心情沮丧，话语很少，就像一个被逐出比赛场的老选手。天主不仅再不给他机会，而且还让他衰老得连失败都不敢面对。他们翻越了四座大雪山，快要走到藏区的边缘进入云南纳西地时，教堂的厨子诺斯飞马赶了上来，沙利士神父心里长长地嘘了口气，四十多年的传教生涯总算没有白白度过，藏族人为朋友送行的方式总是出乎你的意料。

诺斯星夜兼程赶来并不是来道别，只是为了向沙利士神父捎一个重要的口信。诺斯说："神父，亚当让我带句话给你，他请你放心，他已经在天主面前收藏好了你交给他的契约。"

神父满足地说："我知道。他是个好基督。"

诺斯哭着说："神父，亚当把一颗子弹打进自己的嘴里啦。"

沙利士神父惊得差点从马背上摔了下来，他仰天长叹："亚当啊，我的孩子，我有罪！"

沙利士神父走出去很远了，驿道上的风还吹不干他脸上苍凉的眼泪。在一个山垭口，神父勒马回望渐行渐远的西藏。蓦然发现，忠心的厨子诺斯还立马山头上一动不动，那遥远的身影仿佛风中的一个问号，要在天地间寻找答案。

58·叛乱

藏区的局势越来越不稳定，邻近几个地区的土司和寺庙的武装喇嘛都上山参加了叛乱。叛乱的流言与传闻躲在峡谷上空的乌云背后，阴森的风把它们吹到宁静的村庄，让藏族人祈祷平安吉祥的煨桑的青烟也战栗不已。有人传言说四川藏区的红汉人围攻了叛乱的寺庙，喇嘛们实施黑巫术和红汉人对抗。他们做了一个巨大的塔，在基座内埋藏了四处收集来的人间最龌龊污秽的东西——猫头鹰和乌鸦的骨头、肉、污血，人的头骨，死于斗殴的男子的新鲜血液，杀过人的兵器，暴亡者的耳垂、鼻尖、心脏和嘴唇，寡妇的黑色内衣，吊死鬼用过的绳子，因分娩而死亡的妇女的骨头，死尸的皮肤，地下幽暗之地的泉水，活的黑蜘蛛，死人的头发，魔鬼遗留在悬崖边的唾沫，十字路口上亡魂坐过的石块，等等，此外还从一百零八个不同的墓地取来土，从一百零八眼山泉中取来水，从一百零八种毒树上采集来树叶和嫩枝。据说他们找齐了大部分东西，但只有一样由于时间仓促和世道变了，怎么也找不到啦，这就是淫荡妓女们的经血。因为红汉人来了以后，取缔了卖笑生意。因此那座叛乱喇嘛寺的黑巫术做得有点不伦不类，以至于针对红汉人的巫术失去了应有的法力。红汉人得到了支持他们的藏族人提供的准确情报，把大炮瞄准那座巫术之塔，一炮就将它炸得飞上了天，塔内刻毒的咒语被炸得粉身碎骨。喇嘛们像炸了群的马，各自携枪跑到山上躲起来了。不过，他们依然认为，不是红汉人打败了他们，而是自己的毁敌巫术少了一样东西。

木学文便是在这个时候接到了噶丹寺的请柬，请他到寺庙里和八大老僧以及上层贵族一起商议峡谷的未来。土改工作队的所有队员都反对木学文去，但是他说："如果我不去，他们看不到我们的诚意。"

木学文去的前一天晚上，他的床铺上飞进来一张神秘的字条，上面只有一行藏文字："危险，勿来。"工作队的队员们都感到奇怪，由于最近一段时间形势严峻，土改工作队所在地藏公堂的前后都有武装岗哨，别说来一个人，就是一只鹰也飞不进来。木学文笑着对自己的队员们说："你们看，即便藏区真有神灵，也是站在我们一边的。"

实际上木学文心里还挂记着寺庙里的一个喇嘛，因为人们传说，这个喇嘛可能就是他的父亲。而且木学文凭直觉可以断定，这张纸条和这个喇嘛有关。

木学文在成都上学的岁月里，母亲木芳从没有提起她被人抢过，也很少提起他父亲。随着岁月的流逝，事世变迁，木学文一天天长大，父亲在他的脑海里就只剩下一个个子高高的男人的模糊印象。有时他在梦中见到一个跃马横枪、满脸络腮胡的藏族汉子，有时一个穿长袍马褂的男人又老是在他的梦里浮现。他曾经问过自己的母亲，父亲究竟喜欢穿马褂长衫呢还是穿藏族人的楚巴？母亲总是支支吾吾，实在无法回答就以眼泪来面对。回到峡谷工作以后，他曾经想从他母亲那里得到有关父亲的消息。但自从赶走了外国神父，凯瑟琳修女便不再认这个当了红汉人的儿子。木学文只能在峡谷里的风声中捕捉父亲踪影的蛛丝马迹。

几天以前，他和那个曾经抢过他的母亲、现在皈依了佛门的吹批喇嘛在寺庙外面的白塔前见过一面。正如人们所说，他是寺庙里个子最高的喇嘛，看上去比木学文还要高，只不过没有年轻的县长挺拔、魁梧。他围着转经塔一圈又一圈地转，每转一圈，都要往白塔上放一个小石子，那上面已经密密地放了上千颗石子。木学文开初不相信一个抢掠成性的巨匪会这样心无旁骛地围着一座座无言的白塔兜圈子。他站在一边默默地看了他许久，他在阳光下显得萎缩、谦卑、迟疑，像一个过早地被生活压垮了的老年人。

木学文终于鼓起勇气对他喊："哎，你，过来一下。"

那个高个子喇嘛定定地看了身着军装的木学文好一阵，才慢慢走到他的身边，躬身向他施了个礼，谦逊地说："大军，你是叫我吗？"

"师傅，叫什么名字？"木学文问。

"大军，我的法名叫吹批。"

"出家以前呢？"

吹批喇嘛坦然地说："出家以前，我是一个魔鬼，不配有人间的名字。"

"那么，你有家人吗？"

"出家人，哪里有家？寺庙就是他的家。"吹批喇嘛说。

"我是问你，还有没有亲人？"木学文紧张地看着他。

吹批喇嘛依旧平和地说："大军，不要费那些心思了。我的罪孽我一个人赎还，与我的亲人没有关系。"

木学文心里有些感动，又涌上来一股强大的怜悯。如果这个高个子喇嘛真的是某个人的父亲，他应算是一个伟大的父亲。

但是如果作为一个革命者的父亲，那就有些糟糕了。木学文自参加革命以来，从来都是在各式干部履历表的家庭成员一栏上，填写"父亲，纳西商人，已亡"。不是木学文想掩盖什么，而是他小时候能从母亲那里得到的有关父亲的消息就是这些。

第二天木学文让土改工作队暂时撤到澜沧江东岸，自己带着一个通讯员如约来到寺庙，他们都没有带枪，是真心来谈判的。武装喇嘛们虎视眈眈地拥在措钦大殿的外面，有的人连枪都上膛了。木学文没有看到这些时日以来一直萦绕在他脑海里的那个高个子喇嘛吹批的身影。他被引到大殿楼上的一间掌教厅，寺庙的两大活佛——年轻的六世让迥活佛和年迈的绛边益西活佛——以及八大老僧都围坐在几张长条的方桌前，野贡家族的坚赞罗布土司和几个头人坐在另一边。

木学文向活佛和老僧们施了礼，又向坚赞罗布土司点头致意，寒暄之后双方开始正式的谈判，主要是喇嘛们和坚赞罗布在滔滔不绝地诉苦。他们说自土改工作队来后，寺庙的"神民户"交租不积极了，连酥油也不给寺庙供啦，没有酥油用什么点佛菩萨面前的酥油灯？"神民户"是大清乾隆皇帝在位时恩赐给寺庙的，民国政府都不管"神民户"的事，你们共产党为什么要削减"神民户"的户数呢？没有"神民户"的供养，寺庙拿什么敬奉给神灵，神灵要是发怒了，峡谷的众生怎么生存？

坚赞罗布土司今天就像他父亲顿珠嘉措当年要和纳西人打战时那样，全身武士装打扮，甚至还把那只野贡家祖传的能抵御枪弹的金靴也挂在了胸前。他插进来说，你们不但抢走了我们家的奴隶，还煽动那些下人们把高利贷借据和地租契约都烧了，没有这些东西，我还是峡谷里的土司吗？你们不是委任我当副县长吗？一个副县长没有奴隶、也没有为他种地的佃户，甚至连借出去的钱都要不回来，还算是一个副县长？我连一个乞丐都不如。这就是你们的土改吗？

木学文平静地说："你们说得大体都对。共产党的土改就是要把土地分给穷苦的百姓，不论是寺庙的土地，还是土司的财产，都应该匀一些出来救济贫苦的百姓。共产党为什么能得到人民大众的支持，就是因为我们给他们活下去的希望和生路。再说，贫富差别太大也违背佛教慈悲为怀的宗旨。信仰归寺庙，土地归民众。大家两不相扰，不是很好吗？尊敬的绛边益西活佛，清朝乾隆年间噶丹寺的'神民户'核定了一百五十户，对吧？现在有多少户呢？三百三十二户，翻了一倍还多。而寺庙的喇嘛人数和从前没有多大的变化呀。坚赞罗布土司，高利贷是旧时代的产物，是最不公平合理的，我们当然要废除它。借你十块大洋，就把人家儿子抓来当了八年的奴隶，天下还有比这更不公平的事情吗？"

"借债还钱，翻倍记息，无钱还债，以人相抵。这是规矩。"坚赞罗布振振有词地说。

"我们革命的目的，就是要打破旧社会的规矩。而你们的出路，取决于你们是否和人民站在一边。"

"野贡家族的人，从来就只站在属于相同'帕措'的一边。只有相同的血脉，才会有相同的种姓。"野贡土司讪讪地说，"请问木县长，你属于哪个种姓呢？"

木学文一愣，然后才说："我的生命是共产党给的，因此你可以认为我属于共产党。但我们不是一个家族或者种姓，我们是全中国无产者阶层的政党。"

坚赞罗布闪着狡猾的眼光说："你可找到一个大种姓当依靠了。现在不是共产党跟我们过不去，而是老冤家找上门来了。"

木学文身上的血一下冲到脑门，他一拍桌子喝道："坚赞罗布，共产党不计个人私怨。如果你站在人民一边，我和你就是朋友！"

谈判陷入僵局，而且话题越扯越远，从大地上的人间扯到天空中的神灵，双方都无法说服对方。喇嘛们说峡谷的土地、盐田是神赐予的，寺庙有权拥有。他们极力向共产党的县长证明，没有土司和寺庙，就没有峡谷的众生。众生没有土地和生活贫困，是他们前世没有修得好，如果他们听土司的话并且虔诚地来寺庙进香，他们的来世就会有很多的土地和财产了，说不定还可以投生到土司家哩。

几个喇嘛气势汹汹地说，不是寺庙不需要和平，而是你们红汉人要来割佛菩萨的肉。神灵已经在昨天通过一朵乌云告示人们了，寺庙和红汉人终有一战。

木学文站起身来高声说："你们应该听让迥活佛的，别辜负了他的慈悲。"但是喇嘛们的喧哗淹没了他的声音。他走到措钦大殿外时，四个身材高大的武装喇嘛围了上来。

"跟我们走。"一个喇嘛命令道。

"我是盐田县人民政府的县长，你们不能这样。"木学文提高了声音说。

一个喇嘛用枪托在木学文的头上猛击一下，他眼前一黑，就什么也不知道了。

他们把木学文囚禁在一间地牢里，那里面阴暗潮湿，有股腐烂的味道，还有丝丝血腥味若有若无地在霉烂的空气中飘浮。天黑以后，木学文才醒来。是夜，山风在峡谷的磨刀霍霍声中哭泣了整整一晚。启明星快升起来的时候，地牢的大门轻轻打开，有一缕星光飘进来。平时人们没有注意到星光的穿透力，那是因为被黑暗埋藏得不够深，只有蹲过地牢的人才能看到星星飘逸的光芒。星光映衬着一个高大的身影，一步步地走向坐在地上的木学文。木学文心中长长地嘘了口气，总算见到他了，只是没想到是在这种情况下。木学文脚上还戴着脚镣，要迅速站起来还不是那么利索。但那个身影一躬身，就把木学文背起来了。

木学文伏在他背上悄声问："我还有个通讯员。他在哪里？"

"他们杀了他。"身影闷声闷气地说。

"唉，他们还是叛乱了。"小李才十七岁，是个刚从汉地参加工作的青年。木学文不知道他是如何死的，他不忍心问。

他们走出了地牢，绕过幢幢僧舍，远处传来狗吠声，西北的天空上一颗流星拖曳着长长的白光扎向远方黑黢黢的群山，寺庙的头通鼓还有一个时辰就要敲响，有几个睡不着觉的老僧已经起床点燃了酥油灯，正在僧舍里的神龛前默默地祷告。寺庙正在沉睡中缓缓醒来，而大地仍然被黑暗所覆盖。

噶丹寺并没有围墙，四处都有进出寺庙的小径。他们从寺庙的背后溜了出来，其间木学文还看见两个巡夜的喇嘛模糊的身影，但是他们没有被发现。吹批喇嘛虽然人高马大，但走起路来就像走在棉花上一般，一点响动也没有。木学文想，不愧是当过强盗的人，干这样的事情易如反掌。

"让我下来走吧。"木学文说。那时他们已经离寺庙有三里地了。

"得先把你的脚镣弄开。"吹批喇嘛把木学文放了下来，蹲到他的面前，用一把康巴刀撬脚镣上的锁，他干得很麻利，三下两下就把锁撬开了。木学文说："谢谢啦，你让我当不成烈士。"

"我要你好好活着。"

"为什么救我？"

"度己度人，出家人的天性。"

木学文从他苍凉刚毅的脸上读出了寺庙在这个时代不可避免的错误，他忽然担心这个与自己的身份暧昧的喇嘛如果也走向叛乱的队伍，他们会不会在两军交战中面对面呢？如此，他就更需要弄清他们到底有没有那种关系。

"师傅，我想问你一件事。"

"问吧，趁天还没有亮。"

"我的母亲是教堂的凯瑟琳修女，我的父亲在哪里呢？"

"他早死了。"吹批喇嘛麻木地说。

"怎么死的？"木学文定定地看着吹批喇嘛的脸。

"我杀死的。"

"你……"木学文很失望，只有把目光转向天上的星星，那上面兴许有答案。

"你走吧，天要亮了。"吹批喇嘛又说。

"我想起了童年时候的一匹小马，是我父亲送我的。我给他取了个名字，叫'农批'。那是一匹灰色的马，四个马蹄却是白色的，能跑，又听话。我父亲说，孩子，它会和你一起长大，但是你走的路要比它长，这样你才会有出息。"

"你现在又有新的马了。"

"可是我的小灰马呢？"木学文看着星星喃喃地说。

"别管它啦，它老了，而你还年轻，路还长。"他语调轻柔，像一个慈祥的长辈对晚辈的嘱咐。

一声枪响从寺庙那边传来，风带来了喇嘛们的惊慌。这时他们已经走到了澜沧江的溜索边，木学文没有得到答案，怅然跨上了溜索，他吊在溜索上回头看着吹批喇嘛，但是喇嘛的脸上波澜不惊，布满麻木的苍凉。

木学文高声说："别跟他们走！想一想你为什么出家。"然后他双腿一蹬岩壁，把自己射向了对岸。

他没有看见吹批喇嘛长久地伫立在澜沧江边，佝偻着背一动也不动，仿佛一棵正在枯老的树；他也没有看见山风吹动着那老喇嘛绛红色的僧衣，向着他远去的方向飘动，像一个父亲对儿子深情告别的手；他还没有看见吹批喇嘛手里捻动的佛珠，那佛珠陈旧而圆润，在手指长年的抚弄下，像一颗颗虔诚的心，每捻动一次，都是对那个远去的背影的祝福；当然，他更没有看见老喇嘛目送他的目光越拉越长，那是最坚韧顽强、最炽热温情的目光，是世界上任何一个父亲凝望长大了的儿子的目光，骄傲、幸福、自豪、希望全都深藏不露，坚硬的山风没有把它吹散，而是将它越送越远；最后，他没有看见吹批喇嘛蠕动的嘴唇，没有看见潮湿的眼眶——这双眼睛后来见风落泪，具有佛的灵光；这软弱的嘴里想说什么话，那深情的眼仁里期待的是什么，木学文永远听不到也看不到了。

59·最后一枪

当天，峡谷里的叛乱开始了。叛乱的队伍首先袭击了农会和藏民自卫队，藏民自卫队的队长洛桑那天早晨还在温暖的被窝里就听到了划破峡谷宁静天空的枪声。"他们闹起来了。"他翻身爬起来，但是妻子央金卓玛死死地搂住了他。"别去，别出去。"她说。"难道等他们打到家门口来吗？"洛桑推开了央金卓玛，他听见了皮肉撕裂的声音，听见了心和心分开时痛苦的脆响。

藏民自卫队和农会的人加起来，其实只有三十来号人，而且他们手中的枪大都是陈旧的火绳枪，步枪也只有几支。坚赞罗布的"门户兵"和寺庙里的叛乱队伍冲进村庄时，藏民自卫队退守到了藏公堂。坚赞罗布土司手下的一个头人贡布扎西带领叛匪们包围了这座土司大宅对面的房子，他们用机枪把藏公堂的大门打成了筛子。洛桑指挥大家用桌子、柜子等家什堵住大门，单调沉闷的火绳枪声和步枪声在叛匪们猛烈的射击中显得如此孱弱，就像暴风雨中折断的树枝。即便如此，土司家的马队也没能冲进藏公堂，火绳枪的射击就像长了眼睛，藏公堂外的一小块开阔地上被击中的人马在到处翻滚，仿佛地狱中的景象再现。

战斗持续到下午，叛匪们始终没有攻进藏公堂。天要黑的时候，贡布扎西又在外面喊了："洛桑，看看谁在我手里。"

洛桑从藏公堂破败的窗子看见了被绑着的央金卓玛，还有所有坚守在藏公堂里的自卫队队员和农会会员的妻子、母亲、姐妹。洛桑的眼珠差点就爆裂出来了。

"你们还是康巴人吗？"他愤怒地喊。

"跟着红汉人跑，你们也算康巴人？"贡布扎西反问道。

"放了她们。我们男人的事情，用男人的方式解决。"洛桑说。

"那你们出来，我们商量一个解决的办法。她们的命在你们手里，想一想云南那边的土司们怎样对待跟红汉人走的女人吧。"

据说云南那边一个叛乱的土司把抓到的女土改工作队员剥光了衣服，将高高的树梢拉下来拴在她们的乳头上，然后一放树梢，一团乳房就飞向了天空。

"洛桑，别出来啊！他们会杀了你们。"央金卓玛高喊道。

"别出来啊，孩子！""别出来，哥哥。""别出来，爸爸。"外面的女人们喊得声嘶力竭。

但是藏公堂里的所有男人几乎没有犹豫，都出来了。他们紧握着手里的枪，一步步地走向自己的亲人，也一步步地走向死亡。贡布扎西笑了，他说："放下枪，我就放娘儿们走。"

洛桑说："先放了她们。"

贡布扎西一挥手，他手下的人便把绳子拴着的女人们都放了。贡布扎西用枪指着洛桑说："该你履行自己的诺言了。"

洛桑深情地看了自己的妻子央金卓玛一眼，手里的枪"咣当"一声落在了地上。他骄傲地说："来吧，像个真正的康巴男人一样。"

贡布扎西一枪打在洛桑的肚子上，但是他动也不动，眼睛还望着央金卓玛，就像他第一次在盐田边看到那个美丽非凡的晒盐姑娘时一样，神情专注，心旌摇荡，分不清现实和梦想，仿佛一步跨进天国，就看到了仙女。

贡布扎西又打了一枪，洛桑身子才摇晃了一下，他回过头来，对贡布扎西说："你不是个男人。"

央金卓玛这时才从噩梦中醒过来，她一声尖叫，像一头暴怒的母兽，扑向贡布扎西，在她咬下贡布扎西的一只耳朵时，她为洛桑挡住了射向他的第三颗子弹。

机枪再次响起来了。它如此近距离地向人群射击，人们还是第一次看到。仿佛那只是藏族人炒青稞时青稞在锅里噼啪地爆响。为了亲人自动放弃战斗的康巴汉子们像被砍倒的大树，纷纷倒在了藏公堂外面的空地上。许多自卫队队员没有想到对手会这样不讲信誉，他们也是康巴人，应该顾惜康巴人的名誉。多年前当他们面对徒手的纳西男人和女人时，康巴骑手们选择了荣誉，放弃了杀戮。正如两个康巴男人持刀格斗，刀被打落的那一方绝不会被刀还在手上的一方杀掉，要么他认输，要么他把刀捡起来，再重新搏杀。你赢了，但必须赢得很骄傲；同时你也应该让对方输得很尊严。

被机枪扫倒的自卫队队员眼睛都没有闭上，永远也闭不上了。洛桑的眼睛还望着他的央金卓玛，她也深深地凝望着他。两人的目光永恒地交织连接在一起，就像两只紧挽在一起的手。以至于当人们抬他们的尸体时，必须将这一对生死恋人一起抬走。因为爱的目光是世界上最坚韧的东西，任何外力都割不断它。

第二天，坚赞罗布土司和寺庙的武装喇嘛裹挟了大量的藏民逃到了山上。叛匪们把凡是参加了农会的藏民的房子都烧了，抓到的男人全部剁去食指，使他们以后再不能打枪，然后一根绳子拴了，拖在马后面，让他们和康巴骑手一起在险峻的山道上奔跑，许多人跌倒了，马背上的骑手反手一刀，将绳子砍断，后面奔跑而来的马便将这些可怜的人撞下悬崖。那些骑手和被绳子拴着的人过去都是朋友，甚至还是表亲兄弟，不少年轻人还一起长大，在同一个牧场放牧，在同一个祭神的节日里唱歌跳舞喝酒。红汉人来了后，一些人想在今生改变自己的命运，一些人依然听土司和寺庙的，把希望寄托在来世。峡谷里的藏族人从来没有对自己的同胞兄弟这样凶残过，过去他们作为土司属下的"门户兵"，跟随土司抗拒土匪，和纳西人打战，都有看似很正当的理由，而现在他们却不知道为什么要杀同一个村庄的兄弟。仿佛每一个"门户兵"的脑子都被魔鬼控制了，平时在寺庙进香磕头时的虔诚、在佛菩萨和神山面前的敬畏、在父母兄弟姐妹面前的孝敬和谦逊，全被嗜杀的热血淹没了。有一个骑手的后面就拖着他的表哥，一个农会的积极分子，表哥说："兄弟，你慢一点好么？我实在走不动了。"那兄弟说："哥，别废话了，走不动你还跟红汉人跑。"表哥说："红汉人分给我们土地，就像把美梦分给我们一样。"兄弟说："别信他们的，我们有土地在下一世。"然后他扬起了马刀："你走还是不走？"

三天以后，木学文带着两个连的解放军来到了澜沧江西岸，那时叛乱的烽火已经把卡瓦格博雪山下的冰川都融化了好长一截，峡谷里狼烟滚滚，让人分不清哪是乌云哪是战争的硝烟。幸存的农会会员见到木学文时都跪伏在地上哭得爬不起来，他们说："木县长啊，土司的心被魔鬼控制了，他干的事情比魔鬼还更像一个魔鬼。"

解放军得到农会会员的帮助，跨越了只有在高山牧场放牧的人才知道怎么行走的冰川，截断了叛乱队伍原来打算一旦打不赢就翻越卡瓦格博雪山垭口往西藏腹地或者印度逃亡的退路，而另一支解放军却一路追杀过来，一直将他们逼到一块密林中的草甸上，并把他们团团围住。老管家旺珠一逃到这里便老泪纵横，跪在草地上对坚赞罗布说：

"老爷啊，这块草甸是野贡家的伤心之地，你的叔叔江春农布就是在这里被泽仁达娃杀死的啊！现在泽仁达娃的儿子又追杀我们到了这里，两个世仇家族一决生死的时候到啦。"

多年前，江春农布的头在这里被泽仁达娃一刀砍下来后，曾倔强地一路滚回峡谷底的土司大宅，让许多人唏嘘不已。雪山下两个家族总是重复演绎同一段精彩的故事，连地点都不改变，似乎是神灵的有意安排。今天坚赞罗布要么成为野贡家族光荣的复仇者，要么变成这个骄傲的家族第一个阶下囚。

那时坚赞罗布骑在马上，不服输的偏执情绪使他的双眼比疯了的公牛还要红，他气汹汹地说："狗娘养的泽仁达娃，自己跑到寺庙里躲起来，却让儿子带着红汉人跟我们过不去。老爷我今天死也要跟他同归于尽。"

旺珠焦急地看着踌躇不前的马队，便斗胆对坚赞罗布说："老爷，把你胸前的金靴借我，我带十几个人冲过去，先踏平他们老放臭屁的小炮。"

那只可以抵御枪弹的金靴自叛乱以来一直都挂在坚赞罗布的胸前，连睡觉都不曾把它摘下来。有一次一发迫击炮弹片飞过来将金靴的鞋帮削掉了，而坚赞罗布却安然无恙。这更让野贡家的人深信这只几百年历史的金靴是有灵性的，虽然它没有像传说中那样可以在一次战斗后倒出一捧射向主人的子弹，但是至少弹片击中了靴子却没伤着坚赞罗布土司一根寒毛。

坚赞罗布土司毫不犹豫地把胸前的宝贝取下来，在空中挥舞着高喊："雪山下的勇士们，野贡家族的吉祥金靴将为你们抵挡红汉人的子弹。"

旺珠流着老泪接过了金靴，挂在自己的胸前。由于他身上的佩饰不像坚赞罗布胸前那般琳琅满目、繁复累赘，他连仅有的护心镜也在逃跑中弄丢了，因此金靴挂上去后，显得突兀而滑稽，他便从峡谷里一人之下、千百人之上的管家，变成了找不到另一只靴子的落魄流浪汉。连坚赞罗布看着也为他忠心的老管家感到心酸。旺珠老啦，老得离死亡只差一步了，可是他干吗要这么急呢？

旺珠身边已经跟上来十来个相信金靴无穷法力的康巴汉子，旺珠向着坚赞罗布，掌心向上，抬起了双手说："谢谢啦，老爷。我这把岁数的老人家，本来该在家修佛养身啊，可是旺珠没有那个福分了。"

然后他一夹马肚，率先冲了出去。十几匹战马也疯狂地跟上去了，那是向死亡迎面撞去，仿佛渡溜索的人没有对岸，但却不管生死地往深渊里滑去。对面的藏族人都急得高喊："别过来！快下马投降啊！"

但是奔跑起来的战马和热血燃烧起来的康巴汉子一样，已没有时间考虑生和死的选择，只是一个劲地往地狱里冲。木学文深深地叹了口气，命令他身边的士兵们："举枪，向马射击。"

一阵排枪过后，前方的草地上人仰马翻，旺珠胸前的金靴在他摔倒时被抛上了天空，落到草地上成了一只普通的靴子，以后再也没有人找到它。

旺珠摔下马来时折断了脖子，扭头看着他身后的坚赞罗布，再也转不过头去了。他好像在问：为什么我还是中弹了？

解放军冲了过来，将那些摔倒在地的骑手们俘获。一些受伤的人立即被抬到卫生员那里包扎。坚赞罗布身边已经没有几个可以投入战斗的人了。木学文带着解放军士兵越逼越近，一排排的枪口对着草地中央的坚赞罗布。

"坚赞罗布，放下枪，下马投降！"木学文命令道。

"看哪，野贡家的仇家来啦。"坚赞罗布扭头对他身边的一个侄儿说。

"别再闹下去了啦。峡谷里死的人够多的了。"木学文边说边勒马向前。

"再死一个也不嫌多。嗨，巨人部落的后代，来杀了我吧。"坚赞罗布说。

"我们不杀你，要把你交给人民审判。"木学文说。

"别侮辱一个土司的骄傲啦，哪有贱民审判贵族的事。来吧，像个男人。"

"坚赞罗布，下马投降！"木学文再次命令道。这时他们已在互相的射程之内，木学文已经能清晰地看到对手眼里绝望的目光。

坚赞罗布忽然抬平了手臂，手里的枪对准了木学文的心窝，木学文当时有些惊讶，没料到这个土司会这么顽固，他愣愣地望着对方黑洞洞的枪口，仿佛要看清子弹是怎么打出来的。只听得"啪"的一声枪响，枪声从很远的地方传来，在雪山下的森林里拖着悠长的回音。他想：糟糕，我中弹了。但是他却发现坚赞罗布扬手从马背上摔了下来，手中的枪甩出去老远。

木学文定定地骑在马上，在枪声的余音中迷惑不解。直到他看见雪山上的白云仍在游动，才确信自己还活着。"谁开的枪？"他问。

他身边的士兵也在互相询问，谁开的这一枪？因为在这之前，木学文规定了严格的纪律，坚赞罗布土司即便参加了叛乱，也是我们政府团结改造的对象，一定要活捉他。没有他的命令，谁也不许开枪。

但是这救了木学文命的一枪竟然没有人知道是谁打的，成了雪山下永久的谜。即便是在战斗结束后部队的总结会上，也没有人承认这件可以立功的事。士兵们都说，他们没有听到指挥员的命令前，是绝不会开枪的。有个老兵在总结会上曾经说，那一枪是从雪山上打下来的，我能听出来，射程至少在一千米以上。不过，就是我军的神枪手，也不可能打得那样准。

那神秘的一枪准确地击中坚赞罗布的右臂，让他丧失了反抗的能力；那也是腥风血雨的峡谷前半个世纪的最后一枪。从那以后，人们再也没有听到过枪声。

解放军士兵冲过去把坚赞罗布绑了，木学文对他说："坚赞罗布，你还没有本事杀我。"

坚赞罗布说："你记住，我们两家的冤仇还没有完。"

木学文说："我和你没有仇，是你和人民有仇。"

坚赞罗布对他翻翻白眼："是泽仁达娃家的人，就和我们野贡家有仇。"

木学文没怎么在意他的话，挥挥手叫人把坚赞罗布带走了。他们刚走了两步，坚赞罗布突然对着空旷的雪山高声叫嚷起来："雪山上的神灵啊，你怎么老是袒护泽仁达娃这样的贱民！他是峡谷的魔鬼，你为什么不让尊贵的野贡家族来降服他？早知道你站在泽仁达娃一边，我们野贡家就该把酥油青稞送到白人喇嘛的教堂里去，让外国人的神灵来保佑我们。父亲啊，我该听你的话。父亲啊，泽仁达娃的儿子又找上门来啦。父亲，野贡家的火塘要熄啦。你看到了吗？"

雪山下的平叛战斗很顺利地结束了，木学文带着部队凯旋回到峡谷。第二天他被叫到组织部门谈话，坚赞罗布在被俘后的那一通乱叫让有关部门对他的身世产生了怀疑。他们问他，你的父亲到底是谁？

"他是一个赶马的纳西商人，早死了。"木学文平静地回答说。

"那么，泽仁达娃与你是什么关系呢？"

"大概应算是我的养父。因为他杀了我的父亲后，抢走了我的母亲。"木学文说，感到自己快要虚脱了，仿佛这话是泽仁达娃要他这么说。

"噢，这样的话，你也是泽仁达娃的受害者了。"盘问他的领导说。

"是的。尤其是我的母亲。"木学文说。

"我们马上就要到寺庙里抓泽仁达娃了。"

"为什么？"木学文脱口而出，但随即又问，"他参加了叛乱了吗？"

"没有。但他从前是个大土匪啊，又有那么多血案在身。连国民党政府都要抓他，我们人民政府当然更要将他绳之以法。"

"可是，他已经出家皈依了佛门。"木学文鼓起勇气说。

"谁知道他是真出家还是假出家。旧时代的残渣余孽躲到那些地方去的家伙多得很。同志，平叛虽然结束了，但清匪反霸的工作同样很严峻，我们可不能松劲啊。"

"请组织上考虑，派我去执行这个任务。"木学文挺了挺胸，认真地说。

"你不怕泽仁达娃认出你来吗？"

"我们早打过交道了。"

上次木学文从寺庙逃出来之后，回到江东时只给组织上汇报说，一个老喇嘛把他救出了地牢，但并没有说明这个老喇嘛就是昔日的泽仁达娃。因为泽仁达娃，喇嘛吹批，生父，养父，在木学文的脑子里好像应该是四个人，而不是现在这样让人皂白不辨、好坏不分的一个人。他就像站在澜沧江对岸的一个熟悉的身影，但是你又拿不准他到底是不是你认识的那个人。一条像大峡谷一样深邃绵长的鸿沟稀释了你想看清他真面目的目光。如果按佛经的观点来解释，假如泽仁达娃是某个魔鬼，那么在这前半个世纪里他变化为不同的身形显形于世——抢人的土匪，霸道的丈夫，宽容的养父（或者沉默的父亲），皈依的喇嘛。但那时年轻的木学文认为，一个人身上根本不可能同时拥有这样多截然不同的性格，因此他陷入深深的苦恼之中。并不是他非常需要找到自己的父亲，而是他要弄明白前大土匪泽仁达娃究竟是不是他的父亲。因为革命队伍是纯洁的，木学文是革命队伍中的一员，而且在峡谷里还是相当重要的一员。在有些特殊时候，他希望自己的出生是纯洁的，哪怕是在推测中；而在某些他和泽仁达娃单独在一起的时间里，他甚至希望泽仁达娃就是自己的父亲。比如，当他看到这个古怪的老喇嘛在白塔面前一圈又一圈地转经时，或者，从寺庙里被救出来的那天和泽仁达娃在澜沧江边的分别，那时，他真想叫他一声——阿爸。

当年他为什么要请求亲自去执行逮捕泽仁达娃——吹批喇嘛的任务，多年以来木学文一直没有弄明白。是为了向组织上表明自己的清白吗？或许是，或许不是。是担心泽仁达娃在抓捕过程中受到伤害吗？好像是，但又好像不是。

这是他人生的一个谜，就像泽仁达娃对他的身世来说是个不可解的谜，也像平叛战斗中那救他命的神秘一枪无处可问一样。

寺庙冷清了，峡谷就变得空虚、沉闷，连魔鬼都躲得远远的。木学文带了公安队的两个士兵走进近乎空荡的寺庙，感觉到一阵阵阴气逼人。不像以往，还没有进寺庙的大门，佛像前酥油灯燃烧的酥油清香就扑鼻而来。

凭直觉，木学文几乎不用在寺庙里搜寻他要抓的人，他直奔经堂外的那一排白塔而去。果然，吹批喇嘛跏趺坐于一座平安白塔前，遥对着雪山，眼睛半睁半闭，似睡非睡。他的身边有一个小包袱和一根柱杖，仿佛已经做好了云游尘世的准备。

木学文走到他面前，一时不知该怎样说那第一句话。他发现与他们前一次在澜沧江边分手时相比，吹批喇嘛仿佛一下就老了十岁，他粗硬的短发泛着灰白的暗淡光芒，像草甸上即将消融的残雪。木学文忽然心酸地想起了孩童时雪山下的某个景象，泽仁达娃长长的辫子在风中飞舞，那辫子不是一根，而是无数根，像一把把驱赶白云的黑色钢鞭；他胯下的战马不像是在草地上奔跑，而是离地三尺地飞行；他头上的五彩头绳在湛蓝的天空和洁白的雪山下，似一团游动的霓虹，远远地向他奔来。于是他喊：

"泽仁达娃。"

吹批喇嘛一动不动，仿佛木学文叫错了人。他苍老的目光好像早已洞穿了岁月的苦难、世道的沧桑，对人间的声音麻木而冷漠。

"泽仁达娃，站起来。我代表政府，问你话。"木学文鼓起了勇气，高声说。

吹批喇嘛站起来，然后弯下身去拎那小包袱，又拾起了那根柱杖。他缓缓说："不用问了，我跟你走。"

木学文拦住了他，有些仓促地说："泽仁达娃，人民政府有充足的证据证明，你……过去在峡谷里犯有血案。我代表政府……"

一阵阴冷的风吹来，老喇嘛眼眶里的眼泪潸然而下。

木学文看见泽仁达娃在揩眼角的一滴眼泪，那眼泪不是因为心伤，也不是因为心寒，而是风吹出来的。从这一时刻起，泽仁达娃便患上见风落泪的眼疾啦。木学文等他把眼泪揩掉了，才一字一句地说：

"我代表政府，逮捕你。"

"你做得对。"吹批喇嘛向他弯下腰来说，"这符合佛祖的旨意。"

公安队的士兵要上前去给泽仁达娃上手铐，但木学文制止了他们，说跟着他就行了。他们离开白塔时，一些喇嘛默默地站在各自的僧舍前，用目光和吹批喇嘛告别。当年他被六世让迥活佛收为弟子，第一次来到寺庙时，喇嘛们也曾这样用沉默而敬畏的眼光看着他。这个峡谷里从前的恶魔受戒剃度以后，每天在大殿里念经时坐在僧侣们的最后面，跟着众僧的念诵声磕磕绊绊地往前念，有时遇到难念的经文段落，人们便听不到他的声音。他微弱的念经声和他高大粗犷的身材极不相称，一个十来岁的小沙弥在佛陀面前嗓音也比他洪亮。喇嘛们私下里说，吹批喇嘛的念经，就像一个在父母面前认错的儿子。在佛陀悲悯的眼光下，他深重的罪孽第一次被自己看到，连他本人也被吓倒了。在寺庙里，吹批喇嘛还担任六世让迥活佛的近侍，每天早晚都不离开他半步，连睡觉也是在让迥活佛静室外的一间小屋里。他从一个嗜杀成性的恶魔变成了活佛身边的忠实奴仆，就像一头被降服的老虎。瞄准他的枪口离他越来越远了，他狂躁了一生的性子慢慢归于宁静，仿佛湍急的江水冲出了峡谷，流到了一个平缓的开阔地，他看到与以往不一样的世界。

"益西单增，我想跟活佛告个别，可以吗？"吹批喇嘛小声问。

木学文吓了一跳，"益西单增"这个名字就像从天上飘下来的一支箭，准确地击中了他无法抹杀的过去，把他和泽仁达娃之间那道帷幕射穿了。他们之间不用再互相猜哑谜。木学文紧张地看了看跟在他身后的两个公安兵，幸好他们是汉族人，听不懂泽仁达娃的藏话。多年以来，木学文甚至已经忘记了自己这个吉祥的藏族名字，它和雪山、草甸、森林、游牧的部落、父亲颠簸的马背、母亲温暖的胸怀，还有那匹童年时叫"农批"的小灰马紧密地联系在一起。"益西单增，看那草甸上的花儿。"母亲喊。"单增，看这匹小马驹，它的腿又细又长，一匹善跑的马啊。"父亲说。

"木县长，他说了什么？"一个公安兵问。

"哦，他要磕几个头，让他去吧。"木学文醒悟过来，恢复了常态。他一点也不认为泽仁达娃在给他难堪，相反他看见了吹批喇嘛眼光中的慈祥和温顺，那是一个父亲在饭桌边的慈祥，是被驯服的烈马才会有的温顺。木学文感到欣慰的是吹批喇嘛没有跟着那些叛乱的武装喇嘛上山，也没有选择逃亡的生涯。照常理，他这样的人在这种特殊时期应该是最不安分的，他完全有机会重操旧业，在战火纷纷中大显身手，找回自己从前的骄傲。那些参加叛乱的武装喇嘛虽然平常看上去很威风凶悍，但是真刀实枪地打战，他们都是外行。在平叛战斗开始之前，部队的指挥员唯一担心的就是泽仁达娃参加叛乱队伍，他一个人便可以抵三百名叛匪造成的麻烦。但是当他们听说泽仁达娃还在寺庙里时，指挥员们高兴得击掌相庆，同时又惋惜地说，我们失去了一个有意思的对手。

木学文原来以为吹批喇嘛要去让迥活佛闭关的静室，但他没有动，只是面对活佛的静室方向，默立了片刻，嘴里蠕动着什么，然后把双手高高举起来，在头顶上合拢，缓缓移到胸前，再匍匐下去，额头在地上磕出沉闷的响声。

一次，两次，三次。

木学文那时想，其实他已经建造了一座囚禁自己的监狱。

吹批喇嘛拉长在地上、佝偻而日渐衰老的身影，就像一个被击倒的巨人。一代枭雄泽仁达娃谢幕的时刻到啦。他的时代结束了，新的时代属于站在他身后的那个年轻人。

木学文的眼眶潮湿了，但他悄悄地将快要流出来的泪滴揩掉，没有让任何人看见。因为风不会吹出一个年轻人眼眶中的眼泪。

最后的晚餐

沙利士神父临终之际，右盐田教堂已经离他很远很远了，那是一个闷热潮湿的地方。那段时间他常常彻夜难眠，像耶稣在客西马尼园那般忧伤。倒不是因为要被推上十字架而感到神圣和悲壮，而是没有边际的失败感像大海一样彻底淹没了他。他孤独，凄楚，沮丧，悲愤，两手空空，稀疏的白发在风中飘零，像一个晚景凄凉的老人。

一个月前，沙利士神父几经辗转，到达云南的省会昆明，在那里他见到了昔日的老朋友布洛克博士，还有几个在云南偏远地区传教的五旬节派、救世军等新教教派的传教士，他们都被集中到一起等待去广州的飞机，然后从那里遣送到香港。沙利士神父除了与布洛克博士还谈得来以外，和新教传教士们几乎没有什么语言。不是他矜持，也不是别人傲慢，那时他还沉浸在对亚当的追思中。"快乐的亚当""长舌头的亚当"，他天天都在念叨这个名字，以至于新教传教士们认为这个古怪的老头儿被共产党逼疯了。

在昆明等飞机的日子里，传教士们受到了应有的礼遇。同各传教点的艰苦比起来，他们过的简直是上等人的生活，住在干净的旅馆里，床上铺着雪白的床单，早餐天天都有纯正的咖啡，还有法式硬壳面包、美国黄油、餐后的甜点甚至有巧克力。那段时间传教士们尽管生活得无忧无虑，但都有些惺惺相惜的伤感，他们中沙利士神父是在中国传教时间最长的，但并不是付出的代价最惨重的。五旬节教派的牧师摩尔一家三口都在云南怒江大峡谷的傈僳族地区传教，那个地方离沙利士神父的教点只横隔着卡瓦格博雪山，他们互相都知道对方的活动，但是两个教派的传教士从来没有互相走动过。摩尔牧师的一个儿子在怒江峡谷里染上了一种怪病，不治而亡，另一个儿子在过溜索时掉进了怒江中。但是摩尔先生是个对什么都满不在乎的牧师，他在一次喝咖啡时对沙利士神父说：

"我早就知道你在雪山那边啦，我还以为我们能在拉萨会师呢。当然不是你先到，就是我在拉萨等你。可是你瞧，我们却在一个离西藏更远的地方会面。中国不需要我们啦。嗨，神父，我们一起到非洲去吧，我听说那儿还有很多未开垦的处女地呢。怎么样，神父，再比试比试？"

沙利士神父眯着眼睛，不急不缓地说："我宁愿天天跟魔鬼打交道，也不和你们美国人一起去旅行。"

每当这两个老家伙争论时，布洛克博士总是充当他们的调停人。幸好不多久共产党的官员终于为他们找来了一架飞机，那是架二战时飞越驼峰航线的老飞机，沙利士神父还吃过它空投来的早餐。他们在一个清晨登上了飞机，中午时，就到了中国的南部海岸城市广州。沙利士神父发现更多的传教士从中国各地被遣送到这里来，等待出境。他才恍然大悟，无论在天主名义下的何种教派，中国的传教事业都和他个人的命运一样。他不知道巴勃神父要是不被风吹走，看到这一天又当作何想。也许打垮他的就不是一阵澜沧江峡谷的大风，呵一口气就能将他软弱的意志摧毁。

他们离境前，人民政府的官员请传教士们吃了一顿饭，同时向传教士们宣讲了遣返他们的理由，他说的和峡谷里的政委讲的那一套差不多，唯一不同的是，这个看上去水平更高的官员说他们今后要自办热爱国家的教会团体，推举自己的大主教。外国传教士在中国传教的历史结束了。

那顿晚餐沙利士神父几乎没动一下餐桌上的刀叉，他神情恍惚，万念俱灰，老眼昏花，餐厅里就餐的人们在他看来都是和耶稣共进最后的晚餐的犹大。是他们把事情搞砸了，惹得共产党不高兴，才把所有的传教士都赶出去了。这一段时间里，人民政府的官员们拿出了大量的证据材料，指责一些品行不端的传教士如何鱼肉乡里、欺压百姓、制造传教血案。沙利士神父过去从来没有在教会的简报中读到有关对传教士不利的消息，到处都是主的福音在弘扬。没有冤案，没有流血，没有违背基督德行的天主的使徒。可是，人家却给他看到了传教事业的另一面。实际上细想起来，在澜沧江峡谷五十来年的传教岁月中，也不是没有一点遗憾。比如杜朗迪神父在一张牛皮上建教堂的把戏，对藏传佛教的蔑视和与喇嘛们的冲突。这些往事回首望去，天主的使徒们也显得并不清白。

晚餐还没有结束，沙利士神父就步履踉跄地起身回自己的房间，布洛克博士和摩尔牧师追上来，博士问："神父，你不舒服吗？"

沙利士神父喃喃说："回不去了回不去了。犹大出卖了我们。"

摩尔牧师说："神父，看在天主的分上，这还在中国的最后一晚，让我们尽释前嫌，一起去喝杯咖啡吧。"

"喝咖啡？主啊，这个时候，这个时候，竟然还有人……"神父继续往前走，像一个唠叨零碎的老头儿。

"我们只能等待我主在末日审判之时，做出公正的裁决。"他最后说。

布洛克博士望着沙利士神父佝偻的背影，从嘴上取下烟斗说："他真疯了。"

摩尔牧师揶揄地说："不，他就要见证到天主的光荣了。"

那天晚上，摩尔牧师和布洛克博士到珠江边的一间咖啡馆坐到半夜。博士向牧师谈了他在澜沧江峡谷所看到的沙利士神父的生活，也谈了他在那片峡谷的见闻。牧师说，过去我只知道卡瓦格博雪山的这一面，也只认为怒江峡谷是世界上最蛮荒偏远的地方。我只为自己感到骄傲。谢谢你，博士，你不仅让我看到了雪山的那一面，看到了澜沧江峡谷的壮观与传奇，你还让我看到了一个圣徒。

第二天早晨，阴雨绵绵，空气潮湿得令人窒息。传教士们将乘头班到香港的客船。布洛克博士在人群中没有发现沙利士神父，他想，难道神父还会睡过头吗？他和摩尔牧师返回去敲神父房间的门，许久都没有将门敲开。布洛克博士急了，两人用肩硬把门挤开，一股伤感的气味扑面而来。那伤感三分的孤独，三分的无奈，三分的沮丧，还有一分深深的悲凉。多年以后这两个见证者在无数个暮色黄昏，将回忆得起这人生中凉到骨头深处的凄楚，回忆得起融化在眼眶边的眼泪潮湿了广州的天空，回忆得起屋檐下的一只鸽子扑打着沉重的翅膀，一头向阴沉的天空扎去；还回忆得起隔壁房间传来的婴孩啼哭声，他哭得认真而执着，直到母亲把奶头塞进他嘴里，哭声才戛然而止，然后是孩子有节奏的吸吮声，像大海温柔的潮汐。外面的世界是如此地生动，而在昏暗的屋子里，他们看见沙利士神父没有倚靠在床头，而是两膝平伸横坐在床上，背抵着墙，枕头放在小腹处，面向西藏的方向，双眼微微闭上，一丝仁慈眷恋的目光还凝固在眼眶周围，像圣婴纯洁的眸子。

"噢，主啊。"布洛克博士上前去为沙利士神父合上了双眼。摩尔牧师在胸前画着十字，一股强大的悲悯袭击了他，他这才发现这个固执倔强的老神父原来和自己是多么地相像。

2001 年 8 月 25 日—2002 年 8 月 9 日一稿完于昆明北郊

2002 年 12 月平安夜三稿，2003 年元旦夜改定

悲悯大地（选章）

第四章

13·等身长头

秋色把峡谷里的山岗层林尽染的时候，朝圣的队伍要出发了。那是一个令所有的人回想起来都无比美丽的秋天。洪水消退了，山坡上的泥石流不淌了，控制冰雹的魔鬼也远遁了，草场上的花儿谢了，但是雪山下的森林却被第一场早霜染得一片金黄。一些不知名的野山果，红色的黄色的青色的，像天地间一颗颗寂寞而坚忍的心，年年都成熟在无人知晓的山崖，从扬花到结果，再到落地腐烂为泥，把自己一岁一枯荣的短暂生命无私地奉献给了大地。

"这片神灵控制的土地，是多么的丰沛宽广啊！"

贡巴活佛眼望寺庙对面山岗上满眼的金黄，对要出征的朝圣者说。他们是洛桑丹增喇嘛和他的后援，后援队伍有洛桑丹增的母亲央金，弟弟玉丹，还有两兄弟曾经共有的妻子达娃卓玛——现在她只有玉丹一个丈夫了。佛祖才知道她心中究竟有多大的苦痛，其实自从心上人决定出家以来，很多个夜晚，她都在为自己的命运悲哀，为洛桑丹增喇嘛的悲心而感动。世界上最博大恒久的爱，不一定非要有婚姻才可以体现，它总是通过另一种方式表现出来。对一个心志高远的人来说，爱情并不代表激情，而是悲情。在朝圣的队伍中，她并不是为洗清自己身上的罪孽，而只是为了自己一生的爱。尽管她已经行动不便，肚子骄傲地挺出老高老高了。但是生孩子对一个藏族女人来说，并不因为是要上山打柴、还是要出门远行而有丝毫的耽搁。该来的，自自然然地就会来。

还有家里那头忠心的骡子"勇纪武",它的背上驮满了人们的布施和一家人路上的行装。在朝圣者一家眼里,它是无言的父亲,是阿妈央金每天晚上说话的伴儿,是洛桑丹增喇嘛勇气与力量的源泉,是玉丹和达娃卓玛夫妇的保护神。

在云丹寺的大殿前,这支看上去力量单薄的朝圣队伍令人揪心。一般来说,为一个磕长头到拉萨的朝圣者提供后援支撑,至少要六个左右的精壮小伙子。他们要负责整个朝圣队伍的后勤保障。这漫长的旅途中,住并不是主要的困难,随便找棵大树,人们都可以对付,而吃喝所需的青稞、糌粑、茶叶、酥油、肉干等,却要一路化缘筹措,谁也不可能把路上所有的花销都带上。更不用说一路上需要克服的来自自然和人为方面的挑战。

连贡巴活佛看到这老少组成的后援也不禁心生悲悯,只能转求佛法的力量能加持护佑这支孤单的朝圣队伍。他送给洛桑丹增喇嘛一条牛皮长裙和一副手板,说他已经为牛皮裙和手板念经加持过法力了。那牛皮裙沉甸甸的,是用牦牛背脊上最厚实的部分硝制成的,柔软、坚韧,既像一件抵御百病侵袭和一路风霜的铠甲,又似一条普度慈航的小船。它长过喇嘛的膝盖,可以在洛桑丹增每一次和大地砥砺时很好地保护他的躯体。每个磕长头的朝圣者都有自己特殊的装备,手上的两块木板是作为手掌的保护,手肘和膝盖处都绑有厚厚的棉花,外层包有上好的牛皮。几千里的山路,数百万个长头,哪怕是铁打的身躯,也会磨平销蚀在这漫长的旅途上。过去都吉家的马帮,去一趟拉萨回来,马掌也得换好几副呢,更何况是人的血肉之躯。

洛桑丹增喇嘛看上去面色沉静,神态坚毅,一头飘逸蓬松的长发已成为亲人们的回忆,达娃卓玛的惋惜。剃度了的脑门上泛着一层青光,像一个洁净的处子,又像传说中为了普度众生而投生为人的月光童子。

"去吧,走出了这一步,就不要回头,也不要畏惧。要记住,你磕出的每一个头,都是成佛的修证。"

贡巴活佛说完转身就进大殿了,没有给洛桑丹增喇嘛更多的鼓励和祝福。只有大殿里供奉的诸佛菩萨才看见贡巴活佛眼眶里的热泪,只有他的心才感受到了大地已经承载不住这群朝圣者的虔诚与悲壮。但贡巴活佛的悲心却有如释重负之感,没有比引导一个人走上善道更令人愉悦的了。

洛桑丹增喇嘛冲贡巴活佛的背影磕了三个长头,算是对活佛的感激和告别。然后他对身边的阿妈和弟弟说:

悲悯大地(选章)

"我们开始吧。"

一些簇拥在他周围的喇嘛们唱起了祝福平安吉祥的经文，一条条雪白的哈达纷纷献给远行的朝圣者，有的人来不及挤到前面，只得把哈达抛过来，吉祥的哈达飘飘扬扬，像一团卷起的雪花，将朝圣者淹没了。寺庙里的大法号也抬出来了，浑厚低沉的号声传出去很远，让人一点也不感到悲壮，反而豪气倍增。

洛桑丹增喇嘛把双手高高举过头顶，再放到胸前，然后伏身向大地。

"唰——"

他面向圣地拉萨，磕出了这庄重的第一个长头。在以后的苦修岁月里，他会回想起这由此改变了他人生命运的第一个长头，并不是因为它显得十分金贵，而是由于它在佛的眼光里是多么的轻飘啊，就像一个第一次跟随大人进寺庙的孩子，懵懵懂懂地在佛菩萨面前敬上的第一支香那样轻飘，他虽然并不知道这支香的真实意义，但是它种植在心灵深处，就像这象征着灵魂皈依的第一个长头。

当他再次伏身向大地，他听到大地心脏有力的心跳。"咚——"那并不是他的膝盖跪在地上的声响，也不是他的双掌和双肘着地时的响动，更不是他的脑门磕在大地上发出的沉闷声音。它的确是来自大地深处的脉动，人们将大地踩在脚下，谁也听不到大地心脏有力的搏动，只有当一个人把他的心贴近大地时，不是一次两次，而是反反复复、无以计数次，这样他就有缘听到大地深处常人根本听不到的那美妙而沉稳的声音了。

而动物们却有非常敏锐的感觉，远处的一匹战马听到了这声响传来的震动，它惊得前腿直立了起来，差点将马背上的主人掀翻。待主人压下马头，他才看见峡谷上方寺庙前的山梁上经幡飞舞，人影蠕动，听到隐约传来的法号声，鼓钹声，像是一场隆重的喜事正在上演。

"那边在干什么？"主人马鞭一指问。

"少爷，他们真的要出发了。"管家意西次仁说。

"出发，去哪里？"主人问。

"磕长头去拉萨朝圣啊，开初我还以为他们是说着哄活佛的呢。看来那小子铁了心了。"

"去拉萨？这样他们就可以逃脱惩罚了吗？甭想！"达波多杰少爷一夹马肚，对自己的管家高喊道，"去，路卡上再增派五个人。别说是想去朝圣的一个人，就是一只去拉萨的鸟儿，都不让通过！"

"少爷，等一等！"老管家打马追上来，拦住了达波多杰的马头，"我们会得罪佛菩萨的，少爷。"

"混账东西！杀死了我父亲的人，就不怕得罪佛菩萨吗？"达波多杰顺手就抽了老管家一马鞭。那一鞭子打在他的大腿上，火辣辣地疼。最近一段时间来，不但老管家经常挨马鞭，那些跟随他的仆人，动辄就得挨打受踢。少爷一进东岸新立起的宅院门，稍不如意，顺手就会给开门的仆人脸上一拳，似乎不揍上哪个倒霉的家伙一拳，这个火气旺盛的少爷吃饭就不香。

"少爷，你就是把我抽下悬崖，我也得跟你说，朗萨家背不起阻拦朝圣者的恶名！"老管家忽然变得倔强起来。佛祖在上，他说的话菩萨听了，也会生起欢喜心。

"狗娘养的，难道他们敢从我的马蹄下爬过去？"

"少爷，说这样的话是要得罪神灵的。人家现在是去拉萨求佛、法、僧三宝的喇嘛了，再贫寒的人，只要还有一口糌粑，都要布施给他呢。"

"你是不是说，罪人倒成了圣者了？"达波多杰厉声喝道。

"少爷，按我们峡谷里的话说，不管他过去干了什么，你只要看他此刻在佛菩萨面前的言行。如果他修得了即身成佛的大法，他就是佛。"

"这个家伙都能修成佛的话，我还能成西藏的大宝法王哩！他们什么时候到路卡？"

"至少也得三天以后吧。磕长头不是走路，少爷。"

"少啰唆！我们回去。"

那三天对洛桑丹增喇嘛来说，痛彻地感受到了一个磕长头的朝圣者之不易。第一天的头磕下来，他们大约只走了十华里，那只是平常一队马帮一天行程的六分之一，但是洛桑丹增喇嘛却磕了将近三千个长头！三千次的起身、伏地，三千次虔诚的洗礼。到了傍晚的时候，洛桑丹增喇嘛连酥油茶碗都端不起来了。

他们第一晚露宿的地点离村庄并不远，牦牛帐篷就扎在马帮驿道边。一些住在附近的藏族人，纷纷赶来为这支小小的朝圣队伍布施。他们背来不多的糌粑面，酥油，甚至背来一捆柴火，一小口袋马饲料，都代表他们对朝圣者的一丝敬意。

火塘里的火升起来了，酥油茶的甜香弥漫在疲惫的洛桑丹增活佛的脑海里。他多想喝一口啊，可是他的头晕沉沉的，似乎连张嘴的力气都没有了。是阿妈的声音不断在耳边说，喝一口吧，喝一口。喝了茶就会好的。

"尊敬的喇嘛，快起来喝茶吧。"

是谁的声音在呼唤啊？噢，是达娃卓玛。在她的面前，在众人的面前，我是一名喇嘛了。洛桑丹增睁开了眼睛，他发现眼前金星乱冒，达娃卓玛的头上仿佛有一圈光环，她虽然只是一个朦胧模糊的影子，可是她眼睛里温柔的目光让喇嘛的脑海里一片赤黄。

第一口酥油茶咽下去了，身上的力量在慢慢地回升，暖意从心底里迅速升起。这时一阵阵的声浪像江水拍击岸边的悬崖，一波又一波地传来。

"是什么声音？"洛桑丹增喇嘛问。

"是那些来布施的人家，在外面为你念经哩。"母亲央金说。

"为我念经？"洛桑丹增喇嘛挣扎着起来，在母亲的搀扶下来到帐篷外。外面黑压压的一群人，以老人居多，他们当中甚至还有半年前来攻打西岸的康巴骑手呢。无数个转经筒在他们的手里摇动，无数段吉祥祝福的经文从他们的口中诵出。山风从他们的头上响亮地刮过，尘埃时而将他们淹没，可是他们就像一群石雕，端坐在大地上一动不动。当他们看见洛桑丹增喇嘛出现在帐篷门口时，就像看见了心中敬仰的活佛，纷纷冲他磕起头来。

"哦呀呀，快请起来。我这罪人如何担待得起！"洛桑丹增喇嘛想上去把众人扶起来，可是他却迈不开自己的脚步，双腿一软，给峡谷里的父老乡亲跪下了。

他这才发现，一个人该如何做才能受到人们的尊崇，这是他的生命中从未有过的体验；他也第一次体验到什么叫作康巴人的荣耀。跃马横枪，斩杀仇敌，家产万贯，情歌高亢，舞步行云，出身贵胄，满身珠宝，这些令人心仪眼热的东西，都不是一个康巴人的真正荣耀啊。一个卑微的罪人，只要他在佛菩萨面前表现出来非凡的虔诚，他也同样能获得人们的尊重。

"光荣属于神圣的佛、法、僧三宝。各位阿老，都请起来吧！"

没有一个人起来，人们口中的经文念得更起劲了。洛桑丹增喇嘛眼眶一热，眼泪再次流了下来。唉，他自己都很奇怪，这段时日里怎么老是容易被感动。他的那双刚毅明亮的眼睛，现在开始学会慈悲和怜悯，眼窝里的泪水也越来越多，越来越热。上午他在磕头的时候，回头瞥了一眼阿妈头上被吹乱的白发，他的眼泪差一点又流出来了。

也许就是这强大的悲悯从一开初就伴随着峡谷里的佛子，无论是在精神上还是行动上，故乡虔诚的人们的支持就像卡瓦格博雪山一样，永远雄踞在洛桑丹增喇嘛的心头，让他坚忍不拔地把一个又一个的长头磕下去。到了第三天，朝圣的队伍来到了朗萨家族控制的路卡前，一些担心他们过不了路卡的人，还远远地跟在后面。那时达波多杰已经立马路旁，路卡上已经增派了持枪的家丁，驿道上弥漫着肃杀的气氛，路两边树上的鸟儿都飞得远远的，躲起来了，山风都带着一丝丝的紧张和颤抖。

洛桑丹增喇嘛仿佛没有看见路卡上的人马一般，还在专注地磕着长头，三步一等身、一等身一磕头，慢慢地向路卡逼近。达波多杰让他的人马端平了火绳枪，做好射击的准备。有几个家伙的手不断在发抖，因为他们心里在想，要是对着磕长头的人开枪，自己肯定要下地狱，不是以后，而是现在。阎王的冷笑他们仿佛都听见了。

达波多杰感觉到了自己身后的异样，他恼怒地对那些家伙喊："你们手里的枪烫手吗？抖什么抖！枪子儿还没有飞起来哩。"

他看见了磕头者后面的三个后援，一个老人，两个年轻人，还有一匹骡马；他还看见了离这支小小的朝圣队伍更远处的一群人，他们手里摇着转经筒，慢慢地跟在朝圣队伍的后面。这帮家伙来干什么啊？

仇人越来越近了，达波多杰几乎认不出他来啦。倒不是因为他身穿了一件袈裟和胸前挂着件笨重古怪的牛皮裙，而是他身上散发出来的那种坚毅沉着的气韵，还有脸上弥漫着的悲苦，让他不相信这就是杀死他父亲的那个家伙。他的额头已经磕破了，刚渗出的血一次又一次地印在大地上，磕一个头印一次血印，再磕一个再印一次，仿佛那是盖给大地的血戳。崎岖的驿道上从来都是被马蹄和人的脚步践踏，几百年来很多地方都被马蹄在青石板上踩出一个个的蹄窝，那些善走山路的骡马，每次都落脚在同一个蹄窝上，年深日久便踩出拳头大的深坑，那是这条汉藏古老驿道的见证，是马儿对大地的叩拜。可是一个磕在驿道的额头，被打磨的肯定不是地上的石头，而是他的皮肉。你再装得怎么虔诚，难道你能在这驿道上磕出一个个坑来？达波多杰想。

"阿拉西，站着别动！看看我是谁！"在那个朝圣者离他只有不到一箭地的时候，达波多杰骑在马上高喊。

洛桑丹增喇嘛仿佛没有听见，也仿佛对面的家伙是在喊一个与他没有关系的人，他继续磕自己的头，将身子向大地铺展开去。

"阿拉西，别以为你当了喇嘛，就能让我忘掉过去我们两家的仇。"

他的声音在驿道上空洞地回响，就像一个虚弱的人面对一个强者虚张声势的叫喊。伴随这喊声余音的，是洛桑丹增喇嘛一次又一次伏身向大地的单调而有节奏的"喇、喇"声。

"阿拉西，你知道峡谷里仇人相见的结果，总有一方的马蹄，要从另一方的脖子上跨过去。今天，你能从我的马镫下磕头过去吗？"

"喇——"洛桑丹增仍然没有回答，只是以又一个长头作响应。他已经能看见达波多杰脚下锃亮的马镫了。那时他只是想，如果这马镫是一道孽障，那就冲它磕过去吧。

"阿拉西……"达波多杰发现自己的底气越来越不足，倒不是因为他身边的人在纷纷往后退缩，也不是由于跟在那个喇嘛身后的人越来越多、越来越近，而是他看见对手根本就没有将他放在眼里。他专注地做着一桩神圣的事情，不要说一个人的打扰，就是神灵也不会惊动他的专注呢。他忽然醒悟过来，这个喇嘛真的会从他的马蹄下磕头过去的。到那时，赢得荣誉的肯定不是骑在马上的那个人。

"狗娘养的，你们这些只会白长胡子的大姑娘！"他忽然勒转马头，将一肚子的怒火发泄到那些不知不觉就站到了朝圣者一边的家丁身上，"你们要是也敬奉神灵，也随人家去拉萨呀！阿拉西你听着，总有一天我的马蹄要高过你的脖子！"

他像一个小丑一般在驿道上勒着马儿团团转，把手里的皮鞭抡圆了四处乱抽，那些守路卡的家伙总算还没笨到让人耻笑的地步，趁机装着被打得受不了的模样，连滚带爬地拖枪便逃，纷纷作鸟兽散了。达波多杰胯下的马儿也不知道主人怎么了，它聪明地找了条岔路，长鸣一声跑下驿道了，总算还给它的主子留了点面子。

14·刀口舔蜜

达波多杰火气冲天地打马跑回家，那个前来开门的家伙动作又迟了。实际上他在听到少爷急促的马蹄声时就飞快地打开了大门，然后一溜小跑地跟在少爷的马屁股后面，马刚一停步，他就弯腰在马镫边候着了。可是少爷踩着他的背下来后还是赏了他一拳。当然不是嫌他的背硌脚，而是他活该。

俗话说，人要倒一次霉，就得受一次闲话；交一次好运，就会亲近一神灵。达波多杰这一阵感到自己倒霉到天了。朗萨家族虽然是峡谷里的胜利者，可是现在他却被对方打败了。他不但没有光荣地复仇，而且还被俯趴在大地上的对手以神灵的名义轻松战胜。对手离他还远远的，就将他的气概和傲慢冲垮了，还给峡谷里的百姓留下天大的笑柄。现在他受到的羞辱比爬过人家的马胯厉害十倍。

达波多杰聪明的哥哥就不会像自己的弟弟那样行事莽撞，他让达波多杰到自己家里来，对他说："就是连强盗也不会抢一个朝圣者呢。"

"那我们就眼睁睁地看着自己的仇人溜掉？"达波多杰气哼哼地说。

"朝圣的路还长着哩，谁知道他们走不走得到。"扎西平措阴阳怪气地说，"老弟，别管人家的磕头了，你还是先忙自己的事儿吧。这不仅事关家族的荣誉，还关系到你我头上的金佛盒啊。"

扎西平措撂下这句话走了，达波多杰当然明白哥哥话里的分量。这野贡土司家的千金，就是一只猴子，你也得将她娶回家来，不然大家都要去当叫花子讨饭。野贡土司的送亲队伍再等一个月就要到了。为什么不是带着美酒、茶叶、酥油来送亲而是一支耀武扬威的马队呢？那用意不是很明显么？亲家不打，那就意味着打仗。这马刀和枪口下的亲事，能不让达波多杰窝火吗？世界上还没有他这么倒霉的新郎倌。

可是，人生的悲剧在于犯错的人始终认为自己是聪明人，过分的自负使他即便睁大了眼睛也看不到错误的影子。就像峡谷里的俗语说的那样，猴子之所以长不成大象，就是因为它太聪明了。达波多杰尝到了他嫂子的甜头，他的心就成了一只不安分的猴子，它老想往峡谷东岸跳，老想跳进贝珠的怀里。今天他一来哥哥家，就像一只猎犬一样到处嗅他嫂子独特的味道。哪怕这会显得多么的不合时宜，哪怕明明知道这是在刀口上舔蜜，火堆里抓珠宝。

他一过来，常常一待就是两三天。哥哥扎西平措是个酒量一般的家伙，每天晚上，当兄弟的总有办法让哥哥喝得烂醉，再加上贝珠暗中相帮，让扎西平措闹不明白为什么兄弟一来，自己就醉得那样快、那样厉害。他们把扎西平措搀扶进卧房，那边鼾声还没有起来，这边的两人就滚成一团了。天要亮的时候，贝珠又偷偷地摸回去，那时她丈夫还宿醉未醒呢。在这场危险的游戏中，达波多杰也过分地相信了一只狐狸的狡猾与自负，相信她总有办法和猎人周旋，相信一个再精明的猎手，也聪明不到哪里去。他对这在刀口上玩的游戏愈发心安理得，稀里糊涂，当他和贝珠钻进同一个被窝里时，就像在自家的床上一般坦然。在寻欢作乐的间歇，他甚至能在贝珠的怀里小睡一会儿，全然忘记了与他同衾共枕的不仅是一只狐狸，在狐狸的后面还有一只老虎哩。

他们的胆子越来越大，只要达波多杰一站在他嫂子的面前，他们心中想的就是那件事儿，渴望着又一场雪崩的来临，又一支歌儿唱响。大家心照不宣到连眼神儿都不用交换的地步。今天天还早，太阳离西边的山巅还有老长一段距离，可达波多杰一看到他嫂子的身影在后院一闪，他的心就快要跳出来了。哥哥在前院看人打马掌，那些游走四方的匠人们又来了。扎西这个世界上头脑最聪明的家伙，竟然也认为能把一块坚硬的铁变成糌粑一样柔软的人，是个了不起的人。因此家里每次来了铁匠，他就会凑上前去帮忙。白玛坚赞头人在的时候，经常骂他没有出息。现在他自己就是头人了，还想弄一个铁匠炉来玩玩呢。做弟弟的当然知道，家里"叮叮当当"的铁锤一敲响，太阳不下山，铁匠炉子里的火不熄灭，哥哥不会回到饭桌前。

后院的一间厢房是头人家的织布房，平常有个老奴隶终日在这里编织氆氇什么的，她的眼神儿不好，按她的说法，看什么都像是在月光下。她干活儿全靠手上的感觉，可她却是峡谷里氆氇织得最漂亮的女人。你就是想要一道天上的彩虹，这个半瞎的老婆婆也可以摸索着给你织出来。贝珠下午的许多时光大都是在这里打发的，她当然不是来织氆氇，她只是来解闷儿。据说她们在前一世曾经是亲戚，在来世，如果大家都能如愿转生为人，她们还可能成为母女。她们常常从日头当顶，聊到太阳偏西。在闲聊中，一块漂亮的氆氇上便落满了斑斓的晚霞。

达波多杰追寻着他嫂子狐狸的腥味摸进了织布房，他出现在门口时，两人的眼光一碰，就知道接下来该发生什么了。那个瞎子古美还专注在自己的氆氇织机上，那是最古老简单的织机，全由木头做成，经线一排吊在一根横木上，纬线由织布手用一个木头梭子穿一线，再用木头挡机推一次，看似简单却变幻无穷。达波多杰没有说话，径直往屋子里面走，屋子中央堆放着一摞摞的布匹，像一堵半高的墙，将屋子一分为二，达波多杰潜到了布墙的后面，气还未喘定，贝珠也摸过来了。他们用眼神对话，充满欲望的手却一刻也没有闲着。

佛祖，你胆子真够大的！你哥哥还在前院哩！

这跟他醉了就睡在隔壁差不多。

可这是白天啊！

我想你想你想死你了。

吉美婆婆在外面哩。

不怕。她看不见就成。

昨天晚上你才要了我啊。

那是昨天的事了。今天是今天。

到晚上等你哥哥喝醉了……

那是晚上的事儿。我要现在。

前院传来"叮当、叮当"欢快悦耳的铁锤声，外面是织布机"哐当、哐当"缓慢沉闷的响动。这些动人的声响不仅让两个偷情者倍感安全，还令他们心旌摇荡，就像在情歌的节奏中翩翩起舞，腾挪翻转。来吧，让狐狸欢娱的叫唤，去唱和这劳动的声响；来吧，让女人妖娆的身体，锻造出一个真正的男子汉；来吧，让男人勃发的情欲，为女人编织出最美丽虚幻的爱情。

由于是在家里，贝珠只穿了一条布裙，没有佩戴那些琳琅满目的首饰。似乎她简单自己，就是为了和达波多杰行事方便，她像牧场上的姑娘一样找到了简化生活的快乐。撩开裙子，就像打开一扇门一样简单，然后把这个粗鲁而多情的家伙放进来，就像把一群蚂蚁放进了骚动不安的心。灵魂在情欲的海洋里疯狂地舞蹈，那些淫荡的蚂蚁就开始啃啮骨子里欢娱的罪恶之水。她几次想像唱歌儿那样放声高喊，但最后的一点羞耻让她强忍着没有唱出来。而她身上的那个家伙却不管不顾地呻吟起来，他色胆包天到还在不断地鼓励她："唱出来啊唱出来啊我亲亲的嫂子！"

她当然想叫，就像雪崩始终要爆发，歌儿终究要唱响，江水注定要轰鸣，罪恶的情欲必然要付出代价。贝珠终于忍不住大叫一声：

"哦呀——"

这声音如此之大，以至于大过了吉美老婆婆织布机的"哐当"声，也大过了前院扎西平措打铁的"叮当"声，甚至还大过了峡谷里澜沧江的轰鸣。佛祖，这是怎么搞的啊，它大得连前后两院树上的鸟儿都被惊得一飞冲天，那只一直跟随在贝珠身边、在外面放哨的山猫，也被骇得打了个哆嗦，一溜烟跑了；连前院铁匠的"叮当"声都仿佛被吓着了，迟疑了一下才又重新敲响。

可这并不是贝珠的歌儿唱到了高潮，也不是一场快乐的雪崩已经降临，而是她的地狱——他们两个的地狱——呈现在了面前。

扎西平措握着一把长长的康巴战刀，像一个复仇的愤怒金刚一般地立在他们的上方。他暴怒的眼珠都要落出来了，目光里的火苗"唏唏"地在燃烧。

前院的"叮当、叮当"声依旧，屋子前方吉美老婆婆的织布机"哐当、哐当"照响。这一切对大家来说，都是一场真实的噩梦。

"哥……你你……你不是在打铁么？"

达波多杰的脑海里一片空白，他想翻身爬起来，但扎西平措手中的刀抵在了他的胸口，将他顶在了地上。哥哥就像一个把猎物诱到了陷阱里的猎手，还想逗逗猎物玩哩。

"你们以为，我就那么喜欢打铁？"

达波多杰听见前院铁锤敲打的"叮当"声仍然响得欢，竟然昏头昏脑地嘀咕道："奇怪了，铁匠都还没有走，你却先离开了。"

"我已经打好了一把刀啦！"扎西平措怒吼道。

达波多杰这才从惊慌造成的空白发懵中恢复过来，祸事到脑门了，就像心窝处的这把刀，你躲就是一件丢面子的事情。

"是一把什么样的刀呢？"他镇静下来问。

"一把专杀婊子和忘恩负义的人的刀！"扎西平措厉声说。

"那就下手吧。这事是我的错，跟嫂子无关。求求你，哥。"

"在这里杀你？我还怕弄脏了我的织布房呢。吉美织的是峡谷里最漂亮的氆氇，你难道不知道吗？穿上衣服，到我屋里再说！"

扎西平措收刀走了出来，那个半瞎的老奴隶吉美还在专注地织着自己的氆氇。扎西平措本来已经走出织布房了，又折身回来，一把捏住吉美的下巴问：

"你刚才看见什么了，快说！"

老婆婆睁着一双空洞而混浊的眼睛说："老爷，我的眼睛早就瞎了。"

"听见什么了，说！"

老婆婆还是那种苍老的口气："老爷，我的耳朵也早聋了。"

"佛祖的慈悲保佑你什么也看不见，什么也听不见。明白了吗？"

"明白了，老爷。"吉美老婆婆用手抚摸着膝盖前那半块华丽结实的氆氇，用她一如既往老迈苍凉的沙哑嗓音说，"在你把我丢进澜沧江以前，请让我把这块氆氇织完，天上的云霞已经映上去啦。"

扎西平措更加恼怒，这个老家伙怎么看透了自己的心思？他瞥了那氆氇一眼，那真是吉美织的最漂亮，也是峡谷里绝无仅有的一块氆氇。纵然是天上的云霞，也没有老婆婆膝前的氆氇辉煌；即便是骤雨初歇架在天空中的彩虹，也不可能有如此逼真生动、饱满丰盈的色彩。因为那是用生命中最坚韧的凄苦与寂寞，最深厚的慈悲与怜悯，还有快要干枯的眼窝里最后几滴眼泪编织出来的啊。但是如果一团灿烂的云霞，一道美丽的彩虹，成了人伸手可及并可以揽之入怀的东西，那这就不是人做的活儿了。一身杀气的扎西平措也不免动了恻隐之心，他不无怜悯地说：

"唉，但愿你永远织不完它。天黑后你就带着它一起上天堂吧。"

吉美平和地说："哦呀，要不了那么久呢，你给神山煨一束香的时间就够了。"

扎西平措忽然翻了脸，他瞪着还张皇失措立在吉美身后的那两个可怜的人儿说："一束香的时间？哼！有的杂毛可以把佛母都睡了。"

然后他大步走了，走到院子中央时，一棵平时拴狗的苦楝子树成了他的试刀对象，他手臂一挥，就将那足有人胳膊粗的树拦腰砍断了。

达波多杰和贝珠都感到自己的脖子根处一阵阵发凉。贝珠悄悄对达波多杰说："你还不快跑。"

达波多杰深情地看了他嫂子一眼说："这种时候，一个男人要像奔向欢乐那样向刀口走去。哦，对了，你怎么不变成一只狐狸溜掉呢？"他想起上次狩猎时，刚把贝珠压在身下，父亲就出现了，而贝珠却神奇地消失了。

贝珠深深地叹了一口气："你们还把我当狐狸啊！"

在扎西平措宽大的客房里，两兄弟要摊牌了。只是他们的底牌都亮出来以后，有一方才发现，原来在亲兄弟之间，各自出牌的方式和手中掌握的底牌是多么的不一样。

扎西平措只需问一句话，达波多杰就明白哥哥占了多大的上风。他一来就问："你们真以为我每天晚上都喝醉了吗？"

"哥，那就不要问了。你把我怎样都行，但你得饶了嫂子。"

"那个狐狸精变的婊子，哼！连魔鬼都会讨厌她。"达波多杰那时还不明白，哥哥为什么会如此恨一个漂亮的女人，即便你不爱她，也不能羞辱她。因为女人漂亮美丽是神赐给男人最大的幸福，哪怕她曾经是一只狐狸呢。于是他高声说：

"嫂子不是婊子，也不是狐狸，她是个好女人。要是你嫌弃她了，就把她给我吧，哥。就像给我一口你的剩饭。"

"啊哈，你想得那么容易！谁吃了谁的剩饭还不知道哩。"扎西平措怪叫一声，嘴角两边的胡子翘得像两只欲飞的黑鸟，"一个漂亮的女人又不是一匹牲口。就是一匹好马，也只会认自己的主子。你的马我骑过吗？从来没有，对吧？你为什么要来抢我的马骑呢？还想夺走？只要肉不要骨，只要茶不要茶叶，天下有这样过分的仁慈吗？要是有，请你也给我一点，老弟。"

"要是我当哥哥的话，我会把自己的妻子与兄弟一起分享。哥，对岸的阿拉西兄弟不就是这样吗？如果这样做了，我们兄弟还会分家吗？阿爸知道了也会高兴的。"达波多杰愤懑地叫了起来，好像他已经受够了不能兄弟共妻的痛苦。

"混账东西！你知道大哥应该怎样当，嗯？你以为我们打败了西岸的都吉，我们就坐稳了头人的位置了？上游那边还有野贡土司哩。土司家的小姐你放着不娶，反倒来睡自己的嫂子。你还要朗萨家族的脸吗？还想家族在峡谷里像澜沧江水一样长流不息吗？这些年来败落到讨饭的贵族你又不是没有见过。现在这峡谷，谁的人多枪好马快，谁就是天下的主人。歌里不是唱了嘛，好男儿要有'藏三宝'，宝刀、快枪和良马。要想让我们去讨饭的人不仅有野贡土司，还有都吉家的人，人家不是出去寻找佛、法、僧三宝了吗？等那家伙学到了神灵才能掌握的法力，像那个叫仁钦的喇嘛一样，三天两头地在峡谷里施放冰雹的灾难，瘟疫的灾难，洪水的灾难，我们怕是在峡谷里连立足的地方都不会有哩。可是你连一个磕长头的人都挡不住！大家都在找能在这个世道上安身立业的宝贝，而你只会嗅着狐狸精的骚味像公狗一样团团转！人家拥有的宝贝你有吗？没有的话说话就不要这么气粗！"

多年以来，宝刀、快枪和良马，一直是峡谷里的康巴男儿梦寐以求的三件宝贝，可是谁也不敢轻易说自己拥有的刀、枪、马是世界上最好的"藏三宝"。因为歌声中所唱的"藏三宝"就像一个吉祥的梦那般完美。太完美的事物只属于神灵，凡人只能向往和吟唱。

达波多杰以为自己聪明的脑袋瓜在这个时候救了他一命，他觉得自己开窍了，找到解决一切问题的法宝了。"大哥，朗萨家族的人，谁不维护本家族的荣誉？野贡土司家的丑姑娘我是绝不会娶的，我把西岸交给你。让我去外面找我们藏族人的'藏三宝'吧。"

扎西平措终于逼着弟弟把他的底牌亮出来了，而他手上的牌还没有出呢。他把康巴刀"唰"地抽出来，"咣当"一声扔到案几上："这是我下午刚刚打好的刀。刀不是好刀，但砍两颗人头还行！"

"哥哥真要杀我？"

"杀你都不解恨！"他在屋子里转着圈子，把所有看不顺眼的东西都踢得稀里哗啦，像一头要最后发起进攻的老熊，"你这个牧场上臭挤奶姑娘养下的小杂毛，偷佛龛上的酥油吃的卑鄙老鼠，丢尽家族脸的浪荡子，没出息到家的败家子。你的脸虽然长得英俊，但是你像狗屎一样的臭！滚吧！滚得越远越好！去找你那三样宝贝吧。天下最锋利的刀，世上最快的枪，雪域高原跑得最快的马。老弟，一个男人的诺言不是儿戏。找到这三件宝了，算你为朗萨家族长了脸；找不回来，你的嫂子，哼，这个婊子就别想从地牢里出来！"

"哥，我可以离家出走，也可以把西岸的地契和高利贷票据都交给你，但是你不能把嫂子打进地牢。她是你的妻子！"

"你已经没有讨价还价的身份了，你从现在起，只是一个流浪汉！滚！滚滚滚滚滚……"

达波多杰狼狈地逃回了西岸。管家益西次仁一看他那失魂落魄的样子，就知道少主子的厄运到啦。达波多杰劈头就问自己的老管家：

"老熊也有掉进陷阱的时候吗？"

"有。在它发情时，猎人就在母熊经常转悠的地方设套子，那种时候它们最糊涂。"忠心的老管家回答道。

实际上达波多杰刚勾搭上他嫂子的时候，老于世故的益西次仁就发现了，他曾经劝过主子，告诉他说这场爱情是刀刃上的蜂蜜，聪明的男人是不会去舔的。但那时主子雪崩爆发般的情感，不要说一个管家，就是白玛坚赞头人在，大概也挡不住；更不用说在一个狐狸精变的女人面前，有几个男人能保持自己的清醒？因此，每当达波多杰去东岸的时候，老管家已开始为大家的后路作一些准备了，他把自己的家人送到亲戚处，将属于达波多杰的财富尽量兑换成可以在藏地通用的银票。他已经知道，在这兄弟俩的较量中，不仅达波多杰不是对手，就是那个被称为狐狸精的女人，也不过是扎西平措独霸峡谷两岸的一件工具而已。

"收拾东西吧，老益西，我们要出趟远门了。"

"人家出远门是去朝圣，求佛、法、僧三宝，我们去干什么？"老管家故意问。

"去找藏族人的三宝。"达波多杰恨恨地说，"我已经跟扎西许下诺言了，我走遍雪域高原，寻找一个康巴好男儿的'藏三宝'——宝刀、快枪、良马，为朗萨家族的荣誉争光。那狐狸变的女人，害得我在峡谷里再也待不下去了。"达波多杰有些不明白，自己为什么不恨哥哥扎西，而恨上贝珠了。

"唉，"益西次仁说，"不是那个狐狸精害了你，而是你哥哥真是个好猎手呢。他一箭射中了三只鸟，把所有的猎物都装到自己的口袋里了，你还以为他给你头上戴了个光环哩。"

"他……射中了哪三只鸟？"

"你这个莽撞的家伙呀，贵族不是你这样当的。第一只鸟，他利用你和贝珠的丑事儿把你赶走，将澜沧江两岸收入囊中；第二只鸟，野贡土司家的亲事肯定不能退，新郎将不会是你而是他，尽管那个可怜的姑娘是多么的丑，但是扎西的眼中只有土地和权力，而不在乎美色；第三只鸟，贝珠该打进地牢了，谁也不会让一只狐狸永远做自己的妻子，因为猎人也有打瞌睡的时候。"

达波多杰现在才有些明白在东岸时哥哥说的那些话。当他和贝珠在哥哥隔壁的房间欢娱作乐的时候，他哪里是喝醉了，说不定他的耳朵竖得比狼还尖；当他们以为前院打铁的声音叫得欢快的时候，哥哥要杀人的刀早就出鞘啦。

"这个狗娘养的……"达波多杰想打谁一拳，可身边没有仆人，他就只有掌自己一巴掌。

"事到如此，我们出去走走也好。没有关系，我们就是走遍雪域高原，我也不会让一个尊贵的少爷，追着炊烟去讨饭。"

出了那件事儿一个月后，达波多杰真的要远走高飞了。扎西平措假惺惺地出来送行，那时他已经来到澜沧江西岸有五六天了，兄弟俩就像什么事情也没有发生，扎西平措在外人面前还亲热地叫达波多杰弟弟，说是弟弟要出远门为峡谷里的人们捎货真价实的"藏三宝"，弟弟才是真正的男子汉。他过来是帮着弟弟打理西岸的事务的。可是只有达波多杰和老管家益西次仁才清楚，扎西平措是在催促他们尽早上路，或者说，他迫不及待地想早一天当上澜沧江峡谷两岸的主人呢。

出门那天早上，达波多杰和他哥哥私下里有一段对话，那是他第一次用心计和自己的哥哥较量。时间过许久了，在他漫游雪域高原的那些岁月里，他还记得哥哥狡黠的眼神，以及他动怒前脸颊上肌肉的抽搐。他对扎西平措说：

"我走啦，兄弟之间再不用打仗，你如愿以偿了。"

扎西平措说："你要走的这一步，是你自己的命。你本来只是一个牧场上的姑娘养下的孩子，要不是阿爸一时冲动，你这一世哪里能当少爷啊？"

达波多杰说："是呀，传说中是一道红光和一道白光相结合，才有了藏族人的祖先。朗萨家族要是没有阿爸当年在牧场上的冲动，恐怕就要绝种了。"

扎西平措有些急了："你是什么意思？"

达波多杰慢悠悠地说："听说，嫂子有喜了？"

那个西岸的新占领者脸霎时就白了，一向高高翘起的胡子也塌了下来，脸上的肌肉开始跳舞啦。达波多杰乘胜追击，现在轮到他嘴角的胡子翘起来啦。他以一个胜利者的口吻说："澜沧江峡谷两岸的主人，你可不能把一个有喜的女人打入地牢，不管怎么说，那个孩子身上流淌着朗萨家族的血液。"

扎西平措大约今生从来没有受到过如此大的羞辱，他的嘴唇哆嗦着说："好吧，让我们来看看，这个小杂毛能在峡谷里成多大的气候。"

15·庄严

卡瓦格博雪山上的风像刀一样地砍杀过来，飞舞在天空中的不仅仅是雪花，还有胳膊粗细的枯枝，拳头大的石头，以及魔鬼的咆哮。这风不是沿着山谷拦腰刮来，也不是从山上往下吹，而是从山下往山上涌。仿佛风在雪山面前也知道敬畏。就像那个磕长头的朝圣者，每当过雪山时，他只能从下往上磕，而下山时，则需要走到山下后，根据下山的实际距离估算，再选择一个地方花上几天时间，一气面对雪山再磕它上千个长头，把下山路上该磕的长头补回来。因为没有朝山下磕的头，只有向雪山跪拜的身姿。

上山的路崎岖艰辛，许多地方根本就容不下人伏下一个身子。他们只能用随身带的牛皮绳一段一段地丈量那些险路的距离，然后再找稍微平坦的地方补磕。天寒地冻，很多路面上全是冰，人一伏下去便"哧溜"往下滑，有一次洛桑丹增喇嘛竟然滑到了谷底。于是磕头又得从沟底从头再来。玉丹曾劝他哥哥说，就从滑下来的地方开始吧，可是洛桑丹增喇嘛坚定地说："神山一定是对我的虔诚有所不满，因此才把我打下去重来。我不能违背神灵的意志。"

卡瓦格博是他们翻越的第一座雪山，翻过了这座大雪山，就到西藏地界了。但是翻越这座被峡谷里的人们视为父亲、奉若神明的雪山可不是一件容易的事儿，洛桑丹增喇嘛被神山打下去再重来的次数多得连他自己都记不清了。母亲央金脸上的眼泪每天都被冻成一道道的冰凌，掰都掰不下来。到了晚上，在帐篷里升起了火塘，那时你再看那可怜的老母亲皲裂的脸吧，血泪满面，惨不忍睹。

　　更惨的还是洛桑丹增喇嘛，到了雪山上的雪线以后，他几乎都是在雪地上磕头，虽然连续的磕头让他全身热气蒸腾，可他的双手、双脚，还有脸全都被冻得没有了知觉，每隔上一段时间，达娃卓玛和玉丹都要找个避风处，将他搂在怀里，一个负责升火，一个不停地用雪搓揉他身上冻僵的皮肤。好不容易搓红了皮肤，可那曾经光洁照人、红润健康的皮肤，却一块一块地连血带皮地往下掉，血水刚一渗出来就冻住了，因此洛桑喇嘛的脸看上去奇形怪状，像是被火烧焦了。有几次他们除了感到他的心窝处还有一点热气外，几乎认为抱着的是具冻僵的尸体。是达娃卓玛的热气把他呵回来了，是玉丹的火堆让他暖过来了。在许多时日里，他们一天前进不到两三里地。

　　他们用了两个半月才翻越卡瓦格博大雪山，比当初预计的多花了整整一个月。朝圣的队伍是在下雪山的时候遇到这场狂暴的风雪，当时大家还想，要是在上山的时候和它相遇，还不知要遭多少磨难。看来这座难以翻越的神山还是悲悯的。可还没有来得及庆幸，这支小小的队伍就被风雪包裹着卷走了，吹散了。并不是他们相互间搀扶得不够紧密，而是在狂风面前，人只不过像一片树叶。从山下涌上来的风就像漫上来的洪水，一下就把人抬升起来，随风飘走了。洛桑丹增喇嘛只听到弟弟玉丹的一声呼喊："达娃卓玛——"他的耳朵就全被魔鬼的声音灌满了。

　　洛桑丹增喇嘛再度进入虚空中的飘浮状态，他想这是不是如贡巴活佛说的那样，到了面对真理的时刻了？好吧，就让我好好观想心中的佛，观想我的上师吧。佛祖啊，是你的慈悲拯救了我，让我今天知道了一生造下的罪孽，让我解脱了轮回的烦恼；上师，遥远地方的上师，虽然我们未曾谋面，那是我的佛缘不够，是我的孽障还没有得到彻底清除。我的悲悯连我自己的命都救不了，怎么还能指望它去悲悯众生。

　　他这样想着，让自己的躯体在风中起舞，思想专注于对佛菩萨的观想。他甚至感到自己已经飘到树梢上，飘到了悬崖边，可是他一点也不感到害怕和担忧。挺拔的高山雪松的树梢在他身下一掠而过，他感到仿佛是骑在一匹快马上，从青草齐马肚高的草原上驰骋；嶙峋的悬崖深不可望，他就像那些以高山峭壁为故园的苍鹰，纵身飞越如跨家门前的小坎。他庆幸地想：我将摔死在雄鹰栖息的地方。

　　佛祖啊，我找到解脱之路啦。

他的心中升起无限的喜悦。这是洛桑丹增喇嘛第一次在知觉清晰的状态下与死亡同行，死亡成了他人生旅途上的一个朋友，就像平常你在路上遇到的一个朋友一样。可是那些在空中飘浮的来自阴间的小鬼，只对他看了一眼，就纷纷吐出了自己的舌头，有的甚至还友善地笑笑，就忙着去索拿别人的命去了，似乎他们根本无暇他顾。

最后，仿佛是一团云雾，托着他轻轻地降落在一块高山草甸上。洛桑丹增喇嘛举目四望，发现那真是一块仙境一样的地方。碧绿如毯的草甸纤尘不染，没有一点人和牛羊的痕迹。刚才经历的风雪云雾、飞沙走石，全都无影无踪，他仿佛一觉醒来，又好像来到了另外一个世界。四周都是茂密的森林，上方才是他费尽千辛万苦才翻越过来的雪山。可是他不明白的是，下山的路即便是疾走，也至少需要一整天的时间。上雪山前他们就听人说，从卡瓦格博雪山的背面翻山，要休息十八站才能爬到雪山垭口。现在洛桑丹增喇嘛从吹过身边温暖的风和周围的树木花草生长的情况推断，这里已经是在山腰以下了。洛桑丹增喇嘛从小就在高山牧场上放牧，还从来没有见过如此漂亮的草甸，它就像阿妈编织的一块巨大的五彩氆氇，彩虹有多少道颜色，这草甸上五颜六色的花儿就有多少种。

"这真是一个修行的好地方。"

他对苍天说。然后跏趺坐在草甸上，面向拉萨的方向，开始入定观想自己要去拜访的上师。他看见无数金碧辉煌的楼宇高入云端，香烟萦绕有如胜妙紫气，朗朗的诵经声似春雷在天空中滚过，空行护法在蓝天里飞来飞去，佛菩萨们的尊座就像路边的大树成排成行，自己的上师在一所小寺庙里也如他一样在法台上盘腿而坐，上师身后是莲花生大师的佛像，一排酥油灯摇曳着明亮温暖的火光。那灯火跳动得如此生动质感，仿佛让洛桑丹增喇嘛感受到了从那遥远的圣地散发过来的温暖和明亮。

"上师的酥油灯里该添酥油了。"

他又喃喃说道。这时他看见一个人影在森林边一闪，是玉丹！噢，他为自己的心感到奇怪，一家人都经历了这样的灾难，可是他脱险以后，竟然没有想一想自己的家人在哪里，是否还活着，却能定下心来端坐一处观想自己的上师。世俗的牵挂看来真的是越来越淡了。

玉丹飞奔过来了。他脸色焦虑、步履零乱，头上的发辫全散开了，身上衣襟褴褛，没有一块手掌大的完整的布，像一个在森林里生活的野人。他边跑边喊："哥哥——，喇嘛——！喇嘛——，哥哥！"

在玉丹的身后是奔跑而来的达娃卓玛，还有阿妈央金，她们也是蓬头垢面，衣衫不整。可怜的老阿妈，她跑两步就要跌倒一次，爬起来再跑，再跌倒。她的脚下仿佛不是草地，而是雪地，是棉花，是儿子的心窝！当母亲的不忍心下脚，只好一次又一次摔倒自己。洛桑丹增喇嘛的眼泪终于出来了。世俗之情，毕竟难以割舍啊。

三个人连滚带爬地跑到洛桑丹增喇嘛面前，一齐抱着他放声大哭。激动和喜悦的泪水几乎把他们日夜牵挂的人淹没了。喇嘛镇定下来后，就像什么事情都不曾发生一样，平和地对家人说：

"生离死别，都是逃不掉的轮回之苦，你们的泪水，真让我的心生起厌世之情呢。"

"哥哥，你说话真像一个喇嘛了。我们等了你三天！"玉丹边抹眼泪边说。

"噢！"洛桑丹增喇嘛深深叹息一声，我刚刚学会入定，人间就过了三天。

"喇嘛，你……你受伤了吗？"达娃卓玛关切地问。

"佛法的力量真是神奇，让我们在这里相会。"洛桑丹增喇嘛说。

"'勇纪武'说，在这里可以等到你。"阿妈央金的泪水仿佛是两眼不会枯竭的泉水，在沟壑纵横的脸上四处流淌。

"'勇纪武'？"洛桑丹增喇嘛欣喜地问，"'勇纪武'可以说话了吗？"

"是的，喇嘛。"阿妈央金再次撩起衣袖来揩满脸幸福的眼泪，"你们的父亲在那边始终惦记着他的儿子们啊！"

那场狂风结束后，这一家人都经历了神奇的生死关。玉丹死死地拉住达娃卓玛的袍子，他们一起在狂风中翻滚，两人先是往上飘，然后再往下坠，他们在风的波浪中沉浮，浪头一个接一个地打来，将他们俩像一片树叶一般地卷起又抛下，但是玉丹就是不松手。他强有力的手臂仿佛生在了达娃卓玛的身上，他在风中发誓，世界上任何力量、任何魔鬼都不可能把他和达娃卓玛拆散，他不但要保护好她，更要保护好她肚子里的孩子。风停了后，他们掉在一条溪流边，两人都昏迷了半天的时光。是溪流里冰凉刺骨的雪山融化之水激醒了玉丹。而阿妈央金的经历则更为神奇，当她被风刮走时，"勇纪武"钻到了她的身下，将她驮了起来，他们随风御行，就像传说中的仙人和仙马。到玉丹他们在这块草甸的下方发现阿妈央金时，她正搂着"勇纪武"的脖子喃喃倾诉哩。央金对儿子媳妇说："你阿爸要我们在这里等你哥哥。"从那天以后，就由阿妈央金来传递都吉在天上对儿子们说的话。因为"勇纪武"说的那些话语，连洛桑丹增喇嘛也听不明白，尽管他小时候曾经能听懂动物的话，可是阿妈央金却能神奇地通过"勇纪武"和自己远在天国的丈夫交流。

团聚的那个晚上，他们的帐篷就搭在一个小湖泊边，那里背风。在等待洛桑丹增喇嘛的日子里，玉丹返回雪山，重新找到了他们的行装。焦虑地等待，虔诚地祈祷，使为朝圣者当后援的家人不得不叹服喇嘛的神奇，他被大风刮了这么远，失踪了三天，身上竟然一点擦伤都没有。他仿佛是在摧毁一切的狂风中坐在法轿上被抬到那块草甸上去的。

还有一小口袋糌粑，茶砖弄丢了，因此今晚不能喝到酥油茶了。阿妈央金就像有天大的遗憾，紧张不安地看着自己的两个儿子，那神态恨不得把自己变成一碗滚烫的酥油茶，送到儿子们的嘴边。

自出门以来，天黑后洛桑丹增喇嘛要念一遍经文才睡觉，最靠近火塘的位置一般都留给他，阿妈央金则和达娃卓玛挤在同一张羊皮下，玉丹总是睡在帐篷的门口，有什么事情好有个照应。有几个晚上是他赶走了围着帐篷转悠的几只狼，现在他是家里的中柱啦。

喇嘛做完了今天的功课，达娃卓玛正蹲在地上铺羊皮褥子，她忽然感到腹中一阵剧痛。刚开始时她还想忍一忍，但最后不得不痛得坐在了地上，脸上大滴大滴的汗珠淌了下来。"哎……哎哎，玉丹……阿妈啊……"

阿妈央金赶紧爬过去，抱着达娃卓玛看了看，忽然就喜极而泣。"我的儿子们啊，快快感谢佛祖的慈悲吧，你们要当父亲啦！"她又冲着帐篷外"勇纪武"高喊："都吉，你听见了吗，你要当爷爷啦！"

那晚的月亮沉落在蓝幽幽的湖里，冰清玉洁，天上人间浑然一体。洛桑丹增喇嘛和他弟弟坐在帐篷外，等待婴儿的第一声啼哭。像所有初为人父的男人一样，玉丹一会儿进帐篷看看，一会儿又把头埋进湖里，让冰凉的水清醒他兴奋激动的脑袋瓜。喇嘛劝他弟弟说，女人生孩子是男人唯一帮不上忙的事情。玉丹问，哥，阿妈接生不会有麻烦吧？喇嘛笑了，说，你忘了你是怎么生下来的吗？阿妈那天还上山去打柴，我看着她带着一根羊皮绳索出去，回来时怀里就抱着刚出生的你了。相信咱们的阿妈吧。

对于这样的家庭来说，家里新添的小生命是最幸福的，因为她一出生就有两个阿爸。尽管两兄弟中一个已经做了喇嘛，但对孩子的爱与呵护却不会减少一分。她出生在朝圣路上，她的命运从一开初就打上了圣洁的光辉，印上了苦难的痕迹。

阿妈央金将孩子抱出来给两兄弟看，那是一个像莲花一般玲珑洁白的女孩儿，玉丹说："哥，本来该找个活佛给孩子取名，可是这荒无人烟的地方，就由你来取吧。"

洛桑丹增喇嘛看着水里的月亮，脱口而出："就叫叶桑达娃吧。但愿这个名字能给这个孩子带来吉祥。"

玉丹高兴地说："好名字啊，天上一个达娃，水里一个达娃，今后两个达娃都是我最爱的人。"

叶桑达娃出生后半个月，朝圣者一家来到一段温暖的河谷。这里的村庄相对密集一些，还有一座只有两个老僧的红教小寺庙。让朝圣者一家始料不及的是，他们竟然在寺里见到了贡巴活佛。活佛气色平和地对他们说："我就知道你们不但能翻过朝圣之路上的第一座大雪山，还能带来吉祥的消息。来，让我看看，这个出生在朝圣路上的孩子。"

阿妈央金将孩子抱给活佛，洛桑丹增喇嘛问："尊敬的活佛，你也是出来朝圣吗？"

"不，"活佛把孩子抱过来，嘴里"哦哦哦"地逗着叶桑达娃，那神态一点也不像活佛，就像一个慈祥的老爷爷。他看那婴儿的目光和看洛桑丹增喇嘛一样慈祥，"我只是出来了一桩夙愿而已。"他平静地说。

人们不敢问贡巴活佛究竟要了什么样的夙愿，活佛总是有他们不同于寻常人的言行。但不管怎样，能在朝圣的路上见到活佛，不仅是洛桑丹增喇嘛一家，就是这个叫汤根的小村庄也显得异常喜庆吉祥。人们在村头煨桑，感谢神灵赐福于他们，让一个活佛来到自己的村庄；在自家的神龛前祷告，祈祷贡巴活佛的平安吉祥。一些驿道上的商旅和也是去朝圣的信众，听说汤根村来了个活佛，不论自己信奉的是哪个教派，都临时在村庄找个地方住下来，祈求活佛能为他们摸顶祝福。

洛桑丹增喇嘛一家也借住在那座小寺庙里。晚上，贡巴活佛为洛桑丹增喇嘛行灌顶仪轨，祝福他在未来的旅途中，战胜一切人与非人的灾难。洛桑丹增喇嘛告诉活佛，他在雪山上遇到风暴被吹下山去时，他看到了死神的脸，可他竟然一点也不感到害怕，而且内心非常恬静安详。

贡巴活佛说："你把死亡当成自己的修持对象，就没有什么可怕的了。我只是在那个时候想到了自己的解脱。"

"学习解脱，即是修行死亡之法啊。"贡巴活佛说，"在死亡的镜子里，有的人看到的是恐惧，是地狱里的烈火；有的人看到的是香烟萦绕的庙宇，是天国的花雨，是胜妙的仙境。有的人在死亡面前抱头逃窜，像山崩地裂时惊慌失措的小兽，可是既然地都陷塌了，你还能往哪里逃呢？因此，学习死亡，就像我们学习到了一门凫水的技能，它能让我们平安地游过死亡之河，抵达永生的彼岸。"

那个晚上，洛桑丹增喇嘛还不能透彻地理解贡巴活佛的话，只有当慈悲的活佛为他亲身展示了面对死亡的庄严，他才慢慢领悟到什么是人间博大的悲悯。

第二天早晨，寺庙外聚集了一大群百姓，他们既是来给活佛和朝圣者一家布施，也是来祈请活佛为他们摸顶祝福的。两个老喇嘛敲响了一面陈旧的法鼓，洛桑丹增喇嘛坐在贡巴活佛的法座下，跟着老喇嘛们念经。人们虔诚地躬着身进来，跪伏在活佛的面前，布施上酥油、茶叶、奶渣、青稞等食物，活佛为他们摸顶之后，他们再躬身退回去。其中有个老者，他进来的时候，把头压得特别低，进来时身子弯得几乎和地平行，像一条贴地滑行的蛇。他伸出一双黢黑的手，把两块酥油饼奉献给贡巴活佛，然后再把一只盛着奶渣的木盒递到洛桑丹增喇嘛面前。

贡巴活佛为这个老者摸顶，念了祝福吉祥的经文，再小声对他说："尊敬的施主，你将布施的东西放错地方了。把它换回来吧。"

活佛的声音小得只有他们两人才听得见，但是那个请求摸顶祝福的人，吓得浑身一哆嗦。面对贡巴活佛庄严的法相，他不得不将洛桑丹增面前的奶渣盒取了回来，抱在自己的胸前，痛哭流涕地说：

"活佛啊，我有罪！我该下地狱啦！"

那时，寺庙里只有洛桑丹增喇嘛和那两个老僧，其余的人都还候在门外。他们都不明白发生了什么事，而贡巴活佛却早把一场生死看得清清楚楚。他平静地对那个老者说："我已经等你好多天啦。朗萨家族的阴谋，怎么能躲得过佛菩萨悲悯的目光呢？让我们来看看，一个悲心微薄的活佛，能不能平息你家主子怨憎的怒火吧。"

所有的人都还在惊讶中时，贡巴活佛抓起了那只木盒里的一块奶渣，举在眼前看了看说："你们朗萨家族所有的罪恶都在这里面了，我很荣幸我能承受它。"

老者惊慌地大叫："活佛，不要吃啊有毒……"

但是贡巴活佛已经一口将那毒奶渣吃下去了。候在外面的人们这时仿佛明白了什么，他们冲了进来，但是一切都晚了。

那个老人正是朗萨家族的大少爷扎西平措派来毒杀朝圣者一家的杀手。他不会像达波多杰那样行事莽撞，在光天化日之下阻挡朝圣者的脚步，正如他所说的那样，这是一个强盗也不为的事情。可他做的事，却比一个强盗犯下的罪恶阴毒百倍。

人们在贡巴活佛的面前跪了一地，那个下毒的老人已经被愤怒的人群按在地上捆起来了。玉丹和几个年轻人气得揍了他几拳，法座上的贡巴活佛制止他们道："别动粗，孩子们。爷爷落了水，儿孙哪有不援手相救的。不管别人如何对待你，都要对他施予慈悲。这才是一个修行者的尊严。放了这个可怜的老人家吧，让他回去。我不吃下这有毒的奶渣，朗萨家族的人就不会认识到自己的罪恶。"

洛桑丹增喇嘛哭泣着问："活佛，你为什么要行如此大的悲悯啊？"

毒药已经在贡巴活佛的腹中发作，他的脸色开始发青发暗，但是他的神态依然安详："这不是什么大悲悯，只是了我的一桩夙愿而已，我总算成就了一段佛缘啦。洛桑丹增喇嘛，但愿一个无知无识的贫贱活佛的死，能让你看到死亡面前的庄严，能清除你朝圣路上的所有孽障。"

活佛法座下的人们悲伤的泪水已经快把自己都淹没了，他们在绝望中呼喊："活佛啊，请不要抛弃我们！你走了我们该怎么活啊？"

此刻，贡巴活佛仿佛刚刚进入恬静安详的禅定状态，跨越生与死不可逾越的鸿沟犹如抬腿迈过家门前的一道小坎，他微闭双眼，轻声说：

"我抛弃的，只是自己的身体啊；我留给你们的，是佛性的光芒。"

16 · 尘缘

作为一个远行的路人，他随时要注意，大地上有些道路暗示着某种错误，常常会把人带入歧途，这样的道路要么意味着死亡，要么属于魔鬼。即便一个经验丰富的出门人，也会一不小心就走上了这种经常连阳光都晒不到的幽径。就像久走夜路的人，总会和孤魂野鬼打照面一样。

一条岔路从驿道中分了出去，它越走越窄，越来越暗，最后它的尽头竟然是一座小小的村庄。说是村庄，其实也只有六七户人家，零散地点缀在山坡下。这是一座隐匿在大山皱褶深处的小村子，藏式土掌房远远看去，像汉地那些马帮驮来的洋火柴盒，土掌房的墙边屋顶，经常会缺边少角，不知是被风刮跑了，还是被山上那些莽撞的野兽啃吃了。这些孤零零的房子，胆怯地散落在荒无人烟的大山怀里，还不如一块岩石挺立得理直气壮。乌云后的魔鬼时而呼啸而至，吞噬一切生灵；雪山下的土匪强人，等贫瘠坡地上稀疏的青稞一黄，便打着尖锐的口哨，带来死亡的消息；森林里的老熊，除了冬季，大半年的时间里都嗅着血腥味在村庄外围转悠。人蜷缩在这火柴盒般的房子里，成了最弱小的生灵。连风的吼声都比人的歌声嘹亮。

还有比人更可怜的，便是那些忠厚老实的牦牛。魔鬼的瘟疫折磨它们，土匪抢杀它们，狗熊豹子捕杀它们。现在，它们中的一头老了，人们饥饿的胃充满了对血红的牛肉的想象。想象当然不能填饱肚子，但是想象可以驱使人干出最残忍的事来。

这里的人杀牛有着奇特的方式，他们喜欢生吃带血的甚至还带着牛体温的新鲜牛肉。如果用刀杀牛，血就从肉中流失了，这样就不能给那些汉子们补充面对严酷自然的勇气，也不能给女人们增添爱的力量。他们要让鲜活贲张的牛血充斥在牛强健的肌肉里。就像捕香獐的人，在捕杀它之前，总要设法让香獐分泌出更多的麝香一样。他们需要那头老牦牛的肉里有更多的血。

杀牛成了这个孤独村庄的节日。几个汉子把牛套住，然后一个人冲上去抱住牛脖子，另一个汉子用一根结了个活套的牛皮绳套在了牛鼻子部位，双手使劲一拉，牛便感到了窒息。"哦呵呵，拉紧啊拉紧！"周围的人一齐跺脚，齐声呼喊，为那两个家伙助威。那就像一场小小的战争，紧张、血腥、残忍。牛开始挣扎，一双哀婉的眼睛不知是因为窒息得难受还是感到深切的悲哀，眼泪哗哗地淌。但这一点也没有感动饥饿的人们，他们兴奋地乱喊乱叫，手舞足蹈，仿佛燥热的牛血已经注入到他们的体内，他们也像垂死的牛一般狂躁起来了。

但是这条牛渴望生命的力量大过了人们饥饿的欲望。它暴跳起来，几下就把想制服它的那两个家伙甩开了，牛悲愤地长鸣一声，撒腿就往山上跑，牛身后的一群人大呼小叫地追，可是他们怎么追得上一个逃生的生灵呢？

眼看着那牛就要越过前方的一座山梁，逃进森林里。人们不但吃不到带血的牛肉，连牛的腥味都闻不到了。

忽然一声枪响从山梁上传来，牛应声倒地。追牛的人愣了一下，纷纷拥到倒在地上胡乱蹬腿的牛身边，捧起泉水般涌出的牛血就往嘴里塞，就像一群嗜血的狼。山风如此地冷硬，稍一迟疑，牛血就成块了。

然后，他们满嘴鲜血地抬起头来，寻找那放枪的人，眼里冒着怒火，就像寻找有杀父之仇的人。

三个行路人从山梁上策马而下，他们的身后还跟着一匹驮行囊的骡子。从行头上看，他们是一主二仆，只是主子显得太年轻，而其中的一个仆人又看上去太老了点。这样年纪的老人，一般该在家念经修佛了。

村庄里的人围住了他们，有几个汉子已经把手按在刀柄上，看样子一场格斗不可避免。"远方来的客人，为什么杀我们的牛？"一个阿老上前问道。

"哈哈，你问得倒奇怪了，我把你们逃跑的牛放倒了，还以为你们该请我们喝酥油茶呢。"那个年轻的主子说。

"谁要你们开枪？我们有自己杀牛的方法。你坏了我们的规矩，就不要怪我们砍下你们的头。"那阿老冷酷地说。

年轻的主子并没有被吓倒，他只把枪横在身前。这些像野人一般的野蛮部落，连身像样的衣服都没有，人人在一张羊皮上挖三个洞，留着头和手在外面，就像直着两条腿走路的羊。佛祖，你怎么不来教化这些野蛮人？"我在山梁上看见你们杀牛了，难道就不害怕下地狱吗？"

那阿老冷笑道："地狱？难道我们不是生活在地狱里吗？看看你周围的山岗吧，吃人的魔鬼比村子里的人还多。你在地狱里可有见到这样荒凉险恶的地方？"

"没有。"年轻的主子傲慢地说，"也没有见到过如此不讲道理的野蛮人。"

"那你就说对了。下手吧！"阿老一声吆喝，他身后的汉子纷纷怪叫起来，然后凶猛地扑上前。骑在马上的那三个人还没有反应过来，就被连人带马地掀翻在地。山道上顿时乱作一团，年轻的主子在扭打中伸手抓住了一个汉子蓬松的头发，可是他马上痛得哇哇大叫。那头发就像荆棘一样地刺手。他发现自己的手掌上已是一片模糊的血肉，十几根小针扎在了肉里。他大声向同伴叫道：

"小心啊，他们头发里有针！这是哪里来的野蛮部落啊？"

他们三个很快就被按翻了，捆绑起来吊在了村口的树上。所带的行囊财物悉数被村人抢掠一空。有几个汉子在路边的岩石上磨刀，他们被村子里的阿老指定为刽子手。

那个指挥众人抢劫的阿老，看上去却像一个有些教养的人。他撸撸袖子走到三人面前，脸上一点也不因为要杀三个无辜者而感到内疚，似乎他面前不过是三只等待宰杀的羔羊而已。他慢悠悠地对他们说：

"你们谁会念经啊？"

"只要是会说话的藏族人，哪有不会念经的。"年轻的主子说。

"那就抓紧为自己的来世念几句吉祥的经文吧，我们还要去分牛肉。唉，你们这些倒霉鬼，破坏了我们的胃口，所以你们今天必须死。年轻人，你要知道，杀一头牛，比过佛菩萨的节日还重要呢。"

这时那个也被绑着老仆人说："少爷，求求情吧。看在佛菩萨的慈悲上，求他们放我们一条生路。"

年轻的主子鄙夷地说："他们这样的野蛮部落，心中还有佛菩萨，那就真是雪域佛土上的稀罕事了。动手吧，别啰唆了。"

阿老脸上的傲气比那年轻的少爷显得更足："野蛮部落？在你们投生到来世前我要让你们知道，我们的部落属于高贵的朗萨家族。"

朗萨家族？三个被绑着的可怜虫顿时看到了活下来的希望，但是他们闹不明白自己为什么要被朗萨家族的人砍脑袋。还是那个老年仆人更沉着一些，他朗声说：

"哦呀，这真是菩萨和菩萨打起来了！混账东西，还不赶快下跪，你们想砍朗萨家族少爷的头吗？"

那刚才还很傲慢的阿老一下就矮了一截下去，弯腰低头地问："那……那那那么，请问远方来的客人，从……从从从哪里……来呢？"

"卡瓦格博雪山下。"老年仆人骄傲地说。

阿老"扑通"一声就跪下了，老泪纵横，唏嘘不已，双手一上一下地拍打着大地："有罪啊有罪！老爷啊……老爷，我们等朗萨家族的老爷等了好几代人了。"顷刻间他便从一个冷酷的老杀手，变成了找到爹的孩子。

他身后那几个在磨刀的汉子，也"咣当"把刀扔在了地上，纷纷冲三个还被绑吊着的人磕起了头。

"还不快把我们放下来！"年轻的主子就像身临美梦，这个美好的梦值得回忆并不是因为他们能够绝境逢生，而是他又找到了当老爷的感觉。

三个死里逃生的行路人正是朗萨家族的二少爷达波多杰、老管家益西次仁和小厮仁多。他们从"断头树"上放下来，然后被当成尊贵的主人迎请进村庄，村里所有的人，无论是妇孺还是彪悍的汉子，见到他们都把头低到膝盖以下了。

为了寻找令一个康巴男人骄傲的"藏三宝"——快刀、快枪和良马，他们已经出门快半年了；或者说，澜沧江西岸刚刚坐稳主人位置的二少爷达波多杰，为了一桩荒唐的爱情，为了逃离另一桩更加错误的婚姻，不得不走上了流亡他乡的漫漫长路。

他们被请进了阿老的火塘边。那个阿老名叫索朗贡布，是村子里的最年长者，实际上他还不到五十岁，可看上去却仿佛有八十岁了。但在这个环境恶劣的地方他已经是高寿了，因为男人们一般活不过四十岁，而女人们则活得更短。索郎贡布说，几百年前，他们的祖上曾经追随朗萨家族的祖先一同从圣地拉萨向藏东流亡，战争把他们这一支与朗萨家族冲散了，他们被掠为奴隶，曾经在雪山上开过银矿，后来家族中的几个男人逃了出来，但他们始终逃不出宿命的安排。他们知道朗萨家族的人后来到了澜沧江峡谷的卡瓦格博雪山下，可是每次想继续迁徙的脚步，刚走上官道就会被其他部落给赶回来，因为人家把他们视为野人。这里虽然像地狱一般艰辛恐怖，但能活人，地狱又有什么可怕的呢。

"老爷，是祖先的荫福派你来救我们出地狱的啊！"索郎贡布在敬酒时说。

祖先的荫福？达波多杰喝了那碗酒后想，朗萨家族现在跟我有什么关系呢？我恨透这个家族的阴险和狡诈啦。他说："你们在这里有家有房子有女人，不是过得还好吗？"

索郎贡布一下就哭了，他抹一把眼泪说一句话："老爷啊，我们这里，每年死的人比生下来的人多，强盗魔鬼来的次数比天上的雨还多。他们的马队冲进村子，只要是刚长成人的姑娘，就像老鹰抓羔羊一般，一把抓住头发就拖走了。我们的人为什么都要在头发里藏那么多针，就是被他们抓怕了的啊。"

达波多杰想到下午自己和他们搏斗时抓到的那一手的针，手掌还在隐隐作痛。真是人被逼急了，什么办法都想得出来。他问："你们就没有好枪好刀吗？"

"有我们也打不过他们，他们是一些和魔鬼在一起的人。他们的刀一刀劈来，能把人劈成两半，人还会走上两步，身体才分开，大团大团的血才会涌出来。"索郎贡布说到那些土匪的刀，还心有余悸。

"噢，总算让我听到一把好刀的传说了。"达波多杰欣慰地对自己的老管家说，"快讲，这刀在哪里？是谁打的？"

"在森林里的强盗们手中。"索郎贡布有些纳闷。

"我们的老爷想找一把比风还快、比月光还要明亮、比岩石还要坚硬、连魔鬼也可以斩杀的宝刀，快告诉我们吧。我们出远门，就是为了在神灵的指引下求到它。"老管家说。

"那你们要去找没鼻子的基米，他是一个懂刀的家伙。"索郎贡布说。

"没鼻子的基米，是谁？在哪儿？"达波多杰追问道。

"从这里出去，十站的马程，有个叫黑风林的大驿站，你们到那里去打听，谁是没鼻子的基米，人家就会带你们找到他了。"

"那我们明天就启程吧。"达波多杰有些迫不及待地说。他们出来这么长的时间了，一路打听哪里有令藏族男人心仪的快刀、快枪和良马。有人告诉他们说要找快枪应去后藏，找快刀要到藏东，而要找良马则必须去藏北草原。他们也确实看到了很多的刀、枪和好马，可是达波多杰始终认为，这三样宝贝应该和一段传奇有关，和某种命运相连，和神灵的旨意相符。

睡觉的时候，索郎贡布实在拿不出更好的东西来招待自己的主子，就为达波多杰叫来了一个姑娘。他对达波多杰说，这是我们村最漂亮的姑娘了，三个男人为她丢了命。达波多杰只往姑娘身上看了一眼，就差点没发起脾气来。她脸膛黢黑，头发像野人一般蓬松——天知道那里面藏了多少根针！她的五官仿佛不是自然生长出来的，而是被山谷里的风霜东一刀西一刀胡乱雕刻出来的。她蜷缩在一张羊皮里，只露出黑乎乎的头，傻傻地望着她要服侍的主子，不知道害羞，也不知道害怕。好像人们今晚叫她来，只是作为一个女人来服一次乌拉差役。如果说眼前这个女子也叫姑娘的话，那么野贡土司家那个麻脸小姐就是仙女了。这正应了藏族人说的那句话，在一个没有鸟的地方，一只乌鸦也贵如孔雀。

达波多杰挥挥手，打发走了那姑娘，自己钻到羊皮褥子里睡了。这个晚上他却老睡不着，并不是没有姑娘相伴，自出来以后，他就没有沾过女色。女人已经让他吃够苦头了，今晚不要说那个丑姑娘让他心烦，就是来一个比他嫂子——噢，亲亲的嫂子啊，我是多么地想你，又多么地恨你——漂亮十倍的女人，也提不起达波多杰的兴致呢。在漫长的旅途中，颠簸的马背让他想到了宗庸拉初在他身下的扭动和呻吟，那淫荡尖锐的叫声已经浸淫到他的骨子里了。在和嫂子有那一腿之前，达波多杰虽然也阅人无数，可是他还没有听到过一个女人在那种时候如此销魂的歌唱。那是一把温柔的刀，一点一点地刮着你的骨头。一个再有雄才大略的好男儿，也会被这刀把体内的骨气刮光。在路上，树林里的画眉鸟甜蜜清脆的叫声，是他嫂子挑逗的温婉细语；灿烂的山茶花让他看到了嫂子的笑脸；而在岩洞里避雨的时候，洞外的雨滴让他想到了嫂子的眼泪。

她怎么会哭呢，是因为害怕地牢里的黑暗吗？是由于达波多杰走后相思的寂寞吗？是丈夫扎西平措的鞭子打出来的吗？不，都不是。贝珠的眼泪达波多杰一辈子都不会忘记究竟为谁而流。她是为他们的孩子而流的啊！

那个孩子大概已经出生了吧。这段时间达波多杰几乎每晚都在想这个问题。这孩子是他的，他对此坚信不疑。出门那天，天上下着情人眼泪一般的雨。他隔着澜沧江峡谷，看见了嫂子立在对岸朗萨家碉楼顶的身影。嫂子在哭，他对身边的老管家说。而管家劝他道，少爷，隔得那么远，你怎么看得见？可是达波多杰相信自己看见了她脸上的眼泪。他痴情地说，如果嫂子没有哭，天为什么会下雨？老管家无言以对，因为他不知道情人的眼睛，是不受距离限制的。

如今缩在腥臭的羊皮褥子里，达波多杰不能不怀想那些温情浪漫的时刻。嫂子在他身下从激情欢娱的巅峰滑下来的时候，曾经感叹道，你们虽然是兄弟，可给我的感觉怎么那么不一样。他问她，我们两兄弟不一样在哪里？那个风情万端的女人吃吃笑着说，因为你们的妈不一样，生出的儿子当然就有差别了。

达波多杰这辈子就没有见过自己的亲生母亲，她在生他时就死了。在人们的传说中她是一个歌儿唱得特别清脆嘹亮的牧羊姑娘。一个放牧姑娘骨子里的精血，肯定比一个病兮兮的贵族小姐浓得多了。

第二天，他们就离开了这个恐怖的村庄。索郎贡布曾经要求达波多杰把全村的人一起带走，他们愿意帮他寻找"藏三宝"，也愿意跟随他到处去流浪。达波多杰怕这一村老老少少的人耽搁今后的行程，就没有同意。他们出村的时候，村庄里所有的人都跪伏在地上，索郎贡布执意要达波多杰踩着自己的背上马，以尽一个朗萨家族的仆人最后的忠心。以至于达波多杰也感动地说："等我找齐了藏三宝，回到澜沧江峡谷后，就派人来接你们。"

到黑风林驿站十天的马程，他们六天就赶到了。果然如索郎贡布所说，这里没有人不知道那个叫"没鼻子的基米"的。他们在驿站后面山崖下的岩洞里找到了他。这个没有了鼻子的家伙嘴唇上面只有两个幽深的鼻孔，形同一只奇怪的猿猴，因此他只能过离群索居的生活。任何遇到他的人，都会把他当成魔鬼。但达波多杰从看到他时起，就断定，他要找的宝刀，一定在这个人手上。因为佛祖的慈悲总是公正的，他虽然没有了鼻子，但他有一双豹子一般明亮如闪电的眼睛，他看人的目光中仿佛都蕴藏着一把宝刀清冷的光芒。

达波多杰给这个可怜的人带去了汉地的茶砖，洁白的酥油，还带了一坨牛肉，一条哈达。"没鼻子的基米"似乎从来没有受到过如此的尊重，看见那些贵重的礼物当时就哭了。他的哭很奇异，由于鼻子不关风，哭声就像狼在嗥叫。

"没鼻子的基米"从前当然是有鼻子的。他原来是一户大贵族家的刀相师，这个职业一度非常吃香。人们要买刀，总要请他来观察刀相，尤其是那些贵胄人家，身上的佩刀常常价值连城。因此基米的一句话，就可能使那些卖刀和打刀的人一年不愁吃喝。但是他是一个忠厚老实的家伙，又自恃身怀绝技，常常不给那些刀商面子，坏了人家的好买卖。基米鉴别刀有自己的办法，通常是经过看刀，听刀，嗅刀，试刀四道程序。看刀是观刀相，长短，厚薄，刀形，刃口，刀柄搭配等；听刀是听刀的声相，手指一弹，撮口一吹，刀唱出清脆悠悠的歌声，有如寺庙里的钟声萦绕，又如美女在无人之处时独自哼唱；嗅刀是闻刀的味相，好刀的味道有如大旱天的甘露，少女胸间的乳香，沁人心脾，令人陶醉；而试刀，当然就是论刀的动相，好刀在手，人刀合一，心到刀到，心不到，刀也到，快如闪电，动如脱兔。这些苛刻的条件，如果有一条达不到基米的标准，他就不肯说这是一把好刀。有一次，一个阴毒的刀商实在受不了他的真话，就偷偷在一把刀上撒上胡椒面，然后送到他面前请求鉴定。基米在看和听之后，将刀凑到鼻子前嗅，刀上辛辣的胡椒面便一下呛进了他的鼻子。可怜的基米猛地打一个喷嚏，刀就将他的鼻子削下来了。

"就这样，人们便称我没鼻子的基米了。"基米用手捂着自己的脸说。在尊贵的客人面前，他说话总喜欢捂自己的脸。他曾经用酥油拌上松树胶，做了一个假鼻子安在脸上，可是他却见不得阳光，太阳一晒，假鼻子就融化了。

"其实没有鼻子也没什么，口能吃眼能看耳能听，能走能跑还能做事，还不是跟常人一样。"益西次仁安慰道。

"我再不能做刀相师了。"没鼻子的基米说。

"我们去把那个可恶的刀商杀了，为你报仇。"达波多杰说。

"刀已经帮我报了仇啦。那把削掉我鼻子的刀，有一天自己就跳进了那个刀商的肚子里，他从马背上滚下来，滚到了刀尖上。你们要知道，每一把宝刀都是有尘缘的。"没鼻子的基米从脸上放下了自己的手，"我的命一生都和刀有关，在我刚出道的时候，观刀的法力还不够深，有的宝刀被我看成一般的刀，流入一些凡夫俗子的手里，他们用宝刀去砍柴、宰杀牲畜，做一些琐碎的事情，随便丢在院子里墙角边，从来不去打磨它，只让时光将一把宝刀慢慢锈蚀。就像一个人，本来具足做活佛的善根，因为人们没有开慧眼，不知道他就是佛，他身上的佛性也就慢慢被世俗的尘埃掩盖了。刀也有自己的灵性啊，你怠慢轻薄了它，它也会生气哩。"

达波多杰说："基米的话可真让我们大开眼界了。现在世界上还有宝刀吗？"

没鼻子的基米又把手捂在了自己的脸上。"良马配好鞍，宝刀配英雄。在英雄还没有死光的年代，宝刀当然是有的。只是要看这位少爷跟宝刀有没有因缘。"

"我为了寻找一把和男儿的雄心相配的宝刀，连老爷都不做，流浪异乡半年多了，这段尘缘还不够吗？"达波多杰急切地说。

"不是够不够的问题，而是和宝刀的缘起有没有像彩虹一样升起的事情。缘起未到，宝刀和英雄的荣耀便不会被四方传唱；当宝刀和英雄赢得了名声后，尘缘也就断了。"

那时他们三个人都还听不明白没鼻子的基米这段话。多年以后，当达波多杰手中的宝刀离他而去的那一天，他的英雄梦也就此破碎。那时候他会想起没鼻子的基米说的这些话，他还会想起一个人和一把刀的尘缘，想起一把刀所承载的英雄梦。遗憾的是宝刀并没有帮助他实现这个梦想，而是跃马挥刀之间，梦想破灭。

"你说的这样一把刀，只有神界才会有了。"益西次仁说。

"有的人往返于神界和人间之间，为什么就不能拥有这样一把刀呢？"没鼻子的基米反问道。

"那么，他会是谁呢？"达波多杰问。

"我儿子。"没鼻子的基米木然地说。

达波多杰激动得一把抓住了没鼻子的基米，问："你儿子？他在哪里？他有这样的一把宝刀吗？"

"有，在他的尸骨身上。"没鼻子的基米冷冷地说，"睡觉吧，那边有一块空处，你们三个刚好挤得下。明天，你们就会知道一把宝刀和一个人的命运。"
他往那空处扔了一捆青稞杆，权当为客人铺了床，然后兀自蜷缩到洞的一边
睡了。

第五章

17·杀手

一人一骑出现在广袤空旷的荒原上，蓝天离他很近，强烈的阳光包围着
他，他就像从天边的云团中钻出来的一样。这片高原上的戈壁滩仿佛还在史
前社会，巨大的冰川漂砾石在天地间铺展开去，野蛮而苍凉。千万年前冰川
萌生了漂向大海的欲望，挟带着山上的岩石一起向大海奔去，可是岩石沉重
的步履跟不上冰川轻盈的身姿，它们被大地一路挽留，东一团西一堆，散落
在冰川远遁的航道上，就像一个个凝固了的梦，也像满地的冰川之蛋，等待
下一个新纪元的轮回重生。

大地干燥、荒凉，强烈的阳光把荒原都灌醉了，使它在骑手的面前不断
幻化出一些地狱里的幻景。魔鬼在天际间翩翩起舞，地狱之火却在身边熊熊
燃烧。马蹄扬起的尘埃久久不散，仿佛已经形成一片黄色的小云团。那个骑
手在荒原上扬马催鞭，不知他是在逃离地狱还是想奔向地狱，他就像这个星
球上的最后一个动物，在世界末日降临之前夺命狂奔。

其实他就是魔鬼的化身，是个在雪域高原四处游荡的杀手。孤独，冷酷，
残忍，愚昧。他只为银子、女人、酒这三样事情活着，但却经常吃不饱肚子，
找不到一个温暖的火塘，更找不到一份属于自己的爱，尽管已经浪迹天涯，
却穷得连买双靴子的钱都没有。颠沛流离和堕落邪恶的生活让这个叫昂青的
杀手对人生充满怨憎，在荒凉贫瘠的戈壁滩上，由于孤独落寞，也由于沮丧
失意，他经常会咒骂自己的影子："你老像一条狗一样跟着我干什么？你为什
么不滚下悬崖去呢？为什么我不一刀捅了你呢？"

而卡瓦格博雪山下的朗萨家族要找的正是这样一个把灵魂抵押给魔鬼的
杀手，他们雇他追踪都吉家的后代已有半年多了。澜沧江峡谷的头人扎西平
措也是个与魔鬼为伍的家伙，贡巴活佛的悲悯并没有让他看到自己今生的罪
恶，反而令他阴毒的心更加凶残，堕落的灵魂比地狱里的魔鬼还要邪恶。一

个人既然连活佛都敢毒杀，那他就活脱脱是人间的魔鬼了。当扎西平措听说贡巴活佛挡在那个朝圣者之前，抢先把有毒的奶渣吃了下去，试图以此大悲心来感化他时，这个心比魔鬼还黑的家伙说："这些只知道死读经书、爱慕虚荣的喇嘛，我倒真看不出，他的死能阻挡朗萨家族报杀父之仇的刀子。"他给了杀手昂青一驮银子的报酬，出于所有藏族人对磕长头喇嘛的尊敬，扎西平措没有告诉这个家伙要杀的人是一个喇嘛，只是对他说，打听到都吉家的后人阿拉西，就杀了他。

在这个炎热的下午，杀手昂青在荒原尽头的一道山梁上堵住了朝圣者一家老少四口，磕长头的喇嘛还在他们身后。杀手昂青不知道，他今天要做的活儿，从一开始就错误百出。

朝圣者一家打算今天借宿在山梁下面的那个村子里，他们总是会先到当天的目的地，为后面的洛桑丹增喇嘛打好酥油茶，等他磕完今天的头，他便能在火塘边坐下来喝茶了。在许多个夜晚，一家人不管是借住在人家的屋檐下，还是露宿在荒野，有一个温暖的火塘，有香甜的酥油茶，有孩子的哭闹，有家人相互的体贴照料，朝圣者一家就不觉得这颠沛流离、风餐露宿的朝圣有多艰难了。

可是那个等待他们的杀手却不愿意他们像往常一样有一顿宁静祥和的晚茶。他已经跟路人问清楚了，这一家人正是来自澜沧江峡谷卡瓦格博雪山下的都吉家。他远远看见他们从荒原上急急地走来，他坐在山泉边的石头上，那山泉在半崖上，离下面的山道还有十几步的距离，有一条取水的小径通向它。他断定那家人一定会像所有的路人一样，在这个山泉下稍作歇息，往羊皮囊里灌满水，再继续赶路。昂青想，今天他将兑现一个杀手的诺言了。

他们来了，已经走得口干舌燥，还牵着一匹骡子。玉丹让阿妈和达娃卓玛抱着孩子在路边等他，他爬上山崖取水。当他看见清洌的泉水时，也同时发现了泉水边那个面色阴沉的家伙，一种不祥的感觉漫上心头。他戴一顶宽边破毡帽，身上的藏袍已辨不出颜色，脚下的靴子露出了脚趾头，尽管他浑身布满浪迹天涯的征尘、落魄潦倒的颓废，可是腰间的刀鞘却已现出半截锃亮的刀身，看得出那刀天天都在擦洗，也像它的主人一样，天天都渴望着嗜血。

玉丹对他笑笑，伸了一下舌头，然后用自己的羊皮囊去打泉水。

"是卡瓦格博雪山下都吉家的人吗？"那家伙的声音沙哑低沉，听上去像铁一般冷硬、冰凉。

"是，你是……"玉丹看见泉水对面的那人已经把手下意识地按在了腰间的刀柄上，他的心便打了个激灵，仿佛从头到脚被冰凉的泉水浇了个透。他的脑子现在异常清醒。

"我是朗萨家族派来的杀手昂青。"他可真是个做事不隐名、心硬如铁的家伙。

"嘘——请小声一些！"玉丹都不明白自己为什么会这样，但是他明白今天已在劫难逃。杀手昂青也很奇怪，在他杀过的无数冤魂中，当他们听说他的名字时，要么跳起来和他搏杀，要么脸色早就白如死灰了。

"我女儿才睡着。昂青，你叫昂青对吗？你要做的事，请不要惊醒我的女儿。"玉丹小声地说，就像和一个人讨论一件很寻常的事情。

"噢，你真是一个好父亲呢。"杀手站了起来，把一块小石头踢进泉水里，石头入水"咚"地一声响，又让玉丹紧张地往下面看了看，仿佛这也会惊醒他女儿甜蜜的梦。

这时达娃卓玛在下面喊："哎，打到水了吗？你在和谁讲话？"

"打到了。"玉丹往下伸伸头，见阿妈央金抱着孩子坐在路边的一块石头上，达娃卓玛将手搭在额头上，往上眺望。

"碰见一个从家乡来的朋友，说两句话就来。"他对自己的妻子说。

"呵，我是你的朋友吗？"杀手昂青问。

"从现在起，就算是吧。朋友，你是来杀阿拉西的吧。"

"正是。这个家伙的命值一驮银子哩。"

"我就是阿拉西。"玉丹沉着地说。从看到杀手昂青时起，他已决心像贡巴活佛那样，用自己的生命保护好哥哥的佛缘。

"知道你是一条好汉。一箭就把我东家的阿爸射到了阴间。可惜啊，今天轮到你了。"杀手昂青冷漠地说。

"是一段孽缘，总有了断的时候。朋友，只是想请你不要在我的家人面前杀我。他们都是女人。"

"你想找一把刀来和我搏杀吗？"昂青显然听进了对方的提议。

玉丹说："不用了。我们在一个老人、一个女人，还有一个孩子面前舞刀弄枪的做什么？再说，你要是杀不了我，我们家和朗萨家的孽缘就不能了断。"

"那么我在哪里下手？"杀手问。

玉丹还真为这个问题为难了。自己被杀了是小事，给家人带来绵绵不尽的悲伤才是大事。可是哪有男人的鲜血不惊吓到女人温柔慈爱的心呢？

"我不知道。"玉丹如实地回答。他在想，哥哥这下可以安心地磕他的长头了，再不会有人来打扰他。

"就在这里动手吧，可是我又不忍心糟蹋了这汪泉水。瞧，这山泉多么清澈啊，像女人的眼睛，这让我想起一个我曾经爱过的女人，可她却一点也不爱我。唉，我造的孽已经够多的啦，求你行个好，让我的罪孽稍微轻一点。"一个杀手向要被他杀的人求情，这在昂青的杀手生涯中，可是第一次。

"那就等我们回到山路上，我们走一段路后，我回来找你。"玉丹认为这个办法还可行，这样他就有和达娃卓玛、阿妈还有自己的女儿告别的时间了。

"你不会跑吧？"杀手不相信地说。

"我会把自己的阿妈、妻子和女儿留给你吗？"玉丹反问道。

"唉，"杀手昂青叹了一口气，"魔鬼为什么让我摊上一个拖家带口的好男人。你先走吧，我会跟着你的影子。"他忘了自己也是一个魔鬼。

玉丹下来了，他看见达娃卓玛接过他的水囊，自己没有喝，先去给阿妈的木碗里倒了一碗，然后才往嘴里灌了一口，但是并不咽下去，而是等水在口腔里捂温热了，才将嘴对着女儿的小嘴，一小口一小口地喂她。叶桑达娃并没有睡，睁着黑黑的眼珠看看她的母亲，又看看她的父亲。玉丹忍不住把女儿抱过来狠狠地在她娇嫩的脸蛋儿上亲了一口，可是他的眼眶不知怎么就湿润了。

达娃卓玛喝下一大口水后，看见丈夫在揩眼睛，她问："你怎么了，玉丹？"

"没……没什么，沙子掉眼里了。"玉丹慌忙把孩子还给达娃卓玛，借弯腰拾地上的行囊，掩饰住了快要流下来的眼泪。

他从行囊翻出自己的木碗来，又往碗里倒满了水，递到"勇纪武"嘴边，轻声对它说："阿爸，喝吧。以后……你要自己去找水喝了。"

"勇纪武"一口将木碗里的水饮尽，摇摇头，嘴里发出"呼哧呼哧"的响声，像一个人的抽泣，它的眼睛扑闪着，两大滴眼泪掉下来了。

"'勇纪武'怎么啦？"达娃卓玛问。

"没什么。"玉丹抚摸着"勇纪武"的脖子，"风沙真大啊。"

"没有起风啊。"阿妈央金纳闷地说。

"我们该走了。"玉丹庆幸地想，幸好阿妈没有看出阿爸想说什么。

三个人继续上路。阿妈牵着"勇纪武"走在前面，达娃卓玛抱着孩子走在中间，玉丹背着一个小行囊走在最后。只有他知道，还有一个魔鬼尾随着他的影子一路而来。现在，他并不为身后的杀手而害怕担心，他只为前面的亲人而心疼。我要离开她们了，她们以后怎么照料哥哥啊。到拉萨的路还远哩，按现在这个走法，再有一年的时光都到不了。今后谁来帮她们挡风雨，谁来帮她们驱野兽，谁来帮她们背行囊啊？

　　"玉丹，快些走，阿妈都走在前面去了。"达娃卓玛头也不回地催促道。她感觉身后丈夫的脚步越来越沉重。

　　"达娃，达娃……"

　　"什么事？"

　　"达娃，达娃……"

　　"怎么啦，玉丹？"达娃卓玛回过头来，看见了丈夫反常而又一往情深的脸。她不知道这是丈夫站在死亡的门槛边留恋人间的面容，也不知道丈夫的每一声呼唤，心中惦记的都是他的两个达娃，更不知道他的心在无声地哭泣。

　　玉丹强撑着笑脸，掩饰了自己内心的慌乱，说："我在喊我的两个达娃呢。"自从孩子出生以后，玉丹一高兴，就达娃达娃地叫，让大家不知道他到底是在喊自己的妻子呢还是呼唤女儿。一个幸福男人的心里，妻子和女儿的分量一样重，他叫一个的名字，心中盛满的其实是两份幸福。

　　"她已经睡了。你背不动行囊了吗？昨晚是不是没有睡好？"达娃卓玛关切地问，她的脸略微红了一下。

　　昨天晚上，他们好不容易把女儿哄睡了，达娃卓玛刚把自己的乳头从叶桑达娃的嘴里轻轻拔出来，玉丹就将自己的头拱了过来。尽管一路上栉风沐雨，生活艰辛，可是健壮丰满的达娃卓玛丰沛的奶水就像两眼不会枯竭的泉水，有时叶桑达娃吃不完，多余的奶就给玉丹吃。那是他们夫妻俩躲在羊皮褥子里的秘密。男人一吃了女人的奶水，白天消耗殆尽的所有力量都恢复过来了；女人也被男人强劲有力的吸吮撩拨出了兴致，生活的苦难也暂时被爱淹没了。一番温存之后，他们总会仔细听听阿妈是否睡了，哥哥洛桑丹增喇嘛是否已在梦乡，然后再做夫妻间的事情。达娃卓玛觉得，玉丹在她的身上越来越像一个成熟的男人，他已经聪明地完成了从一个阿弟到丈夫的角色转换。在漫长的朝圣路上，他的皮肤不再白皙，终于被高原的太阳晒成了一个粗砺刚硬的康巴人。

后面传来一声口哨,尖锐而急促,像追赶而来的死神的呼啸。

这个催命鬼。玉丹心里恨恨地想。

"玉丹,后面有个骑马的人,就是你说的那个朋友吗?"达娃卓玛往后面看了看。

"是。"

"他为什么不跟我们一起走?"达娃卓玛问。

"他喜欢一个人独自闯荡。"

"他不像一个做农活的人。他是干什么的?"

"他做生意。"

"哪有一个人出来做生意的?玉丹,我看他不像一个好人。"

"他做的生意……唉,不要管他了,卓玛,阿妈已经走到前面去了。"

"阿妈今天心里想着给哥哥打茶,脚步走得飞快。"达娃卓玛说。

玉丹看着母亲在山道前方矮小却壮实的身影,蹒跚而坚定的脚步,还有那一头在阳光下泛着惨白光芒的白发,不知为什么,他忽然对跟阿妈说几句告别的话失去了勇气和信心。并不是后面的杀手催得急,也不是即将赴死令他胆怯,而是面对阿妈苦难的背影,他不能保证自己的眼泪不流下来;面对阿妈满头飘零的白发,他也不能保证自己是否会重新拾起求生的欲望。——阿爸在的时候,阿妈还是一头青丝哩。

他记得小时候,有一年一家人在温泉里洗澡,他第一次对女人的身体产生了渴望,就是由于看见了阿妈丰满的身体。温泉里男男女女、老老少少一大池子的人,可只有阿妈的身体最吸引他的目光。从小到大,直到偷偷爱上达娃卓玛以前,玉丹都认为阿妈是峡谷里最漂亮的女人。尽管多年过去了,儿时的记忆就像温泉里飘荡的氤氲,遮盖了许多生动的岁月,鲜活的细节。可是唯有关于阿妈的记忆永远清晰,永远近在昨天。就像现在,他仍然能准确地回忆起那温泉的味道,回忆起温泉里美丽的阿妈,她浓密的黑发铺展在温泉里,几乎要把一潭清泉遮盖;她一下水,温泉里就有了女人的乳香。她从泉水里站起来时,天地间一片光芒,清澈晶莹的水珠从阿妈身体的各个部位淌下。滑腻温香的泉水,健康丰腴的母亲,奶酪一般光滑细腻的肌肤,还有那两个乳头如同夏天里的樱桃,丰润娇嫩,上面淌下的两小行水注,像珍珠一般溅落在玉丹的心头,溅落在他美好的童年回忆里。当他也为人夫、为人父时,当他在夜深人静的时候轻轻含着达娃卓玛同样饱满成熟的乳头时,他从心底里感叹女人的神奇和伟大。男人的孔武有力和雄心壮志，都在这里找到力量和爱的源泉。

他不能去跟阿妈告别，他也不敢去。从小他就承认，自己没有哥哥勇敢。他常常为自己的胆怯而害羞，当哥哥杀了白玛坚赞头人，为父亲报了仇后，在他的心目中，哥哥就像一尊维护家族荣耀与骄傲的护法神。他甚至认为，达娃卓玛那样深情地对哥哥的爱——他怎会不知道达娃卓玛爱情的深度呢——他一辈子也得不到，如果哥哥不当喇嘛，他永远只是达娃卓玛爱情中的小阿弟。她当然也爱他，但她给予他的爱，和对哥哥的爱，也许有着天壤之别。在这一点上，玉丹比谁都清楚明了。

但是只有神灵知道，他是多么地爱他们啊。

好吧，现在就让我来作个补偿吧。他想。他最后深情地凝望着前方的两个亲切的背影，默默地对她们说，贡巴活佛啊，求你给我勇气，让我像个好男儿那样去死。阿妈，达娃，朝圣路上人的灾难该结束啦。非人的灾难就只有指望你们了。他最后把亲人们的背影深深地嵌入自己的眼帘，融进自己的生命，然后转身向魔鬼走去。

几分钟以后，达娃卓玛没有听到身后玉丹熟悉的脚步声，她回头一望，山道上空空荡荡，唯有山风呜咽。她还在催促自己的丈夫，玉丹，脚步加快啊！她不知道一场悄无声息的杀戮已经完成，她也不知道玉丹已经用自己的死证明了世界上最深厚、最广博的爱。这至死不渝的爱用生命与鲜血凝结而成，一份给了达娃卓玛，一份给了他的哥哥洛桑丹增喇嘛。

杀手昂青没有料到这桩活儿会做得如此利落。被杀者沉着勇敢地向他的刀尖走来，仿佛每走一步都放下一袋金币，每走一步都减少一份人生的烦恼与苦难，每走一步，还多增添一份荣誉与自豪。在对手骄傲的胸膛上，他不得不捅进那一刀，让人家升向天堂，自己下地狱。

昂青已经听见了被杀者妻子的呼叫，这个与魔鬼为伍的家伙，这一次忽然感到害怕了。他慌忙翻身上马，逃之夭夭。

那时，在这场杀戮的后面，洛桑丹增喇嘛还在光秃秃的荒原上继续自己的修行。头顶的太阳依然很大，连草都不见一根，只有一些耐旱的荆棘，枝条上全是刺，似乎多长一片叶子都显得奢侈。喇嘛伏身叩向大地的时候，常常被这些荆棘拉扯，好在他穿的那身袈裟已经布缕条条了，荆棘们不过是将破烂不堪的袈裟再一遍一遍地梳理而已。

天上有一只兀鹫在巡弋，它大约很久都没有找到肉吃了。有时它发现大地上那个人影会长时间地伏在地上一动不动，凭它的直觉这人快不行了，它等待着一场饕餮大餐。兀鹫估计要不了多久，这人就再也不会起来。前几天它和它的伙伴们在这片荒原上才掏空了一匹倒毙的马，那马也像这个人一样，竭力挣扎了一个多时辰，最后倒在地上成了它们的一顿美食，它和伙伴降落到马身上时，那马的眼睛还没有闭上哩。可是今天两个多时辰过去，地上的那个人影永远都在蠕动，那人偏偏歪歪地爬起来，再偏偏歪歪地跪伏向大地。似乎这就是那个人在大地上的行走方式。兀鹫失望地一振翅膀，冲向干热的蓝天。

喇嘛全身已经和这褐色的大地浑然一体，尘埃追逐着他的身影在荒原上一起一伏。除了两个眼珠是黑的，眼仁是白的外，他的头发和裸露在外面的每一寸皮肤，都被大地打磨得像一块岩石一般坚硬、粗糙，与其说这是一个人，不如说那是一块在大地上永不停歇挪动的石头。强烈的阳光仿佛不是照射下来的，而是被一个神灵密密地泼洒在干枯的大地，炫目密织的阳光像万箭齐发，大地上的一些指头大的沙砾都被钢针一般的光线击打得跳动起来。闷热的空气令人喘口气都会在眼前金星四射，好像吸进嘴里的不是空气，而是这些咯着干涩坚硬的小星星，它们拌着灰尘、汗水、沙砾，还有像鞭子一样的光线，统统被喇嘛吸进嘴里了。

大地已被炎炎烈日灼伤了，它在颤抖。洛桑丹增喇嘛在明晃晃的阳光下已经看不清前方的路，一切都被阳光扭曲，歪歪斜斜地升向天空。一些魔鬼的身影也呈现在喇嘛的前方，他们也被晒变形了，无精打采地在半空中晃来晃去。喇嘛每一次伏向大地，都不想再爬起来，都在渴望天上的神鹰赶快下来，把自己沉重疲惫、破败不堪的肉体带到天上去。它的阴影游荡在他前方的地上，像一条在尘土中无声滑行的蛇。他现在多么想喝一碗茶呀！可是打茶的人呢？

洛桑丹增喇嘛即便在磕长头的时候，也不能不牵挂自己的家人，尽管这让他感到惭愧，世俗之心，毕竟还没有彻底割舍，这说明自己的修行还不到家。可是今天自一大早出发，他就觉得不吉祥。出门一年多来，他天天伏身向大地，已经能辨别出大地的语言，阅读大地的文章。什么时候这里曾经有河流匆匆而过，什么季节里大地上曾经鲜花盛开碧绿如茵，远行人的身影在何方，魔鬼的足音有多远，他都比一般人清楚。有一次他在一面山坡上听出了泥石流爆发前酝酿力量的争吵，他果断地放弃了磕头，让大家尽快通过那一段山路，他们刚刚翻过那山坡，一面坡便飞起来，滑进了山谷。今天早晨的太阳一从远方的地平线跳出来，就有火辣辣的感觉，地上的露珠竟然是苦的，他在磕第一个长头时，就尝到了这些苦涩的露珠，他还看见它们像小石子儿一样地到处滚落。喇嘛的心有一些慌乱，不似以往那样专心致志了。

前方的那个村庄叫格布村，它位于这片荒原的尽头，那里有一片树林，也就有了人家。昨天有一对外出回村的父子曾经给朝圣者一家布施了一小口袋青稞。他们说有好多年这里没有见着磕长头去拉萨朝圣的喇嘛了，他们希望喇嘛磕头的时候也为村子里的人们祈福祈祷，他们会在村庄里为喇嘛一家打好酥油茶的。叶桑达娃昨晚哭闹了一整夜，浑身发烫，好像是病了。因此今天一大早，洛桑丹增喇嘛就催促玉丹夫妇带着孩子先去村子里等他，这样孩子在野外就少经一些日晒风尘，阿妈央金本来说留下来陪洛桑丹增喇嘛，但喇嘛对她说，你还是跟他们一起去吧，孩子的病还不知轻重，反正天黑时我们在前面的村子里汇合。

这时远方忽然传来急促的马蹄声，一人一骑逆着阳光从前方的道路上飞驰而来，喇嘛长长地松了一口气，你可真是神灵派来的信使啊。

很快，那人到了喇嘛的面前，洛桑丹增双手合十高举在头顶，拦下马来。

马背上正是那个刚杀了玉丹的昂青，只不过他一点也没有杀手的荣誉感，只有一个心虚者的失魂落魄。他看见路边的喇嘛，忙勒住马头，扔下一坨干牛肉，算作是对磕长头的人的布施，也算是对自己刚犯下的罪孽的解脱。然后他一松缰绳，想继续赶路。

"尊敬的施主，请等一等。"

"我只有这些了，喇嘛上师。"骑手说。

"我并不需要你的布施，我只需要你的慈悲。"

骑手一惊，险些从马背上跳下来，因为他不知道这个喇嘛为什么会这样说。他甚至在慌乱中将手按在了腰间的刀柄上。

喇嘛没有在意骑手的惊慌，他问："你来的路上，可有看见一个老妇人，一对夫妻和一个孩子？"

"看见……没……看见。他们是你什么人？"骑手慌乱地说。

"是我的阿妈和弟弟一家。"

"你阿弟叫什么名字？"

悲悯大地（选章）

"他叫玉丹，是个善良厚道的好兄弟。"

"那么……那个叫阿拉西的家伙呢？"昂青感到快要从马背上跌下来了。

"正是我这有罪之人啊。"喇嘛回答道。

"佛祖啊！罪孽……"这个行事莽撞的杀手大叫一声，知道自己杀错人了，可是现在就是借他十个魔鬼的胆量，他也再不敢将手里的刀指向一个磕长头的喇嘛。昂青看到自己眼前的荒原在沉沦，大地在开裂，地狱之火从大地深处喷出，直奔他而来。一个人纵然把灵魂抵押给了魔鬼，也不能不怕地狱的烈火。洛桑丹增喇嘛也奇怪地看见了一团地火从远处的一个地缝窜了出来，正对着这个骑手的脑袋飘过来，就像飘来的一团红云。

骑手再次惊叫一声，打马跑了。

那团地狱之火追逐着骑手，永远悬在他的头顶上方。可怜的人，他活不过今天晚上。喇嘛悲悯地想。但是骑手怪异的举止也使洛桑丹增喇嘛心头升起不吉祥的云雾，家人出事了？会是叶桑达娃吗？她的生命那样的弱小，这一路的风尘别说一个婴孩，就是大人也吃不消呢。他跪在地上念了一通经文，请求神灵告诉他该怎么做。经文一念，他的脑海里便一片血光，那血光和天空中的尘埃搅裹在一起，向远方迤逦而去；而且左手顿时失去了知觉，麻木得抬都抬不起来，这可是从来没有过的体验。这时他看见前方的天空上，并排着三个太阳。神的昭示让喇嘛决定暂时放弃磕头，先去找自己的家人。

洛桑丹增喇嘛赶到玉丹身边时，他的血已经冷了。阿妈央金和达娃卓玛已经哭成了泪人，两个女人面对一个浑身是血的男人束手无策，她们就像还在一场噩梦里没有醒过来。

男人们在这个世界上要面对的凶险和他们心底里的勇气，女人最好永远也不要知道，她们只需要知道一个结局。但是她们面对结局所承受的打击，也和男人们面对死亡的灾难一样巨大。

喇嘛跪在弟弟身边，用一双温热的手掌去捂他心窝上的刀口。他触摸到了兄弟那颗忠勇的心，左手立即就恢复了知觉。弟弟那颗流血的心在哭泣，冰凉的血让他战栗，仿佛在告诉他一段孽缘的代价。这时他才明白神灵的昭示，兄弟之情，情同手足，现在他的一只手臂要断了。

洛桑丹增喇嘛感觉到手心里玉丹的心在渐渐离他远去，就像一个飘逝的背影，你心碎的呼唤，你牵挂的目光，你绝望的亲情，都随风而逝。血冷了，生命之光暗淡了。生命无常，体现在这面对死亡的门槛，门内和门外，虽然只是一步之距，却有星星与大地之间遥远；体现在生命在手掌之中时而像紧紧攥住的无价之珠宝，时而像小心捧着的一捧清水，可是任谁也不能永远握住一捧水；体现在生命的火焰有燃烧也有熄灭；它还体现在生命是如此的脆弱呵，折断一根树枝，飘零一片树叶，都没有生命夭折来得更快、更迅猛、更惨烈、更令人猝不及防。

格布村的人们不知怎么得知了玉丹遇害的消息，也许是达娃卓玛和阿妈央金凄厉的哭声穿透了荒原，也许是玉丹的热血让大地也感到了悲痛。一群提刀舞棍的年轻汉子在一个阿老的带领下骑马赶来，他们对洛桑丹增喇嘛说，要去追杀那个天理不容的杀手。

面对亲兄弟的死亡，作为一个修行者，洛桑丹增喇嘛努力平息自己心中的伤痛，努力观想贡巴活佛在死亡面前的庄严和慈悲。他劝阻了那些要去帮他复仇的善良人们，他对他们说："我的上师告诉我，不管别人如何对待你，都要对他施予慈悲。那个杀我兄弟的人，脚上连一双好靴子都没有，今天晚上也不知道他能不能找到一处温暖的火塘，地狱之火正追逐着他的马蹄扬起的尘埃，我担心他死的时候，身边恐怕连一个亲人都没有。这难道不是对一个恶人最好的报应吗？人心中的杀心一起，报应也就像影子一样会跟随终生。我不愿意你们为了自己的善良和侠义而背负上杀生的罪孽。我也是动过杀心并有罪孽在身的罪人，在朝圣的路上，我每磕一个长头，不是在为自己的来世祈福，只是在一点一点地洗涤身上的罪孽。如果当初我能以慈悲去对待别人的杀心，以宽恕去看待别人的贪婪，我就不会走上这赎罪的朝圣之路，我的上师也不会为了我的佛缘而奉献自己宝贵的生命，我的弟弟也不会面对一个杀手的马刀。生命无常啊生命无常……我们藏族人说，明天和来世何者先到，我们不会知道。可是，可是啊……"喇嘛终于泣不成声，泪如雨下，高声向苍茫大地呼喊道：

"今后我在世界上哪里找得到这样好的兄弟！"

18 · 英雄

扎杰是一个只剩下一副尸骨的英雄，这尸骨现在还在草原上四处游荡。有时游牧的牧人看见他，还会冲游荡的尸骨磕头。在星光闪耀的夜晚，英雄的光芒从尸骨上放射出来，十里之外，人们也清晰可见，像一盏照耀着英雄梦想的指路明灯。吟诵英雄故事的歌谣在这片草原已经传唱了许多年，唱的是多年以前魔鬼统治下草原的黑暗，唱的是侠士扎杰和魔鬼派出的独角龙搏杀的英雄故事，唱的是天上的星星陨落时，英雄的灵魂飘往天堂。还唱了英雄身上的宝刀像雪峰一样挺立，像星星一样闪烁着寒光，像闪电一样开天辟地。现在这宝刀还挂在英雄的尸骨上，等待另一个英雄去佩带它。

英雄的尸骨在草原上行走，忽东忽西，忽南忽北，人们看见英雄游荡的尸骨，无不挥泪崇拜，无不心生悲悯。人间英雄像珍珠一样地罕见，像星星一样地高远，大家都是凡夫俗子，英雄就愈显高大神秘，凡人就愈显渺小卑微。在这片草原上，你要当英雄，先想好自己是否会成为另一副游荡的尸骨，就像扎杰那样。

很久以前，这片肥美的草原被一群只长一个角的独角龙霸占，它们是受魔鬼差遣的凶猛动物，体大如象，狡诈如蛇，嗜血如狼。当它们奔跑在草原上时，大地像鼓一样地被擂响，当它们放声噪叫时，声浪像洪水一般席卷一切。草原上的虎豹熊罴，都被它们赶尽杀绝，然后它们开始慢慢地享受草原上温驯的牛羊和牧人。这些家伙肥厚粗砺的舌头一舔，可以舔掉人的一只胳膊；它们身上的皮像岩石一样，牧人们的刀剑砍上去，不是卷刃，就是折断；火绳枪的霰弹就像是给它们搔痒。更不用说它们头顶上的独角，比铁更坚硬，比剑更锋利。那角还翘起个漂亮的弧形，任何动物被它一顶一翘，就被抛到了天上，然后它象脚一般的巨蹄，在对手落地之时兜头一脚，蹄下的生灵要么五脏迸裂，要么粉身碎骨。

扎杰来到这片恐怖的草原上时，并不像现在这样，只有一副尸骨，那时他是一个游历天涯的独行侠士，身跨骏马，腰佩宝刀，英武挺拔，长发飘拂。那个年代，你只要有一把宝刀，有一身的胆量，有一匹好马，世界就在你的手上，最美的姑娘也在你的怀里。那天他打马从草原上经过，白云下一个美丽的姑娘对他说，如果你真心爱我，就请留下来；如果你是真正的英雄，就请你杀光横行草原的独角龙。

英雄扎杰笑着说，别说独角龙，就是两个角的龙，三个角的龙，九个角的龙，又有什么害怕的呢？

姑娘说，英雄，我们只请求你杀一个角的龙。你每杀一条独角龙，就可以在这草原上挑一个姑娘陪你。

英雄问，那么，草原上有多少条独角龙呢？

姑娘说，不多，只比一群牛多一些，大概也就两三百头吧。

英雄笑了，那么多的姑娘，我可享受不起。

姑娘说，真英雄就该有这样的福气。

于是扎杰为了爱情，为了英雄梦，开始了一个人和独角龙的战争。扎杰的英雄气概来自于腰间的宝刀，那是他的父亲找遍全世界的好刀之后，相中的一把举世无双的好刀。那刀在扎杰出门追寻自己的英雄梦那天，由父亲亲自挂在他的腰间。刀一上身，扎杰就成了一个英雄，就像春天一到来，万物便开始复苏生长一样，宝刀也让扎杰身上的英雄气概一天天地增长。到他来到独角龙肆虐的草原上时，无人可匹敌的独角龙，在他的眼里不过是一些跳动的小蚂蚱而已。况且，在他的身后，还有那么多美丽姑娘期盼的目光。

英雄扎杰捕杀独角龙的故事，就像扎杰和姑娘们的爱情一样，多年以后人们都还在传唱。他把独角龙引到一棵大树前，独角龙猛冲过来，扎杰一闪身躲在了树后，独角龙锋利的角深深地扎进了树里，然后扎杰唱着歌儿挥刀斩下独角龙的头。他的宝刀快如闪电，可以直刺独角龙的心脏。他用独角龙硕大滴血的心脏拌糌粑吃，这让他浑身是胆，豪情万丈。独角龙在他的刀下纷纷倒毙，姑娘们在他的身下幸福地歌唱。在那些美好的夜晚里，成群的独角龙在草地的边缘哀号，而帐篷里却夜夜传出欢快的歌声。

只剩下最后一头独角龙了。它是兽中之王，魔鬼的近亲。英雄扎杰和它周旋了三个月，都没有杀死它。扎杰把它引到树前，但它把树连根拱翻；扎杰把它引进陷阱，可它从陷阱里一跃而起。后来扎杰用坚韧粗大的牦牛绳做了一个圈套，圈套一头坠上一块巨石，在秋天时扔进快要封冻的湖里，到了冬天，扎杰把独角龙引到结了冰的湖面上，湖面的结冰有一人多厚，就像一件坚实的白色铠甲，把曾经碧蓝如玉的湖泊死死罩住。他们在冰上搏杀，搅起冲天的白雾，扎杰边打边退，独角龙步步紧逼，最后它踩进了扎杰设好的圈套，它一抬脚，套绳就拉紧一次，它愈挣扎，套绳套得愈紧。它被坚韧的牦牛绳套牢了，它被厚实的冰层拖住了。扎杰哈哈大笑，一连串的歌声从他的喉咙里飞出来。姑娘们在岸边亭亭玉立，呐喊助威，暗自盘算今晚谁可以光荣而幸福地走进扎杰的帐篷；男人们在想如何用洁白的哈达和青稞酒来迎接他们的英雄。那力大无比的独角龙被套绳牢牢地套住了，可它还不服输。它蹦跳挣扎，巨大的蹄子震撼着厚实的冰面，使整个湖泊都摇晃起来，让岸边的树瑟瑟发抖，湖边的雪山发生了雪崩，姑娘们的心被揪到了嗓子眼，天空也打了个冷噤。但是勇敢的扎杰这时跳下马来，持刀向前。他要举刀直刺独角龙的心脏，他就要喝它的血了。他就像行走在一面被击打的鼓上，震动不已的冰面将他一弹三尺高，他跳起又落下，落下又弹起。狡猾的独角龙打算用这种方式让对手近不了身，它愤怒的巨蹄蹂躏着冰面，把平整的冰面击打得到处是巨大的坑，它的怒火从头顶的角上喷射出来，那是魔鬼才有的绿色火焰，人们看得清清楚楚，绿色的火焰在冰面上燃烧，厚重的冰被融化了。魔鬼在这关键时刻助了独角龙一臂之力，冰面开裂了，发出骨头折断、心被撕裂的脆响和呻吟。岸边的姑娘们齐声尖叫，男人们跪了一地祈祷神灵的护佑。扎杰都听见了，可是这更让他勇往直前，在他的刀离独角龙的心脏只有一臂之距时，湖底的魔鬼忽然翻了身，窜了出来，和独角龙一道击败了英雄扎杰。

结冰的湖翻滚起来，天上被白雾和黑雾笼罩，人们再也听不到英雄扎杰爽朗的笑声和动人的歌声，再也看不到英雄矫健的身姿和他明亮的宝刀。黑白两种颜色的雾在虚空中搏杀，从湖面打到草原，又从草原打到雪山上。人们只能在雾中听到英雄的呐喊和魔鬼的狞笑，只能从洒落在草原的血雨里判断英雄的悲壮。白雾和黑雾斯杀了三天三晚，血雨也在草原上下了三晚三天，英雄的热血终于流尽了，白雾退去，黑雾笼罩人间。整整一个冬季，人们白天出门也要点火把，整整一个冬季，人们没有看到太阳，没有看到月亮，只看到一颗明亮的星星，在草原的远方陨落。

春天来了，春风终于吹走了统治人间的黑雾。可是人们的生活中再也没有了英雄，姑娘们在一个冬季全都变得白发苍苍，心力交瘁；男人们在冬季里也都沉默无语，悲怆沮丧。大地上重新传来恐怖的足音，那条独角龙从魔鬼的世界里又回来了，只是它的角上神奇地挑着英雄白骨森森的尸骨，不知是它不能将英雄从角上甩下来，还是英雄扎杰还想和它继续搏杀。它走到哪里，英雄扎杰的尸骨就跟到哪里，永远都在它的头顶上方，保持着赴汤蹈火、舍生忘死的骄傲姿势。那把明亮的宝刀还挂在英雄尸骨的腰间，在独角龙的眼前晃来晃去，随时威慑着胡作非为的独角龙，迫使它远离牛羊和渴望平安吉祥的人们。从那以后，独角龙再也不敢来骚扰草原上的牛羊，它不得不整日整夜地和英雄扎杰搏杀。在天气阴霾的黄昏，在风和丽日的夏季，在凄风苦雨的荒原，人们都能看得见英雄扎杰和独角龙仍然在天空和大地上追杀。多年过去了，英雄的尸骨依然完美如初，连一个趾节骨都没有脱落一根，就像英雄的美名在人们口中传诵时，一个细节，一个音节，一滴眼泪，一声叹息，都完美得令人扼腕，高贵得令人敬仰。

"这就是英雄扎杰的故事。他是我的儿子，天底下最勇敢的儿子。"

闻名雪域高原的刀相师、没鼻子的基米的英雄故事讲完了，讲述者和听讲者，泪珠撒落一地。英雄扎杰的故事在没鼻子的基米的火塘边讲了一天一夜，可是谁都忘记了饥饿，忘记了没鼻子的基米栖身的山洞外的星移斗转，日升月落。

达波多杰问："那片有独角龙的草原在哪里呢？"

他已经知道，只有一段英雄的传奇，才可铸就一把威名远扬的宝刀。这段传奇的上半部分已经演绎完了，下半部分的光辉故事，即将属于他。

"哪里的草原像天空一样辽阔呢？哪里的草原离天最近呢？哪里的草原上湖泊像珍珠一样撒落，野兽和牛羊像星星一样繁多呢？"没鼻子的基米问。

"你说的是羌塘草原。"老管家益西次仁说。

"那我们就去那里吧。明天就出发。"达波多杰坚定地说。

没鼻子的基米说："老爷，我随你们一起去，好吗？我要把我英雄儿子的尸骨带回故乡。他已经在梦里告诉我啦，说该是让他回家的时候了。我还想去看看那把创造了英雄美名的宝刀，看看它的刀刃是否依然锋利。那真是一把举世无双的好刀啊，它是天上的星星掉下来的一块石头打造出来的。星星上掉石头，是三百年才有一回的事情。那石头带着一团火从天而降，烧红了半边天空。世界上没有比它更坚硬的石头了，打刀的师傅把它丢进火炉里炼了七天七夜，才把它熔化成铁水，打成了雌雄两把宝刀。"

达波多杰两眼放出痴迷的目光："我仿佛已经看到那刀身的光芒了。"

"刀鞘上的光芒才更加耀眼哩。"没鼻子的基米说，"那上面有三颗印度来的珍珠，三颗拉萨来的猫眼石，三颗汉地来的翡翠。铸刀师傅的刀一打成，我就知道这就是世界独一无二的宝刀，我用我的两个女儿换来了两把刀的刀身，那个铸刀的铁匠已经五十多岁了，可他还是一个老光棍，我眼都没有眨一下就把两个女儿给他送过去了。然后用我一生为人家相刀积攒下来的全部财富，换成了九颗宝石，镶嵌到了刀鞘上。雌刀四颗宝石，雄刀五颗宝石。宝刀要有好刀鞘，跟男儿要有千里马，女人要有豹皮衣一个道理。一个刀相师，当然要有世界上最好的宝刀，就像一个国王，肯定要娶全国最美的女人做王妃一样。我把两把宝刀分别给了我的大儿子昂青和小儿子扎杰，我对他们说，好男儿一生中只须做一件事，那就是身跨骏马，腰佩宝刀，离家远游，闯荡世界，建立英雄的美名。"

"你有两把宝刀？"达波多杰惊讶地喊道。

"我有两个儿子么。他们都为了这个世界上的宝刀而生，也为宝刀而亡。"没鼻子的基米哀伤地说。

达波多杰问："师傅，你的小儿子成就了你的英雄梦，但你的大儿子呢？那个叫昂青的，他不是还拿着另一把宝刀吗？"

"唉！"没鼻子的基米深深叹了口气，"前不久一只鸟飞到我的梦里，告诉我说我的大儿子昂青也死了。他误杀了一个去拉萨朝圣的人，天上飞下来一块石头砸死了他。他没有当成英雄，只成了遭报应的杀手。"

"噢，可怜的基米。"达波多杰想，一把刀的劫缘真是说不清楚呢。那时他还不知道昂青误杀的人，就是他家族的仇人，他也不知道，雌雄两把宝刀，就像人间有情的男女，总有会面的那一天。不过他更想立即就找到那把建立了英雄功勋的宝刀，一把误杀了好人的刀，就再不是一把宝刀了。

一个月后，达波多杰带着自己的两个仆人和没鼻子的基米来到了藏北草原，大地如此辽阔，天空如此之低，前方的白云仿佛伸手便可揽入怀中。那时正是夏季，碧绿宽广的草原铺展到天边，把天都映蓝了。英雄的故事在吹过草原的风中仍在流传，但是英雄的足迹却远在天边。他们从一个游牧部落到另一个游牧部落，都可以听到英雄扎杰的美名，还找到不少扎杰的后代，他们和英雄扎杰几乎长得一模一样，英武挺拔，长发飘拂，只是他们腰间没有扎杰的宝刀，因此他们做不了英雄，只能做一个在牧场放牧的普通牧人。没鼻子的基米看到这些没父亲的孩子时，老泪总是一次次地淌下来，让人不明白那究竟是因为幸福，还是由于悲伤。

他们沿着英雄扎杰散落在草原上的种子，追寻着英雄浪漫故事传播的方向，在一座破旧的白塔边，他们遇到了一个酒醉的少年。这个看上去不过十来岁的小家伙几乎不用问，就知道是英雄扎杰的后代。他的头发飘到肩上，一双孤独但坚定的眼睛，与他实际的年龄不相称；颀长的身子略显单薄，可掩藏不住早熟的轩昂豪迈之气；看不出颜色的羊皮藏袍上曾经镶满一个手巧的母亲精心缝制的金丝花边，现在却满是发馊了的酒味。"一个过早落魄了的少年英雄。"过路的人这样对达波多杰说。

没鼻子的基米走上前去，在那孩子面前蹲下，捂着自己的脸问："你是英雄扎杰的儿子吗？"

少年像个被废黜了的王子一般，懒洋洋地看了看没鼻子的基米一眼："英雄扎杰的名字也是你这样的人可以提起的？"

达波多杰有些气恼，提马过去一鞭子抽在少年的身上："狗奴才，睁大你的眼睛看好了，他是英雄扎杰的父亲。"

少年的眼光里闪过一道亮光，随即又暗淡下来，重新恢复到从前心灰意冷的模样，他说："别说英雄扎杰的父亲，就是大英雄格萨尔王来了，也成不了什么事啦。"

"难道魔鬼统治了草原了么？"没鼻子的基米问。

"魔鬼没有统治草原，我从未见面的爷爷，虽然我还不知道你叫什么。"那少年抹了一把鼻涕，"但是，那头挑着我父亲尸骨的独角龙，已经被一个活佛降服了。它现在是念青唐古拉山的护法神。"

"你说什么？"达波多杰惊得从马上滚了下来，抓住孩子的双肩猛晃道，"谁降服了独角龙？他在哪儿？"他每日每夜都在设想，为了拿到那把宝刀，自己该如何和独角龙搏杀。如此，刀到手之时，就是他达波多杰英雄扬名之日。

"念青唐古拉山脚下，离这里有七天的马程。"少年冷冷地说，"如果你要去找它，成就自己的英雄名声，你要想清楚，敢不敢跟一个护法神打仗。"

达波多杰愣住了，使妖魔变成护法神，是佛法的力量，非人力可为之。在这片佛土上，有许多的妖魔鬼怪，当人们不能战胜他们时，佛法便显示出它无所不能的力量。法力非人力可比，英雄也和活佛生活在不同的世界。英雄创造历史，活佛缔造神话。

"如果你不敢和护法神打仗，"那少年用讥讽的口吻继续说，"就只有像我这样，在酒中寻找我父亲扎杰的身影。"

达波多杰不无懊恼地说："有些人真是生不逢时，总是活在英雄的身影之下，就像苍鹰飞过天空，凡人的心比天高，也只能仰望。不管怎么说，我们还是要去看一看。独角龙不在了，那把英雄佩带的宝刀总还在吧。"

"宝刀已和我父亲的尸骨长在一起了，你取不下来的。除非你和那刀有尘缘。"少年老成地说。

"我的孙子，你和我们一起去吗？"没鼻子的基米问。

少年伤感地说："爷爷啊，我早就去过一次啦，我也想成就我父亲的英雄梦，杀了那条独角龙，可是现在你看看，英雄的儿子成了这个样子。要是再去一次，我不知道还有没有脸在世上活哩。"

四人告别了英雄扎杰的儿子，向天边的雪山奔去。念青唐古拉山离天很近，不知不觉人就走到了天的边缘，挺立在白云之上。晚上睡觉的时候，星星一不小心就落到了怀里，月亮伸手扯过来就可以当被子。而白天，神灵在雪山上匆忙赶路的身影清晰可见，这里的一切都仿佛是不真实的，是梦中的某个曾经见到过的场景。

　　他们在雪山脚下找到了那个降服独角龙的活佛，把成群的牛羊供奉给了寺庙，那是达波多杰用自己身上的一颗十二个眼的猫眼石换来的。活佛是一个瘦削苍老的老僧，像一棵枯树一般干硬弯曲，饱经沧桑。这个叫觉色的活佛谦逊地说：

　　"我并没有降服什么独角龙，我只是从雪山上把一头牛带回来了，另外还带回来了一个人的尸骨。"

　　"一头牛！不是一条体大如象的独角龙？"达波多杰忘了在活佛面前应有的谦逊，高声叫道。

　　"是一头牛。"觉色活佛依旧语调平稳地说，"只是它有一只角，见到有佛缘的人还会淌眼泪，它属于神灵。人们现在都来供养它。"

　　"尊敬的觉色活佛，你是说……没有独角龙？"达波多杰惊讶得合不拢嘴，"那只角上顶着英雄扎杰尸骨的独角龙呢？"

　　觉色活佛平和地说："我从雪山上修行回来的时候，看见一头牛蹲在一副尸骨边淌眼泪，我就把他们都带回寺庙里来了。"

　　"难道那条顶着英雄扎杰的尸骨到处游荡的独角龙，是人们的传说吗？"达波多杰嘀咕道。

　　"我们本来就是一个生活在传说中的民族啊。"活佛说。

　　"那副尸骨上，有一把刀吗？"没鼻子的基米急切地问。

　　"有一把刀。"活佛回答道。

　　"刀呢？"达波多杰问。

　　"还在尸骨的身上。"活佛说。

　　"可是……可是独角龙怎么会变成了牛？"达波多杰依然不解地问。

　　觉色活佛微微闭了双眼，轻声说："年轻人，世界上的一切都是可以转换的。在因缘大法中，前世的恶魔，只要具足善根，在六道轮回中洗清罪孽，今生同样可以结出佛果。"

　　"那么，活佛，请带我们去看看那头牛吧。"达波多杰说。

"我要先去看我儿子的尸骨。"没鼻子的基米借遮挡自己的鼻孔，把一张已经泪流满面的脸大半遮住。

"尸骨和那把刀在一起，连我都不能把它从尸骨上取下来。那是一把英雄佩带的刀。"活佛说。

达波多杰和益西次仁先去看牛，它就放养在寺庙后院的空地上，周围的树上挂满了经幡，拴牛的树下还有成堆的糌粑和酥油做的玛朵①。那头牛跟草原普通的牦牛比起来大了整整一轮，虽然它现在已经因为苍老而显得消瘦、孱弱，但它依然威风凛凛——有谁见过如此庞大的牛啊？它的头上的独角更为神奇，想必那就是挑着英雄扎杰的尸骨游荡了许多年的角吧，还有那不同凡响的眼神。看你一眼，便可让人灵魂震撼。

达波多杰呆呆地看这怪异的牛，喃喃地问："你就是那条人们传说中的独角龙吗？"

牛点点头，又摇摇头。

"是活佛降服了你，使你变成了一只角的牛吗？"他又问。

牛惭愧地望着达波多杰，不予回答。

"你是英雄扎杰的好对手吗？"

"哞——"牛充满崇敬地长啸一声，算作回答。

"别问了，老爷。"益西次仁说，"它现在已经是皈依了佛法的护法神了。我们该像对神灵磕头那样，向它顶礼啦。"

达波多杰和益西次仁一起对牛跪了下去，他嘀咕道："佛祖，英雄都让人家当了，我在这个世界上还能干什么呢。"

不多一会儿，没鼻子的基米和他勇敢的儿子、英雄扎杰一起来了。准确地说，他是和扎杰的骷髅一起走过来的。那英雄的尸骨依然完好无损，竟然还能走路。他紧跟在他的父亲后面，就像所有的儿子都曾经紧紧牵过自己父亲的手那样，此刻父子俩的手，紧握在一起，父子俩的身子，也紧紧相依。他看上去比他的父亲还要高大挺拔，威风凛凛。只是骷髅一走动，全身的骨骼就哗啦哗啦地响。周围的喇嘛们一点也不惊奇，因为自从这骷髅被活佛带回寺庙后，他们经常看见他在月光下的寺庙里到处走动。拴有那头独角牛的寺庙后院，是他最爱去的地方。在行走的骷髅面前深感惊讶的只是小厮仁多

---

① 一种供奉给神灵的圆形酥油花。

和益西次仁，老管家差一点就一屁股坐在了地上，他惊叹道：

"佛祖啊，英雄真的是不会死的。"

没鼻子的基米一手捂着脸，一手牵着他儿子的手自豪地说："他一直在等我呢。我一去，说，扎杰，阿爸看你来了。他就从地上站起来了，就像早上从床上爬起来一样。看看，这骨头还是热的哩；看看，他还可以走路哩；看看啊，多健壮的儿子。"

没鼻子的基米拍拍他儿子肩上的骨骼，把一副骷髅拍得哗啦啦一片乱响，骨节与骨节间还迸发出欢快的白灰，呛得人忍不住要流眼泪。

"你就这样带他回家吗？"益西次仁问。

"难道一个父亲不该带久不归家的儿子回去吗？"没鼻子的基米生气地反问。

"他可以骑马吗？"益西次仁又问。当惯了管家的人，就是喜欢瞎操心。

没鼻子的基米再不说话捂着自己的脸："我儿子，我儿子在独角龙的头上骑了那么多年了，天下什么样的马不能骑？"他最后用世界上最理直气壮的语气高声宣布：

"英雄该凯旋了！"

"刀，还是取不下来？"从英雄扎杰的骷髅和没鼻子的基米一起走过来时起，达波多杰贪婪的目光，一刻也没有离开过挂在尸骨架上的刀。他一点也不为一副会走路的骷髅感到意外，他的心已经被那骨架上的宝刀紧紧攥住，刀鞘上的五颗宝石，依然发出璀璨夺目的光芒。

"活佛都取不下来，我们凡人怎能取下它呢？"没鼻子的基米说。

"让我来试试吧。"达波多杰上前一步。

"你要小心。"骷髅身后的一个老喇嘛说。

"小心什么？"达波多杰问。

"小心自己也成这个样子。"那个喇嘛回答道。

"那不很好么？"达波多杰说得很干脆。

"老爷，你只要不碰坏我儿子的尸骨，这把宝刀就归你。"没鼻子的基米说。

"你儿子是真正的英雄，谁也伤不了他。"达波多杰说完一把抓住了宝刀的刀鞘，他身上的热血"腾"就窜到脑门上了。

这把宝刀属于我了。他对自己说。

你的英雄传奇结束了，下面该看我的了。他对尸骨说。

那真是很神奇的一幕，寺庙的喇嘛们，没鼻子的基米和益西次仁，甚至连觉色活佛都感到神灵的法力已经加持到这个一头鬈发的年轻人身上。人的身上有多少根骨头啊，又有多少条筋络啊，尸骨身上的刀已经和那些骨头连在一起了，刀柄上的缨须也和尸骨上干枯的筋络缠绕交织，刀就像这副尸骨多长出来的一根骨头，它支撑着骷髅的英雄气概。可是这个看上去冒冒失失的年轻人，抓住刀后就像变成了另一个人，他跪在英雄的骷髅前，小心翼翼地将刀从尸骨上剥离了出来。没有动着一根筋，也没伤着一根骨头。那神奇的一幕，就像从湛蓝的湖里摘下一个真实的月亮。

在这整个过程中，人们默默无言，骷髅也默默无言。刀豁然下身时，所有的人，都听到了从尸骨身上发出的一声深深的叹息。

19·母爱

郁郁莽莽的原始森林永无尽头，遮天蔽日。自从朝圣者一家进入森林地带以来，已经在里面缓慢行走了两个月了，可是似乎还没有走到森林的边。时值雨季，森林的雨水也特别的多，雨水在天上，在树上，在地上，在飘来飘去的云雾里，到处都是湿漉漉的。呼一口气，就像喝下半碗水，让人肚子成天撑得难受；伸开手掌在空中抓一把，也能把空气捏出水来。潮湿泥泞的道路加重了那个磕长头的喇嘛的负担，他每天都仿佛是在泥里打滚，一路的泥巴也被他带走了不少，以至于每天晚上在火塘边时，达娃卓玛和阿妈央金都要用棍子敲打，才能将他一身的"泥铠甲"敲打下来。

黑密密的森林里也是魔鬼出没的领地，在它们进入这片广袤的森林前，曾经有好心的路人劝他们最好是和马帮一同进去，因为森林里的每一棵古树后，都可能是魔鬼的藏身之地。可是那些赶马人都是些疾走如飞的家伙，哪支马帮队伍愿意和一天只能前行十来里路的朝圣者一家同行呢？人们还说森林里有一种墨蓝色的毒雾，是从魔鬼的鼻孔里喷射出来的，人、牲畜一嗅到，立即倒地，就像瞌睡来时睡过去了一样，只是没有谁能够再爬起来。当然了，森林里的各种野兽也是路人的天敌，大到虎豹熊罴，小至毒蛇蚂蟥，一座与世隔绝的原始森林，是动物们的天堂，却是人类的陷阱。

洛桑丹增喇嘛说："在我们出发时，贡巴活佛说朝圣的路上有人和非人的灾难，有强盗、猛兽、干旱、魔鬼、饥饿五大险境，这是佛祖对我们心诚不诚、志坚不坚的考验。没有付出，怎能求到世界上解脱罪孽的真正佛法。这片森林就是一座地狱，我们也要去闯一闯。"

悲悯大地（选章）

在他们进入森林之前，格布村的两个汉子曾经星夜赶路，送来了杀手昂青的佩刀。倒不是他们为朝圣者一家报仇杀了昂青，而是这个家伙在驿道上平白无故地就被山上滚下的一块石头砸中了脑袋。"尊敬的喇嘛，他的报应来得就像你的咒语一样快。"

洛桑丹增喇嘛说："并不是我的咒语杀了他，而是神灵的谴责无所不在。我一个出家修行人，要刀作什么呢？"一个汉子说："拿它斩杀一路的魔鬼。尊敬的喇嘛，我是个打刀匠，但还没有见过如此做工精湛的宝刀。"

喇嘛将这把杀了自己兄弟的刀接过来，如果他不出家，他的眼睛一定会一亮，他的心中一定会升起一股英雄般的热血。刀鞘上镶嵌有四颗宝石，像四颗耀眼的星星，他把刀从刀鞘中轻轻抽出来，瓦蓝的刀身映着星星和月亮的光芒，映着英雄的梦想，也映着他弟弟玉丹迎面走向这把刀时最后的身影。

喇嘛闭上了眼睛，没有让自己的眼泪流下来。他把刀小心放回刀鞘，递给了身边的达娃卓玛。"你收好它吧，让它的杀气永远不要再出来，让它的刀刃再不要沾到众生的鲜血。"

洛桑丹增喇嘛在刀的另一面曾经看到过杀手昂青凄苦懊悔的脸，他的孤魂在半空中飘浮，仿佛是一只离群掉队的鸟。那块从山上滚下来的岩石把他的头砸进了肚子里，现在他努力想把头伸出来，因此那头在脖子处一伸一缩的，像一只长脖鸟。他的来世只有投生为一只随着季节四处迁徙的鸟，地上时常会有枪口和箭瞄准它，天上有猛禽捕捉它，它永远都在逃亡，流浪，为觅一粒食，得飞上几百里的路程。

森林里的道路极难辨认，枯枝败叶还没有来得及腐烂为泥，新的落叶和倒下的大树又遮蔽了一切。在很多路段，他们只能靠倒毙在路边的尸骨和一些隐约可见的火博遗迹来确定自己的方向。那些白骨森森的尸骨在朝圣的路上，真是一个个惨淡悲凉的路标，可是尸骨的主人却充满幸福，他们安详而满足地在路边或坐或卧，为后来的朝圣者指路，告诉他们一路上需要躲避的灾难。洛桑丹增喇嘛曾经从一副尸骨那里，得到了自己要去拉萨拜访的上师的消息。那尸骨的主人也是一名喇嘛，他在森林里被熊啃去了一条大腿和一只胳膊，在临死时喇嘛把自己的手印留在身后的岩石上，为后来者指明去拉萨的方向。他还通过自己仍在森林上空中飘拂的阴魂告诉洛桑丹增喇嘛，上师在拉萨已经知道了一个来自卡瓦格博雪山下的喇嘛正在磕长头修大苦行的消息，上师已经在拉萨的寺庙里为他念经祈祷，并加持无上的法力。这个葬身熊口的喇嘛还告诉洛桑丹增喇嘛，要提防森林里的熊，它们是魔鬼的帮凶。

魔鬼的身影在原始森林里虽然飘忽不定，但的确随处可见。一个大雨过后的下午，他们在一片林间空地发现了一个小小的村庄，这就是说朝圣者一家即将走出黑森林了，但并不意味着他们已经逃离了魔鬼的领地。朝圣者一家进入村庄时，人们正在为一件事情大声争吵。两个母亲同时宣称一个才三岁的孩子是她的亲生儿子，她们长得一模一样，不要说村人和她们自己的丈夫，就是孩子也分辨不出来谁是自己的亲生母亲。这样奇怪的官司在孤僻的村庄里年年都有发生，村人面对争夺孩子的母亲时，就像一只手不得不伸到火上去烤，是先烧手背呢还是先烤手心一般，难以做出人的决定。因为这是魔鬼给人类出的难题。在这种人与魔鬼的官司中，人类总是上魔鬼的当。通常的情况是，当村里的阿老将孩子判给这两个母亲中的一个时，另一个就会被村人当场打死。可是到了第二天，孩子便被那个打赢了官司的母亲吃得只剩下手和脚的指头了。魔鬼派出的罗刹女①总能骗过善良淳朴的村人，在孤独的村庄里扮成母亲骗孩子吃。

"磕长头的喇嘛来了，他的法力一定深厚无边，请他来给我们指出谁是罗刹女，谁是孩子真正的母亲吧。"村中的阿老一看见洛桑丹增喇嘛，就欣慰地说。

洛桑丹增喇嘛一家被人们簇拥在中间，听村人七嘴八舌地叙说了事情的原委。他看见两个妇人一边一个拉着一个孩子的手，她们果然长得就像孪生姐妹，也许连孪生姐妹都没有她们相像，她们甚至连为争夺孩子弄零乱了的头发，都飘散得分毫不差，一个妇人眼睛里掉五滴眼泪，左眼两滴，右眼三滴；另一个也会掉五滴，也是左眼两滴，右眼三滴。只有魔鬼要害人时，才会把人类的软弱掌握得清清楚楚，从而找到攻击人类的法子。

"你们到底谁是孩子的阿妈？"洛桑丹增喇嘛问。

"我是。"两个妇人同时说，连说话的语调都一样。

洛桑丹增问村里的阿老："过去你们怎么辨认孩子的母亲呢？"

"我们采用占卜的方法，可是魔鬼比我们更精明；我们又叫她们在口袋里摸黑白两种石子，摸到黑石子的就是罗刹女，可是魔鬼在口袋里把石子悄悄换了，罗刹女每次都能摸到白石子。我们已经知道，村子里哪户人家的孩子多出一个阿妈来，这家人就要遭殃了。尊敬的喇嘛，我们斗不过魔鬼的法术啊。"

---

① 魔女的代称。

"那好吧。"喇嘛让围着的众人让开一块空地，对那两个女人说，"你们都紧紧地各拉住孩子的一只手，使劲拉吧，谁把孩子拉到自己的怀里，谁就是孩子真正的阿妈。"

两个妇人泪眼婆娑地互相看一眼，仿佛不明白喇嘛的话。

"来呀，使劲拉！"洛桑丹增喇嘛喝道。

她们一狠心，开始拉扯争夺那孩子。孩子大哭，喊："阿妈呀，我痛！"

一个妇人听到这揪心的哭喊，顿时把手松开了。孩子被拉到另一个妇人怀里。

喇嘛走到那抱着孩子的妇人面前，厉声说："还不把人家的孩子放开！你危害村人多年，快滚回地狱里去！"

在村人的目瞪口呆中，那个罗刹女终于现了原形，她放下孩子，嘴里血红的舌头像放布帘一般滚落出来，一直垂拉到了胸前；她的身上也发出绿色的光来，人们方才看清她衣服里面一寸长的绿毛，她在村人的一片喊打声中落荒而逃。

村庄里多年来第一次响起了欢快的歌声，人们争抢着要把朝圣者一家接到自家的火塘边去。阿老说自从这个罗刹女来到村庄后面的山上后，大家的脸上就没有了笑容。曾经有猎人悄悄地摸到了她栖身的山洞，那洞里到处是人的头盖骨和头皮，洞壁上还挂满男人风干了的生殖器和女人的乳房，她在人头盖骨碗里捏糌粑，在干枯了的女人乳房做的茶碗里喝茶。天知道她从哪里抓来这么多的受害者，大概这些可怜的人都和你们一样，是一些路过这片森林的朝圣者。

洛桑丹增喇嘛说："如此作恶的妖孽不除，朝圣的路上还不知要留下多少白骨。明天你们带我去那个山洞看看，她到底是哪一路的魔鬼。"

第二天，洛桑丹增喇嘛在村人的引领下，找到森林里的那个山洞。它在一道悬崖下，人们需拉着树藤才可以溜到洞口。洞里面果然阴森恐怖，到处是人的器官和白骨。一只母狼被人们堵在洞里，睁着惊恐的目光蜷缩在洞深处。

"原来她是一只狼变的。"有人说。

人们用箭来射那狼，却怎么也射不中它。它在岩石后面跳来跳去，发出女人号丧时的凄厉叫声。洛桑丹增喇嘛说："别射了，我们把洞封死就行了。"于是众人退出来，找来石头将山洞一层又一层地封得严严实实。到时光荏苒，世事轮回，人间善恶因果，互为交替。洛桑丹增喇嘛二十年学法、十年苦修，终于证得了密宗大法中某些精深奇妙的佛法要旨时，他才明白这个被封在山洞里的罗刹女原来也是一个修行者。只不过她没有证悟到人间的正法，而是修持到魔鬼的套路中去了。就像有的人学到了起死回生的咒术，但又没有学到咒生到死的法门，如果他碰巧从地狱里放出来一个恶魔，人类就要遭殃了。

村人劝朝圣者一家在村庄里多住一些时日，等雨季过了再走。洛桑丹增喇嘛想到两个达娃和阿妈央金在风雨里的艰辛，尤其是叶桑达娃，她现在已经是一个可以满地跑的孩子了，可是泥泞崎岖的林间山路让这孩子少有在大地上撒欢的机会。"那就歇一歇再走吧。"喇嘛对自己身后的两个女人说。

自从进入原始森林以来，洛桑丹增喇嘛总感觉到有某种威胁潜伏在密林的深处，它紧随着他们缓慢的前进速度。喇嘛曾经通过念大威德金刚经祈诵佛法的加持，可是以他目前所掌握的法力，他还不能看清威胁究竟来自何方，也不知道到底是哪一路的魔鬼缠上了这支小小的朝圣队伍。有时候，在林间阵阵松涛的背后，在溪流潺潺流水的浅唱之间，他能听到魔鬼的足音如影随形地紧跟着他们。它一会儿隐匿在浓雾后面，一会儿闪现在巉岩之间，一会儿又悬浮在人的脑海深处。有几天，他都看见了一头豹子的身影，它就隐身在离他们不远的半山腰上，用一双明亮的眼睛注视着山道上的朝圣者。洛桑丹增喇嘛想：这家伙不是魔鬼派来的帮凶，就是佛祖请来的护法神。喇嘛一年多来的苦修使他已不惧怕任何魔鬼，可是他不得不为身后的两个女人和孩子担忧。在与魔鬼同行的路上，女人和孩子，是一个男人的软肋。

这是两个让朝圣之路上所有的路人看见都要心生悲悯的女人啊。他们同情和崇敬的眼泪会被阿妈央金满头的白发感动出来，会被襁褓中的孩子饥饿的啼哭牵扯出来。他们问磕长头的喇嘛，这一路上魔鬼强盗遍地都是，为什么不多带几个男人出来？他们还会充满担忧和疑虑，这支小小的朝圣队伍，怎么可能走到圣城拉萨？除非一个人的悲悯之心，像大地一样宽广。人们还说。

以至于在去拉萨的路上，来往的朝圣者都会互相打听洛桑丹增喇嘛已到哪里的消息，只是他们不会说他的名字，他们称他为"悲悯喇嘛"。"悲悯喇嘛"在雪山下。"悲悯喇嘛"在森林里。"悲悯喇嘛"降服了湖里的一个魔鬼。"悲悯喇嘛"生病了，住在湖边的一所木楞房里。

关于"悲悯喇嘛"的消息，和风一起在雪域高原上穿梭往来。魔鬼当然也知道了这个消息，它们要阻止"悲悯喇嘛"的悲心，因为悲心一旦惠及众生，魔鬼就不能控制人们的心灵，在人间也没有了立足之地。

半个月以后，雨停了，洛桑丹增喇嘛的体力也恢复得差不多了，朝圣者一家启程离开了这个森林里无名的小村庄。村庄的前方有一座叫尕布几的雪山，据村人称莲花生大师曾在这座雪山上修行，还降服了雪山上吃人的妖魔，使它成为了佛法的护法神，村人每年秋季都要绕神山一圈，以洗涤自己一年来的罪孽。洛桑丹增喇嘛想，既然已经来到了神山脚下，那就磕长头绕山一圈吧，也算是为这个善良纯朴的村庄祈福禳灾。到拉萨朝圣的人，路经一些神山圣湖，一般都会临时改变行程，围绕当地的神山转上一圈或几圈，以示对当地神灵的尊重。而这一路上的神灵何其多，这也就是朝圣需费时几年的原因之一。

　　一个阳光灿烂的下午，朝圣者一家在一条溪流边打茶休息。溪流两边的灌木特别茂密，灌木后面是黑密密的森林。叶桑达娃在溪边玩水，上午时达娃卓玛随手采了两朵野花别在她的头发上。小家伙已经长出一头乌黑的头发，野花别上去，映衬着她童稚的笑脸，让人一时分不清哪是孩子的脸庞哪是娇艳的花儿。这个出生在朝圣路上的孩子，路越走越长，她也越长越大。她就是一个看得见、抱得着、永远都温暖着内心的希望，比喇嘛心中的圣城拉萨更鲜活，比达娃卓玛绵绵无尽的思念和爱更具体；同时，娇小玲珑的叶桑达娃也是朝圣路上的一份伤心和怜悯，一份牵挂和惆怅。如果说当叶桑达娃还在母腹中时，达娃卓玛喝一口酥油茶，热了怕烫着肚子里的孩子，吸一口山路上的风雪，也怕冻着自己心尖上的血肉的话，那么当叶桑达娃降生在朝圣路上以后，在无数个颠沛流离的白天，在漫长的天当被地作床的夜晚，达娃卓玛唯有用自己一人之躯，用母亲怀里的热气，来抵御大自然中的风霜雪雨。在广袤的大地上，在迢迢的旅途中，一个母亲的胸怀是那样的微不足道，是如此的渺小纤弱，可是，它却是世界上最温柔的地方。

　　"叶桑，别玩水了，水凉。"达娃卓玛在一块岩石下升火，透过飘起的青烟对女儿喊。

　　阿妈央金去找柴火去了。洛桑丹增喇嘛靠在路坎下用酥油搓揉自己的膝盖，早晨出发时天还没有亮尽，他没有看清山路，膝盖重重地磕在了一块尖锐的石头上，尽管还隔着一层棉花，可那里当时还是肿了。喇嘛不知道这是神灵对他的一次警告，因为这一路上像这样磕磕碰碰的事情太多了。酥油和青稞酒，是喇嘛疗外伤最好的外用药。

　　"过来吧，叶桑。"喇嘛对那小女孩喊。

"爸……爸爸爸。"小女孩说。她正在学发音，常将洛桑丹增喇嘛喊成爸爸。而且，这是她学会的第一句话，甚至早于学会叫妈妈。这让大人们颇感意外，没有人教她喊爸爸，可孩子生活中需要一个父亲，这却是生命中天经地义的事情。

每当孩子这样叫他时，洛桑丹增喇嘛不能不想起玉丹。唉，他能听到孩子的叫声吗？喇嘛想。

在夜深人静的时候，洛桑丹增喇嘛经常能看到弟弟玉丹的脸，沉着，坚毅，充满爱心。那脸上的胡子已经长了很长了，使他看上去像一个威风八面的康巴汉子。玉丹过去总是把胡子修得干干净净，尽管那时他脸上的胡子并不多。他给人的印象就像寺庙里的一个读经僧一般文静，曾经有人问阿爸都吉，为什么不送这孩子去寺庙里呢？说不定你家会出一个大格西。阿爸总是说，念经的人心要静才行，这孩子外表看起来像个姑娘，内心里也有一匹野马在跑哩。阿爸虽然常年在外奔波，可是他对弟弟的心事却看得很准。洛桑丹增喇嘛想，恐怕阿爸没有想到的是，自己会成为一名喇嘛，人生真是无常啊。甚至连阿爸讲的故事，都和现实中人的命运不一样。洛桑丹增喇嘛还记得起阿爸讲的康巴人带着妻子、儿子和兄弟去拉萨朝圣的故事，在魔鬼面前，他保住了自己的亲兄弟，把妻子和儿子供奉给魔鬼了。可是，喇嘛悲哀地想，我失去的恰恰是自己的亲兄弟。

"勇纪武"在离孩子不远的树林里安详地吃草，这骡子每天忠实地跟在朝圣者一家的后面，默默无言地驮起一路的艰辛与苦难。只有到了晚上，它才把心里的话跟阿妈央金倾心交谈。那时它在阿妈央金眼里不再是一匹骡子，而是丈夫都吉。他们就像从前在火塘边聊家常那样，一聊就是半夜。聊天的内容包括磕长头的喇嘛的手板已经磨破了，要给他重新找一副；前面的山道上有一条岔路，要走左边的那一条；有一个叫安羌的村庄你们千万不要进去，村里有害人的黑寡妇，过去多少马脚子都命丧那里，等等。这一路上，"勇纪武"就是一个忠实的老仆人，一个慈祥的老父亲，它也许没有为朝圣者一家化解苦难的能力，但是它和他们一起承受着这苦难，分享着那个向着圣城拉萨一等身一磕头的喇嘛的虔诚与喜悦。而在有的时候，它还会提前向朝圣者一家发出危险的警报。就像现在，它忽然嘶鸣起来，前蹄像少女一脚踩到蛇身上那样一蹦三尺高。

树林里传来很大的响动，紧接着，一个粗壮的黑色身影带着一股浓烈的腥风扑了出来，直奔溪边的孩子而去。

"熊！"洛桑丹增喇嘛惊呼道。

"叶桑快跑啊！"达娃卓玛大喊。

熊从溪流那边一跃就扑进了水里，溅起的水花在阳光下映射成满天的珍珠。孩子看见一个大家伙落了水，呵呵地笑起来，还拍起了小巴掌。平常在枯燥的旅途中，洛桑丹增喇嘛经常与她玩跌倒的游戏，喇嘛故意滑倒，弄出很大的响声，让孩子呵呵直乐。

在熊和孩子之间，洛桑丹增喇嘛离孩子更近一些，因此他先向孩子扑过去，但一个身影比他更快速敏捷、更勇猛凶狠。那是达娃卓玛，她没有奔向孩子，而是扑向了正从水里站起身来的熊。

"滚开！"达娃卓玛跳进了溪流。

那家伙浑身湿漉漉的，立起来比达娃卓玛还高出一头。它愣了一下，大约在想今天这顿猎物竟然会如此轻易地到口。熊和达娃卓玛对视了几秒钟，然后仰天长啸。

"畜生！不要叫啊！"达娃卓玛张开双臂，仿佛要想拦住的只是一匹马，而不是一头嗜血的熊。它野蛮的叫声，比撕吃人的血盆大口更让达娃卓玛愤怒。

"别吓着我女儿！"她厉声喝道。在生死攸关的时刻，一个母亲最能展现出女人从不轻易示人的英雄气概和盛满生命之爱的柔情。

熊往前一扑，就将她按倒了。但是达娃卓玛揪住了熊的耳朵，死死地揪住，就像她当年还是一个姑娘时揪住豹子的尾巴，如一只蝴蝶依恋在豹子身上一样，现在她和熊在水里滚成一团。

可惜的是，洛桑丹增喇嘛已不是当年的阿拉西，他手里也没有了那杆轰跑了豹子的火绳枪。他已把孩子抱在了怀里，却只有眼睁睁地看着达娃卓玛在溪流里和熊搏斗。幸好这时阿妈央金听见响动赶来了，喇嘛忙把孩子交给她，返身从行囊里抽出了杀手昂青的那把刀。这是他们一路上唯一可以用来防身的武器。

喇嘛抽刀出鞘，"唰"地一声金属摩擦的声音，喇嘛听得很真切，仿佛心中的热血也被这干脆利落的声音沸腾了；但是他听见还有一个更真切温和的声音：

"你已经是受过戒的喇嘛了。杀生为万恶之首，难道你忘了吗？"

在后来洛桑丹增喇嘛闭关修行的黑暗山洞里，在他手捻一颗颗光洁圆润的佛珠，梳理时光的脉络时，在他深入记忆的库房，翻拣尘封的历史，辨认往昔岁月的峥嵘与温馨时，在他从三昧禅定①中回到纷繁喧嚣的人世，重新拾起回忆的碎片，悲悯大地上的有情众生时，他会为当年在那条无名的溪流边，面对老熊以身相抵的达娃卓玛掬一把伤感而惭愧的眼泪。

"去杀了那头熊啊喇嘛！"母亲在他的身后高喊。

洛桑丹增喇嘛立在水边，一动不动。

"喇嘛，快来帮帮我！"卓玛从熊的身下挣扎出头来，一双眼睛里交织着怒火和绝望。

洛桑丹增喇嘛依然未向前一步。

"佛祖啊，我的儿子，你这是怎么啦？！"阿妈央金急得捶胸顿足，要不是怀里抱着孩子，她真的要跳下溪流里去了。

溪流来自雪山下的冰川，冰冷刺骨。达娃卓玛的身子已经冻僵了，但是她的双手还紧紧揪住熊的耳朵，熊却一口衔住了她的肩膀，一甩就将卓玛的半个肩头撕烂了，清冽的水一下成了鲜红色。

喇嘛看见了红色的溪流，像澜沧江水一般漫过了他的眼帘，漫过了他悲悯众生的心灵，漫过了男儿的英雄梦，还漫到了他的脚边，几滴红色的水珠溅落在喇嘛的袍子上，透过袍子厚厚的麻布，又穿过喇嘛被大地打磨得坚硬粗糙的皮肤，直接浸到了他的心上，让他一颗矛盾的心裂成两半。

红色的溪流远去。一同远去的还有熊和达娃卓玛。熊已经把卓玛的一个肩膀撕下来了，但它仍然被对手死死地缠住，在溪流里随波逐流。前面有一个十几丈高的瀑布，熊知道自己虽说是林中之王，被冲下瀑布也绝无生还可能。它暴怒地在溪流里挣扎，用两只后腿蹬裂了对手的腹部，还咬着她的肩甩来甩去，把对手的骨与肉撕扯得满世界都是。可它还是被一股世界上最强大的力量拖住了。一种以母爱的名义以死相拼的勇气，必然汇聚成世界上最高贵、最强大的力量，不要说一头熊，就是魔鬼也会害怕呢。

20·父爱

渡口摆渡人才桑看见那个磕长头的喇嘛已经在河对岸磕了有两个时辰的长头了，他是在把过河的这一段距离先补磕回来，可是两个多时辰的长头足以在

---

① 密法修持中的一种个体意识与宇宙融合为一，恬淡虚无，天人合一的最高境界。

河上走五六个来回。"他真是一个虔诚的喇嘛。"才桑对自己的妻子色珠说。

色珠是个患了麻风病的女人,现在的嘴还是豁的。但是她从魔鬼的利爪下逃了出来,一年前一个路经此地的蓝眼睛大胡子的洋人给了她一种白色的药丸,救了她的命。

两夫妻在这个渡口以摆渡为生,妻子色珠因为嘴缺,平时话不多。她木木地望着对岸那个在大地上一起一伏的身影说:"他们今,晚,不会过河,来了。"色珠一张口说话,风就往她的嘴里边灌,将她从喉咙里滚出来的语句吹得七零八落。

"不过来好,我们再也布施不起了。"才桑说。

"他,们去,拉萨,总要过,河。"

"佛祖,我们拿什么来布施?"

"还,有半,口,袋糌粑。"色珠费力地说。

"半个多月没有人过渡口了,佛祖才知道人都到哪里去了?那些去拉萨和印度的马帮商队,那些朝圣的人马,那些走村串寨的手艺人,好像都被魔鬼捉去了。这驿道上好不容易盼来几个行人,却是去朝圣的喇嘛。不但不能给我们过渡费,还要我们布施给他们。可我们已经吃了一个多月的野菜拌糌粑面了。"才桑滔滔不绝地说。

"半口,袋,糌粑。"色珠固执地说。

才桑有些恼怒,看看对岸,喇嘛还在磕头,一个老妇人在河边升火,还有一头枯瘦如柴的骡子,在光秃秃的河对岸不耐烦地扬着蹄子。天色向晚,冷风从河面上刮过,带着雪山的冰凉气息。节令刚刚进入春天的门坎,正是青黄不接的时候,大地上仍是一片空旷。河水刚开冻,一些冰块从上游漂下来。其实在这个季节里并不能怪路上没有人,因为还不到出门的时候;也不能怪才桑抱怨家中的糌粑少,因为在冬季里人们并不需要渡船,河上的冰层融化以后,才桑才有生意做。他已经苦撑了一个冬天了。

才桑解开了船的缆绳,跳上船,一点篙杆,撑船而去。色珠默默地看着丈夫的背影,知道他嘴里嚷得再厉害,心里还是对佛菩萨充满敬畏的。

才桑作为摆渡人,是个既可以渡阳间的人也能渡阴间的鬼的快活过日子的家伙。那些经常往来于渡口的风骚娘儿们,说起才桑的本事,都要咒骂这个迟早要被魔鬼捉去的骚公狗,说他驾船就像骑马,搞女人就像采路边的野花。才桑是个乐观豁达的人,在这荒野上摆渡,形形色色的人南来北往,难免会有一些魔鬼混杂其间，可是他们看见才桑脸上阳光一样明媚的笑脸，雪山一般高远的胸怀，都不再想打他的主意了。连那些四处害人的罗刹女，虽然知道他好色，却从不来找他的麻烦。

才桑的船到了对岸，对那喇嘛喊："尊敬的上师，你过河吗？"

喇嘛说："我今天的功课还没有完哩。"

才桑说："天要黑了，河边风大。你磕的头已经够你过十次河了。"

喇嘛说："今天是个特殊的日子，为了纪念一个妻子和她丈夫的团聚。"

"噢，他们在哪里见面了啊？"

"天上。"喇嘛说着又重重地磕了个头。

才桑不说话了，他看见了在不远处升火的那个老人家，他走了过去，问："老阿妈，喇嘛在为谁超荐啊？"

那老妇人木然地说："我的小儿子和儿媳妇，也是他的弟弟和弟媳。还有就是，"老妇人指指一个藤条编的大筐子里那个睡着了的孩子，说："他们也是这孩子的阿爸阿妈。"

才桑看看磕头的喇嘛，又看看老妇人，再看看筐里的孩子，总算弄明白了这一家人里生者和死者的关系。他的眼睛就像被河水淹没了。

"今天是我儿媳投生转世的日子，"① 央金又说，"我们在祈祷神灵让她去找我的儿子。"

"老阿妈，我送你们过河吧。那边虽然没有一顿丰盛的晚饭，但是还有一间木屋可以避避风哩。"

"丰盛的晚饭？"老妇人不无悲哀地说，"施主啊，我们已经吃了一个多月野菜和树根了。只是苦了我这孙子……看看吧，她都饿得能看见身上的血管和骨头了。"

月亮升起来之前，才桑把朝圣者一家接过了河。他一走进河边低矮的木屋，就高声喊："色珠，来尊贵的客人了，赶快打茶，打茶。快去啊，你这个笨婆子。"

"酥，油没，有了，怎，么打茶？"色珠为难地说。

"没有酥油还有茶叶么。"才桑忘了自己这一段时间来是怎么过的了。

---

① 即亡者死后的第四十九天，藏传佛教称之为"受生中阴"，亡者的灵魂经过一段时间的徘徊后，在这一天选择转世投生的方向。

悲悯大地（选章）

"茶，叶，沫子，也，没有了。"

"你这个笨嘴婆子，怎么那么多话！"才桑叫骂起来，举手要打色珠。

随他进来的洛桑丹增喇嘛伸手拉住了他。"慈悲的施主，你没有听过一句俗语说，只要肉不要骨，只要茶不要茶叶，这是过分的要求吗？烧一锅热水给我们就是了。"

"没有酥油和茶叶，但是我们还有糌粑哩。色珠，咱们捏糌粑布施给磕长头的喇嘛吧。"才桑豪爽地说。

色珠犹豫了片刻，把佛龛下面的一个藏式木箱拖出来，打开了一把老铜锁，再拿出一个小布口袋，那里面大约还有三斤左右的糌粑面。

"吃糌粑，吃糌粑。"一个看上去四岁左右的儿子像一条可怜的狗一般爬了过来。才桑一步抢到孩子和糌粑口袋之间，抬起一脚，就将孩子拨拉到了火塘边。"那边烤火去，别来抢喇嘛上师的食。"他厉声说。

"是你的儿子吗？"央金阿妈问。

"是。"

"他有四岁多了吧？"央金问。

"今，年就，八岁。孩，子吃，没有，不长，个子。"色珠一边抹眼泪，一边揉着糌粑面回答道。

"唉。"央金叹了一口气，把行囊里上午吃剩的半个野菜饼拿出来，掰开后放进色珠揉糌粑的木盆里。

那顿晚饭喇嘛一家吃得很香，并不是指他们母子俩吃了多少，而是一个多月来，他们第一次幸福地看着叶桑达娃吃饱了。孩子终于吃得脸上有了光亮，有了笑容，有了嘴里吃到香甜食物的"吧唧吧唧"声。这一个晚上，她再没有在半夜里被饥饿从睡梦中赶出来了。而才桑一家也感觉非常幸福，色珠把揉糌粑的木盆仔细地用一瓢水洗了，给自己和才桑一人分了小半碗汤，平常人们揉糌粑是不用洗碗的，糌粑面根本就不粘碗，糌粑吃完，那些浸浸着古老岁月的糌粑盆依然油亮发光，可以映出人影。因此色珠洗木盆的那碗汤，实际上只是有点糌粑味儿的清水而已。至于他们的儿子，那个具有悲悯心的喇嘛把自己的糌粑团掰下一半来给了他。孩子的胃里就像有一只手，一把就将那糌粑团拽进去了。末了还后悔地跟他妈说，糌粑真香啊，我还没来得及好好在嘴里咂咂味道，就咽下去啦。

晚饭后，洛桑丹增喇嘛问："前面的村庄离这里有多远？"

"三天的路程。"才桑回答道，"你磕头去的话，大概要十多天呢。"

喇嘛陷入了深思，这十来天里，给叶桑达娃吃什么呢？这孩子的身体状况已经每况愈下，他甚至没有把握叶桑达娃能不能挨过这段没有人烟的路程。

第二天，洛桑丹增喇嘛谢绝了才桑的挽留，他不想再给人家增添吃饭的嘴。可是在他们要上路时，才桑把剩下的那小半口袋糌粑面全都扔到了骡子的驮架上。他轻松地说："从小我阿爸就告诉我，与其布施给寺庙里的菩萨，不如布施给修行的喇嘛。尊敬的上师，我们本地的山神会保佑你们一家的。"

"可是，这是你们最后的几口粮食了。我们不能要。"阿妈央金说。

"最后的粮食？老阿妈，这是哪里的话。"乐观的才桑用唱歌一般的语调说，"一个慷慨的人是不会饿肚子的。地里年年都在长粮食，山林里也有会奔跑的粮食，天上还有会飞的粮食，做一个摆渡人，他的粮食会有南来北往的过路者送来。到处都有粮食呢，我尊敬的喇嘛。请好好为我们祈诵顿顿有糌粑、天天有茶喝的吉祥幸福的生活吧。我们盼望这一天已经把头发都盼白了。"

洛桑丹增喇嘛不会忘记这无名野渡善良纯朴的一家人，也不会忘记才桑的豪爽与慷慨，更不会忘记他说到吉祥幸福的生活时一脸的向往——他的愿望是多么地渺小，又是多么地难以实现。洛桑丹增喇嘛在离开渡口后的一段时间里，天天都在念经的最后，祈求神灵满足渡口边那个善良的人小小的心愿。无所不在的神啊，求你赐予这个好人一口糌粑，一碗酥油茶吧。

可是，喇嘛不知道的是，他的这个心愿被魔鬼一口吞了。他们走后，才桑天天都在为如何填饱肚子犯愁。他从祈祷渡口早日有人来过渡，到祈求山神让他在附近的山林里撞上什么野物，再到最后哀求神灵帮他赶走肚子里的饿鬼，它折磨得他实在受不了啦。那些饿鬼不但在他的肚子里折磨他，把他的肠子一段一段地揉碎、挤瘪，在他的胃里拳打脚踢，甚至还从他空洞的嘴里跑出来，飘浮在屋子里，到处翻拣，看有什么东西可以下口。有一天才桑看见几个饿鬼缠绕着自己的儿子，让他抓火塘里的灶灰吃。那孩子一把一把地将黑色的灰往嘴里塞，吃得泪流满面，满头黢黑，干呕不已。才桑一狠心，从自己的腿肚子上割下一大坨肉来，血淋淋的肉丢进了火塘上已经冷了多日的锅里。他忍着剧痛对儿子说：

"别吃火塘灰了，我们煮肉吃吧。"

那孩子没好气地说："阿爸，家里连糌粑渣渣都没有了，佛菩萨那里才有肉哩，可是他让我们吃上肉了吗？"

才桑强撑着笑脸说："儿子啊，你只要虔诚供佛，佛菩萨给的肉就会飞到锅里来。"他舀了一瓢水倒进锅里："你看看吧，这不是你要吃的肉么？"

等色珠回来看见锅里的肉时，才桑已经痛昏在火塘边，这个一说话嘴就漏风的女人再也不结巴了："才桑啊才桑，你真是最有菩萨心肠的好男人啊！"

那一坨肉也没有让饥肠辘辘的三口之家支撑多久，渡口畔的小木屋终于再也不冒炊烟了。半个月后，一支早行的马帮商队才姗姗来迟，他们在河对岸喊了半天也不见艄公出来，就派了一个马脚子凫水过来。那马脚子上岸后推开摆渡人的门，发现屋里的三个人浮肿得通体透明，手和脚关节处的骨头都戳破了皮，每个人的手指为了在虚无贫瘠的世界里抓到一点可以填进嘴里的东西，指节骨全都只剩下一半了。他们满嘴的木渣和布絮，在绝望的深渊里也没有放弃对一口糌粑的期望。

但是他们的脸上依然宁静而慷慨。

那支马帮商队后来追赶上了朝圣者，洛桑丹增喇嘛向他们打听才桑时，才知道这一家人为了给喇嘛布施，已经全家饿死。那天晚上喇嘛一夜未眠，悲心大发，为才桑一家念了整晚的经。人间真正的佛法啊，众生永脱轮回苦海的道路啊，将由谁来指引给那些善良无助、卑微命薄的藏族人呢？

魔鬼似乎还要考验洛桑丹增喇嘛求法救世的决心，他们被一群饥饿的豺狗盯上了。这是帮既厚颜无耻又凶残无度的家伙，像狼一样大，比狼还更凶狠。它们在荒野里成群结队，专门攻击形单影只的弱者。在一个没有月亮的晚上，这帮野兽偷袭了"勇纪武"。它们从"勇纪武"拉屎的地方咬进去，一直咬到把骡子的肠子拖出来。可怜的"勇纪武"早就饿得跑不动了，眼睁睁地看着豺狗就像苍蝇一样围着自己的屁股疯狂撕咬，把肠子拖得一地都是。洛桑丹增喇嘛和阿妈央金听见响动赶过来时，只见"勇纪武"站在那里淌眼泪，已经摇摇晃晃得站立不稳了。

阿妈央金当时气得跌坐在地，号啕大哭："都吉，你再不想陪伴我们了吗？"

"勇纪武"眼泪涟涟地对阿妈央金说："央金啊央金，这一路上只有指望你了。我累啦，再也走不动啦。那边的魔鬼催得急哩。佛菩萨会保佑你们的。"

洛桑丹增喇嘛等"勇纪武"快闭上眼睛时，才重新看见阿爸都吉的身影，就像他当初作为"回阳人"在峡谷里飘来飘去那样，都吉的灵魂从"勇纪武"的尸体上飘出来了，他的那颗破碎的心还裸露在外面。喇嘛急速地念诵超荐亡灵的经文，还试图和阿爸说上两句话，但是都吉向他挥挥手，就像一阵烟一样地飘走了。从那天以后，他就再也没有看见阿爸的身影，甚至连在梦里，他都只是一个朦胧模糊的影像。

现在，朝圣的队伍里就只剩下磕长头的喇嘛和阿妈央金以及小叶桑了，但是迈向圣城拉萨的脚步一天也没有停留。没有了骡子，喇嘛有时不得不在一些险峻的山路上，停下磕头的功课，帮阿妈央金背一段路的行囊，然后自己再回去补磕；有时是阿妈央金把叶桑达娃放在路边喇嘛磕头看得见的地方，自己先把行囊往前背一段，再折回来背孩子。就这样走一程返一程，每天前行的距离只是原先的一半。许多路人看见这势单力孤的朝圣者一家，都纷纷流着眼泪布施，赞叹。一个八十多岁的老阿妈和她的两个儿子牵了一匹骡子专程赶来布施青稞和酥油，她说："我一年前就听人家讲朝圣的路上有一个叫'悲悯喇嘛'的圣者，我虽然老得不能到圣城朝圣了，可是我要祈求佛祖，让我供奉给'悲悯喇嘛'的布施增进我在来世的功德。"

有一次一个非人非魔的家伙从天上飞来，降落在洛桑丹增喇嘛的前方，他看见喇嘛磕头磕得辛苦不说，后援也实在令人心酸，就对喇嘛说，他驾驭的这只能在天上飞翔的神鹰，是一个聪明的喇嘛班智达[①]发明的，骑上它就像驾驭一匹长了翅膀的神驹一般，一天就能飞到拉萨，因为这神鹰的翅膀坚硬无比，强劲有力。他劝洛桑丹增喇嘛一家搭他的神鹰一起去圣城，在大昭寺磕百十万个头，也是一样的功德啊。洛桑丹增喇嘛一眼就看出他是魔鬼派来迷惑他内心的孽障。他平和地对这个可以在天上飞的人说，迷惑人灵魂的东西，总是想让我们的心离开大地，我们藏族人可不是急匆匆赶路的人。用脚步和身体丈量出来的朝圣路，才真正具备无量的功德。你飞在天上的时候，还感受得到大地上的悲悯、找得到内心深处的佛吗？那个家伙被喇嘛一席话羞愧得无地自容，驾着他的神鹰逃了。

这天下午，央金把孩子放在一块岩石下，自己背上行囊先走。岩石的后面是一片不高的杂树林，里面很安静，喇嘛在不远处一步一步地磕头，叶桑达娃就在他的视线之内，这让央金放心。可是她刚走出去不远，就听见叶桑达娃尖厉的哭喊，央金回头一看，顿时吓得脚都软了。至少有七八条豺狗——就是曾经偷袭了"勇纪武"的那帮家伙——围住了叶桑达娃，还有豺狗不断

---

① 梵语，指精通声明（律学）、因明（逻辑学）、工巧明（工艺学）、医方明（医学）、内明（佛学）这"五明"的博学者。

从杂树林里窜出来。这帮畜生自从盯上了孤独无援的朝圣者一家后，已经跟踪了他们半个多月了。

"滚开啊！"央金老阿妈丢下行囊，从包里抽出那把从来没有用过的宝刀来，像一头愤怒的老母狮，舞刀向豺狗群冲过去。路后面的洛桑丹增喇嘛也赤手空拳地冲了过来，嘴里喊着不连贯的咒语，也许他认为咒语可以吓跑凶残的豺狗。

那群豺狗是懂得分工协作的狡猾家伙，它们分成三拨，一拨对付持刀的老阿妈，一群对付冲上来的喇嘛，剩下的那几只竟然合力把孩子叼起来，想往树林里跑。

央金已经劈翻了两条豺狗了，可是她不得不眼睁睁地看着叶桑达娃被豺狗叼走。一条凶猛的豺狗咬住了她的藏袍，把她拖翻在地。在她倒地的一瞬间，她看见洛桑丹增喇嘛也被几条豺狗扑倒了，他手上一样自卫的家什都没有啊。

"佛祖啊佛祖，求求你，帮帮我们！"她仰天哭喊。

不知是哪一位神灵听到了老阿妈央金悲切绝望的呼喊，一头花斑豹从天而降，带着愤怒的呼啸一跃就跳到了豺狗群中央，那叼着孩子想跑的几条豺狗刚一发愣，就被花斑豹连扇几掌，扇得它们满地乱滚。那些围攻央金和喇嘛的豺狗，都是些欺软怕硬的家伙，它们一哄而散，眨眼逃得无影无踪。

孩子从豺狗的嘴里跌落在地上，哇哇大哭。豹子立在孩子的身前，雄视着四周，似乎不允许任何动物再靠近它的猎物。

"神圣的佛、法、僧三宝，你们中是谁赶走了豺狗，又是谁派来了豹子！"央金再次绝望地用自己的手掌猛拍身下的大地。如果他们还勉强可以和豺狗搏斗的话，面对豹子，他们不过只是它嘴巴边的一小团糌粑而已。

洛桑丹增的心都快蹦跳出来了，他想念诵一段经文来加持自己的勇气，可是他的脑子里一片空白。这时他清晰地听见一个熟悉万分的声音：

哥哥，不要怕，我是玉丹。

喇嘛惊得四处张望，可是这个世界除了他们祖孙三个，就是那头站在叶桑达娃身边的豹子了。他更加惊奇地看见，那豹子走到孩子面前，用鼻子轻轻地嗅了她一下，孩子就不哭了。

仿佛是传说中的奇迹出现，豹子围着叶桑达娃转圈子，不时用它的鼻子去触摸孩子的脸蛋，那份亲昵，就像是叶桑达娃的父亲。阿妈央金在山道上看得目瞪口呆，路那一头的喇嘛仿佛终于明白了什么，感动得一头匍匐在地上，感谢佛祖的慈悲。

喇嘛走到豹子面前，深情地问："玉丹，你是我的好弟弟玉丹吗？"

豹子颔首，跪下了自己的前腿，一向凌厉如闪电的一对豹眼淌出亮晶晶的两行泪花。喇嘛把豹子头揽进怀里，痛哭失声地喊道：

"阿妈，阿妈，它……它是……玉丹的转世啊！"

"我的儿啊！你怎么不早点来帮我们……"阿妈央金跪伏在地上号啕大哭。

"呜——"那豹子一声哀鸣，仿佛也在为没有从熊口里救下达娃卓玛而悲伤。

从此以后，这头漂亮的花斑豹成了朝圣者一家的守护神，它一直护送着朝圣者到圣城拉萨。许多行走在朝圣路上的商旅都看见过这样的奇迹，豹子若即若离地跟随在磕长头的喇嘛的周围，荒野和森林里的百兽再不敢来打扰朝圣者虔诚的磕长头。在人们的传说中，这头豹子原来是朝圣者的亲兄弟，他在被一个杀手杀死之前，用刀在自己的手臂上刻了一头豹子的图案，虔诚地向前世、今生、来世的诸佛菩萨发愿，祈求自己能转世投生为一头豹子，以保护磕长头的喇嘛和自己的家人。直到今天，人们在说起这个故事时，还称它为"护佑佛法的豹子。"

第六章

21·种马

羌塘草原上大雨如注的夜晚，雷在草地上像一个巨大的石碾子一般滚过，闪电仿佛是从前方不远处的地上窜出来的一条条发着白光的蛇，把草原上浓厚的夜幕撕得支离破碎。曾经温顺宽广的蓝色草原现在变成了黑色的海洋，地上的水，天上的雨，爆炸的雷，挥舞的闪电，让这个夜晚在草原上找不到地方避风雨的五人五骑狼狈不堪。

借着闪电的亮光，可以看见英雄扎杰的尸骨傲然挺立在马背上，他的父亲、没鼻子的基米骑马在前，手里紧紧攥着一根缰绳，英雄扎杰虽然已经不能驾驭马了，但是他父亲手上的这根缰绳，将带他光荣地回到故乡。英雄扎杰的尸骨上已经有好几个花环，那都是路上遇见的人们献给他的。英雄并没有被人们遗忘，尤其是英雄永不屈服的尸骨，让善良的人们心中的希望，即便在这个魔鬼肆虐的狂风暴雨之夜，也不至于被浇灭。

自从达波多杰得到了那把宝刀之后，他们已经在羌塘草原上转悠了快一年了。并不是英雄扎杰的尸骨走不出这草原，而是达波多杰执意要在吹过草原的风中捕捉梦中的那匹宝马的足音。这里到处都流传着有关马的动人心魄的传说，从日行千里的良马，到踢云破雾的神驹，都驰骋在每一个流浪歌手的歌声里，跳跃在每一个游牧民的梦想中。他们告诉达波多杰说，你找的那匹马，羌塘草原上肯定有啰。在白云的尽头，在草原的深处，我曾经看到过它；在喇嘛上师的经文里，在老阿爸的回忆中，在格萨尔王的传说里，一匹英雄骑过的良马刚刚踏歌而去，草地上被马蹄掀起的尘埃也才刚刚悄然落定。而在神灵的世界，在幸福的来世，这样的神驹到处都是。

到了羌塘草原达波多杰才发现，每一个游牧民心目中，都有一匹他要寻找的宝马；而在现实生活里，他要寻找的宝马离他忽远忽近，忽虚忽实。但即便它是一个云中的幻象，是梦里的一次闪现，达波多杰也要追上去，抓住它，跃上它的马背，附在它的耳边轻轻对它说：如果佛祖把我们所有的幸福都留给来世，所有的苦难都判给今生，就让我找到一次真正的幸福吧。我的心肝宝贝我的美梦，为了你，我把我的来世抵押给魔鬼也心甘情愿。

借助闪电短暂而耀眼的光芒，他们看见了一条宽大的河——天知道它到底是一条河还是洼地上的积水，但不管怎么说，绝望中的五个人还看到了河对岸的山坡上有依稀可辨的几顶牦牛帐篷。兜头而来的暴雨密集得令人窒息，连骑在马上的英雄扎杰，也从嘴里呼出"咝咝"的寒气。这让跟在后面的小厮仁多浑身直起鸡皮疙瘩。自从扎杰的尸骨与大家一起旅行以来，仁多夜夜都要做噩梦，他才十六岁，命还很弱，不足以抵御一副尸骨散发出来的阴气。晚上睡觉时，那尸骨经常一步就跨进了他的梦里，和他取笑打乐，拿他开心。他不知道这是英雄在磨砺他的勇气，他只是对这个成了一副骷髅却仍倔强地到处行走的家伙心生畏惧。

达波多杰在风雨中大声招呼他身后的人："我们过河去！"

益西次仁在犹豫，没鼻子的基米说："我儿子认为这河不能过。"

很多时候，每当他们在路上遇到难题时，他们都要问英雄扎杰的意见。方法之一是把扎杰的尸骨从马背上请下来，供在几支香前，由没鼻子的基米询问那副尸骨他们前程的吉凶。

达波多杰不满地说："你又没有敬香，怎么知道你儿子的想法？"

"他的嘴里在哈寒气，这就是在警告我们。"没鼻子的基米说。

"谁的身上还有一丝热气？"达波多杰反问道，"再不找到一处火塘，我们都会被冻死的。走啦！"他率先拨马跳下了河。

河水开初只在马肚以下，可是等他们打马走到河的中央时，河水越来越湍急，马已经渐渐站立不稳。虽然是夏季，但河水依旧冰凉刺骨，人的双腿已经麻木得感觉不到马镫。到河水漫到马鞍时，天忽然就黑了下来，人在马鞍上连马头都看不清了。达波多杰感到自己忽然飘了起来，河水带着他像一片树叶一样地随波逐流，他听见忠心的老管家最后的嘶喊："少爷要小心啊……"还听见小厮仁多胆怯地惊叫："阿妈——"然后他就什么都不知道了。

达波多杰醒来时，已经在一个温暖的火塘边，一个脸膛黝黑的老阿妈裸露着半个奶子，正在一口一口地喂他酥油茶。他是被女人怀里的温暖和滚烫的酥油茶暖和过来的。那女人一双黑骏骏的手在他的一头鬈发里摩挲。"多漂亮的头发啊。"他听见女人说。

"我这是在哪儿？"达波多杰问。

"在我的帐篷里。"女人回答道。

"我的仆人们呢？"

"我只拣到了你，就像拣到一匹迷路的骏马。"女人笑眯眯地说。

达波多杰这才想起了昨晚的遭遇，他一摸腰间，那把命根子似的宝刀还在，他松了一口气。他想爬起来，但是女人紧紧地揽住他不松手。"别动，你身上的寒气还没有跑完。"女人温情地说。然后她拉过一张羊皮褥子，把两人一起盖上了。

那个晚上达波多杰浑身燥热难当，颤抖不已。身边这个看上去可以当他妈的女人在羊皮褥子里一点也不老实，她的手在他滚烫的身子上到处游走，抚摸得他一肚子的羞愤。可是他身上一点力气也没有啦，迷糊中他感到有一段时间女人骑在了他身上，要和他做那事儿。他想起了嫂子贝珠的温存与柔软，想起了和嫂子在欢娱的巅峰时的疯狂尖叫。——噢，那个女人此刻离他有多远啊！现在在他身上的女人倒是够疯狂的了，可就像是一个喝醉了酒的女人，在欺负一个无辜的孩子。

天亮以后许久，达波多杰才醒来，女人已殷勤地为他打好了酥油茶。牧区的奶茶比半农半牧的峡谷地区更浓郁芳香，厚厚的一层酥油喝下去后人身上的力气便一寸一寸地增长。达波多杰就像还在梦中，对昨晚发生的一切依然恍惚迷惘。我怎么会和这个又老又丑的女人睡在一张羊皮褥子里呢？

佛祖，我的刀呢？他一摸腰间，没有触摸到那熟悉万分的刀柄，惊得他从褥子里跳了起来——他从来都没有跳得那样高，就像那些练瑜伽法力的密宗瑜伽士，腾在半空中迟迟不落地。帐篷里很暗，加之达波多杰又不熟悉周围的环境，他一下成了没有主心骨的人儿，像一个即将要飘走的灵魂。

"我的主子，求求你下来吧！"那个昨晚把他搂在怀里的女人，在火塘那边惊慌地喊，骇得双膝一软，跪在了地上。

"我的宝刀，去哪儿了？"达波多杰悬在半空中，张皇失措地左顾右盼。

"你说的是你的刀吗？喏，在那堆衣服下面。"女人说。

这时达波多杰才看见地上的一堆衣服里有微弱的光芒，那是刀鞘上那些宝珠透过层层的衣服映射出来的。他的心倏然落地，人也从半空中重重地跌了下来。到他老的时候，达波多杰还可以回想起自己悬在半空中的情景。"魔鬼有时会把人一把扯到天上，让他找不到脚下的土地。如果没有谁来帮你赶紧下来，你的灵魂就飘走了。"他对一个喜欢听他讲过去的故事、靠写字吃饭的家伙说。

不一会儿，有许多的女人叽叽喳喳地来到了帐篷外，她们就像看稀罕动物那样从帐篷的窗口、门帘处往里张望，她们都用一块羊毛编织的头巾裹住了大半个脸，只留出一双滴溜溜转的大眼睛，那眼神紧张，兴奋，惊喜，羞涩，仿佛无数双手，把不知所措的达波多杰浑身摸了一个遍。

喝午茶的时候，女人们在帐篷里坐了一地，达波多杰才弄明白原来他落到了一个纯女人的部落。这个部落除了几个小男孩，就只剩下清一色的女人了。部落的男人们两年前外出驮盐，可是他们在半路上遇到了准噶尔强盗，那是一帮凶残无度的家伙。藏北一带的游牧民，每年都要组织驮盐队到盐湖驮盐，以换取生活之需。可是准噶尔强盗是依附在驮盐队身上的吸血鬼，他们自己不去驮盐，却专抢驮盐的商队。准噶尔人不但抢走了这个部落的男人们所有的财物，还在他们的脖子上系上石头，将他们都沉到了湖底。"我们部落已经两年没有男人了。"那个昨晚和达波多杰过了一夜的老女人玉珍说。实际上她并不老，和达波多杰的嫂子差不多大。生活的艰辛让她看上去比实际年龄至少长了三十岁。

"远方尊贵的老爷，留下来吧，我们推你做部落的首领。"玉珍说。

"我要去找我的两个仆人和一个叫没鼻子的基米的人。昨天他们和我一起落的水，你们有谁看见了他们吗？"

"他们是男人，被命运带到哪里都有茶喝。我们这儿需要男人，就像牧场上的牛羊总得有公有母，牲畜才会像星星一样兴旺起来。老爷，我们不会让你去放牧受苦，每个晚上你到几个帐篷里走走转转就行啦。"玉珍呵呵笑着说，她周围的女人都以殷切的眼光看着他。

狗娘养的骚娘们儿，把你老爷当种马啊。达波多杰想破口大骂，但转念一想，现在自己身无分文，落难到人家的帐篷里，骂人的资格已经没有了，老爷的架子也端不起来了。

"我不是来你们这里当老爷的，我还有更重要的事情要去做。"达波多杰说。

"没有比当我们的老爷更重要的事情了。"玉珍摆动了一下腰间的刀，达波多杰这才发现，帐篷里的女人都带着腰刀，也许是因为她们没有男人的缘故吧，这些女人看上去都有一股彪悍劲。"没有我们的同意，你走不出这片草原。"玉珍最后用略带威胁的口气说。

达波多杰也把自己的手摸向了腰间，但是他看着眼前这帮女人，心里顿生羞愧。哪有一个男人和女人挥刀搏杀的？你把她们杀得尸横遍地，又算是哪一路的英雄好汉？他的心软下来了。

达波多杰的英雄梦就这样无端地沉陷在了草原上温柔的女儿乡里。玉珍似乎是这个女人部落的头领，部落里有十来顶帐篷，达波多杰每隔上一两天，就会被玉珍领着，走进一个帐篷，在那里待上几天后，又给他换另一处帐篷。她就像给牧场上的牛羊安排交配期一样，分配着部落里女人们的欢乐与喜悦。草原上的姑娘比起峡谷里高山牧场上的姑娘来，显得更粗犷健壮，敢作敢为。有一次达波多杰在一处帐篷多待了一天，一个女人就提着刀找上门来，两个女人就在帐篷外的草地上拼杀，完全像男人们为了自己的爱搏杀一样。在一旁观战的达波多杰苦笑不已，佛祖啊，世界真是掉了一个个儿啦，老爷成了乞丐，一心想实现男人光荣梦想的康巴汉子，却成了草原上的种马，而娘们儿为了男人，也敢动刀子啦。

这个令另一个女人动刀子的姑娘名叫贝珠，如果说部落里的二十多个女人中还有让达波多杰心生怜惜之情的人的话，贝珠或许就是其中之一。并不是因为她让达波多杰想起了澜沧江峡谷那个狐狸变的贝珠，而是出于他从未有过的怜悯。这个贝珠就像一只草原上的沙鼠，机敏柔弱，招人怜爱。达波多杰是她的第一个男人，当她第一次钻进达波多杰的怀里时，可怜的姑娘什么都不会，又什么都想做。她在羊皮褥子下像沙鼠一般到处乱钻，可就是找不到自己的快乐之源。达波多杰忍不住笑了，问，姑娘，你多大了？姑娘说，十二岁了。达波多杰又问，谁让你来的？回答说是奶奶。奶奶说，在这个世界上，羌塘草原上两条腿的男人比四条腿的种马生命还短。一不抓紧，草原上的牛羊就稀少下去了。达波多杰摸着姑娘光溜溜的硌手的背脊怜惜地说，可是你还不到做母马的年纪啊。姑娘泪流满面地说，奶奶说了，种播下后，草原就有希望了。老爷，求求你，我阿爸和两个哥哥，都被他们杀了。

夏季里的羌塘草原牧歌悠远，诗意盎然，成片的牛羊点缀在青青草地上，与蓝天白云相互映衬，让人分不清哪是飘逸的羊群哪是落地的白云。而达波多杰却没有好兴致来欣赏广袤无垠的草原。他常常在白天暖洋洋的太阳里，把怀里的宝刀一次次地抽出来，对着亮丽的阳光，仔细地阅读刀刃上的每一个细节，就像在读一个个精彩绝伦的故事。这把宝刀自从到了他的手上后，刀相师没鼻子的基米为它重新开了刀刃，仔细地擦洗了刀身，还告诉他如何收藏一把宝刀，保养一把宝刀，即便是供佛的仪轨，也没有供养一把宝刀那般繁琐细致。

远处草地上的白云忽然急剧地翻滚起来，不是在天上飘飞，而是在地上逃命。女人们的惊叫和牛羊的哀鸣也同时传来了。贝珠姑娘从帐篷后面跑过来喊道："老爷老爷，强盗来了！"

达波多杰这才看清，在地上翻滚的白云后面，有两个骑手正策马杀来，草地上四处逃逸的白云就是玉珍家的羊群，玉珍在羊群后跌跌撞撞地往达波多杰这个方向逃。达波多杰心中一阵狂喜，试刀的机会来了，他冲贝珠姑娘大喊一声：

"给我牵匹好马来！"

草原上哪能没有好马，贝珠顺手就将帐篷外拴着的一匹马的缰绳解了，将缰绳朝他一扔："上马吧老爷，杀了那两个强盗啊！"

达波多杰翻身上马，一提缰绳就冲了出去。他几乎还没有来得及思考，刀仿佛自己就从刀鞘中跳出来了，达波多杰高举着宝刀，旋风一般杀了过去。那两个家伙没有想到这个女人部落里会冲出一个男人来，他们是在这个部落尝到了甜头的两个强盗，隔上一段时间就来抢掠一次，既抢牛羊也抢女人。但这一次，他们遇到麻烦了。

领头的是一个四十多岁的黑脸汉子，肩背一杆双叉火绳枪，手舞一把长柄马刀，他看见一个男人斜刺里冲了过来，手上的刀像月光一般洁白又阴森。这一片月光眨眼就到了眼前，汉子挥刀就挡，但是他的刀就像一根树棍，"喀嚓"一声就被对方的刀劈成两截。两匹战马擦身而过，汉子的马惊慌地窜出一箭之地。黑脸汉子想，这家伙的刀真够快的啊，他想提马回身再战，忽然发现马已经不听他的使唤了。

这一场搏杀很多年以后人们都在津津乐道。人们说，当时不是马不听那强盗的使唤，而是强盗自己的双手已不听脑袋的指挥。当他想提缰绳时，他还不知道自己从右肩到左肋，半个身子已经被达波多杰的宝刀劈了。他骑马跑了一箭之地，上半身才终于齐斩斩地从马背上掉下来，落在草地上了那强盗还在喊："我的马我的马！"等他发现自己半截身子戳在草地上、半截身子还骑在马背上时，这个家伙才大叫一声，颓然倒地。马背上的那下半截身子一时没有了主张，任那惊慌失措的马儿带着那没有心的躯体漫游天涯了。

那另一个强盗在不远处看到这场仅一个回合就让自己的同伙身首异处的搏杀，惊讶得目瞪口呆。当达波多杰打马冲向他时，他滚鞍下马，跪在草地上把手里的刀双手高高举在了头顶上。

达波多杰身上的热血已经沸腾到了顶点，就像火塘上鼎沸了的茶壶，即便你把火塘灭了，壶里的水仍还要翻滚一阵子哩。他的马一眨眼就冲到了投降了的强盗面前，刀像闪电一般劈下去，不是他要劈人，而是刀在他的手里像一匹奔跑的豹子。达波多杰不得不紧紧地握住刀柄，刀才没有从他的手掌里飞出去。他胯下战马的马蹄，从投降者的耳朵边像一双迅疾的鸟一掠而过。这个强盗是个不长胡子的青年人，干干净净的脸，看上去像一个僧侣。他直挺挺地跪在草地上，眼望着达波多杰远去的背影。过了很久，一阵风吹来，他的身子才倒下去，可脑袋还悬在半空中，仿佛是想向胜利者快得如撕裂天空的闪电般的宝刀致敬。

这颗脑袋多年来都没有落到大地上，风把它带到遥远的地方，风也把一把宝刀惊风雨泣鬼神的故事吹遍羌塘草原。一颗飘浮的人头在草原上的各个部落，在雪山溪流间，在流浪歌手的琴弦声中如泣如诉，讲述着连神灵也不会相信的真实传说。那人头在歌声中曾经这样唱道：

英雄的宝刀闪电一样划过来，
英雄的骏马雄鹰一般飞来。

悲悯大地（选章）

253

天空中的白云吓呆了，

草原上的花儿不再凋谢，

挤奶姑娘的心儿落到了草地上。

英雄的宝刀啊，

让一颗人头永远飘在了天空中。

　　达波多杰受到了英雄凯旋般的欢迎，部落里的女人们兴奋得烹牛宰羊，放声歌唱。那真是一个狂欢的夜晚，达波多杰像国王一样，和女人们通宵达旦地饮酒、欢娱。并不是女人们的温情让他放纵，而是身边的宝刀令他自豪骄傲。他从来没有如此干净利落、漂亮完美地战胜过对手；他也从来没有发现自己原来可以拥有那么多女人的爱——佛祖啊，峡谷里的天真是太小啦，那个贝珠，她有什么好呢？不就是一只狐狸精变的吗？看看眼前这些女人吧，尽管她们皮肤黝黑，浑身牲畜味，可是她们一个比一个健壮，一个比一个多情，一个比一个情歌绵长。噢，佛祖，我从前真的很蠢呢。

　　如果不是一个多月以后，老管家益西次仁和没鼻子的基米带着他的儿子英雄扎杰打马找来，达波多杰就真的会忘记自己曾经拥有的远大理想了。这两个家伙被冲到另外一个游牧部落里，帮人看了一阵子的羊，才在英雄扎杰的帮助下逃了出来，追赶他们的人看到一副傲然挺立的尸骨挡在路上，就不敢穷追下去了。而小厮仁多则再没有消息。他们说在大家失散的那天晚上，当冰凉的河水没过头顶时，是英雄扎杰救了他们一把，将他们拉上了岸。连老管家益西也说他感到英雄扎杰在水中抓住他的胳膊时，那只剩下骨节的手指捏得他生痛生痛的。"就像铁链拴住了我的手。老爷，你是被谁搭救的呢？"他问。

　　"我么，我被娘儿们的奶子搭救了。"达波多杰用玩世不恭的口吻说，"你们再不来，河水没有淹死我，这帮骚娘儿们的奶水也快淹死我了。哈哈，国王也没有我活得快乐啊！"

　　但是，英雄扎杰尸骨的寒光唤醒了达波多杰的春梦，他们来到他的帐篷时，尽管他还没有从头晚的宿醉狂欢中醒过来，但他在梦中听到了英雄扎杰尸骨走路时的"喀嚓、喀嚓"声，这个在女人们的怀里被宠坏了的宝贝才如梦方醒。佛祖啊，英雄不会死在敌人的刀下，却会死在女人的温柔之乡。我这身有血有肉的皮囊，真不如人家的那副尸骨呢。

部落里的女人们对新来的两个老男人已经没有了兴趣，而且充满仇视，因为他们想带走她们的老爷，带走她们的爱。女人们之所以没杀死他们，是因为跟在他们身后的英雄扎杰的尸骨，令女人们不寒而栗。那尸骨就像护持这两个老男人的金刚，看他一眼都会心生敬畏呢。

忠心的老管家益西次仁是来告诉自己的主子，他们已经打听到一匹宝马的消息了，它是一匹有翅膀的神驹，可以在云中翱翔，在大地上飞行，在传说中扬名，在美梦里踏歌而来。人们看见它飞奔出去很远了，才传来遗落下来的马蹄声和它嘹亮的嘶鸣。"就是声音，也没有它奔跑得快。"益西次仁最后补充说。

"那么，我们就去找它。"达波多杰感到自己身上的血液又被点燃了。

"它怎么会属于人类！"益西次仁感叹道，"那是念青唐古拉山护法神的坐骑啊。"

"噢，益西，你说的又跟牧场上那些老阿爸讲的故事一样了。"达波多杰沮丧地嘀咕道。

"可是，可是，它为我们人类留下了一匹小马驹。"益西次仁说。

"什么什么？一匹小马驹？"达波多杰睁大了眼。

"是的，这匹神驹和牧场上的母马生下来了一匹小马驹。"益西次仁见主子来了兴致，便眉飞色舞地讲道，"搭救我们的那个部落里的一个阿老说，两年前，他们牧场上的一匹母马跟着神驹跑了，人们看见它们在雪山上嬉戏追逐，等母马回到牧场上时，它就下了匹小马驹。一看就知道是神驹的种。"

"难道它也有一双翅膀吗？"达波多杰急切地问。

"它没有。"益西次仁咽了咽口水说，仿佛他也希望那小马驹有一双翅膀，"但是它跟一般的小马驹不一样，它会念经。"

"一匹会念经的小马驹！？"达波多杰高声叫道。

"是的，会念经的马驹。它会念大威德金刚经。"

"那就把它送到寺庙去得了。"达波多杰似乎已经泄了气，没有了兴致。

益西次仁说："不错，现在它在一个修炼瑜伽的喇嘛身边，因为人们已经不能调伏它了。"

"练瑜伽的喇嘛怎么调伏一匹马？也给他讲密宗里的那些神秘修持吗？"

"此马非瑜伽士不能驯养，"没鼻子的基米插进来说，"要是你没有这样的一匹马，我的宝刀也白送给你了，老爷。"

达波多杰怔怔地看着没鼻子的基米，他奇怪的是这个家伙说好要带儿子光荣回乡，可为什么老跟着他？他难道非要看到他的宝刀配上宝马，才甘心吗？

　　"那我们就去找这个瑜伽士，马上就走。"达波多杰在一瞬间开悟了，世界上有些人，自己没有英雄命，便希望亲手缔造出一个英雄来，或者见证一个英雄横空出世。英雄的梦想属于所有有血性的好男儿。

　　"我们需要给瑜伽士供养，老爷。"益西次仁说。

　　"要多少呢，我的管家，你还有银票吗？"

　　"早被那天晚上的河水冲走了，老爷啊，你给我一顿鞭子吧。"管家为自己的失职流下了一行老泪。"老爷，我们只要赶去两百头牛羊就行了。"他又补充说。

　　"你以为我现在还是老爷吗？"达波多杰嚷了起来，"羌塘草原上的河水把我们冲了个精光，还把我冲到女人堆里作了一匹种马，神灵的马驹已经会念经了，我的马驹儿还在女人们的肚子里撒欢哩。这狗娘养的命运，把一个老爷变成一个叫花子，让他跌一跤就够了；而一个男人的英雄梦，只要一闻着女人的骚味，他的骨头就软了，他的宝刀也生锈了。这狗娘养的命运……"达波多杰说着说着就哭了起来。

　　"我的宝刀是不会生锈的。"没鼻子的基米肯定地说，"你见过月亮生锈吗？你见过太阳生锈吗？"

　　"可是，你见过赶着一两百头牛羊讨饭的叫花子吗？"达波多杰反问道。

　　"你可不是叫花子，你是我们的老爷。"玉珍这时插进来说。

　　"哼，老爷？"达波多杰用嘲讽的口吻说，"我不过是你们用套马杆套住了的种马。"

　　"不就是献给瑜伽喇嘛的两百头牛羊吗，老爷？"玉珍温柔地说，"部落里的女人都是你的，牛羊难道还不属于你吗？都赶走吧。只要老爷你高兴，你赶走多少头牛羊，我们都不会多看它们一眼。只是老爷你……一定要回来看看你的儿女们啊！"玉珍哭了。

　　她身后的女人们也跪伏一地，泪淌成河。那个叫贝珠的女孩，更是哭得像一个又要失去父亲的孩子。

　　"我会有那么多的儿女吗？"达波多杰嘀咕道，"我连独角龙的一根毛都没有伤到，英雄没有当成，却到处都有我的儿女了。"

　　他不知道，多年以后，这片草原上凡是有一头漂亮鬈发的孩子，都会传唱一个名叫达波多杰的英雄父亲的故事，他和扎杰一起成了草原上人人颂扬的英雄。尽管他没有挥刀鏖战独角龙，尽管他没有成为一副不屈服的尸骨，但是他让草原上的牲畜兴旺发达，像星星一样繁多。他还让草原上女人们的牧歌里多了爱情的甜润和流畅，多了遥远的期盼和永无止境的思念；那时他并不知道，爱也可以使人成为英雄，爱也可以成为一段传奇。他也不知道，在三个男人和一副尸骨赶着成群的牛羊打马远去的时候，部落里女人们的目光被牵走了，心也被牵走了，眼泪淌成了羌塘草原上的一条河，这条河的名字多年以来就叫作米秋河。"米秋"在藏语里就是眼泪的意思。到后来部落里的孩子们出生，就在这河水里沐浴，当他们长大了，就在河边放牧。河畔两岸芳草萋萋，百花盛开，年年长得都比其他地方茂盛，有一种长得像达波多杰那一头鬈发样的草，牛羊吃了特别能长膘，也特别能繁殖，这种草被草原上的人们叫作榛生草。在藏语里，"榛生"就是那种在骨子里生长，在心窝间荡漾，在岁月里延伸，在夜深人静时与女人的一颗柔肠寸断的心缠绵交织、相伴终生的东西。

它就是我们说的相思啊。

22·相聚

叶桑达娃已经可以在地上跑了。这个出生在朝圣路上的孩子，浑身黢黑，身体强健。高原的阳光装扮着她的笑脸，天上的风雨沐浴着她的身心，崎岖的道路砥砺着她的筋骨，在漫长的朝圣之旅上，她跟着磕长头的喇嘛在大地上一步一步地往前挪，也一天天地长大。有些时候，她爬行在山道上的小小身影，与其说那是一个孩子，不如说是大地上一头活蹦乱跳的小兽。她已经知道大地上野花野草在什么季节生长，知道各种野菜的不同味道，知道和她一样在地上爬行的许多小动物的名字，并和它们成了朋友。她往哪里一站，就和那里的环境融合在一起，连那些小动物们，都把她当成它们中的一员。她甚至可以和蚂蚁对话，与蚂蚱同行，与猴子嬉戏，与小鸟对歌。有一天她爬到一个蛇窝边，一条硕大的蛇盘在一枚金蛋上，用狐疑阴鸷的眼光打量着她。那金蛋闪闪发光，是属于前世的财富。许多人曾经想盗走这枚金蛋，但是这蛇用它剧毒的蛇信子将那些贪婪的人统统吞噬了，蛇窝的四周到处都是人的骷髅。可是叶桑达娃并不知道这些，她认为这条蛇或许可以成为她新结识的一个朋友。她对蛇说：

"你还没有睡醒吗？太阳已经好高好高了。"

"嗤！嗤嗤——"蛇回答道，把它的头昂起来，准备发起进攻。

"起来吧，磕长头的喇嘛就要到了。"叶桑达娃把她的小手伸了过去，就像要去拉住一根漂亮的树枝。

"嗤——"蛇发出严厉的警告，蛇信子像火焰一样地吐了出来。

"哈哈，你的辫子怎么藏在嘴里？你的衣服很漂亮，你叫什么名字啊？"叶桑达娃想用自己的小手去抚摸那根在她眼前晃来晃去的辫子，孩子的手离蛇的口只有一根指头的距离了。

那时，洛桑丹增喇嘛还在离孩子不远的山坡脚下磕头哩，阿妈央金背着行囊走在了前面。这些时日以来，几乎都是他一边磕头，一边照料叶桑达娃。他们在大地上前行的速度几乎相当。在那孩子面临危险的关键时刻，神灵通过一块冰凉的石头及时地告知了喇嘛孩子的危险。当喇嘛伏身向大地时，那石头就像一条钻进他怀里的蛇，从他的胸口一直滑到大腿，他的半个身子都凉了。"蛇！"喇嘛暗自惊叫一声。

"达娃！"喇嘛伏在地上高喊。

孩子从山坡上回望下去，叫道："有一条大虫，阿爸。"

喇嘛"呼"地从地上飞了起来，就像一只腾空而起的鹰，向叶桑达娃飞去。但是那头被称为"护佑佛法的豹子"——佛祖才知道它是从哪里窜出来的，抢在腾飞在空中的喇嘛之前，像一阵风似的，就将孩子卷走了。

蛇忽然立了起来，想追踪那风而去。洛桑丹增喇嘛及时赶到，将那风挡在了身后。蛇嘴里哈出死亡的气息，立得竟有喇嘛那么高，斑斓的身子在阳光下令人晕眩。喇嘛急速地念了一段经文，驱赶蛇扑面而来的恐怖气息。那蛇被喇嘛的经文镇住了，摇摆了几下，重新盘回到命蛋上。

豹子把孩子叼到一个安全的地方，回头看看喇嘛，然后扭头走了。它总是在朝圣者一家最危险的时候出现，但它从不惊扰孩子的美梦，也不耽搁喇嘛的磕头。许多时候，一些山林里的野兽，试图打朝圣者的主意时，是"护佑佛法的豹子"默默地为朝圣者扫除路上的障碍。在飞禽走兽的世界里，这头豹子是孤独的游侠，既肩负着神圣的使命，又履行着一个父亲慈祥的爱心和一个兄弟温暖的责任。一只蚂蚱跳到那个小小女孩的身上，也逃不过豹子明察秋毫的眼睛，就更不用说一条阴毒危险的蛇了。

喇嘛这时已经认出蛇其实是一个财主的转世。这个家伙在前世守财如命，从不施舍穷人，也不布施喇嘛，连他的妻子和儿女们，都别想从他的口袋里多得到一文钱。家里人在神龛前多点一盏酥油灯，也会受到他的叱骂，骡子多吃一口草料，也令他心疼，洒落在地上的糌粑面，他会让自己的儿子舔干净，甚至掉进岩石缝里的一粒青稞，他也会敲碎岩石把它找出来。在他死的时候，他才发现所有积攒下来的财富一个子儿也带不走。他向神灵乞求投生为一条蛇，将一生的财产转化为一枚金蛋，以在来世也要紧紧守住自己的财富。神灵为了教化这个世界上最吝啬的守财奴，满足了他的愿望。到他真的转世为一条蛇时，他才发现，一个从不施舍行善的人，在来世即便拥有一枚金蛋，他也无法花它用它，享受财富带来的一切快乐和幸福了。而且，他还得随时提防别人来盗走他的金蛋。

"前世贪婪愚痴的人，今生只能在大地上爬行。愿佛祖的慈悲也能惠及到你。"喇嘛朗声念道。

蛇忽然说话了："尊敬的喇嘛，看在我没有咬死你的分上，请告诉我，我如何花我前世的财富？"

"你今生的这个愿望，在前世时可有把它画在空中，写在水里？"喇嘛问。

蛇费力地想了想，回答说："没有过，喇嘛上师。难道你不明白吗？画在空中的画是虚的，写在水里的字会流走。世上哪有这么愚痴的人呢？"

喇嘛回答道："是的，对一个守财奴来说，前世积攒的财富在今生也是虚的，也会像水一样流走。世上的确没有比一个守财奴更愚痴的人了。"

蛇恨恨地低下了自己的头，呼出丝丝黑气。洛桑丹增喇嘛那时不知道这是一种魔鬼的毒障。他还以为自己已经开示了这条冥顽不化的蛇呢，可是世间人们对财富的执着和贪婪，岂是喇嘛上师的几段说法开示就破解得了的啊？

洛桑丹增喇嘛对自己这一段时间里法力的增强越来越有信心，他竟然可以和一条蛇对话，并看到它的前世，这让他也感到惊讶。人们说一个磕长头的喇嘛即便没有上师教诲，他的法力也会由神灵赐予。洛桑丹增喇嘛发现自己慢慢找回了多年前的某些记忆，比如他小时候曾经能和家里成群的骡马对话，它们告诉过他一路上的艰辛和见闻，还有那些大地上密如蛛网的羊肠小道，现在喇嘛都能清晰地回想起来，就像已经走过无数次一样，从不会迷路。又比如他磕头的速度越来越快了，他一个头磕下去，可以在地上滑行两个多身子的距离，有时他感觉自己就像一条在大地上游动的鱼，有时他又觉得身前的那条牛皮裙，像一条摆渡的船一般，将他从愚痴执着的此岸，一步步地渡到彼岸。这条由贡巴活佛赐给他的牛皮裙，是多么耐用啊。出门以来，所有的随身用具都被一路的风霜雪雨摧毁了，都更换过无数次了，可就是这条天天和大地磨砺的牛皮裙，虽然已显得陈旧毛糙，但依然坚韧皮实。喇嘛相信，它是一条被赋予了神的力量的牛皮裙。

在他身上发生的奇迹越来越多，越来越令人不可思议。有一次天降暴雨，喇嘛正磕头在荒原上，四周毫无遮拦。可是喇嘛磕头所到之处，地却是干的，他的身上也没有淋到一滴雨珠。喇嘛让叶桑达娃到他跟前来躲雨，奇怪的是她就站在他的面前，可照样被淋得透湿。连叶桑达娃也用童稚的声音说，阿爸，雨不敢淋喇嘛。

其实，更神奇的事情来自于人们不可回避的现实世界，而不是天上。一天，洛桑丹增喇嘛一家到一座不知名的村子里化缘，那是前往拉萨的官道边的一个大驿站，有许多来往的商旅，叶桑达娃跟着她奶奶一路，喇嘛自己一路，三人在村子里分头挨家挨户乞求人们的布施。在一个酥油茶馆里，喇嘛刚一走进去，就看见了自己的冤家达波多杰坐在里面，两人眼神一碰，就像刀和刀碰撞在一起，目光的火星溅落一地。

达波多杰和自己的管家益西次仁以及没鼻子的基米，带着英雄扎杰的尸骨，刚刚在这个村庄后面的一个山洞里找到了那个练瑜伽的喇嘛，用成群的牛羊换来了那匹传说中由神驹配种产下的小马驹。达波多杰庆贺的酒刚喝到一半，他的老对手便不期而至。他本能地将手按在了腰间的刀柄上，像一个眼看着猎物到手的胜利者。

"哟，你们看谁来了？魔鬼总是喜欢让冤家在同一个碗里喝茶。"

不知为何，洛桑丹增喇嘛首先想到了被刺杀的弟弟玉丹，而不是自己此刻的外境。那个叫昂青的杀手，就是受他的指伸吗？看看这个朗萨家的少爷吧，他脸上的杀气依然和从前一样，就像一场噩梦留下的印痕；他腰间的刀和杀弟弟的那把多么相似。喇嘛努力地调息自己的呼吸，尽量用一个修行者平和的口气说：

"澜沧江东岸朗萨家族的刀伸得太长了。"

"不是长不长的问题，"达波多杰"唰"地把刀抽出来了，"而是一段孽缘要了断的事儿啊。"

这时喇嘛看见一个没有鼻子的怪人从达波多杰身后冒了出来，一把抱住了他："老爷，你可不能杀一个磕长头的喇嘛。我的雌雄两把宝刀，雌刀已经杀错一个人，留下了一段冤孽了，雄刀要建立的是英雄的功勋和业绩。老爷，今天你的刀刃上要是沾上一滴这位喇嘛上师的血迹……"

达波多杰粗暴地推开了没鼻子的基米："他与我有杀父之仇，你知道吗？"

"佛祖，难道你真的要我这个刀相师下地狱吗？英雄扎杰啊，你的刀是斩杀魔鬼的利剑，不是砍向一个喇嘛上师的凶器。"没鼻子的基米在茶馆里失声痛哭。

这时，从坐在屋子一角的英雄扎杰的尸骨处，发出一声深深的叹息。人们记得，在宝刀从他的尸骨身上摘下来的时候，曾经有过这样的一声叹息。

达波多杰即便可以不听世人的相劝，但他不得不敬畏一副尸骨的忠告。他恨恨地想，杀都吉家的后人怎么就那么难？上次是一帮峡谷里的信众让他的马蹄不能从仇人的耳朵边飞过去，这次是与仇人素不相识的英雄扎杰也来阻挡他复仇的渴望。难道这个磕长头的喇嘛真的是受神灵护佑的吗？他将刀塞回了刀鞘，然后从藏袍里抓出一把藏币来，走上前两步，"哗"地撒到喇嘛的木碗里。"我要恭喜你，"他嘴里不无傲慢地说，"你还可以多活一些时日。"

"在轮回的苦海里，大家都一样。"喇嘛低下头，轻声地说。

"我跟你过的可不是一样的日子。"达波多杰快活地说，"我们都出门那么久了，我已经跑遍大半个雪域高原，到处都有我的朋友。而你还在朝圣路上像蜗牛一样地挪动你那罪恶的身躯。嗨，喇嘛，你的佛、法、僧三宝求到了吗？但愿它们以后能救你的命。"

"我离拉萨已经越来越近了。"喇嘛自信地说。

"阿拉西，你知道我出远门也是为了寻找三样宝贝吗？"对手喊出了喇嘛凡尘里的名字，对洛桑丹增喇嘛来说，这仿佛是另一个人的名字了。

"佛祖保佑你能找到吉祥的三宝。"喇嘛真诚地说。

达波多杰骄傲地说："吉祥的三宝当然属于高贵的朗萨家族。只是我要寻找的三样宝贝，宝刀、良马和快枪，件件都是一个康巴男人的自豪，样样都可以取我们朗萨家族的仇人的命。"

"你所执着的，是多么虚妄的三宝啊！"喇嘛感叹道，欲转身离去。这时一个老妇人从门外抢了进来，手里挥舞着一把寒光闪闪的马刀，直奔达波多杰而去。

"仇人！还我儿子一条命来！"老妇人手里的刀在空中划了一条弧线，达波多杰感觉自己还没来得及抽刀，刀自己就从刀鞘中跳了出来，两把刀"噗"

地碰在一起，令人感到奇怪的是没有传来金属相撞时的脆响，倒像一只手掌抓住了另一只手。两个持刀人竟然不能将刀抽回来再度投入搏杀。

"阿妈，这不是你做的事。"洛桑丹增喇嘛一把拉住了阿妈央金。

"朗萨家的恶人，我的儿子是喇嘛不能杀你，我这把老骨头还杀得了你。"老阿妈气咻咻地说。她被洛桑丹增喇嘛往后一拉，刀就从她手里脱落了。但是那刀没有落地，它和达波多杰手里的刀架在一起，悬在半空中，刀和刀粘住了。

"我的雌雄两把宝刀啊，我的两个苦命的儿子！"

没鼻子的基米认出了儿子昂青的刀，立刻明白自己倾尽全部家产求得的两把宝刀，和澜沧江峡谷的两个家族有着永远割舍不断的因缘关系。他不是缔造英雄的导师，就是帮助罪人的帮凶；不是宝刀的鉴赏者、呵护者，就是宝刀一世英名的毁灭者、玷污者。现在，这两把承载着没鼻子的基米的英雄梦想，承载着他两个儿子命运的宝刀，在跟随主人颠沛流离了大半个雪域高原以后，骤然相聚，像久别重逢的亲人。

没鼻子的基米冲达波多杰叫道："老爷，请让雌雄两把刀说说它们自己的话！"

他不喊，达波多杰紧握刀柄的手也要松开了，不然刀会伤着他的。达波多杰已经感到刀正以一股神秘的力量从他的手掌里挣脱出去。两把刀就像吸铁石一般纠缠在空中，它们翻转、缠绵，刀刃和刀刃相互砥砺摩擦，然后它们就像两个手挽手的亲兄弟，从屋子里飞了出去。

"我的宝刀！"达波多杰大叫着要去追，没鼻子的基米拉住了他。"别管刀！我的两个好儿子，有八年没见面了。"他涕泗横流地说。对这个刀相师来说，刀就是他的儿子，就是他破灭了的英雄梦。

人们看见，雌雄两把宝刀在空中飞舞，不是在格杀，而是在追逐亲昵。它们飞过了驿道，绕过一幢幢低矮的房舍，来到一片草甸上空。雄刀像箭一般直刺蓝天，雌刀就如展翅的鸟儿，翱翔在雄刀的身边；雄刀劈开天边的一团白云，雌刀便像入水的鱼儿，一头扎进白云的深处；雄刀向山崖俯冲而去，斩下一块岩石来，雌刀也不示弱，一个翻滚贴地而飞，从一条溪流上一划而过，溪流从此断流，溪水不再流淌。远处天边的闪电受到大地上两道白光的挑战，挥舞着鞭子问罪而来，雌雄两把宝刀一齐迎上去，第一个响雷被雄刀一刀劈为两半，摔落在地还未炸响，第二个响雷已被雌刀挑在了刀尖，刀刃一弹就扔回了天庭。闪电的鞭子刚一舞起来，雌雄两把宝刀奋力一挥，闪电便被斩成三截，一截飘向了印度洋，一截落在了喜马拉雅山，还有一截归顺了雄刀，成为刀柄上漂亮的缨须。

直到现在，草原上的人们每逢重大节日，都有祭祀宝刀的仪式。在这个庄重的仪式上，人们还会吟唱在英雄传说的年代，没鼻子的基米的雌雄两把宝刀，曾经带给草原的传奇和骄傲。人们既唱它们建立的功勋，也唱它们造下的孽障。还唱它们在天空中兀自嬉戏、斩杀闪电和雷霆的神迹。

在人们的吟唱中，我们得知，如果不是大地上人们虔诚的祈祷，如果不是没鼻子的基米骄傲的欢呼，还有，如果没有英雄扎杰的尸骨对他弟弟昂青深切的思念——他跟随人们来到户外，用空洞的眼窝仰望蓝天，嘴里呵出深沉的寒气，仿佛在为兄弟俩多舛的命运哀叹——这两把宝刀也许就再也不会回到人间了。三天以后，人们才在草地的边缘找到了雌雄两把宝刀，它们一齐插在一个魔鬼的心脏上。那是一个专门拨弄是非的魔鬼，凡是他所到之处，兄弟成仇，夫妻反目，部落相互残杀，民族争斗不休，连那些不同教派的喇嘛们，也时常被他所迷惑。

搬弄是非的魔鬼被杀，达波多杰就暂时找不到杀磕长头喇嘛的理由。他取回了自己的那把宝刀，再不敢将它轻易在喇嘛面前亮出来。而洛桑丹增喇嘛却念了一通经文，让雌刀永远插在魔鬼的胸口。多年以后，这把刀化成一块坚硬锋利的岩石，变成了一段美丽动人的传说。

"这把刀上沾有我弟弟的血，我要把它作为镇压魔鬼的法器，让搬弄是非的搅鬼永世不得翻身，是我的心愿。"喇嘛对没鼻子的基米说。

没鼻子的基米惭愧地说："尊敬的上师，喇嘛播撒慈悲，凡人崇尚英雄。你让人们看到了一个修行者的悲悯。"

洛桑丹增喇嘛说："宝刀不一定能让人成为英雄，人的善行却可以让宝刀留下名声。"

没鼻子的基米说："我的大儿子不配作一个英雄，可是我的小儿子离建立英雄的功勋只差一步。"

"真正的英雄要有大悲之心。"喇嘛说。

"别听他的，"达波多杰说，"我们还有良马呢。等它长大了，你的英雄就会从你梦中奔跑出来。"

洛桑丹增喇嘛看见达波多杰身后站有一匹小马驹，它的周身散发出神驹才会有的光芒。它的毛色是金黄色的，细长的腿，瘦削的腰身，身子两侧有一排牙齿一样的肉团，仿佛要从那里长出传说中的翅膀来。如果他还是牧场上的牧人，他会对这匹神奇的马驹赞不绝口，但是他现在已经预感到，这匹马驹的马蹄将来会从他的耳边飞过。

"一匹从小就有嗔心①的马驹，因为要驾驭它的人没有断除自己的恶业。"喇嘛说。

"不是恶业没有断除，而是孽缘没有了断。"达波多杰回答道，"喇嘛，你还回澜沧江峡谷吗？"

洛桑丹增喇嘛眼望着道路的前方，缓缓说："如果你的杀心还没有消除，我将回峡谷等你。"

"好啊。"达波多杰击掌道，"我的三宝已经找到两样了，而你还没有到圣城拉萨。佛祖才知道你能不能求到佛、法、僧三宝，我的小马驹会念的咒语都比你的灵。贝珠，来，念一段经文给我们的喇嘛听听。"达波多杰给这马驹取名为贝珠，只有他自己才知道这是为了人生中一段刻骨铭心的思念。

那马驹晃晃马头，一串咒语从它的鼻孔里喷出来，路边的青草随着咒语摇摆起舞，一些石子儿在地上排列出矩形的图案。连洛桑丹增喇嘛也看得一脸的迷惑。

"看见了吧，这是真正的神驹的种，"达波多杰扬扬得意地说，"等我们都回到峡谷，让大家看看，谁拥有的藏三宝更能带给我们荣誉和骄傲。"

喇嘛平静地说："我所皈依的三宝，并不是为了满足一颗骄傲的心。我在寻找它们的这些时日里，越来越学会谦卑了。"

达波多杰感到眼前这个磕长头的喇嘛就像一个他从不认识的人，但他可真是一个生命中的好对手。等我们都找到了自己的"藏三宝"，再来看看到底谁才是澜沧江峡谷里真正的英雄吧，他想。他甚至有些心生嫉妒，没鼻子的基米当初只造就一把宝刀就好了。可是，源远流长的佛教传统在今后的岁月里将会告诉他，世界上的任何事物都是二元对立的。有雄刀，就有雌刀，有出门寻找宝刀、良马、快枪"藏三宝"的达波多杰，就有在朝圣之路上追寻佛、法、僧三宝的磕长头的喇嘛；正如有生，就有死，有善，就有恶，有美，就有丑；也如有因，就有果。

---

① 是佛教指的七种恶之一。

23 · 疑惑

澜沧江峡谷两岸的两个家族在雪域大地上寻找"藏三宝"的竞赛，达波多杰似乎已经领先一步，他要寻找的"藏三宝"只差一样了。人们告诉他说快枪要到后藏去找，多年以前，英国人从那里打开了西藏的大门，用快枪和大炮一路攻到圣城拉萨。雪域高原的护法神们和英国人打了几战，虽然他们失败了，但据说他们把那些来自异邦的魔鬼的枪炮都变成了镇压魔鬼的法器。在后藏的一些寺庙里，在那些闭关苦修的僧人的山洞内，可能还找得到这些被收服了的魔鬼的兵器。

传说和梦指引着旅人的道路。达波多杰带着益西次仁去了后藏，那匹小马驹跟在他们的身后，还要再等两年，达波多杰才能跃上它的马背。没鼻子的基米在一个晚上与扎杰的尸骨做了同一个家乡的梦。从那以后英雄扎杰白森森的尸骨便开始发黄，没鼻子的基米将之解释为儿子思念故乡了。于是，这个可怜的老人对达波多杰说：

"老爷，我的家乡有一种大树在春天会开出巨大的红色花朵来，它是古时候被英雄的鲜血染红的，因此我们那里的人叫这种花为英雄花。家乡的英雄花要开了，老爷，我的英雄该回家了。"

达波多杰当时惋惜地说："你这个家伙啊，做事情总是命里差着一点点。我马上就要找齐我的三样宝贝了，那时你就可以看到一段英雄的业绩是如何在一个好男儿手中成就出来。去吧，恋家的人当不了英雄。"

没鼻子的基米在把自己的马头拨向家乡的方向之前，伤感地说："老爷，一个再大的英雄，总要回到故乡。不是名扬四方的威名，就是一具尸骨。"

达波多杰感叹道："可怜的基米，世界上再也找不到你这样的好父亲了。"然后他说了句为自己的命运埋下了伏笔的话："我们还会见面的。那时我不是一个流浪汉，就是一个驰骋疆场的英雄。"

没鼻子的基米，这个英雄的导师，宝刀的鉴赏家，古道热肠的侠士，失去了两个渴望当英雄的儿子的父亲，最后再次跳下马来，紧紧地抱住了达波多杰："老爷，我的英雄梦全在你身上了。离女人远一点，她们会消磨一个英雄的气概。"

达波多杰目送没鼻子的基米和英雄扎杰的尸骨慢慢消失在道路的尽头。扎杰的尸骨骑在马上，依然像一个高贵而勇敢的骑士那样，身子笔挺，头颅高昂，胯下的马迈着均匀的脚步，把英雄对家乡的期盼，一点一点地拉近了。

西风卷起满天的落叶，追逐着英雄扎杰尸骨的坐骑。达波多杰禁不住潸然泪下。"佛祖保佑我不要这样回到故乡。"他轻声说。

而朝圣者一家继续向拉萨前进。朝圣路上的村镇越来越密集，这说明他们离圣城拉萨已经很近了，朝圣者一家已经看到了希望的曙光。可是最近一段时间，他们发现一个奇怪的现象，人们纷纷从道路的前方退回来，连从前那些超过他们的香客，现在也神色慌张地逃回来了。路边倒毙的尸体也越来越多，就像行走在尸陀林①，他们的尸身肿胀，布满疤痕和疙瘩，死时面目惊恐，双眼暴突，仿佛在溃逃的路上忽然遭到魔鬼从背后致命的一击。

"难道前方发生战争了吗？"洛桑丹增喇嘛问一个歪倒在路边、奄奄一息的老人家。

"喇嘛，回去吧。再不能往前走了，魔鬼的血盆大口已经吞噬了一个又一个的村庄。"老人有气无力地说。

"佛祖，魔鬼会有多大的嘴啊？"喇嘛惊讶地问。

"不大，但厉害着哩。"老人伸出自己枯瘦的拳头，"它的口就这么大一点。"

喇嘛又问："它怎么害得了那么多人？"

"那是一条蛇的口。"老人知道自己快要死了，面对慈悲坚定的磕长头的喇嘛，他不能不说出魔鬼害人的秘密，"它是魔鬼的化身，呼出的黑色鼻息让人们患上了蛇风病②，魔鬼的瘟疫从风中吹来，粘在人身上，皮肤立即起泡，开裂，化脓，就像被滚开的水烫了那样。蛇呼出的风吹到哪里，哪里的天空就被魔鬼的气息污染了。可是，佛祖！我们怎么知道魔鬼的口吞下的是哪一片天？"老人愤懑地对天喊道，他的手微微颤颤地指着虚无的天空，这时喇嘛才发现老人的两个眼珠已经没有了，不知是给魔鬼挖走了，还是再不忍心看这人间地狱的惨景，眼珠干脆躲藏了起来。老人悲哀地说："从前面的那个山垭口下去，就没有一个还在飘炊烟的村庄了。一家挨一家地绝户，一个村庄接一个村庄地死人。回去吧，悲悯的上师，那条由魔鬼派来散播蛇风病的蛇就在山的那边……"

老人的话音还飘在半空中，最后一口气便倏然断了。在魔鬼的灾难降临

---

① 指抛弃七具尸体以上的地方。

② 过去西藏人认为天花是由蛇的鼻息引起的，因此那时的人们将天花称为蛇风病。

之前，它和人类有一个约定，谁道出了灾难的真相，就要谁的命。那条散播蛇风病的蛇，总是躲在阴暗处偷听人们的交谈，然后用世上最致命的瘟疫杀死那些敢说真话的人。

洛桑丹增喇嘛想起不久前曾经为之说法开示的蛇，想起从蛇的鼻孔里喷出的黑色气体。难道夺命无数的蛇风病就是由它那里发端出来的吗？喇嘛不由得倒吸一口冷气。因为他想到了叶桑达娃，那天她离那条蛇有多近啊。

这似乎是一个不吉祥的预兆。要是在往常，洛桑丹增喇嘛或许会改变行程，或者找一个安静的村庄住上一段时间，等魔鬼的身影远遁以后再踏上朝圣之路。可是现在，喇嘛急于求到佛、法、僧三宝，急于见到天天梦中都要会面的上师。他和家人出门快三年了，喇嘛日日伏身向大地，用血肉之躯向圣城拉萨一等身又一等身地前行，就像每天早晨起来要喝茶、走路一样，磕长头已成为生活中的必需，成为面向神灵和大地的自然姿态。有时遇上恶劣天气，或者需要在某个村庄化缘，不能修持磕长头的功课，喇嘛反倒会浑身不自在，仿佛像一个关在囚笼里的人，身体的肌肉和骨头得不到舒展，人也显得萎靡不振，六神无主。而当他的身体一接触到大地，他的力量和信仰，他的希望和快乐都回来了。他曾经感受到朝圣的路上，信众崇敬的目光催生着自己的体能和信心；他也曾经看到自己在大地上拉长的身子之后，百花盛开，青草起舞，众鸟歌唱；他还目睹了天上的众神为他的虔诚感动，扫除道路上的孽障，拨开天空中的雹云，驱散魔鬼的迷惑；他更体验到了大地的悲悯，它承载着他有罪的身躯，一点点、一丝丝地消磨掉他身上的贪欲、瞋怒、愚痴、嫉妒、疑惑①，让他慢慢学会谦逊、慈悲、宽容、忍耐，让他找到一颗比大地更深厚、更宽广的心灵。

而现在，他就要证悟到自己的法性了，他相信，拉萨的上师正急迫地等待他的到来。他仿佛已经看到了布达拉宫的金顶，听到了三大寺的法鼓。他更相信，一个磕长头的喇嘛，可以依恃神灵赐予的无上法力，抵御魔鬼的侵袭。不管魔鬼们是以何种化身来迷惑他、加害他。

洛桑丹增喇嘛决定继续前进，尽管阿妈央金躲着他在偷偷地抹眼泪，尽管"护佑佛法的豹子"几次跳到路的中央，试图劝阻固执的喇嘛。可是喇嘛把豹子的意思理解反了，他还认为这是自己的兄弟在为他扫除路上的孽障哩。

---

① 即佛经上所指的"五毒"。

他们进入由魔鬼控制的天空，死亡的气息逼迫得人喘不过气来。山脚下的第一个村子只有一条狗还剩下一口气，它用悲凉的目光告诉喇嘛说，回去吧，再往前走一步，就意味着死亡。喇嘛看着那些飘浮在村子上空的阴魂无人为他们超度，就想，那么多人死了，总得让这些无辜的人们感受到雪域佛土的慈悲啊。

于是，喇嘛独自在死亡笼罩的村庄里做了七天超度亡灵的法事。单调寂寞但是坚忍慈悲的经文驱赶着村庄里的死亡之气，让那些游荡躁动的阴魂安宁下来，夜晚村庄上空的风便不再凄厉地哭泣。大部分死者的尸体已经肿胀溃烂，尸水横流，污染了土地和水源，连地上的青草都变黑了，泉水也发出浓烈的腥臭之气。令喇嘛深感遗憾的是自己的法力有限，还招不来天上的神鹰。实际上在一片由魔鬼控制的天空里，神鹰的翅膀再坚强，也无法自如地翱翔。

喇嘛剩下的工作便是将一幢幢房屋推倒，掩埋那些仿佛还坐在火塘边喝茶的父亲，还在给孩子喂奶的母亲，以及那些还跪在神龛前祈祷的老人。在诸佛菩萨的慈悲还没来得及拯救这些普通善良的人家时，魔鬼便将他们一掌推到了死亡的深渊。

很长一段时间里，洛桑丹增喇嘛的长头所过之处，尽管已无一生存者，但佛的悲悯关照着苦难的大地，天空中游荡的亡灵，因为一颗心的慈悲而不再孤独无助。在普通的生灵无法超越的六道轮回中，他们由于洛桑丹增喇嘛的悲悯而转生到三善道。在许多世轮回以后，虔诚善良的人们还会向他们的后代提到一个磕长头喇嘛在朝圣路上的慈悲行。尽管他只是在一座座无人的村庄念了一些经文，尽管他只是在荒芜死寂的大地上掩埋了一堆堆无人照顾的尸体，可是，他救度了无数的灵魂，他以自己的身体力行昭示了佛的悲悯。在喇嘛的经文加持之处，大地返青，万物复苏，生命的希望在死亡的土地上悄然复活。

救度众生，自身必然要付出代价。洛桑丹增喇嘛穿过了一座又一座无人的村庄，当他快要看到生命的曙光时，死亡的阴影追上了朝圣者一家。在就要离开魔鬼控制的天空的最后一天，喇嘛和阿妈央金放松了警惕，他们让叶桑达娃在一片枯死的树林下休息，喇嘛到村子边为亡者的灵魂念经，央金老阿妈找柴火去了。常年风餐露宿的生活已将叶桑达娃磨炼成一个自然之子。她精瘦而健康，就像是一棵随风摇曳的小树。也许正由于此，喇嘛和阿妈央金认为把叶桑达娃放在一片树林边是一件再自然不过的事情了。

但那却是一片笼罩着死亡之气的枯树林。满地焦黑的腐叶掩盖了几具散架了的骷髅，叶桑达娃刨开树叶，想找自己在大地上的那些爬行的小朋友。但是她刨出了一根人腿胫骨，她不知道这是什么东西，便放进嘴边吹。一阵阵黑灰从胫骨幽深的孔里吹出来，夹带着一只幽灵一般的黑蛾倏然落地，死亡的尘埃顿时笼罩了一无所知的孩子。

这是只受魔鬼差遣的黑蛾，在黑暗的地狱里已经煎熬了三千六百年，孩子口里清纯芳香的气味复活了它的魔性，使它在一瞬间化蛹为蛾，并且越长越大。叶桑达娃从来没有见到过如此美丽而巨大的蛾子，它有六个黑色的翅膀，比叶桑达娃的胳膊还要粗的身子，像黑色的鞭子一样的触须，肮脏而乌黑的嘴里还咀嚼着人的碎骨，墨绿色的花纹遍布其身，那是地狱里的枷锁禁锢它时留下的痕迹，更加深了它死亡天使的阴森恐怖。

"你的身子为什么那样黑呀？"叶桑达娃好奇地问。

黑蛾狡黠地笑道："因为我总是在黑暗里飞，黑夜染黑了我的衣裳。"

"月亮也在天黑后才出来，为什么月亮不是黑的呢？"

"噢，因为……因为月亮是在雪山上出生的，雪域高原的风雪染白了她的衣裳；而我出生在幽暗的山洞里，但是月亮的光芒让我们像仙女一样地美丽。"

"那么，你是从月亮上飞来的黑仙子了。"叶桑达娃肯定地说，还伸手想去捉这只老在她的眼前飞来飞去的黑蛾。

黑蛾一闪身躲开了："噢，我可没有住在月亮上的福气。我来的地方离月亮可远了。"

孩子问："有我们离月亮远吗？"

"比你们人远多了。"

"奶奶说，我还有一个阿爸，和我的阿妈住在比月亮还远的地方。你也和他们住在一起吗？"

"差不多吧。我看见过他们。"黑蛾在孩子的面前翩翩起舞。

"我的那个在天上的阿爸是一名喇嘛吗？"在孩子的心目中，天下的男人都跟洛桑丹增喇嘛一样，他们只做磕长头一件事儿。

"你天上的阿爸呀，"黑蛾在孩子的头上绕了两圈，"他可是一个勇敢的人，连魔鬼都很害怕他。"

"他做了什么，让魔鬼也感到害怕？"

"他把魔鬼挡在了身后，好让那个磕长头的喇嘛，安心地磕他的长头。"

"魔鬼的力气大吗？"

"很大。"

"有我阿爸的力气大？"

"有。"

"那我阿爸怎么打得赢魔鬼？"

"他让魔鬼下地狱，自己升向天堂。你们人类中的一些很勇敢的人，都是用这种办法战胜魔鬼。"

孩子望着黑蛾上方大团大团厚重的乌云，想起奶奶告诉过她的话，便又问："我的阿妈也在天上，她也把魔鬼打败了吗？"

黑蛾不飞了，肃穆地停留在半空中，庄重地回答道："是的，你的阿妈更是一个令魔鬼敬畏的人。"

"什么叫敬畏？"孩子问。

"敬畏就是你们人类面对神灵时的感情。既由于心生敬仰而害怕，又因为害怕而无限敬仰。噢，这些话怎么给一个孩子才说得清。"

"你是说就像我们面对神山呀圣湖呀，还有看见佛菩萨的时候，就要烧香磕头那样吗？"

"你说得不错。多聪明的孩子啊。"

叶桑达娃受到了表扬，很高兴。因为这是平常在路上经常听得到的一句话。她又说："我还可以念经哩。每天晚上，我都要跟着我的喇嘛阿爸和奶奶念。"

"噢，那可真不是一件容易的事情啊。"连魔鬼听到一个孩子这样说话也会被感动。黑蛾飞到一棵树枝上，做出要飞走的样子，"我不能再和你说下去啦，不然我就做不成自己的事情了。"

"你要做什么呢？"

"我么，"黑蛾闪烁其词地说，"我本来是来带你去见你阿爸阿妈的。"

"那多好啊，漂亮的黑仙子，你快带我去吧。我天天都想见到他们啊。"

"但愿你的这个愿望能减轻我的罪孽。小姑娘，你跟我来吧。"

黑蛾在前面飞，小姑娘在后面追。人间的阳光离叶桑达娃越来越远，阴间的死亡之气却越来越重。有一段时间，黑蛾像一只在天空中行踪诡秘、做贼心虚的老鼠，而叶桑达娃则仿佛是在大地上翩翩起舞的蝴蝶。喇嘛势单力薄的法力已不能护佑跑远了的孩子。那头隐藏在不远处的豹子，却以一个父亲的直觉感受到了死亡对孩子的威胁。它看到了天空中黑色翅膀的扇动，它知道这翅膀是受地狱里最深处的黑暗浸染成的，是可以淹没人间一切生命的黑，更是可以吞噬日月万丈光芒的黑。豹子从山岗上飞奔而来，风声夹带着它愤怒的吼声。但是魔鬼的作祟使一个父亲不死的慈爱一头掉进了一个深邃无底的黑暗陷阱。"护佑佛法的豹子"顿时迷失了方向。

洛桑丹增喇嘛和阿妈央金都听到了豹子绝望的哀号。喇嘛匆匆结束了自己的对佛陀慈悲的祈请，撩起破旧的袈裟向那片枯树林跑来，阿妈央金已经在那里急得团团转了。"佛祖啊，达娃不见了！"阿妈央金捶胸顿足地喊。

洛桑丹增喇嘛看见了枯枝败叶下的一堆尸骨，他才发现这片枯树林生长得——或者说死亡得——十分奇怪，所有的树枝没有一片树叶，而且都是垂向地面；树枝发黑，地上的落叶也发黑，就像被地狱的烈火焚烧过千百次，树的尸体没有成灰，却干枯如铁，那些黑色的树叶甚至还带着地狱之火的余温。喇嘛明白自己刚才将孩子放错了地方。即便是喇嘛，也有犯错误的时候。他想起自己的上师曾经告诫过他的话。

"叶桑达娃，你跑到哪里去了？"喇嘛悲声呼唤。

"我的达娃呢？"阿妈央金愤怒地问自己的儿子。

喇嘛这时看见前方山坡上有一只巨大的黑蛾在盘旋，就像一个黑色的幽灵在天空中舞蹈。他的脑海里顿时一片轰鸣，像一条澜沧江的水倾头而来，悲悯的心立即被无边的黑暗淹没了。喇嘛的眼泪潸然而下，自踏上朝圣路以来前所未有的悲哀一下击垮了他。

许多年以后，洛桑丹增喇嘛经过长年的修持，已经证悟到自己的法身和佛性，他才反省到佛性对一个修行者的要求其实很简单，但又非常不容易做到，那便是舍弃了人间的一切执着，让人的本性像河流里顺水而漂走的木棍那样，自然而轻盈地漂向大海。因为执着让人疑惑，让人看不见自身的佛性。

如果他当年是深爱着叶桑达娃的，他就不应该冒险通过那片魔鬼控制的天空。但他执着于自己的朝圣之路，急于求到佛、法、僧三宝。他被自己的执着之心所疑惑，忘记了人生命中隐藏着的佛性的悲悯。一个人求佛法，本来是要解疑惑的，但是他却被求法的方式所疑惑了。

后来，在他无数个于黑暗的山洞里闭关修行的某一天，神灵派来的使者告诉他说，由于他的悲悯和所修持到的功德，也由于叶桑达娃在生命的最后时刻，在魔鬼和死神面前所呈现出来的天真烂漫，清纯无邪，她已经转世投生到一个白色湖泊的一朵莲花上，神灵的使者问喇嘛是否给孩子取名为"莲花仙子"。

喇嘛在黑暗中沉默了许久，才告诉使者说："我想，就叫她'疑惑'吧。"

24·雪人

洛桑丹增喇嘛伏在雪地上一动不动已经很长时间了，几只狼守候在山坡上，它们之所以没有冲下来将那个趴在雪地上的人撕成碎片，是因为有一头豹子横卧在它们的前面。豹子和狼群已经搏杀了两天，尽管豹子也付出了代价，它的一条后腿被狼咬伤，使得它不得不一瘸一瘸地走路，但它始终没有让狼群靠近喇嘛一步。在豹子和狼群搏斗的时候，连雪山上的神灵也不寒而栗，神灵们不明白狼和豹子为什么要厮杀到天昏地暗的地步。很多时候他们想助豹子一臂之力，可是豹子的顽强与韧劲连雪山上高大的雪松都向它弯腰致敬，这头受到佛法加持的豹子，将以它不屈的力量证明，世间有一种爱，是可以穿越生死轮回的。

豹子虽然把凶残的狼群打败了——正如它的前世把一个杀手挡在磕长头的喇嘛身后一样，但是它却没有办法让雪地上的喇嘛再站起来，它的眼中充满焦虑。它对着风雪飞舞的天空哀号，呼唤喇嘛的阿妈，可是豹子不知道，阿妈央金此刻正陷在一个深深的雪窝里，像风沙一样不断堆积的风雪已经快将无助的老人淹没了。豹子隐约感到喇嘛唯一的后援有了麻烦，但是它如果返身回去的话，雪地上的喇嘛很快就会成为狼群的口中食。

那是一个足有两人深的雪窝，老人也不知道自己是怎么掉进去的。头顶只看得到一方小小的天，厚重得仿佛随时都要塌下来。"要是天垮下来就是这个样子，你就垮下来吧。我早就累不动啦。"央金冲上面喊道。

央金感到，随着磕长头的儿子离圣城拉萨越来越近，灾难也就越来越多了。看看在她的身上都发生了些什么吧，儿子被杀，儿媳葬身熊口，唯一的孙女竟然给魔鬼骗走。难道佛祖真不知道一个苦难的母亲的心？难道佛祖真的不是雪域高原威力无比的神灵，它的仁慈不能惠及虔诚卑微、孤独弱小的众生？

不知是雪窝上方的天空被遮盖了，还是央金的眼睛再也看不到光芒，她感到自己不是被积雪深埋，而是被黑暗包裹了。这种黑暗是可触摸到并令人喘不过气来的，浓稠得像一场铺天盖地而来的黑色泥石流，其实它是地狱的黑色光芒。央金仿佛看到了死亡的脸，在这张阴森冷漠的脸后面，飘浮着她的二儿子玉丹的身影，还有她的老伴都吉，他不再到处飘浮了，坐在峡谷里的驿道边，陪着身边的"勇纪武"，仿佛刚从外面赶马回来一样。

雪窝的周围都是疏松的雪，一扒拉就簌簌往下掉，她越往上挣扎，掉下来的雪就越多，积雪已经将央金的半身埋住。可怜的老人想，除非是佛祖伸出他慈悲的手，不然她再也不能为磕长头的喇嘛儿子做后援啦。可是，佛祖，你的帮助在哪里？

佛的帮助总是无处不在。这次他派来的使者是一个身高九尺的巨人，他是雪域高原半人半神的神秘金刚，是人类的近亲，是大自然之子，是雪原上真正的王者，同时，也是这个星球上最不为人知的孤独的一群。人们通常称他们为"雪人""野人"。多数情况下，他们生活在人们的传说中，而当人类中的某个幸运者与他们猝然相遇时，他们留给人们的印象不外乎是力大无比，健步如飞，浑身是毛，来去无踪，经常出没在莽莽原始森林，以大地为家，和神灵相交，与魔鬼为伍。其实他们身上的邪恶并不比人类的多，慈悲也并不比人类的少。可是人们却憎恶他们，捕杀他们，把他们追赶到森林的深处，雪原的尽头。他们对人类的恐惧，并不少于人类对他们的害怕。而他们的悲悯，却没有语言可以表达。

这个雪人巨手一揽，就将央金从雪窝里拔了出来，就像拔出一根葱那样轻松。雪原上刺目的光芒让阿妈央金的眼睛几乎睁不开了。她感到身边有一大团阴影，一堵长满杂草的褐色岩壁耸立在她的面前，她扶着这岩壁想：我这是到哪儿了？刚才我掉下去的时候，身边没有岩壁呀。

央金忽然感到那岩壁在动，自己双脚找不着地，人升在半空中。待她的眼睛慢慢适应了外面的强光，她才看见杂草丛生的岩壁上张开一张巨大的嘴，血盆似的大口呼出腥臭的气息，就像闷热的夏天里吹来的一股热风。那嘴上面的鼻孔有一个小孩的拳头大，两只眼睛隐藏在深深的黑毛里。

"魔鬼！你要把我这个老人家怎么样？"央金悬在半空中，竟然没有感到害怕，一个人上了年纪，还有什么可怕的呢。

雪人仔细地端详了巨掌中的央金，踌躇片刻，然后像放下一个婴儿般的，轻轻把央金放在了雪地上。央金这才发现自己和这个家伙有多大的差距，她抬头望他的时候，竟然把头上的一顶破帽子都望掉了。

央金双脚一软，瘫在了雪地上。

雪人弯下腰来，就像一座山头倒下来一般，他把央金抱在了怀里，他用宽大而肥厚的舌头舔央金满身的雪渣，一股腥热的气息笼罩着已快冻僵了的老阿妈。这使央金想起故乡的一处温泉，从地下不断涌出的蒸腾热气也跟这个大家伙口里哈出来的差不多，温暖得令人联想到神的亲近。

央金忽然感到浑身燥热，不是因为激动或恐惧，而是由于害羞。她被雪人抱在怀里，就像回到了婴孩时代。上天啊，哪有当祖母的人还被一对乳房温暖啊。那雪人的两个乳房散发出火塘一般的热量，大得就像两床被子，几乎令央金窒息。可是当央金明白了雪人的好意后，她真想好好在这峰峦突起的怀中睡上一觉呢。

"你是人？是神？还是魔鬼？求求你，放我下来吧。"

"呜——呜呜。"雪人晃晃头，不知道他究竟要说什么。

"我要下去！我还要去找我的儿子。他是一个磕长头的喇嘛！"央金忽然想起了也在绝境中的儿子，她拍拍巨人的胸脯，又指指雪原的前方。

雪人明白了央金的意思，再次轻轻地把她放下来。在与人们一代代上演的生死追逐的游戏中，他们已经能听懂人类的语言，甚至能看透人类的心思。因为人类敬畏的各路神祇和魔鬼都是他们的朋友，而人类却对他们知之甚少。

央金心中惦记着儿子，离开了这雪人的怀抱后，撒腿就往前面跑，她跌跌绊绊地在雪地上跑出去很远了，忽然觉得应该给自己的救命恩人磕个头。她停下脚步，回头望去，雪人在远处用手搭在眉骨上，正向这方瞭望，像一尊立在旷野里的威猛金刚。央金"噗"地跪在雪地上，冲着他就是一个长头。

"你也是雪域高原的神！求你保佑所有流浪他乡的朝圣者。"

那雪人一定听到了老阿妈的祈请，也一定知道朝圣者一家此时的困境。他只跨了两步，就站到了央金的面前。

"呜——"雪人将自己的嘴望前方一努，那意思是要与老阿妈同行。

尽管在智力发展上，雪人没有与人类同行，但是神灵赋予他们在其他方面超越人类的神力。他们在大地上阔大、高远的步履，人类就是再进化一万年，也许还是追赶不上。在雪地上，这个大家伙就像脚上有翅膀，他留下的脚印几乎可以把央金掩埋。他往前走一步，好半天央金才能跟上来。于是雪人干脆伸手将央金夹在自己的臂膀里，央金感到自己在雪地上飞翔。

不多一会儿，央金就看到了那头豹子，它正在俯趴着的洛桑丹增喇嘛跟前呜咽。央金的心一下就凉了。"我的喇嘛儿子，我的喇嘛儿子！"她拍打着雪人的胸部，指给他看雪地上的喇嘛。

豹子在一开初误会了雪人，它看见阿妈央金被夹持在一个庞然大物的胳膊里，带着呼啸声就扑过来了。雪人一闪，躲开了豹子致命的一扑。雪人在雪地上随便一扒拉，竟抓起一块盆大的石头来，挥臂要将石头向豹子扔去，阿妈央金不知从哪里来的力量，大叫一声，竟然一纵身抓住了雪人的胳膊，人也随着胳膊的挥舞晃悠了出去，吊在上面像一颗干瘦的老核桃。

"豹子也是我的儿子，求求你，别伤害到它！"央金悬在半空高声喊。

豹子此时已返身回来，准备再扑，央金又喊道："玉丹，我的好儿子玉丹！这是阿妈的救命恩人，别过来！"

雪人大概永远也无法弄明白一头豹子和一个家庭的关系。可是他看见那头豹子眼光中闪耀着人类的眼睛中才会有的愧疚和感激。至少他已经知道，豹子和这个老人的关系非同一般。

准备搏杀的双方都平静下来了。央金从雪人的臂弯中跳到雪地上，扑到喇嘛的身边，可是洛桑丹增喇嘛早就冻僵了。

阿妈伏在喇嘛身上号啕大哭，撕心裂肺的喊叫在旷野里卷起一阵阵的雪风，打着旋儿向远方逃去；雪地下的冰层也被尖锐的哭喊割裂，"嘎吱嘎吱"地纷纷破裂，一些地方从此形成雪原上永不会弥合的沟壑；远方的雪岭上还发生了雪崩，撼动得大地一阵阵颤抖。

雪人蹲下来，俯瞰着雪地上的喇嘛。喇嘛几乎跟他一样，也成了个浑身苍白的"雪人"了，雪渣和冰屑沾满了他的全身，裸露在外面的皮肤早已僵硬、皲裂，像伤痕累累、万劫不复的荒地。雪人把喇嘛抱在怀里，舔去他一身的雪渣，试图再次用自己胸前和舌头上的温暖使喇嘛暖和过来，可是喇嘛依然僵硬得一动不动，仿佛是一截冰凉的木头。

雪人对着阿妈央金"呜呜"叫了几声，抱起洛桑丹增喇嘛就飞奔起来，豹子开始想追出去，可是它发现，要在雪地上追上这个神秘的雪人几乎是不可能的。在你一眨眼的工夫，他就消失在一片雪雾之中了。

阿妈央金对豹子说："我活这么久了，还是第一次被神派来的使者抓在手掌里，救回一条命。玉丹，你放心吧，你哥哥是个磕长头的喇嘛，功德无量，他自己也是半个神了。神灵们要做的事情，我们凡夫俗子不要多管。你哥哥会回来的。"

两天以后，风雪的身影已远遁，阳光重新普照大地。茫茫雪原一片洁净，一个黑点从天边缓慢而坚定地踏雪而来。洛桑丹增喇嘛完好如初地回到了阿妈央金身边，在他沉着刚毅的面孔上，已看不到一丝死亡的痕迹。他身披一张巨大而崭新的虎皮，那是雪人赠送给他的礼物，从今以后，喇嘛将不再受寒冷之困。至于雪人如何用自己的方法救活了磕长头的喇嘛，那是人们永远也弄不明白的问题。这种雪域高原特有的生灵本就被傲慢又胆怯的人类拒之于认知范围之外，人们也就永远走不进他们的世界。

可是，神圣雪域，无一物不庄严，幻化国土，无一事是真实。有些神灵的身影，是我们永远也看不到的。不是我们没有能力，而是我们只有一双人的眼睛；也不是我们缺少虔诚，而是我们的因缘未到；更不是我们没有找到进入神灵世界的路径，而是上苍在日益无所不能的人类面前，总得给我们留下最后的几点秘密、给神灵们留下一点来去自如的空间。对吧？

第七章

25·性奴

时间像筛子一样把生活中的一些细节无情地筛走了，只留下粗大的记忆片断和伤痛的颗粒。正如一个旅途中的人，他对经过的道路和村庄，翻越的雪山和跨过的河流，遇到的野兽和女人，多年以后也只能想起一些零星的场景和刻骨铭心的温存。也正如在雪域大地四处流浪的达波多杰，他现在出门已经整整六年了，那些雪山垭口上的飞雪，那些草原上遍地开放的花儿，那些一张张羊皮褥子下不断更换的女人，还有那些在旅途中碰见的酒友、侠士、商贾、流浪歌手、喇嘛、牧人，都被时间的筛子筛走了。现在达波多杰只想念一个人，在饥肠辘辘没有人烟的荒野，在漫长寂寞的黑夜，在寒冷破旧的帐篷里，在颠簸起伏的马背上，达波多杰想念一个人想到了骨子里。这可是他一生中从来没有过的体验，这种思念就像钻到人体内的一群群蚂蚁，日日夜夜地啃啮着他的一颗漂泊动荡的心。

这个人不是他曾经迷醉在她的尖锐呻吟中的嫂子贝珠，也不是牧场上那些健壮多情的女人，更不是旅途中的帐篷里某个像路边的野花肆意地开放又随意地采摘到手的姑娘。这个人是他的精神导师，是在他的心目中比父亲还要伟岸的大丈夫，他在他的教诲下一步步走向自己的梦想；当他站在他的身后时，达波多杰的力量与勇气便在心底里一寸一寸地生长，就像在千军万马阵前，身后拥有一个强大的军团。

这个人就是那个被刀削掉了鼻子、铸造了两把宝刀、培养了一个英雄一个杀手的基米啊。达波多杰有两年多没有他的消息了，他不知道这个没有鼻子的老家伙是否也在想念他，是否还念念不忘他的英雄梦想。

而他自己，却已经快把曾经拥有过的英雄梦想遗忘殆尽了。并不是他又沉醉于哪个女人的温柔之乡，也不是异乡的风情令他流连忘返，不思进取，而是他现在已沦落到几近于奴隶的地步。一个成了奴隶的人要成就英雄的伟业，显然还要走更长的路。只是这奴隶并不干很繁重的活儿，也不愁吃喝，更不挨鞭打责骂，而且还是许多男人求之不得的好差事。达波多杰这样的家伙是那种命犯桃花的种，他即便当了奴隶，也不过是一名性奴隶而已。

事情发生在半年以前，达波多杰和忠心的老管家益西次仁流浪到雅鲁藏布江支流的一条干热河谷，人们告诉他们说穿过这条河谷，就可走向通往后藏重镇日喀则的官道。那条不知名的河谷狭窄又隐秘，热浪像死水一样弥漫在空气中，而河里的水却冰冷刺骨，人若跳到河里，就不是退凉的事儿，而是冻死的问题啦。益西次仁一再告诫热得焦渴难当的达波多杰，你不能下河去寻求一时的痛快，这是魔鬼控制的河，你没有看见不断有尸体从上游漂下来吗？这样的河谷里一定有温泉，让我再找找吧老爷，我好像已经闻到温泉的味道了。达波多杰那时没有好气地说，我还闻到鲜花的香味呢。

神灵在那天听到了两个流浪人的祈求，他让益西次仁找到了温泉，让达波多杰嗅到了鲜花的芳香。在山道的一个褶皱处，一汪从山上淌下来的温泉积水成潭，一阵阵热气的氤氲飘荡在河谷里，还有姑娘们嬉水的欢笑。达波多杰当时呵呵一笑："今天我们真是磕头碰到真佛，烧香遇见菩萨了。"

从他们所在的山坡处望去，水潭里有两个姑娘在沐浴，看不出她们漂亮与否，但是她们的黑瀑布一般的头发飘散在水潭里，就像乌亮发光的黑色锦缎。达波多杰有好长时间没有近女色了，心里有些痒痒得难受。他对老管家说："这两个娘儿们，需要一个男人帮她们呢。"

老管家毕竟行事谨慎一些，他说："老爷，在这荒无人烟的河谷里，两个泡在温泉里的姑娘，不是魔鬼的女儿，就是强盗的陷阱。我们走吧。"

但是达波多杰不听，他太相信自己在姑娘们面前的魅力了，他让益西次仁先去周围看看，有没有魔鬼的足迹。等他和姑娘们洗完澡后他再来换他。

事态的发展也正如达波多杰所料，当他笑盈盈地站到温泉边时，水里的两个姑娘眼睛一下亮得盖过了泉水的光芒。

"水温暖吗？"他问。

"不冷。"年轻一些的那个姑娘说，有点害羞似的把脸埋进了水里。而那个年纪大很多的姑娘，却用眼睛直勾勾地看着这个仿佛是画中走出来的俊男。

"好洗么？"他轻佻地问。

"天上淌下来的水，是神灵赐予的；泉水边站着的人，是何方来的呢？"年纪大的姑娘问。她的目光让情场老手达波多杰也感到害怕，是那种看你一眼就会从你身上挖走一坨肉的眼光。

"管他是从哪里来的。你只需说，远方的客人，下来与我们一同沐浴吧。"

"那你为什么还站着不动？"目光很泼辣的那个姑娘说话也很冲，看得出来她内心的欲火一点也不比达波多杰小。

在藏区的许多地方，男女同浴的风俗很普遍，但一般只限于家族里或者同一村庄的人，由于都是亲戚长辈，因此在温泉里并没有人会升起邪念。像这样和陌生人同浴是需要一点胆量和浪漫情调的，而这两者达波多杰恰恰都不缺。那两个姑娘的胆子大得令情场高手达波多杰也感到吃惊。一个姑娘的脚率先从水里伸过来，像一条水蛇一般地缠住了达波多杰的腿。大家都感到温泉里的水温在升高，此刻别说是一潭温泉，就是雪山上融化下来的冰水，也会被三个人的欲火烧开。他在那一方浅浅的潭水里与两个姑娘周旋，两个姑娘被他挑逗得春心荡漾，欲罢不能。其中年纪较小的那个想起身离开，可是达波多杰只用一双炯炯有神的眼睛盯住她看了片刻，她的骨头就酥了，丰满的胸脯急促地起伏，掀起阵阵的波浪，平静的泉水仿佛成了波浪汹涌的雅鲁藏布江。人的目光的能量有时能盖过太阳的光芒，在一些特定的场合下，它是世界上最明亮强大的光。一些法力深厚的密宗喇嘛，他们的目光可以击落天上的飞鸟，打掉树梢的树叶。而达波多杰情欲泛滥的目光，可以轻易俘获姑娘们的心。

最后，到两个姑娘都瘫在泉水里再也爬不起来的时候，她们已经成为达波多杰情欲香案上的祭品。在温泉边的一块巨石上，达波多杰与两个姑娘轮流做爱，搅得温泉里的水热得开了锅，还把人的皮肤烫得起了一串串的小泡。

一切就像水总要往潭里流，鹰总会往高处飞一样自然。漫长旅途中的艳遇并不需要更多的理由和情感的铺垫，达波多杰是一头孤独的公狼，他才不在乎在哪儿播种，以及季节是否适合呢。

　　但是这一次他彻底错了。当他回到泉水边穿好衣服，准备继续自己的旅程时，他发现两支双叉火绳枪一齐对准了他。持枪者就是刚才与他一起在情欲横流的泉水里嬉戏的姑娘。

　　"跟我们走！"年长的那个姑娘说。

　　"噢，这可不是你们干的活儿。"达波多杰不当回事地说。

　　"拿上你的行囊，跟我们走！"还是那个姑娘说，口气不容置疑。

　　"姑娘们，你们有你们的路，我有我的路。别把温泉里的事情当一回事啊。"

　　"等我点燃火绳枪，事情就大了。"年纪较小的那个姑娘从腰间抽出了火镰石。刚才在巨石上，她还是那么羞涩，是达波多杰一点一点地导引着她奔向快乐之源。可是现在你看看她，"嚓"地一声就把火镰石上的火星擦出来了。姑娘手上的火捻子已被点燃，然后用一双勇敢而野性十足的眼睛盯着达波多杰。

　　"你可要想好了，世上没有这么便宜的爱情。"姑娘一手持枪，一手举着火捻子。

　　"我的爱情都交给了流水。"达波多杰笑嘻嘻地说，他还把她们当孩子看。

　　姑娘将火捻子凑到枪的火绳上，"嗤——"，那里冒出一阵欢快的青烟和火苗。

　　现在达波多杰相信了，她真的会杀了他。他挠着自己的头说："唉，没见过这样求婚的。姑娘们，要带我去哪儿呢？"

　　"带你去见我们的阿爸！"

　　"哦呀！"达波多杰感到事态严重了，"嗨，嗨，小心啊！枪子儿飞起来可不好玩。"火绳枪已经快要击发了。

　　"是吗？"姑娘一抬枪口，"砰"地一声巨响，一团霰弹从达波多杰的头顶飞过。姑娘们的眼睛却垂了下来："你再不好好说话，你就做不成我们的男人了。"

　　这可真是一场自己撞到枪口下的婚事。两个姑娘大的叫娜珍，小的叫甘玛，她们的父亲巴桑是一个流浪部落的头人，其实这个部落真正的主人是巴桑的老祖母朗姆。人们说她已经活了二百多岁，因为部落里只有她可以和神灵交谈，与死神共眠，并随时带来老祖先的嘱咐。在这个世界上已经没有人知道她从前的经历，据说她年轻时看见过格萨尔王的军队，她还见过显出真身的莲花生大师，那时她身材高挑，貌美无比，格萨尔王的军队为了她的美丽四处征战，而她最后却嫁给了一个放牧的牧人。朗姆老祖母说过一句洞穿生命历程的名言：

爱就是命运。

现在她像一颗老核桃一般地坚硬，承受住了两百年命运的折磨。之所以在她如此高寿的时候还被部落里的人们带出来四处流浪，是因为朗姆老祖母告诉大家说，在后藏有一处地方被称为世界的中心，那就是冈仁波齐神山。神山的东面有一条白色的河流名为当却藏布，它绕过肥美的草原，河里流淌的不是水，而是洁白的鲜奶；河床上遍布金沙和宝石，可是人们并不稀罕，因为它们俯首既拾，一点儿也不显得珍贵；草场上的鲜花开得有一人高，牛羊比天上的星星还要多，远处的山头上不是岩石，全是糌粑和奶酪；天上飞翔的雄鹰是部落祖先的转世，人们终生行善，来世都升到了天国。那里就是部落久远的故乡，一千多年前的战争让部落里的人们在雪域大地四处流亡，从那以后他们就再没有见到过鲜奶河和糌粑山，也没有星星一样多的牛羊，更不能像雄鹰一样自由翱翔。

每当朗姆老祖母讲起自己的故乡，空洞的眼窝里已经没有眼泪，只是在乡愁浓郁得化不开时，会淌出一些粉红色的血珠。现在她只有一个三岁孩子般大小，在流浪的途中一直被巴桑头人背在背上。她的眼睛早在一百年前就瞎了，可是整个部落里就只有她才知道回家的道路。连哪一条岔路口有几棵古树，哪段河流上有渡口，哪座雪山垭口有魔鬼，他们长什么样叫什么名字，她都清清楚楚。

"神灵告诉我们只有回到自己的故乡，才可以过上幸福美满的日子。就这样，我们在老祖母的带领下，终于走上了回家的路。"部落头人巴桑对达波多杰说。

达波多杰和他的两个女儿在温泉里折腾的时候，他其实已经带了一群人，俘获了益西次仁，而他的两个女儿则俘获了达波多杰。因为部落里有一条古老的规矩，同部落的男女，绝不通婚。这使部落在与外族男女的婚姻中保持着自己旺盛的繁衍能力。巴桑头人是一个满脸胡须的壮年汉子，密集粗壮的胡子让人想到拔起来的树根。他的部落现在还有一百来号人，与其说这是一个部落，不如说它是一个庞杂拖沓的商队，老人和小孩，妇孺和病人，出家的喇嘛和相信传说的新加入者，甚至还有说唱格萨尔王的、打铁的、赶马的、朝圣的、无家可归的各色人等混杂其间。他们其实已经出来十多年了，并不是道路不好走才让他们还没有抵达传说中的故乡，而是他们走一路耕作放牧一路。遇上几块好地，他们会停留下来，种上几季庄稼，为今后的旅程储备一些食粮。他们不要土地，不要牛羊，更不要房舍和家。他们只要自己心目中的富饶美丽、魂牵梦绕的故乡。他们的希望就寄托在自己的脚下。

"你们是在寻找梦中的故乡。"达波多杰说。

"对一个流浪了多少代人的部落来说，故乡不就是在梦中吗？梦中的故乡，是最美的家园。"巴桑一往情深地说。

达波多杰没有见过如此轻率、又如此浪漫的部落头人。对比他的父亲和哥哥，他们的祖先虽然也是从遥远的地方迁徙到澜沧江峡谷，可是他们把峡谷里那一方狭窄的土地看得多么重要啊。

故乡就是长在心里面的那棵树，时光年复一年地把它浇灌，传说日复一日为它施肥，使它在人心里根深叶茂，果实累累。对巴桑部落的人来说，现在是去故乡的田园里享受思乡的果实，痛饮落叶归根的乳汁，了断绵绵无尽的乡愁的时候了。为此他们哪怕走遍天涯海角，哪怕终生流浪，也要找到传说中的故乡。

达波多杰那时还不能理解这些，他对自己的故乡还充满怨恨哩。他对巴桑头人说："尊敬的头人，我们都是出门寻找自己梦想的人。在我们没有把梦想抱在怀里的时候，我们的脚步不会停下。请放我走吧。"

"放你走？你要去哪里？"头人斜着眼睛问。

"我也要去找我的梦想。"

"你的梦想已经在温泉里泡没了。你还不知道吗？"

女人真是英雄的绊脚石。达波多杰现在终于后悔了，他站起身来想抽出腰间的宝刀，可是他的背后同时抵住了三四把马刀。

"我的两个女儿都给你了。在我回到故乡时，我要一手牵一个孙子。爱就是命运。认命吧，伙计。好好干，一路上时间还有的是，我的女儿们是两匹不错的母马哩。"头人拍拍达波多杰的肩说。

就这样，达波多杰便被强迫留在了这个流浪部落里。巴桑头人规定每晚为自己的女儿单独准备一顶帐篷，达波多杰在月亮升起来的时候，会被人带进帐篷，里面会有两姊妹中的一个在等他。至于是谁，达波多杰不知道，天黑以前两姊妹也不会知道，因为她们要靠父亲巴桑抛贝壳占卜来决定自己的一个夜晚是温情缠绵，还是孤独难耐。帐篷外虽然没有人站岗，可是朗姆老祖母有一种神奇的咒语，凡加入了部落的人，灵魂都会被这咒语所束缚，当他想离开这个流浪部落时，即便脚想走，心也会被朗姆老祖母的咒语拴得紧紧的。也并不是多情的达波多杰已经再一次沉溺在女人的温柔之乡，其实在他的眼里两姐妹都奇丑无比，比当年哥哥扎西平措强行要娶给他的野贡土司家族的麻脸女儿好不了多少。当初在温泉里自己为什么要那么猴急地跳下去，实在令万念俱灰的他百思不得其解。难道是被温泉里的热气迷糊了眼，还是女人被温泉一泡，都显得美丽娇嫩，赛过王妃呢？唉，一个拥有英雄梦想的人，怎么又沦落到女儿的温柔乡？爱就是命运。可这场爱情比当年跟嫂子贝珠昏天黑地的爱，比在羌塘草原上糊里糊涂的爱，更让达波多杰感到自己爱的命运充满错误。

他曾经想到过逃跑，那匹叫贝珠的宝马，已经长到三岁了，它身子两侧那排翅膀残留的痕迹，还隐约凸现着两排肉芽，要仔细地抚摸才感觉得出来。达波多杰平常轻易不骑这马，无论一路上多么劳累辛苦，每个夜晚他总要起来两三次，为它添加草料。落入巴桑头人手里后，他对头人唯一的请求就是要亲自饲养贝珠。头人并没有认出这是一匹神驹，只是说，好男儿总是爱马胜过爱女人，有你喝的，就有你的马吃的。

他有宝刀和宝马，要逃脱这些人的手掌应该不成问题。但是老管家益西次仁却成了真正的奴隶，他的马被没收了，就等于他想飞的翅膀被剪断了。他每天在部落里干最重的活儿，和十多条汉子睡在一顶帐篷里。达波多杰不忍心丢下这个像自己的父亲一样的老人。

半年多时间过去，达波多杰在娜珍姐妹俩身上的辛勤耕耘得到了报答，两姐妹的肚子都显山显水了，巴桑头人时常用爱惜的眼光打量达波多杰，说等到了我们的故乡，我大概也老啦，我没有儿子，部落头人的位置就交给你来坐吧。以后你再传给我的孙子。

达波多杰心里苦笑不已，怎么我在家里没有头人的位置坐，到外面却谁都要我去坐呢？妈的，女人们的奶子成了我这个没有多大出息的家伙的坐垫啦。这样的人还能当英雄吗？每当想到此，他就深切地怀念起没鼻子的基米。这个家伙分别时说给他的话现在让他后悔得肝肠寸断。离女人远一点，她们会消磨一个英雄的气概。

有一天达波多杰忍不住问巴桑头人："你真的相信你们家乡的河里淌的是鲜奶，山头上全是糌粑和奶酪吗？"

巴桑头人回答道："不是相信不相信的问题，因为它千百年来就是这样。

就像你的父亲和母亲，你用得着去怀疑什么吗？"

"这样的传说在我们那里也有，我们把它说成是'香巴拉'王国。"

"要是你相信传说，你的内心就像孩子一样地单纯，你就没有那样多尘世的烦恼。这不是很好吗？"巴桑头人又补充道，"这是一名喇嘛上师说的。"

"那你相信'藏三宝'的传说吗？"达波多杰又问。

"藏三宝？"巴桑头人睁大了眼睛，"伙计，藏三宝多了，你说的是哪一类的三宝呢？"

"宝刀，良马和快枪。"达波多杰响亮地回答道。

"噢，那可是一个英雄的佩带。"巴桑头人感叹道。

"是的，我就是要去做这样的英雄。可是你的女儿们把我绊倒了。"

"那么，你找齐了你的三样宝贝了吗？"

"快了。但是有可能永远找不齐，要是我天天做你两个女儿的奴隶的话。"

巴桑头人沉默了许久，才说："等回到了我们的家乡，你就走吧。"

26·圣城

"阿妈，阿妈，我看见圣城拉萨了！"

"是吗？哦，佛祖！我的儿子终于来到你神圣的领地了。他是磕着长头来的啊，你们怎么还不打开圣城的城门，献给他洁白的哈达？"

"阿妈，圣城不需要城门，它向所有的朝圣者敞开神圣的胸怀。面对雄伟壮观的布达拉宫，我还要磕一天的头，才能到哩。"

"喇嘛，听你这么一说，我也看见啦。洁白的墙，是吗？"

"是的，阿妈，高大洁白的墙。"

"黑色的窗户。"

"是的，阿妈，窗框是黑色的。"

"红色的楼房。对吗，喇嘛？"

"是的，阿妈，就像天国里的楼宇。"

"还有金色的顶。"

"哦，阿妈，多漂亮的金顶啊，就像飘浮在天上一样。只有在西方佛国中的极乐世界里，才会有这样漂亮巍峨的宫殿。阿妈，我要在这里多磕三千个长头，再去朝拜它。"

"你磕吧，我的儿子，帮我好好看看我们的圣城。佛祖啊，这儿连吹来的风都带有神的味道。圣地拉萨啊，我们终于到啦！可是我却看不见你……"

阿妈央金早已干枯了的眼眶里就像复活了的泉眼，眼泪簌簌地淌下来，洇湿了洛桑丹增喇嘛长头下的土地。喇嘛的眼泪也禁不住哗哗地流淌，不是为他自己这一路的辛劳与苦难，而是为阿妈央金再也不能看到她眼前辉煌灿烂的拉萨。

阿妈央金眼睛里仁慈明亮的光芒在半个月前就彻底暗淡下去啦，她在深沉的黑暗中感受拉萨的辉煌。她这一路上瞳仁里的期盼太多，看到的苦难太多，为亲人们流淌的眼泪早就盈满了沿路的江河。大地因为一个老阿妈的眼泪而悲悯，在朝圣的道路两旁，开满了慈悲的白花，结满了信仰的果实，都是由磕长头喇嘛的汗水和阿妈的眼泪滋润出来的啊。现在，喇嘛每磕一个头，泪水便泼洒一地，在漫长的朝圣路上，这是从来没有过的事。不多一会儿，脚下的这块本来很干燥的地便变得湿润而泥泞了。虔诚的眼泪，感激的眼泪，幸福的眼泪，形成一条条溪流，欢快地流淌。拉萨前面的那条河，就是这些朝圣者们的眼泪汇集而成的吧？

两天以后，磕长头的喇嘛进入了拉萨。那是一个暴风骤雨的下午，拉萨城古旧泥泞的街道早已没有了行人，喇嘛在如注的暴雨中专注地磕自己的长头，仿佛雨根本未曾在下。他在泥水里一步一磕头地向大昭寺磕去，街道屋檐下的一些拉萨市民用崇敬但又木然的眼光看着那个雨水中的喇嘛。"哟，又来了一个磕长头的。"他们说。"他可没有赶上好时候，有雨也不歇一歇。都到拉萨了，慌什么呢？"他们又说。

但当他们看见喇嘛的身后，背负行囊的只是一个瞎眼的老阿妈时，那些待在屋檐下和窗户里躲雨的人悲心大发，他们把早已衣不蔽体的老阿妈拉进了家门。

"老阿妈，你们从哪里来的啊？"

"澜沧江峡谷，卡瓦格博雪山下。"

"什么地方啊，没听说过。"

"你们怎么没有听说过呢，那里可是世界的中心。"

拉萨人自豪地说："拉萨才是世界的中心。老阿妈，你们那儿离拉萨有多远？"

"噢，善良的拉萨人，每一个藏族人都有自己心目中的中心。我不知道走过的路有多远，我只知道我们经已走过了七个春天。"

"佛祖，那可是不短的一段路啊。老阿妈，就你一个人做喇嘛的后援吗？"

阿妈央金没有回答这个令她伤感的问题，空洞的眼眶望着外面的风雨世界，聆听着拉萨酣畅淋漓的暴雨和天上滚来滚去的炸雷。"你们听，"她高声而豪迈地说，"连你们拉萨的神灵，都在为我的儿子哭哩。"

雨停的时候，喇嘛终于磕到了大昭寺的门口。那时正是拉萨金色的黄昏，古老的圣城笼罩在祥和明净的暖色光芒之中。他伏在寺外的地上，从来没有感受到自己对诸佛菩萨如此地敬畏，离日夜思念的上师如此地亲近。大昭寺外面的石板地凸凹不平，到处是一条条磕长头者摩擦出来的人体的痕迹。洛桑丹增喇嘛匍匐在上面时，就像伏在一个民族信仰的脊梁上，朝圣路上所有的艰辛与磨难，所有的风尘与霜雪，都让他在喘一口气的一瞬间，轻轻地吐纳出去了。吉祥的晚霞从天边映射到寺庙的金顶，又从金顶反射到人间，就像神的光辉普照大地。洛桑丹增喇嘛在心里对自己说，尽管藏族人在佛菩萨面前已经磕了一千多年的头了，不过我来得还不算太晚。

大昭寺紧邻八廓街，那里每天都涌动着川流不息的来自藏区各地的朝圣者，像洛桑丹增喇嘛这样的磕长头者也非常多。人们履行生命的使命都一样，只是命运却各有不同。在圣城，各种消息随着灰尘、纸片、经幡以及飘飞的树叶，在低矮的房屋、狭窄的小巷里传得像风一样快。不到一个月的时间里，拉萨的大部分市民已经知道了一个来自藏东康巴地区的喇嘛，历经千难万险，磕长头前来拜师朝圣的故事。这个修大苦行的喇嘛手里拿着写在一块薄羊皮上的介绍信，到处找一个叫格茸的上师。

可是在僧侣如云的拉萨，学识高深、法力深厚的大德高僧就像天上的星星一样多。洛桑丹增喇嘛朝拜了甘丹寺、哲蚌寺、色拉寺三座巍峨雄壮、名震天下的大寺。一天黄昏，在色拉寺，洛桑丹增喇嘛正在寺庙的大殿外磕头，一个也是从藏东康区来的老喇嘛对洛桑丹增喇嘛说："小比丘，跟我来吧，你要找的上师已经等你很久了。"

洛桑丹增喇嘛喜出望外，没想到这样顺利地就可以见到上师了。他跟随那个叫曲多的老喇嘛在密集的僧舍间绕来绕去，最后来到寺庙后院的一排灵塔前。曲多喇嘛指着一个上面长了些荒草的灵塔说：

"格茸上师在里面等你哩。"

洛桑丹增瞪大了眼说："喇嘛，你……你是说，格茸上师圆寂了？"

曲多喇嘛叹了口气："有十多年了。上师圆寂时对我说，他会有一段佛缘从澜沧江峡谷来。"曲多喇嘛向灵塔顶礼，磕头，然后将自己的头俯向灵塔，轻声说："上师，你要等的人终于来了。"

洛桑丹增喇嘛在格茸上师的灵塔前长跪不起。十多年前他还没有出家，但是上师已经在期待今天的佛缘了。他觉悟得多么晚啊。可是，他历尽千辛万苦来到圣城学法，难道就只能面对上师一座无言的灵塔吗？在朝圣路上的许多个日夜，他把上师的庄严想了无数遍，也把上师的尊容默念了无数遍。他是一个像贡巴活佛那样宽厚慈悲、悲心无量的老者，还是一个博学睿智、显密精通的高僧？但洛桑丹增喇嘛万万没有想到的是，他连上师的法相都无缘相见。

天上的星星像地上升上去的一颗颗善良的灵魂，亮晶晶地高悬在深蓝色的夜空，洛桑丹增喇嘛不知道究竟是天上的星星更缥缈，还是上师的灵魂离自己更遥远。他长久地跪在格茸上师的灵塔前，已经哭干了自己的眼泪。在朝圣的路上，再大的艰难，再凶恶的环境，再高远的雪山，他都没有丧失过信心，因为他心存希望。可现在希望成了一个破碎的梦，梦的碎片让洛桑丹增喇嘛一时找不到方向。

天上的星星忽然向跪着的喇嘛眨起了眼睛，就像一盏在风中忽明忽暗的酥油灯。洛桑丹增喇嘛正感到有些奇怪，就听见一个苍老的声音从灵塔里传来："法子，佛陀告诉我们：'依法不依人，依义不依语，依了义不依不了义，依智不依识。'你不要把大象放在家里，却跑到森林里来寻找它的足迹。佛法遍地都可以求，佛缘却只和一个人的因缘有关；佛法的上师成百上千，奉献出你的恭敬心，上师才能转化你的凡夫心啊。"

洛桑丹增喇嘛俯身向灵塔，急促地祈求道："上师啊上师，是你在给我指路吗？我在哪里可以找到他，我学法的领路人？"

一阵风在灵塔间穿越而过，洛桑丹增喇嘛只听到一句仿佛是来自天外的声音："……人生易得，佛法难求……解脱之路，修心为要……"

洛桑丹增喇嘛后来围着格茸上师的灵塔转了三天三夜，可是他再也没有从灵塔里得到自己要寻找的上师的任何消息。曲多老喇嘛悲悯洛桑丹增喇嘛的虔诚，便对他说："你在大昭寺外磕满十万八千个头，或许你的佛缘就到了。许多来拉萨朝圣的僧侣都这样做。你要知道，在圣城，八廓街某个角落里蹲着的乞丐，也可能就是一个修苦行的上师。"

于是，洛桑丹增喇嘛每天到大昭寺磕头，阿妈央金则在八廓街化缘乞讨。阿妈对他说："一时找不到上师，也不用急，反正要拜上师的人，总要给上师大量的供养。过去那些外出学法的人，都是给上师背金子去，背银子去。尽管我们身上一个藏币都没有，但很多朝圣者，来到拉萨时也跟我们一样穷，他们后来却可以给佛祖释迦牟尼的佛身贴一层真金。他们靠什么做到的啊？靠一双乞讨的手和世人的善心。"

阿妈央金把自己的一只黢黑、干枯、疤痕累疤痕的手伸向路人时，一个再心硬如铁的人也会被这一路乞讨了几千公里的手感动。那与其说是一只手，不如说是一截朽木，或者说，是一颗苦难卑微的心。

拉萨是朝拜者的圣城，也是布施者们进入天堂的前殿。有许多善男信女们相信，在拉萨行善布施可以为自己换来幸福的来世。他们布施给寺庙，布施给喇嘛，也布施给那些一无所有的乞丐、流浪儿、朝圣者。圣城拉萨居住着那样多的神灵，谁不想在众神面前好好表现一下呢？更何况拉萨有句俗话说，"向你乞讨的乞丐，正是那帮助你生起慈悲心的佛"。

一天，一个来自后藏的商人在八廓街遇到乞讨的阿妈央金，他对伸到面前的那只几乎只剩下一层皮的手皱起了眉头。这是一个满脸油光、穿金佩银的家伙，他戴着火红色的狐皮帽，穿着豹皮镶边的华丽藏袍，胸前的佛珠和护身符就像一个四处游动的珠宝柜。

"喂，你就是那个独自陪儿子磕长头来朝圣的瞎眼老阿妈吗？"商人问。

央金的眼前虽然一片黑暗，但是有些人的财富与权势你可以从他说话的口气中听出来，也可以从他的呼吸中感受得到，甚至可以从他在这个世界上挤占的空间得到准确的答案。一个有经验的老乞丐能从乞讨对象的只言片语中判定自己的收获。这个人一来到阿妈央金的面前，空气都被挤到一边去了，就像水缸里猛地砸下一块巨大的石头。

他的身躯一定像一头大象。阿妈央金心里想。

"请给两个藏币吧，磕长头的喇嘛今天还没有喝茶哩。佛菩萨会看到你的悲悯。"阿妈开口要得并不多，因为她知道，越有钱的人，手攥得越紧。

"噢，谁的悲悯有你这个当阿妈的大啊！"商人感叹道，从自己的胸前解下来一件佩饰，放在阿妈央金的手掌里，"拿着，可惜你看不见它是什么。但你说对了，佛菩萨会看得见的。"

阿妈央金感觉手掌里的那件东西光润圆滑，细腻冰凉，沁人心脾。就像握在手掌中的一块冰，但是它并不寒冷刺骨。

"慷慨的善人，这是一块玛瑙，对吗？"阿妈央金问。

"一块九眼猫眼石。"商人回答道。

"佛祖啊！"阿妈央金也禁不住惊呼起来，引得大街上的行人纷纷驻足观望，也惊动了寺庙大殿里的诸佛菩萨，让他们平和慈悲的目光也微微跳动了一下。阿妈央金知道，一块九眼猫眼石，可以换一片大牧场上的所有牛羊。峡谷里的朗萨家族，也没有如此珍贵的宝石呢。

阿妈央金摸索着把猫眼石塞到了那个商人手里说："我们可受不起你这样大的功德，你把它布施给佛菩萨吧。"

商人又把猫眼石重新放进阿妈央金的手里说："这不是我的功德，它只是我留给来世的一笔财富。请你虔诚的儿子代我保管吧。"

四周围观的人啧啧连声，商人转身走了。央金冲那逝去的一阵富贵而慈悲的风高喊："善人，留下你的名字吧，我儿子念经时会为你祈诵的。"

商人头也不回地说："我今生的名字，在来世有什么用呢？"

一个一贫如洗的乞丐老阿妈，手上却握有价值连城的宝石，这个消息很快又传遍了拉萨城。曾经有个富人想用一座小庄园外加两个仆人跟阿妈央金换，但是央金说，这块猫眼石我是不换的，它是我儿子将来奉献给他的上师的供养。

27·上师

可是，在一天早晨，阿妈央金起来时却发现放在袍子里的猫眼石不见了，她尖利慌张的哭叫惊醒了主人，头晚他们就露宿在这一户人家的屋檐下。那主人恰好是拉萨地方政府里的一个小官吏，他听了央金的哭诉后告诉她说："小偷在你还在梦乡里的时候，偷走了你的九眼猫眼石。不过他可真是一个愚蠢的小偷，竟敢到我索郎旺堆门前来行窃。"

索郎旺堆就是官府里专门负责缉拿罪犯的官员，那时在拉萨办案件有一套人的办法和神的指点相接合的方式。索郎旺堆先到大昭寺烧了高香，供养了酥油，然后找到一个高僧问了卦象。高僧问清了事由，说那丢失的猫眼石是一颗星星掉在了人间，今晚月明星稀的时候，猫眼石将在八廓街的一个角落被人买走。

果然，到了晚上，偷窃九眼猫眼石的盗贼仲永被索郎旺堆擒获。在仲永出售这块珍贵的猫眼石时，他没有料到来和他谈价钱的人同时也带来了索郎旺堆。因为除他之外全拉萨的人都知道，这猫眼石是磕长头的喇嘛将来要奉献给上师的供养，别说被人偷走，就是有一天不小心掉在了拉萨的大街上，也会有人捡到后送回到阿妈央金手中。

第二天索郎旺堆要在大昭寺外的广场上公审那个胆大的盗贼仲永。这个家伙是个流浪儿，父母给他取这个名字，命中注定使他要和饥饿与乞讨相伴[①]。尽管他还不到二十岁，可干这一行当也有十多年了。藏族人有句俗语说，吃一颗大蒜和吃十颗大蒜，嘴都是一样的臭。因此偷一根针和偷神龛上供奉的佛食，都是一样的罪孽，哪还有什么大罪和小罪之分？一个人要是把灵魂抵押给了魔鬼，也就不怕地狱烈火的煎熬了，不是他勇敢，而是他对自己的来世已彻底丧失信心。

按照当时的刑律，获罪的仲永今天必须当众被鞭笞三十鞭。拉萨城里的热闹本来就不多，看人被鞭打应算是一年里除了喇嘛们的法会，世俗生活中少有的几次热闹了。因此那天太阳刚升上来，大昭寺外面的广场上就开始有人在等候。寺庙里喇嘛们上午的诵经刚一结束，盗贼仲永已被带到场地中央，在主审法官索郎旺堆的身边有一件牛皮衣服。据说这是专门给罪行累累的罪犯受到鞭笞后穿的，牛皮衣一旦穿在浑身是鞭伤的罪犯身上，再放到太阳下晒一天，待脱去罪犯身上的牛皮时，一张人皮也就被扒下来了。这张人皮会拿给那些修持密法的喇嘛去修一种很凶猛的法，据说此法一旦修成，可以驱除世间所有的魔鬼。

仲永被拴在一根木头桩上，黢黑瘦削的脊背已露了出来。围观的人群纷纷倒吸一口冷气，如此瘦弱的背，怎经得住索郎旺堆挥舞起来的牛筋皮鞭。索郎旺堆将手里长长的皮鞭在旁边的一个水桶里浸了又浸，然后在空气中舞了几圈，牛筋皮鞭带着沉重的风声，在场地中央像厉鬼的低鸣般划过来划过去，阳光下的空气都禁不住一阵阵地战栗，光线也被皮鞭挥舞得旋转起来，令人不寒而栗。

索郎旺堆很喜欢自己的这个职业，更喜欢在众目睽睽之下鞭笞那些违背了佛经教义教规的罪人。这是他人生的舞台，是他挑战魔鬼的战场。每次，他都是这个战场上的胜利者。

可是今天，他遇到了真正的挑战。

在他的牛皮鞭刚刚要挥舞起来，打向那个盗贼的脊背时，一个流浪瑜伽

---

① 仲永在藏语里是乞丐的意思。

士跳到了场地的中央。他身佩骨质六饰^①，衣衫褴褛，头发过肩，面带青色，神情刚毅，目光悲悯。胸前挂着由一百零八颗死人头盖骨做成的项链泛着灰褐色的冷光，令人不寒而栗。

"请等一等，大人，"他对索郎旺堆说，"让我来替他受这三十皮鞭吧。"

索郎旺堆一愣，问："为什么？"

流浪瑜伽士说："这个可怜的罪人需要的是悲悯，而不是惩罚。惩罚只能带来恨，悲悯会让他看到自己身上的佛。"

索郎旺堆在这里处罚过许多犯人，还从没有遇到过这样的事，他又问："你是谁？少管闲事。"

"我么，我只是一个在雪域高原闲闲散散的僧人，人们叫我'野犬僧'，"流浪瑜伽士说，"你只管做你该做的事。来吧，打完你的鞭子，好回去交差。这是我前世欠的。"

人们都知道的一则佛经故事说，一个虔诚正直的喇嘛，在某一天被人误指为小偷，官府将他关进监狱，他在大牢深沉的黑暗里不去为自己申辩，而是反省出自己的前世肯定偷过人家的东西，报应才会在今世让他深受牢狱之苦。因为一切都逃脱不了因果大法。

围观的人群交头接耳，嘤嘤嗡嗡，等着看这出好戏如何收场。索郎旺堆感到自己的权威受到了愚弄，他厉声问："一个修行的僧人，不好好待在寺庙或山洞里，自己来找鞭子受。你这修的是什么法？"

"施受法。"流浪瑜伽士说，"他不是偷了人家珍贵的猫眼石么？是因为我想要这个东西。"

人群哗然。他们没有弄明白流浪瑜伽士所修持的这个法就是要用自己的悲悯来承担别人的痛苦，来开启众生狭隘怨憎的心智。他们只是惊讶于一个流浪瑜伽士也会有贪欲之心。这个世道真是世风日下了啊，索郎旺堆当然更不能容忍这种亵渎僧侣荣誉的事情。

"这样的话，你就站到那个木桩下吧。"索郎旺堆用鞭子指着流浪瑜伽士说。

仲永被人解下来，茫然地看着被绑在木桩上的流浪瑜伽士。索郎旺堆的鞭子毫不留情地挥了起来……

---

① 指密宗修行者佩戴的用人骨做成的项链、钗环、冠冕、络腋带、耳环和涂在身上的死人骨灰，这是密宗修行的一种特殊仪轨。

"一！"人群中有人在帮着数数。

"啪！"的一鞭子抽下去，流浪瑜伽士的身子颤抖了一下，很快又挺直了。

"二！"鞭稍飞过处，连空气也在哭泣。

"三！"人们继续喊。兴奋，紧张，好奇，还有不约而同的惊讶。因为人们没有看见血珠从流浪瑜伽士的背脊上渗出来！要在往常，三鞭子打下去，早就该血肉横飞了。这时大家才发现，这个流浪瑜伽士其实也不比那盗贼健壮多少。长年的苦修让他几乎只剩下一把骨头了。索郎旺堆感觉到自己的皮鞭不像是抽在皮肉上，而是抽在骨头上。这让他在下手之前，心里禁不住也在晃悠：我是在惩罚一个罪犯呢，还是在鞭打一尊神？

在雪域高原有许多这样的流浪瑜伽士，密宗修行者。他们行事乖张，言谈怪异，法力高深，悲心博大。他们出离世间，游历四方，眼界开阔，心灵淡泊，雪山上的山洞就是他们的寺庙，对心的修持就是他们的戒律。他们只生活在自己博大精深、像宇宙一样宽广的世界里。当他们面对尘世时，他们的言行便与世俗生活格格不入，因此他们常被人们称为"疯狂瑜伽士""流浪瑜伽士""疯子喇嘛"等。

索郎旺堆感到今天跟以往不一样的是，鞭子越打越没有力量，以至于三十鞭打完，那个流浪瑜伽士的背就像牛的脊背一样坚强，或者说，像晒干的牛皮一样坚韧。也许他真是一尊神。索郎旺堆把手中的皮鞭一扔，沮丧地说：

"好啦，你走吧。牛皮衣也不给你穿了，因为你修炼到的苦难，远胜过一顿鞭子。我不知道是你的悲心成就了因缘，还是我的皮鞭结下了罪孽。世间的官司，人判不清楚，神自会判定一切。"

"且慢！我让你看看，人和人之间，其实并没有官司；心有疑惑和嗔怒的人，才有永远纠缠不清的官司。"流浪瑜伽士忽然高喊道，"那个磕长头来拉萨的洛桑丹增喇嘛，你在人群里吗？"

洛桑丹增喇嘛和阿妈央金当然在，刚才索郎旺堆还当着众人的面将那颗九眼猫眼石还给了他们。在鞭子打在那个流浪瑜伽士身上时，洛桑丹增喇嘛的背上仿佛也一阵阵火辣辣地痛。他想，难道我与这个疯疯癫癫的喇嘛有什么佛缘吗？如果他真是替人受过，那他可算是我在拉萨遇到的第一个具足大悲心的上师了。

"尊敬的瑜伽士，你怎么知道我的名字？"洛桑丹增喇嘛在人群中说。

"哈哈，你真是个把大象放在家里，却跑到森林里去找它的足迹的愚痴之人啊。"流浪瑜伽士用嘲讽的口气说。

这不是灵塔里格茸上师说的话吗？"佛祖！"洛桑丹增喇嘛冲流浪瑜伽士跪下了，"你……你怎么知道我的上师说的话呢？"

"混账小子，看清楚了，谁是你的上师！"流浪瑜伽士一脚踢翻了洛桑丹增喇嘛，"依法不依人，依义不依语。你连自己家乡的老朋友都不认识了？"

洛桑丹增喇嘛猛然醍醐灌顶，在离开澜沧江峡谷前，贡巴活佛曾交代给他说让他去拜访一个叫仁钦的密宗上师，说他是自己的老朋友。难道他就是那个经常在峡谷翻云覆雨、驱赶冰雹与东岸的穹波喇嘛仗剑斗法的密宗大师吗？难道他就是自己要在拉萨寻找的佛缘吗？

"仁钦上师，你就是仁钦上师，对吗？"洛桑丹增喇嘛扑通一声跪在地上，千言万语一时不知该从何说起。

"我不是什么上师，只是一个无知无识的野犬僧。"流浪瑜伽士粗鲁地说。

"是我们家乡的贡巴活佛让我来拜访你。"洛桑丹增喇嘛说，又赶忙从行囊里翻出贡巴活佛当年写在那张羔羊皮上的推荐信，恭敬地递给瑜伽士。

流浪瑜伽士胡乱看看那羊皮上的字，轻慢地说："嘿嘿，嘴上说得像打铁，心里却在怀疑。"他一点情面也不给年轻的喇嘛留，"要拜师学法，一张破羔羊皮能给上师长什么脸？你给我的供养呢？快拿出来！"

"尊敬的上师，我……我给您准备了一块华贵的虎皮，是一个雪人送我的。"洛桑丹增喇嘛慌乱中说。

"噢，雪人也是众生的父母。还有呢？"

"还有……还有就是，我的阿妈在八廓街乞讨了一些银钱……不多……"

"还有还有，都拿出来！"他显得那样急迫，就像一个贪财的人。

多粗鲁的上师啊！洛桑丹增喇嘛想。但洛桑丹增喇嘛想起贡巴活佛说过的话，要视上师为父母，上师的话就是佛法。"还有，就是今天惹下大祸的这颗猫眼石了。"喇嘛跪着将它双手捧住，顶在自己的头上，等瑜伽士来取。

流浪瑜伽士一把将猫眼石从喇嘛手里取走，然后说："一颗平凡普通的石块，搞那些烦琐的礼节干什么。对一个牧人来说，还不如一堆牛粪管用。不过，对一些人来说，它倒是一枚修行的法器呢。"

这个古怪的流浪瑜伽士攥住那猫眼石，转身走向还呆立在一边的盗贼仲永，将他的手抓过来，把那宝石放在他的手心上。

"现在，它是你的了。"流浪瑜伽士说。

"不……不不不，我不敢要。"仲永浑身颤抖着说。

"为什么不要呢？"流浪瑜伽士把手摸在仲永的头顶，"愿佛菩萨的悲悯，也成为你心中的珠宝，让你永远满足与宁静。去吧，孩子。记住，你心中已经有佛了，今后不要再让人把你看成盗贼。"

28 · 供养

在久远年代的某一天，在圣城拉萨，洛桑丹增喇嘛没有想到自己的拜师仪式竟是这样一个仓促、迷乱的场面，奉献给上师真诚而昂贵的供养竟然被视为粪土，转手就给了一个小偷。仁钦上师对他的慈悲甚过于一个磕长头朝圣的喇嘛。他连看也没多看洛桑丹增喇嘛两眼，他悲悯的目光全在那个小偷身上，直到仲永拿了那颗猫眼石，像一条丧家犬一般从人群中溜走，上师才回过身来，瞥了洛桑丹增喇嘛一眼，问：

"喂，你有点心疼，是不是？"

洛桑丹增喇嘛激动得浑身颤抖："尊敬的上师，我不心疼。我……我从澜沧江峡谷一路磕长头而来，就是为了终生跟随在您的身后。"

仁钦上师高声喝道："跟随我干什么？我的身后只有尘埃。"

洛桑丹增喇嘛跪在地上哭了，在他的身前就像下了一阵暴雨，广场上干燥的土地顷刻间泪水潺潺。可是仁钦上师看也不看这虔诚的泪水，扭头就走。在洛桑丹增喇嘛的婆娑泪眼中，仁钦上师很快就消失了，就像一只鸟消失在眼前那般快。

"喇嘛，你说错话啦！"阿妈央金也跪在儿子的身后，急得用手一掌一掌地拍在地上，一团团尘埃被阿妈央金拍起来，弄花了母子俩泪流满面的脸。拉萨的大地因为一个母亲焦虑的拍打而震动，寺庙里的一些僧侣也受到了惊吓，因为他们看见佛像前的酥油灯在奇怪地跳动，火苗不再燃烧成一颗心形，而是间断着像珠子一般从灯芯里吐出来，一直窜到大殿的穹顶。

大昭寺里的一个活佛说："有人的心碎了。"

洛桑丹增喇嘛的心的确碎了，他像个无助的孩子似的抱着阿妈央金大哭，旁边的一些老阿妈也忍不住掬了一把把同情的眼泪。"这些密宗瑜伽士，他们的心已经修炼得像铁一样坚硬了。眼泪不管用，孩子。"一个老阿妈说。

阿妈央金最先醒悟过来："喇嘛，皈依佛、皈依法、皈依僧三宝，难道你忘了吗？既然上师说他的身后只有尘埃，你就把上师的尘埃顶在头上啊！"

洛桑丹增喇嘛恍然大悟，这是上师在开示我，让我沿着他的脚印追随他啊。上师的脚印即便深陷在土里，飘逝在风中，湮没在水里，洛桑丹增喇嘛发誓也要把它们一一顶在头上。

"阿妈，我跟上师去了，你怎么办啊？"喇嘛刚起身要走，又回头问。

"一个出家修行的人，心里只有佛，哪里还有自己的亲人。我还要你管吗？拉萨有那样多行善布施的人。过上一些时日，你就来取奉献给上师的供养吧。"

喇嘛和阿妈央金挥泪道别，追随上师的足迹而去。那个流浪瑜伽士从不回头看自己的身后，他在拉萨城里和那些游来晃去的密宗修行者没有多大的区别，一身僧装已经看不出原来的模样，就像在雪山垭口上悬挂了经年的经幡，飘散出古旧苍老的颜色；他披散的头发至少有十年没有梳理过，与其说那是一个人的头发，不如说那是一堆游动的荒草岗。他穿过拉萨的街道、小巷，穿过熙攘的人群，衣着华丽的贵族、气宇轩昂的活佛，在他眼前犹如凡夫俗人。他穿行在圣城拉萨就像走在一片荒原上，眼睛里没有一棵大树，也没有一片云彩。在巍峨的布达拉宫面前，他甚至不肯低下自己蓬头垢面的脑袋。

洛桑丹增喇嘛为了不在人群面前再次丢丑，再不敢贸然跪拜在他的面前，谁知道这个傲慢的上师会不会一脚踢飞自己呢？他只有悄悄地跟随着上师的足迹。他想起贡巴活佛曾经告诉过他的话，雪域大地上那些形形色色的密宗瑜伽士，他们已经超越了这俗世凡尘，他们既是开启人类心智的大师，又是能把自己的心和身训练得如空气般透明的人。如果他们愿意，他们可以像一片烟消失在天空中，像一只鸟隐藏在森林里，像一滴水溶解在江河中。因为当一个人真正做到了无我，忘我，那在他的眼前，就再没有人与人的纠缠，再没有心与心的烦恼，只有天空中星星与星星的默默守望。

仁钦上师出了拉萨城，来到拉萨河边，宽广的河面上波浪翻滚，在强烈的阳光下泛着耀眼的光芒。洛桑丹增喇嘛看见上师没有走向渡口，那里有一群人正在等待对岸的牛皮筏过来。他独自走向一片隐秘的河湾，河水在这里打着旋儿，像一群奔腾的烈马侧身掉头。洛桑丹增喇嘛正在寻思上师该怎么过河时，神奇的一幕展现在他的眼前。上师立在河岸，念了一通咒语，然后迈步走向河里，仿佛在上师的面前并没有河，而是一条泛着波光的路。他信步凌波，仿佛羚羊挂角，无迹可求，连破烂的袈裟都不曾沾湿。就在洛桑丹增喇嘛惊得目瞪口呆之际，仁钦上师已经到了河对岸。

"上师啊，您是我终身的依怙！"洛桑丹增喇嘛跪在地上泪流满面。他知道凭自己一路磕长头修持到的微薄法力，根本不能在这波浪翻滚的河面上踏波而行。喇嘛对着上师远去的背影磕了三个头，然后飞奔到渡口，有一条牛皮筏刚好离岸，喇嘛一步就跳了上去。他不知道自己这一步跳了多远，牛皮筏上的艄公和过渡的人全都骇得跪在了筏底，把他视为法力高深的瑜伽士。他们亲眼目睹了这个年轻的喇嘛飞越了时空，并通过他们神形兼备的描述，让他活在了传说里。许多年以后，在拉萨河边，人们还会指给外地人看一个著名的圣迹，说当年有一个法力深厚的喇嘛，从离渡口十多米远的地方，一跃而飞到牛皮筏上。你们看，这就是那个喇嘛留在河岸上的脚印。人们指着岩石上深凹进去的一个足迹模样的印痕说。

　　在苍茫的大地上，有的人的足迹是可以不朽的。洛桑丹增喇嘛过了河后，并不知道上师往哪个方向去了。那时在他的面前有三条路，他选择了中间的那一条，仿佛是神灵告诉了他这是一条智慧之路。实际上左边的那一条通向天葬场，右边那一条通向一个村庄，那里的人们正在为一对新人举行婚礼。洛桑丹增喇嘛走的这条路一直把他带到了深山，这里没有人烟，也没有树木，也无所谓生和死。因为在荒凉的山岗上有一些洞窟，那是那些常年在山洞里闭关苦修者们的家，他们在这里修持战胜生死轮回的秘密法力。

　　洛桑丹增喇嘛看见上师在一处乱石岗上歇息，像是在入定打座，又像是在等他。洛桑丹增喇嘛激动得高声呼叫"上师！"，跌跌撞撞地向乱石岗上爬去。但是上师一见他爬上来了，起身就走。而且，还故意蹬下一堆石头。喇嘛看着那些大小不一的石头从山坡上轰隆隆滚下来，眼眶里的眼泪也下来了。难道我令上师如此地厌恶吗？但他突然从心里升起强烈的皈依感，仿佛有一位智慧仁慈的佛菩萨在告诉他，来自上师的一块石头，远比来自凡夫的一块金子更为珍贵。不要说从上师脚下滚来一堆石头，就是飞来一阵箭雨刀光，你也得迎上去，承受住。

　　那堆石头的确就是古怪的仁钦上师对洛桑丹增喇嘛奇异的加持，是为了打掉他身上的矫饰之情和凡夫之心。拳头大的石块砸在他的头上、肩上，让他头晕目眩，血流满面，险些被砸下山岗，但这让他幸福无比。他此刻就像一个置身战场的勇敢士兵，危险越大，他的荣誉感就越大。上师的脚下不断有石块飞下来，有的石块大得足以把人砸成一堆肉酱。可洛桑丹增喇嘛心里坚信：如果这个疯狂的瑜伽士是一个具足悲悯心的上师，他脚下的石块不要说砸死一个人，就是一只蚂蚁也不会伤及到呢。

信仰与坚忍是战胜死亡的两只脚，使人在死亡面前顶天立地。当巨大的石块飞到洛桑丹增喇嘛头顶的时候，他并没有躲避，而是石块在避让他。一个有信仰的人在面对死亡时，不是有没有畏惧的问题，而是如何将死亡作为一个修持的对象。它就像迎面走来的一个似曾相识的朋友，你得学会辨认出死亡的本来面目，并对它报以微笑。

洛桑丹增喇嘛经受住了考验，至少他自己这样认为。当他再次跪在上师的面前，奉献出自己一颗纯净虔诚的心时，他的内心充满了无上的喜悦。

此刻那个行事疯狂的瑜伽士正仰面朝天地躺在一个山洞外的破烂木榻上，木榻用一些胳膊粗的树干胡乱搭成，上师头枕着的那一边一只床腿断了一截，因此木榻显得头低脚高，可上师似乎浑然不知，斜歪着头冲着地，一双目光炯炯的眼睛逼视着蓝天白云。

洛桑丹增喇嘛向上师行大礼，他已经没有奉献给上师的任何供养了，只有奉献出一颗虔诚的心。他磕头到上师的床前，觉得上师躺得并不舒服，便跪着用自己的肩膀将上师瘸腿的床顶了起来。

那床腿的末端并不平整，有一根木头像锉子一般刺进了洛桑丹增喇嘛的皮肉里，血潺潺流出，喇嘛心里再次升起无限的喜悦。

血已经洇红了喇嘛身下的一片土地，喇嘛跪在木榻前顶着瘸床腿依然一动不动，上师也躺着一动不动。他的眼睛直视着蓝天，仿佛一点也不在乎身前有鲜红的血在流，有火热的心在跳动。

洛桑丹增喇嘛想，如果太阳下山时，我的血还没有流光，那么，我的佛缘就成了。

到日头偏西时，上师终于开口说话了："你在干什么？"

"我在顶礼我终生皈依的上师。"

"你的一生有多长？你没有看见山下的大树也在向我俯首吗？"

洛桑丹增喇嘛往山下望了望，果然发现山坡下的一排排大树也如他一样，在晚风中面向着上师的方向叩拜。

"大树供养给上师的是一阵阵随风飘散的松涛，我供养给上师的是一颗虔诚的心。"喇嘛坚定地说。

"呸，你这狂妄无知的人，难道你不知道松涛已经和一个修行者相伴了上千年了吗？你才来上师面前多久？"

"从我在澜沧江峡谷开始磕长头时起，上师就日夜都被顶礼在我的脑海里。"

上师翻身爬起来，一脚踩在地上的一摊热血上，但是上师并不为之所动，他恨恨地说："哪里来的野僧，搅乱了我的修持。"

"请问上师修持的什么法？"洛桑丹增喇嘛跪着说。

"凝视蓝天法！别把一个密宗上师的修法看得那么神秘。"上师终于正眼看着洛桑丹增喇嘛说，"法子，蓝天和大地，也是我们的修持对象。明白吗？"

上师说完转身进山洞了。

"上师啊，"洛桑丹增喇嘛泪如泉涌，"我终于成为您的法子啦！"

拜师皈依的仪式就这样结束了。那天晚上洛桑丹增喇嘛睡在上师的山洞外——上师没有邀请，他是不敢贸然进去的。那是一个神奇的夜晚，天上的星星似乎伸手可摘，可是洛桑丹增喇嘛不敢；清凉的山风抚慰着他肩上的伤口，一层层新肉像遇水的禾苗，噌噌地往外生长。上师在山洞里鼾声大作，可在洛桑丹增喇嘛听来那不是一个人甜睡的鼾声，而是修行的祈祷文。因为在这鼾声中，乾坤在起伏，宇宙在旋转，大地宁静得听得见遥远星星的脚步。

第二天早晨，太阳还没有从远方的山峦上升起，仁钦上师就起来了。洛桑丹增喇嘛赶忙迎上去请安。上师一手拎着一只羊皮口袋，一手拎着一包衣服，像对待一个叫花子一样对洛桑丹增喇嘛说：

"喏，这是你的衣，这是你的食。滚吧。"

洛桑丹增喇嘛如雷霆击顶，跪在上师面前说："上师，我不需要您给我衣食，相反的是，我会供养给上师所有的衣食。"

仁钦上师冷笑道："贡巴活佛写给我的信中说，'请提供衣食和佛法'，我不是都给你了吗？"

"可是，我从澜沧江峡谷磕长头而来，上师还没有传授给我真正的佛法啊！

"磕个长头，时时念叨在嘴里，不觉得自己很虚荣吗？"仁钦上师忽然撩起了自己破烂的僧衣，露出一个黑瘦尖削、疤痕累疤痕、老茧层层覆盖的屁股，"嘿嘿！什么叫真正的佛法？请看看，这就是我的传授！这就是我的佛法。静坐，入定，闭关，苦修，观想，厌世，出离，超越生死，往生佛土。靠的就是这丑陋坚硬的屁股啊！磕长头有什么了不起，满腹经纶又如何，傲慢的山岗上留不住学识的水。从前有个叫常啼的菩萨，为了求法，毫不犹豫地把自己的心掏出来卖了。"

"上师，我明白了。"

"明白什么了？"

"要学佛法，需修大苦行，磕长头只是我走向佛门的第一步。今后我要在上师面前奉献出自己的恭敬心。"

"嘿嘿，你还不算太愚痴，伪饰和矫情是修行者的大敌。法子，看到那片岩壁了吗？"上师指着不远处的一道悬崖说。

"看到了，尊敬的上师。"

"自己挖一个山洞去。"上师说。

"遵命，上师。可是我没有工具。"

"难道你没有手吗？"上师说完转身进洞去了。在洛桑丹增喇嘛的山洞挖好之前，他再没有出来。

当天，洛桑丹增喇嘛就开始了这件过去从没有干过的工程。一个也在附近修行的老僧借给了他一把斧子和一把铁锹。那老僧怜惜地说，你可真找到了一个在西藏的地上、地下、天上都无人与之相比的好上师，好就好在他是全西藏最癫狂、又最悲悯的上师，跟他学法你至少也得死九次。我们学佛经的人说，如果你视自己的上师如佛，你将证得佛果；如果你视上师如菩萨，你将成为菩萨；但是如果你视上师如凡夫，你也将永生停留在凡夫之地。

洛桑丹增喇嘛在那老僧的指点下，砍下一些粗壮的树枝，先把悬崖上松动的岩石撬开，然后用铁锹一点一点地往里掏。后来他发现火可以让坚硬的岩石产生松动，便搬来许多的柴火，焚烧一天后，岩石簌簌地往下掉。洛桑丹增喇嘛干起活儿来就更快了。在这期间，阿妈央金来过一次，给他送来吃的和一些讨到的银钱。没有人知道一个瞎眼的老阿妈如何找到这里的，但是一个老阿妈自然有她寻找儿子的道路。她抚摸着洛桑丹增喇嘛手上的伤痕说：

"儿呀，你这不是在挖一个山洞，而是在修建一座寺庙啊！"

两个月以后，洛桑丹增喇嘛挖好了自己的山洞。那是一个规规整整的山洞，人在里面不但可以站立，甚至要跳起来才摸得到洞顶。喇嘛把洞壁戳得光光的，看上去如一面圆形的墙壁，他像建造自己的家一般来打磨这山洞，将来入定静坐的地方，烧火的地方，睡觉的地方，他都设计并建造好了。与其说那是一个苦修的山洞，不如说那是他的卧房。

仁钦上师应洛桑丹增喇嘛的一再邀请，结束了自己短暂的闭关，出来视察了喇嘛精心打造的山洞。喇嘛跟在上师的身后，期待着他的赞许。他要向上师证明，自己可以做好上师要求的任何事情。

　　可是，仁钦上师虎着脸看了一番后，没说一句话，转身就出来了。喇嘛跟在上师的后面，紧张地问："尊敬的上师，我的这个山洞你满意吗？"

　　"你怎么不问佛祖满意吗？"上师反问道。

　　"我想……我想，这么漂亮规整的山洞，佛祖会满意的。"喇嘛回答说。

　　"呵！漂亮？"仁钦上师怪叫了一声，"可是它已经塌了。"

　　洛桑丹增喇嘛只听到身后"轰隆"一声巨响，他回头一看，刚才还好好的山洞果然垮塌了，冲天的尘埃从洞口处扑面而来。

　　"佛祖啊，我辛辛苦苦挖好的山洞，怎么说垮就垮了啊！"喇嘛捶胸顿足。

　　"因为它太漂亮了。重新挖一个吧。"仁钦上师说完又进自己的洞里去了。

　　那时洛桑丹增喇嘛还不明白，太漂亮精致的东西，是一个苦修者的敌人。在接下来的半年多时间里，他连续挖了九个山洞。可都是在仁钦上师看过后就垮了。上师只要"呵"一声，山洞便应声而塌。他一点也不怜惜洛桑丹增喇嘛已经磨得没有了指甲的双手。喇嘛已经知道上师那一声法力无边的"呵"，可以摧毁世界上一切最坚固的东西，也可以将世界上最虔诚的一颗心拒之千里以外。有几次，他跪在仁钦上师的面前，乞求他施舍悲悯之心，不要再让大地山崩地裂，也不要让一个无助的人撕心裂肺。可是上师武断地说，要么继续挖山洞，要么滚。他甚至在一次暴怒中将洛桑丹增喇嘛一脚踢下了山坡，使他像一块石头一般滚到山脚。如果不是一棵大树最后挡住了他，洛桑丹增喇嘛将摔得粉身碎骨。

　　在洛桑丹增喇嘛就要绝望的时候总算有了点转机。阿妈央金好长时间也没有送吃的来了，他已经没有力气再打造一个精致漂亮的山洞。喇嘛胡乱在一处岩缝处戳出一个连野狗洞也不如的小洞穴，他只有躬身才能爬进洞里。洛桑丹增喇嘛精疲力竭地躺在洞边，准备听上师的那一声"呵"，然后让垮下来的石头砸死自己，让所有的绝望埋葬自己。

　　可是仁钦上师却在洞外说："这就是佛祖喜欢的山洞了。既然众生都是平等的，人为什么不能和野狗住同样的洞穴呢？"

　　洛桑丹增喇嘛豁然开朗，就像迷蒙的心在黑暗中忽然被一盏酥油灯照亮，上师这是在打掉自己身上的矫情之气啊。仁钦上师传授的第一课就这样结束了。

2004 年 9 月 18 日—2005 年 7 月 29 日晚 10 时

一稿完于昆明北郊

2006 年 2 月 10 日晚 12 时第四稿

大地雅歌（选章）

有位天使给我说，你写下，被召赴羔羊婚筵的人，有福了。

——《圣经·新约》(启示录18:9)

跳啊，大家来跳锅庄，
迎来西方印度的佛法，
迎来东方汉地的文明；
迎来北方骑骏马的英雄，
迎来南方杜鹃花一样的姑娘。

——康巴藏区锅庄

你们应该彼此相爱，如同我爱了你们一样。

——《圣经·新约》(若望福音15:12)

第一部　大地

1·创世纪

嗦——
在很早很早以前，
天和地还没有分开，
水和土还没有形成，
黑暗笼罩一切。
没有太阳啊也没有月亮，
没有花草鸟兽啊没有爱情。
也没有我说唱艺人扎西嘉措，

扎西嘉措爱情的翅膀还没有张开……

　　康菩·仲萨土司宽大厅堂里的听众轰然大笑，有人对说唱艺人扎西嘉措说："你唱错了，这两句是你加上去的。"

　　"哦呀——"站在厅堂中央说唱创世歌谣的那个家伙优雅地拨了下怀中的琴弦，好像老练的骑手轻轻一揽缰绳，就把走错了道的马儿拉了回来，他还扮出一个得意调皮的笑脸，再次逗得人们会心一笑。只有受到土司宠爱的人，才敢在贵族老爷们聚集的场合无拘无束。

　　　　从东边来了个男天神，
　　　　用火做了个太阳；
　　　　从西边来了个女天神，
　　　　用水做成了月亮。
　　　　太阳分开了天空和大地，
　　　　月亮分开了陆地和海洋。
　　　　天空像帐篷的穹顶，
　　　　大地像八瓣莲花开放，
　　　　海洋像佛陀的慈悲一样宽广深厚。
　　　　太阳追逐着月亮，
　　　　月亮依恋着太阳。
　　　　他们相爱却永不能相逢……

　　康菩·仲萨土司火塘边的听众"哗"地又笑开了。他们纷纷说："唱错了唱错了，这个狗娘养的仲巴①，净瞎唱。"

　　坐在火塘上首的康菩土司，往拇指甲上抖了点鼻烟，凑到鼻孔处"吸"了一口，大大地打出一个喷嚏，对说唱艺人扎西嘉措说："狗娘养的，你三句唱词离不开男女的事儿，连神灵也不放过，喇嘛听了你的歌也会后悔出家的。"

　　说唱艺人扎西嘉措停下手里的六弦琴，扑闪着一双动人的眼睛说："尊敬的土司老爷，如果没有天上的爱情，哪来人间的爱？"

---

　　① 对说唱艺人的称谓。

他是一个俊朗清瘦的青年，大眼睛高鼻梁薄嘴唇，脸很长，像副马脸，但跟他俊俏的五官、棕黄色的细腻皮肤相配起来看，你只会将他视为一匹草原上的骏马；再加上他那双仿佛会说话的湿润的眼睛，若是看着仇家，仇人会被感动；若是望着情人，女人将被融化。不过按藏族人的观相术看，这种人一生会经历无数的苦难，尤其是爱情。眼睛湿润，看上去秋波荡漾，情意脉脉，但藏族人认为这是一双泪眼，是终生贫困和爱情注定失败的预兆。

一个权倾一方的土司和一个流浪艺人的因缘，来自于半年前的一次邂逅，这让双方的命运因此改变。那天澜沧江峡谷下游的大土司康菩·仲萨路过阿墩子县城的一家小酒馆，听见一阵悠扬的扎年琴声飘出来，自小喜欢歌舞的康菩土司，还没有听见过如此流畅自如的琴声，就信步进去要了碗酒，坐在一边静静地听。一碗酒喝完，康菩土司走到那个说唱艺人身边说：

"收起你的琴，跟我走。我管你一个月的吃喝。"

说唱艺人眼睛都懒得抬一下，只是低头调自己的琴弦。"我的吃喝我的歌声管。"他满不在乎地说。

康菩土司身后的管家次仁不轻不重地打了他一马鞭，喝道："黑骨头贱人，抬起你的狗头来！看看是谁在跟你说话，跪下！"

那个说唱艺人懒洋洋地抬起头来，看见了他面前身着贵族服装的土司老爷，他壮实得像一头牦牛，威武得似一头雄狮；说唱艺人同时还望见了酒馆门口簇拥着一大群斜背长枪、手牵骏马的卫队。

"我是一名在大地上流浪的诗人，六世达赖喇嘛仓央嘉措是我的灌顶上师，爱情是我的人生诗行，姑娘们的眼光照亮我脚下的路。我的歌唱给雪山听，唱给圣湖听，唱给放牧人听，唱给酒馆里只喝得起一碗酒的人听，还唱给美丽的姑娘们听，我不给贵族老爷唱歌。穷人有穷人的尊严，乞丐有乞丐的自由，而一个流浪诗人，大地上到处都有朋友和爱情。"

说唱艺人傲慢地说，次仁又举起了马鞭。

康菩土司摆摆手，对说唱艺人说："把你的琴拿来，我唱一支歌给你听。"

说唱艺人犹豫了一下，还是把手里的六弦扎年琴递给了康菩土司。土司那天不知是心情好，还是这个流浪汉的歌声激起了他年轻时的美好回忆，他调拨了一下琴弦，唱了一首古老的情歌：

我和东边的山说话，

西边的山怀疑；

我和南边的山说话，

北边的山怀疑。

一座座多心的山啊，

叫我怎么对付你。

"怎么样？"康菩土司把琴递还给说唱艺人。这个家伙没想到一个土司也会唱这种歌谣，而且琴还弹得这样好。他收起六弦琴、要钱的木碗以及身边的背囊："嘿嘿，老爷身边的姑娘太多了。"他的嘴依然讨厌。

康菩土司自负地说："比你的歌多一点。"

说唱艺人更自负，他说："你要知道，我的每一支歌后面，都有一颗姑娘的心。"

康菩土司不当回事地说："那就让我们看看，有哪个姑娘会被你的歌声征服。"

流浪诗人挑战似的站了起来说："你永远不会知道我在歌声中传达的爱情。"

就这样，说唱艺人扎西嘉措来到了康菩土司的大宅。这个走南闯北的行吟诗人，去过圣城拉萨，到过后藏日喀则，夏天在藏北草原的牧场上与牧羊姑娘用歌声调情，冬天在藏东温暖的峡谷和打柴的少妇躲在灌木丛里打滚。而春秋两季，他要么在某个姑娘温柔的被窝里做着爱情的美梦，要么在朝圣的路上颠沛流离，边走边唱。神界的传说被他唱得活灵活现，大地上土司间的争战被他演绎得轰轰烈烈，天上飞过一只鸟儿也会引来他的歌声，山岗上凋零的花儿也会被他的歌滋润得二度开放。更不用说人间恩恩怨怨的爱情，更被他唱得如泣如诉，催人泪下。他总是那么机敏、俏皮，总是显得那么多情、聪慧。他有一个温柔的灵魂，浪漫的心。主动委身在他身下的姑娘，他要看到天上的星星，才一个一个地想得起来。这让他喜欢这种浪游四方的生活，从不把富贵利禄放在眼里。他还不到二十岁，除了随处播撒的爱，什么都不缺，什么也不在乎。他本是一个剑胆琴心的行吟诗人，游走在一个浪漫纯真的时代，生活得怎么样并不重要，爱得如何才是关键。他相信，只要行走在大地，爱情就像山岗上到处生长的树，就像牧场随风飘扬的情歌，一个说唱神界传说与人间万象、歌颂生活与爱情的流浪诗人，总会与人生中的真爱不期而遇。姑娘们脉脉含情的眼光为他指引着爱情的方向。

就像他做梦也没有想到，他会在康菩土司森严的大宅里，看到了他愿意为之守候一生的爱情。

　　这人就是康菩土司的小姨妹央金玛，每当听扎西嘉措说唱的时候，她便紧挨在她姐姐卓玛拉初旁边，像一只依偎在母羊身边温顺的小羊羔，而她的眼睛却总像还深陷在梦的深处，在那个说唱艺人俊俏的脸上飘来飘去。她不像其他人那样神情专注地听扎西嘉措的唱词、琴声，时而开怀大笑，时而喟然长叹。她不知不觉就让说唱艺人的歌声如寒冬过后的第一缕春风，吹拂她寂寞了十七年的心；又似甜美的梦长上了翅膀，带着她的心儿遨游在爱情的乐园。这让她常常听得面红耳赤，心神迷乱。有一天她甚至在那个家伙越唱越露骨的唱词中，眼睛不看他灵巧拨弦的手指，也不看他翻飞踢踏的舞步，而是飘进春梦深处，往他的裤裆那里看。就像一个邪恶的神魔，人们总在传说他的故事，说一回便心惊肉跳，但又忍不住想再说第二遍。

　　大约从听到扎西嘉措的第一支歌后，央金玛晚上就睡不好觉了。

　　而在扎西嘉措说唱表演时，他不用看她那边，就知道哪段旋律会让小姐芳心迷乱，哪段歌词会深入少女的缱绻春梦。他在大地的舞台上早已阅人无数，知道什么样的歌词，会搅动起一池春水；什么样的曲调，会拉近两颗年轻浪漫的心。这朵含苞欲放的花儿，必将在他爱的春风化雨中灿然开放。

　　因此，扎西嘉措纵然久经风月，也还是琴弦已乱，心如树上的猴子了。

　　当初康菩土司说要管他一个月的吃喝时，他想：我扎西嘉措什么人啊，大地就是我的家，天下到处都有美酒和姑娘，谁在乎你一个土司大宅，待上半个月算我看得起你。可是一个月过去了，他说唱的神界故事还没完没了；三个月过去了，雪域大地上还笼罩着黑暗；半年时间了，藏族人的祖先还没有被创造出来。他唱开天辟地，任意加进去些神灵们的爱情故事；他唱神魔大战，神灵和女魔竟然相爱成了一家，连莲花生大师最后不是靠无上的法力收服了女魔，而是以爱情感化了她。土司家的听众开初还纷纷抗议，说这个仲巴唱的跟过去听到的不一样。可是他们又不得不承认他唱得动听，唱得扣人心弦。最后就由了他胡诌，直到唱得火塘边的康菩土司想睡觉了，吸口鼻烟打个喷嚏，演出便到此结束。

　　那天晚上他给土司一家人唱创世传说，或者说，他心中只是唱给一个人听。因此他唱着唱着就让太阳和月亮相恋起来，但是他知道——所有的人都知道，太阳永远也追逐不到月亮。他多情的心忽然就被一股固执的忧伤弥漫了，那时他还不知道这种忧伤会陪伴他终生。土司家眷们的起哄和康菩土司那个喷嚏救了他的场，不然他真不知后面的唱词该怎么编排下去了。

散场了，人们各自回自己的卧房。扎西嘉措和下人们住在马厩旁边的一排小房子里，康菩土司住大宅主楼的二层，刚才说唱的地方也在二层的大厅，央金玛和几个女眷住三层。扎西嘉措垂手躬身立在一边，让主子们先走。扎西嘉措知道，说唱歌谣的时候，他是客厅中的英雄，受众人仰视，现在，他不过是土司家豢养的一条狗，也许连狗还不如呢。

他看见央金玛在女仆德吉的陪伴下从他身边昂头而过。他在心里说，我数到三，她一定会转过头来。

他才数到二，央金玛忽然扭头对身后的德吉说："我的手炉呢？"她尚在梦游的眼睛飞快地往扎西嘉措睃了一眼，像一根打过来的羊鞭，让扎西嘉措的心头微微一颤。

德吉举举手中那个精致的手炉，讨好地说："在我手上呢，小姐。"

扎西嘉措看见央金玛转过头去了，心中的感激还没有叹完，那高贵的小姐又转过身，冲着扎西嘉措说："哎，你还没有唱太阳什么时候爱上月亮的呢？"

扎西嘉措一下慌了神，忙说："从天神点燃了太阳的光芒那一天起……"

"是哪一天呢？"央金玛认真地问，目光直逼扎西嘉措，这次扎过来的是两把温柔的刀子。

"是……是很早很早以前……"扎西嘉措感到自己受伤了。

"哎呀，走吧，睡觉去吧。"从她身后过来的大夫人卓玛拉初推着央金玛说，"别问啦，这个家伙心里有一匹没有驯服的野马，跑到哪儿唱到哪儿。明天你别再一会儿天上一会儿地下了，你得给我们唱藏族人从哪里来的。"

"你最好唱最近的事儿，汉地那边汉人和日本人打仗打得怎么样了？听说洋人喇嘛又要过来传他们的教了。这些事情你会唱吗？"

康菩土司在客厅那头说，他的身边站着他的二夫人和三夫人。大夫人卓玛拉初当然只有每天独自上三楼了。

"是的，老爷。好的，夫人。"扎西嘉措回望康菩土司一眼，又转过头去追随央金玛的身影，但她们已经拐上了三楼的楼梯口。

回到马厩旁的小屋，躺在火塘边的卡垫上，回想这些日子以来央金玛对他越来越露骨的表白。几天前一个阳光明媚的下午，央金玛骑马回来，见他蹲在门口用牛筋线缝补靴子，就问你还会做这个啊？他快乐地说，一个不会补靴子的家伙，当不成一个流浪汉。她站在那里不走，似乎想和他畅谈，又没有一步跨进他房间的勇气。她说，这么破的靴子，扔掉算啦。他用歌词一样的话挑逗央金玛：我的靴子是我的情人，白天它陪伴我远行天涯，晚上我枕着它安然入睡。他看见小姐的脖子都红了，脸转一边，问，扎西哥哥，你去过圣城拉萨吗？他自豪地说，我在拉萨待过三年。三年？她惊讶的嘴像一朵豁然开放的花，眼睛里全是梦中的幻象。你下次去拉萨带上我啊？她竟然如此请求，让扎西嘉措怦然心动。要是别的姑娘如此说，扎西嘉措收起琴、背上背囊就带她走了。

有一年在藏北的牧场上，一个小头人的女人为他的歌声倾倒，像匹骚动的母马一样不断向他释放爱的气息。一天晚上这女人为他和头人不断斟酒，喝到后面他才发现自己碗里的是水而头人碗里却是酒。到了晚上头人醉得酣然大睡，他妻子却摸到扎西嘉措的羊毛毡里。他们一直睡在一顶大帐篷里，几乎每个晚上扎西嘉措都能听到帐篷那边头人女人的呻吟，现在这呻吟在他的身下真实地响起来了，让他不断地想自己到底醉还是没醉。那个女人比他至少大十岁，但却在黑暗中教会了他很多的花花活儿，把才华横溢的青年诗人折腾得精疲力竭。第二天女人就跟着他私奔了，说他真是一匹健壮的小公马，她愿意随他走遍雪域大地。可是只走不到三站马程，女人就反悔了，说一个女人的快乐不仅仅是躺在一个英俊男人的身下，还在于能拥有一大群牛羊。扎西嘉措当时告诉她，那你就跟自己的牛羊睡吧，愿它们能带给你快乐。女人真诚地哭哭啼啼，问，那么，你的快乐在哪里呢？扎西嘉措回答道：在爱神那里，我走到哪儿，爱神就跟到哪儿。爱神会引领着我自由的脚步。

扎西嘉措相信爱情是由爱神控制的，人不能抵御爱神的眷顾。它翩然降临，就像一片飘在你身上的雪花。那么多的雪花从天上飘下来，为什么独独这片雪花要飘向你？这就像世上好姑娘那么多，为什么独独这个姑娘要和你钻同一顶帐篷一样。藏族人的爱神喇嘛们虽然不说，但扎西嘉措这样的说唱艺人却将他宣扬得魅力无穷，所向披靡。就像这个晚上，扎西嘉措相信一定是爱神让他在半夜走出了自己的房间，来到了央金玛小姐的窗户下。他发现小姐的房间里竟然还亮着灯，这让他仿佛得到了某种启示：

小姐在等我呢。

央金玛房间的窗户面对后院，那里有一棵四人还合抱不住的大核桃树，根深叶茂，年年都可以为土司家收下几百斤核桃。据说它至少有两百岁了。

扎西嘉措几下就蹿到了核桃树上。那树和小姐的窗户大约有一丈多的距离，树稍的一些树叶已经扫着央金玛的窗户。但是窗户上蒙着藏纸，他看不见里面。他发现窗户的上方好像有条缝隙，就再爬高一点，还是什么都看不到。

他笃定窗户里的人在思念他，这是多年来的爱情直觉。可他该怎么传达给里面他的等候呢？他拿出自己的六弦琴，一定是爱神在他出门时让他带上的。谁会在这夜深人静的土司大宅听他弹琴啊？

爱神会。

他趁着吹向窗户的风，轻轻地弹拨了第一根弦，音符像一个飘在夜空中的精灵，悠悠荡荡地向央金玛的窗户飘去。

他侧耳听了一阵，窗户里没有什么反应。他又温柔地弹拨了第二根弦。他对自己说，拨完六根弦，小姐要是还不开窗，明天就走啦，离开这无情无义的土司大宅。

据说康菩土司曾经有过把这个迷人的小姨妹再娶过来做第四房老婆的想法，但眼下他还有更重要的生意，比多娶一房小妾更为重要。这年的秋天收完青稞后，澜沧江上游的野贡土司家族就会派来迎亲的队伍，央金玛将成为野贡土司的第三房妻子。澜沧江峡谷的康菩土司和野贡土司两大家族过去经常打仗，不是为草场，就是为经商。现在好了，两家将成为亲家，野贡土司承诺作为迎娶康菩家小姐的答谢，除了该送的金银珠宝、绫罗绸缎、茶叶布匹等彩礼外，另再奉送三个卓场，那是跑马也要走一天的地盘，而且还控制着进出西藏的马帮要道，但是野贡土司毫不吝惜。而扎西嘉措对这桩婚事却不在意，贵族们为了利益而联姻，跟一场轰轰烈烈的爱情有什么关系呢？

他是如此的固执坚定，又是如此的柔肠寸断。如果央金玛不开窗户，他们的人生就不会这样多灾多难，他们的爱情也不会在今后漫长的守望中消耗一生。但是，央金玛命中注定，不会去当一个土司的三姨太。

窗户轻轻打开了。这轻柔的琴声，和央金玛同住一个屋的女仆德吉听不见，连院子里机敏的藏獒也没听见。但央金玛听见了。

央金玛为自己看到的一切惊呆了，扎西嘉措骑在树桠上，怀抱他心爱的六弦琴，月亮在他的头顶，简直就是个坐在一轮明月之下的月光童子。

扎西嘉措向她举举手中的琴，仿佛要为她弹上一曲。

央金玛把手压在嘴唇上，又指指里屋，摇摇头。

扎西嘉措向她招手，要她过来。

央金玛再次摇头，笑了，压低声音说："你疯了。"

扎西嘉措也笑了："我就是疯了。"但他的声音也压得很低，"我要过去。"

"德吉在我房间。"

扎西嘉措明白了，她并不反对他过去，只是因为德吉。他想德吉不过是一个仆人，主子要干什么，她管得着吗？

他正想接下来怎么办，央金玛手扶到窗框上说："明天听你唱藏族人从哪里来的。好好唱啊！"

她怎么就把窗户关了，也不听我扎西嘉措回话啦？浪漫多情的扎西嘉措脑袋一下大了，有一条澜沧江在他的胸中奔涌，让他想飞身过去，破窗而入。但那房间里的灯很快就熄灭了，再也不为他点燃。可他的心里仿佛已经点亮了一千盏酥油灯。

2·伊甸园

> 女人看那棵果树实在好吃好看，令人羡慕，且能增加智慧，遂摘下一个果子吃了，又给了她的男人一个，他也吃了。
>
> ——《圣经·旧约》（创世纪3：6）

嚓——

又过了许多年许多年，

山上有一只修行的百年猕猴，

地老天荒，无人与他做伴。

有个名叫扎姆扎松的神女，

生活在悬崖上，

神女爱上了修行的猕猴，

日夜对他歌唱。

亲爱的猕猴，假如你修行的意志，

像岩石一样坚强，

我就是岩石上的劲松，

紧紧把你缠绕；

假如你像雪山一样洁白，

我就是白云，长久将你依恋。

猕猴回唱道：

有亿万年的岩石，

无万年的劲松；

有恒古的雪山，

无永恒的云彩。

神女流下思念的泪，

形成了雅鲁藏布江和雅砻江。

神女说，不要问我哭什么，

因为我的父母要让魔鬼来娶我。

如果你我成不了亲，

雪域大地将会遍布魔子魔孙。

猕猴啊猕猴，

你修行是为了造福雪域大地吉祥，

还是为了你冥顽不化的心。

快来吧我动情的歌儿陪伴你，

快来吧我温暖的怀抱等着你。

我早已在梦里和你相亲相爱，

就像鱼儿游在幸福的爱河里……

"哦呀呀——"康菩土司客厅里的听众又起哄了，这次近似于抗议。他们说神女并没有唱情歌也没有做爱情的梦，神女的父母更没有说要把她嫁给魔鬼。这个家伙又在胡编。

站在屋子中央的扎西嘉措辩解道："可是猕猴和神女的确相爱了，才有了我们藏族人，他们是我们的祖先，这你们都知道的。世上的爱情都是从梦里开始，到歌声中圆满。"

"胡说，世上的爱情是由土地和牛羊决定的，做梦和唱歌挣不来自己的爱情。年轻人，"康菩土司提高了声音说，"你再这样瞎唱下去，我们藏族神灵的历史，就没有佛法的弘扬，只有男女间的花花事儿了。我昨晚让你唱汉地的事情，洋人喇嘛的事情，你怎么不唱啊？"

扎西嘉措犯难了，昨晚从核桃树上下来到现在，他的脑袋一直都晕乎乎的，无论是梦里还是醒着，无论是呼吸还是思想，央金玛的身影，央金玛的笑脸，央金玛的眼眸，占据了他的全部灵魂。流浪诗人的爱情一般来说是豪放的，随缘的，似乎谁都可以爱，但对谁也都不真心。可一旦找到了他心中的真爱，他就不计后果了。如果说一个珠宝商一生中过手的珠宝虽然无数，却只有一件镇家之宝作为自己生命的全部那样去珍爱的话，那么，爱情收藏家扎西嘉措认为，对央金玛的眷念，就是那种可以伴随他走到生命终点的爱。

　　汉地那边在和东洋人打战，扎西嘉措倒是听说过，但最多只晓得点皮毛。他有一次在路上遇见过两个西洋喇嘛，还和他们同行了半个月。洋人喇嘛听了他的说唱后，竟然告诉他，他们也有自己的创世传说，也有自己开天辟地的神灵。

　　扎西嘉措的聪明在于他看见草动，就知道有什么动物藏在里面；看见树梢摇摆，就知道风从哪里来；这就是一个流浪诗人吃饭的本事。他揉了揉琴弦，清清嗓子，朗声唱起来：

　　　　嗦——
　　　　说起那洋人喇嘛，
　　　　从大海那边的西洋国来。
　　　　他们的眼睛是蓝色的，
　　　　他们的皮肤是白色的，
　　　　但是他们浑身长毛，
　　　　这说明他们也是猕猴的后代，
　　　　从他们的爷爷那一代起，
　　　　才刚刚学会穿衣服。
　　　　他们的楼房在海里行走，
　　　　他们的商队不用马帮，
　　　　他们用火的力量，
　　　　把堆成山的货物，
　　　　从东边运到西边。
　　　　在海上行走的楼房，
　　　　也由火来推动。
　　　　他们拥有神秘的法力，
　　　　比汉人知道得更多。
　　　　因此现在这个世界上，

汉人是我们的主子，

洋人是汉人的主子。

因为他们的神灵，

是一个叫天主的大神，

他像我们的天神一样，

创造了天和地，百虫花鸟，森林野兽。

他还创造了男人和女人，

女人是取下男人的肋骨造就的，

因此女人终生要服侍男人，

为他做饭，为他生养。

那个女人名叫夏娃，

皮肤似月亮般光洁，酥油般嫩滑，

她的相貌像仙女，

身子如漂亮的花母牛；

奶子是雪山高耸，

臀部是大地起伏，

他们在一个幸福花园里相爱，

赤身裸体，快乐无比……

"啊呸呸！狗娘养的，不知羞耻的东西，你又胡编了。"康菩土司打断了扎西嘉措的唱词，"正经的事儿不唱，尽唱花花事儿。洋人如何用火的力量代替了马帮，大海上的楼房怎么不会沉，还会行走？难道他们有喇嘛的法力么？"

人们随声附和说："对对对，火的力量难道能和骡子、马的脚力比？火有脚么？没有脚它怎么能把成堆的货物运过雪山？"

扎西嘉措本想辩解说，那个洋人喇嘛就是这样说的。他也许说过火的力量怎么将货物运走，但扎西嘉措没有上心。他关注的是那个"幸福花园"里发生的事情。他认为洋人喇嘛说的创世传说比藏族人的更直截了当，他们不像藏族人的祖先那样要唱半天的歌谣，男女才会走到一起。洋人不穿衣服，直接就步入爱情的花园了。浪漫诗人扎西嘉措更欣赏这种爱情。

"唱火的力量怎么回事！"康菩土司用命令的口吻说。

扎西嘉措张张嘴，在肚子里找词儿。他看看火塘上架着的那口熬茶的大锅，里面的水在翻滚，便来了一段惊世骇俗的即兴创作——

　　嗦——

　　请看我们吉祥的火塘，

　　它的温暖如姑娘的心房，

　　它的燃烧让奶茶飘香；

　　壮硕的牛腿，坚硬的羊头，

　　骨和肉怎么分开，生和熟怎么区别，

　　那就是火的力量。

　　野火怎么从东山烧到了西山，

　　思念之火如何从傍晚烧到了黎明，

　　风儿也追赶不上它奔跑的双脚，

　　那是因为爱的马鞭在驱赶火的脚步。

　　寒冷的长夜怎么驱散，

　　孤独的心儿谁来陪伴，

　　恋人的笑脸就是那火塘，

　　她的爱就是火，就是最强大的力量。

　　堆成山的货物轻如牛毛，

　　大海上的楼房如水中月亮。

　　姑娘啊这些都是幻化之乡，

　　随风飘散的云团。

　　爱的力量就是火的力量，

　　火在燃烧就是爱在燃烧，

　　火不熄灭爱就能让澜沧江倒流，

　　让雄鹰飞到卡瓦格博雪山之巅，

　　驱赶月亮和太阳。

　　伴随着他最后激烈的踢踏舞步，人们看见他的靴子就像踩在火上一样舞蹈，连厚实的楼板都在战栗震动，像少女初吻之时狂乱的心，似江水狂泻时翻滚的浪花。他猛然弹拨六弦琴，那是一段高难度的急速变奏，仿佛雪山溪流，从悬崖上飞流直下，然后跌落在岩石上，激起晶莹剔透的水珠浪花。他不是想以此来抵挡听众的喧哗——他们肯定又要抗议他瞎唱了，而是他的琴声已如他的心声，他的歌声已如他的爱心，大珠小珠，散落玉盘。

令人奇怪的是，客厅里一片寂静。扎西嘉措抬起头来，目光野马般直扑央金玛。他看见她梦幻的眼光已然清澈，她沉醉的表情充满向往，他还看见了一个温暖的火塘，已在她的心中燃烧。她今天的脑袋已经够烧的了，刚才进来的时候，她竟然一头撞在客厅的中柱上！扎西嘉措自信地想：锅里的羊肉煮到火候了。

康菩土司出人意料地没有骂扎西嘉措瞎唱，他似乎若有所思地说："哦呀，要是太阳是天神用火点燃的，人们心中的爱情，也是用火点燃的了。太阳是火的儿子，就像爱情是太阳的儿子一样。所以嘛，火、太阳、爱情，一个家族的人啰。"

他拿出自己的牛角鼻烟壶，大家就知道，今晚该散场了。

月上树梢时，行吟诗人、多情浪子扎西嘉措再次爬上了那棵核桃树。让他险些一头栽下来的不是那条在后院巡行的藏獒，而是央金玛的窗户，竟然漆黑一团！

难道他今天的感觉错了？难道央金玛一头撞在客厅的中柱上，只是那根两人还合抱不过来的大中柱立的不是地方？难道她目光中的痴迷，不是想……

扎西嘉措轻轻拨动了琴弦，一次，两次，三次……

如果是昨天，六根琴弦拨完后，那边没有反应，他真的就走了，今晚还不知会宿在哪个帐篷，或者被哪个姑娘追逐呢。但他现在没有那份勇气了。他只是把六弦琴揉拨了一遍又一遍。

他抚琴轻唱，对月垂泪；他虔诚祷告，真心呼唤。打开吧，这爱情的窗户；快打开吧，你紧闭的芳心！

他从来没有为爱情流过眼泪。过去那些情事，都是他唾手而得的，充满了嬉戏和欢乐，招之即来，挥手即去，偶尔想起某个可人的姑娘来了，顶多对着月亮唱一支怀想的歌，第二天早晨起来，即便饿着肚子也照样快乐。在拉萨时，一些贵族人家的轻浮女子，曾经以能和扎西嘉措交往为荣。她们在甜茶馆里追逐他的歌声和爱情，但谁也不会和他假戏真做。扎西嘉措当然知道自己的身份，他可以征服她们的肉体，但绝不能征服他们之间的鸿沟。因为他没有见过一个贵族小姐为他羞红过一次脸，他也没有为一个情人流过一滴泪。

"嗨，朋友，你哭什么？"

月色溶溶中有个牵着一匹白马的人在远处对扎西嘉措说。

扎西嘉措从树缝中望去，不知道这个家伙是在他爱情歌声中营造出来的幻象呢，还是在月光中飘浮的一个神灵。他看上去既远又近，面貌模糊，却英气勃发。但沮丧的心情让他对掌管人间爱情的爱神置若罔闻。"我没有哭。"他回答道。

"你是谁？"他又问。

"我么，"那个牵白马的人说，"我专门收集天下有情人的眼泪，就像那些捡拾牛粪取暖的老人。"

"为负心女人流的眼泪，是最没有用的眼泪啦。"扎西嘉措觉得这个家伙可能也是一个像他那样走南闯北的行吟诗人。

"你错了，朋友。情人的眼泪，比金子还珍贵，一旦流淌出来了，这份爱就是你命中的啦。你得为它幸福得痛苦，痛苦得幸福。"

牵白马的人骑上他的马走了，或者说飞了。因为扎西嘉措发现那马有一双翅膀，而且不扬四蹄，就像梦中驰骋的骏马，倏然消失。

往后的日子，扎西嘉措病了，唱不了歌了。他真的病得很厉害，一会儿浑身直冒冷汗，一会儿面红耳赤，满嘴胡言，比他胡编神灵的爱情故事还更瞎扯。康菩土司找来的喇嘛门巴（医生）说，这个年轻人体内的火太重，几乎要烧死他啦。

而闺房里的小姐央金玛也病了，症状同扎西嘉措差不多。但是土司大宅里谁也没有将两者联系起来看。那个寡言的老门巴，给两个病人下了同样的药，只是一个的药重一点，一个的轻一些。他走出土司大宅时，无奈地摇了摇头。跟在他身后的徒弟、一个小喇嘛问："上师，病人的病治不好么？"

老门巴莫名其妙地说："会打仗的。"

半个月里，土司家的厅堂没有响起扎年琴声。土司在前几天也忽然不耐烦了，干脆带了手下到自己的领地去巡行。临走时他对管家次仁说："那个狗娘养的扎西嘉措，没有他，晚上还真无聊。"次仁站在土司的马前说："老爷，我看这个年轻人是被鬼缠上了，死在大宅里会不吉利的，要么我们把他赶出去算了。"

康菩土司沉吟片刻，说："为一个诗人布施，给他送终，也是善待我们的传说。尽管他有时胡编乱唱，令人讨厌。他死了你就把他送到天葬台，让天上的神鹰继续唱他的歌谣。"康菩土司打马走了，幸好他还仅存这点善心，不然一段旷世奇缘就会被早早地掐断了。

树上的核桃已经结出青涩的果子，再有半个月，人们将会用木杆打下这些核桃来。那是一个快乐的日子，人们会一边唱着歌儿，一边打核桃。有人会将这场劳动和爱情联系起来，把树上的核桃比着姑娘的心，把伸长的木杆比着小伙子的爱。姑娘的心在上面随风摇摆，不知该将爱情的果实奉献给鬈发的小伙子呢，还是给那个赛马场上得了头名的少年英雄。鬈发的小伙子心花，赛马场上的英雄追求者多，最后姑娘把爱情奉献给了雪山上的神灵。姑娘出家当尼姑了。

这样的歌谣扎西嘉措也会唱，但他不愿意漂亮的姑娘当尼姑。爱情多美好啊，雪山上的神灵好处已经够多的啦，人们有好吃的、好用的，都先奉献给他。神灵啊，就求求你把爱情赐给我吧。

每个晚上，扎西嘉措都在核桃树上如此祈求。到第十三天，这个藏族人也认为是不吉祥数字的夜晚，对扎西嘉措来说，却是决定了他将来命运的日子。这些天来他已经不再拨琴送暗号，不再对那扇窗户抱有什么幻想。他只是呆呆地守望，就像一只可怜的狗，在望着月亮思考一个它永远想不明白的问题。

爱情之窗轰然打开，声音响动得一个土司大宅的人都能听见。但是奇怪的是连机敏的藏獒都没有叫一声。央金玛楚楚动人地出现在窗户边，还用手捋了一下头发，似乎在问那看不见的树中之人：

我漂亮吗？

相思相恋的人灵魂是相通的。 根绳了从天上掉下来，正如藏族传说中通往天国的天梯，晃荡在央金玛的眼前。左一晃，右一晃，再右一晃，左一晃。央金玛伸手就抓住它了，紧紧地抓住，就像抓住了自己的爱，抓住自己一生的幸福。她也不明白，自己是怎么飞升起来的，仿佛长了翅膀，一下就升到苦苦思恋的恋人怀抱。

谁说一棵树上就没有一对恋人的婚床呢？我们的祖先就是从树上走下来的。扎西嘉措把央金玛一把抱在怀里，长长的拥吻、激动的战栗之后，土司家的小姐已经软得像一团酥油，扎西嘉措任意疯狂粗鲁地搓揉摆布她，就像揉捏手掌里的糌粑。他将央金玛安放在一处树枝分叉的地方，让她的背抵在树的主干上，然后他把她的腿顺着树枝丫的方向打开，自己贴了上去……

"要打仗的。"央金玛躲避着扎西嘉措的嘴，下身却僵硬不动。

"爱就是一场战争。"扎西嘉措说，伸手去撩央金玛的裙子。

"要死很多人的。"

"我愿意为爱去死。"扎西嘉措近似于恶狠狠地说。

央金玛不干了，不是因为打仗要死人，而是她感觉自己大腿都露出来了，树枝磨蹭得她生疼。但她的小腹处却感受到了前所未有的温暖，仿佛那里有一个太阳在燃烧。更不用说情人的手摸到哪儿，哪儿就像山火一样到处乱窜。

"啊……不……"

"不什么？"

"我不要你去死。"她温柔地说。

"那你就让我爱！"他果断地说。

"啊……不……"

"又不什么？"

"啊，你……你你你你……轻一点，好么？"

她的娇媚，让扎西嘉措有跃马冲杀的渴望。这让他们怎么轻得了？树上就像蹿上去了两只相互追逐的雪豹。巨大的核桃树盛况空前地摇晃起来，春天时雪山上刮下来的雪风，也没有使它如此剧烈地晃动；多年前这片大地曾经发生过一场剧烈的震荡，一座山都被震进了澜沧江，但这棵老核桃树依然岿然不动，连树叶都没有掉一片。现在树上的两个人儿小小的战栗，猛烈的冲撞，火山喷发般的激情，却让百年老树也骚动不安起来，以至于那些还没有成熟的核桃，"噼里啪啦"地纷纷掉落。

爱情的果实提前成熟了。

第二天，土司大宅的人们被这一地尚未成熟而神奇掉落的核桃吓坏了。因为人们认为，如果果树不按季节结果，或者它提前掉落，那么，这个地方的人们将陷于刀兵之灾，许多人将死于仇家之手。

管家次仁被叫来看这满地的核桃，他当时吓得毡帽都在头上跳了几跳。要打战了。这是他的第一个念头。可会跟谁打呢？

管家次仁让仆人把地上的核桃扫了。第三天太阳升起来时，人们照样在核桃树下发现一地的核桃。叫人砸开来看，都是些白嫩青涩的核桃仁，除非神灵的力量，它们怎么会在这个时候自己掉下来呢？

连续五天，人们都心惊胆战地清扫后院满地的核桃。

次仁管家让人在树下摆了香案，祈求神灵告知究竟要发生什么灾祸。这棵百年老核桃树历来被康菩家族视为神树，它见证了至少五代康菩土司的兴衰，每逢神灵的日子，康菩家族的人都要到树下焚香磕头。管家次仁还亲自跑到寺庙里请一个高僧算了一卦。卦像显示：康菩土司家族有祸了。

而那一对相恋的人儿哪里知道这些事情，他们晚上在核桃树上尽情幽会，搅动得树枝乱摇，月亮害羞；白天则躺在床上装病，气息奄奄，命悬一线，人或视为鬼魂。其实他们的病在第一次偷尝禁果后就完全好了，谁说爱不是最好的治病良方？但爱情却是世界上最迷惑人的一味迷魂汤，当人们对神秘掉落的核桃忧心忡忡时，他们还在对爱情终于结出了硕果而感谢爱神呢。

忠心的管家立即派人飞马报信给在外巡行的康菩土司。信写在一个上了锁的木盒子里，这是贵族们有机密要事时才采用的报信方式。盒子里面有一块木板，上面涂一层酥油，再撒上柴灰，然后在灰上写字。收到信的人看后将灰一抹，谁也不知道信的内容是什么了。

管家次仁写的是：

神谕：战事将起，请速回。

3 · 出谷纪

嗦——
要找异乡的情人，
请把心里的话儿，
早日对她倾诉；
嗦——
要娶异乡的情人，
请骑上你的骏马，
把她带到爱情的天堂。

——扎西嘉措情歌《要找异乡的情人》

到相爱的第八天，两个坠入爱河的人已经在枝叶茂盛的核桃树上搭建了一个爱的伊甸园，一张真正意义的婚床。行吟诗人过惯了天当被地当床的日子，什么地方都能睡觉。就像他说的那样：靴子是他最忠实的朋友，也是他最好的情人。现在他在这爱的小巢上不用枕着靴子睡了，他枕着央金玛温柔的胸脯。他利用树枝架起了一个远离尘世、悬浮在空中的爱情小巢，铺上浓厚的树叶，他们快乐得就是在上面打滚，也不至于掉下来。

　　那真是一段神仙一般的日子。每到月华铺满大地，央金玛便像仙女一样飞升到树上来，天亮前又飘回自己的闺房，女仆德吉已经被央金玛收买，她许诺可怜的德吉，以后会给她自由民身份的，只要她管好自己的嘴。

　　这个晚上央金玛问扎西嘉措："洋人的幸福花园，就是这样的吗？"

　　扎西嘉措抚摸着情人光洁的背脊，满足地说："还没有我们这里好，他们在地上，而我们在空中相爱呢。"

　　"他们后来呢？"

　　"洋人喇嘛说，被他们的天主大神赶出去了。"

　　"为什么呢？"

　　扎西嘉措挠挠自己的头说："我就不知道了。也许，世界上最美最好的爱，总是不讨神的喜欢。人都过上神一样的日子，神灵又怎么管我们？"

　　央金玛把头埋在扎西嘉措的怀里，良久才抬起头来说："扎西哥哥，我看到你歌中所唱的爱神了。"

　　"噢，是一个在月光中骑白马的年轻人吗？"

　　"不。"央金玛在回忆中幸福地说，"是一只从月亮上飞来的彩色鸟儿。他天天晚上都来叩我的窗户，说'打开你的窗户吧，你的爱人在外面等你'。"

　　扎西嘉措捧着情人的脸说："神佑的爱，才是一生的爱呢。"

　　央金玛泪流满面地说："扎西哥哥，你带我走吧。"

　　扎西嘉措早就在等这句话了："你不去当野贡土司家的三姨太啦？"

　　"我只要做你的女人。"

　　扎西嘉措笑了："康菩土司的三块牧场没有啰。"

　　央金玛不高兴了："你以为我就只值三块牧场么？"

　　"不，不，看不见你的时候，你是我的太阳；和你在一起时，你是我心中的火塘。看见东边天上最亮的那颗星星了吗，它掌管我们的爱情。它在，我们的爱就会被它照亮；它要是熄灭了，就是我死……"

大地雅歌（选章）

央金玛不要听自己的爱人说死，忙用嘴去封堵他的嘴，还再次爬到扎西嘉措的身上。连老核桃树都知道，他们总是这样，谁被对方感动了，谁就主动地示爱。他们总有旺盛的精力，总有源源不断的爱液。全然不管月亮跑到哪里去了，天上的星星都羞闭了眼，也不管核桃树上的核桃是否快掉得差不多了；更不管康菩土司的全部卫队，已经举着火把、拿着枪，包围了这棵风情浪漫的核桃树。

"狗娘养的，神树都被你们糟蹋了。给老爷滚下来！"

树下传来一声怒喝，康菩土司一手提了支大盒子炮手枪，一手持一把康巴藏刀，恼羞成怒，连额头都发出阵阵红光来了。土司家的人知道，老爷要杀人了。

不知是康菩土司的这声断喝，还是树上两个相爱的人儿在这最后的浪漫里奋力地冲刺；也不知是老核桃树再不肯帮他们掩饰这桩浪漫的爱，还是扎西嘉措绑扎的婚床在紧要关头出卖了他们，两个偷尝禁果的恋人随着一阵"哗啦啦"的乱响，连人带床从树上掉了下来，正落在康菩土司的面前。

"羞死人了！快把火把灭掉！"康菩土司大喊道。可是要想在一瞬间灭掉满院子的火把，不是一件容易的事情。一切昭然若揭。

康菩土司提了马刀就向赤身裸体的扎西嘉措砍来，同样一丝不挂的央金玛高叫一声："不——"她紧紧抱住扎西嘉措，挡在康菩土司的刀前。

康菩土司顿了顿，咬着牙说："都死去吧！"他再次举起了藏刀，管家次仁一把抱住他的胳膊说："老爷，那可是小姐！"

"什么小姐？婊子！我要把她和那个黑骨头贱人一起砍了！"

"砍吧，姐夫，把我和他一起砍死！"央金玛高声说。

"那真是比活佛的一生都要圆满了。"浪漫的说唱艺人扎西嘉措竟然当着众人的面，响亮地亲了央金玛一下，然后面对康菩土司的怒容，坦然说，"在这幸福的时刻，请吧老爷，让我和我爱的人死在一起。"

康菩土司暴怒得几乎要跳到那棵老核桃树上去了，他持刀的手被管家次仁紧紧按住，另一只手上还有枪呢，他用枪戳住了扎西嘉措的脑门，央金玛头一偏就挡住了枪口。

"开枪啊，姐夫！"央金玛几乎用恳求的口吻说。在康菩土司的手指就要勾动扳机时，他身边的一个贴身侍卫将枪推开了，一串子弹射向天空。

"老爷，想想野贡土司家的事！小姐在，战就打不起来。"管家次仁及时提醒说。土司家族之间的联姻，没有爱情，只有利益。人不过是利益中的一个棋子，棋子在，这盘棋就不会死。

康菩土司气咻咻地说："狗娘养的，把这个靠嘴巴吃饭的黑骨头先吊起来打一顿，再锁到地牢里去。看我怎么收拾他！"

央金玛被家中的女眷拖走，锁进了闺房，任凭她怎么呼天抢地。女仆德吉作为同谋，也被丢进了地牢。扎西嘉措被吊在那棵核桃树下，康菩土司亲自操鞭，先抽了几十鞭，连他自己也喘不过气来了，才把鞭子交给管家次仁。次仁毫不手软，上去就是一顿猛抽，还边抽边骂："你这条小骚狗，也敢来动老虎嘴巴边的肉，偷吃佛菩萨供桌前的朵玛！连我们老爷都舍不得吃呢。你以为爱情就像歌中唱得那样好？你知道你会带来什么祸事吗？战争！"

行吟诗人扎西嘉措满脸鲜血从他低垂的头上滴滴答答地往下淌，连抬起头来的力气都没有了，但他依然有一颗浪漫的心。人们听见这个说唱艺人竟然还在歌唱爱情：

> 爱情啊，你就是一场战争，
> 战争啊，你考验了我的爱情……

康菩·仲萨土司先让管家次仁给大宅里所有的人打招呼，那个晚上的事情不准透露出去，谁舌头长了，就割掉。同时他又差人立即给澜沧江上游的野贡土司奉上一份丰厚的回礼，还写了一封言辞华丽、热情洋溢的信，说澜沧江下游地里的青稞提前成熟了，这边的高僧大德卜算了康菩家族送亲的吉祥日子，就在下月的初六。康菩家族的人将送亲到澜沧江边的溜索渡口，等候尊贵的迎亲队伍，等等。

日子一天天地过去，土司大宅早已经恢复了平静。人们在忙着送亲的事儿，准备嫁妆，迎接专程前来贺喜的宾客。到初六前一天早上，康菩家族已经万事俱备了，负责看守地牢的家仆缩手缩脚地跪在康菩土司的面前，面无人色地报告："老爷啊，我该死，扎西嘉措跑啦！"

康菩土司当时正在喝早上的酥油茶，一下站了起来："胡说，怎么可能？被老鼠啃了还有一副骨头呢！"

那个可怜的家伙说："没有啊老爷。我们都打着火把下去看了。"

地牢在土司大宅库房的下面，库房分银库、青稞库、军械库、贡品库，平常都有专人看守。从银库下去十多级台阶，有一扇厚重的木门，打开木门后，还有一个铁皮盖，掀开盖子，下面才是地牢。地牢的地面离那盖子还有三人多高，犯人都是扔下去的，要用刑时才放个箩筐把人吊上来。从库房到地牢的木门，有三道岗哨。人就是长了翅膀，就是具备神灵一样的法力，也不可能从土司的地牢里跑出来。别说逃跑，能从地牢里活着出来的，已算前世积了大德。有些犯人不是在地牢里活活被老鼠啃吃了，就是被土司差人放进去的毒蛇、蝎子一类的东西咬死了。

但是地牢的西面墙上有一个两尺见方的通气口，离地有一丈多高，它通往库房的背面，对着马厩。康菩土司最后带人在马厩里发现，一条结在一起的长长的氆氇，一头系在拴马桩上，一头延伸进地牢的通气口，扎西嘉措一伸手就够着了。

"原来小姐织氆氇是为这个啊！"管家次仁一声惊呼，"快去小姐房间看看。"

央金玛的房间哪里还有人？只有那个可怜的老女仆追美，还没有醒呢。她被人摇醒后，还醉意阑珊地说："昨晚小姐兴致好，让我陪着喝酒。我喝多了啊老爷。小姐也高兴、喝多了……哦呀，佛祖！我的小姐呢？"

还有一条长长的氆氇系在窗户那里。康菩土司不知道，当初扎西嘉措用一根"天绳"把央金玛吊到爱的幸福乐园，现在央金玛用自己编织的"天绳"拯救了他们的爱情。

康菩土司气得脸都歪了，抽了追美一马鞭："把这条老狗丢进地牢。"他大喊一声："我们去追！"

根据路上的马粪判断，两人骑了一匹马，大约已经跑出去了五六站的马程。浑身是伤的扎西嘉措显然已经不能骑马，但央金玛从小练就的骑术，足以令她带着自己的情人远走天涯。他们是往澜沧江峡谷下游方向逃跑的，康菩土司担心，如果他们逃到了汉地，他这个藏族土司的权力就鞭长莫及了。

康菩土司的卫队都是些善骑能打仗的家伙，他们一人两匹马，轮流换骑，昼夜追赶。到第二天下午，他们嗅着两个逃亡情人爱的气息，终于追到澜沧江下游一个叫教堂村的地方。随行的一群猎狗冲着峡谷对岸的村庄疯狂地吠叫。

"狗娘养的，藏族人的事情，洋人又掺和进来了。"康菩土司勒住马头，气喘吁吁地说。

他身边的管家次仁说："老爷，管他什么洋人不洋人，我们先过溜索去抓人。"

康菩土司说:"你忘了那个贱骨头格桑多吉唱的歌词了吗?现在这个世界上,汉人是我们的主子,洋人是汉人的主子。我们岂可在主子的主子家里随便抓人?这些在藏区的洋人喇嘛,背后的势力大着呐。闹不好打起来的战火,比跟野贡土司打的仗还大。你可别忘了清朝皇帝过去怎样帮洋人喇嘛杀我们。"

在江对岸,康菩土司看见一个中等身材的洋人喇嘛带着几个带枪的藏族人守在溜索边,正监视着他们。溜索是进这个村庄唯一的通道,一支步枪,可以轻易地将康菩土司的卫队全部打下澜沧江。

管家次仁向对岸高喊:"这是我们尊贵的康菩土司老爷,前来拜访你们的洋人喇嘛老爷。请给远道而来的客人一点点方便。"

那边的洋人喇嘛用流利的藏语说:"既然是登门拜访的客人,为什么不见洁白的哈达,却带着舞刀弄枪的军队?我主耶稣从不拒绝那些求助的穷人,天国里有他们的坐席;但有权有势的土司贵族,要想进天主的国,首先要学会谦卑,否则,比骆驼穿过针的眼还难。"

次仁回头望望他的主子:"这个家伙是什么意思?"

康菩土司还从来没有被人如此拒绝过,他的额头都气红了。但他还是强忍屈辱,提马上前说:"尊敬的洋人喇嘛,我知道你们也是有身份的贵族,每天都要洗一次澡。我家有两只偷欢的野狗跑你们村庄来了,请交还给我们。改天我康菩土司会差人送来丰厚的谢礼。"

洋人喇嘛手里还拿着个大烟斗,时而叼在嘴上抽上一口,显得十分傲慢。他说:"噢,我们不是像你那样的贵族,我们只是牧放人们心灵的僧侣;我们这里只来了两个真心相爱、饱受伤害的恋人,没有你说的偷欢的野狗。请回去吧。"

"就是那两个家伙了。山羊和绵羊,各吃各的草,各归各的主子。"次仁急迫地说。

洋人喇嘛笑了:"要是他们不认你们为主子呢?"

"我是那姑娘的姐夫。我的家事还要你们来管么?"康菩土司的声音高起来。

"至少在我们看来,你现在不称职。"洋人喇嘛语调依然平和,但透着不可商量的余地。

康菩土司牙都要咬断了。"开个价吧。"他恨恨地说。

"什么？"洋人喇嘛问。

"交出那两个人，你们要多少银子？"

"我们的教友中，没有犹大。"

"你什么意思？"轮到康菩土司不明白了。

"就是没有出卖基督的人，也就是，没有出卖别人生命的人。所有得到拯救的人，都享有我们的主耶稣对他的爱。"

"洋人魔鬼，你会后悔的！"康菩土司大喊一声，拨转了马头，这是他有生以来受到的最大屈辱了。他不确定如果再和这个洋人魔鬼讨价还价下去，他会不会拨枪率人强行冲过江去，一把火烧了那刺得藏族人眼痛的教堂。

但他是一个土司，土司自有土司行事的方式。正如他骑马到山岗上，回望峡谷里的村庄和高耸的教堂，马鞭一指，像一个将军那样说："你们给我听着，如果我们雪山上的神灵不能战胜他们，我就放出更凶恶的魔鬼来，一口吞吃了这个洋人魔鬼居住的村庄！"

6 · 列王纪

> 大卫王年纪已老，虽然盖着许多被褥，仍然不觉得温暖。于是他的臣仆对他说："让人为我主大王找一个年轻少女来，服侍大王，照料大王，睡在大王怀里，温暖我主大王。"他们就在以色列全境，寻找美丽的少女；找着了一个淑能女子阿彼沙格，便领她到君王那里。这少女非常美丽，她就照料服侍君王，君王却没有认识她。
>
> ——《圣经·旧约》（列王纪 上1：1-4）

这个年头的土司，是越来越难当了。三个乞丐加起来也没有他受到的气多，十个乞丐身上挨的棍子，不抵土司撞见一次魔鬼。

康菩土司这些时日来经常这样骂。那个狗娘养的洋人喇嘛，把一个堂堂的土司老爷挡在村外不说，竟敢扣押着土司家的小姨妹，包庇一个黑骨头贱人。这样的事情要是在从前，早就打得战火纷飞了。土司手下的头人们纷纷来跟他说，老爷，你该站出来领着我们跟他们干了。来吧，让我们牵出战马，跃上马背，用我们高贵的热血，把洋人魔鬼都赶回去吧。我们杀他们不是一次两次了。

但是康菩土司告诉他们，现在不是从前了。马背上的呐喊，寺庙里的祈祷，血脉中的高贵，雪山上的神灵，已经不足以让我们骄傲了。

"那么，什么才能让我们骄傲呢？"管家次仁问。

"我们的过去。"康菩土司浅浅地吸了口鸦片，回答说，"这下你们明白了吧，不能指望一个吸上鸦片的老爷干出什么开疆拓土的大事业啦。汉人把这个东西传染给我们，就像当年文成公主把佛教传到藏地一样，我们的热血就被慢慢地变冷了。"

澜沧江上游的野贡土司派人传来了战书，说尊贵的野贡家族从来没有受到过如此的侮辱，下了彩礼的婚事竟然要反悔。野贡土司傲慢地说：请喂饱你们的战马，准备好你们的刀枪吧。

康菩土司只得纠集自己手下的十八个头人，让他们各自征集"门户兵"，准备迎战。谁知和野贡土司的战火还没有打起来，一个叫索南旺堆的大头人和康菩土司的另一个劲敌、大强盗格桑多吉的人马却打了一仗，并且俘获了格桑多吉。康菩土司得到这个好消息后，立即叫人把强盗格桑多吉带来，他要用他来祭刀，冲冲最近的霉运，也鼓舞手下人的士气。

这个强盗格桑多吉可是澜沧江峡谷地区有名的人物，在土司贵族和商旅眼里他是魔鬼，而在老百姓口中他却是人人交口称赞的大英雄，其传奇经历和格萨尔王的故事一样传得广。人们说，格桑多吉十三岁去当强盗，十七岁就成为强盗首领，拥有几十号人马；十八岁那年，他打败了康菩土司的马帮武装，抢了他们从印度贩运回来的一批货物，土司三十多人的马帮护卫队，烧壶茶的工夫，就被他打败了。格桑多吉由此和康菩家族结下仇怨。关于他的传闻最为神奇的并不是他打仗的英勇，而是在情场上的刺激和恐怖，人们说凡是和他睡过觉的姑娘，大都活不过两三年。可总是有无数的姑娘去找他，甚至那些当妈妈的，她们心甘情愿地不惜以自己女儿的生命为代价，为家族留下一个英雄的种。

格桑多吉被粗大的铁链拴着押进康菩土司的厅堂时，房子里所有的东西都在抖动，从神龛上供奉的圣水碗、佛像、朵玛，到地板、火塘上架着的大锅、梁柱，甚至墙上挂着的一块老虎皮，也在瑟瑟发抖。那只老虎已经被猎杀了二十多年了，眼下仿佛也对一个英雄的到来充满敬畏。他的头发从头顶冲到肩膀上，像澜沧江里一个短而急促的波浪；他的血管里流淌的热血也奔腾如澜沧江，因为看他从额头到手臂，再到脚背上暴涨毕露的血管，你就知道，一个人的热血飞扬起来，可以像澜沧江一样冲出一条大峡谷。

"嘿嘿，儿子，你长大了，来抢你父亲啦。"康菩土司冷笑道。

因为他看见了这个强盗红色的额头，坚挺高贵的鼻子和鹰一样的眼睛。这意味着，他还在他阿妈肚子里时，就已经浸泡在康菩家族高贵的血脉中了。在澜沧江的这段峡谷里，凡是有红色额头的男子，无论他是贵族头人家的孩子，还是草原上的骑手，都有康菩家族的血脉。

尊贵的康菩家族怎么会出一个强盗儿子呢？大概只有他自己才清楚。通常情况下，当一个土司巡行自己的领地时，也要把领地里漂亮的姑娘"巡行"一番，这是土司的规矩。村庄里的，牧场上的，马帮驿站里的。每天晚上，当土司老爷在火塘边酒足饭饱之后，总有一个姑娘畏畏缩缩地钻到他的怀里来，这叫为土司老爷暖身子。土司老爷可能不知道这些姑娘姓甚名谁，是谁家的，甚至到天亮后就忘记了她长什么模样。有时他真的就只是让那姑娘为他暖暖身子，让他在姑娘年轻香软的肉体上呼呼大睡；有时土司老爷兴致好了，一个晚上也要换两个到三个姑娘。很少有康菩土司看上了哪个姑娘，然后像他的祖先康菩·登巴那样，一追就是几年。连康菩·仲萨土司有时也哀叹说，我们康菩家族的后代，早就没有祖先的浪漫血性了。年轻时的康菩土司像一匹快乐随意的种马，到处播种，他的儿女没有三十个，也会有二十多个吧？他在高兴的时候会对人说，我伸开自己的双手，真的数不清、也记不全了。

康菩土司仔细打量他眼前的强盗儿子，心想，这个家伙的母亲大约是个牧场上的姑娘，才会生下这样健壮魁梧、血气方刚、满头鬈发的儿子。牧场的辽阔，牧场的酥油鲜奶，大块的生牦牛肉，才能养出这种浑身野性、桀骜不驯的性格。曾经有一段时间，康菩土司特别喜欢牧场上的那些姑娘，她们像牡马样充满年轻的活力，乳房丰满，小穴深幽，骑在她们身上时需要有扳倒一头牦牛的力气。可一旦你把她们驯服了，她们可以带着你一路狂奔到天堂……

格桑多吉当然不会跪下来叫父亲，作为近二十年来父子终于相逢的见面礼，他重重地吐了面前这个已经被酒色泡软了身子的中年男人一泡口水。

康菩土司没有动怒，只是镇静地把脸上的口水揩干净了，还是那样阴鸷、冷漠。是因为这是他儿子吗？不，不，他已经把一个想篡位的儿子装进牛皮口袋丢到澜沧江里，让江水送走了他性急的土司梦；他还让一个儿子去当乞丐，由于他触犯了神灵。康菩土司经常对身边的人说，你们不知道，土司做得越大，权位传得越长，后代就越让祖先失望。我有三个老婆，在这个土司大宅里为我养了七个儿女。可是他们的骨头软得像酥油，他们的血比雪山下的湖泊还要冷，他们的额头很少发出令人骄傲的红光。更不用说康菩土司的野儿子太多了，他从不在乎再多处死一个。

康菩土司把脸上的口水一揩再揩，努力想揩去他心中的喜悦。但他还是没有忍住，哈哈大笑起来：

"雪山上的神灵真是公正慈悲，有人抢走了我的小姨妹，神却送回了我的英雄儿子。我终于看到康菩家族有血性的男儿了。"

他为这个强盗儿子摆下丰盛的酒席，杀了一头牛，五只羊，喝下两缸青稞酒。席间康菩土司问："你的母亲呢？"

格桑多吉恨恨地说："被你的头人逼死了。我做梦都想杀了你！"

"好猎人总在暗处，被追逐的猎物却生活在阳光下。你为什么早不来找我呢？"康菩土司悻悻地说。同时他的心底里泛出一丝惭愧和怜悯，不是因为那个和他有过一夜情缘的姑娘，让他实在想不起她是什么样子，而是这么一个英武健壮的儿子，他竟然疏忽了他的存在，还让他吃了那么多的苦。

康菩土司忽然发现强盗格桑多吉的额头发出了红光，这是康菩家族的血性男儿起了杀心的标志。当这个家族同一血脉的男儿跃马驰骋在战场上，当他们面对对手的刀枪，当他们腰间的康巴刀就要跳出刀鞘，当他们的生命将迎来最辉煌的那一刻，康菩家族的血性男儿，额头都要发出热血的光芒。

康菩土司那时并没有感到害怕，还感到欣慰。他甚至把腰间的刀摘下来，不当回事地摆在酒桌上。如果他真有胆量杀他，他只需一伸手就做到了。但当父亲的知道，格桑多吉不会那样做，不是因为他们父子刚刚相认，而是这绝对有损一个康巴人的骄傲。

他额头上的红光消失了，呈现出羞愧的颜色，暗淡、灰绿。一个内心没有了骄傲的人，是拿不动杀人的刀子的。

强盗格桑多吉说："康菩土司，如果你放我走，我还会来杀你。不如今天你就把我杀了。"

康菩土司就像一个慈父那样殷勤地说："哦呀，我的儿子，还有比你我父子间打打杀杀更重要的事情，需要你去做。"

"为什么我要听你的？"

"因为我想让你成为康菩家的英雄。"

大地雅歌（选章）

327

英雄这个称谓让格桑多吉的眼睛里瞬间充满了渴望的光芒，血脉高贵、内心骄傲的男儿都知道：在一个崇尚英雄的民族里，土司是世袭的，英雄却是用热血浇铸出来的。因此康菩土司接着说："如果谁让我当一回英雄，哪怕只是一次，我可以把土司府的银库打开，任由他挑选。"

格桑多吉轻蔑地说："有银库的人家出不了英雄，英雄只出在饿肚子的穷人家。"

"你说得不错，银子买不来英雄，但英雄要干大事情，总是少不了银子的。"康菩土司像个商人那样吆喝道，"骏马少不了金鞍银掌，英雄得配宝刀快枪。儿子，一个土司的财富，不过是雪山前的云团；而一个尊贵家族的荣耀，却是永恒的雪山。"

格桑多吉用他鹰一样的眼光看着康菩土司，两人就像两只在斗眼力的公牦牛。许久，他才说："康菩家族的荣誉跟我有什么关系呢？我的母亲被逼死的时候，有谁来说上一句，这个女人留有康菩家族的种，他将去挣回康菩家族的荣耀？"

康菩土司脸上现出悲哀的表情，只有佛祖才知道他是不是真的伤心。他说："要是我知道那个女人能为我生下这么优秀的一个儿子，她也不至于……"

"算了吧，尊贵的康菩土司老爷，你从来没有真正爱一个女人，甚至爱一个你的儿子。"

康菩土司再次为格桑多吉的酒碗里倒满了酒："儿子，你还年轻，你爱过一个女人么？你有自己的儿子么？你知道什么是一个男人真正的爱？男人年轻时，可以为姑娘动刀子，年纪大了，他就只为财富和血脉而活着。不要忘记你是神山卡瓦格博的后裔，你的身上流淌着康菩家族高贵的血脉。"

格桑多吉的额头再次发出红色的光芒，几乎跟火塘里的柴火一样红了！那一刻，康菩土司仿佛看到了自己的末日……

"康菩家族高贵的血脉都造下了哪些罪孽，"他喘着公牦牛一样的粗气，把头抵近了他的父亲，"让我来告诉你——"

7·格桑多吉前传

神灵，请你告诉我，

穷人是不是命中注定，

该受富人的折磨？

神灵，你为什么不说话？

是不是你受了富人的贿赂？

——康巴藏区民谣

"作为一个在牧场上长大的孩子，我身上康菩家族的血脉，从来都没有让我自豪，只让我感到羞耻。"我说这话时，忽然觉得我与身俱来的羞耻感一下被洗涤清了，包括我这次被一个多年的兄弟出卖、掉进狡猾的索南旺堆头人的陷阱。

"在我的脑子里，你已经被我杀了一千次了。"我像刚才吐了他那口痰一样，把这句话吐了出去。我看见康菩·仲萨土司就像被捅了一刀那样惊愕，他大概永远也不会知道，为什么他视为珍贵的东西，在我的眼里，不过是一堆狗屎。我此刻明白，真正的复仇，现在才刚刚开始。

刀就摆在酒桌上，仇人就坐在我的对面。我只要一伸手，抽刀出鞘，在刀子还没有从刀鞘里的沉睡中惊醒过来时，血已经飞溅在火塘里了。但一个在想象中被杀了一千次的人，这种死法有损我的英名。

"哦呀，我的儿子，我知道我的仇人很多。"康菩·仲萨土司把双手平伸到了面前，那是他服输的表示吗？他用一个老人的口气说，"可是你看看你的父亲，看看他头上的白发！他为了这个庞大的家族每一个人都有口糌粑吃，有多么地操劳！"

"你在乎过一口糌粑么，尊贵的康菩土司老爷？你可知道一个才二十多岁的女人，因为交不出一口袋糌粑，就被你手下的平措头人拖在马后跑了二十里地，活活给拖死了？她就是我的阿妈，那个被你抛弃的女人。"

"哦呀，她是这样死的啊？"他就像一个妄想把牛头藏进怀里的蠢货。也许他真的有那么蠢，连虚伪都掩饰不住。

"你以为，一个在牧场上的单身女人，因为她长得漂亮，因为她曾经被土司老爷睡过，她的日子就会好过吗？有的家伙喝醉了，想摸进我们的帐篷，阿妈用火绳枪上的铁叉顶着他们的裤裆，说这样可以让他们醒酒；还有那些歌儿唱得动听的男人，在牧场上用悠扬的情歌勾引我的阿妈，我常常看见阿妈满面通红、用羊毛紧紧塞住自己的耳朵。

"大约六岁那年，一天我在睡梦中惊醒，发现一个家伙将阿妈压在了身下。我听见阿妈在呻吟，在痛苦地扭动。我抓起火塘里的一根还在燃烧的炭柴，一棒打在这个酒鬼的光屁股上（因为我那时知道，来找我们麻烦的，都是些酒鬼），他嚎叫着捂着屁股逃了。阿妈爬起来，害羞地用氆氇盖着自己的下身，忽然打了我一巴掌，然后又把我搂进怀里，像一头受伤的母狼一样哀叫：'好啊！你这个康菩家的小野兽，要是你也认为阿妈是康菩土司的女人，我们就等着吧！等着土司老爷来找我们。'"

"那个狗娘养的是谁？我要抽他的脚筋，还要挖他的眼珠。"康菩土司的额头也发红了。他有什么资格说这话啊？我继续刺激他。

"噢，他是个不错的猎手呢。我虽然用炭火烧伤了他的屁股，可一点也没有挡住他来找我们，不是送两张皮毛来，就是捎带一只猎物。那个年头，没有他的菩萨心肠，我们不是冻死，就是饿死了。"

"狗娘养的……"康菩土司不知该往哪儿发火了。

"你早干什么去啦康菩土司？那个时候我多想有个阿爸，我阿妈多想有个能保护她、为她遮风挡雨的男人啊。我阿妈生下我后，曾经去找过平措头人，希望他能告诉康菩土司，她为他生了个儿子。平措头人哈哈笑着说，姑娘，我们勇武的土司老爷野儿子可多了，都送到康菩土司府里去，火塘边会坐不下的。"

"该死的平措，狗娘养的。"他的悔痛才刚刚开始呢，我还得往他伤口上撒点盐。

"土司家的火塘不欢迎我们穷人，牧场上破帐篷里的火塘也一样温暖。那个猎手一来，我们的火塘边就充满了欢笑，阿妈的脸就撒满了阳光。我觉得那个家伙不错，因为阿妈高兴的事情，我也高兴；阿妈喜欢的人，我也喜欢。我们穷人就是这样相依为命。他一出现在帐篷里，我就去和羊羔挤在一起睡。我很早就知道了，男人见了仇人，亮出的是刀子；见了心爱的女人，亮出的是他的宝贝。一个小孩总不能看见大人光着屁股吧，尊贵的土司老爷？"

"够了，求求你，不要再说了。"他竟然可笑地用手抓住了自己的衣襟。

"穷人的快乐你不喜欢听，是吧？这就对了，就像我们也不喜欢听到你们又吞并了哪个部落，又霸占了谁家姑娘，又赚进了大笔的银子一样。那么，嫉妒的土司老爷，你就听听你喜欢听的，听听穷人的苦难吧。

"阿妈在我年幼时，经常一边抹着眼泪一边对我说：你身上流着康菩家的血脉，但我们今生都没有福气坐到康菩土司的大火塘边了。因为我们的骨头是黑的。

"哪一种藏族人的骨头是黑的？土司老爷，你应该比我清楚。终生为奴隶的人当然是黑骨头；屠夫、刽子手等以杀生为业的人，被认为罪孽最深，骨头肯定是黑的。哦呀，我的外公就是一个牧场上的屠夫，因此我们的骨头肯定白不了。可是当初你为什么要去找一个黑骨头的女人呢？

"我的母亲被平措头人拖死后，我把阿妈的尸体背回来，她膝盖以下的皮肉全都不见了。我看见了阿妈裸露在外的骨头，不是黑的，是白森森的啊！几年以后，我抓到平措头人，把这个家伙也拖在马后，在山道上从中午一直跑到太阳下山，我也把他拖到骨头都露出来了。我要看看，他的骨头是否比我阿妈的白？尊贵的土司老爷，我发现，你们的骨头也不咋样啊！"

他终于被激怒了，狠狠地说："要不是你是我的儿子，在我面前说这样的话，早被割了舌头了！"

我说："哦呀，谢谢你的慈悲。我的头还没有被砍下来之前，请听我继续说下去。"

"说吧说吧。反正酒还没有喝完呢。我真是造孽，弄出这样一个种来。"他的恼怒让他已经不知是杀我好还是不杀我好了。

"是啊，你为自己弄出一个杀你的杀手啦。"我开心地说，"从那个时候起，我就发现，我们被你们这些贵族头人骗了，被寺庙里的喇嘛上师骗了。我深信我的骨头和康菩土司的一样白，我手下的那些兄弟们，他们是偷牛贼、强盗、屠夫、刽夫，向来被认为干缺德的行业，骨头当然也很黑，还有铁匠、木匠、石匠这些靠手艺吃饭的手艺人，骨头也不高贵。但是，我想告诉你，他们的骨头和我一样，也和你一样。

"我曾经请教过一个我一直很尊敬的喇嘛上师，他告诉我说，你不要在心里有这些妄念，你要好好想想自己的来世。"

"是嘛，"他好像终于找到要说服我的理由，"上师说得对，六道轮回中有三善道和三恶趣，难道你不害怕坠入地狱的深渊吗？"

"嘿嘿，你们说的六道轮回也要分骨头的黑白吧？白骨头的人轮回到三善道，黑骨头的则轮回到三恶趣。黑骨头藏人即便轮回到来世做人，他的骨头照样是黑的，他照样忍饥挨饿。这个时候，黑骨头藏人就彻底没有指望了。我手下的兄弟们都是被轮回之苦搞得不敢相信来世的人。我们自从干上打家劫舍、杀人烧房子这个买卖以来，就做好了来世下地狱的准备。反正，黑骨头藏人今生的日子，也跟地狱里的日子差不多。"

"这个世界上最怕的，就是连地狱都不害怕的人。"他嘀咕道。

他总算认识一个强盗的内心了。实际上我知道，从他让仆人们在火塘边摆上酒、牦牛肉、羊腿的时候，他的杀手们就埋伏在房间外面了，不会少于二十个。在楼下，刽子手已经在喝酒。他们一定在想，今天这个强盗是要被剥皮抽筋呢，还是挖眼珠取膝盖？

我对康菩土司说："你埋伏在屋外的人，该叫他们进来了。至少也让他们来喝口酒吧？"

"哦呀，那些狗娘养的。"康菩土司脸上的肌肉抖动了几下，大概没有料到我也知道，有一次他的一个仇家，就是这样被乱刀砍死在他的火塘边。他嘿嘿干笑两声："他们都是些闻不得酒香的家伙。都进来吧，看看我的英雄儿子。"

一群提刀弄枪的人畏畏缩缩地进来，这些家伙，杀一个胆小鬼，他们手里的刀枪绰绰有余，但在我面前，他们只有来敬酒的分。跟他们每人喝下三大碗酒，他们连拿枪的力气都没有了。以至于康菩土司竟然说：

"把你们的枪都留下，滚了。"

我离开土司府时，带走了康菩土司送给我的十支快枪，二十匹马。在我们这个地方，有了好枪和良马，就会有英雄好汉跟在你的身后。你可能打不出多大的地盘，也积攒不了多少财富，甚至还经常饿肚子，但快枪和快马，可以让你像个男人一样骄傲和自豪。

据说有个说唱艺人，拐走了康菩土司的小姨妹，还躲到洋人喇嘛那里去了。康菩土司问我愿不愿意为他去杀洋人。我说，在我们这儿，杀洋人的好汉，才是真正的英雄。我那些被打散了的好多兄弟，都跟洋人喇嘛有仇。

9 · 劫梦纪

> 异乡的月亮啊，
> 请照着我的爱人，
> 让我看清她可人的面庞；
>
> 异乡的乌云啊，
> 请让一让路，
> 我的歌声里不能没有月亮。
>
> ——康巴藏区情歌

一只青蛙在宁静的湖边沼泽地甜美地唱歌，它的声音清脆而单调，有些像夏天的蝉鸣，又有点像牧场上孤独的牧羊人的歌声；它的周围，鲜花齐人的大腿高，红的、黄的、紫的、白的，一直铺展到湖水边缘……

有一条青色的蛇潜伏在花丛中，用脉脉含情的小眼睛打量着这只青蛙。蛇在想：它唱得多好听啊。等它唱完了，我再一口吞吃掉它。

青蛙知道了蛇的心思，它已经逃不掉了。于是青蛙拼命地唱，将心中的歌儿从日升唱到月落。

有一只鹰从天边飞来，鹰背上骑着一个身穿白麻布衣裳的人。他像驾驭一匹战马一样在云端驰骋；它从青蛙和蛇的上空飞过，越飞越低……

很多个夜晚，央金玛就做这同一个梦。青蛙，蛇，骑鹰的白衣人，他们就像她梦里的朋友，总是在后半夜至黎明时分，准时来到她的梦里。甚至有些时候，她还能和他们对话。

每当央金玛从这不知是吉祥还是凶兆的梦里醒来时，扎西嘉措总是守在她的梦边。他已经基本康复了，只是行走还有些困难。他们住在教堂前四合院楼下的一间小屋子里，神父们住在他们的楼上，托彼特在他们的隔壁。央金玛总是说，要是这里有个会说梦的喇嘛就好了。他们总有办法说清楚人们梦里的东西，吉祥的梦带来的好运，就给人留住，而噩梦就念经攘解，比如可以把喇嘛上师加持过法力的东西在睡觉前放在枕头下，厄运就被赶走了。

扎西嘉措告诉她："我们现在的日子，不会再有喇嘛上师了。因为他们是跟康菩土司站在一边的。"

央金玛眼睛里便现出深深的忧虑。她不是扎西嘉措这种哪儿黑哪儿宿的天涯浪子，生活环境的改变还一时让她不太适应。尤其让她在扎西嘉措面前也难以启齿的是：每当那个骑鹰的白衣男人出现在梦里，或者在天上跟她说话时，她常常发现自己一丝不挂。有一次，这个男人还从她裸露的胸前强行摘走了一朵盛开的花儿。

其实，见多识广的扎西嘉措知道，按喇嘛们的说法，青蛙和蛇出现在女人的梦中，是女人怀孕的征兆。可是自从他受伤以来，他有三个月的时间不能和央金玛像在康菩土司的核桃树上那样风流快乐了，尽管央金玛天天陪在他的身边，他们只是静静地依偎在床上，任由双方湿软的手，相互温存。一个抚平对方身上的累累伤痕，一个舔尽爱人脸上满脸的泪珠。

扎西嘉措去问过罗维神父，梦里的青蛙和蛇以及天上的鹰，在耶稣那里怎么解释？罗维神父沉吟半晌才说："毫无疑问，蛇是邪恶的象征，它带来了人们的原罪；青蛙和鹰么，嗯，我认为，它们如果不是梦中的天使，就是现实中的朋友。"

"那么，那个穿白衣服的人呢？他是魔鬼还是天使？"扎西嘉措追问道。不知为什么，他认为老是出现在央金玛梦里的这个家伙，不是他自己，而是他的某个暗中的敌人。

"我亲爱的扎西兄弟，"罗维神父说，"为什么不和你的爱人一起，跪在耶稣的圣像前忏悔自己的罪过呢？我相信，这有助于赶走央金玛梦里的魔鬼。请接受我们神圣的洗礼吧，领受圣体、享有圣灵的人，天使会出现在他的身边。"

"你们所说的天使，就是我歌中的爱神么？"

"爱神？"罗维神父说，"噢，我的朋友，信仰就是爱。耶稣基督为了爱我们，把自己都挂在十字架上了。难道还有比他更具备爱心的神么？"

关于是否要信奉洋人的宗教，扎西嘉措持无所谓的态度。他和央金玛私下里讨论过这个问题。他感到央金玛虽然感谢洋人神父救了他们的爱，但要她自愿跪在洋人的神灵前，好像还有许多的障碍。这就像你贸然去认一个刚结识不久的男人为父亲。

可是，真正把央金玛的梦照亮的，却是一个风雨交加的夜晚映红教堂村的火把。央金玛奇怪的是先是梦中的青蛙被一团火燎着了，青蛙倏然不见了踪影；然后是那条青蛇，它在红色的草丛中逃窜，身体很快就被烧黑了；而天上却是火烧天般的绚烂，使她想起童年时看见的一场烧了半个多月的山火，大地和天空都是血红色的，连澜沧江里流淌的都是红色的江水。

央金玛在梦里感叹：好大的火啊！

扎西嘉措喊她："央金玛，快跑！他们攻破教堂村啦！"

于是央金玛懵里懵懂地随着大家四处逃窜，她看见神父们也衣衫不整地随着村民们东躲西藏。杜伯尔神父在慌乱中找自己的眼镜，像一个瞎眼老奶奶在屋子里捉一只到处乱飞的鸡；老神父古纯仁上衣都没有扣好，露出干瘪苍老的胸膛；而罗维神父脚上只有一只靴子，手拿一只洋枪，却不知道往哪里放。这些洋人神父平常总是衣衫整洁、一丝不苟，像有教养的贵族。只有在梦里，才可以看到神父们原来也有狼狈不堪的时候。

还有许多在梦里看不到的情景呢。一队队康巴骑手从梦的深处冲出来，试图抵抗的人眨眼就被他们冲倒了、砍杀了……到处是孩子的哭声，女人的尖叫声，男人们格斗时的喘气声，以及刀与刀相撞时血脉贲张的呐喊。

　　反抗很快就结束了，因为神父们已经被制服，被刀枪逼到教堂大门外的一棵大树下，教堂村的村民也像牛羊一样地被圈在一堆，瑟瑟发抖。央金玛被扎西嘉措的手紧紧抓住，她感到他的手冰凉。她想：赶快醒来吧。这个梦又意味着什么呢？明天好好问问扎西哥哥，梦中的他为什么手会是冰凉的？

　　四周都是燃烧的火把，火光映衬着场地中央那些仿佛是传说中的好汉，看上去冷漠又凶悍。一个年轻人被好汉们簇拥着来到神父们的面前，他高大健壮，头发蓬松卷曲，不太浓密的胡须随意地飘在那青春的脸上，他的眼窝深邃，目光犀利，但与其说让人感到害怕，不如说将人吸引。如果说扎西哥哥的眼睛里总是盛满柔情让人骨头发软的话，这种野性十足的眼光，则让人找不到自己了。

　　"不要紧张，今天还不到杀你们的时候。"那个强盗首领懒洋洋地说，似乎杀洋人神父这样天大的事，不比宰杀自家牧场上的牛羊更复杂。

　　身材和那个强盗一样高大的罗维神父挺直了身子，尽量保持着自己的尊严，他把古神父和杜神父挡在身后说："如果你需要财富，也许你走错了地方。我们是穷人的教会，这里没有你要掠夺的。"

　　强盗首领用手里的马鞭不断拍打着自己的手心，潇洒得像一个指挥千军万马的将军。他围着神父们转了一圈，仿佛在欣赏自己的猎物价值几何。"你们没有多少钱财，我好像也知道一点。洋人老爷，谁叫你们管了别人的闲事呢？"

　　罗维神父说："我们是瑞士国来华的传教士，是为你们的灵魂而来，把耶稣的福音带给你们。这是主耶稣交给我们的使命，不是闲事。"

　　"哈！我们的灵魂要你们来操心？笑话！"那个强盗回头对他的那帮弟兄说，"你们愿意把自家的灵魂交给这个洋人魔鬼吗？"

　　回答他的是一阵阵吐痰声和讥笑声。

　　"你有一个堕落、邪恶的灵魂。天国近了，罪人！现在悔改还来得及。难道你不怕地狱的烈火吗？"杜伯尔神父忽然高声说，连罗维神父都为他的鲁莽而担忧。

　　强盗首领把腰间的盒子炮抽出来，顶住了杜伯尔神父的太阳穴。"你们的地狱我不知道，如果你认识路，"他打开了扳机，"就请尊贵的洋人老爷走在前面吧。"

　　"请等一等！"罗维神父高喊道，"生命比钱财重要，灵魂又比生命重要。

大地雅歌（选章）

335

骑士，我们不是老爷，是来帮助穷人的传教士。万事好商量。"

强盗首领转过头，用枪指着罗维神父："你叫我什么？"

"骑士，"罗维神父镇静地说，"在我们那里，骑士是指那些扶弱济贫、勇敢而有教养的武士。"

"噢，骑士……"强盗首领似乎在口渴时猛然咽了一块冰，既感到舒服但又被噎得有些难受，这让他收起了枪。但他不是一个轻易就交出一颗骄傲的心的人，他强作自负："我可没有你说的那种教养，我连天上的星星都数不清呢。你得还给我两个人，我要带他们走。"

罗维神父说："这里都是主耶稣挑选的子民，受我主耶稣的神授与护佑。我们不会让你带走任何人的。"

"我可不管你的主子是谁。我只要带走我的人。一个叫扎西嘉措，一个叫央金玛，叫他们出来，跟我走。"

罗维神父说："你没有权力带走他们。我们不会答应的。"

强盗首领给了罗维神父一拳，把他打倒在地。然后他让手下的人把三个神父都捆起来，吊在树上。被圈在另一边的村民们骚动起来，想过去救他们的神父，但是强盗们用枪和刀把他们逼了回去。

央金玛直到听见那个强盗首领叫出她和扎西嘉措的名字，还在自己的梦里挣扎。快醒来吧，强盗们把好心的神父都吊起来了。即便是在梦中，我也不愿意他们为了我和扎西哥哥受苦。

但是她始终醒不过来，眼前发生的一切仍在继续。不像有些梦，当你的心实在承受不了时，噩梦忽然就结束了，你最多只是惊出一身冷汗。

神父们已经在挨皮鞭抽打了，教堂村的人们在嘤嘤哭泣。央金玛想：让这个噩梦早点结束吧。

央金玛从人群中站了出来："哎，那个强盗大哥，不要打神父们了，我是央金玛。我跟你们走。"

在央金玛的梦外，强盗首领格桑多吉提着马鞭，大踏步走向央金玛。在快要走到她的面前时，他好像是绊了一下，竟然一个趔趄，半跪了下去。

"大哥——"他身后的兄弟一片惊呼。

格桑多吉有些狼狈地爬起来，他眼睛里的目光一下就被冻住了——既让他看不清脚下的路，也看不见今后人生的路。

他看见了央金玛那张美丽清纯的脸，还有她梦游一般的眼睛。

"你……你叫我大哥？可、可我只是一个强盗。"他竟然有些害羞，不断用马鞭敲打自己宽大的手掌，而他的眼睛还被那张脸上惊世骇俗的美丽所封冻，连眼皮都忘了眨了。

　　"大哥！"他身后的一个兄弟喊。因为如果他不提醒格桑多吉，太阳都要出来了，尽管现在星星还很亮。

　　"哦呀！"现在是格桑多吉开始做梦了。他费劲地转过头来，环顾四周，却什么也没有看见，眼前只有那姑娘幽怨的、圣湖一般明澈的眼睛。他有中了一枪的快感。过去，那一枪打在他的肩膀上，把他打下马来；现在，这一枪重重地打在他的心窝处，刚才只是让他摔了一跤，已经是个奇迹了。

　　"大哥，我把她捆起来吧？"他旁边的兄弟群培说。

　　"昏头鸟！"格桑多吉重重抽了群培一马鞭，打得这个兄弟莫名其妙，所有的人也都懵了，呆呆地看着这个不可一世、却又深陷梦境中的强盗首领。

　　"那个、那个拐走她的家伙呢？"他终于有些清醒了，用马鞭点着群培问。

　　"他早离开这里了。"央金玛说。

　　"哦……"格桑多吉心事重重地说，"那就请上马吧姑娘。"

　　"你要把我交给我姐夫吗？"

　　"唔，可能吧。抱歉，我受人之托，要讲信义。"格桑多吉低声说。

　　"我不会跟你走的。"

　　"那他们就要把你捆在马背上了，姑娘。"他并不是在威胁她，好像是在劝导她。

　　"我宁愿现在就死在你的刀下，也绝不回到康菩土司那里。"央金玛厉声说。

　　格桑多吉怔住了，不是因为央金玛刚才的话，而是他看见一个俊美的青年男子此刻站了出来，来到央金玛身边。"我是扎西嘉措。好汉，拜托了，让我和她一起死吧。我向神山为你祈求：杀死我们不会让你下地狱。"

　　格桑多吉忽然感到自己长得太丑了，天下竟然还有如此俊美的男子！面对这样一匹骏马，所有的男人在漂亮姑娘面前都缺乏自信。

　　"你可真是个从月亮上走下来的家伙。"格桑多吉围着扎西嘉措转了一圈，语调有些阴阳怪气。

　　"你什么意思？"扎西嘉措问。

　　"不是谁下地狱的问题，而是谁可以永远生活在月亮上。"格桑多吉回头对身后的兄弟命令道，"把他捆起来。"

"不！"央金玛紧紧地抱住了扎西嘉措，就像那天她勇敢地挡在康菩土司的刀枪前一样。

格桑多吉看见了一双哀婉凄迷的眼睛。这样的目光让他冰川一般坚硬的心，一下溶进了太阳的温暖里。仿佛有个神灵在引领着他，校正着他，让他在这凄美的目光前，不再坚守一以贯之的冷漠、血性，而是低下高傲的头颅，谦卑地呵护并目送一棵随风飘来的蒲公英远去。

"让开，姑娘。"格桑多吉用近乎温柔的口吻说，然后又用马鞭指着扎西嘉措，"要是你不愿意回你姐夫家，这个家伙可跑不掉。"

扎西嘉措直视着格桑多吉："《好汉红额头格桑》，这是我为你写的一首歌，我在雪域大地好多地方都唱过。"

"你说什么？"现在轮到格桑多吉不明白了。

"我早就认识你了。一个说唱艺人知道大地上所有的英雄故事。"

"哦呀……"格桑多吉有些不知所措了，好像承受不起这么大的荣耀，他的语气里少了些傲慢，"原来你就是那个说唱英雄故事的家伙啊。我可不是人们口中的英雄。"

"现在不是，但在我的歌声中是。"扎西嘉措说。

"噢，难道你歌声中的我不是现在的我吗？"格桑多吉竟然好奇地问。

"在我的歌里，就像那个神父说的，你是一个杀富济贫、行侠仗义的骑士。可是啊，我没有想到，"扎西嘉措轻蔑地说，"你原来也不过是土司贵族的帮凶。"

格桑多吉怔住了，拿马鞭的手臂僵硬得既抬不起来，也放不下去。他不怕下地狱，但却是为骄傲而活着的人。扎西嘉措的话，和那姑娘的目光击中他一样，都打在他灵魂的最柔软处。

他手下的兄弟都是些机敏听话的家伙，老大不下命令，他们不会动粗。可他们感到费解的是：老大今晚兴师动众地带他们杀进教堂村，洋人神父也被吊起来了，要找的人也抓到了，他却像在做梦。

因为他们听见格桑多吉嘀咕道："狗娘养的，我真不该答应干这活儿。"

然后他梦游一般跨上了自己的战马。

"大哥，这两个人……"他身边的兄弟群培问。

"你这个家伙，难道不怕人家把你唱成一个魔鬼吗？"格桑多吉用马鞭指着群培骂道，"走啦，骑士们！改天我们再来听这个家伙唱歌。"然后他兀自打马跑了。

12·闯入者

> 好汉红额头格桑，
> 康巴人中的雄鹰。
> 他的血脉奔腾如澜沧江，
> 他的身躯伟岸似雪山。
> 他是穷人眼里的菩萨，
> 他是贵族梦中的魔王。
> 他让姑娘睡不着觉，
> 他的爱情带来死亡的幸福。

——扎西嘉措《好汉红额头格桑》

一个月后，格桑多吉的人马卷土重来。对于一个曾经战败的村庄，这支强盗队伍再次光临就像举步跨进自己的家门一样轻松。教堂村晚祷的钟声敲响不久，强盗们已经摸进来了。这个时辰，村里大部分教友都集中到了教堂，罗维神父已经走上祭台准备当天的布道，杜伯尔神父坐在管风琴前指挥唱诗班要唱第一首进堂圣咏，格桑多吉的人马在圣母玛利亚丝毫也没有察觉的情况下，包围了教堂。

罗维神父像往常一样，刚以平稳柔和的语调在祭台上问候他的教友"我的孩子们，愿主的平安与你们同在"，就看见一个高大陌生的身影从教堂大门口闯了进来，紧接着，一群持枪的汉子一拥而进。教堂里的人们也才来得及回答神父的问候"也与你的心灵同在"，便发现自己被枪指着了。

罗维神父认出来者就是那晚打进教堂村的那个强盗格桑多吉，他努力镇定了自己的情绪，说："迷途的羔羊，欢迎来到我们的圣堂。"

格桑多吉大咧咧地走到罗维神父跟前，说："你们的门可关得不怎么严。"

罗维神父说："主的大门随时为你打开，请赞美我们的主！"

格桑多吉用他那双鹰一般锐利的眼睛在人群中扫了一遍，看到了他要找的那个人。他说："赞美谁？我认为，你们应该赞美那些打败了恶魔的好汉们。比如说，我，格桑多吉。"

坐在管风琴边的杜伯尔神父语气严厉地说："基督才有资格受到赞美,你是基督吗?带着刀枪进我们圣堂的,必为刀枪所杀。还不赶快在主耶稣的圣像前跪下,忏悔你的罪。罪人,你有一颗邪恶的心、堕落的灵魂!"杜伯尔神父高喊,同时用手重重地敲了一下琴键。

格桑多吉愣了一下,要是在以往,他早把枪掏出来了,但今天他却像一个好面子的小孩子那样争辩道:"你说错了,我有一颗勇敢的心,骄傲的灵魂。"他再次用眼睛去人群中寻找,仿佛不是向杜伯尔神父说,而是专门说给那人听的。

这时坐在祭台后面的古纯仁神父走下来,对格桑多吉说:"我的朋友,我相信你不是来我们的圣堂望弥撒做晚祷的。你如果有什么事情要我们帮忙,为什么不去我的房间喝茶呢?我们不要影响那些在这里为自己一周的过失,向主耶稣赎罪的人们。好不好?"

"我本来就是来喝酒的,"格桑多吉最后往那个方向望了一眼,又嘀咕道,"看在你可以做我爷爷的分上,我听你的。天知道我的爷爷是个什么人。"

"天主知道,他不比你好,也没有你坏。请吧,我的孩子。"古神父颤颤巍巍地走下祭台,格桑多吉向教堂里的弟兄们一招手,跟古神父出去了。

在藏区传教了三十来年的古纯仁神父,如何借助主耶稣的神力,让偷袭教堂村的大强盗格桑多吉杀气腾腾而来,醉醺醺地空手而归,一直都是教堂村的教友们的美谈。他们说,生活简朴、令人尊敬的古神父一生从不喝酒,但在那晚的酒桌上,竟然把那个杀人如麻的家伙喝得烂醉如泥、甘拜下风。这个峡谷里的盖世英雄最后连上马的力气都没有了,是他手下的那帮兄弟搀扶着他,才将他像驮一条死狗一样地驮在马背上,狼狈不堪地撤出了教堂村。

多年后古纯仁神父回到欧洲,曾在自己的传教回忆录《边藏四十年》中记述这个晚上传奇精彩的一幕。他在书中写道——

　　这个江洋大盗外表冷漠、血腥,内心却有着罗宾汉般的侠骨柔情。他是一个骄傲自负的人,竟然草率地跑到我们的教堂里来炫耀战功,不是为了在主耶稣面前,而是要炫耀给他的追求对象看——那个被我们拯救的叫央金玛的姑娘。为了赢得她的爱,他甚至放弃了对康菩土司的承诺,决心要做一个高尚的骑士。

　　不过,这种鲁莽的求爱方式连我们的主耶稣也是不允许的。我把他请到自己的房间，明确无误地向他指出：刀枪赢不来自己的爱情。

他问：那该怎样做才能得到一个姑娘的爱？

我回答他说，谦卑，再谦卑。

他说，他和他手下的弟兄，都是些渺小卑微的藏族人，他们为了填饱自己的肚子而当强盗，他们不以为耻，反以为荣。因为他们找到了做人的快活和骄傲。

我说，骄傲将毁掉一个人的荣誉，顺从天主便会迎来人的新生。

他沉默许久，喝下两大碗酒后才问：央金玛也顺从了你们的天主吗？

我肯定地告诉他，快了。目前他们正在望教期，复活节来临时我们将给他们付洗。这是我们的信徒的荣幸，异教徒是不能享受这份恩典的。

我给他简要介绍了我们教会的一些基本常识。峡谷里的藏族异教徒大都孤陋寡闻，对外面的世界知之甚少，对主耶稣的福音更是闻所未闻。不过，他更关心的似乎只是央金玛小姐。

他竟然问：如果他也加入我们的教会，是不是就可以得到央金玛小姐的爱了？

我说，理论上还有机会，但央金玛小姐已经有自己的爱人了，他们两个为了这份爱差点丢了命。我的孩子，你来晚了。如果他们在教堂里举行基督徒的婚礼，你就只有尊重人家的选择。婚配是我们的信徒的七大圣事之一，受到我主耶稣的护佑。相爱的人一旦接受神父们的祝福，神的烙印就在这婚姻中了，是绝不容许被改变的。我虽然很同情你，但我们的教会将站在这神圣的婚姻一边。因为我们的经上说："天主所祝福的，人不可以拆散。"

他忽然大碗大碗地灌自己酒，直到他醉得站不起来了。但借助天主的神工，这个强盗听进了我的劝导。他既不能靠暴力去抢掠自己的爱情，也不能凭爱心去赢得央金玛小姐的心，他唯有伤心地退出这场竞争。

可怜的人，找不到补赎之路的迷途羔羊，愿主怜悯他，让他重新找到属于自己的爱。我在心里为他祈祷。

在教堂村的人们庆贺自己躲过一劫时，只有扎西嘉措感受到了即将降临的威胁和恐惧。那晚之后，他对自己和央金玛的未来深感担忧——不是害怕格桑多吉要将他们交给康菩土司，而是担心格桑多吉从他身边夺走他心爱的人。

当格桑多吉鹰一般锐利的目光在教堂里射向他身边的央金玛时，他感受到了前所未有的挑战。整个教堂村只有他一个人从格桑多吉一进教堂的大门时就知道，来者不为别的，只为他身边的央金玛。相恋的人在茫茫人海中，一眼就可以认出自己的情敌，就像猎狗在群山中，隔着一条山梁也可以准确地嗅到猎物的气味。在教堂村养伤的这段时间里，扎西嘉措越来越感到不能把握自己的未来了。神父们及时地向他们宣讲，应该把自己的灵魂交给耶稣天主，一切都在天主的计划当中，包括你们的爱。是爱让你们得到了天主的圣召，让你们走进了教堂村；主耶稣要改造你们，必将先拯救你们。面对天主的拯救，你们不能拒绝。

　　对于这两个相爱的逃亡者来说，他们需要某种强大力量的支持，因为他们面对的是更为强大的一种势力。而且，现在不只一个康菩土司是他爱情的敌人，还有一个大强盗格桑多吉。很有可能的是，后者比前者更危险，扎西嘉措相信自己的预感。他的爱情陷入前有堵截、后有追兵的困难境地。

　　耶稣基督的拯救，便成了唯一的拯救。

　　"央金玛，你过去认识那个强盗格桑多吉吗？"

　　"不认识啊。"央金玛依偎着她的扎西哥哥说，"我还是从你唱的歌中知道有这样一个强盗。"

　　"央金玛，我们的麻烦大了。"

　　"别怕，扎西哥哥，在教堂村，我姐夫拿我们没有办法。"

　　"央金玛，我是说，那个强盗格桑多吉。"

　　"有神父们的保护，他抓不走我们的。"

　　"央金玛，你还不明白吗，他爱上你了。"

　　"哦呀？"央金玛吓得从床上坐了起来，好像醒着的时候终于看见困扰了自己多日的噩梦，"你在说什么呀，扎西哥哥，他是个强盗。"

　　"他也是个男人。"

　　"他为什么要爱上我呢？我又不认识他。"央金玛的心还在狂跳不止。

　　"因为你的美丽。"扎西嘉措捧着央金玛的脸，"央金玛，我为什么要爱上你呢？当初我们也不认识。"

　　央金玛的心忽然平静下来了，好像面对一件不该要的礼物。"扎西哥哥，他真的是来抢我的吗？"

　　"强盗什么都抢。"

"我们怎么办？"

"让洋人的宗教来保护我们的爱。"扎西嘉措说得很坚决，"罗维神父说，只要我们在教堂里举行婚礼，我们的爱情就受耶稣大神的护佑。"

"好吧，扎西哥哥，"央金玛抹干脸上的眼泪，"就让我们来看看，洋人的耶稣大神，会怎样帮助我们的爱情。"

13·补赎

他引我进入酒室，他插在我身上的旗帜是爱情。

——《圣经·旧约》（雅歌 2：4）

群培从小就对那些穿袈裟的人又羡慕又敬畏。无论是在火塘边听大人们讲喇嘛上师的神奇法力，还是在神灵的节日里跟随父母去寺庙敬香，看喇嘛们驱魔跳神，喇嘛就是他梦中的偶像，心灵深处的英雄。可当他提出自己要去寺庙出家当喇嘛时，他母亲流着眼泪告诉他：虽然说供佛莫如供僧侣，但我们家供不起一名喇嘛，我们连为你做一身袈裟的钱都没有。

不能做一名喇嘛，就去当强盗，这看起来违背了佛陀的教诲，但生活就是这样。穷人的活法跟佛经的教义总是有差距。当格桑多吉的强盗队伍路过群培的村庄时，群培就跟随他走了。不仅仅是因为穷，还因为年轻人的英雄梦。

他们是枪林弹雨下的生死兄弟，群培为格桑多吉挡过枪子儿，格桑多吉几次将群培从阎王那里抢过来。这对好兄弟一起在地狱的边缘快活地行走，反叛一切的心让他们在生命中彼此依赖。

可是，群培现在却不知道自己大哥的心在哪里了，一切都源于那次打进了教堂村。格桑多吉用康菩土司的枪重新召集起了峡谷里的好汉，如果从教堂村带回康菩土司要的人，他们还将得到更多的枪和马。但是大哥在打进教堂村后，竟然像一头撞进梦里。而且，回到山林里的大哥似乎中了洋人的魔法，成天不说一句话。大哥变得像一个大格西一样想佛学的道理了。手下的弟兄们这样说。

抢老银厂是群培带人干的，当他把成箱的银子摆在大哥面前时，格桑多吉看都懒得多看两眼，只是说："这些白花花的东西，只会让我的心更沉重。"打败了不可一世的县府守备队，大哥骄傲的心不沉重了，但是他却非要去教堂村喝庆功酒，那个洋人喇嘛又不知用了哪样魔法，让可以喝光一个村子的酒的大哥，醉得连上马的力气都没有了。这次弟兄们说，我们的大哥中魔啦，怕是要请个活佛来念念经才行。

而最让群培一生都费解的，是格桑多吉这天晚上把他叫到帐篷里，与他话别。

群培进去的时候，看见大哥面前的石桌上有一罐酒，一整只牛腿，以及大哥随身的驳壳枪和康巴战刀。当惯了强盗的人，就是睡觉，刀枪都不会离身，群培一开初忽略了这个细节，也就决定了今晚的喝酒，醉的肯定是他。

酒喝下三碗后，格桑多吉把桌子上的刀枪往群培面前一推，说："兄弟，这些玩意儿，我用不着了，你拿去吧。"

群培有些惊讶地望着格桑多吉："大哥，你就醉了？"他知道，这把枪就像格桑多吉复仇的目光，只要仇人出现在哪里，它一定会指向哪里；而那把康巴战刀，则是大哥最喜爱的好兄弟，就像他胯下的战马"云脚"一样，给他带来过三天三夜也细说不尽的荣耀。作为一个靠刀枪和勇气打天下的英雄好汉，大哥可以不爱任何一个女人，但绝不会不爱自己随身的刀枪。

"群培兄弟，你又不是不知道你大哥的酒量，我现在清醒得很。从记事以来，都没有这样清醒过。"

"那大哥又找到新的宝刀和好枪了？"群培快活地问，他们都喜欢削铁如泥的宝刀，百发百中的快枪。

"宝刀和快枪，我现在用不着啦。"群培看见格桑多吉眼睛里就像蒙上了一层云雾般的迷蒙。"我好像找到我要去的地方了。"他说。

"去哪里？"群培问，马上又补充道，"大哥这样的英雄，去哪儿都离不开宝刀和快枪啊。"

"宝刀和快枪，带不来我的爱情。"格桑多吉端起来一碗酒，"祝福我吧，我的好兄弟，你大哥爱上那个姑娘了。"

格桑多吉一口把酒干了，群培也赶紧喝下自己的酒，说："为吉祥的爱情。是哪个姑娘啊，大哥？"

"央金玛，教堂村那个。"格桑多吉庄重地说，"向我们的神山发誓，我要娶这个姑娘。"

"嗨，原来大哥这些天是为这个姑娘啊！"群培哈哈大笑起来，为格桑多吉斟满酒，"难怪大哥不愿把她交给康菩土司，明天，我就带弟兄们去教堂村，把她抢上山来，晚上大哥就可以和她睡同一个帐篷了。"群培高兴得自己先把酒喝了，好像是他的喜事就要来临一般。

"好兄弟，这个事情我自己来办。姑娘的心，是掠夺不来的。我把弟兄们都交给你，我去教堂村求亲，也许需要一些时间。半年、一年、三年，或者五年，我都会等待。你好生带好弟兄们，不要再管我的事。"

如果群培迎面被劈了一刀，也不会这样惊慌；胸口中了一枪，也不会有如此心痛。大哥这是中了哪个魔鬼的奸计啊，怎么能说出这样的话来？要说大哥身边的女人，哪个好汉有大哥这样多的艳福？在他十五岁的时候，就有当爹妈的把女儿送进他的帐篷；当他的英名像风中的情歌唱遍雪山牧场时，姑娘们的梦里就只有格桑多吉雄踞其间。人们传说跟大哥睡过觉的女人活不了几年，其实是贵族头人们由嫉妒嗔怒而编造出来的谎言。一些姑娘由于不能征服大哥英雄的心，因思念而死；一些女人被贵族头人们迫害而死，因为他们害怕大哥留下的种，给他们的梦带来不安。不过，群培从来没有发现大哥真正爱上过哪个姑娘。有的好男儿，爱情不过是他身边的点缀，就像良驹是英雄的点缀、金鞍是骏马的点缀一样。

在这个星疏月朗的晚上，无论群培如何给他的大哥下跪、乞求、痛哭，大碗大碗地喝酒，让自己醉得双脚找不到地，整个人飘在半空中久久落不下来，都不能说服他的大哥一颗坚定而糊涂的爱心。不仅是他，山上的兄弟都来挽留格桑多吉，痛哭流涕地说，没有大哥，他们一天也活不下去。他们甚至还说，那个教堂村的姑娘算个什么啊？还没有半年前水磨房边的那个小寡妇风骚，也没有去年那个死活要跟着大哥上山的姑娘甘玛漂亮，更没有那些主动摸进大哥帐篷里的牧场上的姑娘健壮。

"你们说够了没有？"格桑多吉拿起石桌上的枪，对着这帮因为激动而满嘴胡话的兄弟。

但是他们根本不怕，继续劝说他们的大哥。大哥要找女人，还不是跟在山坡上掐一朵杜鹃花般容易？漫山遍野的花儿，都在为大哥你开放啊！大哥为什么非要看上教堂村的这个丑姑娘呢？我们看她奶子不够大，身板也不够厚实，嘴唇太薄，鼻孔太小，眼睛虽然大，但不够明亮，迷迷蒙蒙的像在做梦。这种人不是罗刹女的化身，就是专吸男人血的吊死鬼。

一个叫次多的小兄弟匍匐在格桑多吉的面前，用火绳枪的枪托着地，枪管顶着自己悲伤的脑袋瓜，眼泪汪汪地问："大哥，你还听不进兄弟们的劝吗？"格桑多吉只是冷漠地说："我可从来不受人威胁。"次多点燃了火绳，火苗"滋滋"地向枪膛烧近，周围的弟兄们跪了一地，哭喊说大哥，你就发发慈悲，救救次多兄弟吧！

火绳枪轰掉了次多半边脑袋，鲜血和脑浆溅了格桑多吉一身，但也没有唤回他中了爱情魔法的心。他只是把这个兄弟打飞了的半块头骨，用水洗净，仔细放进自己的怀里。人们竟然没有在他的眼睛里看到一滴眼泪，只是听到他一句冷酷而绝情的话：

"你们这些只会舞刀弄枪的愚蠢家伙，刀枪赢不来自己的爱情，也阻挡不了别人的爱情。"

然后，格桑多吉单人独骑，在那些和他出生入死的弟兄们跪成一片的泪光中，下山找他的爱情去了。

格桑多吉不当快活自由的强盗，而自愿去做历尽磨难的情种，堪称那个年代澜沧江峡谷最神奇的事件。复活节之后的第一个主日天，两个受洗的新人将在教堂举行基督徒的婚礼。现在他们有了自己的教名了，扎西嘉措被赐予史蒂文的圣名，而央金玛则叫玛丽亚。他们将彻底告别过去，从生活到信仰，从敬畏到姓名。

但今天，还有一个人也想表现出自己的高尚、优雅和良善，却不管这合不合时宜。当托彼特代父带着送亲队伍护送玛丽亚刚走过村庄里的那座小石桥时，桥那头的大核桃树下，一个大汉站在路中央，他的身后是两驮马的茶叶、一驮马的酥油和青稞、一驮马的汉地丝绸布匹，还有摆成一堆的银锭，从地上堆到马背那么高。他的身后除了那几匹马，没有一个人。

"主耶稣，是强盗红额头格桑！"送亲的队伍惊呼起来。

格桑多吉一身簇新的藏装，豹皮滚边的楚巴，华贵的红狐皮帽，镶花的藏靴，胸前的护心镜金光闪闪。与其说这是一个新郎倌的打扮，还不如说是一尊威风凛凛的神灵。

"央金玛，我要在这里迎娶你。"格桑多吉高声说。

人们愣住了，双方对峙良久，仿佛都想弄清楚，这是不是一场梦。还是托彼特更老道一些，他站了出来，高声说：

"格桑多吉，你走错路了！"

"不！"格桑多吉的声音不高，但是更坚决，"我从来没有像现在这样，走在一条爱神指引的道路上。"

托彼特又说："那你认错人了。这个姑娘不叫央金玛了，她是玛丽亚。"

格桑多吉说："我不是爱一个名字，爱的是一个人。她就是叫神女，我也要娶她！"

送亲队伍中的玛丽亚忽然剧烈地颤抖起来，连山岗上的花儿都跟着她一起在抖动，谷底的澜沧江水神奇地停止了流淌，波浪不往前奔，而是冲两边的悬崖一头撞去，村庄里的人们都听得见波浪心碎的呜咽。只有玛丽亚知道，她不是因为害怕，也不是由于激动，而是仿佛又一头栽进无解之梦的陷阱里。她想挣扎出来，赶快去教堂参加自己的婚礼。但这条路如此曲折漫长，如此荆棘密布。她直到走到生命的尽头时才发现：爱情的陷阱一旦陷入进去，用尽一生的时间也难以逃离出来。

她还看到一向眷顾她和史蒂文的爱神，现在正用同情悲悯的眼光看着格桑多吉，似乎这次他站在这个蛮不讲理的家伙一边了。玛丽亚还第一次清晰地看见，骑着白马飞翔在天空中的爱神，是一个眉心有颗痣的男子，一只彩色的鸟儿在前面引路。一年前的那个晚上，就是这只鸟儿来轻叩她闺房的窗户的吧？

14·格桑多吉后传

> 河对面的草坝上，
> 山羊绵羊排成群，
> 我最喜欢的一只，
> 早已打上了印记。
>
> ——康巴藏区情歌

在我当着众人的面，向玛丽亚——这是一个多么新奇好听的名字——宣布我要娶她时，她幸福地晕倒了。我当时就是这样认为的。两年前，我喜欢上了一个纳西族的小寡妇，许多纳西女人在她们的丈夫死后，迟早都要去殉情。当我说我要带她走时，她吓得一头晕倒在地。可当我把她搭在我的马背后，马还没有跑出三里地，她的双手就紧紧搂住我的腰了。女人就是这样，你不能仅仅听她们怎么说，还要看她们怎么做。她们嘴上绝对不会说爱上了一个强盗，但是她们的身体往往需要一个强盗。

送亲队伍大乱，我哈哈大笑起来。人们的惊慌片刻就变成了愤怒，他们拿定我身后没有其他的人，我身上也没有枪和刀。几个男人一拥而上，把我掀翻在地，捆绑了起来。我没有反抗，我来到教堂村，就是要做一个他们所欣赏的"骑士"。

我任由他们把我绑在树上，根本不把他们放在眼里，我只关注玛丽亚。她醒过来了，眼神依然迷蒙，大约不知这是在梦里还是梦外，我相信我一定进入过她的梦，有的人，你从他（她）迷乱的眼光中，可以看见他（她）昨晚的梦；玛丽亚的脸色也很苍白，嘴唇发乌。那是多么可爱的一张小嘴，我的那些兄弟们竟然说她嘴唇太薄不好看。可我看她说话时，仿佛就像春雨之后豁然开放的两片花瓣。

许多人吵吵嚷嚷地奔来了，包括史蒂文。有几个人说要为他们的亲人报仇，要把我扔进澜沧江，因为我两次带人打进教堂村，大约杀翻了他们一些人。当然，对我最恨的还是史蒂文。他用刀尖顶着我的胸膛，说：

"虽然你是马背上的英雄，但你却是个情场上的强盗。你要敢碰我的新娘一指头，我会杀了你。"

我说："一个流浪诗人一生只会干两件事情：在流浪中写诗，在写诗中流浪。你永远不会杀人，也永远不会有自己的家。而一个强盗，既然人都敢杀，也就敢爱这个世界上任何一个女人，哪怕她是天上的神女。"

史蒂文清瘦的脸上血管都要爆裂了。他用刀刃逼着我的脖子说："我会砍下你的头来，你信吗？"

我微笑着告诉他："兄弟，要说杀人，你怎能和我这样的强盗相比啊？你的眼睛里都没有一点杀气，手上的刀怎能砍下一个人的头？"

他扬起了刀，这下他的眼睛里有点杀气了。我想，死在这个时候真幸福啊。玛丽亚知道我爱她了，我是为一生中的真爱而死的。

这时，一声断喝从史蒂文的身后传来："史蒂文，宽恕一个罪人，就是拯救自己。放下你的刀！"

这个只会唱歌弹琴的家伙放下了刀。是那个叫罗维的洋人救了我一命，这让我很没有面子。一个老人来把史蒂文拉开，他说："我们基督徒用爱和宽恕来感动我们的敌人。让这个强盗看看，你如何用自己的爱，去迎娶你的新娘。"

于是人们纷纷说，不要管他了，我们先举办完婚礼，再来收拾这个强盗。

在人们的簇拥下，我看见玛丽亚昂首从我的面前走了过去，去教堂做史蒂文的新娘。我对她高喊："玛丽亚，有人为了赢得慈悲的美名，可以把眼珠子抠出来供奉出去；我可不干这样的蠢事，因为我的眼睛只是为了看见你的美丽而生。"

玛丽亚没有回头，继续往前走。

我望着她圣女般的侧影，又喊："嗨！玛丽亚，我才是今天的新郎！你不要进错了新房。"

玛丽亚仍然不回头。有人向我吐口水。

当我只能看见她的背影和后脑勺时，我庄重地向峡谷里的苍天大地宣布："玛丽亚，总有一天，我要在洋人的教堂和你成亲！"

史蒂文冲过来，用一个箩筐扣在我的头上，还在我的肚子上重重打了一拳。我什么也看不见了。

我的眼前一阵阵发黑，不是由于史蒂文的那一拳，而是因为玛丽亚竟然连回头吐我一泡口痰的恩赐都不愿意给。

我只有理解为，至少她并不讨厌我爱她。就像我在当强盗时，我并不讨厌那些让我应接不暇的姑娘。

当天晚上，人们在教堂前的院子里喝酒、唱歌、跳舞。欢乐幸福的气氛被风传来，被地上喜悦明亮的月光传来，被天上眨眼害羞的星星传来，被几条舔了人们的呕吐物也满身酒气的狗带来。我还被绑在村子中央的大树上，我第一次带人打进教堂村时，曾经把神父们绑吊在这棵树上。我饿得眼睛发花，我的双臂早就麻木了，我的心更是在流血，但我幸福地接受。过去我从来没有因为爱一个姑娘吃过苦。现在我发现，因爱而苦，比饮蜂蜜还甜。

杜伯尔神父这时过来了。他给我带来了吃的，还将我身上的绳子解开。他说："你吃饱了就回去吧。我很同情你，但是你爱错了人。"

我说："只要是爱，就没有错。"

杜伯尔神父对我说："这要看爱谁？如何去爱？耶稣基督的爱才是这个世界上最正确的爱，最强大的爱。"

我脱口而出："那就让我做你们的基督徒吧。"这是神让我说的话。

杜伯尔神父当时很惊讶，他看我半天，问："你想好了吗？"

我说："我早想好了，不然我来你们的村庄干什么？"

神父用审问的口气问："你为什么愿意做一个基督徒呢？"

我很干脆地告诉他："为了爱。"

神父又问："你爱穷人吗？"

我回答说："我当强盗就是为了让穷人有口饭吃，有件衣裳穿。我的兄弟们都是穷人。"

"你爱我们的主耶稣吗？"他又问。

"我现在还不太认识他，"我说，"我想他是一个很聪明的家伙，但如果他像你们一样是爱穷人的，我也会喜欢他的。"

"你要明白，是我们像主耶稣一样爱穷人。"杜伯尔神父说，"这样看来，你是想留在教堂村了？"

"是。"我说，"只要你们愿意我留下来，让我干什么都行。"

杜伯尔神父把我带进教堂，人们那时还在外面的院坝里狂欢。我们来到一间书房，古纯仁神父在看书，杜伯尔神父向他说明了我的请求。这个老人看了我半天，才说："真奇怪你会如此欣赏一个差点绑了我们票的强盗。那么，就让我们来做一个试验，看看天主的神工，能否试炼出一个曾经堕落的灵魂吧。"

他们把我领到楼下的一个房间，杜伯尔神父说："你就暂时住在这里吧。"

我在屋子里闻到一股特殊的味道，顿时便有些不能自持，身体内的血脉冲撞得骨骼"啪啪"响。神父大约听到了这声音，就补充说："昨天以前，这里还是史蒂文和玛丽亚的房间，今晚他们搬到新房去住了。很抱歉，教堂目前没有多余的房间，如果你不介意的话……"

我强压内心的冲动，说："没什么，我哪儿都可以睡。"

我就这样在教堂村住下来了。白天我负责照料教堂的几匹马和一群牛羊，夜晚我在史蒂文和玛丽亚遗留下来的爱的气息中痛苦挣扎。在这个房间里，我的嗅觉像藏狗一般灵敏，我的脑海里夜夜在跑马，我的内心有一大群猴子在抓挠，我的脑袋天天都在发烧，但我的眼睛却始终像鹰的目光一样尖锐，这让我终于看见了我的爱情的一丝希望。

是一根头发丝那样细的希望。有天晚上，我竟然在那张木板床的褥子上发现了一根细长柔软的头发。是玛丽亚的头发！我就像在漫山遍野的花海中认出她那张灿烂如花的脸一样，在这个纷繁混乱的世界上辨别出了玛丽亚的一根头发！

我比那些终生修行的喇嘛终于看见了观修的佛还要激动。我捧着那根头发，凑到鼻子前嗅它散发出来的爱的味道，我忽然痛哭失声！我从来就没有哭过，连我母亲被头人拴在马后拖死，我把母亲的尸体从山道上独自背上天葬台，我也没有哭，我只有恨。

"现在，你知道流眼泪是什么滋味了吧？"我的爱神在我耳边悄悄问。

我哭着说："恨不会让一个男人哭，爱会。"

"唉！"爱神叹口气，转身悄悄走了，他忘了捡拾我滴落到地上的珍珠般金贵的眼泪，也许他认为它们还不够多。

我会哭了。我知道爱是怎么回事了。我为这个发现欣喜若狂。我把这根珍贵的头发装在一个蓝色小玻璃瓶里，这个东西是我从杜伯尔神父那里讨来的，据他说是装过他们的药的。我还把为了规劝我的爱情，不惜把自己的脑袋轰掉了半边的好兄弟次多的那块小头骨，也和这乌黑的头发装在一起。就像把坚韧到死亡的爱装在一起一样。白天我把它系在脖子下，晚上捂在自己的心间。我们藏族人总喜欢戴各式各样的配饰，猫眼石、绿松石、玛瑙、翡翠，等等，常常一件配饰价值一个庄园，一座牧场。但是，我的这个玻璃瓶里的宝贝，价值整个世界。

今年的第一场雪飘落在教堂村的那个下午，玛丽亚被我的绿林兄弟从教堂村抢走了。那时她正在教堂外面的葡萄园干活，群培带几个人偷偷摸进村，神不知鬼不觉就把她装进一个大麻布口袋里带出了村庄。天黑时罗维神父、杜伯尔神父和史蒂文来到我的房间，我才知道玛丽亚被抢，史蒂文以为是我干的，手里还拿着一把刀。

我对史蒂文说："兄弟，现在不是你在我面前耍刀的时候。"

史蒂文高声说："我要杀人！今晚我要杀人！"

我说："我过去杀人的时候，从来不声张，也不让被杀者有啰唆的机会。"

杜伯尔神父呵斥我们道："你们都在干什么啊？你，格桑多吉，人们说是你的手下人干的。你有什么办法吗？"

那时我正在洗一条胳膊粗的葛根，这还是我翻遍了两匹山坡才挖到的，它是我今晚的晚饭。教堂村已经断粮半个月了，人们能吃到葛根、树皮之类的东西就算不错啦。本来十天前神父们从大理买来一批粮食，但是半路上被土匪抢了，人们说也是群培带人干的。

我才不想管史蒂文的事情呢。我的折磨已经够多的啦，现在让这个尊贵的流浪诗人也尝尝爱人被抢的滋味吧。

我把葛根上的泥土慢慢洗干净了，掰下一截，吃了，再掰一块，又吃了。像古神父平常吃饭那样，一顿饭可以从太阳升起，吃到太阳当头。

我吃完那条葛根，两个神父抽了两袋烟，史蒂文捏刀把的手都攥出了汗

大地雅歌（选章）

351

水。我说:"你们不想睡觉吗?我要睡了。"

罗维神父说:"格桑多吉,你的兄弟姐妹的困难,也是你的困难。这样你才是一个良善的望教徒。我们期待你的良善,你不会让我失望吧?"

我说:"神父,我要抢玛丽亚的话,你知道的,早就干了。"

史蒂文虚弱地说:"你敢?"

杜伯尔神父呵斥道:"史蒂文,请保持冷静。天主祝福了你的爱情,但试炼你的宽容心。"他又转过头来对我说:"你必须学会爱自己的敌人三次,才会得到爱本身的拯救。"

我冷笑道:"我从来用刀去爱我的敌人,我的敌人的刀也不是糌粑面做的。"

史蒂文向前跨了一步,说:"那就把你的刀拔出来吧,好汉!"

罗维神父这时说:"杜伯尔神父,请把史蒂文带出去吧,我来跟格桑多吉谈。"

他们走后,罗维神父又为自己装了一锅烟,还问我要不要,我拒绝了。我走向自己的床,我要好好睡一觉。

罗维神父说:"格桑多吉,你可以不管这件事;你更可以回到你的山寨上去,你爱的女人已经在你的兄弟手里了,我敢肯定他们是为你抢的。你明天就可以回去,不用在这里承受天主对你的考验。"

我说:"我并不是只要一个女人,我要自己一生的爱。"

"但是我要告诉你的是:玛丽亚要当妈妈了。"

我在床头站了片刻,然后转身去屋角拿我的马鞍。一条澜沧江那样的大河已经冲进了我的血管里了。主耶稣——这是我第一次在心中呼唤他!她竟然就要当妈妈了?

罗维神父在我身后说:"明天去吧,我派两个人跟随你。愿主保佑你们平安归来。"

我感到自己的自尊心第一次在罗维神父面前受到了伤害,我对他说:"我服从我内心的诺言,你不能以天主的名义,伤害我的尊严。"

我去马厩牵马,杜伯尔神父和史蒂文还在院子里,那个只会唱歌写诗的家伙已经泪流满面。我才不同情这种月圆月缺都要流眼泪的家伙呢。月亮在水里,爱人在天边,这种日子我天天都在过。我只流幸福的泪。

我偏腿上马,刚来到村子中央,一个村庄的人已挡在我的马头前。有人喊:"不能让这个强盗去,他不会回来了。应该把他关起来,换回玛丽亚。"

人们举着火把,舞刀弄枪。我正在考虑是不是要提马从这些善良的人们身上踏过去，罗维神父和杜伯尔神父赶出来了。罗维神父说："让他走！天主会看着他的良善，基督的风采将在他的身上闪现。骑士，主的平安与你同在！"

我回头看了两个神父一眼，他们的眼光显得很真诚，不像史蒂文和教堂村的那些人。我拉起马头，高扬的马蹄袭散了那些拦在我马前的人们。我决心在这些信奉耶稣天主的人们面前展示一下，一个强盗如何做一个他们认可的骑士。

我在天亮前找到我的那些兄弟。他们看见我欢呼雀跃，为不知是哪个家伙的蠢主意而沾沾自喜。群培带人跪在我的马镫前，我骑在马上，忽然有找回往昔骄傲的感觉。有一刻我甚至不想从马背上跳下来了。

群培喜滋滋地说："大哥，人在房子里。兄弟们把什么都办齐了。就等喝完喜酒送你入洞房了。"这样的事情，过去他们也干过。

我跳下马来，劈头给了群培一马鞭，说："我不是你的大哥！你今天可丢尽了我的脸。"

我被他们引进一间用石头新搭建的房子。玛丽亚像一头受到惊吓的小兽蜷缩在屋子一头，双手不自觉地护着自己的腹部，她仿佛还在噩梦中挣扎，眼珠子都要飘出来了。我的心忽然愧疚难当，柔软如融化的酥油。身后的兄弟们都退出去了，我面对我的命运我的良善。

我对她说："玛丽亚，我是来救你的。"

玛丽亚说："只有基督才可以救我。"

我笑了："别再做梦啦，我就是你的基督。"

她竟然可笑地说："你还没有入教哩。"

"那有什么关系。"我说，"我可以为你做一切。"

"我有丈夫了。"

"又有什么关系。"我再次说。

"我要回到我的丈夫身边。"她的眼泪忽然流下来了。

"别哭，我会送你回去的。"我咬着牙说。

"今天吗？"

"马上。"

我转身离开了屋子。兄弟们在外面围着我说长道短，说什么我走后他们如何想我，如何干得不容易，等等，我一句也没有听进去。我告诉群培，把你们抢教堂村的粮食都给我装上马驮子，那是神父们给穷人驮来的粮食。他们说，粮食可以还给他们，但是大哥你要留下来。

我问："为什么？"

他们说："听说那些洋人喇嘛让大哥去放马，简直欺负人。"

我说："我愿意。"

他们又说："那个女人已经嫁人了，大哥留在那村庄里，也得不到她。"

我还说："不管得到得不到，我愿意。"

群培小心问："大哥，你要等她到何时呢？"

我一时回答不了群培的问题，我如一尊沉默了一万年的石佛，我可以像等待石佛开口说话那样，等我爱的人一万年么？我搂着群培的肩说："好兄弟，忘掉你的大哥吧。他可真是一个没有出息的家伙。"

群培倒在我的怀里大哭。

我带着玛丽亚和七驮马的粮食，在傍晚时分回到教堂村。那个骑白马的爱神一直就跟在我们的身后，这让我就像陪着自己的媳妇回娘家一样，对玛丽亚呵护备至。还在峡谷对岸，远远就听见了教堂里的钟声为我敲响。罗维神父和杜伯尔神父带着人们站在村口，第一次像迎接一个英雄凯旋那样欢迎我，哈达和酒纷纷献来。我看见玛丽亚被史蒂文从马背上扶下来，然后他亲自给我献上一碗酒。我喝下碗里的青稞酒，感到无比的苦，苦得我连自己的舌头都找不到了。史蒂文说："格桑多吉，你人并不坏。"

我本来想说，错了，诗人，这个世界上没有比我更坏的人。生活中将要发生的事儿，可不是你的歌中唱得那样美好。但我的舌头不听使唤。

这时，我看见爱神在一边愁苦着脸。

一个月以后，杜伯尔神父亲自为我付洗，神父在当天的布道中说："今天，我们让一个罪孽深重的人跪在了主耶稣的十字架前，这正是天主的计划安排。人们啊，你们怎么可以妄自推测天主的计划呢？服从吧。借助天主奇妙的神工，我们见证了一个江洋大盗不仅成为教堂里的一个寡言、沉默、谦卑的马夫，主耶稣还让他虔诚服务一切，宽恕一切，忍耐一切。他以自己的谦卑，不但成为主的羔羊，还几乎包揽了教堂里的所有杂活，放牧、劈柴、出粪、做木活、搬运杂物，甚至还指挥小修院的修生们搬来江边的乱石，不用一点灰浆，利用不规整的石头砌出一道整齐结实的围墙。看哪，当这个从前的强盗擅长舞刀弄枪的手，做造福于教会的任何工作时，基督救世的福音就体现在这个藏区峡谷中的小村庄了。让我们接纳他吧，宽恕他过去的罪孽吧，让我们把他认作我们的好弟兄，帮助他成为一个全新的人。"

罗维神父给我取了一个教名奥古斯丁[①]，那时我还不知道这个名字对我来说意味着什么。但我知道，自从杜伯尔神父把几滴圣水滴在我的头上时起，我的额头就再也发不出红色的光芒来了，红额头格桑也就死了。格桑多吉在澜沧江峡谷杀富济贫的传奇故事，也就结束了。

16 · 相遇

看，我派遣你们好像羊进入狼群中，你们要机警如同蛇，纯朴如同鸽子。

——《圣经·新约》（玛尔谷福音 10：16）

随着中国人打败了日本人，国民政府在藏区的力量得到了加强，地处藏区边缘的传教会无论是和欧洲还是南京政府的联系都畅通无阻了。世界沉浸在胜利与终于盼来的和平之中，人们在重新规划自己的生活，传教会也在计划扩大自己的传教点。古纯仁神父认为此时应该是耶稣的福音向西藏的腹地进军的时候了，教会也顺利地取得了南京政府新颁发的传教护照，他便派罗维神父和杜伯尔神父逆澜沧江北上，去阿墩子探寻开辟新的传教点的可能——现实地说，是恢复从前那些被藏族人捣毁的教堂。

罗维神父和杜伯尔神父带了一队马帮进入阿墩子县城，好不容易找到一家肯收留他们的客栈，刚安顿下来，行囊都还没有完全打开，一个穿汉装的青年人就来敲门，还递上张帖子，说阿墩子县的最高长官唐朝儒县长晚上将来拜访。

他们没有想到来到藏区第一个来欢迎他们的人竟然是个汉族官员，杜伯尔神父说："我情愿来访的是一个喇嘛。这些在藏区生活的汉人，尤其是汉人官吏，除了做生意赚钱，就是来统治藏族人的。他们能给藏族人什么帮助呢？"

罗维神父不无幽默地说："给他们教训，为我们撑腰。"

下午六时，县长唐朝儒带着两个随从准时到访。他今天穿中山装，戴礼

---

① 奥古斯丁（公元 354—430 年），古代基督教主要作家之一，与中世纪的托马斯·阿奎那同为基督教神学的大师。其重要著作为《忏悔录》。

帽，左上衣口袋露出时尚的金表链，见了两个神父就取帽致敬，脸上现出外交礼节般的微笑，看上去不卑不亢，颇有教养。这让两个神父对汉人官吏的看法稍微发生了些改变。唐县长按藏族人的习俗带来了丰厚的见面礼，十饼茶叶，一只大火腿，一口袋青稞，几饼酥油，还有一大桶青稞酒。

双方寒暄过后，罗维神父递上南京政府准予传教的公文，还有云南省政府一位要员责令本地官员协调一切传教事宜的亲笔信。唐县长一一仔细阅过，脸上现出为难的神色，他试探着问：

"这么说，二位神父是要在阿墩子重开教堂了？"

"这是传教会赋予我们的使命。"罗维神父用不容置疑的口气说。他当然知道，跟汉人官员打交道，就是要尽量保持一个欧洲人的尊严。

"据本官所知，目前贵传教会在本县的教堂都在偏远的乡村，共有四处，茨古、核桃树、巴东、怒水，分别由法国巴黎外方传教会于清咸丰三十一（1861）年间所开。县城所设教堂，光绪三十一（1905）年春已被暴民焚毁。我国政府虽然主持了公道，严惩了暴民，并作出了赔偿，但教会方面也知道在喇嘛教盛行之藏区，传播你们的信仰，并非三年、五年之功。他们大多去远离喇嘛教势力之偏远山村传教，唯此，教派纷争、教义歧见方可避免；各烧各的香，各拜各的神。神仙不打战，民、教才平安……"

罗维神父打断唐县长的话："县长先生是要赶我们走？"

唐县长忙摆手道："没有这个意思，只是跟你们说明本地局势。"

"我们绝不走！"杜伯尔神父果断地说，"我们还要在喇嘛教寺庙的旁边设立主耶稣的圣堂。让藏族人知道，什么才是他们需要的真正的宗教！"

也许他的声音大了点，屋里的气氛一时显得有些尴尬，罗维神父忙说："杜神父是个意志坚定、急于在此地展开传教工作的人，希望县长先生不要误解。"

唐县长好笑地把头上的礼帽取下又戴上，说："你们不要误解这个地方，就谢天谢地了。"

罗维神父说："我相信，有南京国民政府的支持，不但县长先生对我们传播耶稣的福音会大力支持，就是寺庙的喇嘛们，也不会持反对意见吧？"

唐县长双手一摊："只要你们有勇气，你们可以在这里做任何事情。但是，我不得不提醒诸位，这里是康巴藏区，有很多凶悍的土匪，他们多如牛毛。有个叫红额头格桑的，简直就是一个魔鬼。你们要是撞上他，就知道小锅是铁打的了。"

杜伯尔神父好奇地问："一个强盗和锅是不是铁打的，有什么关系呢？"

唐县长嘀咕道："我真不明白，你们不但不懂藏文化，连汉文化也一知半解，又怎么去传播你们的宗教呢？"

罗维神父说："落后的文明总是被先进的文明所教化。"他向杜伯尔神父挤挤眼睛，又转头对唐县长说："如果你不反对的话，我想给你介绍一个新朋友。"

杜伯尔神父向里屋喊："奥古斯丁，出来吧。"

一个康巴大汉从门帘后面钻出来，温顺地站在两个神父身后。但就他这个样子，也把唐县长的头皮吓得阵阵发麻。

"红……红额头……"

"对，大强盗格桑多吉，"杜伯尔神父帮他说，"如今他已经皈依了我们的主耶稣了。看看我们天主的神工吧，县长先生。"

唐县长恢复了镇静："我要立即逮捕他，他是我们政府通缉的要犯。"

"不，"罗维神父坚定地说，"你没有权利逮捕一个主耶稣的选民。"

"别忘了，这是在我的地盘上，我要想抓谁，谁就得去蹲班房。"

"你试试看。"杜伯尔神父挑衅似的站在了唐县长面前。唐县长的脸都气白了，他想扭头去唤身后的马弁动手，但他终于还是没有那份勇气。

"你们等着瞧，"唐县长为自己找了个台阶，"只要这个家伙离开你们的耶稣一步，我随时可以逮捕他！"

"主耶稣的烙印已经在他身上了，我们的天主将终生护佑他。"罗维神父以胜利者的口吻说，"我们救人的灵魂，而不是治人的罪。尊敬的县长先生，刑法拯救不了迷途的羔羊，唯有我主耶稣才有最后的审判权。"

唐县长有些不敢相信自己的判断力了。在县府过去的通缉令中，画师把红额头格桑画成一个满脸虬髯、目怒凶光、状似李逵的人物。而眼前这个格桑多吉——他叫奥什么"补丁"？唐县长一时想不起这个拗口的名字来了——看上去真像一头被驯服了的野兽呢。他现在连抬眼看人的勇气都没有，谁能相信这个家伙曾经跃马横刀、杀人如麻？难怪我的人抓不到他，原来跑到洋人的教堂里躲起来了。唐县长恨恨地想。

在神父们和唐县长交锋时，皈依了耶稣天主的前强盗格桑多吉一直垂手低头，恭顺地站在罗维神父身后。过去他几乎和罗维神父一样高大，现在他看上去似乎只比中等身材的杜伯尔神父略微高一些，而在他身上最大的变化，则是人们再也看不到一个强盗的霸气和孤傲了。

两个神父在阿墩子开展工作将近半个月了，尽管他们仍然身处敌意的包围之中，但也取得了一些进展。在阿墩子的人们看来，这两个洋人喇嘛不过是一些富有慈悲心的大施主，做得像慈悲的喇嘛上师一样谦逊随和、慷慨大方。他们不计报答和酬谢，轮流在阿墩子唯一的三岔街道口向人们微笑，用藏语问好，送给他们来自汉地的小礼物，一块布，一坨盐巴，一块茶砖，甚至一双靴子——如果有谁脚下的靴子实在破烂不堪的话。奥古斯丁每天早上背一个大包袱跟在神父的后面，里面塞满"耶稣送给藏族人的问候"——杜伯尔神父语——他像个沉默严肃的圣诞老人，傍晚又拎着空空的口袋随神父们归来。他在人们诧异的目光中接受着拷问，却从不在自己的家乡父老面前说一句话。

直到有一天，他在阿墩子的街上，和自己的活佛弟弟猝然相遇。

这是个风和日丽的下午，顿珠小活佛在几个侍从喇嘛的陪同下，被县城的一户大施主请去念经做法事。完事后他们路过街上的集市，正碰见杜伯尔神父在路口向行人分发礼品，顿珠小活佛好奇地发现，洋人僧侣在递给人们礼物时，表情竟比接受礼物的人还高兴，这让他不得不佩服洋人的慈悲心。在明亮的阳光下，他们的目光终于相遇，就像针尖和针尖相碰，仿佛在他们的心中发出了"当"的一声脆响。

紧接着，他看见了自己的哥哥。佛、法、僧三宝！顿珠小活佛在心里惊叹一声。他怎么会跟在一个洋人喇嘛的后面？魔鬼又在玩弄什么样的阴谋？

"请过来，孩子。"在顿珠活佛发愣时，杜伯尔神父首先表现出他的善意，他举起一个漂亮的贝壳，"我有礼物给你。"

顿珠活佛身后的几个喇嘛顿时显得很愤怒，没有人敢称他们尊敬的活佛为孩子，连活佛的上师和父母，他们都只能恭敬地称顿珠小活佛，而且还要弯腰屈膝。贡布把袈裟外面的披肩甩到了肩上，露出健壮的胳膊，那是他想打架的前奏。但他也看见了他往昔的绿林兄弟，贡布就像被一个大雷直接打在脑门上，懵得不知何为天何为地了。

不知是这个世界上竟然还有如此精美的贝壳，让一个小活佛也忘记了自己的尊严，还是与同父异母的兄弟在这样的场合下相遇，让他们都忘记了自己的宗教属性，抑或一个活佛和一个神父历史性地对话，使这次见面成为阿墩子这个偏远藏地小县城饶有趣味的一个历史小注脚。

顿珠活佛后来在他的宗教回忆录《慈悲与宽恕》中如此描述这个有趣的下午：

谁能拒绝别人礼物的诱惑呢？谁能看见一个彩色的贝壳而不动心呢？更何况，谁能看见自己的哥哥不上前去打个招呼呢？我让贡布他们保持安静，待在原地不要动，我向他们走了过去。一个是我的宗教敌人，一个是我的哥哥，我从一开初就试图接近他们，却发现我走了一生，我和他们却总是相隔在澜沧江大峡谷的两岸。

我问："尊敬的西洋神父，你们的教法也向穷人发放布施吗？"看在我哥哥的面上，我是第一个叫他们神父的喇嘛。我的眼睛一直在看着我的哥哥，他却总是在躲避我的目光。

杜伯尔神父回答说："不错，我们是穷人的教会，专门为穷人服务的。它漂亮吗？"他指着贝壳问。

"哦呀，我从来没有见过……"我那时的激动或者说失态大概和我的身份很不相称，这让他找到了继续诱惑我的理由。

"我还有比这更大、花色更漂亮的贝壳哩。"他趁势说，"如果你愿意到我们住的地方去当客人的话，我可以送你更多。"

"是吗？"我被吸引住了，暂时忘了我的哥哥，"你们从哪儿弄来这些宝贝啊？"

"大海。"他回答道，"你要知道，为了来你们这里，我们在大海上漂流了好几个月，比你们去拉萨花在路上的时间还长啊。"

我真的不知道大海是什么样子，惊讶得张大了嘴："有……那么长的大海？"

"孩子，大海不是长，而是大。大到跟天空连在了一起。"他说。

"像我们的神山卡瓦格博一样高到了天上？"我又天真地问。

"大海也不是高，它实际上是世界上最低的地方。它太宽太广阔了，在我们的目光尽头，想象力以远。在大海上乘船，才知天地之大。我们生活的陆地，不过是像湖中的几个小岛。"

"啊啧啧！那要多长的绳子才拉得动你们的船？"在澜沧江一些水流平缓的地段，人们用绳子拉船上行。我努力在想，他们是如何从世界的最低处，乘船到了我们高远的雪山下。

"噢，我想可能没有那么长的绳子。"他耸耸肩，表现出一个智者的虚荣，"大海里行船过去靠风的力量，现在我们靠火的力量，推动船在大海里航行。"

我皱紧了眉头，不再对我不知道的事情发表看法，他让我在我哥哥面前丢脸了。我发现和这个西洋僧侣对话总是让自己处于无知的境地，我甚至想把那个贝壳还给他，以维系一个小活佛的尊严。但是，那天我非但没有那样做，竟然还跟着去了他住的客栈。因为他说他还要让我看更多大海里的秘密。唉，不是由于一个孩子的心，总是被这个世上所有的新奇事物所牵引，而是我想尽可能多地知道他们的一切。凭什么他们可以收服我的强盗哥哥的心？

很多年以后我才知道，杜伯尔神父在漂洋过海来中国的旅途中，一路上收集了不少小玩意儿，塞得港的珍珠，吉布提的珊瑚，科伦坡的贝壳，新加坡的海螺。这是他们的传教简报上教给他的经验，上面说这些东西在西藏都会被视为圣物，是笼络人心的好东西。在我认识这些洋人之时，他们对我们已经有些了解了，而我们对他们却一无所知。

但我那时哪里想得到这么深远啊？我在他们的客栈见到了罗维神父，一个像康巴人一样高大健壮的僧侣。他的脸上也永远是和蔼的笑容。他们为我摆出了所有适合一个孩子童真和天性的玩意儿。到了时辰会像鸟儿一样鸣叫的钟，比被我拆散了又装不回去的汉地闹钟更神奇；几个漂亮的小人随着音乐起舞的盒子，像藏族人的烙饼一样会唱歌的盘子。我知道，这是有钱人在炫耀自己华丽的配饰，我尽量保持着自己的尊严。我的强盗哥哥在洋人跟前就像贡布在我面前一样，这让我心酸。但我还是面对一个白色外壳并镶嵌有虎皮斑点、里面是奶黄色衬底的大海螺感叹不已：

"我们岗巴寺的镇寺之宝，没有你们这个海螺大，也没有你们的漂亮，它还是从印度来的呢。我们要做大法会时才会将它请出来。"

杜伯尔神父将它递到我的面前，说："你贴到耳朵上仔细听，可以听到海浪的声音。"

我照做了，试图捕捉到大海里的秘密。良久，我把海螺放下来，诚实地告诉他："没有海浪的声音，但我听到里面有一千个喇嘛在念六字真言。"

"什么？"两个神父同时问。

"嗡玛呢叭咪吽。我们经常念的最重要的祈祷文。"

他们好像没有听懂我的话，费解地互相望一眼，我终于看到了他们的无知。杜伯尔神父把海螺拿过去，凑到自己的耳朵边，然后他摇摇头。他当然听不到我心中的经文。

我骄傲地说："我们的经文，融进大海的海螺中去了。神奇的法器啊！"

我看见罗维神父向杜伯尔神父挤了一下眼睛，杜伯尔神父马上慷慨地说："你喜欢的话，就送给你了。"

我被他们的慷慨吓呆了："不不不，它是你们的法器呢。这么贵重的礼物，我要是不合适的。"

杜伯尔神父庄重地说："这是你的朋友对你的尊敬和情谊，请不要拒绝！"

我感动得再次失态，双手将海螺接过来，顶礼在自己的额头上，然后说："你们是慷慨的朋友。明天，请来寺庙做客吧，我也有珍贵的礼物还赠你们。"

我有自己的考虑。今天我被他们从大海里带来的秘密彻底征服了，明天，我要让他们看看我们寺庙里的秘密；更重要的是，我要让我的哥哥看看，什么才是一个藏族人真正值得去追求的宗教信仰。过去他行走在绿林，现在他站在洋人喇嘛那边，他或许从来就没有认真想一想自己的来世。

18 · 圣咏

上主，世人睡醒，

怎样了解梦境；

你醒时，也怎样看他们的幻影。

——《圣经·旧约》（圣咏 73：20）

大雪封山之前，到阿墩子探路的两个神父平安回到了澜沧江峡谷下游相对温暖的教堂村。这是一次较为成功的旅行，传教会方面对两个年轻神父的工作给予了高度的评价。因为自从 1905 年阿墩子教案发生以来，边藏地区的混乱使得教会再无派遣传教人员进入阿墩子的机会。现在他们不仅派神父们进去了，摸清了那边的基本情况，而且还和阿墩子的喇嘛活佛交上了朋友。这让古纯仁神父深受鼓舞，一个大胆的计划已开始在他的心中酝酿。

玛丽亚已经顺利生下一个儿子，奥古斯丁回来刚好赶上这个婴儿的洗礼。他站在人群后面，看见玛丽亚幸福地抱着孩子，史蒂文站在她的身边，由古纯仁神父给婴儿付洗，罗维神父做他的副手，而杜伯尔神父则在管风琴上弹奏出舒缓柔美的赞美诗。教堂村的人们就像第一次见证一个新生婴儿的洗礼，人人脸上都呈现出圣洁的慈爱和光芒。这个在流浪诗人的歌声中孕育的种子，这个流亡爱情之路上的结晶，这个受耶稣天主拯救的生命，他一来到这个世界，从第一声啼哭起，就幸运地受到教会的保护。不过，在天主未来的计划之中，教会将会为自己培养一个叛逆的生命。如果说天主的计划世人是不可探测的，这个被赐予教名若瑟的小家伙，就是一个具有讽刺意味的见证者。

　　但在彼时，这幸福庄严的场面把奥古斯丁也感动了，以至于他不忍心再多看下去，悄悄溜出了教堂。一股莫名的悲凉和沮丧弥漫了他。现在他不仅仅是史蒂文的手下败将，还将是这个孩子的。那时他不知道，这种失败感将贯穿他的生命始终。

　　奥古斯丁从马厩里牵出自己的马，然后一阵风一般地冲出了村庄，向澜沧江边冲去。他的马"云脚"是和他来到教堂村唯一的伴儿，也是可以说知心话的好兄弟。在过去，"云脚"经常把敌人的胸膛踩在蹄下，把天上的云团甩在马尾后，把一路的风霜雪雨踏得粉碎。前强盗格桑多吉骑在"云脚"上时，不是骑在马鞍上，而是骑在风中，骑在光里。他的心刚想去哪里，眼睛才看到哪里，"云脚"就到了。

　　可是，现在"云脚"不知道它的主人要去哪里，要干什么。

　　两人两骑从山坡上追了上来，是托彼特和史蒂文。奥古斯丁把玻璃瓶儿小心地放回自己的胸间，心里说：来吧，看看你们对我的羞辱，到底能不能像澜沧江水那样淹死我。

　　史蒂文脸上的幸福还没有和太阳一起落山，他立在马上对奥古斯丁说："大哥，我们来请你回去喝孩子的喜酒呢。"

　　托彼特说："奥古斯丁兄弟，我要恭喜了。"

　　"从哪儿飞来两只百灵鸟啊。"奥古斯丁冷笑着说。

　　史蒂文跳下马来，蹲在奥古斯丁的面前说："大哥，你是我妻子和孩子的救命恩人，你怎么能不喝我敬你的酒呢？"

　　"你要小心，我是一个强盗。"奥古斯丁说。

　　"现在你是孩子的代父了。"托彼特说，"主耶稣会看到你的良善。"

"你说什么？"奥古斯丁惊得从地上跳了起来。

"大哥，接受吧，"史蒂文抓住奥古斯丁的双臂，"小若瑟需要你的爱，你的护佑。"

"是罗维神父破例给你这个荣誉的，尽管孩子受洗时你不在场。"托彼特说，"奥古斯丁，好兄弟，像一个父亲那样爱这个孩子吧。玛丽亚和史蒂文都相信你的爱心，你是我们教会的骄傲。"

"是……吗？你们，可真会捉弄人。"奥古斯丁的脑袋晕了，那感觉有些像他第一次被人当成英雄好汉。那时他才十五岁，刚刚杀了一个恶人，尚不知道勇气和骄傲是怎么回事，他就被人赋予好汉的荣耀，推上英雄的宝座。现在，他还没有找到自己的爱情，却被人赐予父亲的职责——尽管这只是宗教意义上的责任。但既然你和他们信奉同一个神灵，你就得服从。

这个晚上史蒂文家摆出了一顿很丰盛的酒宴，教堂的神父们也应邀来参加。奥古斯丁有些惊讶的是，玛丽亚现在完全成了一个在火塘边忙进忙出的家庭主妇，打茶、烙饼、煮羊肉，为男人们倒酒，为老人们揉糌粑。几乎一个村庄的爷们儿都来了，其中有几个人的家人曾经死在奥古斯丁攻打教堂村的战斗中，但是人们好像都忘记了这些悲伤的往事，他们甚至主动来给奥古斯丁敬酒，这让他羞愧难当。杀父夺子之仇，人家都可以在一碗酒中，一笑了之。我的爱情，就让我自己就着内心的酸楚喝下去吧。

而更让他沮丧的是：现在不是一个史蒂文或那个孩子是他爱情的障碍，而是一个村庄，一个教会，甚至主耶稣——他们共同信奉的神灵，都反对他这场不应该有的爱情。

席间，玛丽亚对奥古斯丁说："大哥，你现在是孩子的代父了，我们的家就是你的家，你今后随时可以来家中喝酒吃饭。"

奥古斯丁忽然发现，玛丽亚的眼睛中再也没有那层梦的云翳了。她的眼神慈祥、明亮、温暖，隐隐让他想起童年时他母亲的眼睛。啊，她现在是一个母亲而不再是个姑娘啦，爱情可不像喝酒吃饭那样大家有福同享。奥古斯丁感到自己的心被什么东西一把揪住了，而且攥得很紧，他在痛感中说："噢，你们家的饭，我可吃不下。"

"为什么呢？"史蒂文追问道，"玛丽亚现在饭做得不错。"

奥古斯丁冷冷地说："我会把你的家吃穷的。"

史蒂文还沉浸在一个浪漫诗人的热情豪爽中，他说："没有的事，有我一口，就不会少我的大哥半口。是这样吧，玛丽亚？"

玛丽亚看了史蒂文一眼，再看看奥古斯丁，她的目光就像水遇到棉花一样，一下被那个人吸纳干了，半天收不回来。闹热的火塘忽然变得只有柴火在火里干笑，玛丽亚大约感受到了这嘲笑，讪讪地说："把这里当自己的家，就好了。"话的后半部分，小到连她自己都听不到啦。但是奥古斯丁和史蒂文听到了，他们的眼光碰到了一起，两人都感受到了刀刃相加时发出的脆响。史蒂文刚才的豪爽眨眼就像摔碎了的水瓮里的水，漏尽了。

幸好杜伯尔神父有些不胜酒力，他的微醉打破了短暂的僵局。"奥古斯丁，你觉得是我们主内的这些兄弟姐妹们好呢，还是你在绿林中的那些弟兄们好？"

奥古斯丁愣了一下，回答说："都好。大家都是穷人。"

杜伯尔神父接着说："既然如此，你应该做一件善事，利用你的号召力，让你绿林中的那些好弟兄，也加入到我们的教会来。让我们来拯救他们有罪的灵魂吧。"

奥古斯丁沉默了，良久不说话。罗维神父接过话题："主的圣召终有一天会降临到他们的头上的。嗨，我们好久没有听到史蒂文的歌声了。史蒂文，你是藏族人里的艺术家呢，来一支吧。"

在人们的附和声中，史蒂文拿出了自己久已不摸的扎年琴，那琴面上布满一层厚厚的灰，琴弦似乎已经僵硬干枯了，拨弄一下都要费好大的劲，而且发出的声音干涩而痛苦。

比琴弦更干涩的是史蒂文的嗓音，比嗓音更痛苦的是他的内心。史蒂文自己也没有料到，竟然会在这样的场合演砸了场。他好不容易调好了琴弦，摆开姿势准备开唱。唱什么呢？自从来到了教堂村，他除了去教堂跟随杜伯尔神父学唱圣歌，自己的歌就慢慢忘在脑后了。不是它们和天主的赞美诗比起来显得土、或者不合时宜，而是一个在大地上流浪的说唱艺人，一旦受困于一个村庄，甚至一个家庭，他的灵感之源就枯竭了，他的浪漫之心就泯灭了，他的歌喉也当然一如他怀中的琴弦，喑哑无光。

"嗦……"

史蒂文强迫自己开了个头，想让自己的说唱天赋像从前一样，看见花开就歌唱爱情的灿烂，看见月亮就知道相思的痛苦，但他的脑海里竟然一片空白。往昔那个情歌王子扎西嘉措，只跟洋人同行了一段路，就可以在康菩土司面前把洋人的事情唱得活灵活现，现在洋人就在他的身边，还拯救了他的生命他的爱，但他却什么也唱不出来了。

就是那一声"嗪——"，也让他羞愧难当。这不是一个曾经的歌王的嗓音，只会让人想到一只被勒紧了脖子的鸟叫。

"我们……我们现在，只有在教堂里才会唱歌了。"史蒂文自嘲道。

"不应该这样的。"罗维神父鼓励他道，"教堂里的圣歌是赞美天主的，生活中的歌谣是传承你们的文化和历史的。史蒂文，你应该像爱护你的眼睛一样，爱护好你心中的歌。一个好歌手，常常是一个民族的代言人。"

"可是，神父……"史蒂文难堪地说，"你现在就是把我的眼珠子抠出来，我也唱不好了。"

"我来唱一首吧。"

人们看见奥古斯丁把碗里的酒举在面前，神色坚定，目光如炬，就像一个要走向战场的士兵。

"你……你会弹这个吗？"史蒂文把扎年琴递了过去，有些挑衅的意思。

"不需要。"奥古斯丁说，"有酒，就有歌了。"

太阳就要升起来时，
高山在前面遮挡他，
乌云在上面欺压他，
星星在旁边嘲笑他。
太阳说，
我要是不升在天空，
照在我的姑娘身上，
我就不是天上的王。

溪流从雪山上淌下来时，
古树要挽留他，
岩石要阻挡他，
百兽要戏耍他。
溪流说，
我要是不奔向大海，

找到海龙王的女儿，

我就不是雪山的儿子。

爱情从心头涌上来时，

口水要淹没他，

舌头要压服他，

嘴巴要封闭他。

爱情说，

我要是不用歌儿，

唱给我的爱人听，

我就不是大地上的有情人。

　　奥古斯丁唱完了，大约只有主耶稣不知道，他的歌儿是唱给谁听的。史蒂文的脸色很难看，玛丽亚一直低着头。不过在罗维神父看来，他的嗓音实在太好了。不是史蒂文那种圆润、抒情、咏叹调式的美，而是一曲质朴、野性、悲怆的牧歌。真难以想象一个在马背上舞刀弄枪的骑手，会有这么独特苍凉的嗓子。

　　罗维神父没有发现的是，在奥古斯丁的嗓音升到最高处时，有一个人的心忽然裂开了一条缝，内心剧烈的疼痛让她满面通红；还有一件只有主耶稣和雪山上的神灵才会看见的奇异之事：火塘边缘一块燃尽了的木炭，奇怪地冒出一股蓝色的火焰，直到歌声的余音散去许久，火焰才慢慢熄灭。

　　酒席散后，客人相续离去，玛丽亚忙着收拾杯盘碗盏。史蒂文闷闷地坐在卡垫上，似乎对背着孩子忙碌的玛丽亚毫不介意，也不想来帮忙。玛丽亚不得不问："哎，你今天喝多了吗？"

　　"和你一样，没有喝多。可是你的脸为什么那么红？"史蒂文没好气地问。

　　"那是为你害臊。"玛丽亚直起腰来说，"我忙活了一天，可你连歌儿都唱不出来。"

　　"有人唱得好听，花儿在晚上也开放了。"史蒂文的语调阴阳怪气的。

　　"史蒂文，你不要隔着墙说话。"玛丽亚的声音高起来。

　　"你也不要隔着肚皮想心事。"

　　"你不要往草堆里射箭！"

"你不要在温泉里放屁！"史蒂文回敬道。

玛丽亚把手里的木瓢往地上一扔说："史蒂文，主耶稣在天上看着你的良心哩！我的心事像江水那样往喉咙涌，像雪山那样高地往心头顶，我可跟你抱怨过半句？一个男人站在路边说要娶我，坐在火塘边唱一支情歌，山上的花儿就会应声开放吗？世上有这种本事的男人没有啊？我倒想看看！他们以为自己勇敢、骄傲，就可以随便赢得一个姑娘的心么？像骑马冲杀一样，就可以闯进一个姑娘的梦么？进来了我也会把他赶出去的。你看看他一身的野性，头上的毡帽从来就没有戴正过，靴子上的泥土有藏币厚，一看就知道是个从小就没有教养、不知道敬畏的家伙，雪山上的老虎也比他斯文哩。为了追求姑娘不当强盗，我就该怜悯他？把我从强盗手里救出来，我就该用爱去回报他？我可不是谁布施一口糌粑就为他念经的穷喇嘛。他来教堂村可不是为了我，神父说，这是主对他的感召。你不相信吗？我是相信的。那天他把我从山上送下来，主耶稣在天上看着他的良心，他心里在害臊哩。一句多余的话都不敢说，在他的兄弟们面前连一碗酒也没有喝，扶我上马时比我过去的仆人都仔细小心。因为他知道，一个姑娘的爱是抢不来的。但是他不知道，一个姑娘心里到底在想什么。也不明白，太阳的光芒是热的，为什么月亮的光芒却永远是冷的；他更不清楚，太阳和月亮究竟相隔有多远。这就像土司家的仆人，永远不知道主子的权力到底有多大，是赐给他们一碗糌粑呢，还是赏给他们一顿皮鞭？这个脑袋比岩石还要死硬的家伙啊，我倒真希望有一天在他的头上打个洞，把他的那些奇怪的想法挖出来，扔到澜沧江里去。唉，主耶稣啊，为什么我们逃离了康菩土司的魔爪，又碰到奥古斯丁这种看见好东西就想抢的人呢？难道这一切都是神父们说的，是天主的计划？包括让他来做我们孩子的代父，是想让这个家伙变得更好，还是想给我们更大的考验？主耶稣，如果你是爱我的，保护我们的，我请求你，还是让他去当一个挨刀砍的强盗吧。我可不会心疼他，我连看都不会往他那个方向看一眼，我再也不想在梦里见到他。耶稣基督，求你不要让他再来烦我了！"

玛丽亚数落完奥古斯丁以后，非但没有让史蒂文好受起来，反而让他觉得：她是在为那个家伙唱赞歌哩。

29·杜伯尔神父的福音

你们不要以为我来，是为把平安带到地上；

我来不是为带平安，而是刀剑。

——《圣经·新约》（玛窦福音 10：34）

杜伯尔神父化了装，把自己打扮成一个藏族马帮的模样，为了掩饰自己的白皮肤，他用锅底灰抹黑了脸、脖子和手，全身用一袭藏装包裹得严严实实。在两个藏族教友托彼特和多麦的带领下，走只有岩羊才能行走的陡峭山地，以绕过虎跳关卡，而其他藏族教友，则跟随一支马帮商队走古驿道。多麦是从前擦卡教堂的教友之后，当年跟随他的父亲从擦卡逃亡出来时，才十一岁，现在已经是个五十多岁的汉子了。这是一个像核桃一样坚硬，也像核桃一样沉默的人，从他的外貌看，你想到的不是一个人的年龄，而是一颗饱受风雨磨蚀雕刻的老核桃。多年来他一直当杜伯尔神父的仆人，兼做教堂的杂活。杜伯尔神父对他的评价是：他有一颗纯朴的心灵，万能的手。

他们在崇山峻岭中走了四天，只要翻过前面海拔四千多米的舒拉雪山垭口，就可以看到擦卡的炊烟了。昨天晚上他们在山道边救助了一对从舒拉雪山上下来的夫妇，那个叫央珍的女人已经有八个多月的身孕，让杜伯尔神父吃惊的是，她的丈夫索朗才旦竟然还敢冒险带她翻越那么高的雪山。当然，他付出了险些失去妻子的代价，杜伯尔神父遇见他们时，孩子即将临盆，产妇痛得在地上打滚，而丈夫束手无策。藏族人生孩子，因为害怕女人生产时的"血光之秽"，一般都不会在家里生产，产妇带把砍柴刀什么的，到山上打柴打草，顺带就把孩子生下来了，然后自己用柴刀割断脐带，前胸抱婴儿，后背背一捆柴或草便回家。但遇到早产，那就麻烦了。当杜伯尔神父提出要帮助他们时，索朗才旦拔出了刀，好在托彼特和多麦告诉那个男人，神父是门巴（医生），你如果不想失去自己的老婆，就听他的。他们终于帮助产妇生下那个小小的婴儿，并且母子平安。索朗才旦当时就给杜伯尔神父跪下了，说："你是雪山上的神派来的啊。"杜伯尔神父擦干净满手的鲜血，回答道："我是耶稣派来的。你要信我，将来我要给你的孩子付洗。"

这天早上杜伯尔神父喝完早茶后，那对夫妇的帐篷里传来婴儿健康嘹亮的啼哭声，杜伯尔神父静心聆听了一会儿，心里为那个新生命祝福。然后他问正在装马鞍的多麦："我们一天可以翻过雪山垭口吗？"

多麦回答说："路上不耽搁的话，太阳下山前我们就能看到擦卡村了。"

"在我阿爸荣归天国前说，那是全西藏最美的村庄。"

"是啊，"杜伯尔神父感叹道，"每个人的村庄都是世界上最美的，尽管那里曾经是让教会光荣的'杀戮之地'。"

　　这时索朗才旦从他的帐篷里出来，神色紧张地说："你们不要去。他们在山上。"

　　"谁在山上？"杜伯尔神父问。

　　"喇嘛。"索朗才旦说，"他们有枪，你们过不去的。"

　　多麦忽然蹲下去，捶打着土地，痛哭起来："他们还是知道了！他们还是挡在我们的前面了，主耶稣啊！他们要来杀我的神父了……"

　　"没有基督的福音过不去的雪山。"杜伯尔神父自信地说，"多麦，现在还不到伤心的时候，是去赢得最后的胜利的时候。"

　　"神父，我相信你。如果奥古斯丁教友在，我们就不害怕了。"多麦哭着说。

　　"你害怕什么？"杜伯尔神父目光逼视着多麦。

　　多麦被神父看得窘迫地低下了头："他……神父，奥古斯丁……是扛枪打仗的人，许多人怕他，我们就不用怕谁了。"

　　"一个背叛教会的犹大。"一边的托彼特不满地说，"多麦，你还指望他把我们都出卖给喇嘛吗？"

　　"奥古斯丁不是犹大，他其实蛮可怜的。"多麦辩解说。

　　"他可怜？主耶稣！"托彼特的声音高起来，"看看我们吧，连建教堂的钱、买粮食的钱都被他偷走了，到了擦卡我们吃什么都不知道。除了主耶稣，谁来可怜我们？"

　　杜伯尔神父还是没有想明白奥古斯丁为什么要叛教，这些天他在不断反省自己，是否做了什么伤害这个教友的事情。托彼特也帮他分析了各种可能：金钱的诱惑？他的活佛弟弟的引诱？不愿去到擦卡为天主服务？

　　"你们不要争了，我看奥古斯丁不是为了一块'血田'就出卖基督美德的人。他的心肯定是被魔鬼迷惑了，我相信他终有一天，会回到教堂来，求得主耶稣的宽恕。"杜伯尔神父说。

　　托彼特恨恨地说："这个犹大要是回来，我会一枪打死他。"

　　"托彼特，宽恕你的仇人，才是一个基督徒的美德。"杜伯尔神父走到马前，刚要上马，又想起什么似的说，"让我们来祈祷吧。"

　　"神父，吃早饭前我们已经祈祷过了。"多麦说。

　　"多麦，难道你认为今天我们不需要主耶稣更多的护佑吗？看看你头顶的雪山，我都怀疑自己能否翻越得过去。"杜伯尔神父说，从包里重新拿出了一本《日课经》。

他翻开了书，想找一段适合今天的经文，托彼特和多麦双手紧握放在胸前，恭顺地站在一边，等待神父发话。索朗才旦却不知道他们要干什么，呆呆地望着他们。许久，神父合上了《日课经》，神色肃穆。早上的阳光从神父的身后照射下来，使他的面部笼罩在阴影中，而身体的轮廓却被勾勒出一道金边。当托彼特漂泊流离一生后重回故乡，还念念不忘这个早晨的杜伯尔神父，说他就像一个天使那样，身披基督的金光，他的祈祷，是教皇听了也要流泪的祈祷——

"我们在天上的父，我们今天要翻越西藏的雪山，就如当年你带领天主的子民通过广阔的约旦旷野，跨过波涛汹涌的红海，走出埃及。我请求你，引导我，去征服那些比我更勇猛的地区的人们，去赢得他们的灵魂。请你走在我的前面，如东方的启明星那般为我带来光明；请你走在我的前面，为我指引基督福音前进的道路；请你走在我的前面，为我驱散豺狼虎豹的威胁。主，你的日子就要到了，因为这里离天国更近，看哪！你的幔帐已经在西藏的大地徐徐打开；看哪，雪山闪耀着圣洁的光芒，峡谷却比地狱还要幽深；看哪，这片未经开垦的土地，尽管还没有一件事情接近天主，但是它美丽神奇得令人动容，又叫人心碎。因为异教徒的言行还像乌云一样，试图遮挡耶稣之光，你成了被轻蔑的天主，被误解的天主。耶稣基督，我已经背负起你的十字架，像你一样走向凶暴。他们终要给我开门，我要获得他们的灵魂。半个多世纪以来，我们的教会从未停止过进入那里，现在，我们该获得决定性的胜利，以代替最后的失败。到那时，天主的时刻就要到来，一切当重新开始。父啊，可怜可怜吧，同情的时刻到了，垂怜的时刻到了，请伸开你的双臂保护你的羔羊罢，因为你是隐藏的天主，你是严厉又仁慈的天主。你惩罚恶人，护佑良善。当我们饿了或渴了的时候，当我们在漫长的山道上疲惫得再也迈不动脚步时，当我们的汗水和泪水，甚至我们的鲜血，滴落在这片神奇的土地上时，请你垂怜，请你俯听，请你接受我们的奉献。为我们自己，为我们的罪，为我传教的教区，为要进入你的国的人们，我们会愉悦地忍受这份痛苦和牺牲。父，我是你派遣到西藏的脚夫，是在狼群中寻找羊群的牧人。我们的哭泣可能比祈祷多，我们的失败可能比成功多，但是我们要去，用生命之美去叩开命运之门。几时人死了，才会赢得最后的胜利。我的孩子们，请不要畏惧。

我们的一个圣人说：'天天准备死的是有德之人，时时切愿死的是圣人，为这些义人，死非真死，却为得生命必经之路。'主耶稣啊，我请你赐予我智慧、力量、信心和勇气，让我去战胜死亡，赢取你在西藏的光荣。我把自己托付给你……你是我的好天主。啊，西藏，啊，西藏，在你身上开始了我的欢乐！主啊，主，我请你让我成个圣人。阿门。"

此刻，杜伯尔神父的脸上已经布满了喜悦的泪水。神父出发前，为了更像一个藏族人，临时剪掉了长到胸前的胡须，这几天在山林中跋涉，胡子又长得如枝蔓丛生的杂草，葳蕤茂盛了。泪水淋湿了这不成模样的胡须，托彼特甚至发现有一小团糌粑渣还粘在神父缺乏打理的胡须上，让他看上去像一个在吃饭时挨了父亲打的孩子。这让托彼特既为自己的神父心疼，又为他感到可怜。

多麦忽然面对神父跪下了："神父，请你给我降福！"

杜伯尔神父将手摸到多麦的头顶，半天没有念出平常的降福祝词。山风从他们中间穿过，发出难以言状的哀鸣。在风中，多麦感受到了神父手掌心的温暖，感受到了命运的苦难与庄严，更感受到了死亡的祝福。他不害怕死亡了，他甚至想像杜伯尔神父一样，渴望死亡的光荣。他在心里说，要是我们都得死，好天主，求你让我死在杜神父的前面吧。

杜伯尔神父嘴唇动了动，什么祝福的词汇也没有说，但多麦在心里听到了。他相信杜伯尔神父说的是：

时辰到了，让我们去吧，主耶稣即将被屠宰的羔羊。

让他们感动的是，索朗才旦要跟他们一起回去，他说他要跟垭口上的喇嘛们说，这个洋人是好人，是他的朋友。他对神父说："他们不会杀我的朋友的，因为那上面有几个人也是我的朋友。"这让杜伯尔神父信心大增，他对托彼特说："你瞧，这是主耶稣今天给我们的第一个帮助。"

经过一整天的跋涉，他们终于抵达舒拉雪山垭口。这是一个晚霞特别血红绚烂的傍晚，天地间的一切仿佛都被人的热血染红了。舒拉雪山垭口海拔约有五千米，除了积雪，光秃秃的不长任何植物。裸露在外面的岩石本来就是赤红色的，在晚霞的映照下显得更加凄美。

他们已经看得见远处的垭口了，那是在两座山峰夹持下突兀地横亘着的一道山梁，像一堵由神灵构筑的巨大墙体，有一条之字形的小道蜿蜒上去。杜伯尔神父骑在马上嘀咕道："一支步枪也可以抵挡一个军团的进攻，但在耶稣的福音前，一个军团也休想阻挡我的脚步。"

风把杜伯尔神父的话传到了垭口上，贡布喇嘛和他带的人此刻早就严阵以待了，他仿佛是回应杜伯尔神父的话似的说："来吧，洋人魔鬼。看看你肮脏的脚步，能不能跨过这垭口一步。"

一个小时后，他们在垭口相遇了。杜伯尔神父已没有骑马，气喘吁吁地渴望着登上垭口的那一刻，他抬头看见贡布喇嘛把枪横在胸前，一双冷酷的眼睛盯着他，就像盯着一头即将撞到枪口上的猎物。多麦要去马背上抽枪，杜伯尔神父拦住了他，顺手从马鞍上挂着的布袋里抽出一本《圣经》，他对多麦说："我们靠这个战胜他们。"

现在他们相距不过三十来米，但相隔着生和死，光荣和耻辱。

索朗才旦悄声跟杜伯尔神父说，让他先上去求情，说通了他们再过来。神父同意了。他明白，现在自己明显处于劣势。

索朗才旦独自上前，跪在山道上说："尊敬的贡布上师，顶礼佛、法、僧三宝。这个洋人是个好人，他救了我的妻子和孩子。请发发你的慈悲，让他们过去吧！"

"洋人魔鬼没有偷走你妻子孩子的灵魂吗？我看你的灵魂倒是自己都找不到了。"贡布喇嘛鄙夷地说。

"贡布上师，昨天下山时我妻子生了。是洋人喇嘛帮助她的。"

"啊呸呸，你竟敢让洋人魔鬼猴子一样的手去触摸你妻子的身子！你还有脸活吗？"

索朗才旦哭着说："可是我妻子要死了，谁去救她啊？"

贡布喇嘛无法回答这个问题，他对手下的几个人说，把他捆起来，不要让他耽搁我们的事。

杜伯尔神父在下面看到索朗才旦被人按倒了，他在挣扎、呐喊，说："你们不要杀他啊，他是好人，是我的朋友。我求求你们……"

杜伯尔神父不由得怒火中烧："你们是强盗吗？他刚刚当了父亲！"他边喊边往前迈步。

"回去！"贡布喇嘛的枪顺直了过来，对着杜伯尔神父。

"绝不！"杜伯尔神父手举《圣经》，冷静地说，"请给基督的福音让路。"

"你以为自己是一头老熊吗？谁都得给你让路。"贡布喇嘛嘲笑道。

"路在我的脚下，除非你捆住我的双脚，否则，奉耶稣基督之名，我要叩你这死亡之门。"杜伯尔神父再次往前走，多麦一步抢在神父的前面，迎着贡布喇嘛的枪口。不是他不怕死，而是他身后的神父越来越急迫的脚步，催促着他忘记了危险和死亡。

"回去！这是最后警告！请记住，我从不威胁谁。"贡布喇嘛大喊起来。

杜伯尔神父将之视为对方怯懦的表现，他的脚步更有力了，也不喘气了，声音也嘹亮起来："看哪，这是基督最后的胜利。我会为你祈祷，并请求我主耶稣宽恕你的罪恶。"

枪响了，首先倒地的是多麦。他实现了自己的祈祷，死在神父的前面。多麦还有最后一口气，他说："神父……神父，回去吧。他们会……杀你的……"

杜伯尔神父抱着多麦软下来的身躯，还未来得及给他念赦罪经，多麦就咽气了。杜伯尔神父攥紧双拳站了起来，愤怒地向上喊叫："来吧，你这地狱之神，开枪啊！末日审判之时，看我主耶稣将如何审判你邪恶的灵魂！"

他身后的托彼特想冲上前去护着自己的神父，但杜伯尔神父反而像十字架上的耶稣那样，伸开了双臂，让托彼特在狭窄的山道上无法上前。枪声再次响起，不是一枪，而是无数枪。"砰砰砰砰"地直打得神山都战栗起来。因为杜伯尔神父的末日审判之词不仅激怒了贡布喇嘛，还激怒了跟随他前来阻击洋人魔鬼的几个本地藏族人。他们从没有见过洋人，只是听贡布喇嘛说有个魔鬼今天想要通过垭口，他们就都携枪上雪山来了。他们的高山牧场就在垭口下面，他们可不愿意洋人魔鬼的足迹污染了富饶的牧场。再说了，谁不愿意当降妖伏魔的英雄啊。因此，当贡布喇嘛的枪声响起时，他们的手也就痒了。

杜伯尔神父和托彼特几乎同时倒地，然后顺着陡峭的山坡滚了下去。太阳此刻不是它千万年以来一以贯之地缓缓西沉，而是随着两人在山坡上的翻滚一同跌落，就像在天上打翻了的盘子。黑暗一下就笼罩了大地，天空中只听得见枪声撕破神山的宁静，仿佛撕破一块上等的汉地丝绸；也听得见神山的叹息，在风的哀鸣下，越拉越长……

第二部 雅歌

31·共产主义火车

雄鹰飞回来了，
雪山，你让开路，
别让它的翅膀展不开。

红军回来了，
森林，你退后一点，
我们要在这里跳锅庄。

人民公社化了，
江水，你不要跑，
别挡住共产主义火车的道。

——康巴藏区民歌

　　史蒂文的一生中从来没有像这几年的时光那样，安宁、富足，并且连噩梦都没有做过。教堂里的神父们被赶走以后，新政府把过去教会的土地和牛羊，不论你信教与否，都按家庭人口数分给村民，让他们自种自吃，征粮工作队来到村里，除了该交的公粮部分，多余的粮食还可以卖给工作队。史蒂文一家分到三亩左右的坡地，还有两头牛，十二只羊，一匹骡子。过去这些都是教堂里的产业，格桑多古曾经牧放过。当共产党的干部把地契和牛羊交到史蒂文手上时，他心中充满对天主的愧疚，仿佛自己是打劫主耶稣的强盗。但那个留着齐耳短发的女干部鼓励他说："不要怕，这是帝国主义分子从我们手中抢去的财产，现在它归还给劳动人民了。"

　　史蒂文当时在心里说，就当我先替神父们看管着吧。他们要是哪天回来了，我先向他们赎罪忏悔。史蒂文还记得古神父和罗维神父被解放军押出教堂时，古神父眼含泪光对围在教堂外的教友们说，请照看好耶稣为你们避风雨的教堂，请善待一个基督徒的灵魂。

生活是辛劳而平静的，像一支悠缓的牧歌，似乎谁也不能将之改变。即便有次史蒂文在阿墩子遇到康菩土司，他也没有说让手下的人马上抓他走。康菩土司现在可没有从前威风了，出门时身边再没有前呼后拥的卫队和侍从，据说连家里的奴隶都被解放出来了，康菩土司哼都不敢哼一声。因此当他在阿墩子的街上看见史蒂文时，他甚至还装出笑脸来问，啊，我的诗人朋友，我家的小姨妹还好么？史蒂文没有忘记当年在康菩土司家的地牢里受的那些磨难，他不客气地说，我们的孩子都有好几岁了。我们的爱情，过去有教会保护，现在共产党比教会厉害多了，你就别再想抢走我的女人啦！康菩土司的脸上现出一丝苦涩的笑：现在不是我抢谁啦，伙计，是人家要来抢我了。

奥古斯丁因为不愿意跟随杜伯尔神父去西藏擦卡传教，自动脱离了教会，恢复了自己的藏族名字格桑多吉。他参加了红汉人的队伍后，跑遍了大半个西藏。再次回到澜沧江峡谷时，他现在的身份已是阿墩子县公安局的局长，兼进驻教堂村的土改工作队队长，身后跟着一群穿干部装的年轻人。人们说他当年给解放军带路进西藏，立了大功。他的军功章的荣耀不仅挂在胸前，还刻在他的脸上，那是一条从眉骨到脸颊的刀疤，据说是被比他更凶悍的强人一刀砍的。现在的格桑多吉不再是那个成天戴着破毡帽的强盗啦，也不是从前教堂村那个寡言少语的奥古斯丁，他身边的人都叫他"格桑多吉局长"，还告诫大家也这样称呼。这个从来都威风八面的家伙波浪一般自由浪漫的披肩长发也剪掉了，梳理成汉人干部的那种短头发，人们叫"解放头"。更像汉人干部的是代表他尊严与身份的那件军大衣，总是披着，露出腰间的武装带和佩枪。他看上去比过去更威严，而且更成熟，更整洁，却又略显沧桑。尽管谁也没有见过他把枪掏出来，但他往哪里一站，连树上的鸟儿都不鸣叫了。村里的人们都会不自然却又恭恭敬敬地喊："格桑多吉局长，你早啊！"

格桑多吉和他的工作队就住在教堂里，全村也就只有这个地方是公房。解放以后，教堂一直闲着。过路的军队、政府的工作队、征粮队来了都住在神父们曾经住过的房子里。土改工作队的人本来安排格桑多吉住古纯仁神父的房间，那是教堂里视线最好、最宽大的一间房子，外面还有个阳台，面向峡谷对面的雪山。但格桑多吉叫他的通讯员小张把他的背包拿出来，径直走进教堂的马厩外那间他住过的小屋。

他一进去就嗅到了多年前爱情的味道，他的爱神还牵马守在窗外，向他扮出一个和蔼又高深莫测的笑脸。"回来了？"爱神问。

"回来了。"格桑多吉像面对一个久别重逢的老朋友，"好久没有看到过你了。"

爱神说："你忙么？"

"唔。"格桑多吉回答道，"忙得我都快忘了自己从哪里来的了。"

小张在他身后说："局长，这是马倌住的房子啊，又潮又冷。你还是住楼上那间吧？我来住这间。"

格桑多吉没有让小张看见自己脸上的凝重与悲凉，他冷冷地说："这是我的房间，谁也别来跟我争。"

格桑多吉一来就召开大会，不仅是教堂村的信教教友，还有临近村庄的佛教徒、寺庙里的喇嘛，甚至刚好路过的一队马帮，也被叫来开会。格桑多吉说要在藏区实行土地改革，搞人民公社。汉地早就这样做了，我们要追赶他们革命的步伐，不是要两步并一步走的问题，而是要骑上我们最快的马。过去分给大家的土地牛羊都要集中到人民公社里去，不仅如此，寺庙的土地、反动土司的财产，也都要充公，实行民主改革，让他们属于广大的劳动人民。

"那么，教堂呢？"人群中有个胆大的老人问。

"教堂？嗯，这个教堂么，我们可以把它改成一个学校。"格桑多吉环视了会场上那些他熟悉的面孔，有些底气不足地说，"反正神父们都被赶走了，也没有人给你们做弥撒。新中国都成立那么多年啦，我们应该有自己新的信仰，这就是共产主义。"

会场上一片沉默。格桑多吉苦口婆心地向人们宣讲什么是共产主义。藏话里没有这个革命的词汇，他只有用汉语来代替它，就像过去人们直接用洋人神父的话来称呼"耶稣"。他把从各级学习班听到的关于这个美好社会的前景描述为：共产主义就是没有白天和夜晚的区别，因为有一种比月亮更亮上百倍的电灯，为我们驱散黑暗；没有冬天的寒冷，因为人人都可以穿上虎皮棉袄；没有各家的火塘，因为大家都集中到一个大食堂里吃饭，由专门的厨子做给你们吃，要吃多少就有多少；没有饥饿和干旱，因为我们要开沟挖渠，把雪山上的山泉引下来浇灌每一片庄稼地，让庄稼长得像雪一样厚实，人都可以站到青稞穗上去打滚；没有地里和牧场上的辛勤劳作，因为机器会帮人做这一切；也没有马帮了，因为共产主义的火车要开到雪山上去，一节车厢装的货物十支大马帮也驮运不完，火车是用共产主义的烈火来推动的，它比雪崩还要猛烈，比风儿还要跑得快；更没有了穷人和富人，因为大家都一样平等富足，人们需要什么，就从共产主义这个大家庭里拿什么。衣服、青稞、农具、酥油、酒、牛羊肉，甚至孩子们的玩具……我们藏族人只要搭上共产主义的火车，就有过不完的好日子了。

人们渴望过好日子的热情被煽动起来了，多好啊，以后不用上山放牧、下地干活了，肚子饿了就直接到那个大食堂饱饱地吃，好好地喝；也不用远离家乡外出赶马了，我们都去坐共产主义火车。那可真是过去神父们讲的天主的国了。神父们讲了那么多年，我们连这种幸福日子的影子都没有看到，共产党马上就要为我们带来天堂一样的日子了。有人甚至说，看来这些年不进教堂做祈祷，好日子也会有人给我们带来的。

"你是共产党派来的神父么？"一个寺庙里的老喇嘛胆怯地问。

"不！我不是神父。"格桑多吉高声说，"我是跟随共产党闹革命的革命者。革命就是要让天下所有的穷人都能跑步进入共产主义，让他们在这个大家庭里快快乐乐地过幸福的生活，有饭吃，有衣穿，有爱……"

"女人在共产主义的家里也可以像犁头啥的大家随便用么？"

问话的是史蒂文，会场上响起一片哄笑。格桑多吉知道从他回到教堂村，史蒂文就是对他最不友善的一个。他沉着地回答："在共产主义大家庭里，每个人都会找到自己的爱情。不是随便拿，而是自由相爱。"他特别补充道："人民政府反对旧式婚姻包办，过去教会规定的那一套不时兴了，不管你是信教的还是不信教的，不相爱的男女都可以离婚。"

然后他用眼睛在人群中寻找玛丽亚，她和一群妇女坐在一起，一边听他的讲话，一边将羊毛线。当他们的目光相遇时，她不自然地低下了头。这是他来到教堂村后看见她的第一眼，他惊讶地发现：玛丽亚比几年前还要漂亮！如果说从前她身上体现出来的是一种贵族小姐式的美，现在她可是全身洋溢着劳动人民朴素自然的美了。不是捧在手里的娇弱雪花，而是挂在树上摇曳的饱满果实。

"奥古斯丁，哦呀，格桑多吉局长，你可是比当年的古神父还会讲话了。请告诉我，什么叫离婚？"人群中的托彼特发问道。

格桑多吉听出了托彼特问话中的敌意，他想，这个教会的老顽固。"离婚嘛，就是……就是不再相爱的男人和女人，可以重新去找自己的意中人，组建新的家庭。"格桑多吉费力地解释道。不是他对这个词汇理解不到位，而是他已心烦意乱。

托彼特继续追问："那么，神父们祝福过的婚姻也不管用了吗？"

格桑多吉反问道："现在是人民当家做主了，哪里还有神父？难道我们的爱情，还要由洋人说了算吗？"

散会后，史蒂文夫妇在回家路上都听到村里的人兴致勃勃地说共产主义火车，就像在讨论一个吉祥的美梦。更令人激动的是，它不是一个已经逝去的美梦，而是将要来临的生活。教堂村的人们早年从神父们那里听说过外面世界的种种传闻，他们知道得比普通藏族人多得多，火车、轮船、汽车、飞机这些在世界各地忙碌奔跑的玩意儿，他们都知道。而把共产主义的幸福日子和火车联系起来，则还是第一次。因此，多数人认为，这是一趟带他们进入富足王国的火车，只要我们能坐上它，就再不用挨饿受冻了。

睡觉时，史蒂文搂着玛丽亚，感觉她的心已经进入格桑多吉的共产主义了。他深深地叹了一口气：

"那个家伙现在可比当年威风多了。"

"你在说什么呀史蒂文？"玛丽亚幽幽地问。

"嘿嘿，他就要把共产主义的火车开到我们家里来啦。"

玛丽亚平静地说："那我们就把他当朋友，请他在火塘边坐下来，喝酒、吃饭。"

"玛丽亚，难道你今晚没有听明白吗？以后没有火塘了，都去大食堂吃饭了。天主才知道他们会不会让大家都睡一个铺呢？"

"在一起吃饭睡觉又怎么样？只要是共产主义的好日子，我就喜欢。他还是小若瑟的代父呢。"

"嗬，代父？"史蒂文冷笑道，"真不明白当初罗维神父为什么要让一个强盗来当我儿子的代父。"

"神父有神父的想法，天主有天主的计划，奥古斯丁有奥古斯丁的良善。"玛丽亚并不喜欢格桑多吉这个名字，因为奥古斯丁是那个把她从强盗窝子里救出来的人。

史蒂文爬起来，狠狠地说："你心里有他了，对吧？"

玛丽亚长久没有说话，眼泪在黑暗里悄悄地流。

史蒂文的心比遇到雪崩还要恐惧，比共产主义的火车开进家里来了还要惊慌。他抓住玛丽亚裸露在外面的肩膀说："你说话呀，是不是觉得我不如他？"

"我有家了。"玛丽亚翻过身去，不再搭理他。

33·奥古斯丁忏悔录（二）

女人比死亡还苦，她一身是罗网：她的心是陷阱，她的手是锁链，凡博天主欢心的，必逃离她，但罪人却被她缠住。

——《圣经·旧约》（训道篇 7：26）

我在教堂外的空地上操练藏民自卫队时，一个小女孩给我捎来个口信，说玛丽亚姑姑在牧场上病了，要我去看望她。我当时心里紧了一下，昨天我还远远看见过玛丽亚，她家里的炊烟昨晚上还在飘起，怎么就去牧场上了呢？紧接着我的心里一阵狂喜：她要见我。只有在安静浪漫的牧场上，我们才可以说那些在人前不能说的话。我来教堂村工作几个月了，还没有跟玛丽亚单独相处的机会。我有许多话需要私下里跟她说，这可是憋闷在我心里好多年的话了。

"你不要去！"我的爱神在天上说。

我仰天张望，没有看到他的身影，但我的确听到了他的声音。于是我问："为什么？因为我在忙着吗？"

"不，是你看不见前面的路。"爱神说。

"谁看得清爱情的未来呢？"我说。

我让人把马牵出来，说要去一下高山牧场。他们说要派两个人跟随我，我拒绝了，让他们继续操练。我快马加鞭，向牧场上奔去。在过一条雪山溪流时，我的马忽然高扬起了前蹄。不是溪流的水急，而是我一头闯进了涌上心头的悲伤往事。就在这条溪流前，多年前背负爱情十字架的教堂马倌奥古斯丁，不但在这里看见了圣母玛利亚显现，而且还遇到了生活中的另一个圣母。

我跳下马来，仔细打量这条不大的溪流，过还是不过？溪流里有许多从山上冲下来的石头，有的像野兽的蛋，有的像魔鬼的拳头。我曾经栽倒在这条纵马即可跃过的溪流里，让我在死亡的边缘走了一回。人们说我让一条溪流的水封冻了。其实不是溪流的寒冷，而是一个女人目光中的鄙夷，让我炽热的爱心，被世界所冰冻。

"哎，你怎么不过去了？害怕了？"一个女人的声音温柔地在我的身后说。

是玛丽亚。我的幸福差点就淹死了我，但我很快镇静下来。"噢，我不是在做梦吧？"我从来都很清醒，但现在糊涂了。难道往事真的可以用一根绳子拉回来？玛丽亚头上戴着那块曾经让我夜不能寐的大红头巾，长长的黑发梳成无数根细细的发辫，仔细地盘在头顶。她的青色上衣领口和袖口都镶着金丝线边，外面还罩了件粉红色的锦缎坎肩，坎肩上绣满了让人眼花缭乱的吉祥图案；脖子上挂的是绿松石、猫眼石、大海里的珊瑚，一串叠一串；耳朵上坠的是红玛瑙，腰间还挂有锃亮的银器。她饱满的胸脯像雪山一样挺起这些耀眼的珠宝，她骄傲的面庞掩映在红头巾下，仿佛这里不是雪山下的牧场，而是在赛马场上，一个漂亮女子倾其所有，要把天上的星星月亮，山中的珍奇异宝，都展示给赛马称王的英雄好汉。

这不是一个藏族女人平常的穿戴，这是一套节日盛装啊！单是她头上瀑布一般的细发辫，七八个女人要用半天的时间才能编好。在牧场上有一句话是这样说姑娘上的细发辫的："姑娘头上的发辫，全村女人的换工。"

她如此精心打扮自己，是因为要见我么？我感叹道：你这个傻瓜，终于等来自己的爱了！我的爱神啊，你也会有说错话的时候。

"你不是说在牧场……等我吗？"

"奥古斯丁，我……还是叫你这个名字好么？"

"随你怎么叫都行。我还是跟过去一样啊。"我想她应该明白，我还是跟过去一样爱她。

"我只是……想在这里说给你一句话。"她的头扭向了一边。

"说吧，玛丽亚，你说的什么都像歌儿一样好听。"

"奥古斯丁，我……是史蒂文的女人。"

我说我知道。她什么意思呢？

"你的……共产主义火车，会开到我的家里来么？"

"你说什么呀玛丽亚？"我站在玛丽亚的面前，觉得自己从来没有这样近距离地审视这张动人羞涩的脸，"你是说共产主义的生活么？当然，我们就是要每一户藏家，都过上好日子。"

"都在一口锅里吃饭？"

"是。这样多好，大家团结互助，有福同享。"

"男人和女人，也……也在一个屋子睡觉？"

"哈哈，这是反动派的造谣。这怎么可能呢？男人和女人，只有结婚了才在一个屋子里……睡么。"过去国民党反动派说我们共产共妻，现在那些贵族头人也拣起这些谣言来污蔑我们了。

"奥古斯丁，你不想跟一个女人结婚么？"

"这个……眼下我事儿多啊，忙不过来。"我有些慌乱。

"你还没有找到自己心里的女人吗？"

"嗯，其实，早就找到了的。"我看着她的眼睛，希望她能听懂我的话。

"在哪里呢？"她的眼睛也勇敢地看着我，让我的心都在战栗。

"嗯……她在我心里就是了。"我的声音不知为什么小了下去。

玛丽亚羞红了脸，将头扭向一边。然后她仿佛下了好大的决心才说："去牧场上吧，那里有个爱你的姑娘等着你呢。"

"谁呀？"我一下睁大了眼。

"伊丽莎。奥古斯丁，她是个好姑娘。"她的声音小得也只有她自己才听得见。

"简直胡扯！"我又学着汉人的话骂人了。他们有很多话让我学说时威风无比，我把手里的马鞭向空中抽了一鞭，像是抽打我心里的野兽。"是她叫你来帮她的吗？"我问。

她羞愧地低下了头，好像在大人面前做了错事的孩子。

"那你是害我啦玛丽亚！"我冲动地抓住她的肩，"让她再来打劫一次我的爱情吗？你怎么能干这样的事情呢？"我那时真想一把将她搂过来，真想对着她的耳边轻轻说，我爱的是你。你还不明白么？

她的身子在我的手掌中瑟瑟发抖，不知是被我吓着了还是由于激动。我就像抱着一只被惊吓的羔羊，我想抚摸它，安慰它，但又怕让它更惊恐。

我不知道接下来该怎么办，一个男人冷酷的声音就像从地里窜出来一样，在我的背后响起："你又怎么能干这样的事情呢？"

我回过头去，正面对史蒂文的枪口。"放开我的女人！"他说。

"史蒂文，你赶马回来啦？"我比刚才看见玛丽亚时更惊讶，我松开了抱着玛丽亚肩头的双手。

"嘿嘿，我再不回来，我的女人也要被人抢走了。"

"史蒂文，不许胡说。我和玛丽亚在谈事情呢。"

"什么事情要跑到这鬼影子都不见的地方来谈？心里有鬼啊。你这个贼，过去偷神父的钱，现在来偷我的女人。"史蒂文的枪在晃动。

我的血在往上涌："史蒂文！你可以一枪打死我，但我不允许你把我的骄傲踩在脚下。"我的手摸在腰间的枪把上。我从来没有这样被人羞辱过，要不是玛丽亚在场，我早就一枪崩了这个侮辱我的家伙了；也由于在玛丽亚面前，我的骄傲不仅是被踩在了他脚下，还踩在一堆牛屎里！

"史蒂文，我是来帮他说个事情的。我们没干什么。"玛丽亚在我身后说，"放下你的枪，他可是格桑多吉局长，是我们儿子的代父。"

"嘀嘀，局长？嘀嘀，代父？见鬼去吧。格桑多吉，我真后悔没有在我们结婚那天杀了你。你永远都是我们爱情的强盗。"史蒂文边说边拉动了枪栓。

我用了扳倒一头牦牛的力气，才把胸间的怒火压下去："史蒂文，我警告你，不要拿枪对着我。把枪给我！"

然后我向史蒂文走过去。并不是我不害怕史蒂文开枪，而是我忽然渴望在这无法解决的爱情难题中，让史蒂文当着玛丽亚的面将我一枪打死。我的羞愤如果让我不能杀死侮辱我名誉的人，那就让我用死来证明自己的骄傲吧。

"你不要过来啊！我会开枪的。"史蒂文声嘶力竭地喊。

我相信他会开枪，我在用迈向死亡的脚步挣回自己的荣誉，把羞辱像一团牛屎扔回给他。"史蒂文，我学会打枪时，你刚学会唱歌写诗。还记得我说给你的话吗？一个流浪诗人，一生只会做两件事，在写诗中流浪，在流浪中……"

史蒂文高喊道："不要以为我现在是个干农活的人，我还有诗人的骨头！"

我嘿嘿笑了两声，继续加重他的耻辱感。我终于看到，他颤抖的手指扣动了扳机，但我一动不动，等待被击中的快感降临。

枪声炸响之时，一个身影像狼一样敏捷地窜出来，挡在史蒂文的枪口和我之间。我都听得见子弹钻进肉体的那一声闷响。

谁也不知道伊丽莎是怎么出现的。当她瘫倒在我的脚前时，我才发现血已经从她胸口上缓缓流淌出来了。

"史蒂文，你这狗娘养的凶手！"我一手抱着伊丽莎，一手掏出了腰间的枪，但我还没有把枪抬平，胳膊就被玛丽亚紧紧抓住了。玛丽亚在哭喊：

"史蒂文，主耶稣啊，你都干了些什么啊？！"

"玛丽亚，放开我的手！"我在挣扎中把一串子弹都射向天空了。但是玛丽亚不知哪儿来的那么大的力气，她扑倒了我，我们一起滚在了地上。我闻到了玛丽亚身上比藏香还要浓郁百倍的爱的气息。

"快跑啊史蒂文跑啊史蒂文快跑……"

玛丽亚死死地压住我，不是她的力气大，而是我不能反抗。唉！我怎么总是被女人按翻啊！如果是和敌人搏斗厮杀，即便被彻底压在地上，我也不会停止反抗。但要是一个女人按翻了你，而且，她不是伊丽莎，是玛丽亚，我怎么抗拒得了啊！

史蒂文扔下枪，没有跑，而是跪在地上，掩面而泣。

玛丽亚死死地压在我身上，不，是紧紧地搂抱着我，她泪流满面地说："奥古斯丁，救救他！求求你救救他啊……"

我竟然在这个时刻想起玛丽亚那根陪伴我度过了无数孤寂长夜的头发！是因为她头上的发辫已经散乱了么？一根细发辫被泪水浸湿，横搭在我的嘴唇边，湿润、柔软，像一根黑色的小手指，在搅动我心灵中最柔软的那根神经，让我的心软得像融化的酥油。我看见爱神在天空中叹息，看见他哀怜的目光中的责备，看见他也乱了自己的阵脚，不知道在史蒂文、玛丽亚和我之间，应该把他的爱恩赐给哪一个。他从马背上跌了下来，像个蹩脚的骑手那样，被马拖着跑了。

"史蒂文，憨狗日的，你没有长蹄子吗？"玛丽亚像个男人一样粗鲁地叫骂，还一边用手捶打我身边的草地。

这时，山坡下传来呼喊声，是我的人来了。我并不希望他们此刻抓到史蒂文，我甚至在心里为史蒂文着急，快跑吧，你这软骨头诗人。让他们抓到就有你好受的啦。

史蒂文终于跑了，这个像我一样的流浪汉开始了他命运的流浪。杜伯尔神父曾经告诉过我：你必须学会爱自己的敌人三次，才会得到爱本身的拯救。他的这句话让我不理解，以至于我大哥贡布叫我去杀他时，我宁肯背负叛教的恶名也不杀神父。我爱史蒂文吗？我不知道。

工作队和藏民自卫队追上来时，我正把伊丽莎抱在怀里。她已经咽气，没有来得及跟我说一句话。我相信如果她能，她会说："格桑多吉，我永远都是你的女人。"过去我的那些生死兄弟帮我挡过子弹，还有一个兄弟为了劝阻我那不该有的爱情，把自己的脑袋一枪轰了，我都没有现在这样悲伤、羞愧。因为这是一个爱着我的女人为我挡了子弹啊！因为我这时才明白，我们在追求自己被拒绝的爱面前，其实是多么相像的一对啊！

我情愿史蒂文的子弹打中的是我。

35 · 捉放记

火所不能烧毁的，因着温和的一线阳光，立即融化。

——《圣经·旧约》（智慧篇16：27）

叛乱很快就平息了，格桑多吉回到了县上。由于他大义灭亲，击毙了康菩土司，抓获了潜逃的史蒂文，为平叛立下了大功，人们说上级部门要提升他当副县长了。在庆功大会上，县委书记亲自为他颁发西藏和平解放纪念章，还给他戴上大红花。同事们提前向他祝贺，但格桑多吉却高兴不起来，因为一个女人的悲伤已经让他胸前的大红花浸满了泪水。

玛丽亚来见格桑多吉时，脸上的愁云比雪山上的云层还厚，她的眼泪一直像两条小溪流一样，都要把格桑多吉淹没了。女人的哭诉是柔软而锋利的刀子，是漏雨的屋子，是狂风暴雨中摇曳的孱弱小花。正因为孱弱，她的哭诉就更咄咄逼人，更令人心烦意乱——

"史蒂文闯下大祸逃跑后我就没有睡一个安稳觉，狗一叫我都起来看看是不是他回来了；山道上有个人影我也要等半天，直到我看清他不是史蒂文；有时候他的歌声在梦里响起，梦外的眼泪早浸湿了身下的氆氇；小若瑟知道他阿爸杀了人，天天晚上依在门框边等他的阿爸，门框都被他压倒了；家里没有男人连火塘里的火都不热，一壶茶半天也烧不开；有一天伊丽莎的阴魂来到家里，我问你找史蒂文吗？我也在找他，政府也在找他，求求你行行好把他给我带回来吧。但伊丽莎说我是来找你的，是你坏了我的婚事，我要拉你一起下地狱。她用她锋利的牙齿咬着我往地狱里拖，是小若瑟赶来用火塘里的柴火才打跑了她。"

格桑多吉披着黄军大衣，在房间里踱着步，一直把高大的背影留给那个流泪哭诉的女人，不回一句话。见到她后他就悄悄地把大红花摘下来了，因为他看见她眼睛里的疑惑与幽怨，仿佛在问：奥古斯丁，抓走我的男人，就是你的荣耀吗？即便他背对玛丽亚，也不得不忍受这询问的煎熬。很多男人，背后都有一双女人美丽多情的眼睛，或是期盼，或是鼓励，或是哀求，或是信任。男人不用转身回望，也知道那眼睛里的内容，他会由此而得到力量之源，爱情之源。男人即便征服了世界，他不会忘记这双眼睛；男人走向了地狱，也无怨无悔。

"好吧。"格桑多吉仍然没有转身,"我可以带你去见他。"

"人们说你现在是峡谷里最大的官了,你宽恕他,放他回家,不行吗?"女人哀求道。

"玛丽亚,这不是我能说了算的事,得由人民政府来决定。"

"这可不是从前那个奥古斯丁说的话。"

"我现在叫格桑多吉。"

"可格桑多吉心中的爱情呢,也死了吗?"

"没有。除非澜沧江水干枯了。"

"奥古斯丁,我求求你,不要杀史蒂文。你答应我吗?"玛丽亚"咚"地一声给格桑多吉跪下了。

格桑多吉慌忙转过身,去扶玛丽亚:"起来,起来,你起来吧!"

"你不答应我就不起来。"

"唉,玛丽亚,你难道还不明白吗?"格桑多吉急得说话都不利索了,"我就是杀了我自己也不会杀史蒂文。"此刻面对眼前那双泪光粼粼的眼睛,他不但心软了,连脚也发软了。以至于他不得不对着屋外高喊:"小张,带这个女人去看她的男人。"

通讯员小张站在门口,为难地说:"格桑多吉局长,有命令不准探监。"

"谁的命令?"格桑多吉问。

小张憋了半天才鼓起勇气说:"你,格桑多吉局长。"

"现在我命令,凡是来探监的犯人家属,都可以去。"格桑多吉右臂一挥,气吞山河。

格桑多吉在女人面前的柔情与豪迈让他一生都得为此付出代价,男人中这样的傻瓜并不少。关押叛乱者的所谓监狱,其实不过是从前来这里开矿的汉人遗留下来的一个会馆,一幢两层楼房,下面有个院子,楼前有厨房,后面有个厕所。格桑多吉临时让人用木栅栏将厕所圈起来,安排了一个流动哨兵,犯人要上厕所也有专人陪同。玛丽亚探望了史蒂文后,被俘叛乱者的家属都可以来了,会馆里天天都人来人往,连托彼特也来看史蒂文。有一个叫旺堆的家伙,他的兄弟也在里面。旺堆悄悄带来一把藏刀,递给了他弟弟培楚,两兄弟约定晚上月亮升上来时,培楚借故上厕所,然后里应外合逃走。

"这样的事情可得多找几个帮手。"史蒂文忽然站在旺堆身后说。

旺堆问:"你以为是去赶马吗?这是去逃命。"

"这个世道，谁不想逃命呢？"史蒂文反问道。从看到玛丽亚的泪眼那天起，他就在心里发誓，一定要逃出去。

结果在那个多雨的晚上，想逃命的不止培楚和史蒂文，借口要上厕所的人竟然有六个之多。当培楚在厕所门口刺倒了看守后，有个叫次多的年轻人竟然真的拉起屎来了，几个人催他快走，但这个家伙固执地说："逃命也得让我把屎拉完吧。"他蹲在茅坑上使劲，噼里啪啦的声响让外面等他的人心惊肉跳。一声声乌鸦的诡异叫唤已在木栅栏外面响起，那是旺堆发来的暗号。培楚实在等不得了，进去一把拽着次多就往外跑，次多惊慌失措地喊：

"我屁股上有屎我屁股上有屎……"

前院的哨兵终于发现了犯人在逃跑，他在第一时间鸣了枪。监狱里一时大乱，看守们从宿舍冲出来，犯人们已经翻过木栅栏了。

格桑多吉得到犯人逃跑的消息后，开口就问："史蒂文也跑了吗？"他穿衣、佩枪、上马，一连串动作还不到一分钟。他自己也感到奇怪的是，那时他想到的不是如何抓到史蒂文，而是担心这个家伙万一被打死了，他该如何向玛丽亚交代。他可不愿意再次面对玛丽亚的泪眼。

许多年过去了，许多往事不堪重提，许多人生经历在岁月朦胧又血腥的时光中难以说清。格桑多吉作为共产党刻意培养的民族干部，在这个复杂暧昧的晚上从此走上一条充满荆棘的下坡路，并且一直走到地狱的门口。就像当年他在追逐史蒂文的路上，把其他人远远甩在身后，他骑马从一座雪山上冲下去，终于在一个路口堵住了那几个逃亡者。他打倒了其中的三个人，俘获了史蒂文，其余三个人却逃脱了。

史蒂文是格桑多吉策马用马头撞倒的，他可以用枪、用刀、用一千种方法置他的情敌于死地，没有人会认为他有错。但他没有杀死史蒂文，他就对自己有错。

更要命的是，格桑多吉马失前蹄，重重地摔了下来。也许是战马不明白主人为什么冲到敌人的面前，不用马刀去砍杀，也不用枪射击，更不要它高扬起马蹄踏碎敌人的胸膛。主人要它用头去撞翻敌人。这样的命令它从来没有碰到过，因此战马别扭地执行了命令，却前蹄一滑，将主人颠翻了。

这可是格桑多吉戎马生涯中最丢脸的事情。但他很快就顺势把史蒂文压在身下，两人都是一身的泥水，史蒂文抹了一把满脸的泪水、雨水，面对格桑多吉的枪口，竟然张口说：

"我想回家。"

"我也想，"格桑多吉说，"但我没有家。"

史蒂文说："那是因为你还想着我的女人。"

格桑多吉答非所问："你这活该到处流浪的家伙，你跑什么跑，难道你跑得过枪子儿？"

"枪子儿追得再快，我也要跑。格桑多吉，我要为我的女人活着。"

格桑多吉忽然发现史蒂文的眼神像玛丽亚，让人的革命意志坚定不起来。他忘记了这个家伙有一双柔情似水的眼睛，曾经让很多仇人感动，让更多的女人融化。

"滚吧，走得远远的，不要让我再看到你。"

这是格桑多吉一生中说得最荒诞不经、最鬼使神差的一句话，仿佛不是从他的口里说出来的，而是另外一个人，一个不但他不认识、所有格桑多吉的朋友、兄弟、革命同志也不认识的家伙说的话。以至于史蒂文惊讶地望着格桑多吉，半天不敢挪步。

"史蒂文，憨狗日的，你没有长蹄子吗？"格桑多吉骂道。这是半年前史蒂文误杀了伊丽莎后，玛丽亚骂他的话，格桑多吉此刻脱口而出，把他们两个人都吓了一跳。

"为什么放我？"史蒂文问。

"为了玛丽亚不哭。"

史蒂文明白了，玛丽亚在格桑多吉心中的分量，跟在他心中的分量一样。他们都是可以为这个女人无意间掉一根头发也会心痛的男人，更何况一滴眼泪呢？

天上的雨淅淅沥沥地下，像某个人永远也流不完的眼泪。史蒂文在将来的日子里最害怕的就是夜雨，不管它在哪里下，下多大，下多久，都是他的梦魇，都是他心里的泪，更是这个前流浪说唱艺人一生的哀歌。

"格桑多吉，我知道你想着我的女人。但是我还是要说，你敢碰她一根头发，你会下地狱的。"

格桑多吉的心头又堵满了石头，不过这次他终于嘲讽了自己一把。

"你以为，我这样的人，会上天堂吗？快给我滚！"

格桑多吉回到县里后，马上就被县委书记找去谈话。原来那三个被格桑多吉打倒的犯人，有两个并没有死，其中就有旺堆，他为了立功赎罪，告发了格桑多吉放走史蒂文的事。组织上开始并不相信旺堆的话，一个连自己的生父都敢射杀的人，已算是经历了最严峻的考验。但当他们问格桑多吉是否确有其事时，格桑多吉沉静地回答道：

"是的，是我放走了史蒂文。"

"为什么？"县委书记张大了嘴。

"不为什么。"

"为什么？"县委书记再次追问。

格桑多吉紧闭嘴唇，打算一辈子也不回答这个"为什么"。

"我们就要提拔你当副县长了！"县委书记比问"为什么"时嗓门更大。

"我想回到村庄里去当一个牧人。"格桑多吉说。

"党培养你容易吗格桑多吉同志！？"

"不容易。"格桑多吉用军人标准的立正姿势说，"当一个好牧人也不容易。"

"简直胡扯！"县委书记手一挥，"你现在必须接受组织的隔离审查。干革命哪能想来就来，想走就走。"

下午格桑多吉的枪就被收缴了，他被单独囚禁在监狱的一间房子里。两个军人轮流审问他"为什么"。他们平常都很佩服格桑多吉的勇敢正直，把他当真正的康巴英雄。一些高层领导听说格桑多吉犯了错误，都很为他着急。那个解放时救过格桑多吉的高团长现在已经是军分区司令，他在电话里严厉训斥阿墩子县的干部，说格桑多吉是个久经战火考验的好同志，对革命有功，这样的民族干部应该万分珍惜。你们要是搞出冤案来，老子就毙了你们。

对格桑多吉的审讯是经过精心安排的，审讯干部暗示他，我们知道你一个人面对六七个叛匪，是一件很不容易的事情。况且你还抓回来两个，击毙了一个。单凭这一点就可以给你报功，因此跑几个人都属正常的，不是有三个人也跑了吗？史蒂文是不是也趁混乱之际跑的呢？你只要回答"是"，就没有你什么事儿了。我们相信你的说法，绝不会冤枉一个好同志。格桑多吉同志，请仔细想好了，再问你一次，是史蒂文自己跑的吗？

"不是。"格桑多吉说。这是他在审讯时唯一的回答。

他的爱神徘徊在审讯室外，颔首，叹惜。

三天审讯结束后，格桑多吉被解除县公安局局长职务，和一群被俘的叛乱分子一起送去劳改。他没有料到自己连回村庄当牧人的机会都没有，他当强盗时，说洗手不干了，他的好兄弟死在他面前他也不动心，也没有人会认为他有错。他的生命从来就是自由不羁的，他的爱从来也是豪迈挥洒的，这个世界上没有任何人可以阻挡他迈向爱的殿堂，也没有任何东西可以浇灭他心中爱的激情。他的生命中只要有一丝真爱的阳光，外面的世界如何腥风血雨他都坦荡地承受。

36·迷途的羔羊

> 如果一个人有一百只羊，其中一只迷失了路，他岂不把那九十九只留在山上，而去寻找那只迷失了路的吗？如果他幸运地找着了，我实在告诉你们：他为这一只，比为那九十九只没有迷路的，更觉欢喜。
>
> ——《圣经·新约》（玛窦福音 18：12）

史蒂文看到一些大胡子士兵向他们几个人冲过来时，才知道自己已经亡命到印度了。他扔了枪，向着家乡的方向流着无声的泪。在此前几天他们就知道，只有逃到境外，才可保命。他们从澜沧江峡谷翻越碧罗雪山山脉进入怒江峡谷，又沿着这条峡谷进入到西藏的察隅，一直身不由己地往国境线逃。每爬过一座高山，史蒂文都要在心中哭喊：玛丽亚啊玛丽亚，我离你越来越远啦！这到底是怎么回事啊？

"哭没有用，路在脚下，我们会回去的。"托彼特也朝着教堂村的方向说。这个老天主教徒因为不能忍受格桑多吉的工作队把教堂改成学校，不能忍受再不可以在每个主日天没有神父的弥撒，不能忍受没有神父、没有忏悔、没有唱给天主的赞美诗，在旺堆劫狱那天，自己跑出来帮忙，然后和史蒂文一起逃亡。他们在高山峡谷中乱窜，到处都可碰见被解放军打散了的叛乱者，时而是几十上百人的武装，时而又只剩下十来个人。从阿墩子监狱跑出来的人中，有旺堆的弟弟培楚和那个宁可痛快地拉屎也不忙逃命的次多，他们是一个地方的人，在枪子儿里一起钻，在死人堆里一起滚，再大的战火都相互照应。

到了印度后，他们像牲口一样被牛车、汽车、小火车长途转运，最后被送进一个叫达普的难民营，四个从阿墩子来的逃亡者从来没有见到过这么多的藏族人。天气酷热，伙食也很差，藏族人初来乍到，并不适应印度的湿热天气。他们逃出来时身上都穿着羊皮藏袍，脚上的藏靴从来没有显得如此笨重、闷热，许多人脚趾头都焐烂了，不是找不到一双轻便凉快的鞋子，而是他们不习惯赤足踩在滚烫的大地上。难民营里天天都有新来的人，也天天都在往外抬尸体。人们竞相打听谁逃出来没有，谁死在路上，谁的亲人在哪里？这里什么都缺，就是不缺到处流传的坏消息和深夜每间房间里孤独的叹息。

后来年轻力壮的难民被编入筑路队修公路，史蒂文、培楚、次多都在这个队里，托彼特成为筑路队的伙夫。工地上死人的速度超过了难民营。一些地段筑路民工的尸骨直接填作了路基，一些工棚里早上再没有人爬得起来上工。有一天达赖喇嘛在一批衣着光鲜的官员和侍从人员的陪同下来工地巡视，筑路的藏族人蜂拥向前，磕长头的声响震撼着大地。只有两个人在工棚内端坐不动，这便是史蒂文和托彼特。那边的热闹衬托出这两个异教徒的孤单。

"他可一点不像个难民。"托彼特撇了撇嘴。

"我们是难民中的难民。"史蒂文嘀咕道。

"胸口贴近尘埃的人，有福了。"托彼特望着远方说。

"有什么福？"史蒂文继续抱怨，"真不明白我们跟着跑出来做什么？也许被他们抓回去，最多让我蹲十几年牢房，我还可以回家和玛丽亚团聚。康菩土司的地牢我都蹲过了，阿墩子的牢房不过是一座客栈。可你看看现在的日子，回家的路在哪里？主耶稣的怜悯在哪里？"

"他来了。"托彼特突兀地说。

"谁来了？救世主吗？"史蒂文没好气地问。

一个大胡子洋人正迈步向他们走来，他的胸前挂着两个相机，是随同达赖喇嘛来采访的。他走到两个人的面前，用手比画着，做出喝水的动作。

"你是要水吗？尊敬的大人。"托彼特用法语准确地问。他是个极有语言天赋的人，当年跟着神父们不但学会了法语，连拉丁语都能说上几句呢。

洋人记者瞪大了眼睛，他看见了托彼特脖子上的十字架，他的惊讶远远超出了一个见多识广的职业记者的表情。

"你们认识这个人吗？"洋人记者从胸前掏出一张照片来。

"罗维神父！"史蒂文率先叫了起来。

"主耶稣啊！他还活着。"托彼特在胸前画着十字。

罗维神父和古纯仁神父被驱逐出中国大陆后，经香港去到了台湾。因为他们的圣职决定了他们必须终生为中国教友服务。当西藏的叛乱开始后，世界各地的舆论都在报道部分藏族人逃亡的消息，罗维神父推测这里面可能会有教堂村的教友。这个洋人记者是他们的一个朋友，罗维神父在他临行前把自己的照片洗印了几百张，请他在各难民营广为散发，如果能见到佩戴十字架的基督徒，就将照片给他们看，凡能叫出他名字的，就立即通知他。

一周以后，罗维神父来到了达普难民营，托彼特远远看见他伸开的双臂，含着热泪对身边的史蒂文说："我们的救恩到了。"

史蒂文说："是我们的'达赖喇嘛'来了。"

罗维神父这次以教会的名义为两个基督徒申请到了去台湾的相关文件，理由是教会有责任为受到宗教迫害的信徒提供庇护。当他们准备启程前往德里时，次多和培楚不干了。他们缠着托彼特，说大家既然已经生死与共了这些日子，又吃同一条峡谷里产的糌粑、饮同一条江的水长大，虽然没有信仰耶稣天主，但他们为了逃离难民营，可以改变自己的信仰。

罗维神父开初并不喜欢这两个忍受不了苦难就改变信仰的藏族青年，他以来不及办手续为由婉拒了他们。他对史蒂文的遭遇充满同情，当史蒂文听罗维神父说要带他去台湾时，这个伤感忧郁的前行吟诗人竟然痛哭失声，他问罗维神父："台湾，它在哪里？"

"在中国大陆的东边，大海的那一边，是一个美丽无比的岛屿。"罗维神父回答道。

"有多远？"

"很远，很远。"

"那里有藏族人吗？"

"我想，到目前为止，还没有。"

"我们还能回到教堂村吗？"

"如果国民党'反攻大陆'成功了的话，也就是五六年时间。"

"可能吗？"

"我不知道。经上说：'天主为爱他的人所准备的，是眼所未见，耳所未闻，人心所未想到。'服从吧，我的孩子。"

"神父，我已经走了太多太多的路了，越走离我的家越远，你把我送回去吧。我宁可去坐牢，还有指望跟我的家人团聚。"

"我都回不去，你怎么回去？"罗维神父反问道，"孩子，跟我走吧，一切都在天主的计划中，服从他的圣意，不要去想将来。"

"我们去了能干什么呢？那里有牧场吗？有河谷地带的庄稼地吗？"

"先去当兵。这是我跟国民政府达成的协议，他们好像对你们藏族人的身份很在意。"

史蒂文伸出自己的双手说："神父，我的手本来命该是弹扎年琴的，我一摸枪就杀了人。我再不想摸枪了。"

罗维神父把手抚到史蒂文的肩上说："孩子，这不是你的错，是时代变了。我还以为我能在西藏的教区终老一生呢。"

罗维神父终于还是带上了次多和培楚，连他自己都感到惊讶的是，国民党政府在德里的办事处对他新提出的申请大开绿灯。那个看上去热情得可疑的国民党政府官员甚至拍着罗维神父的肩膀说："神父，要是你能带出一个团的藏族人，我很乐意为你效劳。"

罗维神父正色道："教会不是募兵处，我们只拯救那些迷途的羔羊。"

官员悻悻地说："现在这个世道，谁不迷路呢？"

37·胸膛贴近尘埃

> 他该把自己的口贴近尘埃，这样或者还有希望；向打他的人，送上面颊，饱受凌辱。
>
> ——《圣经·旧约》（哀歌 3：42）

史蒂文结束了炸石头修路的危险工作，放他逃命的人却仿佛是接了他的班。格桑多吉在劳改队是个不错的放炮手，所有在悬崖峭壁上打眼放炮的活儿大都由他来做。一声声巨响让他想起从前打仗的日子。他从逐渐适应到慢慢喜欢这种生活，那些剧烈的爆炸就像人生某个瞬间的血性喷涌，要么是战胜了凶恶的仇敌，要么征服了美丽的女人。他欣赏自己在大地上点燃的一次次激情、一朵朵美丽的蘑菇云；他更喜欢的是遇到哑炮时的生命挑战。那时的雷管、导火索质量都很差，三天两头碰到哑炮。犯人们用抓阄来决定谁去排查哑炮，每个月都有人撞上霉运。格桑多吉的运气最好，一半的"头彩"都被他中到。他知道这是犯人们从中搞鬼，但他从不抗争，因为有看得见的爱神在他身后怜悯他，鼓励他，让他每次都能化险为夷。不是才走到半路炮就炸了，让他还有逃命的空间和时机，就是那哑炮像他被审讯时一样，把一个惊天的秘密永远沉默下去。甚至有一次当他走到炮眼前时，他看见了像蛇信子一样吐着火苗的导火索已经燃到离雷管不到一指头长了，跑已经毫无意义。格桑多吉眼前浮现出玛丽亚那双迷离梦幻的眼睛，他打算就这样把这生命中最美好的记忆带到天国——如果他不下地狱的话。但是命运之蛇缩回了它死亡的红舌头，导火索在格桑多吉深情的注视下自动熄灭。那一刻，格桑多吉心中在呼唤：玛丽亚！

这双幽怨美丽的眼睛昨天第一次到劳改队探视他。玛丽亚说，她才得到消息说，格桑多吉是因为放走了史蒂文才犯的错误。

"为什么呢？"玛丽亚哭着说。

格桑多吉本可以像面对审讯干部那样沉默，但他的心不由他的口，他张口说："为了不看到你的眼泪。"

"天主啊！难道女人的眼泪比一个公安局长去劳改还重要吗？"玛丽亚抹着满脸的泪说。

"劳改磨炼筋骨，眼泪泡软人心。玛丽亚。"

"耶稣，你看看这颗比犟牛还要犟的人心！"玛丽亚的口气不知是抱怨还是欣赏。

"玛丽亚，还有七年我就出来了。"

"七年？主耶稣！"

"是啊，那时我才三十多岁。生活刚刚开始呢。"格桑多吉用一种充满希望的口气豪迈地说。

玛丽亚半天没有说话，眼睛望着会客室阴暗的墙角："你有指望的日子，我的指望在哪儿呢？"

玛丽亚叨叨絮絮地哭诉，全然不管格桑多吉内心深处的叹息。这叹息就像掉落在地上的一颗颗晶莹的露珠，眨眼就被尘埃吞没了。一个好妻子首先想到的总是自己的丈夫，别人的苦难，其次又其次啊！

这些年格桑多吉随着劳改队辗转在雪山峡谷最艰苦的地方，当过放炮手，做过牧人，打过铁，伐过木，在雪山上挖引水渠，在河谷底修水坝。他的尊严早就被繁重的劳动磨平了，他的血性也被严酷漫长的岁月锈蚀了，他的一颗骄傲的心早已跌落凡尘，他高贵的胸膛布满尘埃。他是犯人2397号，成天灰头土脸，默默无言，额头上再也发不出令人胆寒的红色光芒，格桑多吉这个曾经令人骄傲的名字也再不被人提起。直到有一天一个有些耳熟的声音在他身后喊：

大地雅歌（选章）

"格桑多吉，是你吗？"

那时格桑多吉正在一个砖厂烧窑，他背上背了一摞土砖，听人叫"格桑多吉"时，他没有停留，继续往高耸的砖窑上爬。

"2397号，转过身来！"一个管教干部厉声命令道。

格桑多吉停下来了，慢慢转过身，他看到了眼前的人。背上的砖稀里哗啦地掉了一地，因为高大威猛的格桑多吉竟然跪下了。

"报告政府……高……团长……老领导……"

高国祥现在已经转业到地方当了州委书记，他一直没有忘记格桑多吉，也没有忘记在解放西藏的一次行军中，一发冷枪从山沟里打来，随军向导格桑多吉动作比子弹还快，神奇地推开了高国祥，结果子弹就像刀砍一般在他的脸上留下一道疤痕。如今作为州委书记，他的工作太忙，总是找不到机会来看望他。当他看见服刑的格桑多吉时，这个同样出生入死的共产党高级干部忽然有种英雄惜英雄的感慨。不是为了他的气概，而是为他的卑微。

一个月后，格桑多吉接到减刑通知，立即释放。管教干部问他有没有亲人来接，格桑多吉冷笑道："曾经有一个，但被我打下澜沧江了。"

管教干部说："州委高书记让你出去后向他报到。说是要给你重新安排工作。"

格桑多吉说："请帮我谢谢高书记。我要回我的村庄去当农民。"

"你的村庄在哪里？"

"教堂村。"

"你在那里还有家吗？"

"没有。"

"格桑多吉，你真是一个怪人。人们说你救过高书记的命，尽管你表现得很好，但没有高书记，你还要劳改几年。为什么不给高书记一点面子呢？"

"我是2397号刑满释放犯，我知道自己将来该做什么。"

格桑多吉在爱神的引路下，背着简单的包袱回到教堂村。这是一次凄凉的还乡，爱神现在是一条流浪的狗，一会儿跑到格桑多吉的前面，一会儿又不知踪影。格桑多吉在出狱时，只有这条无人照管的狗在等他，并且一路相随。在一个岔路口格桑多吉走错了道，这狗叼着他的裤脚管把他往爱情正确的道路上拖。格桑多吉才认出来他就是从前的爱神。

他问流浪的爱神："你从前不是骑白马在天上飞翔的吗？"

爱神反问道："你从前不也是骑着'云脚'把天上的云朵都甩在身后吗？"

格桑多吉沉默了，走了三里地才闷闷地说："我们都回到了地上。"

爱神用流浪狗惯有的哀怜望着格桑多吉，目光和他一样孤独无助。当格桑多吉渐行渐远时，爱神遁隐入山林。

在这个他以为是自己的村庄，可哪里是他的家呢？他在村口徘徊，不知道今晚该栖身何处。如果说一个流浪汉归乡还有一片可避风雨的屋檐的话，格桑多吉现在连流浪汉都不如。他没有亲人，没有朋友，更没有生死与共的兄弟。他只有死灰一样深藏的爱，指望它能在万年以后复燃。

就是这一点点的指望了。

第二天村庄里雨雾交加，冷浸浸的雨水就像浓雾里的冷汗。玛丽亚一大早被家里的狗吠声惊醒，她推开门时想，谁在这种天气起那么早。她听到一阵阵打石头的声音，透过黏黏的浓雾，一个高大的背影就像浮在虚空中。

"主耶稣……"玛丽亚险些跌倒。

他们在浓雾中对视，眼眶里不知是雾里的水还是感慨的泪。没有问候，也没有对话，厚重的浓雾掩饰了所有的语言——

回来了？

嗯。

你在这里干什么呢？

盖房子。

为什么要在我家对面？

守着你。

玛丽亚转身回去，一会儿就提来一壶酥油茶。格桑多吉从自己的背囊里拿出木碗，玛丽亚为他冲茶入碗，乳黄色的酥油茶在碗里打着旋儿，几滴珍珠般晶莹的眼泪掉进了碗里。不是玛丽亚的，是格桑多吉的。

"奥古斯丁，我的眼泪早就流干了。你还有眼泪，真幸福啊。"

"我一直像攒钱一样攒着。"格桑多吉努力想让自己显得轻松一点。

"你以后怎么过日子啊？"

"种地饿不死人，放牧累不倒人。"

"唉，奥古斯丁，你不知道吗？现在所有的地都属于生产队，所有的牛羊也是公社的。当年你带着大家搞土改，搞人民公社，不就是想弄成现在这个样子么？你要先去公社报到，他们批给你地，才可以在这里盖房子。"

"这是一块连草都不长的荒地。"

"它也是公家的地。去年我想在房子外搭个鸡窝，他们批判了我一个月。现在连赶马的人都不能随便乱走的。奥古斯丁，你比我更懂这些吧？"

格桑多吉不争辩了，收起了工具，蹲在岩坎上眯起眼看眼前他已不熟悉的世界，还有面前这个朝思暮想的女人。她的美丽不是被浓雾所掩盖，就是被岁月所磨蚀。格桑多吉有些悲哀地发现：玛丽亚这些年老得快，尽管她才三十多岁。

这时一个少年站在了玛丽亚身后，他长得愣头愣脑，眼睛里透着与他的年龄不相称的凶狠光芒，让格桑多吉想起自己第一次当强盗时的眼光。

"阿妈，他是谁？"少年问。

"哦呀，若瑟，他是你奥古斯丁叔叔，还是你的代父呢。"

少年弯腰拾起了一块石头，玛丽亚连忙拉住他："若瑟你要干什么？"

"他害了我阿爸！"少年愤怒地说。

"不许乱说！若瑟你给我回去。"

母子俩在扭打，格桑多吉不忍看下去，起身拍拍尘土，深叹一口气，消失在浓雾中了。

格桑多吉去到公社，见到达娃书记，一个忠诚、厚道的藏族干部。他一见格桑多吉就说："好在你来了，不然我就要派人去抓你呢。"

格桑多吉递上自己的刑满释放证明，说："我现在是自由人了。"

达娃书记说："谁说你自由了？你这种人还要继续接受人民群众的监督改造！"

"是，是。我打算在教堂村做一个老老实实的农民。"

"你以为你想待哪里就待哪里？"达娃书记看看格桑多吉的释放证明，把它丢在桌子上，"你从今天起，就在公社放牧队干活。"

就像玛丽亚说的，如今的牛羊都被集中到人民公社了，放牧队的人都是些犯了错误的和有前科的人，平常由武装民兵押着去牧场上放牧，几乎和格桑多吉在劳改队一样。

格桑多吉沉默良久，终于鼓起勇气说："达娃书记，我想请你给州委高书记打个电话。"

"给高书记打电话？干什么？"

"就说我格桑多吉回来了。"

"妈的，你以为你是谁啊？"

"你打吧。不打就可能是你去放牧队了。"格桑多吉好久没有这样威胁过人了。为了能守在玛丽亚身边，他豁出去啦。

达娃书记犹豫片刻，还是起身去电话室用手摇电话接通了州委。一刻钟以后，他回来了，脸上是庄重又惶恐的表情。他宣布道："格桑多吉同志，州委高书记任命你为公社武装部部长。"

格桑多吉说："别费那心思啦，我只是请求你批给我一块在教堂村盖房子的地。"

38 · "约伯的耐心"

我所畏惧的，偏偏临于我身，我所害怕的，却迎面而来。

——《圣经·旧约》(约伯传 3：4)

立正，稍息，卧倒，齐步走，匍匐前进；

有理扁担三，无理三扁担；轻则吃"火腿"，重则"肉丝面"；

"一年准备、两年反攻、三年部署、四年扫荡、五年成功！"

"领袖要我们死，我们唯恐死得太慢！"

训练营地里的新兵们个个都像木头人一样戳在滚烫的地面上，声嘶力竭地喊着口号操练。教官们手持竹鞭，随时打算给这些呆头呆脑的新兵蛋子一顿"肉丝面"，直打得他们知道什么是"国军"的军事训练。所谓吃"火腿"，则是飞起一脚，踢向那些站得不够直的家伙。那个叫史蒂文的藏胞，立正时双腿总是并不严。这个狗娘养的是个罗圈腿，他报告教官说是从小骑马骑的。和他一起被送到新兵训练营的另外三个藏族人都是立正都做不好的家伙，因此在全营里就他们几个"火腿"和"肉丝面"吃得最多。年纪最长的托彼特，连背都挺不直。真不知道募兵的那些家伙们是怎么想的，把快做爷爷的人也送来当兵。"真他妈的，这种兵训练出来怎么跟老共打战？"教官总是在背后恨恨地骂。

对史蒂文来说，训练场上的严酷并不算什么，没有一个藏族人吃不了的苦。康菩土司的地牢都蹲过的人，也就不怕任何人间地狱。但在训练营却有比下地狱还令人难以启齿的事情。自从这四个被称为"藏胞"的新兵来到训练营后，他们被那些汉族士兵当稀奇看。尤其是史蒂文和托彼特，一个俊美，一个丑陋，仿佛是天使和魔鬼的组合，要让美男子美得无可比拟，丑男人丑得无以复加。按大兵们的说法，这两个家伙一个让人想女人，一个让人做噩梦。

新兵宿舍都是大通铺，晚上闷热难当，大家都穿短裤、光着上身睡觉。有个晚上史蒂文在睡梦中忽然被背后的挤压弄醒，一张喷着浓烈蒜味的嘴贴在他的耳边，而他的臀部却被一根硬硬的东西死死抵住，还有一只手在褪他的裤子……

史蒂文是结过婚的人，知道这畜生想干什么。他也知道这个家伙是个山东兵，走到哪儿那股令人作呕的蒜味就弥漫到哪儿。他比史蒂文更高大强壮，个头有些像格桑多吉，但他可比格桑多吉讨厌得多，白天时他就涎皮赖脸地对史蒂文说，你有双娘儿们的眼睛。

史蒂文反抗挣扎，但只能做到死命护住自己的短裤。两人在黑暗中无声地搏斗，直到那个畜生发泄完兽性。史蒂文羞愧难当，把头埋在枕头里，任由泪水浸湿了枕头。

噩梦还没有完，在史蒂文难以入眠的夜晚，口里喷着辣子味的、海腥味的、劣质烟草味的、死尸腐臭味的畜生们接踵而至。史蒂文每天早上起来都要默默地洗短裤，他的话越来越少，眼眶日益发黑，脸色比黄昏还暗。终于，托彼特看出了这黑暗中的丑恶。这个老天主教徒哀叹道："地狱之门啊地狱之门，你何时为世上的恶人打开？"

次多和培楚到台湾前已经在罗维神父面前破例领洗，次多赐教名保禄，培楚改叫耶西。他们是两个血气方刚的年轻人，不像史蒂文那样内心似女人般柔软。一个晚上，保禄和耶西在路上拦住了那个口喷大蒜味的家伙，一句话不说劈头就打。他们是新兵中唯一跟共产党打过仗的人，不怕死，下手狠。三拳两脚就将那家伙打得跪在地上喊爷。然后这两个"藏胞"一路打下去，将新兵营里口里不干净下面更肮脏的畜生们统统打得屁滚尿流。教官不是不知道军营里的斗殴，不过军中向来认为：要训练出凶悍士兵，打架也算是一次实战训练。不会打架的士兵不是好士兵，既然现在还没有跟老共打仗的机会，就他娘的自己人先打自己人。

三个月地狱般的新兵训练终于结束，四个藏族人没有像其他大兵那样被分去守海岛，而是被一辆吉普车拉到一个秘密基地，因为他们在进去时是被蒙上了眼睛的。那是一个有两重岗哨的庭院，庭院的围墙架着高压电网，里面的热带花草却茂盛葳蕤，艳丽的芭蕉花婀娜多情，笔直的椰子树耸入云天，像一个隐秘的疗养院。不过这里的生活倒是像在天堂，他们两人一组被安排在整洁的房间，伙食不错，也没有打骂歧视，它对外的称谓为"071"，内部叫"边疆民族干部培训管理中心"，简称"边管中心"。每天都有政治教官给他们四个人开小灶上课。

史蒂文和托彼特住一起，在他们的房间里除了耶稣的圣像和十字架，还有一张中国地图。托彼特每天祈祷时，史蒂文总是望着地图上故乡的方向发呆。到了台湾后他才发现自己离玛丽亚有多么远，教官们的政治洗脑让这空间上的距离更加遥不可及。台湾海峡不仅隔绝了他和那片土地的联系，如今他加入的阵营更让他成为海峡对岸不共戴天的敌人。他若是能活着回去，必死无疑；死了，也回不去。

"我们上了神父的当了。"史蒂文有个晚上终于愤懑地说。

托彼特刚刚念完当天的晚课经，说："孩子，你可别这么说。这是天主的计划。"

"把我们训练成格桑多吉那样的强盗，也是天主的计划？让我们背井离乡，也是天主的爱？"

"想想约伯的耐心吧，我们的苦难，不过是撒旦和上主的一场赌局而已。"

史蒂文哀叹道："凭什么我们要成为天主和魔鬼赌局的筹码啊？"

托彼特在胸前画了个十字："因为我们配这份苦难的光荣。经上说：'难道我们只由天主那里接受他的恩惠，而不接受灾祸吗？'[①]"

一年培训下来，除了政治洗脑，他们学到了比在新兵训练营更多的东西，跟踪与反跟踪，暗杀技术，谍报技术，监听手段，各式枪械，游击作战，擒拿格斗，荒野求生技巧，情报密写，等等，连美军顾问都来给他们上过课。当他们走在大街上时，脑袋后面也有一双眼睛；当需要他们搞破坏时，身边的生活日用品也可以制造出一枚威力强大的炸弹。

年终考评时，让教官们惊讶的是托彼特成绩最好，这个老家伙华语流利，藏语精通，还会说法语，英语也一学就会。而史蒂文聪明敏捷，善用器材，并且他杀过共产党的人，坐过共产党的牢，是个可造之才。

教官们对保禄和耶西这两只笨鸟很失望，他们考核都不合格，连华语都

---

① 《圣经·旧约》（约伯传 2：10）。

说不流利的人，你还能指望他明白什么是"反共复国"、什么是三民主义？结果他们被分去台湾本岛外的小岛上当少尉，那是国军中最艰苦的岗位。而托彼特和史蒂文则分到情治单位的一家电台，任务是监听世界各地的藏语广播，不仅监听北京的，还监听达兰萨拉①的，美国的，欧洲的。然后每天向上司写一份综合报告。

"西藏未来的政治动向，在你们的耳朵里。"一个上校情报官对托彼特说。

"这样大的一件事情，你们竟然让一个得过麻风病的老丑八怪来做。"托彼特当时嘀咕道。

"党国里像你们这样懂藏语、华语、外语的人才不多，当初把你们从印度难民营里救出来，就是为了今天，也为明天我们光复大陆打下基础。"

"这就是教给我们一身绝技后要我们干的活儿？"史蒂文问。

上校情报官冷冷地说："那么，你想干什么呢？"

"我请求到缅甸特区去效命。"史蒂文站得笔直，沉静地回答道。

国民党政府那时在泰缅边境的金三角地区还有残余部队占据的一块地盘，人们称之为特区，它和大陆云南省的西南边境挨得很近。据说那里最艰苦也最危险。不但要和缅甸政府军作战，还要和缅甸共产党的部队和当地的民族武装打仗。

"为什么想去那里？"上校厉声问。

"报告长官，我听说，那里军饷高，升职快。"

"也很危险。你不害怕吗？"

"领袖要我们死，我们唯恐死得太慢！"史蒂文高声说。

史蒂文的高调门让同样立正站在他身边的托彼特也吓了一跳，他像不认识似的看了他一眼，然后就看见上校情报官轻轻在史蒂文挺起的胸膛上擂了一拳，说："你小子有种。"

回到宿舍收拾东西时，托彼特悲伤地望着还在看地图的史蒂文说："我们要分开了，我的孩子。你为什么要去那个鬼地方啊？"

"托彼特，"史蒂文压低了声音，"你来看看地图吧，特区离我们的家乡多近啊！"

"你是想……"

---

① 达赖流亡政府在印度的基地。

"嘘——"史蒂文用手指压住了自己的嘴唇。

39·运动

世界若恨你们，你们应该知道，在你们之前，它已恨了我。

——《圣经·新约》（若望福音 16：1）

运动来了。

公社党委达娃书记被打倒，造反派夺了他的权，让他戴高帽子，挂着牌子去各村批斗，然后被送去高山牧场放牧。格桑多吉听说达娃书记进了放牧队，还以为是自己没有干公社武装部部长一职，惹恼了老领导高书记，连累到了达娃。后来才知道，这不是自己的原因，因为州委一把手高书记也被打倒了。

格桑多吉在教堂村顺利安了家，房子就起在玛丽亚的对面，两户相距不过三百来米。白天他和大家一起参加生产队的劳动，傍晚时，他常常像一条狗一样地蹲在自家的门口，看玛丽亚房顶飘起的炊烟，直到夜幕将他孤单的身影淹没。

那条曾化身为爱神的流浪狗，自从运动以后，就再也没有来找过格桑多吉。现在不要说这些自由自在的野狗们，连鸟儿的鸣叫也变声了，不再婉转甜美，而是要么气势汹汹，要么悲鸣呜咽。

村里只有小学，小若瑟需到县上的中学去念书，一个月才回来一次。这小家伙聪明好学，是村里第一个高中生。无数个夜晚，两盏孤灯下的两个孤独的人，似乎永远也难以逾越那几百米的距离，仿佛走过去需要几百年那么漫长的时光。一个在灯下思念自家生死未卜的丈夫，一个在黑暗中抚摸多年前的那个蓝色小玻璃瓶儿。在格桑多吉被捕前，他知道这样的东西是不能带进监狱的，因此提前把它藏在阿墩子县公安局院坝的一棵老雪松上。他释放出来的第一件事就是回到县公安局，不是去看望过去的老战友，而是去找回这个玻璃瓶儿。每当他的手抚摸到它时，他的心都在战栗。不仅仅是为爱，还为自己的胆子越活越小。当年他是何等的豪迈勇武，在人家的婚礼上也敢单枪匹马地去求婚。现在，玛丽亚孤身一人，他却连去串门的勇气都没有。

有一天玛丽亚给格桑多吉送来一条新氆氇，是她亲手编织的，密实、绵软、温暖，上面有彩虹绚烂的色彩，有女人暧昧的温馨，有寒夜孤灯下的犹豫，有莫名愧疚中的徘徊。玛丽亚说："晚上寒，你的被子太薄了。"

格桑多吉还没有来得及道声谢，女人已经转身走了。在此后的许多个夜晚，他不是把氆氇垫在铺上，也不是盖在身上，而是将它抱在怀里，温暖他一个又一个漫长的寒夜。

玛丽亚不是不知道格桑多吉的爱意，但寡妇门前是非多，况且她是不是"寡妇"都未定，因此她的身份就被更多的眼光严厉管束着。教堂村像她这样年纪的人，婚姻都是过去在教堂里由外国神父祝圣过的，虽然解放这些年了，但这个信仰天主教的村庄在此方面特别淳朴、严谨。神圣的婚配有主耶稣的烙印在，过去强盗都没有抢走它，现在谁能奈何它呢？

但有个人却不相信这场婚姻的神圣。他是新成立的公社革委会三结合领导小组的副组长刘福，此人曾经在朝鲜战场上跟美国人拼过命，被美国佬的凝固汽油弹烧坏了脸，神经受到些刺激，作为荣誉军人退伍回到公社里。他先是在供销社当主任，可这家伙的外貌实在令人生畏，人们说当年那个逃跑掉的托彼特都比他顺眼。随着刘福年龄的增长，想媳妇就想得神经越发不正常了。他追女人追得人家做噩梦，也影响了自己的进步，英雄的光环也越来越暗淡。但他脾气大，常以革命功臣自居，造反派一造反，他就带着对上级的怒气和对女人的欲望被结合进去了，这本就是一场全民疯狂的运动，正适合刘福这种脑子不正常的人。现在，他带了一支工作队进驻教堂村搞"文革"。

他很快就盯上了玛丽亚，一个单身少妇，叛匪家属，这样的女人他完全可以滥用革命的名义使其就范。工作队进村后，人人都要到刘队长面前过关，交代过去的历史问题，从家庭出身到信仰再到是否参加了当年的叛乱。因此刘福有机会审视教堂村的所有女人。他认为，哪怕是没有结婚的黄花闺女，也没有玛丽亚有女人味。

但他发现玛丽亚不容易上手，这个女人在交代历史问题时说："我丈夫还活着，他犯了错误，政府会治他的罪。但我会等他回来。"

刘福冷酷地对玛丽亚说："不，你错了。你丈夫早就被解放军打死了。"

玛丽亚的眼泪一下就下来了，她感觉到了刘福那双不怀好意的眼光。她说："人死了总得有个说法的。从前伯多禄家的儿子参加叛乱被打死了，政府专门有通知。"

"好吧，等几天我就给你通知。"刘福说。

到第二天傍晚，刘福就拿了一张自己填写的死亡通知书来到玛丽亚家。他说："你看，你男人的阴魂还在这上面呢。难道你还要为这个叛乱分子守活寡吗？"

在玛丽亚的眼泪浸湿了那张伪造的死亡证明书时，刘福的手搭在了玛丽亚的肩上。他说："不要伤心了，世界上的好男人多着呢。这么些年你就不想男人吗？"

玛丽亚闪身躲开，刘福却双手按住了她："我要娶你。听我的话没错，否则我开你的批判会。"

玛丽亚再躲，刘福压到了她身上："你这个臭叛匪婆娘，还想不想活啊？"

"你想不想活？畜生！"刘福的身子忽然被提在半空中，他扭头看见一个黑大汉正一手提着他，让他的双脚着不了地。

"格桑多吉，放开我！"刘福嚷道。

格桑多吉从刘福一溜进玛丽亚的家门就一直关注里面的动静了。他把刘福抵在墙角，压低声音怒喝道："出去！"然后放下了他。

"你给老子出去！"刘福双脚落了地，反倒跳起来了，"我来向这个女人求婚，关你屁事！"

格桑多吉怔住了，呆呆地看着玛丽亚。

"嘿嘿。"刘福干笑两声，往门口一指，"滚出去。"

"我有男人了。"玛丽亚在一旁幽怨地说。

"你男人死了。我要你嫁给我。"刘福用命令的口吻说。

"不，我男人是他。"玛丽亚向格桑多吉努努嘴。

格桑多吉脑子里"轰隆"一声炸响，像冬天里訇然盛开的高山杜鹃，像当年在劳改队放炮炸倒了一整座山。有些人的一句话，便可以改变季节，扭转乾坤。他差点没让自己的眼泪下来了。他挺立在刘福面前，一字一句地说：

"刘队长，她早就是我的女人了，你来晚啦。我在这里干工作队的时候，可不像你这么连强盗都不如。革命不是你们这种搞法。"

"你……你你你，你这个劳改释放犯，别以为我不知道你的那些馊事。明天到我办公室来交代你的历史问题！"

这是一个必须为历史偿还高利贷的时代。刘福走后，两个人孤坐无语。这是格桑多吉在教堂村落户以来，第一次晚上坐在玛丽亚的火塘边，平常他最多白天来串个门，也是来去匆匆，借个瓢，送点山货什么的。尽管两人的目光都游离幽怨，但从不敢对视，更不敢深情，总是躲避的脚步逃离得比相碰的眼光更快。

玛丽亚仍在啜泣。"他死了。"她把刘福送来的那张纸递给格桑多吉。

格桑多吉不用看也怀疑它的真实性。在他当公安局长时，这样的证明书他批得多了。有些下属把不太清楚的逃跑案件也归于"击毙""死亡"一类，因为人犯逃走，对基层干部来说，无异于失职。有时他也顺水推舟地签发了，山那样高、那样大，跑一个人真是太容易了。那些跑出去的家伙，谁知道是死是活呢？就当他们是活在人间的死鬼吧，比如史蒂文。

"这不过是一张纸。"格桑多吉话音一落，顿时就把肠子都悔绿了。他等于在告诉玛丽亚：你的男人可能还活着，你就继续等他吧。他真想为这话自己捅自己一刀。

"我们怎么办啊？"玛丽亚的泪水滴滴答答地掉在纸上。

"我们？"格桑多吉的心像一匹狂野的马在草原上驰骋，它就要从胸膛里冲出来了。

"是啊，我和若瑟。"玛丽亚就像一个高超的套马手，竿子一挥，就把格桑多吉内心里的野马套住了。

"噢！"格桑多吉长嘘了口气，"我会保护你们的。"

玛丽亚虽然是一个普通农妇，但在这样的岁月也能洞若观火，她一针见血地指出了他们的未来："你明天去工作队后可能就回不来了。你会被批斗，甚至可能会被重新抓进去。而那个家伙就会天天找上门来，我家的狗可没有他凶。我们怎么办啊奥古斯丁？"

这个"我们"是指他和她了，格桑多吉却无言以对。

"我们去办个结婚手续吧？"玛丽亚幽幽地说。

"你——说——什——么？"

"那不过是一张纸。"玛丽亚超凡的冷静让格桑多吉的心像在溜索上晃荡，忽而带着快感驾云追风，在半空中飞翔；忽而溜到对岸时才发现没有地方降落。

玛丽亚继续说："那不过是阻挡刘福这条馋狗的一张纸。奥古斯丁，我求求你帮帮我。我们假装结婚吧，你搬过来住，刘福就不敢来找我了。"

"那么……"格桑多吉浑身燥热，汗水都下来了。

"我还等我的史蒂文。他没有死，我知道的。"

"可……我……"格桑多吉没有舌头了。

"把我当你的妹妹。"玛丽亚温柔地说。

这柔情的请求没有人可以反对。格桑多吉无条件地投降，并将之视为某种全新生活的开始——为终生相恋的人再一次付出。

他找来纸和笔，打算给公社写结婚申请。教堂村的生产队没有批准结婚的权力。玛丽亚因此还抱怨道："过去结婚哪有这么麻烦啊？两人走进教堂，神父一祝福，一辈子的事情就定了。"

格桑多吉痛苦地想：就是由于神父的这些说词，让你一辈子受苦啊你还不明白吗？

"快别提过去的事啦，要挨批判的。"格桑多吉用舌尖舔舔那支破毛笔，他按现在的规矩写自己的"结婚申请书"。

"伟大领袖毛主席教导我们：要斗私批修……"格桑多吉口里念道，还未落笔就觉得不妥。结婚就是"私字当头"，谁批准你结婚啊？

"伟大领袖毛主席教导我们：革命不是请客吃饭，不是绣花做文章……"也不对，革命也不是结婚生娃娃。

"伟大领袖毛主席教导我们：提高警惕，保卫祖国……"妈的，这跟结婚有什么关系？

两人折腾到半夜，把学来的语录搜肠刮肚地背了又背，想了又想，把家家都当《圣经》收藏的《毛主席语录》也翻出来了。最后，格桑多吉终于写成了自己一生中最重要的一份文件。

结婚申请书

　　伟大领袖毛主席教导我们："白求恩同志是加拿大共产党员，五十多岁了，为了帮助中国的抗日战争，受加拿大共产党和美国共产党的派遣，不远万里，来到中国。去年春上到延安，后来到五台山工作，不幸以身殉职。我们大家要学习他毫无自私自利之心的精神。从这点出发，就可以变为大有利于人民的人。一个人能力有大小，但只要有这点精神，就是一个高尚的人，一个纯粹的人，一个有道德的人，一个脱离了低级趣味的人，一个有益于人民的人。"

　　现有阿墩子县东风人民公社红卫大队第三小队人民公社社员格桑多吉同志和玛丽亚同志自由恋爱多年，为"抓革命促生产"，申请结为革命夫妻。请上级领导批准为盼！

具状申请人

格桑多吉，玛丽亚

致以崇高的革命敬礼！

玛丽亚低声嘀咕道："主啊，你扯了那么远。从美国到加拿大国，还到了延安，最后才回到我们教堂村的三小队，还不就是为了哄他们的一张纸。"

"这是毛主席老三篇里的文章，全国人民都在学习呢。"格桑多吉还在欣赏自己的杰作，"我怎么看着像是写给我的。"他脸上荡开幸福的笑意。

玛丽亚在胸前画了个十字说："毛主席的文章，就像《圣经》一样，就是写给大家的。"

第二天一大早，格桑多吉就赶到公社，找到民政助理员，把申请书递上去。那个助理员忙着去参加批判会，看也没有多看就给他开了结婚证明，还在上面盖了章，匆匆说："格桑多吉同志，舍得一身剐，敢把皇帝拉下马。祝贺你们结为革命夫妻。"

格桑多吉回答道："破字当头，立在其中。谢谢你啦！"

格桑多吉赶回教堂村的路上，碰见流浪的爱神蹲在山道边的一块岩石上，他快活地跟他打招呼，说："伙计，我婆到玛丽亚了。"

爱神并不快活，他的毛色零乱，前蹄上有血痕，看上去忧心忡忡，神色哀怨。

格桑多吉抚摸他的脖子和受伤的前蹄："你这些日子跑哪儿去了呢？谁打你了？真想不到爱神也会受伤。唉！跟我一起走吧。我现在总算有一个有女人的家了，这才是真正的家啊。"

爱神没有跟格桑多吉走的意思，他舔舔格桑多吉的手，又伏下去舔尽前蹄上的血迹。格桑多吉忙着回去参加批斗大会，只好对他说："好吧，你就在这儿待着吧。我回去要面对的也不都是好事。你不要走远了伙计，我的爱以后还需要你的保佑呢，尽管你现在是一条流浪的狗。"

太阳才刚刚爬上峡谷的山顶，村里的人们已经被集中在教堂里开大会了。格桑多吉才进门，就被工作队的人拦住，递给他一顶高帽子和一个纸牌，上面书写着"反革命流窜犯——格桑多吉"。一个小青年问："是你自己戴上呢还是我们来？"

格桑多吉快活地说："我自己来吧。"

他是快乐的，他今天结婚了——尽管是假结婚。但谁不在大婚的日子里快乐呢？就把今天的批斗会当作格桑多吉的"婚礼"吧。既然他不能在赞美诗的祝福下在教堂里办一次隆重体面的婚礼，那么，就让教堂里的批斗会来为他终于有个家祝福。他径直被押上了教堂的圣台。过去只有有圣职的人才可以上的圣台，现在成了格桑多吉的批斗台。

教堂里口号声此起彼伏，格桑多吉却在想多年以前玛丽亚和史蒂文在这个教堂举办婚礼时，他被村人绑在村口的大树下，那时他在心里发誓：终有一天，他也会在教堂里迎娶玛丽亚。他走了那么远的路，吃了那么多的苦，现在他差不多做到了。他真想对着批判他的人们喊：我娶到玛丽亚了。我要请你们喝酒！但他不能说，他只能面对像澜沧江水一样汹涌的辱骂声争辩了一句："我不是反革命，也不是流窜犯。我已经改造好了。"但瞬间就被人们用拳头和脚打翻在地。刘福驳斥他的理由是：你又不是教堂村人，跑到这里来落户干什么？

下午批判会结束时，玛丽亚把格桑多吉开来的结婚证明当着很多人的面交给了生产队队长罗迪尼，这个史蒂文曾经的朋友用诧异的眼光看着玛丽亚，他什么都没有说，就把证明还给了玛丽亚。玛丽亚走了很远了，他才冲她的背影说："我会告诉大家的。"

晚上格桑多吉被玛丽亚扶回了自己的家，他伤得不轻，身上青一块紫一块的，头也被打破了。格桑多吉想回自己的小屋疗伤，他不愿玛丽亚看到自己身上的屈辱。但玛丽亚说："奥古斯丁，有打你的手，就有为你抚平伤口的手。天主是公平的，一扇门关闭了，一扇窗户主耶稣就会为你打开。"

玛丽亚为格桑多吉热敷时，罗迪尼和几个村人前来祝贺。他们带来一条毛巾，一块肥皂，一匹氆氇，一坨茶叶等日常生活用品。罗迪尼难为情地对格桑多吉说："兄弟，不要笑话我们了。现在不比从前。"

格桑多吉笑着说："你们来看我们就是最大的厚礼啦。谢谢大哥。"

罗迪尼苦着脸说："你们早点休息吧。听说明天要拉你到邻村去游斗，你穿厚点，打起来就不痛了。"

格桑多吉说："这点痛不算什么。我有……家了。"他看着玛丽亚，玛丽亚低头看火塘，脸上不知是羞红的，还是火光映红的。

人们走后，两人呆坐良久，不知接下来该做些什么。瘀青的伤口热敷了，打破的脑袋包扎了，茶也喝凉了，火塘里的火苗也有了睡意，孤独漫长的等待和爱情艰难的跋涉走到了一个三岔路口，一条通往幸福，一条通向守望，还有一条未知的道路，路的尽头可能有史蒂文归来的足音。因此，火塘边的人今晚不知道该睡在何处。

　　最后还是格桑多吉败下阵来，他说："趁天黑，我还是回我的屋子吧。"

　　玛丽亚咬着嘴唇说："奥古斯丁大哥，还记得很多年前我被你的兄弟抢了，你来救我的事吗？大家都相信你的良善，现在我更相信了。昨天我不说你是我男人，他们今天不会打你打得那么狠；可是如果我不那样说，今晚我的梦就不会安宁。奥古斯丁，你永远是我敬重的大哥，是史蒂文的好兄长，是若瑟的好代父。我和史蒂文是在教堂由神父祝圣过的。经书上说：'天主所结合的，人不可以拆散'……奥古斯丁，这是你妹妹的家，你当然应该守在她的梦外边。对吧？"

　　格桑多吉咬着牙，脸上浮现出一个苍凉的微笑："好吧，我就睡火塘边，睡在你的梦外。"

41·浴火

　　我这个人真是不幸呀！谁能救我脱离这该死的肉身呢？我这人是以理智去服从天主的法律，而以肉性去服从罪恶的法律。

　　　　　　　　　　　　　　——《圣经·新约》（罗马书 7：25）

　　玛丽亚的儿子若瑟从县上的中学很风光地回来了，不仅因为他是藏区民主改革以来教堂村第一个高中毕业生，而且他现在还是造反派红卫兵战斗队的小头目。他一回到村里，就把刘福揪上了批斗台，当然，格桑多吉这样的人在红卫兵的权威下也在劫难逃，况且，当若瑟发现格桑多吉住进了自己的家中时，他挥向格桑多吉的皮带就更加不留情。他曾经想把他赶出家门，但是玛丽亚拿了一把砍柴刀横在脖子处说，你先杀了你的阿妈。

　　"这个小野兽，他怎么能下狠手打他的代父！"每天晚上，玛丽亚为格桑多吉擦伤口时，总是泪水涟涟地说。

　　"代父怎么也抵不上亲生父亲。"格桑多吉苦笑道，"我想，刘福已经被打倒了，没有人来惊扰你的梦啦，我还是搬出去住吧。"

"奥古斯丁，你的房子已经垮了，你搬出去住哪里呢？"玛丽亚抹着眼泪说。

"垮了我再盖，没有关系的。小若瑟看见我在这个家里，对你都没有个笑脸。孩子总是想保护自己的母亲，我小时候做得比若瑟还过分。"

"这个小冤家啊！这个小野兽啊！那个不知跑到哪儿去了的死鬼啊……"玛丽亚也不明白自己一手养大的儿子，怎么会变得跟刘福一样随意揪人打人，她总是从骂若瑟开始，到数落生死不知的史蒂文结束。

若瑟很少回家，他很忙，比当年在教堂村一边搞民主改革一边要剿匪的格桑多吉还要忙。

"这个小野兽不回自己的家可以，不认我这个妈也行，我可不会让他给自己的妈改名字。他就不想想，没有教会救我和他阿爸，哪有他？"玛丽亚在火塘边嘀咕道。

"快别提教会啦。"格桑多吉今天被反剪双手斗了半天，现在两条胳膊都麻木了，他在等着玛丽亚给他热敷，"一个村庄的人都在为教会遭罪呢。不仅是我们教堂村的人，今天我还看见我的活佛弟弟了。"

"顿珠活佛？他也来批斗你吗？"

格桑多吉苦笑道："他有那份风光就好了。我们站在一起挨批斗。"

"会下地狱的。"玛丽亚把一条热毛巾敷在格桑多吉的后背，"哦呀，你的腰也被打青了，哪个畜生干的？"

格桑多吉没有回答，那是若瑟狠狠踹的一脚，当时他以为自己的骨头断了。

"你……躺下吧，我帮你用青稞酒擦擦。"

他听话地躺在火塘边自己的卡垫上，任凭这个女人温柔火热的手在他伤痕累累的身子上抚摸。他从内心里感谢白天挨的那些打骂，甚至希望那暴力来得更猛烈一些。当年他可以随意抢人、打人甚至杀人的时候，玛丽亚看都不愿多看他一眼。现在他饱受欺负凌辱，骄傲的胸膛时时贴近尘埃，这个女人便成了拯救他苦难爱情的天使。他把身上的那些瘀青和伤痕，看作是自己爱情的勋章。

女人温软的手在男人健壮有力的肩膀、背部游走，不像是在擦拭皮肉上的痛苦，而是在抚慰心灵的创伤。格桑多吉感受到玛丽亚的小心仔细，那撒在背上辣辣的是青稞酒，温热的是女人眼里滴落的泪。一双多情温柔的手把酒和眼泪都揉进了他的灵魂深处。

这个夜晚，格桑多吉梦遗了，他在梦中快活地呻吟。睡在里屋的玛丽亚被惊醒，以为格桑多吉伤痛发作了。她摸黑爬起来来到他的床边，看见男人光着膀子侧身朝里。月光从火塘上方的天窗照射下来，正洒在男人裸露的酮体上，像一块冰凉的铁一样沉默、结实。玛丽亚轻声问："奥古斯丁大哥，你痛吗？"

睡着的男人没有应声，有些夸张地打起了鼾声。玛丽亚在屋里的月光中站立良久，轻轻地叹了口气，回自己屋里去了。

第二天一大早，格桑多吉又被人揪到邻村开批斗会去了。玛丽亚在家洗格桑多吉那些布满血迹、污垢的衣服。在一堆衣服中她发现了格桑多吉内裤上的白色精斑，她的脸顿时像少女一样红了，但她还是忍不住拿到鼻子上嗅了嗅。这让她心慌意乱了半天，深感自己罪孽深重。可是一整天，她都在回想那精斑鱼腥草一般的甜味。

这爱的味道让玛丽亚情乱意迷，男人火山喷发般的激情之后的爱液，让寂寞的女人久违多年了。但是她也知道，在这个动荡的岁月，不需要激情，就像不奢望吉祥的生活一样，能保平安就是最大的吉祥了。

玛丽亚再也睡不安稳觉了，她的梦中早已没有了史蒂文，她随时关注着厅堂那边的动静，总是艰难地蜷缩在自己的床上，夹紧双腿，满面羞红，战栗不已。终于，在一个月华如水的夜晚，她像梦游一样爬起来，站在了格桑多吉的春梦边。

"哎。"她轻轻叫了一声。

没有回应，她又摇晃他，还是没有反应。玛丽亚羞愧地站立了很久，心里喊了自己一万次：走吧走吧，快离开快离开，主耶稣看着你哩。可就是迈不动自己的脚，仿佛脚有千钧重。她把自己当成一座守望的石女雕像，外表虽然看上去坚硬无比，但内心早就融化了，像地底融化的岩浆，就要喷射爆发出来了。

玛丽亚的手伸向男人健壮的身子。她先是抚摸那些伤痕，她想如果他这时醒了，她会问他，你还痛吗？我再给你揉揉。但是男人似乎睡得很死，侧身背向她一动不动。玛丽亚的手已经不按她的想法行事了，就像惯偷看见了警察的钱包，宁肯伸手就被捉住也要过一把手瘾。她从他的背部摸到了腋下，然后是肌肉饱满的胸膛……温软的手继续往下游走，她的手像伊甸园里那条罪恶的蛇，缓慢而迟疑地游到了他的腹部，往下，再往下，游过茂密的草丛，游过平缓起伏的山岗，游过漫长孤独、寂寞难耐的岁月，游过罪恶欲望的海洋，终于握住了男人勃发湿润的生殖器，就像溺水的人抓住了神灵从爱的彼岸伸过来的木棒……

她夹紧了自己的双腿，娇羞难当，泪流满面。她想打开自己，一千次一万次地想。但是她不能。她感到有一张罪孽之网把自己紧紧罩住了，她既不能打开自己的肉体，更不能敞开自己的心灵。因为欲望的肉体一旦敞开，负罪的心灵就昭然若揭。尽管耶稣已经被打倒了，但她还是不敢像面对天主的圣容一样面对自己的罪孽。羞愧和紧张、罪恶和激情、焦虑和徘徊，就像一团搞乱了的棉线，让她在内心里理也理不清。她只有让手中那物饱满、膨胀，喷射……

而格桑多吉竟然还能深陷美梦深处，不愿出来。人总是情愿自己的美梦长久，害怕梦醒后像被逐出乐园般的遗憾。纵然美梦的美好，在于醒后的失落，因此格桑多吉留住美梦的唯一法子是：哪怕天塌地陷，炸雷在耳，也要继续睡下去。

第二天早晨起来，两人都不敢面对对方的眼睛。连火塘上升起来的青烟都有罪孽感。令人奇怪的是，今天竟然没有人来揪斗格桑多吉，以至于他就像那些等着小车来接他去上班的高官那样，在屋子里焦虑地团团打转。"怎么今天他们不开批斗会了？"他不断地站在门口，翘首盼望那些来揪斗他的人。你们躲懒，我在家里怎么办？他在心里嘀咕道。

在一个夕阳血红的傍晚，格桑多吉瘸着脚回家。那一天他被打得很惨，走路都困难。他远远地看见自己的家了，甚至也看见玛丽亚在家门口张望，向他招手。格桑多吉咬紧牙关，支撑着自己不要倒下。他甚至想先走到房子外的水槽边清洗自己，因为他太脏了。

但他终于在离家还有二十来米的地方摔倒了，趴在地上像一条垂死的狗。爱神不知从什么地方跑出来，哀怜地用舌头舔格桑多吉的头。

玛丽亚迎了出来，还没有走近格桑多吉就闻着一股浓烈的猪屎臭，她听见他说："走开，走开。走！不要靠近我。"

"他们今天怎么你啦？"玛丽亚蹲在格桑多吉身边悲泣地问。

"没什么，给我打盆水来吧。他们今天把猪屎糊在我脑袋上了。我很臭，你离我远点。"

玛丽亚忽然扑在他的怀里失声痛哭。她从来没有在这个男人面前如此哀恸，如此舒展地打开一个女人饱满的胸怀，也从来没有如此大胆地用一个女人的温柔去填平男人屈辱的深渊。她搀扶起自己的男人，小心翼翼地把他领回家。她根本就不在乎格桑多吉满身的猪屎味，她让他躺平在火塘边的卡垫上，为他擦去身上的血迹，为他抚平瘀青的创伤，为他清理满头满身的污秽。她褪尽了他每天都要迎战苦难的征衣，让这个曾经的英雄一丝不挂，重新焕发他男人的气概。她用清水、用青稞酒、用牛奶将英雄重新装扮，好让他找回男人的骄傲，披挂上阵。一个好男儿在战场上要铠甲锃亮、刀枪齐备；而在女人面前，则要雄壮自信，温柔体贴。

他们从哭泣中的依偎到激情喷发的相拥，从悲伤中的怜惜到内心深处的崩溃。她亲他的脸，亲他的额头，亲他的头发，最后她火热的唇找到了他干渴的嘴……

"我还臭吗？"他问。

"不，你很香。我们都不臭，不是臭叛匪家属，不是臭流窜犯，更不是一对臭夫妻。"

"夫妻……"

"是的。我们是夫妻。"玛丽亚伏在男人开阔的胸膛上，幸福地宣布，"从今天起，我要做你的女人。"

"唉！为什么是今天？"格桑多吉没有幸福得泪如雨下，反而像猝然面对一件自己不配的礼物，"可我们正过着猪狗不如的日子……"

玛丽亚愣了一会儿，才一声哀叹："主耶稣已经被他们打倒了，他生我们的气啦，不管我们啦。我们只有自己照顾好自己啦！"玛丽亚的泪水淋湿了格桑多吉的脸。

男人翻身过来，将女人压在身下，小心地褪去她的衣服。他开始颤抖，幸福得忘记了所有的苦难和屈辱。他说："我要感谢这日子……"

巨大的幸福像一股不可阻挡的洪流，冲进了女人的身体，一瞬间从下往上淹没了她。就像干涸了近十年的旱地，忽然被一场甘霖畅快淋漓浇灌，腾起弥漫迷蒙的白雾，让两人有如身处仙境。玛丽亚在欲仙欲死的快乐中，还是忍不住心有余悸地说："要下地狱的！"

格桑多吉回答道："还有比这更像地狱的日子吗？你记住：我会为你挡在

地狱的门口。"

　　玛丽亚再度泪流满面，不知是因为快乐，还是由于看到了格桑多吉已经站在了地狱的门口。她觉得自己多年来为等待史蒂文的挣扎、坚守失败了，服从教会的戒律也失败了。但她重新获得了爱，尽管失败感和爱情的欢娱就像心中那只渴望飞翔的鸟儿的一双翅膀。

　　他们再不用同在屋檐下、却一个守在另一个的梦外边了。在批斗、殴打、侮辱、口痰和牛屎马粪的"祝福"中，他们的蜜月降临，甜美的梦终于融合在一起。他们一起去挨批斗，一起出工参加劳动。他们在喧嚣的批斗会上甚至还能望着对方微笑，在心中给对方唱歌儿。在傍晚的时候，一个搀扶着一个回家。再重的创伤，现在都在爱的力量下迅速地愈合。每当夜幕降临，火塘升起，短暂的安宁与幸福弥漫在玛丽亚家，所有的担忧、害怕、苦难、眼泪，甚至无处不在的罪孽感，都暂时被抛在了一边。他们温情地爱抚，疯狂地做爱。有时煨一壶茶的工夫，男人就把女人按倒在火塘边；有时男人已经熟睡了，女人还伏在男人的胸前幸福地啜泣。不过，他们的爱始终在敬畏中，在恐惧里，在地狱的边缘。尽管欢娱的幸福如此强烈，不可阻挡，但地狱的烈火仿佛就在爱床下燃烧。爱得越激情洋溢，地狱之火就烧得越恐怖狰狞。因为玛丽亚既不敢面对她所信仰的天主耶稣，也不敢面对生死不知的史蒂文。因此，每当他们做完爱，玛丽亚都要起身重新穿好衣服，把藏着的十字架翻出来，跪着捧在手心里，忏悔自己肉欲的罪过。每个教友家里一切有关信仰的东西，都被收缴了。但几乎所有的教友都会偷偷留下一两样东西，不是耶稣和圣母像，就是十字架、《圣经》。隐藏的天主无处不在，就像隐蔽的信仰不可更改一样。

　　格桑多吉开初感到奇怪的是，玛丽亚头天的负罪感那么强烈，可第二天晚上在床上的放浪疯狂，就好像已经完全忘记了主耶稣的威严。后来他见惯不惊，甚至还自嘲道：人都是这样，犯罪时，谁都想不起；当好人时，谁都敬畏。

　　春天到来时，批斗会没有那么频繁了。在地里，集中在一起干活的人们私下里说，日子过得这么紧，这个婆娘倒越活越年轻了。有爱的女人的确跟其他女人不一样，她常常会在不经意间把爱情写在脸上，写在婀娜多姿的眼眸里，写在嘴角边那稍纵即逝的甜蜜中。

　　直到一天下午，几个穿蓝色中山装的男人和一个军人忽然出现在格桑多吉面前，那时他正在犁地，玛丽亚在坡头和一群妇女撒种。那个军人问：

"你是格桑多吉吗？"

"是。"格桑多吉停下了犁，这个军人的气质与威严甚至让格桑多吉想起多年前的老领导高团长。

"你被捕了。"军人严肃地说。

"我有刑满释放的证明，解放军同志。"

"别装蒜啦。"军人说，"我们抓你，不是你过去的问题。"

他们带走格桑多吉时，玛丽亚从山坡上连滚带爬地追了过来。"他已经改造好了，求求你们不要抓他走！"她嘶喊道。

格桑多吉努力给玛丽亚一个笑脸，摘下脖子上挂着的那个蓝色小玻璃瓶儿，交给玛丽亚。一个穿蓝色中山装的人警惕地问："那是什么？"

格桑多吉平静地回答道："只是一个人每天的念想。"

"交出来！"那人命令道。他怀疑那里面是否会有他们所需要的东西。

蓝色小玻璃瓶儿被夺了过去，他们小心地打开了，阳光下除了一块小小的骨头，什么也没有。他们看不见那根玛丽亚的头发！

格桑多吉曾经给玛丽亚说过这个小玻璃瓶儿掌管他的爱情的故事，当时她说，圣母玛利亚啊，女人你都可以抢，一根头发却舍不得丢。格桑多吉喜滋滋地回答道，抢来的东西，哪有爱神恩赐的珍贵？

他们也知道藏族人有戴配饰的习惯，但他们不明白这个奇怪的配饰究竟意味着什么。最后还是那个军人做主把它还给了玛丽亚，他对格桑多吉说："别耍滑头了，跟我们走！"

"为什么要带走我的男人？"玛丽亚愤怒地问。

"没事，我没什么问题说不清的。玛丽亚，我很快就回来了。"格桑多吉充满信心地说。

格桑多吉在玛丽亚的泪光中渐行渐远，一只黑色的狗斜刺里冲了出来，疯狂地追咬这一行人。在玛丽亚真正成为格桑多吉女人后的一天，他告诉玛丽亚这是他们的爱神。玛丽亚并不当回事，说爱神怎么会是一只流浪的野狗呢？爱神应该在天上的。现在，她的心被狗吠声撕碎，她看见有个人用石头去砸那狗，但狗咬得愈发悲凉决绝，像一个慷慨赴死的壮士。最后，一声枪响，爱神中弹倒下。

42 · 菊花

天气凉了，菊花黄了，出海的男人回家啦！

——福建民谣

"你这样干，会上军事法庭的。"林中校对站在面前的史蒂文说。

"那就把我送回台湾本部受审好了。"史蒂文倔强地昂着头，仿佛已经做好进监牢的准备。

"真不明白，你不是一直想家的吗？给你机会你不要，就不要天天对着大陆那边发呆。"林中校把史蒂文的报告重重地摔在桌子上。

"长官，不是我违抗命令，而是我有自己完成任务的方式方法。请允许我向上峰申诉。"

昨天，保防官李少校把史蒂文叫到自己的办公室，指着堆满了案头的微型发报机、密码本、手枪、卡宾枪、塑胶炸药、消声器、毒药、假发，以及大陆那边流行的毛泽东像章、语录书、蓝咔叽布中山装和一些野外装备说："史蒂文，你为党国立功的时候到了，你回家的时刻也到了。这些东西随你挑，回去给我开一个清单来，看你需要什么。一周以后出发，我会告诉你怎么做，做什么。"

史蒂文知道，这半年来基地成立了一个"大陆行动组"，已经派遣了三批人员去"那边"，台北本部对"大陆行动组"很重视，不但提供了大量的资金、设备，还派专人来指导。可他们过去后就再没有收到大陆那边发回来的消息，像以往的那些派遣人员一样，传说他们不是刚一过边境就被打死了，就是被捕了。尽管上峰一再鼓噪大陆那边现在民生凋敝，我们的人一过去便能一呼百应，受到大陆人民的夹道欢迎，但只有傻瓜才相信这种说教。人们都在私下里传言，大陆虽然穷到吃不饱饭，但连一个孩子都会去告密。还"夹道欢迎"呢，"夹道追杀"吧。一切都不过是基地指挥官为了向上峰邀功而拿特工人员的生命冒险而已。

史蒂文回到自己的宿舍想了半天，便给上司开出了他的"装备清单"——锄头一把，砍柴刀一把，筷子三双，碗六个，锅一口，母牛一头，公羊母羊各一只，狗一条，鸡一窝，六弦琴一把。

"这些东西能帮你完成党国的重任吗？"林中校看到这份"清单"后，气得一把揉了它，但又不得不重新将它展开。

"是的。"史蒂文立正答道。

"还要不要给你派个老婆呢？"林中校讥讽道。

"不必了，我有老婆的。长官，你知道。"

"你们藏胞就是这样居家过日子的吗？"

"是。"

"谁他娘的不想过这种日子？"林中校愤怒地吼道，一脚踢飞了一个空弹药箱，"但是谁来光复大陆？你现在不是老百姓，是革命军人！"

"我从前只是一个种地放牧的藏族农民，不懂革命究竟是个什么东西。不论是老共的，还是党国的。"史蒂文抗辩道。

史蒂文此刻道出自己的民族身份，还真有点让林中校为难。当初这个家伙来报到时，上峰专门有训令，党国里藏胞不多，要倍加珍惜利用，有前途就着力培养，不可造就便送回来。

但林中校不愿让史蒂文得这么大的便宜，都抗令不从，部队还怎么带，大陆那边谁还愿意去？他关了史蒂文三天禁闭，威胁他说，你这种反共立场不坚定、成天想家的家伙，火烧岛上关得多了。好好给老子反省反省吧，想不清楚就送军事法庭。

三天后他和李少校交给史蒂文一个比潜往大陆更艰巨的任务——取一个逃兵的人头回来，否则提自己的头来见长官。

这个人是"反共救国军"的上尉，原来驻防在外岛，但因为犯了军法，便从台湾发配到特区就职，可是他却逃跑了。有情报说他正在边境一带寻找进入大陆的机会，已经派出去两个行动组了，但是都没有找到他的踪影。

史蒂文单枪匹马出发，身后有一个三人行动组监视他，命令是如果他也想逃，格杀勿论。史蒂文在翻过两座山梁后就知道了后面跟踪的人，他在台湾学到的那些本事可真没白学。但他也知道，正是这些本领会将他引向绝路，让他再也见不到他的玛丽亚。不过现在，他宁肯去坐监，也不敢回大陆去。

史蒂文从小就是在旅途中流浪的人，比那些只会杀人的家伙更知道一个天涯浪子在大地上的足迹。半个月后，他在靠近中缅边境的一个小镇截住了那个逃兵。那时他正在一家华人开的小餐馆吃午饭，史蒂文一声不响就坐在了他的对面。

这是一个比他年龄稍长的男人，体格健壮，个头比史蒂文还要高大，但看上去落魄潦倒、神情凄惶。史蒂文过去听说"反共救国军"里的那些家伙都是些水鬼，经常在海面上和老共打仗，还可以轻易从外岛游到大陆搞破坏什么的。他们和正规军不同，擅长在海上打游击。不过现在是在山地，不是在海里，史蒂文并不怕他。

这个家伙用警觉的眼光打量了下史蒂文，手伸向了腰间。史蒂文动作比他还快，先把枪掏出来，但没有对准他，而是放在了桌子上，平静地说：

"谁不想回家呢？不过这个东西带不进大陆。"

那人手中的枪迟疑了一下，还是乖乖放在桌子上了。两个亡命天涯的男人较着眼力，都从对方眼里看出了对故乡的眷恋。

"我叫黄廷豪，要是我们今天有一个人要死，也要死得有名有姓。请问兄弟尊姓大名？"

"史蒂文。"

"史蒂文？好奇怪的名字。兄弟接受的是美国的训练？"

"噢，兄弟我受的是耶稣的训练，因此今天才有幸跟老兄见面。"史蒂文嘲笑道，不知是笑自己，还是笑对方，"我是天主教徒。"

"哦，是拜耶稣的。"黄廷豪好像找到了同道，"我是拜妈祖的。我们那儿兴这个。"

"那么，你是海峡那边的人啰？"史蒂文问。他在台湾时，总是在想海峡那边是个什么模样，为什么"国军"就是打不过去，共军也打不过来。

"是。老家福建福清，从小就生活在台湾对面的海边，在大海里讨生活。兄弟老家是哪里的？"

史蒂文没有回答他的问题，说："你想横穿一个中国大陆回家？"

"是。"黄廷豪不知为什么要相信史蒂文，他的目光里再没有敌意，而是想要倾诉。就像有的恋人在不能用话语交流时，便用眼睛说话。尤其是，史蒂文生来就有那么一双能感化仇人的眼睛。

"我的新媳妇在等我呢。"黄廷豪的目光中充满着固执，这种眼光史蒂文也曾经有过。

"新媳妇？"

"在你杀我，或者我杀你之前，想不想听我的故事，兄弟？"黄廷豪警觉地向四周张望，饭馆里就他们两个人，刚才还有几个食客，当史蒂文和黄廷豪都把手枪摆在桌子上时，他们就悄悄溜了。在这个毒贩子、缅甸政府的特务、大陆潜逃过来的通缉犯、台湾的情报人员以及各种民族的地方武装来来往往的小镇，到处都是天不管地不收的亡命徒。饭馆老板是个精瘦的华人，此刻紧张地坐在简陋的厨房里，不时向这边张望。

"老板，杀一只鸡，打一壶酒来。"史蒂文高喊道。他看见桌子上仅有一碟小菜，黄廷豪则吃一碗清汤寡水的面条，"没有酒哪里有精彩的故事啊，大哥？不着急，我们慢慢聊，天黑还早呢。"

老板拎来一只鸡，手忙脚乱地一刀就把鸡头剁了，鸡脖子处跳出一股鲜血，撒了一地。黄廷豪的眉头皱了一下，似乎是自己的脖子被砍下来了。史蒂文都可以看见鸡皮疙瘩在对方的脖子、胳膊上到处蔓延。饭馆外面是尘土飞扬的小镇街道，时而有辆破烂的皮卡车摇摇晃晃地驶过，鹅黄色的阳光让小镇的一切都显得很慵懒无奈，昏昏欲睡。有两个穿缅式服装的男人蹲在街对面，像是在这大热的天晒太阳，还有一个男人时不时从饭馆门口经过，人不进来，眼角的余光早就把一切都看在眼里了。黄廷豪是打过游击的人，史蒂文也不笨。他们都知道螳螂捕蝉，黄雀在后，今天总有一个人要死。

老板在厨房里炒着黄焖鸡，酒先上来，两个男人先喝下一大碗解渴，然后开始解乡愁——

兄弟，我是民国三十七（1948）年和邻村赵家的菊花姑娘提的亲。菊花姑娘那年一十七。民国三十八年，大陆变色，我的菊花年方一十八啊！那年正月十五，我和我父亲带着四个轿夫、一个乐班的吹打手和迎亲队伍，吹吹打打地去娶我的菊花姑娘。我们刚翻过龙王山，过了龙王庙，就碰见一支撤退过来的国军队伍。他们不由分说，把迎亲队伍中的男人都抓了丁，只有我的父亲跑脱了啊。我哭，我喊，都没有用。我说求求你老总，行行好长官，我要去娶新媳妇。一个老总给了我一枪托，说国家都亡了，你还想娶老婆？大花轿被扔在路边，乐班的喇叭、小鼓、钹、笛子撒了一地。那些帮我去迎亲的人们，跟我一样冤。

（"老板，你的黄焖鸡太咸了，再打壶酒来！"史蒂文喊。）

到了台湾受训的日子，不说你也清楚，兄弟。我原来是在"反共救国军"里干，在大海里和老共打游击，就像天天在家门口晃荡的孤魂野鬼。有一年，"反共救国军"的弟兄掠来一艘大陆的渔船，人们说是福建福清的。我就想，那里会不会有我认识的老乡啊？便通过一个朋友偷偷跑去看。你肯定猜不到我在那些大陆渔民中看到了谁？是我的弟弟啊！我离家那年，他才十岁，现在已经是个小伙子了。我们在关押他们的那个屋子抱头痛哭，还不敢哭出声来，因为规定不允许我们和大陆渔民接触，哪怕是你祖宗来了也不准，他们会被问一些情况后就放回去。我弟弟告诉我，哥，菊花姑娘还在等着你呢。她说我的男人过了端午节后就会从台湾回来娶我了；端午节后，她又说我男人中秋节肯定会回来迎亲；中秋之后，就等到过年吧，哪个男人过年不回家呢？兄弟……"一年准备、两年反攻、三年部署、四年扫荡、五年成功！"我们也是这样相信的啊。我们不都是掰着指头在数回家的日子吗？

（"老板，再来一壶酒！"黄廷豪喊。）

我曾经要求他们把我弟弟留下来，我为了党国，没有娶上媳妇，好歹也让我和我亲兄弟在一起吧。我弟弟在那边连饭都吃不饱，他身上的补丁已经让人看不出原来衣服的样子和颜色。但是上司说我违抗了军令，关了我的禁闭，遣返了我的弟弟。我出来后每天茶饭不思，看见大海就流泪，上司就送我到精神病院，军医官说我不能再看大海了，一看见就犯病，于是他们就送我来特区。兄弟，你说得对，我就是要横穿一个中国大陆回家，这边过去就是云南，从云南到贵州，过湖南、江西，过了江西就到了我的老家福建了，这比越过台湾海峡容易得多。我们家乡有一首歌是这样唱的："天气凉了，菊花黄了，出海的男人回家啦！"兄弟啊，我这趟出海的时间可够长的啦，二十一年又一百八十五天！我的菊花还在等着我，现在过了端午了，中秋节前我就可以抬着大花轿去娶我的菊花，你相不相信？

"我不相信！"史蒂文冷酷又动情地说，"看着地图回家，谁不会啊老兄？"

黄廷豪醉意阑珊地望着史蒂文，他看见史蒂文站起来，脸上的眼泪和他一样多。这个家伙既然如此为这个故事感动，为什么又不相信他可以在中秋节前回家娶新媳妇呢？黄廷豪更惊讶的是，他看到史蒂文从刚才饭馆老板剁鸡的案板上拿起了那把菜刀，转身就到了他面前，他听见史蒂文说：

"别做回家的美梦啦，老兄。领袖要我们死，我们唯恐死得太慢。我们康巴人从不在人背后捅刀子，你不会死得太慢。"

史蒂文一把揪住了黄廷豪长长的头发，将他的头按在饭桌上，黄廷豪张大了嘴，眼睛向上翻，愣愣地盯着史蒂文手中的菜刀，嘴里只来得及喊出一声"菊花……"。

史蒂文手起刀落，就像砍一只鸡头，"咣"地一声就把那颗固执地想回家的头砍下来了。鲜血像喷泉一般冲上了低矮的屋顶，以至于这小小的饭馆下了一场淋漓的血雨。史蒂文已经走出三十里地了，那血雨还在从屋顶滴嗒滴嗒地往下落。它浸湿了异国他乡的大地，还淋湿了史蒂文的归乡之梦，每当他梦回故乡，这血雨就弥漫在他的归途。那一年中秋之后，异国满坡的野菊花全部都开成了血一样的颜色，甚至盖过了地里的罂粟花，但是却无人知道它们为什么这样红。

45·还乡

> 雷声在峡谷里响起，
> 是有喜雨降临的吉祥；
> 鼓声在寺院里回响，
> 是众僧云集的吉兆；
> 炊烟在村庄里飘起，
> 是游子归家的笑脸。
>
> ——顿珠活佛的歌

这是一个春天，久旱不雨。在已经吐出花蕾的杜鹃花就要绝望地死于希望之初时，终于从北方的天空中传来滚滚的春雷声，那雷声不像是神灵的脚步，倒像一个月前岗巴寺重新恢复宗教活动的庆祝仪式上，上百名喇嘛擂响的法鼓。这些失散在各地的喇嘛在顿珠活佛的召集下，再度回到寺庙。政府现在尊重他们信仰的自由，曾经被勒令回家劳动的僧侣原意回寺庙的，悉听尊便。而且，顿珠活佛的名号也恢复了，不再是放羊倌罗布旺丹。有关部门还拨了一大笔钱，让他重建捣毁的寺庙。

春雷之下，阿墩子县的卡车司机阿措往监狱送了一趟货，返回时一个管教干部让他捎带一个刑满释放的人回去。那管教干部说，这个人脑子有点问题，但你得给我把他安全带到阿墩子。

阿措是个快乐的年轻人，有个人在回去的路上作伴也好。不过他发现这个老大爹呆头呆脑，畏手畏尾，虽然出了监狱大门，但身和心仿佛都还在那里面。车一上路他就问："嗨，大爹，你关了几年啊？"

老大爹往驾驶室的角落里缩了缩，仿佛被这话吓着了。

"几年？"阿措再追问。他好打听事儿，是个嘴闲不住的百灵鸟。

老大爹眼睛呆呆地望着窗外，迟缓地把左手举到眼前，捏成拳，然后张开拇指，用让阿措感觉等了一年的时间，再打开食指，一个指头一个指头慢慢地打开下去，手上的指头用完了，他又重新捏成拳，再让时间一年又一年地从指头上掰过……

"佛祖，十年？"

大爹没有说话，头扭向另外一边。阿措以为他看见了这个可怜老人的泪光。

"犯了什么事儿啊，杀人？"阿措又问。

老大爹缓缓摇了摇头。

"偷东西？"

又摇头。

"那么，你是那种多年前跟汉人打过仗的好汉啰？"阿措从这个老人的身子骨上推测他从前大约是个骑马扛枪的人。他让他想起传说中的某个英雄好汉。

再摇头，坚决些了。

"妈的，他们总不会无缘无故地抓你进去关那么久吧？"

不摇头也不点头了，阿措感受到了大爹眼光中的哀痛。一路无话，阿措就憋得慌，他斜了自己的乘客一眼，自言自语道："这种地方，进去是一只老虎，出来变成一头羔羊。佛祖才知道，你过去是不是一头老虎。"

阿措往车上的卡座式录音机里塞了一盘磁带，是在汉地广为传唱的流行歌曲，歌唱爱情，歌唱美好的生活，歌唱桃花盛开的地方。老大爹不知是对卡座录音机奇怪，还是对这些旋律优美的歌声不懂，木木地不看车窗外了，看那卡座录音机。阿措在心里叹了一口气，唉，他们这种人在里面，大概心里的歌儿都被判刑了。

阿措于是便热心地给这个老大爹介绍外面天翻地覆的世界。从"分田到户""大包干"，到"牛仔裤"。小伙子一路滔滔不绝地说，但始终就像对一个来到地球的外星人说话。以至于阿措不耐烦地问："嗨，大爹，你没有舌头了吗？有舌头不说话，就给我下车。"

阿措真的在踩刹车了。这时他听见老大爹闷声问："报告政府，人民……公社，也不要了？"

小伙子扶着方向盘哈哈大笑："谢谢你啦大爹，就别吹人民公社的牛了。饭都吃不饱，还人民的公社呢。现在各种各的庄稼，各放各的牛羊，好着呢。"

又走了几十里路，阿措不指望这个哑巴老头儿多说什么了，也许他的脑子真的有问题。他自个儿跟着卡带录音机唱歌，在翻越一座大雪山前，那个老大爹忽然说："我……要下车。"

"哎，到阿墩子还早呢，还有半天的路。"

"我要……这里下车。"这是老大爹说得最肯定的一句话。

阿措对这种搭便车的也懒得怜惜了，他放下格桑多吉，扔下一句"神经病"，然后开车走了，留下那个家伙背着行囊，孤独地伫立在尘土飞扬的公路上。

这是一个被彻底改造得忘掉了过去的人，眼前瞬息万变的一切不但不能帮助他的回忆，反而让他恐惧，让他在往事苍茫中更找不到着落点。他站在灿烂的阳光下，周围再没有持枪看守的狱警，竟然不知道该去哪里。道路是新修的，楼房是新盖的，人们都是陌生不认识的，连他们的穿着打扮都像另外一个世界的人。如果现在有一辆车开往监狱，他说不定真要跳上去。监狱生活至少还让他能想得起某些事儿。

你是什么人？

这是什么地方？

你到这里干什么？

这是他在监狱里天天都要面对的悬挂在犯人们头顶上的几行大字。囚犯们在这几句话下面反思自己的罪行，天天都在想：我是个罪人。这是监狱。我来这里改造自己。这三个令人触目惊心的问题不能往深里想，一想人就活不下去了。比如，你有时可能会这样在心里回答：我是头猪。这里是地狱。我来这里只为活着。

天上滚滚作响的春雷在催促他回家的脚步，但他却不知道自己要去哪里。他渴望来一场透透的大雨，把自己彻底浇醒，好让他想起某个人，某座雪山，雪山下都发生过什么样的传奇故事，谁是雪山的主宰，谁在雪山下祈祷，又有谁家的炊烟，在向一个天涯浪子遥遥招手？

天上飞过一只鹰，让他总算想起了自己的自由。这只在天空中散漫遨游的鹰，既不扇动翅膀，也不瞄准大地上的某个猎物，它只是随着天空中移动的气流，忽而上升，忽而下降。鹰不会告诉人们该去哪里，但鹰解放了人的心灵，不再受束缚，不再受监视，不再服劳役。

春雨终于来了，先是像神灵洒下来的甘露，点点滴滴飘落在大地上，飘落在这个大地上的流浪汉苍凉的脸上，滋润他干裂的皱纹，也滋润他焦虑的还乡之心。他并没有加快脚步，反而减慢了它。他甚至呆立在金子一般金贵的春雨中，等到一团云雾从峡谷上方像海浪一样漫过来，将他吞没，再将他卷起来，飘向他的故园。

他在翻越雪山的盘山公路上想抄近路，他穿过路基下的树林，走入一条山涧，在爬一道崖坎时掉了下来，头重重地撞到一棵树上。在他醒来时雨还没有停，云雾还在树林间流淌，他的时间却停止了。

他的后脑勺撞破了，血沿着脖子后面往下淌。他胡乱抓了一把草，放到嘴里嚼烂后将流血的地方糊住。应该有一种草是可以止血的，但他想不起是什么草了。

一个没有过去的人，迷失方向太容易。他在云雨中迷路了。

最后，这个山林中的迷路者靠在一棵大树下，在空白的回忆中让生命沉沦。人在死时要是没有任何记忆，倒也死得干净，无怨无憾。他看到自己的末日伸手可及。

一个人影从虚幻的浓雾中不紧不慢地走过来，远远地就喊："嗨，奥古斯丁，你怎么不走了？"

他抹了一把脸上的雨水，问："谁是奥古斯丁？"

人影诡异地笑笑："你不认识？就是那个在教堂村为了爱一个姑娘强盗不当、干部不做的家伙嘛。"

"哦呀。"他随口答道，仿佛是在听别人的故事。

人影走到了他的身边，也没有停下脚步，他也是一个老大爹，边走边用命令的口气说："起来，跟我走。"

就像被一股神力拉扯着，他挣扎着爬起来，跟在那个老人身后。"你是什么人？这是什么地方？你到这里干什么？"

"我么，你可以叫我时间；这是人神共处的雪山脚下，我刚好路过你的路。"

"哦呀。"他费力地想这个过路者的话，有些奇怪地问，"天下还有叫时间的。"

"叫什么并不重要，关键看你的活法。"

"活法？"他边走边说，"刚才我摔了一跤，我从前的活法已想不起来了。"

时间老人叹口气说："你可不止才摔那一跤。跟我来，我让你看看你从前的活法。"

他们已经钻出了密林，眨眼就站在一处雪山垭口。时间老人指着远方山谷里的一个隐隐约约的牧场说："很多年以前，一个才十四岁的少年，为了报母仇，把一个头人杀翻后拴在马后拖死了。然后他去当了一个小强盗。

"看见峡谷左前方台地上的那片废墟了吗？它就是过去康菩土司的宅邸，现在那里只有荒草和出没的野狗。康菩土司众多的儿子中，就有一个叫格桑多吉的强盗。"

"哦呀，这个名字好熟悉。"他说。

时间老人继续说："在峡谷的右下方，有个叫教堂村的村庄。你现在看不见它，但你可以看到它飘到天空中的炊烟，听到教堂的钟声。有一天强盗格桑多吉带人杀进了这个村庄。他本来是为自己的父亲康菩土司抢一个姑娘，但他却被这个姑娘迷住了。"

"还有这种事情？"他惊讶地问。

"他在那个姑娘面前摔了一跤，那是他人生的第一跤。"时间老人帮他回忆往事中的某个细节，"他就不愿再当强盗而宁肯去做洋人喇嘛的马夫。"

"这个傻家伙。"他嘀咕道。

"爱情总是让人犯傻。"时间老人说，"谁都避免不了，但爱情也会改变一个人的活法。当那个叫格桑多吉的家伙骑着马冲进教堂村时，他就注定要为一场爱情牺牲一个强盗的英名。"

"也许吧。"他喃喃道，好像随着时间老人的手指看到了依稀的往事。

"不是也许，是注定。"时间老人肯定地说，"发生过的事情，都逃不过我的眼睛；没有发生的事情，我也提前看得见。那个强盗被爱改变了命运，他就必须为此付出代价。洋人神父让他皈依了耶稣，还给他起了个奥古斯丁的教名……"

"奥古斯丁？"他打断了时间老人的话，"这个名字跟格桑多吉一样耳熟。"

时间老人笑了："这是一个叛逆的名字，也是一个赎罪的名字。洋人神父真是些有学问的人，他们给人取名字，可不是随便乱取的。奥古斯丁最终背叛了教会，不是因为耶稣不爱他，而是他不爱那个爱他的姑娘伊丽莎，因为他心中永远只有对另一个姑娘的爱。他参加了红汉人的队伍，并且得到了一个放羊娃、一个强盗做梦都没有想到的荣誉、尊贵和为穷人做事的权力，这是爱情第二次在帮助他。"

"他可过上好日子了。"他嘀咕道。

时间老人感叹道："可惜好景不长。当他身为公安局长时，却在逃犯史蒂文面前又摔了一跤。"

"这个家伙的路不好走。"他评价道。

"是不好走。"时间老人说，"没有比他在爱情的道路上更跌跌撞撞的人。爱情总让人摔跤。直到有一天，他满身伤痕、满头猪屎臭，在一个叫玛丽亚的女子面前再摔一跤。"

"玛丽亚！"他大叫起来，跪在了地上，仰天长啸：

"我想起来了，玛丽亚是我的妻子啊！"

记忆就像訇然打开的一道闸门，往事如洪流滚滚而至，像阳光终于穿破了厚重的乌云，大地上的山峦、峡谷、江河、牧场、雪山、古树，甚至年复一年不绝开放的野杜鹃花，都在明媚的阳光照耀下，向这个刑满释放犯叙述他的故事——

格桑多吉，你在这里曾经跟县守备队的人打过仗呢，那时你骑在马上好威风；

奥古斯丁，山崖下面的那个石房子里你救出了怀孕的玛丽亚，那时你的良善让一个村庄的人为你献哈达，让圣母玛利亚也冲你微笑；

格桑多吉局长，我们在这座山梁上修过引水渠，你还说要让共产主义的火车从这里开过。共产主义的火车呀，它现在看起来真像一个神话传说。

奥古斯丁……

格桑多吉……

奥古斯丁……

格桑多吉跟在时间老人身后哽咽道："奥古斯丁是我的教名啊……我是格桑多吉……可这都是过去的事儿啦！"

时间老人一针见血地说："你不是在回到过去的路上么？"

"不！"格桑多吉现在完全恢复了正常，"我是一个刚刚刑满释放、要回家的人。过去的日子，真是一笔高利贷。政府教育我，要忘掉过去，重新做人。"

"没有过去，怎么会有现在呢？"时间老人反问道。

格桑多吉停下了脚步，努力地想自己这一生中过去与现在的关系。他终于想起来了，如果说服刑的前几年他还天天想家、想玛丽亚的话，在往后的那些完全泯灭了希望的黑暗日子里，这个念想就彻底将他击倒了，就像一个口渴的人掉进了江河里最后被溺死了一样。家和玛丽亚在记忆里慢慢不存在，过去的日子里那些辉煌和苦难也不存在，爱和思念也淡忘成一片空白了。就像澜沧江里的一块块石头，本是棱角分明，坚硬似铁，但时间的流水日夜打磨它、冲刷它，先让它变圆变光滑，再让它分崩离析，最后成为一粒粒沙子，让人再也想不起它当年的模样。

他还想起了自己的出狱，一切都来得那样突然。管教干部对他说，你没有事了，回家去吧。就让一辆卡车把他载走了。他仿佛是一个匆忙上阵的士兵，忽然就面对血与火的战场。不是他不渴望回家，而是他需要好好为自己积攒一些走进那扇家门的胆量。十年里他无法给玛丽亚写信，也没有得到过她的任何消息。她还好么？还在等待我么？她恨我了么？他尤其担心的是：那个浪迹天涯的游子史蒂文回来了没有？他是死还是活？他如果还活着，他一定会回来。国家的动乱结束了，那么多妻离子散的人家都破镜重圆，被迫离家出走的浪子们都在往家里的火塘边赶，往妻子的怀抱中飞奔。玛丽亚等待的，可不是一个男人。

世道变化真快，我的爱，还能回到从前么？他希望在他抵达那扇温暖的家门前，再给他一天、半个月，甚至两个月的时间，让他在归家的旅途中，把一生的苦难与幸福回想清楚。但时间老人回过头来说：

"你走不走啊，我可从不等人。"

这个走路从不歇气的老人家啊。格桑多吉感到奇怪的是，他怎么对他的一生知道得这么清楚？他既不是他身边某个熟悉的老朋友，也不是教堂村的人，那么，他是谁？又从哪里来的呢？他的年龄，只能用一个"老"来形容，有多老，又说不清。他走路的步履不快不慢，永远都是一个速度，以至于格桑多吉不得不说：

"时间……老大爹，你走慢点好么？"

时间老人在风雨中说："没有人可以让我走得慢、或者走得快。有些事情你一时想不清楚，但你还得往前走。"

"可我……害怕过去的事情，让我不敢……回家。"

"每一个人，都是从过去的回忆中回家。奥古斯丁。"时间老人笑着说。

"时间老大爹，我不知道，峡谷下方的村庄里，有一扇……门，它……还为我这个罪人，开着的么？"

"有两种人回家时，家里的门永远都温暖地为他们打开，一种是英雄还乡，一种是浪子回头。奥古斯丁，你是哪一种？"时间老人问。

　　"两种都不是，我只是一个刑满释放犯。"

　　时间老人说："那你两种都是。等雨停了，彩虹之下，你就会发现，有人把你当英雄，有人把你当浪子，但再没有人把你当罪人了！"

　　彩虹就是大地上一道敞开的爱情之门啊！还乡路上，格桑多吉终于找回了自己的过去，他不再害怕回家，也不再踟蹰不前，时间老人说得对，要抓紧。生命中的大部分光阴都在守望与动荡中蹉跎了，谁知道人生中一份真爱的时间会有多长？

　　也许，它就只有花开一季那么长。

46·史蒂文的福音

> 为此，凡天主所结合的，人不可以拆散。
>
> ——《圣经·新约》（玛窦福音 19：6）

　　史蒂文现在是个地道的"台农"，他和托彼特的农场连人都没有雇，白天两人戴着草帽、挽着裤管，在果园里没日没夜地干活，槟榔不好卖了就种橘子，橘子行情下跌了就种香蕉，几年下来，他们凭着比原住民更能吃苦耐劳的韧劲，竟然还兼并了邻近的两家农户的地，农场面积扩大了一倍。每当丰收时，老托彼特都会乐呵呵地对史蒂文说，等你的牙齿也掉光了，我们就把这农场奉献给教会得啦。我们都是耶稣的果实，长在异乡的土地上，也归于异乡的尘土。

　　这年台风到来之前，史蒂文的老朋友钱大钧带着太太和阿芳到花莲县度假，他也退伍了，现在开了一家小贸易公司。这些年阿芳姑娘还和史蒂文保持着若即若离的联系，多年前他们似乎就要走到一起了，但史蒂文因为保禄自杀的事，对在台湾建立家庭心有余悸，便疏远了阿芳。本来史蒂文退伍时，阿芳希望他能在她工作的城市附近做点事，开个小饭馆什么的。但史蒂文说他从来就不会做饭，走到哪里吃到哪里，他只会种地放牧。这样的回答让阿芳很失望，钱大钧曾经劝史蒂文为了有个家庭，啥子都可以从头学么。但阿芳并不是史蒂文心中的至爱，他有家又没有家，有爱却不能爱，这是相当一部分家在大陆的台湾老兵对于再建家庭犹豫、彷徨的原因。光阴就这样一年又一年地蹉跎过去了。

阿芳在四年前被一个男人稀里糊涂地骗了，生下一个女孩后那家伙就失踪了，有说去了南美，有说去了日本，反正是再也没有了消息。钱大钧看着阿芳可怜，在新竹生计也困难，就问她愿不愿和史蒂文重修旧情，他在你们泰雅人居住地干得还不错，你回去跟他一起打理那个农场，也是两全其美的事情。阿芳的回答是，人家史蒂文一个老靓仔，谁都不放在眼里，不嫌弃我们母女俩，给口饭吃就谢天谢地啦。

几个老兵相逢自然很愉快，钱太太特别喜欢托彼特和史蒂文的农场，说大钧我们别在新竹混了，还不如卖了公司在"后山"也办了农场算了。在台湾更繁华的西海岸的人们看来，东部"后山"地区纵然纯朴、落后，但或许发展的空间更大一些。那几年台湾的经济正在起飞，到处都是为钞票忙得团团转的人们。老兵们也要为自己的晚年最后搏一把，生命中留给他们的辉煌，已经不多了。

托彼特把一间平常堆放农具的房间拾掇出来，暂时把母女俩安置进去。阿芳是个很勤劳的姑娘，白天下地干活，施肥、修枝、锄草、挖排水沟，史蒂文能干的活儿她一样也不落下，晚上给两个男人做饭，还帮他们洗衣服、收拾房间。两个老光棍好久没有享受到女人的伺候了，从一开初的不适应到后来的离不开，要是哪天阿芳在地里忙，晚了半个小时回来，托彼特就会喊："史蒂义，去看看阿芳怎么了。该做饭啦！"

托彼特眼睛虽然不好使了，但也感觉出了两个人情感方面的细微变化，小咪咪在镇上的幼稚园，每周五才接回来，过去都是阿芳一个人去接送，也不知从什么时候起，史蒂文总有理由开着那辆小卡车带阿芳去接孩子。下雨了，孩子会淋出毛病的；要起风了，我帮阿芳走一趟吧；托彼特，我去幼稚园接小咪咪，阿芳今天太累了。如果他开初在托彼特面前找这些理由还有些难为情的话，后来就越来越顺理成章且理直气壮了。而阿芳到了接孩子的时间，自然而然地就坐在了驾驶室里，史蒂文，走，该去接小咪咪了。就像是在喊自家的老公。

一个礼拜天，弥撒完后托彼特独自留在了教堂，他说要陪罗维神父一晚，让史蒂文和阿芳母女俩先回农场去。罗维神父的房间里有一张大比例的藏区地图，不用说雪山、峡谷、道路历历在目，连地名都标到教堂村这样的村庄。托彼特每次来罗维神父房间，都要把这地图铺在地上，自己像一只老虾一样俯身在地图上，用放大镜将故乡那些熟悉的村庄、蛛网一般的马帮道路一一走过。

"托彼特，用眼睛在地图上旅行的人，就真的老了。我不认为你看得见地图上的那些字。"罗维神父端来两碗面条，递给托彼特一碗，这是他们的晚餐。罗维神父是个生活很简单的人，晚饭一般都是一碗面。

"故乡的地名，是用心去读的。"托彼特揉揉自己的眼睛说。

"呵呵，你这个老家乡宝。"

"还说我呢，地图上到处都是你飘落的白发。"托彼特回敬他的神父。

"噢，我只是为这个地方掉了几根头发而已。"罗维神父摸了摸自己脑门上越来越稀少的头发，"我可怜的兄弟杜伯尔神父把自己的生命都献祭出去了呢。真想去看看他的坟，不知还在不在啊？"

托彼特说："报纸上讲大陆那边开始恢复宗教活动了，藏区的佛教徒又可以进他们的寺庙磕头啦。圣母玛利亚啊，但愿我们的教堂还完好无损。"

罗维神父说："教会那边发来简报说，在北京和上海，我们在那边的汉人神职人员可以进教堂做弥撒了。这是一个好消息。"

托彼特感叹道："只要让我回到故乡，哪怕他们砍我的头，我也认了。"

"你这个老家伙，那边又没有一个亲人，那么急着想回去干什么。你又不是史蒂文。"

秋天到来时，果园里的苹果大丰收。一天在地里吃午饭，托彼特对大家说："高雄那边有个和新加坡做水果批发的赵老板，今天来电话说希望我们给他送两箱苹果样品去看看。我想，如果他喜欢的话，今年的苹果销路就不用发愁了。史蒂文，你去一趟吧？"

"好事情。我明天就去。"史蒂文爽快地说。

"阿芳姑娘今年还没有休过假呢，你带她也去那边玩玩。"托彼特又说。

阿芳脸红了，低着头不吱声。

史蒂文也有些不自然，说："当然，阿芳很辛苦。只是……小咪咪，怎么办？"

"有我呢。"托彼特说，"阿芳，你放心吗？"

"托彼特爷爷，谢谢你啦！"是谢谢托彼特帮她看小咪咪，还是谢谢他给了他们这次机会，阿芳没有明说。

这个晚上史蒂文一夜难眠。到了后半夜他干脆披衣下床，来到外面的凉台上。托彼特原来住在他的隔壁，但他最近几年腿脚不利索了，眼睛也不好使，就从二楼搬到一楼去住，阿芳带着孩子住在对面的一排平房里。史蒂文的这个凉台是后来加上去的，用竹子搭建，坐在凉台上便可看见远方的大海和广阔的天空。许多个寂寞的黄昏，史蒂文都是在这个凉台上，摇一把扇子，乱想，发呆；许多个湿热的夜晚，史蒂文就露宿在凉台上，让天上的星光照进自己的梦。

还有回家的那一天吗？明天就要和阿芳单独出门了，史蒂文明白托彼特的意思，他们回来后，也许就应该谈婚论嫁了。这让史蒂文忽然胆怯起来，几十年一个人都过来了，那是因为心中有个永恒的守望，现在，他应该放弃么？

黎明时分，阿芳悄然飘到史蒂文的身后，她穿着一身碎花色的粉红色睡衣，像一个在晨雾中游荡的天使。她何时上的凉台，史蒂文浑然不知。阿芳悄悄走到史蒂文的身后，伏在他宽厚的背上，将她的乳房像放两个温热的馒头，搁在一个饥渴的男人的肩头。就在前两天，他们在果园里干活，当阿芳要从一棵树上下来时，树枝拉开了她的上衣，露出女人柔软的腹部，深陷的肚脐。树枝哗啦啦地一阵乱响，让他的心脏也"咚咚咚咚"地一阵乱跳。阿芳顺势倒在了守在下面的史蒂文怀中，他抱住她，面对女人迷乱的眼睛，冲动地吻了她。就像在闹市中两个上了岁数的情人的初吻，匆忙、慌乱、羞涩、胆怯，但阿芳感到晕眩的幸福。

那热热的馒头在史蒂文肩头上温软地滚动，他只要一伸手，馒头就到了嘴边。但是，有个声音在他心底里高喊："史蒂文跑啊你快跑啊！"多年前玛丽亚在他失手杀了伊丽莎后的哀求，一直伴随着他漂泊的一生，正是这哀求之上那绝望又怜爱的目光，让他面对别的女人的温情时，永远都视而不见。

阿芳发现，这个男人已经泪流满面。从脸上东一道西一道的泪痕判断，不知道他这样默默流泪了多久。

"你哭什么呢？"

男人长久没有说话，站起身，摆脱了肩膀上的诱惑。他走到阳台的栏杆上，眼望着远方。"我没有哭，是天上的一颗星星哭了。"史蒂文说。

阿芳跟了过来："天上的星星？天啊，你发烧说胡话了吧？一定是在外面一夜凉着啦！"她伸手去摸史蒂文的额头。

史蒂文推开她的手。"我没有病。"他生硬地说。

"可是……可是你没看见太阳已经从海上升起来了吗？你过去可曾在大白

天看见过星星？你从不知道星星是不会掉眼泪的吗？"

"我看见的东西，你看不见。"史蒂文深深叹了口气。

上午十点钟，他们准备出发了。阿芳兴冲冲地装车，两箱苹果她一人就扛上车了。女人还带上了足够一年四季换穿的衣服，她拎上车的旅行包让人觉得他们是要出国旅行。而史蒂文脚上还穿着一双拖鞋，连托彼特也看不下去了，说，史蒂文，你是去谈生意呢。去，换双皮鞋。史蒂文去房间到处找自己的皮鞋时，阿芳羞涩地把一双新皮鞋递到他面前："我昨天下午买的，你看看合不合脚。"

终于可以走了，史蒂文发动了车，托彼特向他们挥手说："事情谈好了，就在那边多玩几天。听说鹅鸾鼻的海滨公园不错，去看看嘛。"

这时房间里的电话响了，托彼特转身摸索着去接电话，边走边说："看看，人家一定来催你们上路了。"

史蒂文的车已经启动了，他忽然产生了某种强烈的预感：有什么事情来了。不是最麻烦的，就是最意外的。

他停住了车，甚至关了发动机。

"怎么了？"阿芳问。

"等托彼特接电话。"史蒂文说。

他们看见托彼特跌跌撞撞地冲了出来，怪异地挥舞着双手，语不成调地喊："史蒂文……主耶稣啊！我们可以回去啦！钱大均……我们可以回大陆……啦。钱大均说，说两岸开通……可以回去啦……我们在天上的父……"

老托彼特跪在地上在胸前画十字，痛哭流涕。

史蒂文跳下车，却不知道该干什么，他看看天，天空还是那样蓝，白云垂挂在远方，大海已经平静；他看看周围的山岭，青翠的树林，它们在旋转，在起舞；他向东方看，自己的那颗星星在大白天也像太阳一样明亮。他还想寻找报佳音的天使，这个画面他在脑海中设想了三十多年，一定应该是有个天使来告诉流落天涯的浪子：你们可以回家了。但现在只有老托彼特匍匐在地，双手使劲拍打，号啕大哭。

史蒂文一屁股坐在了地上，泪如雨下。

阿芳隐约感到两个男人的狂喜，对她来说不是一个好消息。她来到史蒂文面前，幽怨地问："史蒂文大哥，我们还去吗？"

史蒂文只是无声地流泪，一把一把地想把脸上的眼泪抹干净。可是越抹，越像抹开了一汪乡愁的清泉。

"史蒂文大哥……"

"阿芳，对不起了。"史蒂文用双手捂着自己的脸，就像一个罪人不敢面对圣母玛利亚的圣容，更不敢面对已经不再遥远的教堂村另一个玛丽亚守望的目光。

"对不起啦……"史蒂文痛哭失声。

49·奥古斯丁的福音

人若为自己的朋友舍掉性命，再没有比这更大的爱情了。

——《圣经·新约》（若望福音 15：12）

"奥古斯丁大师，村委会有你家的信，钱又飞来了。"一个路过奥古斯丁家门的村民乐呵呵地喊。

土陶匠人奥古斯丁现在是大师，这个命名来自于省里一个下乡来视察工作的高级官员。他见识了奥古斯丁一手精妙绝伦的土陶技艺，当着大批的陪同人员宣布道：这才是我们的大师。奥古斯丁大师的名字于是被随行的记者们张扬于报纸上。后来一个慕名而来的上海画家专门为大师奥古斯丁设计了很有艺术品味的签名，"Augustinus 制"，刻在一块栎木条上，他告诉奥古斯丁，每一个艺术家都有自己独特的签名，以后你的土陶制品上都要盖上你的名字，客户就知道这是谁的作品了。谁知道几百年、上千年后，你的土陶会不会被摆进国家博物馆呢？奥古斯丁，这个世界上所有最时髦、最昂贵的东西都会化为尘埃，唯有你的土陶，千百年过去了，还在闪耀着人类文明的光芒。奥古斯丁不是很明白画家的话，他只是说，不会变成灰的，是人们的爱情。画家一拍奥古斯丁的肩膀，就是那个意思啦。

奥古斯丁的土陶技艺是在监狱里跟一个老艺人学的。藏式土陶制品不用模具，全像小孩子玩泥巴一样在手里将一件件土陶揉捏、拍打出来，但对泥土品质、烘焙火候要求很高。泥土的问题玛丽亚的儿子史建华帮他解决，他是学地质的，过去曾经说要把地下的珠宝找出来挂满玛丽亚一身，现在他帮奥古斯丁看哪里的泥土最有黏性，最适合做土陶产品。藏式土陶技艺的妙处就在于，土陶艺人想把手中的东西做成什么样，就能随心所欲地做成什么样。像奥古斯丁这样大师级别的土陶艺人，一把茶壶他也能做出一种美感来，一个花盆上面也蹲满了喜鹊、百灵鸟和报春的云雀。核桃树村也有几家人在做土陶，但唯有奥古斯丁大师的土陶最好卖，他的客户甚至已经到了沿海一带了。

奥古斯丁不仅是大师，还成了名人。许多人慕名来到核桃树村，要看奥古斯丁大师，然后大件小件地买走他的土陶制品。村庄里的人们也不知道大师是什么意思，也就跟着大师大师地叫。奥古斯丁开初还不习惯，后来想，村人总不能叫我奥古斯丁老师吧，人家小学老师才是正经的文化人，我这个玩泥巴的，叫大师可能也差不多。

这些年奥古斯丁家起了宽大的新房，玛丽亚胸前悬挂的各种配饰把脖子都快压弯了。她除了干地里的活儿，得闲就给奥古斯丁打下手，当然，她的儿子史建华并没有跟奥古斯丁一起干个体户，他现在是阿墩子县的副县长了呢。但他用自己一双学地质的眼睛，借助奥古斯丁的一双巧手，间接地兑现了对自己母亲的诺言——让她佩戴世界上最美的首饰。人们说，玛丽亚苦尽甘来了。

这个家庭是核桃树村最富裕、最幸福的家庭。村里的小学是奥古斯丁捐钱新建的；谁家的孩子考上大学没有钱去读书，奥古斯丁全包；甚至连村里每年的圣诞节和复活节开销，都是奥古斯丁一人承担。三十多年前，奥古斯丁在核桃树村当工作队长时，是他把教堂当成工作队的驻地，然后又改作小学校，从那个时候起，核桃树村的教友们就没有地方望弥撒。恢复宗教活动后，教堂平常属于学生，周日属于天主。来教堂望弥撒的教友们得先把学生们的课桌暂时搬到一边，周日晚又搬回去。现在奥古斯丁捐资建校，人们说，连圣母玛利亚都在冲他微笑哩。

今年初奥古斯丁还对玛丽亚说，再辛苦几年，我要给咱们村修一座吊桥，大家就不用在溜索上不方便了。玛丽亚当时说，修桥要多少钱啊？我去跟建华说，还是让政府帮我们修吧。这本来就是政府的事情。奥古斯丁说，政府修我还不乐意呢。我要了我的心愿。

本来奥古斯丁要在澜沧江上修建的吊桥指日可待，但自从见到从台湾回来的罗维神父，得知史蒂文和托比特还活着，且他们一直都在一起的惊天消息后，奥古斯丁歇工了。歇工的理由是：他的耳朵听不见人说话了。外面的消息对于一个存心要让自己耳聋的老人来说，中听的话就听得见，不中听的话，则听不见。

玛丽亚下地干活去了，奥古斯丁出门去取信。不管怎么说，还是该给那些来要货的人家回一个信：奥古斯丁大师洗手不干了。

奥古斯丁万万没有想到，收到的是史蒂文从台湾来的信。他有当年接到自己的宣判书一样的感觉。现在台湾那个"法官"的判决书送达了。

狗娘养的，我的末日总是来得这么快。他在心里骂道。

自打罗维神父带来那个消息后，他和玛丽亚的情感就像澜沧江里的两片树叶，已经经历了九曲回肠、大波大浪的洗礼了。面对命运的捉弄，他们再也无法反抗；面对远方浪子归来的跫音，他们唯有在惶恐中等待结局，就像孱弱无助的一双孩子在屋里听到强盗闯进院子的脚步。玛丽亚独自啜泣时，他默默地喝闷酒；玛丽亚安慰他时，他拍打手中的陶件——但从来没有做成一件成型的东西。玛丽亚流了很多的泪，说了无数的话，都只有一个意思：奥古斯丁，我是你的女人。史蒂文这个死鬼，要回来就回来么，我们该怎样过还怎样过。

奥古斯丁取了信回到家时，玛丽亚已经在做晚饭。"你去哪里了？"玛丽亚脸上浮现出一个难得的笑容，"出去走走也好，成天窝在家里喝酒，也不好呢。"

"有你一封信，史蒂文从台湾写来的。"奥古斯丁闷闷地说，把信递给玛丽亚。

"我不看。"玛丽亚在揉一团面，眼睛也不抬地说，"你看吧。"

"是写给你的信。"奥古斯丁举着信的手没有放下。

"奥古斯丁，没看见我的手不空么？"玛丽亚的嗓门突兀地高起来，然后开始像屋顶漏雨般滔滔不绝地诉说——

"什么信非要现在看啊？台湾来的信又怎样？天上的星星来的信跟我们又有什么关系？我还要揉面蒸水汽粑粑给你吃，肚子不饿人心才不慌。你又不是不知道，我认不得几个字，我不看信，我看人！早干什么去啦？现在写信回来算个什么东西？那么些日子都过去了，我天天等的人一个都不回来。家里养条狗、喂几只鸡，天黑了还晓得回家哩。你以为我是城里的那些小姑娘吗？写几句哄鬼的话就让我的白头发变黑了？就把我脸上的皱纹抹平了？就让我挨过的那些苦日子像水一样流走了？世上有这么容易的事情没有？世上有这样没有良心的男人没有？你道人心是面做的，可以随便掰开、揉捏？碎了的心你可以把它再捏拢吗？圣母玛利亚，你失去了自己唯一的儿子，你的哀伤我知道，我的哀伤你知道不？当年我可不止走丢一个儿子，我还走丢了一个又一个的男人。他们丢了就丢了，我落得清净。要是那些年可以当修女，我早进修道院了。可他们一个又一个地回来了。我怎么办？我又不是一块地，今天你来种，明天他来耕。我长不出那么多的庄稼了，我没有那么多的爱了！那个天杀的康菩土司，还是我的姐夫，为了三块牧场就要把我抵押出去。我是一个姑娘哩，一个让一条峡谷的杜鹃花都不敢开放的姑娘哩。可是我们在天上的父，你看看你的女儿，她现在过的什么日子？她听你的话，可她总洗不干净自己身上的罪孽。她总是想在世上找到一份像山泉一样清澈的爱情，可是你却给她喝比黄连还要苦的酒。你刚刚给她过几天安静日子，刚刚让她晓得生活原来就是火塘边有个疼她爱她的男人，家里的重活不用她操心，夜晚的噩梦有人给她壮胆，天上打响雷的时候有个依靠的肩膀，魔鬼出现的时候身边有条汉子帮她驱赶。主耶稣，我的要求可不高，我平常的祈祷你都听见了吧？可是为什么你不让我过这样的日子呢？这不公平！"

"你说些什么啊？我一句也没有听见。"奥古斯丁蹲在火塘边闷闷地说。

"我说，这不公平！"玛丽亚再次加大了嗓门。

"是不公平。"奥古斯丁说，但他又郑重其事地补充说，"玛丽亚，我是说，你不看人家的来信，不公平。"

"是……奥古斯丁，你真的这样认为吗？"玛丽亚泪水涟涟地问。

"是的。"玛丽亚问话的声音那样小，但奥古斯丁这时毫无听觉障碍，他把信交到了玛丽亚的手上，她浑身都在颤抖。

奥古斯丁转身离开了，去了自己的工作坊，他没有开灯，一头跪在地上，捂着脸，像一头愤懑的狮子，压低嗓子喊："真他娘的不公平。不公平！"

几天以后，奥古斯丁的家就成了官员们光顾的地方。先是副县长史建华带了一帮人来，把房前房后、里里外外都拾掇得连一根多余的草都看不见。玛丽亚开初还抱怨说，这哪里还像个农家嘛，连鸡都不敢随便拉屎了。后来她发现不但家里的猪、鸡、牛羊不自在，连自己的手脚也不知道往哪里放了。州里甚至省里的领导都下来了，他们说，史蒂文是第一个从台湾回到藏区的境外藏胞，我们要让他感到家乡的新面貌和温暖。据说州里统战部的领导已经派人专程去深圳接他，然后要一路护送他回到核桃树村。

但是人们忽略了奥古斯丁大师的感受。史蒂文作为统战工作的对象，当然应该让他感到祖国的宽容与家乡的温暖。至于远方的浪子回家了，家里另外一个男人怎么办，人们已经来不及多考虑了，也许因为他是个聋子，人们说的话他总是听不见。有关领导给他做工作，从海峡两岸的政治、历史、现状以及祖国的统一大业，到对境外归来的台湾同胞应该给予的温暖、宽容、谅解等，说了一个下午。得到的回答是大师指指自己的耳朵，摇摇头。那个干部气得在背后说："世上最难做的工作就是跟聋子对话。好在他的态度还好，看来不会有什么问题了。"

到了晚上，忙乱了一天的玛丽亚家才消停下来。来帮忙的人们都各自回家了，史建华陪着州上的干部们住在了村委会，明天他们将陪同玛丽亚去县上和史蒂文实现历史性的团圆。没有人围着玛丽亚转了，也没有人远远地站在她的房子周围，指指点点了。奥古斯丁当大师时，那些素不相识的汉人摸到家里来，经常和奥古斯丁醉得一塌糊涂，又哭又喊、又唱又吐的，也没有让玛丽亚感到过累。这些天她太累啦。

"被人围着转的滋味真不好受，哄来使去的，就像猪圈里的猪。"她和奥古斯丁终于安静地坐在火塘边时，她抱怨道。

"那个家伙现在可比当年威风多了。"

"你在说什么呀奥古斯丁？"玛丽亚幽幽地问。她猛然想起，很多年前，当奥古斯丁作为县公安局长、土改工作队长威风八面地进驻到教堂村时，史蒂文也曾经这样说过。

"嘿嘿，他就要把资本主义的威风带到我们家里来啦。"不同的人，有时会说同样的话，就像性格迥异的人也会有相似的命运一样。

玛丽亚平静地说："史蒂文如果走进这个家门，我们就把他当朋友，请他在火塘边坐下来，喝酒、吃饭。"这样的话，她也在多年前说过，只不过主人和客人的角色换了。

"玛丽亚，难道这些日子你还没有弄明白吗？现在是台湾同胞吃香的喝辣的。我这个大师也不管用了。"

"奥古斯丁，你过去是我的大侠，现在是我的大师。我们刚过上好日子没几年，我可不愿再让我爱的男人从眼前消失了。史蒂文么，不管他是台湾同胞还是回家的浪子，我有我自己的家。他顶多只是史建华的父亲。"

"唉，父亲。"奥古斯丁感叹道，"我要是有个儿子就好了。"

"奥古斯丁，要是你不去坐牢，我真的可以给你生个儿子呢。"玛丽亚忽然掉泪了，"你的命怎么那么苦啊？奥古斯丁，真不公平。我真想问问圣母玛利亚，她的仁慈在哪里？可是我又不敢。"

这个晚上他们在火塘边坐到很晚。本来他们早就各睡各的房间，但玛丽亚这晚摸到奥古斯丁床上，像新婚的娇娘一般地依偎在他的身边。玛丽亚不断和奥古斯丁说着从前的那些事儿，从他第二次从监狱里放出来，回到家里她的惊喜与泪花，感动了那个春天的彩虹，到奥古斯丁第一次出狱来到村庄的那个大雾天，固执地要在她家的对面起房子，她满脸潮红的羞涩与内心涌动的朦胧爱意，被一河谷的浓雾严实遮掩。

奥古斯丁一直默默无言，月光从高远静谧的天空中洒下来，映照出两个已然衰老的躯体，却像年轻的恋人一样相依相偎。玛丽亚爬到了奥古斯丁的身上，用她松弛已久的乳房去温暖他，唤醒他当年的雄风。谁说年过六旬的人就没有自己的浪漫与激情了呢？他们依然能像在饮一坛陈年老酒一样，尽情品味爱的滋味，他们依然可以在白天男耕女织、相濡以沫，在晚上藤树缠绕、共浴爱河。脸上苍凉的面容，纵然已不再娇艳，胸前苦难的乳房，纵然已不再鲜活，干涸起皱的嘴唇，纵然已少说动人的情话，可男人像百年老树一样刚硬的挺拔，女人像不老幽泉一样喷涌的爱液，却如生命一般坚韧持久、丰沛激荡。他们曾经在罪孽中相爱，总认为地狱就在自己的床前，可是当一个说要为对方挡在地狱的门口时，另一个就幸福地想：有这样勇敢的强盗，谁还会害怕地狱？

天快亮时，玛丽亚还要继续扬鞭催马，奥古斯丁幸福地说了这个难以入眠的夜晚唯一一句话：

"够了。我这一辈子，没有白活。"

玛丽亚亲昵地拍拍奥古斯丁的脸，说："英雄看来也是会老的。"

上午九点钟，史建华带一班人马来到玛丽亚家。女人忙着给他们打茶，她对儿子说："又不是去迎亲，你们搞那样大的动静干什么？"

史建华说："妈，这不仅仅是我父亲回来这么简单的事情，这还是我们的工作。"

玛丽亚嘀咕道："把你的工作跟家里的事搅在一起，就是把麂子乱成马鹿。"

临出发时，史建华发现奥古斯丁背了一个背篓要出门的样子："你……也要去么？"在他的想象里，继父奥古斯丁应该回避他父母重逢的场面，尽管史建华也很同情他。他们的关系一直不错，很多时候，史建华很感激奥古斯丁给自己的母亲带来的幸福生活。

"噢，我去打猪草，圈里的猪这些天都没有吃的了。"奥古斯丁说。

"不，你跟我们一起走。"玛丽亚像一个意志坚定的指挥官，"不管怎样，史蒂文还是你的兄弟，没有你，哪有他的今天？"

玛丽亚一把拉住奥古斯丁的手，令人惊奇地一路都不松开，像村里那些刚刚向城里人学会手拉手谈恋爱的小青年一样。以手牵手的方式向世人宣告，他们将如此走完一生。

他们就这样出了家门，走过家门前的小径，走过成片的青稞地，走过众人好奇的目光，走过村庄里牛羊列队的欢送，走过教堂的大门，耶稣和圣母玛利亚在里面为他们祝福；他们还走过了村口的老核桃树，它见证过这对老恋人非同凡响的爱情——一个曾经要从它身前走进教堂去举行婚礼，一个却单枪匹马阻挡在送亲的队伍前。那时他们一个像花儿一样娇嫩，一个似战神一样威武。高耸的狐皮帽，虎皮镶边的楚巴，腰间闪亮的藏刀，脚下镂花的高帮软皮藏靴，堆成小山一样高的银锭，还有一双炯炯夺人的目光，照亮了往昔岁月的苍茫。老核桃树活了几百年，从来没有见过如此奇特的求婚。直到那个莽撞的求婚者被捆在它身上，它还为他掉了几片叶子哩。

他们终于走到了澜沧江的"鹰渡"边，江对岸的乡村公路上已经有几辆政府的日本丰田越野车在等候他们了。史建华和其他干部先过溜索了，只有玛丽亚和奥古斯丁落在后面。她还牵着他的手，好像怕他跑了似的。

"你先过。"玛丽亚说。

"噢，你是今天的主人呢。"奥古斯丁深情地看着自己的妻子，"你先过吧，人家在那边喊你了。"

玛丽亚往对岸望望，那边史建华在向她招手。"你要答应我，我过去后，你一定要过来。"

"好，我答应。"奥古斯丁说。

"我们一起去，然后一起回来。"玛丽亚又说。

"是啰。你过吧。"

玛丽亚松开拉着奥古斯丁的手，把自己挂在溜索上，又回头看了自己的男人一眼，说："你快点过来啊。我在那边等你。"

奥古斯丁在玛丽亚飞身溜走的一瞬间，脸上浮现出一个灿烂动人的笑容，他说："我会为你挡在地狱的门口。"

他目送玛丽亚的身影像一只燕子掠过江面，在对岸平安降落。奥古斯丁长长地嘘了一口气，弯下腰去捡了几块大石头，扔在背上的背箩里。一路上他都在扯猪草，走到"鹰渡"时，背篓里的猪草都快满了。玛丽亚在路上时还说，把背篓放下吧，你过去是峡谷里的大侠，现在你是人们公认的大师了，可不要让史蒂文把你看成个放猪倌。

玛丽亚一到对岸就向江这边张望。她过溜时好像听到奥古斯丁说了句什么，正由于没听清楚，她的心里就不踏实了。其实，这种感觉从昨晚就一直延续到现在。今天早上她还专门去了趟教堂，跪在圣母玛利亚的塑像前祈求她保佑他们的生活，祈求她怜悯奥古斯丁和史蒂文这两个男人。他们都活得不容易，但她只能跟其中一个。她还祈求主耶稣，把他的公道和平安施予天下所有的好人，如果我们从前犯下了什么罪孽，我们会用自己的良善来补赎。

奥古斯丁把自己挂溜索上了，这时他发现江心的溜绳上竟然站立着一只鹰。狗娘养的，你来得可真是时候。奥古斯丁嘀咕道。

现在，他要背负一个沉重的背篓过溜索，就像背负自己一生的罪孽，就像再次背负爱的十字架，从人生的此岸到彼岸。他还用一根草绳将双肩上的背绳紧紧地系住，仔细地打了个死结，这样背绳就怎么也滑不开了。

现实的彼岸他已无颜涉过，天堂的彼岸他即将抵达。骑白马的爱神从天上匆匆赶来，向奥古斯丁深情呼唤。但奥古斯丁不相信爱神还活在人间，更不相信在他胡子都白了的年纪还会得到爱神的眷顾。爱神有时会带来错误的爱情，它会很美丽，但必将会被无情地扼杀。就像爱神自己多年前被枪杀一样。

奥古斯丁上溜索了，那鹰还在离他约二十来米的溜绳上，两只眼睛似乎像康菩土司的鹰眼，把他们父子一生的结局看透。

主末日审判的时刻到了。

"妈的，过去的日子，还是一笔高利贷。"

奥古斯丁把自己放了出去，就像放飞了手中的一只鸽子。溜到江心上空时，他抽出了腰间的康巴藏刀，一刀便割断了悬挂在身上的羊皮保险绳。

那只还站在溜绳上的鹰，惊得展翅一跃，和奥古斯丁一起向澜沧江飘落下去。

50·玛丽亚哀歌

上主，请你廻目怜视，你这样做，究竟是对付谁呢？

——《圣经·旧约》（哀歌2：20）

"丢掉背篓啊！丢掉背篓……奥古斯丁！奥古斯丁，你放下背篓啊……"

我拼命喊，不管不顾地往江边冲。我看见奥古斯丁在波涛中沉浮，背篓竟然还在他的身上。奥古斯丁的水性是村庄里最好的，他在劳改时，曾经在澜沧江里做了三年的放木工，他说他骑在波浪上跟骑在烈马上一样。夏天澜沧江发洪水时，他还经常跑到江边去捞上游冲下来的木柴，有一次连房梁都捞回来了一根。现在是秋天了，江水早已经回落，尽管还有一些波浪，但奥古斯丁要是乐意，可以在澜沧江中游几个来回哩。

那该死的背篓还在奥古斯丁身上，就像他一生也挣脱不了的罪孽啊！他甚至在波浪里转过脸来面向我，向我招手。"丢掉背篓啊快丢掉它……"我不知怎么绊了一跤，跪爬着喊。我身后的人们也在大声呼喊，但奥古斯丁听不见听不见啊！一个耳朵再怎么背的人，也该听见我带血的呼喊了。

江水把我的奥古斯丁掩埋了，江水把我的大侠吞吃了，江水把我的大师夺走了，谁来救救他呀？主耶稣啊，求求你拉他一把吧！你的拯救在哪里？

我扑向江边、边喊边哭，我老是跌倒、爬起，再跌倒，再爬起……"丢掉背篓啊丢掉它……"

我已经看不见我的奥古斯丁了，但我仍在哭喊。那该死的背篓把我的奥古斯丁拖到地狱里去了。奥古斯丁，你说过如果要下地狱，你会为我挡在地狱门口，我不要！我要和你一起下地狱。就是一同下地狱，也是我们的天堂。

我跌爬到离江边的悬崖一步之遥时，我就要追随我的奥古斯丁一起上天堂时，儿子从后面紧紧抱住了我。他说："阿妈，阿妈，你救不了他啦！"

每一个人离天堂其实都很近，但他的身后，有顽强地阻止他一步跨入天堂的很多东西。

我回身打了史建华一耳光，这是我第一次打自己的儿子。但他仍然死死抱住我，我怎么也挣脱不开儿子有力的手臂。我再打他、抓他、踢他，我的儿子泪流满面，但一动不动。我听见他对身边的人说："快去下游找他的尸体。"

我的奥古斯丁成了一具尸体了吗？我不相信，刚才他还在向我招手哩！刚才我还拉着他的手，从家里一直走到"鹰渡"边呢。我只是怕他中途找理由溜开，我只是要告诉所有的人，包括回来的史蒂文，我是奥古斯丁的女人，谁回来都不管用，谁带给我金山银山，都不过是雪山前的云雾。我从前拉着他的手，一同走过了那么多的苦难；我还要拉着他的手，一同走进天主的国。

主啊，要是你多给奥古斯丁些时间，他就把吊桥建起来了，我们就会手牵手地从吊桥上一同走过澜沧江，一同走过我们的力气越来越小、头发越来越白、步子越来越不利索的晚年。

我为什么不要求他带我过溜索？这个悔恨将伴我终生。

我牵着他的手时，他的手很冰凉。而在过去，他有一双多么温暖的大手啊！这双粗糙的手捧起过我的泪脸，抚摸过我的身子，温暖过我的心。他第二次从监狱里回来时，我正背一捆柴回家，忽然背上的柴飘走了，我直起身子来，扭头就看见了我的奥古斯丁，柴到了他的手上，从那以后我的肩膀上就再没有背过重东西。那天我看见他时脑子里一阵发晕，一头就倒在他的怀里。他一手提着那捆柴，一手抱着我，我们就那样回的家。那个傍晚有彩虹，就架在我家的房顶上，我不是倒在奥古斯丁的怀里，而是倒进了蜜罐罐里啊！

在村庄里，我的奥古斯丁是仅次于小学老师的大师。那些衣裳光鲜的城里人，他们跟在我的男人后面，就像信徒面对教宗，大师长大师短地叫。大师是什么人？大师就是能做全世界的人都干不了的活儿的人。大师也是那种爱一个女人也爱得很命苦的人。

"我会为你挡在地狱的门口。"奥古斯丁，这是你说的话吗？主耶稣，你为什么现在才告诉我呢？你的计划难道真的就是把地狱设在我们的婚床下？我们的走到一起难道不是你的旨意？在那些艰难的日子里，我守望、祈祷你的恩宠，我一直以为，是你的仁慈把奥古斯丁赐给我的。我对此坚信不疑，就像对你的信仰一样。

我曾经对奥古斯丁说，既然我们把什么罪孽都犯下了，就一起来等候主的审判吧。有几个人不是在罪孽中相爱的呢？耶稣虽然在十字架上承担了世人所有的罪，还让我们每个人，都跟随他背起自己的十字架。好嘛，就让我们一起来背这爱的十字架吧。可是啊，奥古斯丁，你为什么没有听进去，要自己一个人背？你背不动了，就逃走了。我心里已经再也承受不起逃走的男人了，你好狠心啊奥古斯丁！

"妈，是他自己割断了绳子。"史建华把奥古斯丁过溜索的那个铁滑轮给我看，上面系着的羊皮绳被齐齐地割断了，就像把生命和罪孽一刀斩断一样。我捧着铁滑轮，跪在地上哭得昏天黑地。为什么呀为什么？我向我们在天上的父呼喊，就像经书上说的那样："在我呼号你的那一天，愿你走近而对我说：'不要害怕。'"主啊，我的呼喊你听见了吗？我害怕呀，我害怕以后的每一个夜晚，我害怕火塘里的火再也烧不燃，我害怕梦里的魔鬼，钻到我的被窝里来。奥古斯丁，我要你守在我的梦外边。

儿子在一边说："妈，我父亲在县上等着呢。我们走吧。"

"走你个憨狗养的！"我愤怒地喊，"我要回家去了，等我的奥古斯丁。

他天黑就回来了。"

我才不管县上有什么大领导、大记者呢，我才不管史蒂文这条流浪狗从哪里摸回来呢。我要回家去烧好火塘，打好一壶烫烫的酥油茶，蒸好一笼热热的水汽粑粑，再倒好一碗辣辣的青稞酒，等我的奥古斯丁大师回家。奥古斯丁说过，出远门的浪子，最害怕家里的门不为他打开，最害怕家里的火塘不为他漂泊的心温暖。

可是啊，茶煮了一遍又一遍，酒温了一次又一次，我的大师呢？他怎么还不回来？

天黑时，来到我家火塘边坐下的不是奥古斯丁，是史蒂文。他在一大群人陪同下进了家门，好像官当得比史建华还要大。他一看见我就跪下了，就像一条走丢了多年的狗，好不容易才找到了家门。

唉，他也得快认不出来啦。头上的白发，像电视上那些有学问的城里人；他脸上的皱纹，像干了几十年的荒地；而他身上的那身衣服，就像那些来跟奥古斯丁要土陶的城里人。多少年来，我等待的可不是这样一个史蒂文！天主一定是把我的那个会弹扎年琴的、情歌能把树上的核桃也唱下来的、跳起舞来云彩也会跟着飘飞的扎西嘉措搞丢了。

本来我已经在心里想了好多遍了，见到史蒂文时，我要请求他的谅解。史建华曾经跟我说，我阿爸在那边不容易啊，几十年都一个人过。我当时回答说，天下的黄连都一样苦，谁也不容易。可这就像一把斧头悬在我和奥古斯丁的头顶，我们是他的罪人，尤其是我，今天见面跪在地上谢罪的应该是我而不是他。

可现在我不这样想了，我已经为奥古斯丁摆好了一个灵台，就设在圣母玛利亚跟前。我抹着眼泪对史蒂文说："史蒂文，和你一起出门的马帮几十年前就回来了，你走的是哪一趟马帮路哦？"

史蒂文说："坞丽业，对不起，我走错路了。"

"唉！你这一错，害了多少人啊……还不快去跪谢你的奥古斯丁大哥。"

史蒂文脸上的泪水从一进家门就没有断过。他跪着爬到奥古斯丁的灵台前，哭喊道："大哥，你不该这样……"

"不该的事情太多啦，史蒂文，有人为了让你能安心走进这扇家门，把命都搭进去了……"

2007 年 11 月 8 日—2009 年 1 月 11 日凌晨六点一稿完于昆明北郊

2009 年 7 月 3 日改定

重庆之眼（选章）

只要我们还活着，我们就是历史的证言；我们死去，证言留下。

第一幕　国破山河在

1·狼烟

　　邓子儒一生也搞不明白，莱特兄弟为什么要发明飞机。天空本来是属于鸟儿的，人一旦飞上了天，就应了中国的那句成语——无法无天。直到他皓首白头了，每当他仰望重庆的天空时，他都不确定灾难会不会倏然而至。

　　但在 1939 年 5 月 3 日这天，山城灰蒙蒙的天空将给他的家族降下一个财神来，同时也是他第二天的婚礼上最为尊贵的客人——上海裕隆纱厂的董事经理罗佑华先生。全面抗战虽然已经打了快两年了，但重庆还是大后方，人们该过的日子照样过，该做生意的也照样做生意。罗经理这次来将授权邓氏家族作为裕隆纱厂在西南棉纱销售的总代理，同时还计划和邓家在重庆新开一家纱厂。邓子儒的父亲邓玄远说，和裕隆一合股，我们就是西南地区棉纱业绝对的龙头老大了。

　　眼下，邓子儒正引颈向东边的天空张望，他的身后站着两个襄理和几个小老幺。父亲正在家里办堂会，为明天的大婚预热气氛。一个京戏班子和一个川戏班子轮流献演，还请了"琼楼"舞厅的舞女来助兴，她们将带给宾客夏威夷风情的西洋舞蹈。本来父亲坚决反对，说政府正在提倡新生活运动，反对奢靡。前个月重庆的面粉大王王老板在陕西街"留春楼"办生日宴，招摇铺张了点，就被路人扔了石头，警察不管，报纸上还说风凉话。但邓子儒说，人家罗经理是大上海来的，"百乐门"里都兴这个的，我们得让客人高兴吧？让码头上的兄弟伙扎在门外，哪个龟儿子的还敢来臊皮。抗战爆发前邓子儒去过上海，知道一些大上海的洋盘。

邓家祖上从 1891 年重庆开埠通商时起，就当洋人在重庆经营的洋纱、烟草、火柴等洋货的买办，同时也兼做票号、酒楼、土产等方面的生意。邓氏家族的产业到邓子儒的父亲邓玄远手里时，已经被誉称为"邓半城"了。从商贸、银行、期货、酒店、水运到地产，长江和嘉陵江包裹着的这片树叶状的半岛上，无论是抗战前的上半城或下半城，还是 1938 年后作为国民政府的陪都，到处都有邓家的产业。以至于至少有十来个（究竟有多少邓子儒也搞不清）随着国民政府迁来陪都的将军、部长、次长租住着邓家遍布在重庆四处的别墅、老宅、花园洋房。这些房子租也好借也罢，重庆码头上"义"字辈的头排袍哥大爷 ① 邓玄远有求必应。那年月，衡量一个江湖老大的标准是：没有他摆不平的事，没有不求他办事的人。"邓半城"的传说，就是从邓玄远这一代开始的，既指其产业，也代表邓氏家族在重庆城的影响力。

天空有一层薄薄的雾霭，这在雾都算是个好天。中午 12 点半左右，远方传来飞机的轰鸣声，邓子儒身后的人刚说"来了，来了"，城里就猛然响起尖厉的空袭警报声。这种催命鬼般叫唤的警报重庆人已经不陌生，但谁也不会当真。毕竟在和日本人打仗嘛。去年日本飞机也来轰炸过，只是在郊区乱扔了一通炸弹，重庆城几乎没伤着皮毛。政府也在教导民众一些防空常识，但一般人认为，日本飞机来了就往自己家的桌子下一躲就是了，大不了再在上面铺几床棉铺盖。

邓子儒焦躁地说："挨刀的小日本，偏偏这个时候来。"

一个眼尖的小老幺说："少爷，不是日本飞机，是客人的飞机，你看，它落下来了。"

果然，一架欧亚航空公司的中型客机伴随着强大的轰鸣声降落在珊瑚坝机场。站在邓子儒身边的胡襄理说："搞防空的那帮龟儿子，草木皆兵。"

客人开始下飞机，显得有些仓促慌乱，因为空袭警报仍在一阵紧似一阵地催命。邓子儒在人群中认出了提着皮箱的罗经理，忙率众迎了上去。邓子

---

① 袍哥组织对外以仁、义、礼、智、信来区分不同社会阶层的帮会。其内部组织又分八个排行等级，以孝、悌、忠、信、礼、义、廉、耻八字为序号，称之为嗨一排到嗨十排，没有四、七排，嗨一排的为龙头老大，又称大舵爷、总舵把子，其余等而下之，各司其江湖职责。在十排以下，便是众多小老幺、兄弟伙了。

儒拱手道:"罗经理,失敬、失敬,可能是防空演习,请海涵、海涵!"

罗经理是个四十来岁的中年人,对邓子儒拱拱手,又望望天空说:"重庆搞得比阿拉上海还紧张兮兮的。"

邓子儒不自然地笑笑:"偏远之地,人们没见过多大世面,他们把你乘坐的飞机当成日本人的了。罗经理受累了,等哈好好敬上几杯酒,给罗经理压压惊。我们上车,罗经理,请!"

机场上的宪警已经在四处催促人们疏散了,那场面看上去不像是一次演习。一行人刚想上车,地面忽然强烈地震动起来。许多年后,邓子儒在向人叙说1939年5月3日的轰炸时,还说自己也没有搞醒豁(搞清楚)来自空中的轰炸为什么会让大地像擂起的大鼓,而人就是那鼓面上的蚂蚁。在那一天,山城重庆的天空瞬间就发生了转换,日本飞机乌云一般遮蔽了重庆的天空,紧跟着就是冰雹一般砸来的炸弹、燃烧弹了。

他们被警察赶进机场旁边的一个小防空洞里,感觉重庆城正在被炸成一个筛子,而无辜的人们纷纷往筛眼里掉,那下面就是死亡,是烈火熊熊燃烧的地狱。邓子儒用身子护着罗经理,洞顶震落的沙土落满了他的肩,一个小兄弟不断为他掸去尘土。邓子儒猛然醒悟过来:"遭了,家里还不晓得咋个样了?你们赶快回去!"

胡襄理带了两个小老么想往洞子外面走,但警察封住了洞口,谁也不让出去。邓子儒这时才感到害怕,更让他心里发凉的是:这么大的轰炸,新娘蔺佩瑶平安吗?她的家在江北,不知道那边挨炸没有。他没心思顾及罗经理了,跑到洞口那边张望。几个警察手挽手把守在那里,邓子儒本想出点钱疏通一下,但看到外面浓烟遮天蔽日,那是他从来没有见到过的狼烟。他的心就像掉到了冰水里。

全面抗战开始后,国民政府西迁重庆,并将之定为陪都。重庆人忽然发现自己的城市在这个多灾多难的国家中举足轻重,是腥风血雨的战争中最后的庇护地。南京沦陷了,我们还有重庆,重庆不沉到长江里去,抗战就有希望。但在这场大灾难降临之前,世世代代在山城的坡坡坎坎上因陋就简、见缝插针地搭建吊脚楼式房屋的重庆百姓还认为,自己这破败不堪的木头房子哪值得日本人开着飞机来炸哦。一颗炸弹多少钱?开一次飞机又要背多少油①?那

① 背油即浪费的意思。

日本人是方脑壳①唛？他们怕莫得那么哈（傻）。老百姓这么想也就罢了，连北方的一个大军阀在一次演讲中也说，日本飞机扔炸弹怕个啥，不过是鸟儿在天上拉屎，你们中有几个头上落过鸟屎呢？可见，即便是中国的高级将领，也都没有认识到，现在我们进行的是一场已经没有前线和后方的战争。

将近两个小时的轮番轰炸结束后，邓子儒他们才走出防空洞。车已经不能开了，邓子儒让胡襄理陪着客人，自己带人往家里飞奔。眼前的重庆城已经面目全非了，就像话剧里的场景变换，刚才还是人间的升平景象，马上就转换到地狱里的恐怖狰狞。熟悉的街道在燃烧，房屋都成了断壁残垣，烧焦的尸体横陈在大街上，电线杆、树枝上、残墙上挂着人的残肢断臂、肠子和心肺。这哪里还是那个房舍错落有致的山城啊，简直就是人间地狱。等跑到二府衙时，邓子儒已听到了从邓家大院里传来的呼天抢地的哭声。大院的大门已经被炸飞到街道上，门前的一对石雕麒麟被掀翻了一个，前院里已是一片狼藉，一些人躺在血泊中，女人孩子在尖声哭号，用人们忙着灭火，大院的中堂已经看不到前门、屋顶，只剩下两堵光秃秃的墙壁，东厢房也垮了，房顶还在燃烧。

邓子儒的母亲头上缠着一块纱布，斜靠在花坛边的一张藤椅上，还在呼天抢地地哭号，见到邓子儒那哀号声就更大了。邓子儒抢上前去，急促地问，妈，家里有人受伤没得？但老母亲只是哭，说不出话来。站在一边的一个外佣女才哭泣着叙说了邓家大院被炸的经过——

第一次空袭警报响起时，家宴刚吃到一半，开了十桌酒席呢。大家都不相信那天会有日本飞机来轰炸，在这之前重庆市中心地带还没有挨过炸。长辈们还在划拳行酒令，孩子们在酒桌间到处乱跑。紧急警报响起时，二伯父说这次怕是来真的了，我们还是躲一躲吧。但大爷不想扫大家的兴，他说重庆城恁个大，未必就专门来炸我家的饭桌？不消怕，日本飞机来了，大家就钻到桌子下面躲一下。我邓家的房子结实，再不行后院的假山还有个石洞，女眷可以躲到里面去。他还坐在中堂的太师椅上喝茶哩，不当回事地对家人说，你们去躲一哈（下），我就不信他们连茶都不让老子们喝一口。我要坐这里等我家的客人。

可是啊，一颗炸弹偏偏就落在前院里，饭桌被炸飞，屋顶被掀翻，门柱

---

① 形容人木头木脑、愚蠢之意。

都被拦腰炸断，邓家遭殃了，遭惨啰。两个伯父、一个叔叔、三个婶婶、六个侄儿、四个堂兄弟、两个姐姐都被炸死了……

邓子儒摇晃着外侄女的胳膊问："我老汉儿（父亲）呢？他在哪里？"

外侄女抹着眼泪往堂屋那边一指，不说了。

邓子儒赶到父亲身边时，邓玄远还有一口气。他拉着儿子的手只说了两句话："赶快办喜事。报仇。"

还怎么能办喜事？一家十八口人哪！丧事都办不赢。这场婚礼是重庆城两个大家族的联姻，自然想把婚事办得隆重风光。但本来应该在第二天抬进邓家大院的大花轿，现在却要抬进一口又一口的棺材；满城的断壁残垣，烧焦的尸体还埋在瓦砾堆里，送亲和迎亲的队伍又怎么能够从尸臭满天的城里经过？邓子儒跪在他母亲面前哭着说，母亲，我们还是先请和尚道士来念经做道场，为父亲和长辈们的亡灵超荐，再说办婚礼的事情。

邓母忽然一巴掌拍在藤椅扶把上："还不快去找你的新媳妇！为了这桩婚事，我们邓家可是花了大价钱的哟！"

第二幕　城春草木深

6·岂曰无衣

"狗日的太阳，毒辣！"

邓子儒刚坐进道奇车里，就听见司机吴小石的嘀咕。他抬眼望望车窗前明晃晃的天空，心里闪过一丝担忧。今天没有雾，日本飞机会不会来轰炸呢？这时他又听见公馆里传来一声呼唤，紧跟着奶妈曹二娘从大门台阶上迈着一双小脚，碎步来到车窗前说："先生，太太说，晚饭她也不回家吃了，下午去川盐银行的陈太太家打牌，晚上直接去中苏文化协会那边和先生碰面。"

又是牌局。邓子儒隔着车窗说："晓得了。告诉太太，晚上八点，不要迟到了，今晚会有很多大作家、大诗人要来。哦，对了，让她注意空袭。"一个月前的一次空袭，夫人蔺佩瑶和几个富家太太在白理洋行陆太太家的防空洞里打牌，结果一颗炸弹正好落在洞口，把几个富家太太封在了里面。好在防空洞里有水有吃的，还有通风设备。十多个防护团的青壮小伙子挖了一个晚上才把她们救出来。淞沪抗战前从上海逃难过来的陆太太事后说，日本小赤佬，女人家的牌局也来炸，真是上不了台面的。

现在阔太太们躲进防空洞里的牌桌也不安全了，足见已经不是天上的鸟屎落在人们头上那样的概率了。连蒋介石在南山的官邸都遭到了轰炸，战时首都已无论贵贱，都被覆盖在大轰炸死亡的阴影之下，就像司机吴小石抱怨这一大早就火辣辣的太阳。天空晴朗，意味着雾都少了一层庇护，如同大雨天中没有一把伞。战争已经进入第三个年头了，虽然重庆人一个日本鬼子都没有看见过，自己的城市却被炸得满目疮痍、尸横遍野。那种感觉就像你被一个影子拳手——或者一个恶鬼——一次又一次地欺负痛殴，但你却连还手的机会都没有。不是你不敢打，而是你看得到对手却够不着。

这个端午节邓子儒会非常忙碌，下午两点在长江上的龙舟赛他既是组织者之一，又是棉纱帮"过江龙"龙舟队的老板。为了打造这支龙舟队，他从自己的两家棉纱厂和一家炼铁厂里抽出那些身强力壮的工人，加上重庆码头上本帮会里的青皮后生，组建了一支像模像样的龙舟队。邓子儒对他们只有一句话："端午那天，你们就是我邓某人的脸。"

不过，真正让邓子儒兴奋的还不是下午的龙舟赛，而是晚上由他襄助的一个文人雅聚，那将是会载入中国文学史的一次文学活动，看看都要来些什么人吧：于右任、郭沫若、老舍、张希曼、洪深、陈舍我、应云卫、马思聪、金山等名流巨擘，还有中国电影厂、中华剧艺社、怒吼剧团的大牌演员们。他们聚在一起，正是为了庆祝中国第一个"诗人节"的诞生。文坛的大师们认为：没有比在抗战期间将纪念屈原的端午节定为"诗人节"更合适、也更有意义的了。

邓子儒那时并不知道这个端午节将会改变许多人的命运，包括接下来的"诗人节"，一些人会在这战火连天中结为患难之交，一些人的情感历程将从此迈上一条坎坷艰辛的道路，一些人将在重庆这个战时文化中心闪亮登场，成为陪都名人，就像他最近倾心推崇的青年话剧演员白羿。

想到清纯可人、洋派十足的白羿，邓子儒心中便不由得泛出一丝烦恼。早上起床时，蔺佩瑶忽然跟他说，"诗人节"晚会她想担任司仪。邓子儒当时不假思索地回了一句，你去凑什么热闹啊，司仪人选已经有了。蔺佩瑶也马上回应了一句，是那个白羿吧？邓子儒没有听出话外之音，便说，人家是北平戏专毕业的，主持这样的晚会有经验。蔺佩瑶声音一下大了起来，北平戏专毕业的就很洋盘吗？不过是个戏子而已。我上教会小学时就在唱诗班唱歌了，还演过圣诞剧哩；高中时候也不是没演过话剧，当年你没来看过我的演出唛？现在又去捧别个了吧？你们这些公子哥儿就会耍这个，恨不相逢未嫁时吧？唉，重庆妹子的嘴，嘉陵江的洪水。太太连珠炮般的发问让邓子儒想发火，但毕竟心里有些虚，只得连赔不是加解释。这女人一结婚，说话就没有温度了，只有火锅里的麻辣烫。最后双方勉强达成协议，由蔺佩瑶来担当司仪，白羿朗诵一首诗歌。但是蔺佩瑶的小姐脾气也上来了，本来答应陪邓子儒去看龙舟赛的，却懒在床上不起来。这些女人啊，抗战那么大个事情，她们也只当成争风吃醋出风头的舞台。

邓子儒上午要先去市中心督邮街的渝华公司总部处理业务，道奇轿车沿嘉陵江边一条弯弯曲曲的公路蛇形行驶，路上都是疏散到乡间的民众，有钱的坐轿子，没钱的肩挑背扛。嘉陵江上往来穿梭的木帆船，片片风帆都百孔千疮，补丁摞补丁，没有一片是完整的。这景象看上去贫穷，但硬气；脆弱，却坚韧；破败，也有序。

昨天日本飞机才来轰炸过，因为有雾，在市区上空乱扔了一通炸弹，据今天早上收音机里的新闻说昨日中国空军起飞了十五架战机迎战，但没有打下一架日本飞机，只说"击伤"数架日机，自己却损失了四架苏制伊－15战机，白市驿机场一架未及起飞的飞机也被击毁。当时还在盥洗间洗漱的邓子儒深叹了一口气，不经意间咽下一口涩涩的牙膏泡沫。他还听见卧室里的蔺佩瑶也高叫一声：他们怎么就不说有没有飞行员牺牲？是啊，那些飞行员可是国家的宝贝，连蒋夫人宋美龄都把他们当自己的孩子看。在一次重庆市长吴国桢举办的聚会上，邓子儒和蔺佩瑶曾经见到过两个被请来作为嘉宾的空军飞行员，他们知书识礼、雄姿英发。这让蔺佩瑶兴奋了好几天，不断在他耳边说，他们好年轻、好英俊哦！重庆的天空就指望他们了。是的，他们都是民族精英，军中俊杰，可是我们的飞机不行啊，娘子。女人家就是只有头发长。

邓子儒打算开一家桐油加工厂，今天他约请了中央大学的一个航空动力学教授，希望他来主持这家工厂。这个叫陈可循的大学教授书生气十足，三十多岁，面带菜色，穿着破旧的长衫，脚下的圆口布鞋都裂口了。更让邓子儒惊讶的是他竟然背了一个乡村大嫂背孩子的那种中间有一小方座位的方形娃儿篼。邓子儒帮他把沉重的背篼放下来，问：

"教授这是……"

"书。在生活书店淘的书。昨天听说武库街的书店被炸了，书的碎纸片都飞过嘉陵江飘到江北了。今天店家甩卖残存的书，我就多买了一些。"陈教授说。

"这些强盗，书店也要炸。陈教授快请坐，咖啡还是茶？"

"咖啡？"陈教授的惊讶不亚于邓子儒看见一个大学教授背个女人的背篼进城，"你这儿还有咖啡？"

邓子儒从他脸上看出了一个人对久违的某种物品的渴慕，便问："先生是喝南洋的咖啡还是美国的麦斯威尔？"

"噢，麦斯威尔？"陈可循扶了一下眼镜，不经意间咽了一口口水，"Good to the last drop。"①

"先生留美的？"

"嗯，和上月刚刚罹难的孙寒冰教授同在哈佛大学念的硕士，后来在加州大学教书。中央大学迁来重庆后，我就应聘来了。我和孙教授还是乘坐同一条船回来的，只是没想到啊……"

邓子儒顿生感动。这些人如果留在美国，是可以悠闲地喝着咖啡，不用考虑温饱、不用担心轰炸，专心做自己的学问的。用人煮麦斯威尔咖啡时，邓子儒全盘说出了自己的想法，四川各地遍布桐子树，临近的云南、贵州也有很多。过去我们不知道这种东西的宝贵，只是用来点灯、刷木头，哪晓得它现在是政府亟需用去交换抗战物资的宝贝呢？我有资金，陈教授有技术，本地又有这么好的资源，我们一起大干一场吧。

但陈可循对邓子儒许诺的优厚酬劳不屑一顾，言明自己只希望在大学教书，他说自己在实验室就可以提炼一些纯桐油，邓子儒照这个标准去做便是，有困难他会随时给予指导。

"全民抗战嘛，邓先生崇尚实业救国，我遵循科学救国。我的那些学生，穿越了大半个中国来重庆读书，我可不能轻易抛弃他们。他们将来是可以为国家造大飞机的。"陈教授说。

抗战前全中国有一百零八所大学，战争爆发后有五十二所迁来了四川，在重庆的就有十九所。那年月如果有人能够从空中作一次航拍，便可在国破山河在的大地上，看到一幅幅震撼又催泪的学子流亡图，从北向南，从东向西……

邓子儒想起在孙寒冰教授的葬礼上和一所大学的副校长谈起抗战的前途

---

① 即"滴滴香浓，意犹未尽"。此话出自"二战"时美国总统罗斯福之口，后被该公司作为广告词。

问题，他的悲观论调让邓子儒当夜难以入眠。"陈教授，我想请教一下，你认为我们的抗战有希望吗？"

陈教授沉吟良久，摘下眼镜来擦拭："有一天，我们在实验室也讨论了这个问题，是从饿肚子谈起来的，因为一个教授才饿昏在讲台上。我们的大先生顾毓琇说了一句话：'如果中国的知识分子认为抗战有望，则未必能胜；但如果知识分子认为抗战无胜利希望，则抗战必败。'老弟，我们是念过书的人，我们得挺住。"

这个道理邓子儒是明白的。所谓民心，乃由"士心"引导，"士心"就是一个读书人的家国情怀、报效国家之心，也就是读书人的"士气"。"士气"不倒，民心从之。"未必能胜"，但也一定要搏一把，总比束手就擒当亡国奴好。他让吴小石去扛了一袋大米送给陈可循，堂堂中央大学的教授用手抓了一把雪白的米，竟然就哽咽起来：

"我都快忘记大米的颜色了。"

邓子儒叹了口气，吩咐吴小石道，再去库房扛一袋面粉来。你送教授回家，我自己去东水门。

东水门也是往昔重庆"九开八闭"的"开门"之一，历来是人们从主城区渡江到长江南岸的大码头，也是商旅云集之地。这次龙舟赛的起点就设在东水门，赛道顺长江而下。本来主办方原定的起点在东水门上游的储奇门，赛道将近四公里，经过人和门、太平门、太安门、东水门、翠微门到朝天门。顺长江划龙舟，加上人力，一般二十来分钟就可完成比赛。但重庆防空司令部担心会有空袭，将赛程砍去了一半。

东水门还有一段城墙留存，城门洞也还在，像一个饱经沧桑的老人豁开的嘴。城墙外杂乱无序的吊脚楼傍山崖、依陡坡而建，看上去摇摇欲坠，不要说经不住日本人的炸弹，就算随便跺一跺脚都会垮塌。那些支撑吊脚楼的柱子好一些的有成人的大腿粗，寒碜些的用竹子捆绑而成。本地人称之为"捆绑房"，下江人叫它"抗战房"——他们来到重庆，能暂厝进这样的房子已属幸运的了。这些"捆绑房"或黢黑残缺、或歪歪斜斜，就像破衣烂衫的山城底层百姓的脚，坚韧地站在坡坡坎坎上，不惧寒酸，迎风挺立。有些"捆绑房"被炸垮了、震倒了、烧毁了，但不出一个月，它又神奇地站立了起来，尽管依然破旧不堪，依然不忍卒睹。生活于这里的人们来说并不复杂，炸垮了房子，只要人还站在山城的坡坎上，房子也就跟着站立起来了。

在江湖上这里是他们邓家的地盘，从铺子里飘着山羊胡的掌柜，到茶馆里的幺师，见到年轻的邓子儒都要尊称"大爷"。自从邓玄远去世后，邓子儒自然就是邓氏祖先所开袍哥山堂"天门堂""义"字辈的龙头老大了。

袍哥之"袍"，源自《诗经·秦风·无衣》中"岂曰无衣，与子同袍"句，可见这个民间帮会的齐心戮力及其血性。它的源头又可追溯到清朝初年东南一带"反清复明"的秘密组织洪门。两百多年来洪门就像一股股四处蔓延的水流，有江湖就有它的身影。其中一股逆长江而上，在四川各地形成独具特色、自成体系的袍哥帮会，又称为哥老会。他们结帮自保、歃血为盟，其势力由乡村而城市，由民间而商界、而官场。重庆码头上五个字辈的袍哥帮会"仁、义、礼、智、信"，几乎囊括了山城重庆的整个江湖。有句俗话最能说明他们的特点——"仁字辈帽子多，义字辈银子多，礼字辈铺子多，智、信两辈刀子多"。意即在"仁"字辈的袍哥大爷多是官宦人家，"义"字辈的袍哥则是商界大佬，"礼"字辈袍哥多是做小生意的，而在"智""信"两辈操袍哥的，则是在江湖上打打杀杀的引车卖浆者之流了。在重庆码头的江湖上，一声"倥子"令你无路可走；一句在袍兄弟，让你吃遍天下。

现在是抗战时期，国民政府移驻重庆，党政军警势力大为加强。袍哥这种帮会组织只能是朝纲不举时才会得以滋生蔓延，毕竟你在江湖，人家在庙堂。这个道理受过大学教育的邓子儒再明白不过，父亲的江湖已经老去了，被战争的枪炮打得千疮百孔了。邓子儒这样受过现代文明教育的人，自然更崇尚"德先生"和"赛先生"。但今天是邓子儒第一次以大舵爷的身份在父亲的江湖上露脸，他不得不顾及自己的身份。

"天门堂"的哥子伙早就在码头上为自己的龙头老大搭了个凉棚，摆上了茶碗茶具，藤椅，那儿正对着龙舟赛的出发地。几个掌事的大爷也带着一帮小老幺在东水门码头残破不全的台阶上迎接，这位年轻的大舵爷一来就满脸不高兴，他用手指了指凉棚问：

"这是给哪个搭的？"

七十多岁的掌事大爷秦二爷双手合揖答道："邓大爷，是为你老人家搭的。"在帮会里嗨①二排的大爷相当于关公关云长的角色，被称为"圣贤二哥"，

---

① 在袍哥帮会里，"嗨"有操、担任之意。

本帮会的历史、规矩、江湖恩怨，全在他的肚子里。

"给我撤掉。"邓子儒轻声说，"重新盖一个更大的。"父亲曾经告诉过他，在帮会里说话要慢声细语，但每个字落在地上都要能砸个坑，那才是大舵爷操的气势。

"太阳晒不到的，大爷。"

"你们这些老辈子啊，等会儿新生活运动促进委员会的刘副会长要来，市体育协进会的张会长也要来，还有市府里的一个处长，第二区、第五区的区长、科长都要来。你们让我一个人坐在凉棚下当宝器（即傻瓜）唛？"

这群只晓得江湖贵重不懂得汉官威仪的哈（傻）脑壳。邓子儒撇开这些遗老遗少，径直下到江边。"过江龙"龙舟队的小伙子们已蓄势待发，一条崭新的龙舟还未下水，造型夸张的大红色彩绘龙头冲着江面，正等待邓子儒去为它"点睛"；旁边还有个戏班子，他们将演唱川剧《巴九寨》中的一段以壮声势。这是老传统，往年他的父亲"点睛"时，一帮人敲敲打打、又唱又跳，仪式差不多要搞一个多小时。邓子儒不喜欢这些老掉牙的繁文缛节。他让人打发走了戏班子，说都啥子年代了，赛龙舟是为了强身健体，抗战建国。点睛就点睛，要啥子吼帮腔的哦。政府倡导新生活，就是要扫除你们这些旧习惯。

邓子儒抄起朱笔为龙舟的龙头"点睛"时，江风微拂，场面寂然。几个老袍哥暗自摇头，面色恓惶，仿佛有种不祥之兆笼罩在江上。此刻码头左侧忽然传来喧嚣的锣钹鼓镲声，那是木船帮的龙舟队在"点睛"了，他们唱的是川剧《别宫出征》中的一段。有人告诉邓子儒说。

秦二爷又凑到邓子儒耳边说："大爷，今年龙舟赛我们的对手都凶（厉害）得很哦。你看那边锣钹敲打得天都要垮啰，呜嘘呐喊的是想在我们面前绷劲仗①哦。"

邓子儒白了他一眼："到了水里才晓得。"他又对着围在龙舟四周的龙舟手们说："兄弟伙，你们虚火没得？"

"过江龙"龙舟队的掌旗手赵五哥朗声说："虚它龟儿些个铲铲！大爷放心，我们绝不会拉稀摆带。"赵五哥是条敦实精悍的汉子，在父亲的山堂里嗨五排，在江湖上是颇有名望的赵五爷。

这时木船帮那边过来个身着短卦、包青色头帕的中年汉子，身后跟着一

---

① 即示威、提气之意。

个小老幺。他冲邓子儒行了一个袍哥们专用的拐子礼，递来一张巴掌大的公片宝扎①，朗声说："我家王大爷请邓大爷过去喝茶。王大爷还吩咐说，贵码头要是没有请戏班，我家大爷说，本码头的戏班可以代为效劳。"

"放屁！"邓子儒身边的秦二爷呵斥道，"人吵败，猪吵卖。规矩搞醒豁没得？抠鼻子屎吃的东西，就你这闹山麻雀还想来闯码头嗦？"木船帮的袍哥只是"智"字辈的，按江湖规矩低字辈的掌舵大爷应该主动前来拜码头，还只能以晚辈自谦，不可轻易称大爷的。

那汉子一点也不虚火，反而清了一下嗓子用戏腔唱道："三块石头堆起，也是个码头，照旧停靠长江里的大船；风里浪里，江湖规矩，山上水上，都是好汉。贵码头好稀罕，点睛不唱戏，烧汤不放盐。各位大爷，你是你，我是我，羊子不跟狗打伙，我们长江里见。三哥我告辞了。"

赵五哥上前一步拽住那汉子的衣襟说："哪里来的天棒？敢在这里用猪尿泡打人嗦？嘴巴子再硬，还不是蚊子叮秤砣。今天你们当家的不来报盘②，老子们让你龟儿子的猫抓糍粑脱不了爪爪！"

两人拉扯起来，那边有几条汉子也在往这边冲，邓子儒不紧不慢地喊了一声："手松开，搞啥子名堂？有劲仗去日本人面前去绷。"这时他看见市体育协进会的张会长陪同"新生活运动促进委员会"的刘副会长等几个官员从台阶上走下来了，便转身去迎接。秦二爷跟在他身后说："大爷，我们可不能在那些佮子面前矮起③哦！"邓子儒看他一脸江湖暮气，唾沫星子都沾在了山羊胡上。秦二爷跟随父亲几十年，忠心耿耿，名震江湖。但他是否晓得，国家都到生死存亡关头了，江湖上的快意恩仇还有多大意义？

张会长一见邓子儒就说，刚刚接到防空司令部的通知，日本飞机已经飞过来了，龙舟赛取消，你让大家赶快就近进防空洞。

张会长的话音刚落，市区上空就传来凄厉的空袭警报声，那声音尖锐刺耳、响遏行云，就像有一只冰冷的手攥住了人的心，将它从心房处一把一把地往下拽。市区的最高处琵琶山上预报空袭的红灯笼也挂出来了。灯笼高挂，炸弹来炸，这是娃儿都会的口头禅。

---

① 即袍哥们的名片，上面有自己的山名、堂名、香名、水名、所属字辈等。

② 袍哥隐语，指服输、认错。

③ 服输、服软之意。

邓子儒问:"敌机飞到哪里了?"

张会长说:"刚才接到的通知说在湖北恩施。"

"可恶!我告诉大家撤吧。"那时重庆的上空尽管不能完全防御前来轰炸的日机,但已在美国人的帮助下建立了一个卓有成效的防空网。没有雷达,可我们有的是人力,日本飞机刚从武汉的基地起飞,宜昌、恩施、涪陵、丰都、长寿,一路上都有监视哨随时通过电话、电报报告重庆防空司令部。飞机还没有飞进四川境内,这边的空袭警报就响起来了。

张会长刚想站在一个高坎上宣布本次龙舟赛取消,木船帮的王大爷忽然说:"这才是空袭警报,日本飞机飞过来还早得很,我们搞得赢①。"

刘副会长是北方人,没太听明白,就问:"搞得赢什么?"

"赛龙舟噻。一哈哈儿就杀过(结束)了,再躲飞机都来得及。"王大爷又说。他身边也有几个老大附和道:"就是嘛,来都来了,怕个铲铲哦。先赛了再说。"日机轰炸都两年多了,重庆人躲空袭已经躲疲了,一般来说,从空袭警报(预备警报)拉响到紧急警报再度响起,中间会有一两个小时的时间。当然,以陪都为中心的防空网也有不灵的时候,日本鬼子狡猾着哩,有时候,头道警报刚刚才响起,日本飞机就不知从哪个方向窜进来了。重庆人总是会不失幽默地说,那些盯飞机的龟儿子们都打瞌睡去了嗉。

"胡扯!不要命了。"刘副会长厉声说,"都给我回防空洞里去,我有重庆防空司令部的命令。"

刚才差点跟赵五哥打起来的那个汉子粗声武气地说:"你的命令关我们述相干!怕他个锤子哦,赛龙舟个嘛,一年才一回,要炸就炸死算述。哥子伙,不虚火的走哦!我们可不能像别个那样,戏不唱,龙舟也不敢划。"他一边说一边挑衅地看着"过江龙"龙舟队。

"过江龙"龙舟队的掌旗手赵五哥哪受得了这个,他把手中的彩旗一挥,大吼一声:"我们'过江龙'这杆旗子不是夹在屁股后头的,敲铛铛磬②的咋个抵得过大锣大鼓。兄弟伙,不虚!"

他这样一喊,其他龙舟队的人马几乎都举起了手里的桨,喊着叫着往江边走。张会长对身边的一个人说:"去叫宪兵来把他们赶回去。"

---

① 搞得赢,意为"来得及"。——编者注
② 铛铛磬是一种小型的打击乐器。

邓子儒说："会长，日机过来至少还有两个小时，我们抓紧一点，也许来得及。再说了，万一这次日本飞机是去炸合川呢，炸梁山呢。昨天他们才来炸了重庆，哪有紧倒①来炸的哦。"

张会长脸上淌汗了，他松开领结，使劲咽下一口口水，说："我可担当不了这么大的责任，要遭枪毙的！大家都有家有口的，轰炸一来哪个不呼爹喊娘的满世界找自己的亲人。邓先生，你难道也不顾自己的家了吗？"

蔺佩瑶那天下午并没有去打牌。自去年结婚以来，蔺佩瑶的爱情和爱国热情一样逐日递减——她一直在努力让自己相信，嫁给邓子儒是因为爱情，正如她也一直在内心纠结，是不是因为已为人新妇了，就没有了当年的一腔爱国热情？昨晚在床上，邓子儒旧话重提，说家里老太婆又在问，儿媳身上什么时候才有喜。蔺佩瑶没好气地回了一句，等打跑了日本人再说。邓子儒阴郁地说，要是打不赢日本人呢？那更不能生。蔺佩瑶的火气又上来了，说我可不想我们的国家多一个亡国奴。邓子儒也惹毛了，强行爬到蔺佩瑶身上，动手解她的睡衣，说即便成了亡国奴，老子也要当男人。两人在床上撕扯翻滚，蔺佩瑶抵挡了一阵，终于罢手了。她不是不能"抗日"，这个个子还没有她高的小男人，她完全可以把他踢下床去。但身为人妻，有些事情不得不妥协，不得不在男人快乐地呻吟时，自己泪湿枕巾。

蔺佩瑶在挑晚上参加"诗人节"的旗袍时，接到一个不寻常的电话，让她改变了下午的安排。电话里的声音很低很直接，说又回到重庆了，想约蔺佩瑶见个面。蔺佩瑶脱口而出："回来了！你不要命了唛？"

电话那头传来淡淡的一笑："干革命的人，都不要命。"

这个神秘的电话激起了蔺佩瑶心中埋藏许久的激情，就像在嘉陵江里畅游过的人，现在又想跃入其中了。她磨蹭到十一点才坐车出门，在民生路上有一家苏州人开的"陆稿荐"，蔺佩瑶这样的"好吃狗"发现它的酱鸭和酱汁猪头肉相当入味，她让高玉华来"陆稿荐"和她见面，是因为她了解高玉华的行事风格，越是上流人士爱去的地方，越安全。

蔺佩瑶找了包间刚坐下，高玉华就到了。还是那身朴素得像一个劳动家庭妇女般的打扮，短发、阴丹士林土布旗袍，而且看上去很疲惫，似乎几天

---

① 跟着、接连的意思。

都没睡个好觉，那感觉就像又要去逃亡了。简单寒暄后，高玉华就说："我们的书店昨天被炸了，死了三个员工。"

"书店？"蔺佩瑶有些吃惊。上次逃出重庆时，她说要去成都做事，怎么又回重庆开书店了？

"我现在武库街的生活书店工作。"蔺佩瑶对面的这个女人略带狡黠地一笑，"对了，以后叫我魏蓝吧。魏征的魏，蓝天的蓝。"

蔺佩瑶忽然有了新的好奇："你们改名换姓要经过父母同意吗？"

魏蓝沉吟片刻，才说："我父母还在沦陷区，怎么去征得他们同意呢？"

"你们的组织让你们叫什么就是什么了？组织又不是你们的父母。"

"组织比父母还亲。"魏蓝说。然后她岔开了话题，问起蔺佩瑶这一年多的情况。因为她也知道蔺佩瑶在南开时那场轰轰烈烈的初恋，蔺佩瑶称他为L君。L君是世界上最帅气英武的男子，他上前线去了，他战死了。每当这段少男少女的浪漫初恋说到后来，蔺佩瑶就有些闪烁其词，言不由衷。现在魏蓝关注蔺佩瑶的家庭情况，既从安全考虑，也因为她的书店需要帮助。

"是这样，妹妹。"魏蓝平常不苟言笑，实际上有一张很伶俐的嘴，"昨天被炸后，我们书店的经理一夜之间头发都白了一半了。我们不想离开重庆，我们要把书店继续开下去，开给日本人看看，他们毁灭不了我们的文化！员工们都说要和书店共存亡，房子炸垮了，我们再盖；书炸没了，我们再进货。瑶妹，我知道再次向你寻求帮助，我很为难，很为难……"

蔺佩瑶并不想告诉她自己被"军统"抓过的事情，她是那种有侠义情怀的女子。"说啥子嘛玉华姐，哦对了，魏蓝姐，哎呀，我以后叫你蓝姐吧，怪不习惯的。你们需要钱，是吧？"

"是。我们经理让我来问问，你……你们或许可以来入一股。开书店也是为了坚持抗战嘛。刚才瑶妹说，你先生很热心抗战的，也是个爱国商人，是吧？"

蔺佩瑶心里肯定是愿意帮助她的，没有魏蓝这样的革命者，重庆的生活多么无聊啊。生活书店那点营生，按邓子儒的实力，拔一根毫毛都可以开它十家八家的。但在家里蔺佩瑶并不管钱，她只管如何花钱。当然只是花在她的穿着打扮和吃喝玩乐上。入股去经营一家书店，她还得去求丈夫同意。看来昨晚在床上的妥协也是必需的。

午饭才吃到一半，空袭警报就尖锐地响起来了。蔺佩瑶把手中的一块鸭翅膀往盘子里一扔，说："龟儿子的催命鬼，人家吃个饭也来捣乱，破烦得很。"

魏蓝说："还是赶紧走吧，我们去较场口那个防空洞。"

"那里人多，空气又不好。走，我带你去川盐银行的防空洞。经理的太太何嫦娥是我的朋友，有空袭的时候我常去那里打牌呢。"

那时重庆的防空洞分三种类型，一是政府部门的，一是有实力的商家或私人自家掏钱挖的，再有就是公共防空洞了。前两者设施条件较好，有水有电有通风设备，但需要凭证件或洞主允许才能进去，你在里面开会、办公、打麻将、跳舞都可以。而对普通百姓开放的公共防空洞条件就差得多，狭小、阴暗、潮湿，且人多拥挤、嘈杂不堪、空气污浊，常有人宁愿待在外面随便躲一躲碰运气，和死神赌一把，也不愿进公共防空洞。在死亡面前，人也是分了三六九等的，即便是战争时期呢。

早有用人通报给了何嫦娥，她站在防空洞门口迎接蔺佩瑶和魏蓝，说："你不是说不来打牌了吗？还是手痒嗦？"

蔺佩瑶没好气地说："被砍脑壳的日本人赶来的。"她又指了指身后的魏蓝："我的高中同学，我亲爱的蓝姐。"蔺佩瑶怕何太太看麻衣相，故意亲热地挽起魏蓝的胳膊。

何太太上下打量了一下魏蓝，感觉到她不是她们一路的，但还是满脸堆笑地说："欢迎，欢迎，来，来，请进。"

魏蓝还没有进过这样宽敞舒适、空气清新的防空洞，一只大石缸里竟然还养着金鱼。多少人在公共防空洞里连喘口气都难啊。

用人送来茶水、甜点，女士们叽叽喳喳地钻在一起看一本香港的电影画报，不一会儿外面就传来地动山摇的轰响和震动。洞顶的泥沙簌簌往下掉，根据以往的经验，炸弹好像落在下半城一带，何太太忽然说：

"好像是炸在东水门。糟糕，那里在举办龙舟赛！"

"我的妈呀……"蔺佩瑶捂住了自己的嘴。

7·与子同仇

六十六年以后，步入耄耋之年的邓子儒在东京地方裁判所作为证人出庭时，还能清晰地回忆得起 1940 年端午节的每一个细节，回忆得起那些江湖上的兄弟伙互不相让、豪气干云的袍哥气概，回忆得起在空袭警报凄厉的余音中，二十四条龙舟在江面上一字排开，发令枪一响，"杨枻击节雷阗阗，乱流齐进声轰然"。他还回忆得起当江面上的龙舟鼓声雷动，彩旗猎猎，百舸争渡，浪花翻飞，呼声震天时，江上和岸上的人们已然忘记了战争的创痛，忘记了失散的亲人，忘记了饥饿的肚子，忘记了死亡的威胁。生活忽然恢复了久违的欢乐美好，精彩生动。小孩子们在呐喊，大人们在鼓掌，年轻人沿着江岸追随着龙舟，跌倒了再乐呵呵地爬起来继续奔跑。那幸福祥和的气氛，如同在过年。

龙舟出发时，天空忽然晴朗起来了，太阳的光芒直射江面。也许是因为现场的气氛太火爆了，他感到了热。他把西装外套脱下来挥舞，为江里自己的龙舟队鼓劲。舟行二百米后，"过江龙"已经和木船帮的"浪里滚"脱颖而出、不分伯仲了。邓子儒不知不觉地也顺着江边跑，那时他感到满江流淌的都是欢乐和激情，热血和阳刚。天空多么蔚蓝啊，对岸的南山多么青翠啊，长江多么明朗辽阔啊，山城高低错落的房舍多么轮廓分明、亲切可爱啊。在大雾弥漫的季节，雾都的人们看不清一箭以外的人和物，看不清江对岸的景色，看不清长江和嘉陵江怎么在朝天门码头外的江面上拥抱、嬉戏。现在，长江里的鱼儿扑啦啦地跃出了水面，不知是想跟龙舟赛一赛，还是在给桨手们助威鼓劲，连江岸上斗大的鹅卵石都在跟着龙舟欢快地奔跑。天上有一千颗太阳，地上有一万丈雄心，长江水已经被煮沸，两岸青山也为之倾倒。许多年后邓子儒也没有想明白，在这样一个碧蓝如洗的天空下，在这么多欢乐的人群头顶上，太阳为什么会跌落在人间。

日本海军航空队的96式轰炸机群在天空中翅膀挨着翅膀，呈一个大写的黑色"人"字，但这是一个不受欢迎的"人"，是一个踢门入户闯进宴会大厅的莽汉，他瞬间就打落了一千个太阳，也涂鸦了天空的蔚蓝。地上的人们为龙舟呐喊的余音犹存，"过江龙"和"浪里滚"如同两个手挽手的好兄弟，你往前探一下龙头，我就朝前伸一下舟身；两只龙舟的鼓点节奏一样，鼓声却一声盖过一声；桨手们划桨溅起的浪花还悬停在空中晶莹剔透，一条高兴昏了头的大鲤鱼跃到龙舟上，还没来得及翻身跃回水里；多年来蛰伏在长江里的水龙王被水面的喧嚣惊醒，刚刚探出头来想看看热闹……如雨的炸弹便倾盆而下，那是它自盘古开天辟地以来，从未见到过的灾难；即便在它暴怒撒野时，也没有如此残忍迅猛地吞噬过大地上的生灵。

一直顺着江边跟着龙舟奔跑的邓子儒看见前方有个小男孩站在一块大石头上，使劲挥舞着一个捞鱼的尖尖篼，他没有听清小男孩在喊叫些什么，只看到红光一闪，小男孩飞在了空中。

邓子儒被巨大的气浪掀倒在江边的鹅卵石滩上，眼前一阵发黑，仿佛从白天跌落到了黑夜，仿佛火辣的太阳摔碎在了人间。他缓过气来时才发现，刚才欢乐的世界瞬间破碎在死亡的深渊。一架接一架的日本飞机掠过狂欢的人群，掠过那些抛到江里去的粽子，掠过舟头迎风飘扬的旗帜，掠过一阵紧似一阵的鼓点，掠过那些引颈张望的脑袋，掠过一个诗的国度对一个诗人的纪念……炸弹尖叫着一颗接一颗地落下，落在江面上的升起冲天的水柱，落在岸上的红光闪耀，沙石、弹片到处飞溅。邓子儒还没来得及爬起来就冲江面上的龙舟高声嘶喊："回来！你们快回来！"他跌倒了再爬起来，爬起来跑两步又摔倒，最后跌跌爬爬、爬爬跌跌地喊，喊，喊……直到喊得杜鹃滴血。他还看见有一只被炸断的龙头带着一团烈火，从长江里飞升起来，在江面上空划着怒火冲天的轨迹，旋转着飞行，龙嘴喷着愤怒的火焰，似乎想一冲上天……

"回来啊！你们快回来……"邓子儒泪流满面，语不成声。

划行在记忆深处的龙舟一去不回，高贵勇猛的生命逝如江水。半个多世纪后，在东京地方裁判所里，邓子儒还在为 1940 年端午节的龙舟赛老泪纵横，义愤填膺。他在证言中说："第一轮轰炸过后，江面上赛龙舟的人们被日本飞机的轰炸激怒了，他们没有畏惧，继续自己的比赛。所有龙舟上的鼓点越敲越急，不是为了逃命，也不是为了去争第一，而是要让你们日本人看看，我们中国人不害怕轰炸，不屈服你们的淫威。

"那一天，是以生命去证明一个民族抗战意志的一天。没有谁能喊得回那些赛龙舟的人们，是同胞的鲜血告诉了他们在战争的烽火里，以死相拼、以命相抵，一个民族才有存活下去的希望。轰炸中缩一下脖子，也许是本能，也许很简单，但面对冰雹一般落下的炸弹，直面死亡狰狞的面孔，迎风挺立，勇往向前，这才叫一个民族的尊严和勇气。"

邓子儒没有夸张。人在绝境中时，唯一能拥有的，就只是那股硬气了。

第二轮日机来袭前，邓子儒在江边看到，"过江龙"和"浪里滚"仍然齐头并进，"过江龙"舟头上挥舞锦旗的赵五爷反常地挺立在龙头，面向日机飞来的方向，把绣有"过江龙"三个大字的彩旗抡圆了舞动，就像要舞起一江的愤怒，与天上的日机对决。在他的头顶前方，一架日机嘶吼着斜插下来，飞机的太阳徽看得越来越清晰，它的机头直冲着赵五爷的脑门。赵五爷昂首龙头，以旗为枪，绝不矮起，更不拉稀摆带。仿佛这不是生死关头，而是在戏台上表演一般潇洒英武。关云长过五关斩六将，张翼德长坂坡喝退三军，也不过就是这等气概。长江再次为之轰鸣，两岸青山再次为之击节。趴在地上的邓子儒不再呼喊了，他已经喊不出声来了，只是用手掌一掌一掌地击打着大地："雄起啊五爷！快啊，快啊快快快啊……"

天空中传来机关枪"哒哒哒"的爆响，好似一连串的高升爆竹。子弹打在水里，长江淌血，一排排眼泪喷泉般弹跳而出；子弹打在龙舟上，木屑横飞，龙在呻吟；子弹打在赵五爷的头上，脑浆四射，天灵盖如帽子一样飞落。但那面"过江龙"的锦旗并没有飘落，它还插立在龙头，迎风招展。赵五爷人倒下了，它不倒，龙舟就继续向前。尽管能划桨的人已经不多了。"浪里滚"上也没有几个人了，他的鼓手就是那个刚才来闯码头的汉子，现在他只有一只胳膊了，但他还在拼命地击鼓。鼓面上全是血啊！鼓槌一敲，血珠四溅，鱼龙惊心。那绝不屈服的鼓点，既为自己的龙舟，也为"过江龙"，更为今天的龙舟赛。

哀伤的眼泪让长江水涨，仇恨的怒火令江水开锅。但人家在天上，你在地上，你能有什么办法呢？一个少年嘶喊着"我日你小日本的先人板板！"，捡起一块鹅卵石往天上投去。那鹅卵石飞得又高又快，仿佛脱离了地心引力，一直追着刚才那架杀了赵五爷的飞机……

在后来的回忆里，邓子儒多次提到这个用石头打飞机的小崽儿。他说他相信正是这块神奇的石头，引来了我们自己的飞机。天空中忽然传来一阵强大的轰鸣，那是世界上最有力的声音。我们的空军杀过来了！一架中国空军的苏式伊–16战机似春回大地的雨燕，一个燕子衔泥般的俯冲，紧紧咬住了那个天上的杀人犯。纵然重庆的天空如此宽阔，但已没有一条是强盗的生路。日机急速地爬升，左拐，再右拐，但伊–16像一个复仇的杀手般机敏、迅猛、果决。当人们再次听到爆竹般的机枪声响起时，心情顿时如过年时放鞭炮一样开心了。因为他们看到日机凌空爆炸，碎片满天飘落。那是重庆上空最令人痛快的一个"大礼花"，喜悦激动的泪水再次让长江水涨三尺。

水花飞舞，弹片横飞；天上地上，生死竞技。龙舟上有人被击倒，有人受伤，鲜血染红了桨，染红了舟头的鼓，染红了壮实的手臂，染红了江面，但所有这一切都不重要了。龙舟一往直前，鼓声呼应着天空中中国战机的轰鸣，而我们的战机似乎也有了感应，奋战得愈加英勇，甚至不惜用机身去冲撞返身扑过来的日机。他们在天上追打、缠斗，目光却都在大地上。一个要将死亡降临人间，一个要把浩然之气写在天空。

龙舟赛结束了，夺得锦标的龙舟正在凯旋，但天上的比赛还在继续，更多的中国战机加入了天空中的厮杀。日机还在继续投弹、扫射，但几乎没有人躲避，连警察和宪兵也忘记了他们的职责，和人们一起引颈张望，指指点点，冒死观战。

看飞机打仗是重庆人那个年代难得的"眼福"。去年的"五·三"大轰炸，尽管几乎半个重庆城被摧毁，近千人死伤，但无数重庆人目睹了三十架国军战机迎战四十五架日机的壮烈空战。一些市民的房屋被炸毁了，亲人被炸死炸伤了，心里注满的是家仇；当看到我们的飞机被击落时，心中燃烧的就是国恨了。从今天空中鏖战的态势看，敌众我寡，我们的飞机既小又落后，像几只机敏的小狗在一群庞然怪兽中穿梭撕咬，我们不缺乏的只是勇气和牺牲。但地上的人们相信，有他们的呐喊助威，给天上的"飞将军"扎起，我们的飞机将会飞得更快，我们的飞行员将会更加勇猛。每一个走上战场慷慨赴死的壮士，背后一定会有千万双眼睛，耳边一定会有四万万声呐喊——

岂曰无衣？与子同袍。王于兴师，修我戈矛。与子同仇。
岂曰无衣？与子同泽。王于兴师，修我矛戟。与子偕作。
岂曰无衣？与子同裳。王于兴师，修我甲兵。与子偕行。

首届"诗人节"成立晚会在中苏文化协会的小礼堂举行。先期到会的诗人作家们都在纷纷议论下午的龙舟赛和长江上空的空战，连国民政府监察院院长、大诗人于右任，以及冯玉祥、陈立夫、梁寒操、郭沫若等大人物到场后，也加入到人们的谈论中。这个说日本飞机太过残忍，连我们赛龙舟都要来炸，那个说亲眼看到日机如何被打下来的，还说他目睹了国军飞行员的英姿，连风镜的样式都看到了。下午的伤亡情况也让大家义愤，于右任先生说他刚从陆军总医院慰问回来，晚饭还没有来得及吃呢。这样吧，老夫也少吃一顿饭，把晚饭钱捐出来。我提议，我们这个"诗人节"晚会，增加一个内容，为被难同胞和受伤者募捐善款。这个建议得到大家的一致响应，有人找来一个纸箱，于右任先生先掏出十元法币放了进去。蔺佩瑶和白羽自然当了募捐人，这样的事情她们做得太多了。两个貌若天仙的美人抬着纸箱，绕场一周，箱子里已有不少的纸币和铜板了。

晚会开始前冯玉祥将军把老舍先生拉到一边，悄悄耳语一阵。人们只看到大作家高喊一声"太好了！"，还猛一击掌。然后老舍找到晚会主持蔺佩瑶，说："丫头，过来。"老舍先生总认为聘聘婷婷、清丽可人的蔺佩瑶还是个大学生。老舍先生穿一身洗得褪了色的长衫，看上去更像一个尽职尽责的管家，或者中学老师。他戴着黑框眼镜，略厚的嘴唇，脸上总是挂着温和的微笑，既儒雅又敦厚。见到熟人便作作揖，拍拍肩膀，拉拉手。现在他拉着蔺佩瑶的手，在人群中到处找白羿。

　　"今天这么好的气氛，等会儿还有个重要嘉宾来，原定白羿朗诵屈原的《怀沙》，就改为《诗经》里的《无衣》吧，既给大家鼓鼓士气，更是以此激励我们这位尊贵的客人。"老舍先生说。

　　蔺佩瑶问："老舍先生，是哪个啊？"

　　白羿却一脸迷惑地问："无衣……"

　　老舍先生笑了，说："'岂曰无衣？与子同袍'，记不得了？"

　　白羿一脸窘迫，说："背不全嘛。"

　　老舍先生说："你等着，我去给你讨幅大家的字，作为你今晚的犒赏哦。"

　　中华全国文艺界抗敌协会的总干事老舍先生具有极好的人缘，他把被众星拱月般包围着的于右任老先生拉出人群，附在他耳边一阵低语，髯翁①老人抚须长笑说："好，好，太好了。备纸笔。"俄顷，到了陪都后轻易不给人写字的于右任院长便书写了一幅《无衣》。老舍将字递给白羿时说：

　　"诗成鼓角惊天地，笔走龙蛇迈古今。于院长的字可是价值连城的。"

　　白羿展开来读了一遍，说："字当然是好字，但我怎么找不到感觉呢？"

　　老舍先生笑盈盈地说："等会儿你见到我们的嘉宾，就能找到朗诵此诗的激情了。"

　　邓子儒早就一瘸一拐地来到了会场，他不知从哪里借了件长衫，看上去已没有了白天的潇洒。蔺佩瑶问他受伤了吗，他只是说，不咋个，摔了个跟头。蔺佩瑶向邓子儒介绍与她同来的魏蓝，说这是她上南开时同宿舍的好姐妹。邓子儒只看了看衣着朴素的魏蓝，嘴里说着"好、好、好"，转身又忙去了。他是晚会的襄助者，要张罗的事情还多，菖蒲、粽子、香烟、水果、瓜子、米花糖以及茶水，还有主席台要如何布置，凳子该如何摆放，他都要安

---

　　① 于右任的号。

排人去做。邓子儒问老舍先生，您还请了个啥子大人物来啊？先生含笑不语。大家都知道老舍先生是最会抖包袱的，他和梁实秋先生说相声，那才叫盖世无双，文坛一绝。今天梁先生在远郊北碚，不然邓子儒真想请两位大师说上一段呢。

会场上邓子儒还看见了陈可循教授，他正和蔺佩瑶、魏蓝站在一起。邓子儒有些惊讶地问："你怎么来了？你们怎么会认识？"

陈可循笑盈盈地说："教航空动力学的教授难道就不能喜欢诗歌？"他又指指魏蓝，"上午我买的那些书就是魏小姐折价处理给我的，让我省了半个月的生活费呢。至于你的太太嘛，我刚通过魏小姐认识。你们可真是珠联璧合的爱国夫妻。"

邓子儒拱手道："大教授谬夸了。贱内年少无知，视野狭窄。陈教授以后要多多指教才是。"

蔺佩瑶应了一句："重庆本来就很拥挤个嘛，有缘的人总会碰到一起的。"

蔺佩瑶那时还年轻，她不会知道，缘这个东西，是在时光流逝中生命里越来越坚韧的那根筋。即便有一把能够抽刀断水的利刃，也不能轻易斩断它。

当老舍先生上台说"现在，我要特别向大家介绍一位重要的嘉宾"时，蔺佩瑶率先看到了站在会场入口处的三个军人，一个是身材壮硕的冯玉祥将军，一个是将军的副官，站他们中间的则是一个年轻挺拔的军官。蔺佩瑶还没来得及看清楚他的相貌，就像触电一样抽搐颤抖起来。

蔺佩瑶的世界开始倾斜……

有些人的身影，就是茫茫人海中的灯塔；就是那个相隔了万水千山，也始终近在眼前的人。她先是左眼皮忽然莫名地跳动，仿佛被心脏的跳动拉扯着一起舞蹈，紧接着是牙齿磕得"咯咯"直响，然后是嘴唇……她的呼吸急促得仿佛空气中的氧瞬间就被某种强大的力量吸走了。

老舍先生继续着毫不吝啬的褒扬："他虽然不是诗人，不是作家，但他是把战斗的诗行写在蓝天上的大英雄。他就是今天击落日机的我空军第四大队飞行中尉、飞将军——刘、云、翔！"

原来老舍先生卖了这么大一个关子。掌声、欢呼声雷鸣般响起，虽然没有舞台追光，但大家的眼光早已把英雄的身姿照亮。这完全掩饰了蔺佩瑶那一瞬间的失态，她已经退在了人群之外，退到光环边缘的阴暗中，她更情愿把自己隐匿起来，去一个无人知晓的地方，从黯然神伤，到痛哭失声。

实际上她做不到这一点。她的身子摇晃了几下，像是要摔倒，站在身边的魏蓝连忙搀扶起她。她看见蔺佩瑶脸色苍白，浑身哆嗦，眼光迷蒙，周身是汗，真是水做的女儿身啊。魏蓝低声喊"瑶妹，瑶妹！"，然后她不得不拦腰一揽，将蔺佩瑶一把搂住，她才没有瘫到地上。这时魏蓝也看到了那个被衣冠楚楚的男人和打扮得花枝招展的女人们围拥着的大英雄，内心里也忍不住一阵惊悸。

魏蓝平生第一次感到：自己今晚穿得太寒碜了。

8 · 前度刘郎今又来

1940 年的端午节，一个三年前从朝天门码头狼狈出逃的青年在重庆上空一战成名，成为家喻户晓的大英雄。他已经不叫刘海了，有了一个英武的名字——刘云翔。在蔺佩瑶内心深处，刘海只是失踪。他失踪一年，活着的希望就有百万分之一；失踪三年，也有三百万分之一；即便是永远失踪，他也活在自己心中。她坚信茫茫人海中，自己的恋人就在天涯的那一头，无垠夜空下，有一颗星星的微弱光芒同时照耀着他们不死的爱。无数个月圆月缺，都是骗人的把戏，唯有星星的光芒，亘古不变。不知是她的虔诚祈祷还是哪一路神祇的恩赐，上帝把她的初恋恋人锻造成了一个空军英雄。他真的驾着一架绿色的战鹰飞来了，而且还将击落一架日机作为献给她——也是献给重庆的——见面礼。这是她在所有的小说中都没有读到过的浪漫，更是所有的文学作品都无法解决的人生难题——

初恋恋人回来了，你却结婚了。

邓子儒并不知道妻子的难题。他见证了龙舟赛的惨烈和血性，目睹了刘云翔击落日机的辉煌，他理所当然地成了刘云翔的狂热崇拜者。当天晚上，他就热忱地邀请刘云翔去他家里做客，还说他经历了这一天的轰炸之后，看到了民众抗战的勇气和决心，又有幸结识了奋勇抗敌的大英雄，更坚定了他心中的一个伟大梦想——为刘云翔写一部话剧。我要让更多的人看到，有我们的大英雄在，日本飞机岂敢轻易来山城逞猖狂！"但使龙城飞将在，不教胡马度阴山"。对了，我的灵感来了，话剧的剧名就叫《龙城飞将》！那时他像一个偶然寻觅到一句好诗的诗人，兴奋得手舞足蹈，完全没有注意到蔺佩瑶苍白如纸的脸，不断颤抖的嘴唇，也忽略了刘云翔一脸的不自然和看着他的妻子时手足无措的样子。三年前他们为强大的家族势力所迫，为爱抗争失败，从此天各一方，生

重庆之眼（选章）

465

死两茫茫；现在他被人群所簇拥，相逢却不能相认，比三年来相隔的距离更遥远！而将他们的爱情完美击败的那个胜利者，现在正拉着刘云翔的手在人群中到处找文学老师。老舍先生，老舍先生，快来帮我指点一下吧，我要为我们的大英雄写一部话剧《龙城飞将》，这个名字好吗？

端午节后的第二个周末，刘云翔在盛情邀请下来邓家做客了。为了避免难堪，他还约了他的同僚周志雄，两人开了一辆英式吉普车，身着黄色哔叽军服、肩扛空军中尉军衔、头戴大盖帽、腰扎武装带、佩中正剑、裤缝笔直、皮鞋锃亮，英气逼人地莅临邓公馆。刘云翔胸前还戴着国民政府军事委员会颁发的"飞鹰勋章"。邓氏夫妇和魏蓝倒履相迎，管家、仆人、奶妈、丫鬟分列两排，场面极为隆重。魏蓝是蔺佩瑶特意邀请来的，因为她也不知道当着丈夫的面该如何面对自己的初恋恋人——这可是比闯宪兵的岗哨更难过的一关，她需要魏蓝帮她壮胆。刘云翔也发现了蔺佩瑶那双幽怨的眼神，她的眼睑浓抹的胭脂，无法遮掩一个人暗自啜泣留下的泪痕；她强扮的笑脸，虽然灿烂，却似秋风里飘落的枫叶——凄美而落寞。但他自己何尝不是如此！他表情僵硬，动作夸张，在和邓子儒握手后，蔺佩瑶那边脉脉含情，正要将手伸过来的一瞬间——她还以为他会来一个西式的吻手礼呢，但刘云翔"啪"地一个立正，抬手敬了一个军礼。

"邓太太，你好！"

邓子儒和周志雄都哈哈大笑，邓子儒说："她又不是你的长官，刘大英雄礼重了，礼重了。"

蔺佩瑶也一时难掩尴尬，淡淡地说了一句："大英雄，以后叫我佩瑶好了。"

刘云翔仍用标准的军人口吻说："请不要称我大英雄，我叫刘云翔，刘备的刘，云天的云，翱翔的翔。这是我现在的名字，也是我战死后的名字。"

这当然是特意说给蔺佩瑶听的。你过去的刘海哥已经死了，现在的刘云翔也随时会战死。

大家愣了一下，邓子儒赶紧圆场："哎，初次来家做客，不能这样说哟。你是我们的战神，永远都会战无不胜、攻无不克。来来来，里面请，里面请。"

席间，寒暄客套之后，酒过三巡，大家绷紧的肌肉都放松了。邓子儒拉开了话匣子，说他自从见到刘云翔后，他天天晚上都在想他（这话似乎应该由蔺佩瑶来说），准确地说，是在构思他即将要写的那部话剧中的英雄人物。他说他已经找了重庆话剧界的风云人物应云卫应老板、著名编剧洪深、吴祖光，他们听了他的故事和构想，都鼓励他把这出戏写出来，他们会全力支持。云翔兄弟有所不知吧（他现在和刘云翔称兄道弟了），应老板是我的大哥，此人广交江湖豪杰，连蒋委员长都请他喝过茶。应大哥的《保卫卢沟桥》你看过吧？去年在国泰大戏院上演时，台上的演员慷慨陈词，台下的观众激情高呼，那个阵仗啊，看得人热血沸腾、眼泪长淌。应老板说，你这故事写出来，保准陪都万人空巷、一票难求。吴祖光大哥说，兄弟，我怎么就碰不到这样好的人物和故事呢？要么我来写，你投资。当然，他是开玩笑，这是我的话剧，我倾家荡产也要把它搞出来。

　　整个席间几乎都是邓子儒一个人眉飞色舞、滔滔不绝地讲，众人静静地听。他完全没有注意到在这安静之下，有两双眼睛在默默地凝视，有两颗心在痛苦地倾诉——

　　你现在生活得很好嘛。

　　我是身不由己，行尸走肉。

　　原谅我没有给你写信，我对你的父亲有承诺。

　　我的海哥哥，你至少也应该报一声平安啊。

　　就当我死了，你会过得更好。

　　我的爱不死，你就没有死。

　　三年前船翻没有死，现在上天作战，随时都会死。

　　你记住，我绝不要你死在我前面，这样我的爱就会陪我一辈子。

　　他们用目光躲躲闪闪地交流，但都能读懂对方心里的话语。刘云翔在未来的某一天将会告诉她，他去杭州上笕桥航校时，乘坐民生公司的那艘船在巫峡确实遭遇了船难。他仗着年轻，从小在海边长大水性好，黑夜中抱着一块船板，顺着长江一直漂了几十里地，才被人搭救起来。

　　邓子儒今天的家宴设在西式餐厅里，餐桌上铺了洁白的绣花桌布，摆上精美的酒具和西式刀叉、碟盘。他坐上席，蔺佩瑶和刘云翔分坐两边，刘云翔身边坐的是魏蓝，蔺佩瑶身边是周志雄。席间，刘云翔忽然感到自己的脚被一只尖尖的皮鞋碰了一下，又碰了一下，他的心都快蹦出来了，比在天上和日机相互追逐都还要紧张。对面的蔺佩瑶却若无其事地埋头切一块牛排，只是用叉子点了他一下，而邓子儒此刻还在兴致勃勃地讲述要写给他的话剧呢。这让刘云翔感到人生真是既残酷又荒谬。

　　那时，他想：我还是赶快战死吧。

那晚回白市驿军用机场的路上，刘云翔开车，周志雄醉意阑珊，一条腿斜跨在敞篷吉普车车门外，说："刘中尉，今晚我可是大开眼界了。重庆还有这等人家，哈哈。"

周志雄是南洋华侨，自愿回来报效国家。他和刘云翔同届受训，在天上又是刘云翔的僚机，两人生死兄弟，自然无话不说。包括他在重庆城里有几个相好，都会告诉刘云翔。按他的话说，我们这些把命系在天上的人，是漂亮的水晶玻璃球，看着光鲜，可什么时候掉下来摔得粉碎都不知道哩。平安降落了，女人的温柔乡就是我们的备降机场。

"脚拿下来，小心遇到宪兵。"

"刘哥啊，那个小娘子对你不错哦。"

刘云翔一怔："你说哪个？"

"邓老板的夫人啊。飞行员的眼睛嘛，还看不出这些有钱人家的太太内心的寂寞？啊哈，有花堪折直须折，莫待无花空折枝。长机，这是你的备降机场。"

"吱"地一声急刹，刘云翔把车停在了公路中央，双手紧握着方向盘，就像要用力将它拔起来。长长地呼出一口气后，他扭头怒视还在惊讶中的周志雄，用压住了一口就要喷发的火山的力量，低声怒喝：

"周中尉，把脚给老子拿下来！"

周志雄没有说错，那个年代的国军飞行员的确就是一颗颗珍稀宝贵的"水晶玻璃球"，他们是全中国的宝贝，却从事着世界上最危险的职业。你要承担多大的责任，拥有多大的荣耀，便要面临多大的牺牲。刘云翔所在的驱逐机四大队被称为"中尉大队"，并不是说队里的飞行员军衔都是中尉，而是太多的中尉军官等不到晋级就已经为国捐躯了。没有谁能够乐观地认为自己可以活得过今年，甚至明天。

武汉会战结束后，刘云翔才调防到重庆。他并没有指望在重庆参加第一场空战后就见到蔺佩瑶，他只希望，当她从报纸上得知他为国捐躯的消息，她能来他的墓碑前献上一束鲜花、掬一把思念的眼泪。他甚至给蔺佩瑶写了一封生前绝不会寄出的信，放在一个黄色的航空邮袋里，每一个飞行员都有这样一个交代身后事的航空邮袋，里面有他们的遗书、赠给亲人的钱物、留给恋人的信物等。他在信里既一泻千里地叙述了这几年自己的思念（一个已经战死了的人，还有什么话不能说呢？就当它是天国里的祝福），又冷静地说明了自己不能在生前来找她的原因。他改用现在这个名字，不是为了告别过去，而是要让她忘掉自己。他在信的最后写道："就当这个已经为国战死的人，是你认识的千万个将热血奉献给了抗战的中国人吧。他的背影已经远去，他的面目已经模糊，他只是天上一朵消散了的云。"

如果抗战胜利了，他还侥幸地活着，他是否还可以重拾自己的爱？刘云翔不是没有设想过，不过这样的幻想大约相当于人能提着自己的头发飞到月球上去。可他怎么也没有想到蔺佩瑶这么快就结婚了，更不会想到她的丈夫还把他当好兄弟。他情愿他们是一场公平竞赛中的对手，但生活并不给他这样的机会。

那天晚宴之后蔺佩瑶来白市驿机场探望刘云翔，是魏蓝陪她一起来的。她们带来了鲜花、糕点、葡萄酒、威士忌等大一堆东西，好像国军的空军食堂生活不好一样。魏蓝也特意打扮了一番，穿了一件颇有质感的白丝绸旗袍，上面绣着梅花图案，再套一件浅蓝色外套，本来个子就高，稍一收拾看上去也娉娉婷婷的了。蔺佩瑶更自不必说，小翻领的米黄色碎花西式连衣裙加一条洋红色的披肩，配宽大的女士凉帽——重庆人称之为"美玲帽"，因为蒋夫人出门时最喜欢戴这种款式的帽子。当她们的车停在军官宿舍前时，年轻的飞行员们像过节一样挤满了刘云翔的宿舍，两位女士就像降落在他们中的天使。

大家就在宿舍里边吃喝边闲聊，他们都那样年轻、青春飞扬，像大学里的学子。虽然天天和死神打交道，但谁的脸上都看不到一丝惧色，一点消沉。蔺佩瑶对刘云翔说，我丈夫本来也要来的，但有事走不开了，他让我转告你，希望你有时间再来家里做客。他要开始写那个剧本了，但还有好多问题要请教你。刘云翔说，我有什么值得写的哦，写写我的这些兄弟们吧。喏，这位林少尉，昨天他的飞机被打了三十二个洞，还击伤了一架日机，最后平安降落。林少尉接话说，刘中尉的飞机还不是中了十几枪。蔺佩瑶一声惊呼，哎呀，你中枪了？魏蓝也紧跟着追问一句，伤着没有？刘云翔看了她们一眼，说，我这不是好好的吗。

周志雄提议大家去跳舞，魏蓝顿时有了为难之意。蔺佩瑶知道她不擅长跳舞，在南开时，学校专门为女生开有舞蹈课，蔺佩瑶学探戈和踢踏舞，魏蓝连一曲华尔兹都学不会。在大家闹哄哄地欲起身时，魏蓝忽然说：

"我给大家唱个歌吧，《松花江上》。"

顿时全室肃然。那个年代这支歌就是齐心戮力的抗日激情，就是乡关万里的家国情怀。"我的家，在东北松花江上……"歌声一出口，人已泪湿衣襟了。

所谓"座中泣下谁最多，江州司马青衫湿"，这是因为歌词入心入情，入到家仇国恨的骨髓里了。在魏蓝唱到"爹娘啊，爹娘啊"的哀泣咏叹时，刘云翔忽然以手掩面，泣不成声，还有几个飞行员也泪流满面，但都没有刘云翔那般伤心。蔺佩瑶正感到有些异样，坐在她身边的林少尉说："刘中尉的母亲去年'五·四'大轰炸中被炸死了。"

蔺佩瑶的眼泪终于也忍不住夺眶而出。他成了重庆的孤儿了，将来谁来疼他、爱他……

军营探望之后，蔺佩瑶和刘云翔恢复了书信往来，蔺佩瑶的信很密集、很绵长，而刘云翔的回信却很简短、很匆忙。他在战备值班室里回信——

　　天气很好，心情却很糟，日机随时都可能来。我抛手里的一个铜板，正面代表好运，背面代表厄运。我却从不敢看，把答案交给上天吧。过去我不会这样，可从见到你后，我怎么会变得有些瞻前顾后了呢？我并不怕死，我们大队的弟兄，迟早都会战死的。但是啊，我们也多么想再活一些日子，多么想看到日本鬼子被赶出我们的领空和国土。我也多么想每天都能平安地降落，回到宿舍展读你的来信。这个时刻，我才感到世界如此美好，生活如此美妙。

蔺佩瑶的来信总是铺满隐约的柔情和无尽的担忧——

　　早上几点起床，昨晚几点睡觉？中午吃的什么呢？在天上肚子饿了有吃的吗？我不准你说"战死"这样的词，重庆的大地上有一个人时时刻刻在为你祈祷，重庆的天空是你赢得勋章的战场，重庆就是你的洞天福地。这些年我不常进教堂了，有时连礼拜也不去做。因为我认为上帝没有保佑我的爱情，没有站在苦苦相爱的有情人一边。他把他的恩宠给了有权有势的人。因此我赌气懒得去教堂了。但上帝再次拯救了我，我得偿心愿。我要为你募捐一架飞机，我做到了；我要穿越阴阳之隔，见到我的恋人，他赐给我了。我信了，再次在十字架前跪下。自从再次见到你，我天天早晚都去瓷器街的教堂，去祈求上帝保佑我们的战神，把死神彻底战胜；赐予他力量，多击落日机；赐予他平安，天天在安详宁静的月色中恬然入睡。让他睡个好觉吧，让他明天平安地度过，没有警报尖叫，没有升空作战，没有死神威胁。我甚至祈祷山城的雾季快些来吧，祈求上帝带来风，带来雨，带来雷电，带来密实厚重的浓雾，把我的城市保护起来，让日机不能再来作恶。我愈发相信祈祷的力量。我买了一条白色的蜀绣真丝围巾，绣上了"云中翱翔，立功平安"，随信一同寄来。我已请我的牧师为它作了加持和祝福，请系上它飞上蓝天，它会保佑你的。除此，我还能为你做点什么呢？对了，今天花园里的海棠花开了，我想起南开中学范孙楼后面那一片开满海棠花的花圃，你常在花圃前踱步背书，我在教室的窗户里眺望你的背影，那真是世界上最美好的一幅画呢。

鸿雁往来，满满都是担心——

日本飞机越来越狡猾了，和我们玩躲迷藏的游戏。昨天我们升空早了，等日机到来时，编队所有的飞机都快没有油了，只有降落。眼睁睁地看着日本飞机在重庆的上空胡作非为。我们能上天作战的飞机越来越少了。你及家人都平安，我心甚慰。

今天日机又来轰炸，我躲在家里的防空洞里为你担心，不知道你是否在天上与敌机鏖战。我要是能站在你的身边，像当年在南开中学的足球场上那样为你加油，该多好！嘻嘻，我递给你擦汗的手绢你再不会拒绝了吧？我在想入非非时看见《国民公报》上的一篇文章，号召全国同胞再次掀起捐赠五百架飞机运动。上面还说重庆的作家文人们已经开始行动了。报纸上还给大家算了一笔账，说如果买美国飞机，大约需要法币五万万（即五亿）元。我四万万同胞其实不需要每人都捐，财富在一万万元以上的，就算有十个人，每人捐出十分之一，就是一万万元；财富在一千万元以上的以百人计，每人捐出十分之一，又是一万万元；财富有一百万以上的以千人计，捐出十分之一又是一万万元；财富有十万以上的以万人计，捐出十分之一又是一万万元；财富一万元以上的十万人，捐出十分之一也是一万万元。这样算来，穷人不用勒紧裤带，五百架飞机的钱就募集到手了。我把这篇文章给那天也在防空洞里的几个太太看，其中一个笑话我说，中国的事情，不是能用这么简单的算术就算得清楚的。真是气死我了！我说不是都在喊共赴国难吗，你们这些有钱人不算清楚国家的账，日本人就要来找你们算账了。

平安归来，放心。但像一无所获的农夫，心情极坏，我中队林少尉今天为国捐躯，全队同悲。击伤日机一架，可恨战机爬升力跟不上，惜未能将之击落。

9·打向老师的耳光

我不会为你、更不会为中国人出庭作证，我不愿看到我们日本，在法庭上成为中国人的被告。这也是我几次拒绝你造访的原因，请原谅。斋藤先生，战争是两个国家之间的事，我只是履行了一个日本国民应尽的义务。不要指望我向中国人当面赎罪。但我经历的战争故事，也不想带进坟墓。我们都是一群有历史的人啊。

世事变化真是无常。当年为国征伐的英雄现在成了被告，罪犯！斋藤先生，你理解一个老兵的内心吗？那是一条被两面煎的鱼，一面是战火的烧烤，一面是良知的煎熬。所以，你可以把我说的当作你需要的证言，但请别让我出庭。拜托了。

中国真是幅员辽阔啊，帝国军人的脚步似乎永远走不到它的尽头。甚至连我们海军航空队，也不能把它广袤的大地尽收在战机的羽翼之下。对国民政府的陪都重庆作战时，我们需要从汉口的 W 基地起飞，去程有七百八十公里的航程，大约需要四个小时，回程三个小时。我是 96 式中型轰炸机上的通讯兵兼射击手，我多次想到过自己也许不会再有后三个小时的回程。这并不会让我感到悲哀，只能让我深感荣幸。我将化作万朵樱花，盛开在帝国新开拓的航线上，看着我的战友们驾着他们的战机，将蓝天上樱花盛开的航线延伸再延伸，一直延伸到扬子江①的尽头。花是樱花，人是武士。这是那时每个

---

① 20 世纪前中期，外国人把中国长江通称为扬子江。

帝国军人常挂在嘴边的一句话。每次出征，机翼下的扬子江就是我们的航线，我们几乎不用看航线图。哟西，它是一条多么美丽而古老的大江啊！像一个婀娜多姿的丰腴女人，在苍翠的大地上横陈开来，铺展开去，让每一个雄心万丈的男儿，都想一头扎进她的怀里。那时我相信这条美丽蜿蜒的大江在帝国海军航空队的机翼下，大日本帝国就要拥有了。你从飞机的舷窗里望出去，身边都是战友们强大的机群，太阳就在我们的后上方，前方是我们即将要去征服的大地。我们真有天神子民的感觉啊！当年我就是那样想的，而且还经常自豪得泪流满面。

昭和十四（1939）年到昭和十六（1941）年间对重庆的轰炸最为频繁，我们希望蒋介石的重庆政府在我大日本帝国海军航空队的轰炸震慑下，举起投降的白旗来。那时派遣到支那的陆军已经到了极限，日本本土只剩下近卫师团了，陆军打到武汉就再无兵力继续进攻重庆。应该由我们海军航空队来结束"支那事变"以来久拖不决的战局了。井上少将给我们的训示是要在"巴黎、伦敦投降之前降服重庆"。我们哪里是在跟重庆军作战，是在和德国人"比赛"呢。只要后勤补给跟得上，只要重庆的上空没有令人讨厌的浓雾，我们隔三差五就去重庆飞一趟，军官们叫"收拾重庆日课"，我们就是去课堂上扔炸弹的坏孩子。这座看上去像江户时代的古老城市到后来被"收拾"成了一片废墟，犹如关东大地震后的东京。

为什么斋藤先生要提到昭和十五（1940）年中国人端午节那天对重庆的轰炸呢？啊，你不提到它，我回忆的大门不会打开。这是个折磨了我一生的日子。它不是一个噩梦，也不是个美梦，但却是像一块烧得通红的烙铁，在我被战争搞得已经麻木了的灵魂上狠狠地烙下了印记的日子。

因为我们在那天，把老师狠狠揍了一顿。

我记得那天飞往重庆去的路上，是个不好也不坏的天气，云雾像一层薄纱飘荡在3000米左右的天空。透过这片巨大的薄纱可以看到地面上河流、山峦、房舍隐隐约约的轮廓。根据潜伏在重庆的谍报人员发来的情报说，这一天重庆政府将组织民众在扬子江里赛龙舟，会有许多民众参加，一些政府要员也会出席，基地指挥官明确地要求出征的飞行员，今天例行的"收拾重庆日课"，目标就是中国人的龙舟节。因为那时"江之半岛"上已经看不到一幢完整的建筑了，在航拍图片上看到处是断壁残垣，与其说那是一座城市，莫如说像一片破败不堪的树叶，飘零在两条大江之间。我们的飞行指挥官横山队长曾经在一次准备会上说，真希望把这片破败的树叶炸沉到扬子江里。井上少将看着他，许久才问：横山君，怎么才能让一座城市沉没呢？横山队长一时愣住了，半晌才嘀咕道：帝国要研究出威力更大的炸弹，只要一颗，就能把一座城市毁灭得干干净净。井上少将冷笑一声，对支那人来说，南京还存在吗？一座让他们蒙羞的城市，就永远沉没在历史的深渊里了。

我们总是带着愉快的心情出战。那天重庆的天气也特别让人兴奋，刚过长寿县，天空就晴朗起来了，前方重庆半岛的轮廓看得清清楚楚。本来按轰炸条例规定我们应该在6500米左右的高度投弹，可是连带队的指挥官横山少佐的飞机都率先降低了高度。他当然是为了将炸弹投得更准确。这就像你看到前方有一个美丽女人，你总想走得离她更近一些。呵呵，空中轰炸在那个年代还是个新鲜的战术，我们被称为"带有翅膀的炮兵""飞行在天空中的骑兵"。海军航空队里都是些骄傲的家伙，他们有时感到在高空投弹太不够刺激了，或者因为有雾、云团，或者为了用机枪肆意地扫射地上的人群目标，便大胆地下降到3000米、2000米，有个叫荒木的家伙有一次俯冲到100米，飞机的气流把地上中国人头上的草帽都掀翻了。我们就叫他"摘支那人帽子的荒木"。

实在对不起，我又扯远了。年岁大的人，注意力就像手里的鳗鱼，一不留神就溜走了。横山队长总是在轰炸机临近重庆时大喊："注意，天皇的勇士们，别再想家乡的姑娘了。梦中的情人就在前方，去敲开她的门吧。"哟西，我们那时每次出征，真的就像毛头小子首次去约会一样激动，恨不得大干一场呢。横山队长是我们海军航空队的王牌飞行员，战友们恭敬地称他为"东方武士"，他技术高超，作战勇猛，从"支那事变"开始就一直在中国上空作战。跟着他干就像你在球场上有一个好队长一样踏实和骄傲，我们那时都崇拜他。

那一天，"江之半岛"上那片破败的"树叶"看上去已经没有多少轰炸的价值了。但我们早有既定目标，中国人在过自己的节日，在纪念一个两千多年前的诗人，好像眼下的战争并不存在。我们从空中看到，扬子江两岸围满了蚂蚁一般的人群，江面上有二十多条龙舟，像一支小小的舰队。耳机里传来侦察机的报告，说发现重庆军的飞机迎面扑来了，但我们并不在意，就像我们不太理会他们低效能的高射炮一样。况且，面对机头下方那样多的中国人，我们只想尽量多地杀死他们，用火鞭子把他们统统赶进扬子江。把他们的节日变成哭声震天、尸横遍地的出丧日。

那天的轰炸真让人难忘。不是因为我们取得了巨大的战果，而是中国人对我们的蔑视。96式轰炸机群俯冲下去时，扬子江两岸的人群几乎没有慌乱或溃散，江面上也没有一条龙舟减速，连稍作避让的动作都没有。仿佛一场精彩的比赛没有结束，运动员不下场，观众也不愿意回家一样。参赛的龙舟队形一点都没有乱，从瞄准镜上看下去，就像一把把锋利的小刀笔直地划过江面，划过一条洗练的中国丝绸。龙舟的航迹和轰炸航线几乎一致，因此我们几乎不需调整航向。炸弹投下了，呼啸着坠落。片山少尉每推动一下投弹杆，都会欢快地大喊一声：去啊！我的小心肝。乞巧节①心愿达成啊！我们从1000多米的高空回望，只看见炸弹落在江面，水柱一根一根地在龙舟间升起，似乎有两条龙舟翻了，人头在江中漂浮。但令人惊异的是其余的龙舟竟然没有乱了航迹，仍然笔直向前，仍然在江面上划着优美的直线。"真是一场精彩的比赛。哟西，我们再来一次。"横山队长命令道。96式中型轰炸机群兜了一圈，又重新折回到攻击航线。

这次我们是从舟头方向迎面扑下去，我在耳机里听到横山队长命令道："高度下降到500米，航向20，用机枪杀死他们。"我看见横山队长的飞机翅膀一倾斜就降下去了，我的飞机也紧随其后。横山队长的飞机首先开火，狂暴的机枪子弹暴风骤雨般扫射下去，将一只龙舟从舟头打到舟尾，人肉横飞，木屑飞舞，真是"剑圣"千叶周作②"砍肉又断骨"的好刀法。

但是横山队长的飞机很快就被一架重庆军的E-16飞机咬尾了，它什么时候冲过来的，我们几乎没有注意到。横山队长将机头拉起来，然后又做急速的S型飞行，可那架E-16紧紧地咬住他，并且猛烈地开火。我在自己的飞机上都感受得到那阵弹雨像一条龙喷出的烈火，横山队长的飞机还没有飞到最高点就凌空爆炸了。日本海军航空队的"东方武士"像一朵盛开的樱花，瞬间就凋谢在重庆的上空。我还记得在这次出征前，横山队长刚接到家信，

---

① 即中国的七夕节，这是中国牛郎和织女的传说与日本古老习俗的融合。日本的七夕节始于圣武天皇天平六年。这一天人们把写有诗歌、心愿的色纸系在竹竿上，并相信许下的愿将会得以实现。

② 日本德川幕府时代末期的武士，因其剑术高超而闻名于世。

他们家门口端午节时挂出的鲤鱼幡旗已经有两条了①，以后横山队长家中每年端午的"五月人形"②就该供奉他自己的偶像啦！

"横山队长……"耳机里传来一阵悲愤的噪音。我听到正驾驶水井上尉暴怒的喊叫："我们下去收拾这些支那猪！"

我的飞机呼啸着俯冲下去了，像一条从山坡上冲下去的红了眼的公牛。我调整了机枪，紧紧盯住了最前面的龙舟。它的航迹多么优美啊，像一条悄然在水面上滑行的小龙——世界上如果真有龙这样的动物，我想今天看见的就是了，它是超越了生命和死亡的东西，是有神性的"动物"，我甚至看见了桨手们翻起的水花，看见了他们壮实的臂膀，看见了他们脸上的汗珠，还看见了他们眼睛里以死相搏的决绝和坚毅……

他们似乎向天上的死神张望一下的工夫都没有啊。

"喂，川崎，你这混蛋在干什么？射击！射击！"

我听到水井上尉的嘶喊。但我把机枪抬向了天空，仿佛在寻找重庆军的飞机。水井上尉几乎是在咆哮了，因为激动嗓音变得粗野而尖锐，仿佛有一支剑封在了他的喉咙处。我的眼睛有些湿润，索性把耳机摘了下来，不再听水井上尉的狂喊。

这些不知道屈原的家伙，真是粗鄙呀！我现在还能羞愧地承认，我那天手指按在 20 厘米旋转机枪的按钮上，的确想到了中国诗人屈原。"世溷浊莫吾知，人心不可谓兮。知死不可让，愿勿爱兮。明告君子，吾将以为类兮"。

我在读小学时就听我爷爷说，屈原就是吟诵着这样优美的诗句投江的啊。一个诗人，死得比一个武士还要凄美壮丽，难道我们不应该在他的忌日稍微放尊敬一点吗？不过，我落地后受到了水井上尉的严厉申斥，还加左右两个耳光。水井上尉说，难道你忘了吗？支那人的士气，正是我们的作战目标。

---

① 日本人也过端午节，他们把端午节称作"端午の節句"，在节日名称上还保留着中国文化影响的痕迹。只是明治维新后，他们把原来的农历端午节改在公历的五月五号，其习俗除了学中国吃粽子、挂菖蒲以外，还在家门口挂出绸布或纸糊的鲤鱼幡旗，家中有几个男孩就挂几只鲤鱼幡旗。

② 日本接受外来文化很会民族化，日本人发现"菖蒲"的音读是"しょうぶ"，与汉字词汇"尚武"的发音一模一样，便对"菖蒲"的习俗进行了大和化。每年到了端午节，有儿子的人家都要在家中布置好"五月人形"（ごがつにんぎょう），即可能显现尚武精神的偶人，也可能是家族中值得骄傲的武士。在从前的日本，端午节主要是男孩子的节日，与崇尚武士偶人和培养武士道精神有关。

轰炸重庆，不仅仅为了消灭他们更多的人，更是为了征服他们的士气。在我们的轰炸扫射下，他们还在扬子江里划船戏水，这难道不是对帝国海军航空队的羞辱吗？

你在课堂上扬手打了老师一个耳光，谁受到的羞辱更大呢？水井上尉打我的耳光，反倒让我好受一点。尽管我为此被关了三天禁闭，还差点被调离航空队，只是后来人手紧张，我才重新上阵。不过越到后来我越发现，重庆城永远不可能被炸沉在扬子江里，"江之半岛"上的那些房子，分明被炸毁了，但你再次去轰炸时，它竟然奇迹般地又立起来了。而且这座城市还越炸越大，尤其是等到第二年雾季结束以后我们再回去，就会发现机翼下面好像是一座崭新的城市。有一次在重庆的上空我忽然产生了可怕的幻觉，重庆半岛不再是一片破败不堪的树叶，而是一条正在吸水的龙啊！扬子江和嘉陵江环抱着它，哺育着它，它的生命力就像那两条大江的水量一样旺盛。记得我们的司令官有一次狠狠地训了我们一顿，他说重庆的谍报人员发回来的报告称，重庆的公共汽车在轰炸后十分钟就恢复了运行。你们的炸弹都扔到扬子江中去了吗？唉，人们重建家园的速度，总是快于世界上任何毁灭的力量。帝国海军航空队可以炸毁重庆的一幢幢建筑，烧光一条条街道，把机翼之下的城市像蹂躏一只紧拽在手里的温顺兔子一样反反复复"收拾"（投弹兵片山君说就像他在慰安所里"收拾"身下"女子挺身队"的高丽慰安妇），把弹雨之下蚂蚁一般四散逃亡的中国人炸得尸骨如山、血流成河，但我们永远征服不了中国人的士气。这种士气是一个诗的国度才拥有的骄傲，这样的国家能够在帝国海军航空队无差别的"细密暴击"下照常举办纪念一个诗人的龙舟赛，这与其说是一种士气，不如说是他的国民的诗意。成吨成吨的炸弹、燃烧弹也炸不毁、烧不尽人们骨子里的诗意。谁能毁灭人们骨子里的诗意啊？就像世界上的任何力量也不能毁灭一个人心中刻骨铭心的爱，就像我们的战争虽然失败了，但我们还有武士气节，还有诗意。我至今还记得我的母亲在供奉"五月人形"时唱的武士歌谣："此身时去时还，跨清风渡丽水，唯明月仍在天。莫论胜败功绩，人情皆一时，只看山寒海水清。"

到我晚年以后，每当端午节，我的儿子们、孙子们在家门口外兴高采烈地挂鲤鱼幡旗时，我就会想起那年端午节扬子江上空的轰炸。唉，要是你在挂鲤鱼幡旗时，别人来轰炸你的家，你该如何想？

第三幕 感时花溅泪

13·落在剧院里的炸弹

《龙城飞将》首演日期终于定在 4 月 10 号，下午晚上各一场，下午的首演是为抗战"献机运动"的义演，不但所有的普通门票一售而空，就是价格高昂的荣誉门票也一票难求。抗战话剧在那个年代就是贫乏、苦难生活中的兴奋剂，也是紧张、恐惧轰炸下的镇定剂。生活纵然非常不易，能否活着也是个问题。但没有关系，我们先看话剧。

蔺佩瑶也买了两张一千元的荣誉票。"那一张当然是为你买的。"她给刘云翔打电话时说。他这段时间在白市驿的空军基地，在军医官的帮助下做左腿功能的恢复训练。他那天和魏蓝离开邓公馆后，并没有随她去乡下疗养，基地命令他归队，他当天就回去了。蔺佩瑶相信他说的是真话，因为当天晚上，魏蓝就打了个电话来，一句话都没有说，只是在电话里啜泣，那哭声或许是在责怪她、控诉她，或许是来寻找某种同病相怜的慰藉。

刘云翔在电话里说："我就像个被老师表扬错了的学生，真没有脸面出现在这样的场合。"

蔺佩瑶说："话剧里的人物嘛，是许许多多空军英雄的综合体，上中学时你又不是没有演过话剧？你必须来的，演员谢幕时，还有一个安排，你要上台接受演员们的献花。"

刘云翔吓了一跳，说："这可万万使不得。人家都是些大明星，我算什么？"

"还有谁比你更有资格接受人们的掌声和鲜花呢，我的海哥哥？我中午来接你哈。"

电话那头沉默了一会儿，才说："不用。我自己开车来。"

蔺佩瑶刚放下电话，铃声又响起来了，她一阵激动，想是刘云翔又打回来了。欲言又止，止又欲言，就是他们重逢后的常态。她抓起电话，急切切地叫了一声："海哥！"但电话那边几乎同时传来一声柔软温情的呼唤："子儒哥……"

蔺佩瑶的心一下就凉了，待回头一张望，邓子儒幽灵一般站在她的身后，她顿时有兜头被淋了一盆冰水的惊悚："你……你的电话。"

蔺佩瑶递出电话后踱步到客厅窗户前，不用问就知道是白羿的电话。邓子儒在接电话时，像是魏蓝有时在电话里跟她的同志们通话。从事秘密职业的人其实和正在体验神秘情感的人一样，都有需要隐蔽起来的东西。人或许都有属于自己的隐秘世界，他内心可能已经云谲波诡、四海翻腾，你却永远看不到。人生如戏，人不是在演别人，是演自己；戏如人生，戏在演别人，说的还是自己。但自己演的自己，和真实的自己，也会互相不认识。这两个"自己"之间，永远都有差距。这是上帝给人类界定好了的界线，政治家们凭此有工作做，艺术家作家们也因此有饭吃，他们总是希望得到人们的最高赞赏——演（写）得跟真的一样。可人们就不想想，他们在社会上表现出来的那张面孔，也不完全是他自己。

邓子儒放下电话后，神不守舍又有点做贼心虚地说："亲爱的，我得去一趟柴家巷那边，有点事。"

蔺佩瑶回答说："想去就去嘛。"那一刻，她想喝口酒，或者点上一支烟——尽管她从不抽烟。

蔺佩瑶心里装着别人，邓子儒心里装的也不完全是他的话剧，还有白羿。这是深埋在心底里的单相思，是生活在地球上的人思念月宫里的嫦娥。蔺佩瑶也算是重庆社交场上的时尚女人了，但跟"下江人"白羿比起来，就如同乡镇上的漂亮村姑和城里的摩登女郎。白羿是话剧舞台上的明星，也是银幕上的大众情人。她来到重庆后，雾都好像也被她的风采照亮了。这样的女人闯江湖是有风险的。她刚来重庆不久，有一次应老板带剧团去一个郊县演出，川军的一个旅长要白羿留下来单独为他唱戏，白羿不从，躲在化妆间里，应老板为她挡在门前。川军旅长用枪顶着应云卫的下巴，应老板说，你可以打死我，也可以让白小姐为你唱戏，但她的一个结拜兄长是军令部的中将，重庆市市长是她的干爹，你可有这样的福气？

邓子儒也知道自己没有这样的福气，哪怕他散尽万贯家财。但有的女子，当你把她当女神一样供着的时候，她就是爱情的信仰。信仰就是那种让岁月不老、爱心不死的东西，哪怕一颗炸弹，准确地击中了信仰。

4月10日的下午，春天的阳光和煦明媚，两江半岛上城市的轮廓清晰质感，嘉陵江水碧绿，长江水稍混浊，但也呈现出一种温柔的灰蓝。两条江水在朝天门码头外的江面上相拥，泛起层层欢快的波浪，阳光舔上去，浮光跃金，一江碎银。蔺佩瑶在国泰剧院门口见到了驾车来的刘云翔，还是那样一身笔挺的军装，大檐帽下一张冷峻英武的脸。

他给她带来了一盒美国巧克力，作为答谢之礼，然后问："还有票吗？我两个兄弟马上就到。"

蔺佩瑶说："你看看这外面围着的人，都是想找票的。不过我可以帮你问问夏经理，你咋不早点说嘛。"

那时国泰剧院每有好戏上演，一些没有买到票的人宁愿站在外面等演出结束，然后看过的人津津乐道地讲给没有看到的人听，与他们一起分享精彩的剧情。

国泰戏院的内部装饰已经焕然一新了，观众们被它的洋派、豪华震得啧啧连声。刘云翔和蔺佩瑶坐在荣誉票区，五排正中。陪都的要人们和文化界名流们的赠票都安排在晚上，这是应老板临时的动议，他说一部新剧目的首场，演员难免紧张，影响发挥。

大幕拉开，全场寂静，在小提琴独奏《松花江上》美丽忧伤的旋律中，灯光转暗，枪炮声打破了松花江上宁静的夜，狼烟弥漫，中华民族的灾难降临……

不知从什么时候开始，蔺佩瑶的手悄悄抓住了刘云翔。他没有拒绝，也轻轻地握住了她温软潮湿的手。你的手掌里为什么会有那么多的汗？在此后的漫长岁月里，刘云翔都会在回忆中一遍又一遍地追问。

人生的许多剧情在回忆中有的会逐渐变得模糊、直至淡忘，有的则会愈发清晰、甚至神化，乃至虚构、想象也能成为回忆的一部分。因此人们需要艺术，需要文学，需要小说、诗歌、电影、话剧等载体来廓清往昔岁月中的剧情，来强化生命中的美与崇高，苦难与坚韧。都说生命是一条流淌的河流，回忆就是这条河流上的小舟，满载着人们生命的体验。

第二幕结束，中场休息。剧场里人声鼎沸，许多人不愿离去，许多人的泪痕还历历在目。"高潮还在后面哩。"蔺佩瑶对刘云翔说，"我去买两瓶汽水。"

她在外面碰到了邓子儒，他早早就把戏装换上了，头缠青布包头，上穿黑色家织布短褂，腰系一根麻绳，下身粗麻布裤子，打绑腿着布鞋。这种棒老二的打扮让他新鲜不已。朋友们笑他道：邓老板要打劫我们唉？邓子儒拱手得意地回答：客串一个小角色，过把瘾嘛。他四面作揖，答谢各方朋友的捧场，看上去像个卑微的小丑（而一身戎装的刘云翔多么伟岸啊）。蔺佩瑶正有些心凉，想转身离去，邓子儒扬扬得意地冲她喊："佩瑶，剧场效果怎样？

观众反应好吗？"

蔺佩瑶不温不火地说："好极了。"

"哈哈，精彩的还在后面哩，我马上就要登台了。哎，等会儿我说完台词，你可要带头给我鼓掌啊！"那个时代的观众很淳朴，遇到台上的演员说完精彩动人的台词，他们就会鼓掌、叫好，甚至高呼口号。

"你可真是疯扯扯的，把自己当刘云翔啊？"她看到丈夫一愣，才反应过来，"哦，把自己当刘云飞啊。真是的，这两个名字太容易搞混。"

邓子儒嘿嘿一乐，说："本来就是以他为原型写的戏嘛。哎，他觉得演得像他吗？"

蔺佩瑶看着自己的丈夫，无言以对。

第三幕一开始，剧情已经紧紧攫住了观众的心。蔺佩瑶的手不知什么时候已经在刘云翔的手掌里。之前他们一起看了那么多次话剧和电影，从没有像今天这样如恋人般缠绵。刘云翔动情了，舞台上的那个人就是自己吗？蔺佩瑶也沉醉了，身边的这个人终于找回来了吗？——就像剧情中的那个女主角，她走过那样多的山山水水，历经了那样多的磨难挫折，王子和公主就要幸福地生活在一起了。

蔺佩瑶一度想：人家能做到的，自己为啥子不行……

可是，人们总是难以分清戏里和戏外的差别。剧中的女大学生正被强迫与富家子弟举行婚礼，全剧场的观众都反对她和富家子弟结婚，都期待有哪个英雄好汉来解救她。孤单的弱女子正被强扭进洞房，尖锐愤怒的呼叫响彻剧场……

忽然，邓子儒慌慌张张地跑到前台来，舞台上的人都愣住了，不知道剧情的观众以为来了个小丑，后排甚至传来一阵轻松的笑声。观众中只有蔺佩瑶知道还不该到他出场的时候。"这个没上过台面的家伙。"蔺佩瑶不满地嘀咕了一句。

邓子儒神色慌乱，满头是汗，他大声说："紧急警报已经响了，日本飞机就要来了，大家赶紧跑啊！别进洞房了，快跑啊！"

他还是穿着土匪的戏装，也许由于太紧张了，太惊恐了，太投入了，人们都把他的"表演"当作剧情的一部分，剧场里没有一个人起身离开，反倒都在引颈张望。

邓子儒又转过身去驱赶舞台的演员们，不断高喊："日本飞机来了，快去防空洞！别办婚礼了，赶快走啊！"他去拉扮演女大学生的白羿，白羿一闪身躲开，喝道："你要干什么吗？"（人们以为这也是一句台词，后排甚至有个多嘴多舌的观众接了一句：他不要你进洞房嚓。）

邓子儒急得把头上的青布包头一把扯下来了，像挥舞鞭子一样驱赶台上的演员们："走、走、走！躲防空洞里去啊！日本飞机就要来了！"演员们都在躲他，他先是像个小丑、现在却像个疯子一样在舞台上团团乱转，台下的人们看着都乐了，觉得这一段插曲精彩极了。

邓子儒最后给大家跪下了，声嘶力竭地喊："各位同胞，同胞们啊！日本飞机就要来轰炸了。这是真的，是真的啊！"

后排有人喊了一声："我们晓得，演得太真了！好！"

刘云翔抓紧了蔺佩瑶的手，说："情况好像不对头。这不是剧中的情节吧？"

蔺佩瑶也有些紧张了，磕磕巴巴地说："好像……好像没有这个情节。"

话音刚落，外面就是"轰隆"一声巨响，剧院刚买的英国磨砂灯玻璃震碎了，舞台上的道具坍塌了，白羿一声惊叫，许多人捂着了头……

刘云翔站起身来，对身后的观众大喊："大家快离开这里，日本飞机来轰炸了，这不是演戏！"

然后他转身护着蔺佩瑶，欲往外走。但剧场里已经乱了，到处都是挤成一团的人头、惊慌失措的面孔、战栗发抖的身体，还有恐怖尖锐的嘶喊。在下一颗炸弹轰然炸响之前，刘云翔把蔺佩瑶按倒在两排铁椅子之间，用宽厚的身体覆盖住了她。

"日本人的那颗炸弹，把我们大家都炸醒了。"半个多世纪过去了，蔺佩瑶仿佛刚从那场噩梦中醒来，她对菊香贞子小姐说："我是指，把我们的爱从废墟中炸醒了。之前我们都躺在虚荣的暖被窝里，人要经历一次生死劫之后，也许才会知道什么才是自己的挚爱。"

这是一个很凉爽的夜晚，蔺佩瑶请菊香贞子小姐来国泰剧院看英国 TNT 剧团上演的莎翁名剧《罗密欧与朱丽叶》。看完之后，两位女士意犹未尽，就在附近找了家咖啡馆喝咖啡。唉，永远的罗密欧和朱丽叶。莎士比亚说："在命运之书里，我们在同一行字之间。"看戏时蔺佩瑶发现菊香贞子不断用湿纸巾擦眼睛，而她自己有几次也忍不住老泪流淌。一个人的爱情为什么总会和他（她）身后的家族、门第有关呢？这个古老的难题为什么人们到现在还不能解决呢？菊香贞子说，我上大学时演过这部戏。蔺佩瑶说，巧了，我上中学时也演过。我演朱丽叶呢。菊香贞子莞尔一笑，我女扮男装，演罗密欧。两个女人像遇见了知己，同时举起了咖啡杯，一个说，为罗密欧；一个说，为朱丽叶。

"真想知道过去的国泰剧院是什么样子？"菊香贞子说。

"当然不能跟现在的新国泰剧院相比，但它也是那个年代重庆最时尚高大、最让人怀想的建筑。"蔺佩瑶脸上泛起回忆美好年华时才有的那种温馨表情，"它是一幢中西结合的三层建筑，正面呈'山'字型，红色墙体、罗马窗、大玻璃门，那时许多人都把那扇大玻璃门当镜子照哩。国泰剧院的门前总是人群熙攘，轿车、黄包车、轿子来来往往，叫卖各种小吃的小贩，站在街角打秋风的浪荡子，妖娆的富家太太和小姐们，散发传单宣传抗日的学生，来这里交换情报的共产党的情报人员，我认识的一个朋友就是地下党，她喜欢在国泰剧院这种地方和她的同志们接头。当然了，还有约会的年轻恋人，爱看热闹的小孩，以及嘴巧的乞丐。而国泰剧院于我来说，不是它上演过的许多精彩的话剧、电影，也不是我的先生编写的那部话剧，而是那天的轰炸，是刘云翔！"

说到到最后，老人的语气坚定、高亢起来，仿佛昨日重现。在旧地重游中忆往昔，是老年人战胜遗忘的唯一良方。这里曾经是历史的大剧场，也是人生的小舞台。日本政府可能已经忘记了旧日本军轰炸一座剧院的事实，但对面的白发老人还在，他们就不能抵赖。

菊香贞子泯了一口咖啡，说："生活、爱情于每个人来说都不是件容易的事，加之战争、轰炸、死亡、离散。我们这些出生在战后一代的人，可能根本无法理喻你们那个时代的情感。蔺妈妈桑（她们愈发像一对有品位、情感相互依赖的母女了），请告诉我，旧日本军的那颗炸弹，怎么炸醒了你的爱？"

"当那颗炸弹落到剧院里时，我没有感到来自大地的震动，而是感受到了一个人的心跳。"蔺佩瑶说这话时，苍老的脸上现出少女般的羞涩，甚至还飘上了一层薄薄的红云。

"他伏在我的身上，紧紧地抱住我。噢，我可从来没有被人这么紧地拥抱过。包括在初恋时，那时我们的拥抱总是慌张的、青涩的，好像生怕被人撞见。而那一刻的拥抱，是要死就死在一起的拥抱。用诗人们的话来说，是生命的拥抱啊！我后来想，要是我们一同被炸死，我相信我们都会无怨无憾。就像罗密欧和朱丽叶，拥抱着殉情而死。但是啊，我们没有那样的命运。刘云翔有经验，没有拉着我到处乱跑，不然早被四处横飞的弹片打死了。我们躲在两排铁椅子中间，都听得见弹片打在椅子背上噼里啪啦的声响。呵呵，这还得感谢我的丈夫，是他在演出前刚刚换下了从前的木椅子。"

"你们受伤了吗？"

"我一点事都没有，刘先生被剧院顶部掉落下来的瓦片砸伤了头，鲜血直冒，把我那天穿的一条新百褶裙都染红了。他拉着我从废墟中爬出来，我们跑出剧院时，日本飞机还在投弹、扫射，炸弹落在我们的前面、后面，机枪子弹打在青石板街道上，弹头到处乱跳，一碰着人，人就倒了；打在屋顶上，黑色的瓦片一条线一条线地跳起舞来。街道两边的房子一栋接一栋地垮塌、燃烧。我真的没有感到害怕，因为始终有一个宽大的胸膛依偎着我，为我挡住了一切，连一颗石子儿都没有溅到我的身上。多年来我时时回忆起这一幕，没有害怕，只有温暖。"

"唉！"菊香贞子长长叹一口气，"我不知道这是战火纷飞中的浪漫呢，还是苦难？"

老人优雅地笑了："如果命中注定我们必须在战火中互相搀扶，生死相依，我情愿这逃亡之路一直到我的人生尽头。"

菊香贞子也笑了："妈妈桑真是彻底的浪漫主义者。"

"我都活过九十了。现在脑子还没有糊涂，记忆里装的东西，再不说出来，就没有人知道了。到老糊涂了的那一天，你说得再好，人家也当是小孩子的屁话了。就像我们家现在那位。"

邓子儒现在已经有老年痴呆的症状了，菊香贞子这些年目睹了这个她一度很敬重的中国男人不可挽回的衰老。她这次来重庆他已认不出她了，前两天还把她当成自己的女儿，问她为什么不带他的外孙来。

菊香贞子忽然想到一个问题："妈妈桑，国泰剧院被炸那天，邓先生没有事吧？"

蔺佩瑶神情淡定地说："他去保护那个明星白羿了。他们也是从剧院的废墟中爬出来的，包括那个大导演应云卫。嘿嘿，生活才是充满戏剧色彩哩。自从白羿流亡到重庆后，我就知道，他暗恋上这个洋派十足的明星了。男人啊，总是去追求那些个没有得到的东西，身边的就不重视了。有句中国话说，吃不到嘴里的肉才最香。"

"你当时，就不在意吗？"

"有一点吧。不过呢，我也懒得去在意，因为我的心思也不在人家身上么。扯平了吧。"

"噢，我知道从前中国的妇女都很传统的，三从四德，对吧？妈妈桑那时思想就很现代呢。"

蔺佩瑶像个老顽童一样晃着脑袋说："我从小就是个叛逆的坏孩子，千翻儿得很哦！"

"千翻儿？怎么解释？"

"哈哈，这是重庆俚语，就是挺调皮、挺能折腾的那种人，孙悟空，知道吧？他就是个大千翻儿。"

"噢，我明白了。"菊香贞子望着老人，想象她年轻时会是一个怎样大闹天宫的孙悟空。但她现在是个多么温和、沉静的老人啊。哪怕说到过去波澜壮阔的情爱史，她的内心仿佛也是一潭风平浪静的湖泊。

"邓先生写的这出话剧，演了一场就没有再演了吧？"菊香贞子再问。

"哪里哦，轰炸过后第二天，我们继续上演。"

"什么？这怎么可能？"菊香贞子惊讶不已，"轰炸来了，你们竟然还舍不得自己的话剧？"

"我们那时没有能力打下日本飞机，但我们还有力量继续呐喊。你被一个强盗打倒在地上了，你是爬起来抗争呢，还是躺在地上毫无血性地哀嚎、叫痛？第二天他们就在剧院的旁边搭了一个露天的简易舞台，免费演出。只是在'观众须知'里郑重告诫市民们：如听到市区传来空袭警报，请不要误认为是戏中剧情，请有秩序地离场，日机轰炸比我们演的更真实、更残酷。"

"这真是那个年代才会有的幽默。"

"我们重庆人天性就是乐观的。大剧院被炸的第二天，我去帮忙，国泰剧院的周边已经是一片废墟了，应老板要我去那些炸垮的房子里找几样道具来。我在一栋烧得只有几根立柱的破房子前看到一个烫了发穿着旗袍的小姐，正在一个还剩下半边玻璃的穿衣镜前描眉、扑粉哩。而她身后不远的地方，就有一具躺在门板上的尸体，担在两条木凳上，上面蒙着白色的布被单。我问，小姐，能借我两张椅子作道具吗？她回过头来看我，眼圈发青发黑，却挤出一个惨淡的笑容来，说你看我家里哪里还有一件像样的家具哦？对了，你把放尸体的那两条凳子抬去用吧。我忍着阵阵令人恶心的尸臭，和她一起把门板抬下来，放在废墟上。我问，是你的亲人吗？她轻声回答说，是我老汉（父亲）。我们一人扛一条凳子去后台时，她还说，把国泰剧院炸了倒好，我们可以露天看话剧了。昨天我一直等在外面呢。"

菊香贞子深叹一口气："我明白你那次在东京地方法庭上说的那句话了，'侵略者尽可以野蛮，但我们不能不演话剧'。这样的战争，日本是打不赢的。"

第四幕　恨别鸟惊心

15 · 私奔

1941 年 6 月 5 日，是蔺佩瑶计划告别重庆这座破败灰暗、死气沉沉的城市走向新生活的日子。魏蓝已经安排好了一切，晚上九点，她们将在佛图关下的望江茶馆接头，过了佛图关后，一辆夜行货车将把两男两女接上，连夜直奔成都。行程早已经过缜密的规划，最后的目的地令人神往——延安。这是那个年代许多不满现状的有志青年向往的地方。

尽管魏蓝一再叮嘱蔺佩瑶，她和刘云翔应该各自分头前往那家接头的茶馆，不要带太多的行李，以免引起怀疑，组织上会为他们准备好一切。但对蔺佩瑶来说，出门哪是那么容易的事情，何况是出远门；更何况，是一场投身革命加浪漫意味十足的私奔。

这是很寻常的一天（魏蓝也多次告诫蔺佩瑶，不要慌乱紧张，一切要做得跟平常一样）。早晨，窗外的鸟儿一如既往地鸣叫，邓子儒起来梳洗，蔺佩瑶还赖在床上，做沉睡状。其实她几乎一夜未眠，又不敢让丈夫察觉出异样，连翻个身换个睡姿都很小心。这让她第一次感到装睡是一件多么辛苦的事情，而睡在一个没有了爱的男人身边，跟睡在牢笼里又有何区别？假装睡累的是身，假装爱累的是心。自由啊自由，爱情啊爱情，马上就要得到它的人们怎么能睡上哪怕一分钟！

"哎，别睡了。你今天不是要出去吗？"邓子儒嘴里还含着牙膏泡沫，从盥洗间里出来说。

蔺佩瑶在被窝里一激灵，他怎么知道我要出去？我告诉过他我要出门吗？她的脑子飞速地转动，终于想起来了，昨晚吃饭的时候，邓子儒说明天上午他要去商会参加一个活动，问要不要一同去。蔺佩瑶当时搪塞了一句，不想参加你们男人的聚会，又抽雪茄又谈生意的，我要和魏蓝姐去南开中学看老师，有外地的同学回来了。

蔺佩瑶装着睡意蒙眬地说："再睡会儿，还早嘛。"

这是一个需要掩饰的早晨。她不想面对一场背叛强作镇静，不想把卧室当成戏台，让看不见的神嘲笑她拙劣的演技、拷问她脆弱的神经。这场婚姻本来就是一个强扭的桃子，在桃花开放的季节，并不是为那个摘桃人而绽放；而当爱情尚未成熟的果实被雨打风吹去时，另一只手聪明地拣了个大便宜。但就像这世界上没有免费的午餐一样，占了便宜的人终归得偿还。蔺佩瑶并不觉得邓子儒有多么可怜，正如她也不会认为自己有多么不忠一样。一个视婚姻为牢笼的人只有砸碎枷锁的幸福，而绝不会还有对它的一丝留恋。她不知道北平、大上海的那些名媛明星们，当她们要离开自己的家庭勇敢地走向新的彼岸时，她们是如何做到的。报纸上把她们描述为追求真爱的"新女性"，坊间的传闻又将她们形容为离经叛道的"红颜祸水"。比如那个集浪漫与才华于一身的陆小曼，当她离开自己的丈夫王赓扑向大诗人徐志摩温情的怀抱时，她会不会也有一个像蔺佩瑶今天这样既不是很伤心、也不是很矛盾的早晨呢？可能人家不会像她这种家庭妇女般地优柔寡断吧。名流们总是做非常之人，行非常之事。她心头忽然涌上一股豪迈之情：名媛能做到的，我蔺佩瑶也能做到。人一旦走出了那不寻常的一步，都可以成为英雄，书写传奇。

丈夫去到衣帽间，从衣柜里找衬衣、吊带裤、领带。他今天似乎有些心烦意乱，翻找衣服时不断嘀嘀咕咕、动作很大，蔺佩瑶在床上都知道他至少在穿衣镜前试了六条领带，换了四件西服，才让镜子前的那个男人看上去顺眼一点。最近一段时间，一向乐观豁达的丈夫也开始忧心忡忡了。昨天他对蔺佩瑶说，日本人的轰炸让邓家不少产业饱受重创、灰飞烟灭。三家饭店被炸没了，纱厂的机器炸成了废铁，一船桐油、两船棉纱被炸沉在长江里，城里的那些房产，几乎都是废墟了。更要命的是，最近的几单大宗期货买卖失手，损失不是几幢房子、几家工厂的价值可以相比。蔺佩瑶对这些并不感到心痛，战争时期嘛，多少人家破人亡，至少她的生活品质还没有受到丝毫影响。她只是有些同情眼前的这个男人，战争夺去了他的万贯家产，但他的心思还在话剧上。商界的朋友都在囤积大米和白面，转手就是一本万利的买卖。但邓子儒就是不去做，说这是发战争财，是在间接帮日本人。平心而论，这是个好人，但好人不一定就是好丈夫，他就要失去自己生命中的另一半世界了。不过呢，也许白羿今天会跟他一起去参加那个聚会，说不定根本就没有什么聚会，只有和白羿的幽会。这样一想蔺佩瑶就既伤感又释然了。这世上本没有什么爱情的牢笼，因为爱是自由的。

"我走了。"邓子儒最后选了一身米黄色的西装，从头到脚，光可鉴人。像他当年追求她时，来南开中学接她时的样子，爱意写在身上的每一个细节上，哪怕是西装上衣口袋里探头露脑的白手绢，都饱蘸了一个男人的情欲。他回身望向大床那边，莫名其妙地说了句：

"今天外面的鸟儿叫得好怪哦，就像倒不出气一样。"

歌乐山上的邓公馆周边都是茂密的树林，日机的轰炸似乎让鸟儿们也知道躲避了。蔺佩瑶没有注意到林子里鸟儿鸣叫的异样，她今天只想把自己变成一只鸟。

鸟儿就要飞向自由的天空前，还会留恋一下自己的窝吗？蔺佩瑶爬起来，披头散发地倚靠在床头，打算目送一个背影从自己的人生中离去。

"它们在催你赶快走。"她慵懒地说。

邓子儒脸上现出一个奇怪的表情，似笑非笑。蔺佩瑶心里忽然泛起一丝怜悯，在他就要转身的一瞬间，她鬼使神差地撒了一次娇：

"来亲人家一哈（下）嘛。"

邓子儒仿佛有些难为情："我已经穿好衣服了。"

"未必你要脱了衣服才亲别个①唛？"

邓子儒显得有些拘谨地走到床前，伸手揽住了妻子的肩，将嘴唇凑了过去，而蔺佩瑶借着抹去脸上的一缕头发，巧妙地避开丈夫的嘴唇，只把自己的脸贴了过去。他们都听到了两颗心飞速逃离的脚步。

即便到了晚年，风霜染白了双鬓，邓子儒还在为那颗叛逃的心感到心寒，为自己在这个早上精心扮演的猎人角色感到羞耻；即便到了晚年，岁月漂白了所有的爱与恨，蔺佩瑶也会在寂静的深夜里为一只被折翅的鸟儿哀泣。

但这是充满了错误的一天。蔺佩瑶上午九点下楼时，惊讶地发现丈夫还坐在饭厅里喝咖啡，还拿着一张《新蜀报》气定神闲地看报纸呢。

"我不去了。"邓子儒抢先说，目光审视着蔺佩瑶的慌张。

"嘟个……又不去了呢？"

---

① 重庆话里的"别个"，在不同的语境里，有时指自己，有时又代指别人。

"汪会长上午要去见委员长，聚会改期了。你什么时候出门？"

"我……等一哈，再说……"蔺佩瑶心乱得都快蹦出来了，"我……我先吃早饭。你吃过了？"

"要不我陪你去南开？"邓子儒目光炯炯地盯着自己的太太。

"你去干啥子？"蔺佩瑶叫了一声，她马上意识到自己的失态，又补充了一句，"我们同学聚会，你又不认识。"

"你的同学我可认识不少呢。"

"烦不烦嘛？人家同学叙旧，你夹在中间，话都找不到说的。曹二娘，端早饭来！"蔺佩瑶使起了小姐脾气，一般来说，这一招在家庭生活中很管用的。

"到处战火纷飞的，哪个还有心情叙旧哦。"他冲妻子的背影说。

蔺佩瑶不搭理丈夫了，让曹二娘把早饭端到花园里的桌子上，她已经无法面对丈夫询问的眼睛。她在检视自己今天的穿着打扮是否会暴露什么。她穿了一件立领的白色丝绸衬衣，脖子上系条黑底暗花丝巾，外套一件紫色马甲，下穿一条凡尼登马裤，配长筒靴，头上还戴顶贝雷帽。这身打扮是跟孔祥熙家的二小姐孔令俊学的，按重庆话说是十足的"操妹儿"、假小子。蔺佩瑶有一次去郊外骑马，意外看到孔二小姐的这身行头，人家是蒋夫人身边的红人，也引领着陪都上层社会的时尚潮流。那天她回来跟邓子儒描述时，邓子儒鼻子哼了一声，说她是女的还是男的啊？今天蔺佩瑶如此装扮，不要说会让丈夫诧异，就是去母校会同学，也似乎显得有些扎眼、不合时宜。但谁晓得那个挨刀的赖在家里没走呢？管他的了，今天该哪个挨刀，就该哪个当"背时鬼"。

"背时鬼"原来在花园的草地上。她看到了那只今早叫得很急促的鸟儿，原来它的翅膀不知为何折断了，在草丛中艰难地蹦跳。蔺佩瑶喊了一句：哪个龟儿手痒啊，敢在这里打鸟？伺候在一旁的曹二娘连忙说，太太，没人敢的。可能是从别的地方飞来的吧。曹二娘昨晚从主人那里得到了一对金镯子，外加一百个大洋。她不明白主人为什么会那么大方，为什么又忽然对一只受伤的鸟儿那么在意。太太说：

"逮住它，给它擦点药，让它飞走。"

折翅的鸟儿最终还能飞向自由的天空吗？蔺佩瑶不知道。她现在满脑子想的都是如何尽快脱身。按原定计划她该在邓子儒离开家后，立马就进城去找刘云翔。这也是一个违背了魏蓝指示的临时决定。因为昨晚她在整理行装时，忽然发现指甲油没有了，口红好像也没有带够。延安那个地方，肯定没有这些美国来的东西吧？女人在出远门时，总是恨不能把衣柜、首饰柜、化妆箱的东西都搬走，魏蓝的嘱咐早就忘到九霄云外了。她收了一个大皮箱，这也是她必须等邓子儒离家后，才走得出这个家门的原因——哪有跟同学聚会带上大皮箱的？现在还没有出门，就被堵在家里了。通往延安的道路怎么就那么难呢？

半个月前，当她告诉魏蓝想和刘云翔一起去延安时，魏蓝除了惊讶就是恼怒。其实她知道，魏蓝一直在动员对现状深感失望的刘云翔投奔一个新的天地，这是组织交给她的任务，但魏蓝未尝就没有个人的考虑。一个女人揣测另一个女人的心思，几乎就如观手掌上的爱情线，尤其是当她们都深爱着同一个优秀的男人时。魏蓝当时脱口而出，你有家庭，你怎么能去？蔺佩瑶轻轻一笑，跟你们干革命的人，哪个不是抛弃了家庭的呢？魏蓝被噎住了，半天才说，你能不能去，我还要请示组织，去延安可不是一场小姐太太们的春游。蔺佩瑶觉得自己完全可以掌控这个共产党派来的说客，因为爱情的砝码牢牢地掌握在她的手上。她说，蓝姐，去延安即便不是你说的春游，也是一场生命中的浪漫。我们是为了爱才去延安的，要么我们都去，要么都不去。这是我和云翔商量好了的，不信你问他。魏蓝叹了口气，瑶妹，你参加革命的动机多么不纯啊！蔺佩瑶现在想来都感到好笑，我们的爱是纯洁的就足够了么，革命不过是一份职业，就像去上班一样。

刘云翔养好了伤，就随部队转场到了遂宁机场。自从零式飞机出战以来，他们已经没有多少飞机能够跟日本飞机作战，仅剩的飞机不得不分散隐蔽在重庆周边的几个机场，三四个飞行员才有一架飞机，还不敢轻易上天。加之苏联政府和日本签订了《苏日中立条约》，苏联不再卖给国民政府飞机了。国军空军雪上加霜，飞行员们只能窝在地上打牌酗酒、学领袖讲话，刘云翔已经苦闷了许久了。

所幸在火红的六月，爱情在陪都的废墟中万物复苏般生长。在经历了国泰剧院的那场轰炸之后，蔺佩瑶再次印证了刘云翔才是她生命中生死相依的人。炸弹落在国泰剧院之时，自己的丈夫在哪里？在白羿身边。而那天的轰炸之后，他又在哪里？一夜未归。邓子儒后来解释说，他们从废墟中爬出来时，白羿吓坏了，一个夜晚都在哭泣。她的下巴磕破了，不知道会不会影响以后在舞台上的形象，所以他就陪了她一夜。可谁来宽慰劫后余生的妻子呢？

刘云翔在邓公馆坐了一夜。两人先喝了些葡萄酒压惊,然后喝着茶等邓子儒归来。他只来了个电话,问明蔺佩瑶已平安到家,就再没有消息了。人没有一同经历过劫难,不会明白生命无常、真爱无价的道理。刘云翔头上破了一个大口子,鲜血从纱布里不断渗透出来,像爱的印记,让蔺佩瑶心疼不已,感慨莫名。这不屈的头颅和伟岸的身躯,为她挡住了多少横飞的弹片和瓦砾?当一个人愿意为你毫不犹豫地奉献生命时,他的爱无以复加。

那个夏夜蝉鸣的晚上,蔺佩瑶湿了三四块手绢。直到天都快要亮了,曹二娘已经睡了,再没有下人送手绢来了,刘云翔才捧起了那只纤弱的手,慢慢地将它放在自己的嘴前……

那轻轻的一吻,融化冰雪。

刘云翔第二天就回部队了。带着对昔日恋人如今的爱人的浓郁思恋,带着从今以后要为爱人而战的强烈责任。这场看上去不易获胜的战斗既是针对日本人的,也是面对蔺佩瑶的婚姻牢笼。要一架多大马力的战斗机,才能让他们的爱在战火纷飞的乱世中起飞呢?

复燃的旧情是不能撕破的伤口,也是见不得火星的干柴,更是不能捅破的那层纸,它或许厚如长城,或许薄如蝉翼。它是心灵深处最不能触碰的痛点,是压垮道德伦理壁垒的最后一根稻草。情欲漫过了堤坝,堤坝就没有用了。

他们鸿雁传书,感情急速升温,最后终于做出了私奔延安的决定。不仅仅因为在国统区,他们的爱情没有指望。刘云翔早就对军营里的腐败、上司的平庸、抗战的消极愤懑不已,他还因为给《新华日报》的一个记者透露了去年"8·19空战"国军指挥系统的盲目、莽撞、混乱,最终造成了中国空军不应有的大灾难之内情,《新华日报》发表了一篇立场相对客观中立的《8·19空战之反思》,就立即遭到国民党报刊审查部门的封杀,报纸被迫开了"天窗"。此事最后追查到刘云翔头上,他受到了上司的严厉申斥,连"军统"的特务也来盘问他,这让刘云翔深感耻辱。老子们在天上浴血奋战,地上的小人却在扯后腿。这抗战是哪个在打?是他妈的"军统"那些人吗?那个年代的飞行员都是骄傲的,陆海空三军就他们的战绩最辉煌,蒋夫人宋美龄也时时宠着他们。刘云翔有击落敌机四架、击伤五架的战功,再击落一架日机他就是国军空军中的"王牌飞行员"了。这样骄人的战果让他在军营里学习领袖讲话之类的课目时从来不参加。领袖讲话既不涉及战术要领,又不能让我们的飞机飞得更快,我干吗要学呢?当然,类似的言论也让刘云翔在军中的日子愈发不好过。

共产党方面此时也加紧了对刘云翔的工作。魏蓝在跟刘云翔的通信中告诉他，延安亟需他这样的人才，我们将建立自己的空军。苏维埃政府已经不卖飞机给国民政府了，等我们有了自己的红色飞行员，老大哥会支援飞机给兄弟党的，因为我们都是为劳苦大众服务的政党。这对刘云翔相当具有诱惑力，飞行员没有飞机，就跟士兵没有枪一样。你让他如何投身到抗战中去？

其实，每个人的内心世界里都有一部或多部关于过去的"旧电影"。蔺佩瑶的"旧电影"可以起名为《1941 年夏季的浪漫与苦难》——黑白片，时空交错，人物众多，情节复杂，苦难潜伏在浪漫华丽的外表之下，青春的激情挥洒在死亡的追逐之中，战火让爱情升华，战火也让有情人分离……

这天中午，这部"旧电影"进入到最乏味又暗藏玄机的部分。邓子儒夫妻俩吃了一顿索然寡味、又各自心怀鬼胎的午饭，以至于吃到一半，蔺佩瑶忽然想呕吐，她真的冲到卫生间"哇哇"大吐，把胆汁都吐出来了。邓子儒满腹狐疑地站在她身边，为她捶背，蔺佩瑶眼含泪花地喝道："别碰我，我难受得很。"

邓子儒说："那就别出去了。"

蔺佩瑶白了丈夫一眼："关你屁事！"

她去床上躺了一会儿，迷迷糊糊中忽然发现丈夫立在床前，正用手摸她的额头，吓得她一个激灵爬了起来。邓子儒一脸关切地问："你没有啥子事吧？我要出去一会儿。"

蔺佩瑶就像得到大赦一样，不无欢快地说："走你的嘛！"

邓子儒微微一笑："我让曹二娘给你端杯牛奶来。"

"我不要，我还要睡会儿。"她重新躺下，翻过身去，用被单蒙住了头，就要渡过难关的快感，她可不想让丈夫看见。

下午三点多，蔺佩瑶精神抖擞地迈出了离家出走的那一步，午饭时的病态荡然无存。汽车开出邓公馆时，她连回望一眼的心情都没有。这个时候她才想起魏蓝交代的应该单独去与她碰头的叮嘱。算了吧，和刘云翔一起走有什么不好的呢？她急迫地想去万国大饭店见刘云翔，她想让刘云翔陪自己去临江门的一个上海私贩那里买指甲油哩。昨天下午刘云翔就从遂宁机场偷偷溜回了重庆，两人匆匆见了一面，由于有魏蓝在场，他们连手都没有拉一下，只能用炽热的目光相拥。魏蓝在絮絮叨叨地交代各种注意事项时，他们也没有听进一句完整的话。现在蔺佩瑶渴望立即投入他的怀抱，亲他、吻他，向他诉说她昨晚整整一夜是如何想他，幻想即将面临的新生活，她是如何害怕又是如何向往。

车到万国大饭店门口，司机问，是在这里等太太吗？蔺佩瑶说，你先回去吧。司机又问：那啥子时候来接太太呢？蔺佩瑶看了一眼这个忠心的老司机，忽然有个荒谬的想法：要是能带着这辆车去延安就好了。她那么多心爱的首饰、衣服、鞋子就可以带走几大箱了。她有些伤感地说：

"回去吧，等我的电话。"

她敲开刘云翔房间的门时，刚才的愁绪一扫而空。门一关上，两个人就拥抱在一起，长长地亲吻，就像他们初恋时一样。这也是恋情被迫中断以来，他们第一次肌肤相亲。

"都要出远门了，你的打扮还是那么……娇艳。"

"终于可以和你一路同行了，人家能不打扮一下吗？"

"噢，瑶妹，我们是要一同走向战场的，前方的路，还不晓得有多艰险。"

"没有比我们已经走过的路更艰难的了。长江和嘉陵江今天汇合了啊海哥哥。"

当两条大江汇聚在一起时，是一种难以用语言描述的激荡、吸纳、交融和碰撞。在枯水季，它们远隔千山万水，深藏相互的思念，悄无声息地向共同的目标慢慢走近，人们几乎察觉不出两条不同源头的大江平静水面下涌动的暗流，它们迟疑的步履在漫长的旅程中时而封冻、时而回旋，它们的倾诉只有水里的鱼儿知道，它们的追求只有掠过江面的风才赶得上。当终于汇聚在一起时，它们并没有欢唱，只是相依相偎，在风平浪静中默默地融入对方，一切就像一场隐秘的偷情。

现在是洪水季节了，两条大江躁动不安，不舍昼夜地一路奔跑着终于拥抱到了自己日思夜想的情人，它们波涛汹涌，感情丰沛，如泛滥的情欲摧枯拉朽、势不可挡。已经没有什么能够阻挡它们在朝天门外宽阔的江面上奔腾、冲撞、翻滚，尽情地将重逢的眼泪挥洒成冲天的浪花了。

江河如此，何况人乎？两个历经悲欢离合、战火熏染的痴情者不知不觉中就滚到了大床上，拼命地亲吻、抓挠、挤压、吸吮……与刘云翔的迟疑、羞涩、犹豫不决相比，蔺佩瑶显得更急迫、勇敢、激情四溢。刘云翔还是童子身，怀中扭动起伏的身子让他感到像面对潮起潮涌的海浪，兴奋莫名、张皇失措；而蔺佩瑶已是轻车熟路，拨云撩雨，"罗襦宝带为君解，燕歌赵舞为君开"。在经历了两个月前国泰剧院的那次轰炸后，他们曾经在书信往来中讨论了爱情为什么会"死灰复燃"得那么快、那么炽烈。这是一次化学反应。刘云翔曾经在信里写道，时间酿造了它的品质，苦难催生了它的能量。就像日本人投下的燃烧弹，是铝和镁两种金属粉末，当它们在爆炸中被引燃时，烈火就不可阻挡地燃烧起来了。蔺佩瑶也曾眼含热泪地写下这样的话："那就让它把我前一段错误的婚姻烧毁了罢！"

爆炸吧，燃烧吧，把负重的过去、黑暗的牢笼都烧毁了吧！她的身子如温柔的海浪，一浪高过一浪地覆盖了他；她的热吻滚烫得足以熔化钢铁。她现在是逃出牢笼的鸟儿，幸运地把未来交给了一个飞行员。他们将一同翱翔在自由的天空，蓝天白云在他们的身下，她坐机舱的前面，刘云翔在身后温柔地依偎着她，驾驶着奔向光明前程的自由之鸟。飞机在天空中划出华尔兹的舞步，她的白色纱裙从机舱里飘拂出来，白云为之翻滚，百鸟紧随鸣唱。这是一架满载着浪漫情欲的飞机，轰鸣着在一张大床上准备起飞。

"不，不，不！"刘云翔衣衫不整地抽身出来，"瑶妹，我不能这样。等到了延安，我要正式娶你，我们让共产党人做我们的证婚人。等到那一天，我们再一起走进婚姻的殿堂。"

刘云翔面红耳赤，跪在床上，由对已裸露出半个身子的爱人说。蔺佩瑶此刻双颊绯红，梨花带雨，雪白的乳房已是挣脱了牢笼的白鸽，微微颤颤地振翅欲飞……多少豪情盖世的英雄，曾折戟在这温柔乡；多少浪漫多情的才子，曾迷失在这玉峰间。刘云翔不是英雄好汉，也不是风流才子，他只是一个对自己的爱执着到无以复加的清白处子。不到延安，不失其身——不仅指他自己，还事涉蔺佩瑶的贞洁。在他眼里，尽管蔺佩瑶已是有夫之妇，但因为坚信这爱是纯洁的，她就是洁白无瑕的；因为相信新的生活是共同追求的幸福彼岸，过往的一切就只是生命中必须付出的代价。因此，这爱的高潮需要在一个庄严的仪式、郑重的承诺兑现之后，爱才是最高贵的，性也才最完美。

"放屁！你为什么对我那么狠！都到这一步了，这难道不是我们的婚床吗？"蔺佩瑶头发凌乱地爬起来，挥手就给了刘云翔一个耳光。这已经是他第二次"临阵脱逃"了，更是第二次伤害一个深爱他的女子的心！如果说第一次刘云翔将她拒于门外，是因为他们分离得太久，沧桑演变得太剧烈，蔺佩瑶的婚姻是横亘在他们中间一条难以逾越的鸿沟，那么现在，鸿雁已经搭起了一座鹊桥，鸿沟已被无畏的勇气踏平，万贯家产、优渥生活都敢于抛弃，他凭什么不能多给一点点的爱？有多少女人，能够经受得起两次同样的伤害？

刘云翔被打懵了，他默默地转过身去，把宽阔的背朝向女人，任由蔺佩瑶长江水一般的眼泪，从失意的"婚床"漫上他的双肩。

17·大隧道之殇

刘云翔相信每个人的人生中都有一段黑暗的隧道，有的是形而上的，有的是具体真实的。有的人走了一辈子，也穿不透这隧道里的黑暗。1941 年 6 月 5 日的空袭警报是为这座城市拉长了音调的丧钟，也为刘云翔毕生追求的爱情拉响了警报。在万国饭店 304 房间，他们听到了空袭警报，但蔺佩瑶还不愿意离开刘云翔的怀抱，不以为然地说别理它，抱紧我。他们的痴心话儿仿佛还没有说完。他们刚刚恢复了理性，正在抓紧填补因为匆忙的选择带来的种种漏洞，梳理出了差错的爱情编织的百孔千疮的情网。一切都是那么茫然，那么未知，好像是被命运的鞭子抽着东躲西藏，哪里还想得到猎人正在收紧网口，捉奸捉双。房间外都响起了急促的拍门声了，蔺佩瑶还说，这些服务生慌啥子慌，日本飞机来还早得很哩。刘云翔毕竟是军人，更警觉一些，他没有直接开门，先透过猫眼看到了外面几个杀气腾腾的黑衣人，以及站在后面一身米黄色西装的邓子儒，这才感到大事不妙。

山城的房舍大多依山傍崖而建，刘云翔的房间虽在三楼，但窗户外便是一道坡坎，坡坎下就是一条小巷。刘云翔推过一个衣柜顶着门，对此时才有些惊慌的蔺佩瑶说：

"不是来叫我们躲空袭的，我们赶快走！"

"是哪儿来的天棒？"

刘云翔没有时间给她解释，外面已经在踢门了。他披上西装外套，拎起蔺佩瑶的坤包，往她手上一塞说："是你家来的人。"

蔺珮瑶的脸顿时惨白，嘴唇哆嗦："家里……"

刘云翔推开窗户，对蔺佩瑶说："跟着我。我先跳下去，在下面接着你。"

他们跑到一条小巷里时，第二道紧急警报响起来了。刘云翔发现蔺佩瑶竟然还穿着高跟鞋！她的高统马靴在出门前收到那只大皮箱里了，因为她想还要和刘云翔去临江门买指甲油。这种女人哪怕只在街上走几步路，也要从头到脚仔细思量、精心打扮一番。现在他们在巷子里随着躲空袭的人流奔跑，在这个时候才跑警报的人们，一定是事出有因、迫不得已。蔺佩瑶对这一带更熟悉一些，她气喘吁吁地说：

"我们去川盐银行的那个防空洞，转过这条巷子就是。"

但刘云翔发现两个黑衣人从巷子口朝他们跑过来了，他拉起蔺佩瑶便往一条岔巷跑，身后一片"逮倒逮倒"声。较场口这一带相对平缓一些，集聚了五花八门的小本生意人，听听这些小街道的名字就可知道这是一个什么样的世界：瓷器街、木货街、草药街、棉花街、筷子街、打铁街、打铜街、鸡市巷、麦子市，等等。这些密如迷宫的小街小巷有的在轰炸中已经成了废墟，有的在断壁残垣中依旧生意兴隆。它们是城市的毛细血管，给山城输送最鲜活的血液，最生动的底层生活；同时，它们也滋生最肮脏的毒素，吸纳最难以见人的丑恶。

警报声声，追杀阵阵，似乎每条小巷都有追赶他们的人，似乎天上地下都不能容忍这一场浪漫的私奔。两人慌不择路地跟着那些挑着担子、背着包袱、携带着家私细软的人们不知不觉就跑下了十八梯，那里有大隧道的一个入口。像蔺佩瑶这样的富家太太是从不会到空气恶臭的大隧道躲空袭的，刘云翔也是第一次进公共防空洞。过去每当有空袭，他不是在天上保卫这座城市，就是在部队的战备工事里。但现在他们哪里还顾得了那么多，身后追赶的脚步已让人心惊肉跳了。刘云翔的想法很简单，进了大隧道后，利用人多眼杂再脱身。

老天在此时不知是帮了他们还是害了他们。刘云翔和蔺佩瑶是最后一批跑进十八梯隧道口的人，天上已经传来飞机的轰鸣声了，在隧道口执勤的防护团的人将刘云翔往里面一推，然后也挤身进来，把洞口的一扇木栅栏门从里面锁住了，任由后来的人呼天抢地喊也不再开门。洞口拥挤得就像最后一班公共车，搭上末班车的人都在为自己庆幸。蔺佩瑶那时已经忘记了洞子里浓郁的汗臭和自己快要爆裂的心，因为她看见邓子儒带着几个黑衣人已经追到了洞子外，她还看见了丈夫落魄、恼怒、绝望的眼睛。她听见丈夫大喊：

"佩瑶，你要跑哪里去？你给老子出来！"

蔺佩瑶此刻就像在一场激烈的比赛中刚刚胜出，错误的婚姻已然被抛弃，现在她要给这个可怜的男人一个决绝的告别了。

她朝他竖起了中指，毫不顾及自己的身份地大喊一声："你个哈戳戳的宝器，追你个锤子！"

　　邓子儒也在人群中看到了刘云翔，他大声怒喝："姓刘的，你听着，不管你跑到哪里，老子都要杀了你！"

　　刘云翔那一刻忽然感到了害怕。在天上的枪林弹雨中与日机搏杀，他从来不知道怕，因为始终有一股强大的浩然之气在支撑着他。而面对邓子儒，他感到羞愧。如果现在让他俩决斗，他情愿邓子儒一枪打死自己。他只能拉着蔺佩瑶往洞子深处挤，人们看着这一对衣着光鲜的人儿，有的人主动给他们侧身让路，有的则说，这些有钱人，自家有防空洞不去，跑来跟我们小老百姓挤啥子挤哦。刘云翔不断给人道歉，说对不住对不住，借个道，谢谢了。他其实心里羞愧难当、五味杂陈。大轰炸下人们的生活原来是这样的！作为一个空军飞行员，没有守护好他们的天空，还来跟他们一起挤防空洞，真是奇耻大辱。蔺佩瑶说，别进去了，洞口空气好一点。但刘云翔还是拼命往里挤，直到蔺佩瑶又开始呕吐起来。"空气太恶浊了。"她眼冒泪花地说。

　　刘云翔不得不停下来，周边都是汗涔涔的人头和一张张大口喘气的嘴。刚才蔺佩瑶吐了他一身，她根本没有弯腰的空间。呕吐物顺着刘云翔的上身一直淌到他脚下。他的脚还顶着一个阴丹蓝布包袱，是一个中年男人的。他喘着气说，哎哟，太太，那里面是我的账本啊。刘云翔连忙道歉，说你跑空袭还带着账本来？那人无奈地摇摇头，不带在身上要是给烧了呢？我还默倒起（以为）在洞子里可以做几笔账哩。

　　蔺佩瑶继续呕吐，已经吐不出什么东西来了，只有痛苦地干呕。刘云翔说："我们再往里挤挤吧，里面或许人少一点，空气会好一些。"

　　蔺佩瑶已经浑身瘫软了，她靠着刘云翔说："海哥哥，我要死了。"

　　"别说瞎话。"

　　"四年前……我们、没有被我老汉（父亲），丢进嘉陵江……现在、总算……可以、一起死了……我，高兴。"

　　"瑶妹，我在你身边，你不会有事的……你要挺住！"

　　这个地方叫十八梯，本来是指从江边上到较场口有十八层阶梯，每层阶梯又有七八步到十几步不等的台阶，每一层台阶上会有一块三四平方米的平地，供那些在码头上下苦力的、挑水的、当棒棒的、抬轿子的、扛大包的停下来换一换肩，歇一歇脚，喘几口气。码头在他们下方，城市在他们头顶，他们用力气把码头和城市连接起来。它本不是十八层地狱的入口，只是凭力气吃饭的人讨生活的"天梯"。没有谁会想到从十八梯进了大隧道，就是在往十八层地狱里走。

隧道里灯光昏暗，人声嘈杂，大人喊小孩子哭。这是一个巨大的蒸笼，是一个塞满了沙丁鱼的大罐头，在外面的轰炸和燃烧弹的烈焰中慢慢地要将一洞子的人蒸熟、烤焦。头顶上的一排瓦斯灯光线越来越弱，刘云翔知道这是空气逐渐减少的征兆，这让他感到今天的情况相当严峻。他拉扯着蔺佩瑶奋力地往里挤，洞子里每一寸空间都塞满了人的躯体，脚下也不清爽，箩筐、背篼、包袱、皮箱、藤箱，甚至还有人背进来一头小猪。这些躲空袭的升斗百姓，恨不得把一个家都搬进防空洞里来，让本来就狭小不堪的大隧道更加拥挤。但即便是蔺佩瑶这个阶层的人也应理解，他们在大轰炸中也实在损失不起了呀。

当空气愈发稀薄、发烫时，洞顶的瓦斯灯耗尽了洞子里最后的氧气，死一般的黑暗降临，人们就像被活活地盖进了一口大棺材。绝望的尖叫声如涨潮一般升起，然后又像退潮一样，刹那间鸦雀无声，仿佛死神把所有人的脖子一把扼住了。洞子里沉寂了半分钟，有个女声高叫了一声"妈妈呀——"，然后恐慌像瘟疫一般迅速蔓延，混乱如洪水决堤，冲垮了人们最后一丝矜持。母亲在呼唤孩子，女人在哀求男人，男人们在寻找挣脱黑暗的出路。有人说日本人投了毒瓦斯，有的说洞口遭封死了。黑暗中看不到人脸，只感受得到冲来撞去的躯体和到处乱抓乱撕扯的手。刘云翔和蔺佩瑶被人群推搡、撕扯，像两根稻草在一股暴动的洪流中飘来飘去、推来扯去。但刘云翔始终簇拥着蔺佩瑶，用有力的双臂为她挡住那些到处乱抓乱挠的手、失去了平衡的身子。她的双脚已经踩不到地面，即便脚有落外了，也可能是踩在某个人的脸上、腹部或者背上。在众声喧哗中只有刘云翔的声音还是那么镇定，不断地告诉她：

"别怕，别怕。我在你身边！我在你身边！"

他们被人流裹挟到一个角落，刘云翔抓住了一个镶嵌在洞壁上的灯座。那灯座是生铁铸的，感觉还很牢实。这才是他们的"救命稻草"。刘云翔死死地抓住灯座，使他们不再被人流裹挟走。刘云翔感觉蔺佩瑶就像一朵被揉碎了的白玉兰。他心疼得牙都快咬碎了！

他的手触摸到岩壁时，感到了些许凉意，将脸贴上去，竟能呼吸到丝丝稍感新鲜的空气。更为珍贵的是，一滴水滴到他的脖子里，原来洞顶有个渗水孔！这是绝境中的一线生机，他把衣衫凌乱的蔺佩瑶拉过来，让她背贴着岩壁，用自己的手臂护着她："张开嘴，快，张开。"

救命的一滴水啊！尽管它半分钟左右才会滴下一滴来。许多年后，蔺佩瑶看到"甘露"这样的词，就会想到大隧道里的那一滴水，想到刘云翔坚强的臂膀、宽阔的胸膛，为她挡住了隧道里挤来拥去的人流。在烽火乱世中有一个勇敢的爱人在身边，足以平定内心中所有的狼烟，抵御外界无端的侵害。

"同胞们，同胞们！请不要拥挤……同胞们啊！"一个尖细的女声划破了黑暗，盖过了隧道里的吵嚷，仿佛一下就把大家焦虑、慌乱的心一把攥住了。在战祸连年、救亡图存的岁月，一声"同胞们"的呐喊，可以让无数苦难无助的心灵瞬间找到依托、支撑和宽慰。就像一块块散乱无序的砖，因了这样的呼唤，就矗立起了巍峨的长城。

刘云翔猛然醒悟过来了，再这样挤下来，他不但保护不了蔺佩瑶，隧道里所有的人都会因为互相践踏拥挤致死。他不能不站出来振臂一呼了，就像他当年上中学时那样。

"同胞们，同胞们！大家请听我说。我们不要拥挤了，否则就是自相践踏，是我们自己在残害自己的同胞啊！这不正中了日本人的奸计吗？大家请安静下来，保持镇静，镇静！洞子没有炸垮，日本人的毒瓦斯就进不来。没有毒瓦斯！大家不要慌，不要再乱跑乱动了，空气自然会好一些。同胞们，同胞们啊，我们要有秩序，我们要有中国人的仁义和勇气。空袭很快就会过去的，不要怕，不要怕！"

他的嗓门本来就很大，又用尽了全身力气在呐喊，隧道里慢慢安静下来了，可以听到一些附和声和相互救助的声音。别挤了，这里有老人。哥子，求你扶我起来。别动，我脚下面还有个人，我们拉她起来吧。这个娃儿是哪个的？把他举在肩膀上。有人按亮了一支手电光，在黑暗中忽然给人们带来了飘忽不定的希望。马上就有人说，拿手电光的，照一照周围，看看有岔洞口没得？又有人说，这里有个怀娃儿的女人哦，肚子恁个大了，不要挤了，来照一哈（下）她嘛。看看还好好的不？

刘云翔感到自己的呐喊有效果了，多好的同胞啊。他清了清嗓子，继续说："同胞们，请互相传递下去，不要拥挤，不要慌乱。空袭会结束的，大家马上就可以出去了。我这边头顶的岩壁在滴水，有需要润一下嗓子的，请过来，不要挤，让老人、女人和孩子先过来。拿手电光的那位先生，请帮忙照一下。"

有个声音在黑暗中说:"这儿也有水滴下来,大家轮倒起来哈。"

那个怀孕的女人终于被她丈夫找到了,他哭兮兮地说:"我咋个办哦,我婆娘已经上气不接下气了,要遭憋死啦。"

有个苍老沙哑的声音说:"把她抬起来,从头顶上传出去吧。"

洞里的人群和洞顶之间还有约一米的空间,混乱大多是由于那些身强力壮的人想往这个空间里挣,而被压在下面的人又死死拽住他们的身子或腿。现在大家不挤了,这一方空间或许就是逃生的通道。但前提是,你得从人们的头顶上跨过去,而那些被你踩在身下的人,不要拉拽、撕咬、慌乱。

孕妇在微弱的手电光照射下,被抬上了人们的头顶,无数双手伸出来,将她往外传递。她的丈夫也被举上去了,有个人乐观地说:"回切(去)好好照顾好你婆娘,让她给你生个大胖小子,长大了替我们报仇打小日本。"当丈夫的泪流满面地说:"大哥、大嫂、大爷、大叔,谢谢了,谢谢了,你们都是好人,你们的菩萨心肠我们八辈子都忘不了啊!"

有消息传来说洞子口那边更乱,挤倒的人堆成了一堆,把洞口封得只剩一条缝了。黑暗中恐慌再次蔓延,有人在呻吟,有人在哭泣,但是秩序没有乱。

刘云翔身边是个光头的老汉,他手上有一块帕子,脸上揩一把汗,又当扇子扇几下,不断说"狗日的小日本,狗日的小日本"。他扇起了些微的风让刘云翔受到启发,他再次高喊:

"同胞们,身上还有衣服的,头上的帕子、帽子都摘下来,我们大家往洞口方向扇风。大家一起来,不要慌乱。来,听我的口令,一、二、三,一、二、三。"

这一招还真有些管用,洞子里的空气是浓稠的、恶臭的、凝滞的、令人窒息、叫人绝望。现在人们多少能感受到些许空气的流动了。恐慌稍稍得到一点平息,至少人们已经明白,镇静和保持秩序,或许还能有救。

洞子重新归于安静,只听得到人们挥动手里的衣服扇风的呼呼声,还有刘云翔越来越弱的口号。这时,刚才那个最先尖声呼喊同胞们的女声又开腔了。"同胞们,我们来唱支歌吧!"她大约是个学生,就像蔺佩瑶她们当年走上街头宣传抗战,总是歌不离口一样。

马上就有人接话道:"气都喘不过来了,还唱歌?真是遇得倒哦。"

五月的鲜花开遍了原野，鲜花掩盖着志士的鲜血……

那个女学生首先低声唱了起来，歌声哀而不伤，美而空灵，让深埋在黑暗中的人们一下幻想到了五月鲜花遍开的原野，想到了原野上走过的纯情少女，她裙裾飘拂，头上还戴着鲜花编制的花冠……

刘云翔和蔺佩瑶首先加入了合唱，歌声一起时，蔺佩瑶已经泪流满面了。这支歌她过去唱过无数次，但从来没有像现在这样感觉它是那样地凄美、悲壮、崇高。来吧，让我们崇高而凄美地去死吧——

为了挽救这垂危的民族，
他们曾顽强地抗战不歇。

唱到第二段时，更多的人加入了进来——

如今的东北已沦亡了四年，
我们天天在痛苦地煎熬。
失掉自由更失掉了饭碗，
屈辱地忍受无情的皮鞭……

歌声能让大隧道里快要窒息的人们减少一点痛苦吗？不。多年以后，刘云翔用苍老的嗓音给日本律师梅泽一郎再次唱起《五月的鲜花》时，依然不无伤感地说，唱歌让我们更加呼吸困难。一个被勒紧了脖子的人能唱歌吗？从物理学上说显然不能。但要是这个人要反抗死亡呢？歌声就是他最后的尊严。

再也忍不住这满腔的怨恨，
我们期待这一声怒吼。
吼声惊起这不幸的一群，
被压迫者一起挥动拳头。
这震天的吼声惊起这不幸的一群，
被压迫者一起挥动拳头。

歌声慢慢地弱下去了，那只手电光的光芒也暗淡下去了。刘云翔看见人们挥舞的手臂也垂落下去了……接下来是人们不屈的头颅，颓然地耷拉在了胸前，死神终于如挡不住的瞌睡一样降临了。五月的鲜花开败在一片多灾多难的土地上，五月鲜花盛开的原野里本来有一朵最为绚烂夺目的爱情之花，它本该灿烂自由地开放，却不幸被战争摧毁了。大隧道里沉寂了下来，歌唱自由、爱情、原野、反抗的歌声被窒息在心灵深处，世人将再也听不见这凄美动人、坚韧不屈的绝唱。

歌声消失了，生命也就熄灭了。

唯有一双双寻找生命出路的眼死不瞑目，瞪圆了瞳孔在黑暗中游弋……

"海哥哥，你欠我一个婚礼。"

这是蔺佩瑶在丧失意识之前说的最后一句话。老天爷啊，上帝啊，掌管着这世界上各式爱情的爱神啊，在这战火纷飞的乱世，追求一次真爱已经够难的了，如果你要我们殉情而死，就让我们死得痛快一点，有尊严一些吧。

刘云翔的眼泪终于下来了，为不能兑现自己的承诺而哀伤。他想用一个吻来道歉、偿还、赎罪，却发现那是一个他一生也抵达不到的吻，尽管蔺佩瑶仍然在他的怀里，但他却送不出那个告别过去、告别未来、告别苦难、告别浪漫的情死之吻。他的头如铅般沉重，身子仿佛在急速地坠落。他有过一次在战场上跳伞的经历，在伞没有打开之前，人的心被一只无形的手一把攥住往上提，而身体却像一根草一样在空中孤独地飘浮、下坠，对着死神的怀抱迎面撞去。现在他又跟死神这个老熟人交上手了，他准备认输了。他多么爱怀里这个女人啊，他多么想好好地呵护她、陪伴她一生一世啊，可是他却连回报这份苦难爱情的一个吻都做不到。

做不到了。延安，这个可以改变爱情和命运的地方，也去不到了。蔺佩瑶从他的臂弯里软软地滑下去，他再无力气把她搀扶起来，自己也慢慢地瘫软下去了。他跪在女人的身前，头顶着洞子的岩壁，用隆起的背扛住了这个地狱般的世界。

18·相助

1941年的夏季，混乱、动荡、血腥、喧嚣、疲乏、闷热，城市在日复一日的重击之下，废墟满城，狼烟遍地。重庆的上空连一只鸟儿也没有了，只有日军的轰炸机和雨点般落下来的炸弹。日本人要么一次就来上百架的飞机，重庆人说那是飞在天空中吃人血的"燕老鼠"（即蝙蝠），要么就是七八架或十来架飞机从早到晚轮番轰炸，把人们白天黑夜都堵在防空洞里，有家难回，寝食难安。灾难是这座城市的共性，有多少人倾家荡产、家破人亡呢？没有人知道。人们的承受力和忍耐力都到了极限，但依然坚韧不屈。既然轰炸已成为生活的一部分，就把它当作每年都要发的大洪水好了，人们既相信兵来将挡水来土掩，也坚信洪水终有退去的那一天。

万国大饭店304房间在1941年6月5日下午，发生了些什么样的故事，邓子儒耿耿于怀了一辈子。这一年的轰炸开始以后，《龙城飞将》在陪都坚持上演了几场，终因日机轰炸越来越频繁不得不终止，然后他又随剧组去成都及周边几个中小城市巡演，可那些城市也隔三差五地被轰炸。最后应云卫应老板说，日本人看大家太累，让我们各自回家休息。伙计们，散了吧，该回家看老婆的看老婆，该谈恋爱的谈恋爱，等雾季来了再说。我这个夏天呢，想好好去乡村钓鱼。

邓子儒回到重庆时，家已不复往昔的温度，他发现邮差几乎天天都来送信，而妻子不再出去跳舞、打麻将，每天写信的时间甚至长于他写剧本。就是他们谈恋爱时，也没有这么频繁的书信往来啊。加上夫妻关系日趋冷淡，大小姐脾气十足的妻子常常在床上将他拒于千里之外，他们有多久没有同房了？他竟然已经想不起来了。都是生活无虞、饱食终日的正常人，结婚两年多了，他们连孩子都没有生一个，邓子儒的母亲早就不满意这个妖冶新潮的儿媳妇了，没有多少文化的老母亲对蔺珮瑶的评价是："肚脐眼儿打屁——腰（妖）里腰（妖）气。"在漫长无趣的失落之夜，邓子儒难免会心生怨气：难道妻为夫纲这点伦理也不讲了？难道这点正常生理的需求被别人满足了？如此一想，他的心便寒气顿生，醋意大发。一个吃醋的男人和一支出墙的红杏，应该算是这个世界上最糟糕的夫妻关系。

醋意大发的丈夫有某根神经特别发达，他能够在夕阳西沉中听到妻子内心深处的叹息，在花儿的绽放中看到一颗背叛的心，在鸟儿的鸣唱中捕捉外面世界的诱惑，在虚情假意的家长里短里感受到冬天的凛冽寒风穿胸而过，连一只蜜蜂飞过，他也能找寻到它刚才栖息在哪朵花的花蕊里，更何况那些在大轰炸中也毫不躲避掩饰的战地情书呢。

他截获了其中的一封信，妻子的私情昭然若揭，更让他愤怒、失望之极的是对方竟然是他视同手足、捧为英雄的空军飞行员。这种羞辱就像有人冲着他的脑门撒了泡尿。他当时的第一反应是叫司机把码头上的秦二爷接来，带上江湖上的兄弟伙，去把那个开飞机的做了。但他的管家钟四哥说：

"大爷，你想重新安一个家吗？"

邓子儒一愣，脑海中闪过白羿高冷的容颜，她可以演他的戏，但他们根本就不是一路人。不管他多么有钱，多么痴情，他永远也只配当一个仰慕者。有一次在江津巡演时，晚上他们在月光下到长江边漫步，邓子儒冲动地拉起白羿的手，想把它捂在自己的心上，让她感受自己那颗狂跳的心。但白羿举重若轻地在他的脸上轻轻拍了一下，说，子儒哥，江边有些凉了，回去吧。小心感冒发烧。那一段时间他确实"烧"得厉害，几乎就要忘记家里的蔺佩瑶了。如果说在演技高超、洋派十足的白羿面前，蔺佩瑶只是一个村姑的话，他邓子儒不过是一个有钱有势的土鳖罢了。这样的女人是花瓶，是舞台上的角色，不是生活中的妻子。

他的"高烧"退去后，指望妻子也能回到生活的正轨中来。他们都还年轻嘛，谁没有点心猿意马、浪漫情怀？谁不干一点哈戳戳的事情？因此，即便面对偷情的妻子，邓子儒也只有咬牙切齿地说："不想。"

钟四哥又问："那么，大爷想重新娶一房吗？"

"不想。"邓子儒真没有这个打算，这还不是因为家族、家规，而是当你发现一件东西就要失去时，才感到原来自己是多么地在意它，更何况自己的妻子。他对蔺佩瑶已经爱到骨子里了，他不想伤筋动骨。

能当管家的人一般社会阅历都相当丰富，且善于揣摩主子的心思，并能为主人出谋划策。钟四哥说："大爷，去年沙坪坝杨家花园的三姨太裹上了一个大上海来的小开，杨老爷心急火燎地出手，小开沉江里，三姨太自杀，杨老爷还被政府捉去关了一阵，官司吃大了，闹得杨家在江湖上颜面丢尽，人财两空。大爷现在是陪都有身份有地位的人，还说等两年就去竞选市政参议员。那个开飞机的也不是码头上说打就打、说杀就杀的等闲之辈，事情闹不好就通天了。这趟浑水我们还是不要去蹚。"

邓子儒觉得钟四哥说得都有道理，但自己心中的那股恶气又该如何消弭？袍哥帮规里"弟淫兄嫂"是大不敬，要三刀六个眼，或自己挖坑自己埋。但战火早已打碎了袍哥们的江湖规矩了。邓子儒无助地望着自己的管家问：

"那你说我该啷个办？"

因此，蔺佩瑶只有在事后才会知道，6月5日上午家中发生的一切，就像一场埋伏，她不知不觉就进入了猎人的准星。没有一丝征兆，没有任何警告，当惯了大小姐的人，总是从不在意别人的脸色，也不在乎周边环境的变化。许多往事，人们要在事后才能慢慢看清它的全貌。就像水落石出这句成语，逝者如斯，季节轮转，河底隐藏的石头方显峥嵘；而人世间纠缠的爱恨情仇，时间自然也会把一团乱麻的头绪梳理清楚。大隧道惨案那天，她的司机回到家后就被邓子儒叫去问话，还没有动家法，他就全招了，连太太带了多大的箱子都说了。邓子儒那时才预感到一场私奔正在这个没有了温度的家发生，之前他还认为这一天只是蔺佩瑶的一场浪漫的幽会呢。他还在找最佳的时机下手。按管家钟四哥的建议，这样的家丑宜私下解决，既不要太伤太太的心，也不能让那个龟儿子再占便宜。等哪天刘云翔进城时，把他带到袍哥的山堂里"吃讲茶"，让他晓得马王爷头上有几只眼。但人间的情事，世上再聪明的脑袋瓜都难以窥测。谁能料到战火纷飞的乱世也会有人要私奔呢？邓子儒绝不答应，哪怕为此杀人。

当他看到刘云翔和蔺佩瑶在追逐中一起奔逃时，他是真的动了杀心了。有哪个当丈夫的，能忍受眼睁睁地看着自己的妻子与人私奔的奇耻大辱？他们躲进了防空洞后，他吩咐手下的兄弟伙：给我守住大隧道的三个出口，老子不信他们就不出来了。

但严重的问题是他们出不来了。所有困在大隧道里的人都面临窒息、蒸烤的危险时，邓子儒也慌了。当阻挡他进洞的木栅栏被劈开后，一堆垂死挣扎的人却封住了洞口。这是闻所未闻、见所未见的悲惨世界。妻子在里面会怎么样呢？下午他和钟四哥谈起蔺佩瑶早晨的呕吐，管家一句话点破了夫妻间冷漠了许久的那堵墙。太太不会是有喜了吧？天哪！我啷个脑壳是方的呢？邓子儒大叫一声。他能不把自己的妻子夺回来吗？

天上日机还在不断骚扰，炸弹东丢几颗，西扔几个，连防护团的人，维持秩序的警察宪兵，都不得不暂时躲避一下。防空警报满城响，探照灯射出道道白光，地面微弱的高射炮火拖曳着一串串白亮的光飞向无垠夜空，像一去不回的萤火虫。这些顽强又孤单的萤火虫，要去咬住那些天上横冲直撞的恶魔，把它们揍下来，实在是有些力不从心。市中心有几条街道在燃烧，城市的半边天空都是血红色的。敌机还投下惨白的照明弹，将山城破败的景象照得惨不忍睹。而心情更破碎凌乱的则是邓子儒，他带着手下的几个兄弟冒着随时被炸弹炸翻的危险，从十八梯洞口跑到演武厅隧道口，那里不过是十八梯隧道口人间地狱的另一页，外面的人根本进不去；他又跑到石灰市洞口，情形同样混乱不堪，来自洞口的阵阵恶臭扑面而来，几乎要把人熏倒。卫戌司令部和重庆市政府的官员们围在洞口前束手无策。这帮饭桶。邓子儒恨恨地骂道。这时他看见人群中有一个认识的人、重庆市警察局督察处的陶处长。邓子儒一把抓住他说："陶处长，我老婆在里面，救救她呀！"

陶处长满头大汗，袖子挽得老高，一脸诧异地问："蔺夫人怎么会跑到大隧道里去了？"

"哎呀，说来话长，想个办法嘛陶处长。快叫你手下的警察去拖人啊！"

"人都扯断了，邓老板。日怪的很，今天重庆咋个恁个背时哦！"

这时一个警察跑来报告说，重庆卫戌司令部自己挖的防空洞曾经和大隧道连通了，不晓得现在还是不是通的。

陶处长大喊一声："那我们赶快去看看！"

一行人赶到卫戌司令部，邓子儒带自己的人紧跟在后面，但没有想到岗哨不让进。陶处长都要掏出枪来打他了，幸好一个他认识的值班中校军官出来，他说那个洞子口早封死了。卫戌司令部乃军机重地，防空洞怎么能和社会上的混在一起呢？

那时重庆主城的地下几乎被掏空了，每个单位都在挖自己的防空洞，又缺乏统一规划，弄不好就跟别人的串在了一起。邓子儒忽然脑子灵光一闪，附近有个纸烟业公会，会长是他结拜的任大哥。有一次他听任大哥说，纸烟业公会挖防空洞时也跟大隧道挖通了，只得加了道铁板门隔开来。任会长还说，我可受不了大隧道里的那些气味。

天无绝人之路，邓子儒带着陶处长和他手下的人冲进纸烟业公会，有警察在，他们畅通无阻。那个防空洞并不长，他们很快就来到了铁门外。管铁门钥匙的人却不在，陶处长指着那把锈迹斑斑的大铁锁说，给老子砸开！

铁门打开，浓重的臭气扑面而来，所有的人都被熏得背过身去，两个年轻点的警察就像被一阵强风刮倒了一样，一屁股坐在了地上。陶处长缓过劲来才说："妈屁哟，这是啥子味道哦？等透哈气我们再进去。"

邓子儒可等不起，他跟陶处长要了两把手电筒，对身边的两个兄弟说："我们进去。"

铁门里边躺了一堆不知是死还是活的人。他们的手都血肉模糊，想必是拍打、抓挠铁门时弄伤的。隧道里更像一座巨大的坟墓，男女老幼，东一堆西一团，裸尸相枕，伤心惨目。邓子儒往十八梯洞子口方向摸去，他估计蔺佩瑶他们进洞晚，应该离那个洞口不远。

在一个拐弯处，邓子儒在倒叠在一起的人堆外面发现了一只乳白色的高跟鞋，谁会穿着这样的鞋子跑警报、进大隧道？除了蔺佩瑶。况且这还是他和蔺佩瑶去香港时，在弥顿道的一家意大利人开的皮鞋店买的。他总算看到了躬着背、跪倒在地上的刘云翔。他们的身边还躺着七八个不知死活的人，刘云翔的身上还压着两个人，一个横陈在他的小腿处，一个直接倒卧在他的背上，而蔺佩瑶就在他的身下，邓子儒得感谢这双价格不菲的高跟皮鞋，不然他根本无法找到他们。

邓子儒喘着粗气搬开刘云翔，他软软地倒在一边了。妻子头发凌乱、衣不蔽体，就像刚刚受到了一次粗暴的蹂躏。邓子儒心疼得眼泪直流，他先摸摸妻子的鼻息，竟然还有点游丝一般的气息。"她还有气。"邓子儒脱下自己的衬衣，把妻子包裹起来，然后对身后的两个弟兄说，"快，抬出去。"

他们跟跟跄跄地把蔺佩瑶抬了出来，就像刚刚逃出了地狱一般，趴在纸烟业公会的洞子口大口大口地呼吸新鲜空气。有个弟兄找了把扇子来，拼命在蔺佩瑶头部扇风，陶处长过来看看说："还是要抬到外面去，让江风吹一吹。"

夜空之下，长江边，邓子儒从来没有发现山城夏季的夜晚如此凉爽，其实那晚气温依然很高，闷热、潮湿，空气死水般黏糊糊的。但它是新鲜的，是可以活人的。

"邓大爷，太太醒过来了！"一个兄弟高叫道。

"老天爷啊！"邓子儒一声长叹，跪在妻子的身边，他看见她微微睁开了眼睛，然后轻轻地咳嗽了一声。

"佩瑶，佩瑶！"邓子儒喊。

"海哥……"蔺佩瑶又咳嗽起来。

"是我，是我啊！"他抱住她的双肩，使劲摇晃着她，心里有一件宝贝被人夺走、现在终于又抢回来了的踏实感。

"海哥。"她的嘴唇动了动。

妈屁的，那个狗日的把你害得那样惨，差点连命都没有了，还想你的野男人啊！邓子儒差点就叫出来了。他扔下蔺佩瑶，站起来恨恨地说：

"给老子把这个烂婆娘丢到江里去！"

"大爷……"手下的几个兄弟束手无策。

城市仍然在燃烧，半个江面都是暗红色的。空袭警报已经解除了，陪都恢复了暂时的宁静。邓子儒对着长江吐着自己心中的恶气。刘云翔还在洞子里，刚才推开他时，邓子儒来不及想自己情敌的死活——他诅咒他死九次！如果他还有多余的力气，他会狠狠踹刘云翔几脚，或者扇他几个耳光。弟淫兄嫂的龟儿子，忘恩负义的混账东西，老子不杀你，天杀你。

　　长江水在火光的映照下缓缓地流淌，没有波浪，没有漩涡，更没有一点喧嚣。但一个人的内心却在翻滚激荡，宽恕是一个个优美起伏、操行高尚的波浪，嫉恨则是一个致人于死地的阴险漩涡；仁爱是阳光下一朵朵粲然开放、赏心悦目的浪花，杀戮则是水底涌动的邪恶暗流。每个人的内心世界里，其实都有一条爱恨交织、邪恶与高尚混杂流淌的河，都有坦荡开阔的水面和深藏不露的杀机。

　　高尚不仅拯救别人，更拯救自己。当年，邓子儒返身回到纸烟业公会的洞口时，陶处长不知从哪儿找来一个防毒面具戴在头上，正指挥手下的人往外拖死人。他问邓子儒，你回来干啥子哦，都死光光了。

　　邓子儒说："我还有个人在里面。"

　　陶处长问："你的啥子人？"

　　"仇人。"邓子儒怒气冲冲地说。

　　他从陶处长那里抓过防毒面具，义无反顾地冲进了洞子里。他跑得跌跌撞撞、怒气冲天。不像是去救人，而是要去找人拼命。他边跑边想：老子要去踢他几脚，好好教训这个龟儿子！老子要把那狗日的吊起来问他：朋友妻、不可欺，这个做人的道理懂不懂？老子要把这个禽兽不如的飞行员……妈屁的，你个狗日的还是个飞行员呐！

　　他在死人堆里找到了刘云翔，他哪里还像个飞行员，简直是一堆烂肉！邓子儒忍不住想呕吐。他强忍着恶心将他从人堆里拖出来，不管他死活，他都要把他弄出去。不然他的怒气难消、良心难安。这是他一生的义举，足以让他自豪一辈子，足以让爱他的人甚至恨他的人，都会冲他竖大拇指。在浸透了死亡之气的黑暗隧道里，只有上帝看得见，他跟跟跄跄地背负着一个比他个子更高、块头更大的（他的妻子曾经多么迷恋这健壮的躯体）男人，艰难地前行，就像耶稣背负起沉重的十字架走向骷髅地。有几次他坚持不住了，和那个躯体一起摔倒在地，他爬起来，只有喘出的气没有吸进来的气，他的脑袋胀得要爆炸，眼珠子都要鼓落出来了，他一度怀疑连自己爬出去的那口气都没有了。他要放弃了，但他心中的那个神不允许，在黑暗中还有一双眼睛在鼓励他、鞭策他。为了不让他的神责备，为了不让这双眼睛失望，他即便死在隧道里，也心安理得。自我救赎的意义在于，你既要救别人，也要救自己。

刘云翔被邓子儒背出来后，当天凌晨就醒过来了。他的世界鬼影憧憧，一群陌生人将他架到一处深宅大院里，有人往他身上浇冷水（这让他如浴甘霖），有人又骂骂咧咧地揍他（这又让他感到莫名其妙，难道我落入敌人之手了吗？曾经有战友飞机被击落后跳伞落到沦陷区，被日本人抓到后通常会遭受一通暴打）。他那时头脑还是昏沉沉的，人被绑在一根柱子上。到了晚上，有人将他解下来，押到一间宽大的屋子里，有几个穿黑衣的人在院坝里持着火把。他的脑子彻底清醒了，这让刘云翔想到了多年前嘉陵江边的那个夜晚，虽恍若隔世，但杀戮的气息依旧。

他被按坐在一张长木桌前，两个大汉站在他的身后。屋子里光线很暗，没有电灯，只有几盏大油灯，在他的右侧是一个神龛，神龛背后的墙上画的是右手持大刀、左手抚须的关云长。神龛前除了两盏长明灯外，还有一堆贡品，有白米饭、桃子、糕点、水果糖，甚至还有几块美国巧克力。这帮不伦不类的家伙。刘云翔眼光里充满了轻蔑，现在他是上过战场的人了，面对这些江湖上的场合，都像是在看戏。

但当他对面的一扇黑门打开后，进来的那个人却不能不让他感到羞愧。邓子儒一身塔夫绸青衣，身后跟着两个满脸杀气、短褂赤膊的男子，其中一个老者白色的胡须飘到胸前，由于既不浓密也不够长，因此即便他努力想装出关云长器宇轩昂的模样，终究还是显得英雄气短了。

邓子儒脸色晦暗，目光游移，不知是因为疲倦还是身心受到惨重打击，他竟然拿不出压倒对手的那股狠劲儿来。本来理在他这一方，对方已落入他的掌心，他只要动一下嘴，就可要了刘云翔的命。但他却似乎缺乏这个勇气，他唯一不缺的，或许只是疑惑。

生活竟然如此荒谬，这个坐在对面的人，还是自己视同手足的兄弟吗？他曾经多么崇拜他、喜欢他，让他住进邓公馆里养伤，把太太交给他照料，自己躲在缙云山上为他的英雄业绩写剧本，不惜血本将他的光辉形象搬上话剧舞台。他一直是他心目中的英雄，但他却扮演了拐走别人老婆的角色。这个混乱的世界上还有英雄吗？他妈的！

那么，好吧，就让我们按江湖上的规矩来做一个了断吧。

"邓先生，请你把我送回我的部队去。"刘云翔先发制人，他不想跟这帮人演戏，他有足够的勇气蔑视他们。

"放肆！"站在邓子儒后面的那个老者发话了，"你搞醒豁没得？这里是我大重庆码头上'天门堂'的山堂，还不给老子们跪起，叩拜本堂的邓大爷。你龟儿的在我们的山堂里只是'二姑娘来拜年——有你的席坐，没你的话说'。来哦，让这个悾子跪倒起讲！"

站在刘云翔身后的两个汉子捉住了他的胳膊，一下将他从座位上拎起来，双手一反剪，脚下一绊，就迫使刘云翔跪在了地上。

刘云翔大喊道："我是国民革命军空军第四大队的中尉军官，你们私设刑堂，侮辱革命军人，是要坐班房的！"

邓子儒知道刘云翔是说给他听的。他冷笑一声："哼，你也配称革命军人？"

刘云翔脖子一扬："我配不配，你难道不知道？"

邓子儒一下愣住了，竟然无话可说。他一只手指点着刘云翔，嘴唇哆嗦几下："你……你你你……"他忽然将手收回来，捂住了自己的脸，失声痛哭，搞得他身后的两个掌事大爷直摇头。那个白须飘拂的秦二爷深深地叹了一口气，凑到邓子儒耳边轻声说："大爷，大爷息怒。这事交给我们办就是了，大爷先请回吧。"

邓子儒双手往桌子上一摆，大喝一声："我自己的事，自己会管！放开他，你们都给老子出去！出去！"

押着刘云翔的两个人松开了手，刘云翔整理了下衣襟，重新坐回到座位上。秦二爷说："大爷，按帮会里的规矩……"

"锤子规矩！出去。看不起你家大爷嗦？我自己来。"邓子儒眨眼就从身上掏出两把左轮枪来，往桌上一拍，"看到没得？这个是吃素的唛！"

邓子儒将一把左轮枪往刘云翔那边一推，如同把一个黑色的死神推到他面前。然后他把自己面前的枪拿起来，略显笨拙地扳开弹仓，又按回去，说：

"姓刘的，你我兄弟一场，今天恩断义绝。是你有负于我，还是我仗势欺人，苍天在上，自有明断。拿起枪来，我们来看看，哪个是龟儿子。"

邓子儒身边的人都吓住了，不晓得他们的大爷要咋个耍法。秦二爷忙说：

"邓大爷，袍哥不是这种操法的。国有国法，帮有帮规，我'天门堂'有'红十条''黑十款'，随便拿出一个条款来，都要把这个骚鸡公^①洗白十次。"

邓子儒拿枪对准了秦二爷说："这不是江湖上的事，是老子的家事。听懂没得？"

几个袍哥看见他们的大爷脸色铁青，知道不好再招惹他了。秦二爷像唱戏一样喊了一句："大爷雄起，我们在外面等倒收尸！"然后他使了个眼色，袍哥们便退出了山堂。

屋子里安静下来，邓子儒现在可以直视刘云翔的目光了，他的枪口对准着他，微微晃动。

"把枪拿起来！"他嗓音低沉，说得毅然决然。

"是你把我从大隧道里背出来的吗？"

"是又咋样？"

"为什么？"

"为了向蔺佩瑶证明，我比你更爱她。"

"包括现在？"

"对头。敢把枪拿起来吗？"

刘云翔轻轻叹了一口气，将桌子上的左轮枪拿起，娴熟地弹开弹仓，将里面的子弹全抖出来，手腕一抖，弹仓归位："你玩过枪吗？"

"把子弹装上。"邓子儒不想回答这个问题。

"你杀过人吗？"刘云翔又问。

"没吃过猪肉，还没见过猪跑？"邓子儒显然有些气短了。

"邓先生，在你杀我之前，我想把话说清楚。不是我要夺走你的太太，而是家族封建势力拆散了我和蔺佩瑶。我们在南开上高中时就相爱了。我为了这份爱，被蔺家的人装过猪笼，沉过嘉陵江。你有这样的经历吗？你用派克笔在支票上轻松地签上自己的名字，就赢得了蔺佩瑶的好感。但是请记住，你并没有赢得她的爱，直到今天。因为你从前不是她的初恋，现在也不是她的真爱。而我是。老兄，一个人的爱这两条都不占，何来爱情？对此，我很抱歉。"

邓子儒就像听到一个惊天大秘密："你们……我、我写剧本时，你怎么不

_____

① 指下流、淫乱之人。

告诉我这些？"

"生活可不是你们演戏那么简单。"

邓子儒想起来了，他在写剧本时，和妻子曾经说过类似的话，生活中的爱情可比舞台上演的戏复杂多了。这是他说的还是蔺佩瑶说的，他已经想不起来了。他只依稀记得，他问过刘云翔的爱情经历，但好像并没有得到明确的答复。在他的剧本中，那个空军英雄刘云飞被一个女大学生所爱，而一个富家弟子依仗家族势力强娶女大学生，在他们的新婚之夜女大学生逃了婚，去寻找她的初恋……

哎呀，妈屁哦，我这不是在写自己吗？狗钻砂锅，自己笼起了①。真个是人生如戏、戏如人生嗦？

邓子儒手中的枪口垂下去了，他从未有如此严重的挫折感和失败感。在重庆这个码头上，他的生活如在长江上顺风顺水地行船。如果不是战争，祖辈父辈打下的基业足够他大展宏图；如果不是战争，爱情怎么会如此支离破碎、家庭又怎么会这样风雨飘摇？如果不是战争，他这样日进斗金的商人，怎么会走火入魔地写什么空军英雄，引狼入室？这该死的战争啊！

刘云翔这时却把枪拿在了手上，瞄准了邓子儒。他冷静地说："老哥，来吧，我欠你一枪。"

邓子儒如同被人从梦中唤醒，从疑惑走向决斗的战场。生活中总会出现一些强大的对手，要么你战胜他，要么你甘拜下风，还会有另外可能吗？

"你的枪里没有子弹。你还想羞辱我吗？"邓子儒决定在强者面前，找回自己的尊严和勇气。

"好吧。"刘云翔从桌子上捡起一粒子弹，将它装进左轮手枪的弹仓，然后一搓弹仓的转轮，"哗啦啦"一阵金属磁性的声响，转得人的心都随同它起疯狂。

"啪嗒。"刘云翔将弹仓抖进枪身中。"还记得我第一次到你家时，说刘云翔这个名字迟早要进入为国捐躯者的名单，但没想到会成为花下鬼，真是没出息到家了。来吧，我们都是赌命的人。我的爱情出了差错，你的也未尝不是。或许你的运气会好一些？"

---

① 歇后语。笼起，指罩住，挣脱不出来。意即由于说话、做事不周密使自己处于不利地位。

"这不公平。"邓子儒脸上的肌肉已经绷紧了,但他还是努力保持着风度。

"公平了。"刘云翔苦笑一声,"就把它当成一种道歉吧。中国式的。"

两人隔着的那张长桌,也不过三米的距离,他们都听得见对方紧张的呼吸,看得见对方放大的瞳孔,微微抽搐的嘴唇,咬紧的腮帮,额头上细密的汗珠。对决斗的双方来说,这是必须要打出去的一枪,不然内心永难平静;这是必须要以命相搏的一枪,不然此生不但无颜面对那个他们共同深爱着的女人,更会丧失一个男人的尊严。

"你先来吧。"刘云翔说。

"不,一起来。我喊一、二、三,该下地狱的下地狱,该上天堂的上天堂。"邓子儒硬气朗朗地说。他忽然不害怕了,觉得这一生要想重新赢得蔺佩瑶的爱,在此一搏。

"一!"邓子儒喊,他们同时举枪瞄向对方。

"二!"枪口前,两人的大脑都一片空白。

最后,邓子儒用了毕生之力大喊一声:"三……"

第五幕 此情可待成追忆

21·"V"

"剑外忽传收蓟北,初闻涕泪满衣裳。却看妻子愁何在,漫卷诗书喜欲狂。白日放歌须纵酒,青春作伴好还乡。即从巴峡穿巫峡,便下襄阳向洛阳。"

1945 年 8 月 9 日下午,刘云翔在设在重庆的美军野战医院的病床上得到日本战败的消息。收音机里的播音员用狂喜的颤音大声播报刚刚得到的消息:"日本投降了!投降了!消息来源确实,已从美军新闻处得到证实,那里的电话已经接不通,但每一条线路,每一个话筒,都在传递着同一个惊天消息,日本投降了!战争结束了!我们胜利了!"这个播音员竟然喜极而泣,片刻之后,他便即兴来了一段"诗圣"杜甫的《闻官军收河南河北》。全世界没有比他更称职的播音员了。

病房里顿时沸腾了,能下床的伤病员全都蹦了起来。刘云翔这次是左腿贯通伤,半个多月前,日本飞机上的一颗 7.7 毫米侧向机枪子弹击中了他,差点就打断了他的左腿胫骨。这已经是他第三次负伤了,只不过后两次受伤一次是在昆明养伤，这次虽然也在重庆养伤，但却没有人给他送早点和鸡汤来了。尽管他所住的医院和蔺佩瑶也不过二十来华里的距离。战争早已把这对生死恋人越推越远了。

街上传来震耳欲聋的喊叫，刘云翔邻床的美军飞行员华莱士少尉，右手还吊着夹板，却一个鲤鱼打挺地蹦到了地上，大喊："Go home, Go home！I'll go home！"（回家，我要回家了！）他冲到窗户前，推开所有的窗户，声浪潮水般涌起来，这个家伙就像一条被洪水卷走的鱼，眨眼就从窗口消失了——他那天从三楼窗口跳进了欢乐的人群，再次摔断了三根肋骨。

美国和中国的医生护士们冲进病房，尖声欢叫，和每一个伤病员拥抱、亲吻。连那些平常很拘谨的中国女护士，也跳起来扑进那些大块头美国伤兵的怀里。输着液体的伤员根本等不及了，一把拔去了针头，张开了双臂。一个拥抱，一个亲吻，都是胜利对这些断肢残臂的人最珍贵的"勋章"。

刘云翔的伤口还没有拆线，腿上还上着护板，一个美国护士玛格丽特小姐扑过来亲吻了他，转眼就蹦蹦跳跳地和一些伤员冲出病房去了。刘云翔也挣扎着站了起来，他找到一根拐杖，一瘸一拐地跟着欢乐的人群冲出了医院。

刘云翔那天还穿着病员服，开初还有三两个病友、护士在他身边，但一来到大街上，他们马上就被冲散了。所有的人都在欢笑、拥抱、蹦跳。一队扛枪路过的士兵得知日本投降的消息后，瞬间就忘记了军纪，忘记了军容，忘记了长官的口令，摘下军帽高高扔向天空，忘情地和人们一起狂欢。但他们也忘记收起枪上的刺刀，在忘乎所以的快乐拥抱中有两个人被刺死，八个人被刺伤。战争与和平，瞬间就实现了转换，没有人来得及适应。以含蓄、内敛为美德的中国人，在此情此景中，将八年来的压抑、屈辱、愤懑、伤痛全部释放出来了，他们的豪放、激情、狂喜一点也不输于那些站在敞篷吉普车上的美国大兵。这些美国兵一手拎着酒瓶，一手往人群里扔巧克力，刘云翔身边的一个中国女护士还被吉普车上的一个美国大兵一把提了上去。在这人山人海的欢乐海洋里，谁还顾得了谁啊，谁还找得到谁啊，谁又还……想得到谁？

他不知不觉就被狂欢的人群裹挟着到了上清寺的国府路，这里早已是一片欢乐的海洋，他的拐杖早就不知道扔到哪里去了，他或许也不需要它了。腿伤的疼痛已被快乐彻底击退。一个穿学生旗袍的女学生一把拉住他，在挤来挤去的人群中两人竟然还跳了一曲华尔兹，他感到自己跳得流畅极了，身随旋律转，脚踏舞步走，一点也没有乱，如同他在天空中驾机邀朵朵白云共舞。一曲终了，还赢得周围热烈的掌声。虽然穿着病员服，还是在坑凹不平的街道上，但他就像穿着笔挺的军礼服、在军官俱乐部的舞厅里翩翩起舞一样兴奋、自信。

当然，这个世界总有一个人，是你在喜悦和最悲恸的时候，特别希望能够与他（她）在一起，哪怕只有眼泪，哪怕一句话也不说。刘云翔再兴奋、再激动、再"被胜利冲昏了头脑"，他情感深处的那根脆弱敏感的神经，仍在温柔而疼痛地弹拨。这是在重庆，这是在青春灿烂闪耀过的地方，这是在个人的爱情完败而民族的抗战大获全胜的时刻……刘云翔放开手臂里的舞伴后，望着狂欢的人群，忽然忍不住想哭。

挤满人群的大街上那些蠕动的汽车走得比蜗牛还慢，车上有中国人也有美国人，有军人也有平民，有打扮得花枝招展的女士也有衣着朴素的苦力，人们已经不分彼此，欢乐是他们共同的情绪和语言。但是，刘云翔此刻已经听不到身边的喧闹和欢笑了，看不见眼前的人山人海了，他仿佛感受到了某种召唤，这就像在苍茫的大海上孤舟漂泊的人，总知道有一盏灯塔永恒地矗立在海天之际；在干涸的荒漠里只身跋涉的旅人，总相信有一处甘泉在默默地守候；而在茫茫的人海里，在众里寻他千百度的蓦然回首之间，也总有一个身影带着爱神的旨意翩然降临……刘云翔如同在浪花飞舞中看到了最耀眼夺目的那一颗，在乱花迷眼中发现了最灿烂的那一朵，他的心、他的热血瞬间凝固……

蔺佩瑶和她的丈夫邓子儒站在一辆敞篷吉普车上，站在他们身边的是几个话剧界的导演明星们，有应云卫、白羿、吴祖光、金山、蓝马等。他们显然做了些准备，蔺佩瑶一袭白色纱裙，头带白色的蕾丝编织帽，背上背着两翼夸张的白色翅膀，打扮成和平女神的模样；白羿一身蓝色裙装，头上戴着花冠，打扮成春姑娘。这些平常都很矜持的文人们大约刚喝了好多酒，每个人都红光满面，手舞足蹈，狂呼乱叫，癫狂到无以复加。邓子儒右手挥舞着几面中、美、英、苏的小旗子，左手拉着妻子的手，一同高高举起一个道具火炬。白羿像外国女郎一样不断向人群献飞吻，又从车上抓一把彩色的纸屑洒向人群，引来了阵阵山呼海啸般的喝彩；应云卫举着一个用金色彩纸裱糊了的"V"字形道具，像个快乐到疯狂的大孩子，声嘶力竭地喊："胜利！胜利！胜利！Victory！Victory！Victory…"

这辆独特的吉普车自然引人瞩目,顿时成为欢乐海洋的中心。但吉普车又被一辆扎满红线的大公共汽车堵住了,这辆"彩车"也许是在匆忙中完成的,人们都来不及找齐装扮一辆彩车所需要的彩带,只是把一团一团红线绑在车窗上。车里有些人在挥舞双臂,但更多的人则站在车顶上又蹦又跳。有人在上面大喊:"让和平女神和春姑娘上来吧!让我们的明星们上来吧!"

这声呼喊很快得到大家的赞同。白羿和蔺佩瑶几乎是踩着人们的肩背、头顶,被一双双高举的手臂举上了公共汽车。现在蔺佩瑶和白羿并排而立,一个带给人们和平降临的喜讯,一个带给大家万物从此复苏的希望。整个山城都为这两个美丽非凡的尤物陶醉了。

"啊!啊!啊!和平女神万岁!和平万岁!"

"哦!哦!哦!春姑娘万岁!春姑娘我爱你!"

胜利带来山洪暴发般的疯狂,胜利也卷起长江深处的暗流。和平女神在人头攒涌的世界里披阅人世沧桑,在战争的废墟上给人们带去重建家园的希望,在刘云翔的心里沐浴着爱的春风,烨烨发光。她胖了些,不不不,她丰满起来了,更有一个女人的韵味了。女神就应该是这样的,既要有少女的清纯芬芳,也要有母性的温情慈爱。她明媚的眼波,洁白的牙齿,桃红的嘴唇,满月的容颜,还有丰满的胸脯,充塞了这胜利了的天空。

自大隧道里他们的爱被"窒息",近四年烽火岁月,一千四百多个日日夜夜里点点滴滴汇集成的思念,刘云翔早已是"征鸿过尽,万千心事难寄"。1943年他从美国受训回来后,日本飞机几乎不敢来重庆轰炸了,他的战场在云南、湖南、陕西、山西、广西、海南、江苏、浙江,甚至远到滇缅战场和台湾岛。他常常早上从昆明巫家坝机场起飞,晚上夜宿在印度的汀江机场,昨天还在山西上空作战,今天又转战到广西桂林了。山城宁静的天空在他的身后,重庆的白市驿机场、广阳坝机场都是他的备降机场,但却不是他情感的栖息地。每当飞临重庆上空,他的心都会莫名地颤动,他的目光都会充满温热。山城在他的机翼下安详宁静,云雾飘拂在城市的上空,两江拥抱的城市就像被一个温柔的梦包裹;废墟越来越少,房舍越来越多,长江嘉陵江上的帆船、火轮行驶得不慌不忙。雾都再不需要浓雾来掩盖自己的虚弱,人们再不需要躲在防空洞忍受空气的恶臭甚至窒息的威胁,朗朗乾坤下孩子们自由自在地在江边摸鱼捞虾,大人们心无旁骛地上班做生意。那些喜欢话剧的人们,不再担心剧场会无端落下一颗大炸弹,不再担心生活中的悲剧会比那些剧作家们绞尽脑汁才写出的剧目更悲惨、更难以承受。

那个时刻刘云翔只有自豪，没有伤感。为了让自己的恋人有一方和平的天空，即使战死他乡，又何足惜。

但看到蔺佩瑶和邓子儒那一刻，他真希望自己已经战死了。活到战争胜利有什么意思呢？死在战场上才是好男儿。他隐约预感到，惨烈的抗战终于胜利结束了，他的情感"抗战"也将再度开始。它会同样惨烈，却不知道胜利会在何时何地。看那两个站在车顶上欢庆胜利的人儿多么珠联璧合、相亲相爱啊！这个胜利是他们的，是他用自己的绵薄之力为他们、为所有的中国人换来的。从今往后，天下太平了，邓子儒会挣到更多的钱，生意事业将在和平的天空下如日中天；蔺佩瑶会有一生一世花不完的钱也享不尽的福。当她在闺房里百无聊赖时，当她在花园里看花开花谢时，当她在牌桌上虚度光阴时，当她在纸醉金迷的舞场上裙裾翻飞、歌尽桃花时，她会偶尔想到我吗？民族危亡时大家都会齐心戮力，战争结束后，不好说了。

因此，纵然此刻瘸着一条腿的刘云翔再不是当年那个豪情盖世、意气风发的空军飞行员，纵然多年战火的锤炼已让他在枪林弹雨的生死搏杀中也能冷静如常，像吹茶碗里的一抹残茶一般把死亡轻轻吹开，但现在他却离不开那行进在胜利海洋里的彩车，离不开和平女神——他心中的女神——对他的导引。因为他从没有放弃自己的幻想，从没有放弃自己的爱。有的人的身影，如果她被阻隔在崇山峻岭之外，如果她消失在茫茫人海中，如果时间慢慢淡化了对她的思念，她或许就是一个逝去的梦，沉淀在记忆的深处。但某一天她从长眠的深海中浮现了出来，你瞬间就完蛋了。所有为了忘却而刻意构建的墙，分崩离析。

他跟随着彩车从国府路到林森路，又到中山路，再到了督邮街口的"精神堡垒"[1]，那里有一个用灯光装饰出来的巨大"V"字母。天已经黑了，但满世界通明，蔺佩瑶和邓子儒手里已经不是道具火炬，而是一支火把，火光映红了两人的脸，看上去那样的年轻、生动、和谐、美好，让刘云翔心里隐隐作痛。

他几度被人流挤到彩车一侧，离蔺佩瑶也就三四米的距离。有两次，他忍不住大声喊："佩瑶！瑶妹，是我……"但这声音就像在山呼海啸中扔到大

---

[1] 即现在的解放碑所在地。

海里的一块石子，没有人看得到，也没有人听得到。

"瑶妹，瑶妹，是我！我还活着，我们都还活着啊！我们都看到抗战的胜利了！看到了，看到了……我也看到你了，你看到我了吗……"

有两次他挤到了彩车的车门边，他拍门，仰头高喊，喊得杜鹃泣血，声嘶力竭。他的伤腿令他爬不上彩车，也没有人帮他。彩车走远了，刘云翔慢慢追不上它了。不是由于人太多让他靠不拢彩车，而是因为他腿上的伤口已经撕开了，血一直顺着他的腿在流淌。开初他以为是汗水，这沸腾的世界里谁不是汗流浃背的啊！但他撩开裤管时，发现脚背和布鞋全都被浸成红色的了，他才知道情况有些不妙，才知道痛。他的主治医师美国人戴维先生曾告诫刘云翔，这期间需要静养，穿过大腿的子弹虽然没有打断骨头，但破坏了大腿里的一些神经组织，它们很脆弱，很难修复，搞不好你就开不了飞机了。

那个时候刘云翔哪里还会顾及到这些，四年前那个夏季，他并没有服输，现在他也不会。他一瘸一拐向着彩车的方向追去，有人把他挤倒了，他再爬起来；有人群挡住了路，挤不过去，他就从另外一条小街小巷绕过去。他的腿越来越痛，他的脸上已布满泪痕，但有一股钢铁般的信念强劲反弹，固执地雄踞在他的心间——这是我的女人，这是我被战争夺去的爱；战争结束了，我该找回自己的爱了。

这就像那些在战争爆发后被迫离开了故乡的下江人一样，他们现在也该回家了。

刘云翔终于在一家叫"国际"的舞厅外找到了他们。这群耀眼的明星们不在舞厅里跳舞，而是在外面的空地上与民同乐，数百人围着他们欢呼叫好。舞厅的老板顺应民意，在外面挂了两盏大汽灯，乐队的乐师们也和大家一起狂欢。刘云翔仍然挤不到蔺佩瑶跟前，不是因为人太多，而是根本没有他的机会。蔺佩瑶和白羿是场子中央的明星，蔺佩瑶刚跳完探戈，马上又被一个美国兵拉下场跳踢踏舞。她舞得多么疯狂啊！她疯狂得多么像一个才十七岁的花季少女啊！她的花季在这胜利的夜晚开放得多么绚烂妖冶啊！刘云翔本来应该是下一个翩然而至的绅士，向她伸出温情的手，轻揽她的腰肢步入舞场中央，然后告诉她：今晚的一切都是美梦成真，你的海哥哥回来了。胜利最终属于我们。

可是啊，他已经跨不出那一步，他的左腿竟然麻木了，是那种在冰水里浸久了的僵硬和无知觉。真是糟糕。他躲在黑暗里撕破了一只裤腿，把伤口紧紧地扎起来，他痛得满头大汗，差点没有叫唤起来。他找到一棵黄葛树，倚在树根下，大口地喘气，让眼前飞舞的金星慢慢散去。人群中的恋人在旋转，旋转，但就是不会转到他这个方向来，他和她的距离如此地近，但他从来没有感到自己如此力不从心、狼狈不堪。

他再次泪流满面。

他竟然昏过去了，或者是睡过去了？他不知道。等他醒来后，"国际"舞厅门口已经曲终人散了，喧闹还在别处继续。夜已深，黄葛树下只剩他一个人，像个落魄的流浪汉。也许因为刚才失血过多，他现在浑身乏力，无法站立起来。有两个扔爆竹的小孩来到他身边，一个孩子问："叔叔，你喝醉了嗦？"刘云翔苦笑一声，说："孩子，麻烦你帮我找一根竹棍来好吗？"这时孩子的妈妈找过来了，大声喊孩子回家。另一个小女孩说，妈妈这里有个叔叔喝醉了。那母亲赶忙厉声说："快过来，离酒疯子远点！"刘云翔只得拼尽了全身力气喊："大姐，我没有喝酒。我受了点伤，需要帮助。"

那个母亲听出了刘云翔的东北口音，才过来说："哦，是个下江人嗦。啷个啦？"

刘云翔在孩子母亲的帮助下终于站了起来，女人说我去帮你叫辆黄包车吧。刘云翔说哪里还有黄包车？车夫都游行庆祝去了。女人问你住哪里啊？刘云翔不得不说："我是美军野战医院的伤兵，旧伤复发了。"

女人的话里有了热情："是伤兵嗦？哎呀，我们今天的胜利有你的血汗哦。我去叫个警察来，他们会帮你的。"

刘云翔忙说："不用了，我还要去找个人。大姐，请你帮我找根棍子啥的来吧。我能走。"

女人诧异地问："还要找哪个哦？你都这个样子了兄弟，赶快回你的医院去吧。"

最终刘云翔还是拄了一根竹竿，紧随着好不容易才找回来的爱的气息，在不夜的山城一路寻去。

"四象村"是战争爆发后湖北人来重庆市中心地带开的一家有名的饭庄，现在虽然已近凌晨了，大堂仍然灯火通明，人声鼎沸。刘云翔这时才感到了饥饿，肚皮贴到后背般的饿，让人发昏、发飘的那种饿。下午从医院出来到现在，他滴水未沾、滴米未进。从一扇打开的窗户望进去，那里有一个名流云集的饭局。邓子儒和应云卫坐上首席，其余的人都是陪都的作家、导演、诗人、演员、记者、画家。这些人有的刘云翔认识，有的不认识，他只要认识蔺佩瑶就够了。邓子儒显然是做东的人，他频频举杯，他高声大笑，他高谈阔论。国家民族的未来在他的指点江山下，将向着和平、民主、繁荣、宪政方向发展；战争责任必须追究，日本不说让他龟儿子割地赔款，至少我们要收回台湾、收回琉球群岛；发动战争的罪犯应该受到严厉审判，日本天皇制度应该废除，并和其他战争罪犯一同接受审判；中国军队应该和盟军一道驻扎到日本去，不然军国主义得不到彻底根除；当年那些策动轰炸重庆的军国主义分子，应该押到重庆来审判……

在邓子儒侃侃而谈的时候，刘云翔的眼光始终没有离开蔺佩瑶。她又换了一身行头了，大红色的乔其纱裙子，白色的披肩，头发挽了一个发髻盘在头顶，看上去高贵、典雅。她就坐在丈夫身边，大家闺秀的模样（与她下午在车顶上的疯狂已判若两人），没有多少话，只是偶尔附和几句，有人来敬酒了就起身应酬。她吃得很少，她笑，她不语，她理她右耳的耳环，她和坐在她另一侧的一个男士交谈，她的一颦一笑，都照亮着这个胜利的夜晚。有几次她慵懒地靠在椅背上，目光空洞地望着一个虚无的地方，似乎累了——哦，亲爱的，你在想谁？

他伫立在街上，看得如此痴迷，仿佛那是一个星光闪耀的舞台，他是剧场里的观众。他不知不觉就向"四象村"走过去，忘记了还瘸着腿，忘记了自己已是蓬头垢面、衣不蔽体——他的裤管高一只低一只，一边的袖子也被扯下来当绷带了，黑白条纹的病员服上衣的扣子只剩下两颗，几乎就是敞胸露怀。他的脸上汗渍、泪痕东一道西一条，他那时哪里还顾得了自己的形象，他满脑子的蔺佩瑶，满脑子千疮百孔的浪漫情怀。他不知道自己正在干一件一生中最愚蠢的事情，许多年以后，他还在为这个晚上在"四象村"受到的羞辱而懊悔，弄不明白自己当时为何会出此昏招、自取其辱。他走进那间洋溢着欢声笑语、高谈阔论、美酒和美人、名流和绅士的餐厅里想做什么呢？跟那些作家、导演、诗人、记者们说战争胜利了，我们一起来喝一杯？跟蔺佩瑶说，你的海哥哥回来了，来偿还我欠你的债？跟邓子儒说，抱歉，日本人打走了，我回来了，我们俩的战争还没有完？最后，再向大家郑重宣布：战争期间，我刘某人戎马倥偬、无暇他顾，现在战争结束了，我要追求自己的生活和爱情了？这些豪言壮语在心里可以说得振振有词，理直气壮，但现实却不给你机会，即便给了，你说出来可能又是另外一套语言了。

只有在时间雕刻了人们脸上的皱纹，岁月淘洗了人间喧嚣的红尘，刘云翔才会知道，胜利虽然来之不易，但它来得太突然了，他几乎来不及好好想想和平之后的生活，战争就结束了，蔺佩瑶就出现了，爱情，这个生命中苦苦追寻的东西，就回来了。战争的突然爆发和战争的戛然结束，对普通人来说，都如同一场梦，只不过前者是噩梦，后者是美梦，在梦与现实之间，人们都需要时间这座桥梁来摆渡。梦里和梦外并不只是眼睛一眨的问题，而是不同的世界，不同的人生。就在昨天，他还跟邻床的华莱士少尉说，那架打伤我腿的日本飞机我看到它的编号了，2035。这个狗娘养的，以后在天上撞见它，你们可要留给我。要是谁比我更有幸把他揍下来了，我请客。

　　梦境之外的现实往往比人们预想的残酷。刘云翔其实只走到"四象村"的大堂门口就被拦下了。一个穿短褂的汉子拦住了他："喂，兄弟，你要干啥子？"

　　刘云翔鬼使神差地回了一句："什么干啥子，这不是饭馆吗？"有谁进饭馆的门会被拦下来呢。

　　人家已把他当成要饭的叫花子了，那汉子说："唉，兄弟，你就别往里走了，里面的先生太太们正吃得高兴。胜利了，我给你舀碗'胜利饭'吧。来呀，给这位兄弟赏碗饭来。"

　　刘云翔全身的血都冲到脑门了，意识一片空白。为国家出生入死这么多年，还从没被人当成过叫花子。两年前他跳伞落在滇缅交界处怒江峡谷的一个民族地区，左脚踝关节骨折，在原始密林里苦等了四天才见到一帮傈僳族人。他们开初把他当魔鬼，把他捆起来，送到他们的头人那里。那时他并没有感到羞辱，也不害怕，因为他穿着飞行服，身份是空军飞行员，背上还有"血符"——来华助战洋人，军民一体救护。虽说他不是洋人，但他是中美空军混合联队的飞行员，飞行服上也会有这块"血符"。他相信自己只要不是落在日占区，就一定能够获救，就一定是他们尊敬的空军英雄。果然，这些傈僳人的头人一见到他就将他当上宾了。八个傈僳族汉子一路护送，他坐了一周的轿子才回到汉族人的地区。

　　一个跑堂的飞快地端了一碗饭来，上面只有几片青菜，连筷子都没有。也许他们打发叫花子就是这样的吧。刘云翔本该一掌打翻了饭碗，义正词严地呵斥他们，你睁大眼睛看清楚点，老子是国军飞行员，上尉军官。但那碗饭太香了，肚子里仿佛就伸出一只手来，不顾廉耻地一把接了过来。他低头的那一瞬间，才发现自己这身破衣烂衫，外加那根竹棍，说自己是空军军官，岂不被人当作骗子？人是衣裳马是鞍，以这种邋遢模样去见几年不见的恋人，跟 1939 年那个端午诗会上，他一身笔挺戎装、以刚刚击落日机的空军英雄形象出现在蔺佩瑶面前，真是云泥之别啊！

不过，这世上有一千一万个道理，也要先填饱肚子再说。何况他失了那么多的血，几乎就要虚脱了。既然人家说了是"胜利饭"，庆祝胜利嘛，有福同享。下午他还看到一家糖果店的老板，指挥他的店员将大把大把的糖果撒向满街欢庆的人们。人的心劲儿一泄气，手根本就不听意识的使唤，几把就将碗里的饭抓来吃了。把空碗还给人家后，才看见那个汉子和跑堂的还堵在门口。汉子说："走吧，看你也是个下江人。兄弟，战争结束了，赶快想办法回家，以后说个媳妇，日子会好起来的。"

肚子填饱了，羞耻感也回来了。刘云翔连争辩的勇气都没有了，更不用说闯进邓子儒的庆祝宴会，当众申明自己的爱情。他默默地转身，艰难地离开，再也无颜回头。街道上不识趣地刮过一阵凉风，将刘云翔最后一根勉力支撑的神经吹断了。脸上滚过两行温热的泪，他任由眼泪淌，流到嘴边，他就把它咽下去。终于走到一个安静的小巷拐角处时，他才坐下来，双手掩面，放声痛哭了一场。

2016 年 9 月 28 日凌晨五点一稿完于北京

2016 年 10 月 30 日二稿改于重庆

2017 年 12 月 22 日定稿于昆明

吾血吾土（选章）

卷宗三　1967：第三次交代——以远征军之名

16·松山之囚

屹立在怒江河谷上方的松山依然沉默无言。二十多年前日军占领了它，抓来上千中国、印度、缅甸的民夫，在它的山腹里开膛破肚、挖沟掘壕，苦心经营两年之久，构筑成半永久性的防御工事，侵略者一度扬言：这是"东方的马其诺防线"，中国军队要攻下松山，除非怒江水倒流。松山没有反驳，只用它满山的松涛日日夜夜地低鸣，像一个被掳走的孩子想回家的哭泣；两年之后，中国远征军席卷而来，炮弹犁翻了松山上的每一棵松树，鲜血浸透了松山上的每一寸土地。它曾经因为遍山长满古老的松树而得名松山，也曾经因为一场恶战而写入中日双方的军事教科书。饱尝战火之后，山上寸草不留，但抗日阵亡将士的尸骨重新肥沃了这座巍峨的大山，现在它再度郁郁葱葱，大腿粗的松树布满山岗丘壑，像从阴间地府再次站立起来的士兵。这是一座需要拱卫的南国边陲大山，这是一座磨砺人血骨的人间炼狱。就像现在，它有了一个新的名字——松山劳改农场。

半年以前，赵广陵被移送松山劳改农场。他的罪名除了历史反革命之外，又新加了一条：战犯。历史如是具有嘲讽意味，但人们并不以为然，似乎早已忘记了二十多年前发生在松山上的一切。即便不能忘记的人，也不自觉地将那些当年为国家民族而战、却不幸站错了阵营的人当成了他们永远洗不掉的人生污点。赵广陵这种拒不主动交代历史问题的死硬分子，在被再次宣布判刑十二年、押送松山劳改农场服刑时，他的回答是：

"在哪里得到的勋章，就在哪里交还回去。我配这十二年。"

一个雨天，赵广陵所在的木工队——在哪里他都要靠木匠这个手艺活下去——接到命令说，有辆牛车翻倒在山道上了，牛挑翻了新来的赶牛老倌，挣脱了轭，发疯般地逃了。管教干部让赵广陵他们赶紧去救人、找牛。

一到夏季，松山上总是那么多雨。就像当年的松山战场上，泪飞化作倾盆雨，尸为腐泥血成河。赵广陵带了两个犯人来到出事处时，见到一个佝偻的背影蹲在泥地里号啕大哭。雨水鞭子一般抽打着他的背，似乎打得他疼痛难忍才这样在荒天野地里放声哀号。

"嗨，别哭啦，牛是哭不回来的。"赵广陵一步一滑地走到他跟前说。

老倌抬起了头，赵广陵不知是站立不稳还是腿上的骨头被一把抽走了，他"扑通"一下给这个赶牛老倌跪下了。

"李……主席，李老师……"

"不是什么老师了，更不是什么主席，我现在是劳改犯 4387 号。"三十年代的知名作家、云南省文联主席李旷田抹了一把脸上的泪水和雨水，很难为情地说，"没想到……没想到……"

没想到什么呢？一个共产党的高级干部原来也会和一个国民党的旧军官同为囚徒？没想到他们再次见面是在这样一个地方，这样一个狼狈不堪的时刻？这些年来李旷田疏远了赵广陵，五十年代在赵广陵结束人民管制时，逢年过节他还会给赵广陵寄一份贺卡什么的，有时还会来一封温暖的短简，询问一下家庭和生活情况。赵广陵每次总是会很认真地回一封长长的信。他还记得有一年的迎春茶话会，李旷田特地寄来一份邀请信，让赵广陵放下思想包袱，来和昆明的文艺家们见见面啥的，那天赵广陵甚至都走到翠湖边了，但他终于还是没有勇气走进那代表全省文学艺术殿堂的大门。不是他自卑，而是他感到自己不配。

那头跑掉的牛终于没有找回来，这被农场看作是一个重大的反革命事件。因为在这个戒备森严的劳改农场，不要说一头牛，就是一只鸟儿也飞不出去。李旷田由此被关进了禁闭室，罪名是盗窃耕牛团伙分子之一。农场夺了权的造反派认为，人发疯是正常的，牛发疯就非正常了。所以李旷田事后交代说牛发疯了，显然就是一派胡言。

农场革委会的副主任是个粗鲁到放屁都带革命性的左派，这种人忠诚、革命干劲大，但没有多少文化。他认为这些被送到农场劳改的牛鬼蛇神反革命就是让他三代赤贫的国民党反动派。他从五十年代一翻身就积极投身土改、斗地主、剿匪、肃反、镇压反革命，按他教育犯人们的说法：我是光着屁股跟共产党闹革命，把那些穿阴丹布的地主富农一个个斗翻在地吃屎了。他上识字班扫的盲，在连续的运动中无师自通、锻炼成长，运动来得越多越大，他的进步也就越快越神速。令人奇怪的是，"文革"中这个农场的很多解放干部、土改干部都被打倒了，而他却能从一个普通劳改干部被结合进农场的革命委员会。也许因为他有一个令人胆寒的名字：阚天雷。

阚天雷把赵广陵叫到办公室，要他主动揭发李旷田盗卖农场耕牛的罪行。因为他是第一个到现场的，他应该看到牛是怎么被卖掉的，李旷田又是怎样存心破坏国家财产的。他对赵广陵说："你揭发了，我就不吊你的'半边猪'。"

按农场方的规定，凡是被叫去谈话的服刑人员，进门喊"报告"后，要自觉蹲在地上，管教干部代表政府，因此你就必须仰着脸跟政府说话。

"报告政府，牛是自己跑掉的。因为挣断的牛鼻绳还有一截在车上，牛轭是在翻车时崩断的。这些你可以去看看。那牛车还在我们木工队。"

"你想包庇他吗？"

"不。我说的是实情。"

"等我把你吊起来，你说的才是实情。是不是？"

"你就是把我也关禁闭了，我也这样说。"

"赵广陵！你个国民党癫子兵，你给我放老实点，别忘了这是什么地方！"

"松山。"赵广陵扬起了头，眼眶里有股温热的东西要淌下来，不知是为了努力止住它，还是有些名字——无论是人名还是地名——当你在某种场合下提到它时，浑身都会血脉贲张，他竟然"忽"地站了起来。

"蹲下！"阚天雷喝道，"我认得是松山。我看你是不认得这里是劳改农场，是改造你们这些牛鬼蛇神的地方。你到底揭发还是不揭发？"

"报告政府，我昨天才听说他是'裴多菲俱乐部'在云南的总代理人，是全省资产阶级黑文艺的总指挥，还是'胡风反党集团'分子。这样的人绝不会盗卖耕牛。他从前可是一个有名的作家，还是省文联的主席啊。"

"什么作家，什么文联主席，都是混账王八蛋、牛鬼蛇神！你以为我没上过学，就治不了他们这些资产阶级臭知识分子吗？"

"报告政府，我丝毫没有这个意思。我只是不敢羞辱我的老师。"

"羞辱？"阚天雷背着双手走到赵广陵面前，抬起一只脚踩在赵广陵的右侧脖子上，那双解放橡胶鞋都裂口了，阵阵臭味熏得他只想呕吐。"这叫不叫羞辱？"阚天雷问。

"报告政府，这是改造。"赵广陵尽管是蹲着的，但就像把别人施加的侮辱骑在胯下，在气势上一点也不输。

"你是条狗，走资派的走狗。"

"我是服刑劳改人员赵广陵，囚号3209。"

脖子上的那只臭脚放下来了，当恃强凌弱者遇到有尊严的弱者时，逞强已经没有了意义，欺凌反倒自取其辱。

"我要关你的禁闭！你这个国民党残渣余孽，只配去吃走资派的狗屎。"阚天雷最后说。

"是的。我配。"赵广陵镇定地说。

赵广陵再度被埋进黑暗的深渊。他一点也不感到冤屈，相反还觉得有些幸运，因为他和大作家李旷田成了"邻居"。和一生敬重的人同蹲黑牢，朝夕相处，这真是一份光荣。他被革命文艺"拒绝"许久了，他的作家梦、导演梦已经发霉了，但内核里还鲜嫩得一触摸就会淌血，敏感得一提到就像回忆起初恋。一个真正的人，厄运加身时一点都不贱，面对高贵，才会如此卑微。

赵广陵有过蹲禁闭室的经历，心理承受上多少有点经验，他担心自己的邻居。这间禁闭室比起他上一次蹲的还更糟，黑暗、潮湿、狭小自不必说，还憋闷难当，稀薄的空气中总有一股腐尸味。是因为过去这片土地上孤魂野鬼太多，还是一个大活人也能闻到自己正在快速腐烂的气息？

再坚固的牢房，都阻隔不了人们渴望沟通的欲望。何况这禁闭室的墙壁不过是用土坯砖砌的。这种砖用黏土脱坯，不经烧制，只是放在太阳下晒干后便成了砖。砌墙时在砖缝中再勾以黏土，赵广陵在劳改中也干过这活，知道这种墙的特性。再说在漫长的黑暗中别说一面土坯砖墙，就是一道长城，有心人也能够将它挖穿。他连续几天用自己的尿泚一个固定的地方，然后用床板上掰下的一块小木片一点一点地掏，终于给他掏下两块砖来，而墙那边还浑然不知。

"李老师——"

黑暗中死一般寂静。赵广陵连喊数声，喊得自己心里直发毛。难道李老师被关死了？禁闭室里关人致死、关得人发疯发癫是常有的事情。在暗无天日的黑暗中，生命不过是烟头上一粒抖落的小火星。

一只枯瘦如柴的手总算摸索着伸过来了，最后两只不同温度的手紧紧握在一起，相互都能感到对方的哆嗦，都能感到对方黑暗中的泪光。

磨难中的交流总是最真挚的，即便你敞开心灵深处最难以启齿的秘密，也会因为这深重的黑暗而感到安全。李旷田在赵广陵忏悔之前，先向他忏悔了自己。他说当年如果再坚持一下，用自己的乌纱帽去冒一点风险，赵广陵也许就进文联了，他就不会被人民管制。他在文联这样的单位便可发挥自己的才华，但他怯弱了。赵广陵连忙说，李老师，我这样的人，不能再害你。即便当年进得了文联，我那么多的历史问题，一件件翻出来，我自己倒霉也就罢了，连累了你，我于心何忍。李旷田想了想又说，或许不来文联也是塞翁失马吧。反右时我把何三毛划成右派，虽说是迫不得已，但也是一桩丧失良知的事。何三毛真的就像阿Q一样不明不白地被革了命。后来虽然摘帽了，但只能在文联干点收发工作，这个同志的前途就毁在我手里了。上一次运动我整别人，这一次运动就是别人整了我。小赵，你不知道，自到省文联工作后，年年都在运动，天天都在斗争。谁还在专心搞创作啊？我就奇了怪了，旧社会有新文化运动和守旧派之争，有"海派"和"京派"之争，有"左联"和"国防文学"之争，但大家仅是各持己见，算得上是百家争鸣，从不整人害人。国民党也迫害进步的文化人，但不会是大面积的，谁受到迫害，全社会共营救，全民共诛之。现在不一样了，整人的人是进步的，不整人的人反倒落后了。文人整起人来，斯文也不要了。我好不容易抓出个好剧本《阿诗玛》，这运动一来，又是大毒草了。连杨丽坤都不能幸免，人家可是周总理带着去出访过的名演员呀。批判《阿诗玛》和杨丽坤，我还得去主持会议，听杨小昆这样的无耻之徒发言批判。这不是自己扇自己的脸吗？这不是自己养的孩子偏要往死里踹吗？

赵广陵看过《阿诗玛》，而且还不止一遍。杨丽坤的样子，他越看越像舒菲菲。他甚至想，要是舒菲菲不走，她会不会也在《阿诗玛》《五朵金花》这两部云南题材的影片中扮演个什么角色。他还认定，舒菲菲的演技和扮相，不会亚于杨丽坤的，而且舒菲菲更有南国女子的那种神韵情调。但一想到新中国培养出来的演员杨丽坤都被斗得那样惨，舒菲菲这种旧时代的演员，个性又那样张扬，还是走掉的好。

"小赵，你在听我说吗？"黑暗中那边急促地问。

赵广陵忙："我在听，李老师。你说吧。"幽禁久了的人，一旦释放出他身上的某一项功能，那就是穿石之水，赴火之蛾。赵广陵第一次从黑牢里出来，最痴情的就是听小鸟的叫声，那简直就是人间最美妙的音乐。

"小赵。"李旷田幽怨的声音在黑暗中如此富有磁性，又如此伤感悲怆，"你不知道人一旦做了官，有多少害怕的东西，又失去了多少爹娘给的东西，更不用说愧对自己当年读过的那些先贤之书。我要是只当一个作家，该多好。我就不会对你，对何三毛有愧疚之心了。"

赵广陵说："李老师，我也一直想向你悔罪，我当年欺骗了你，连我的年龄都向你说了谎。"

李旷田摇摇赵广陵的手说："我可以理解。我们都是身跨两个时代的人，都需要改造。小赵，我不明白的是，你怎么会成了国民党的军官了呢？你究竟有怎样的人生？"

赵广陵沉默了半晌，才说："李老师，我是你在西南联大时的学生啊！你还记得吗，1939 年春天时，你刚聘为联大的教授，就上我们的国文写作课。你还是我们联大'冬青社'的指导老师。我只是联大还没有毕业，1939 年秋就转投黄埔军校了。我掩盖我西南联大的历史，是为了掩盖后来上黄埔军校参加国民党军队抗战的历史；掩盖打日本人这段光荣的历史，是为了掩盖后来参加内战的历史。我的历史问题，就像水里众多的葫芦和瓢，既要按下这个，也想按下那个。但在我们这个社会……难呐。"

两只握在一起的手现在变成了四手相互摩挲，一会儿紧紧攥住，一会儿细数对方手掌上的老茧、疤痕、裂口以及条条青筋。这紧紧相握的手，既战胜了孤独，也打破了黑暗。人在困境中，其实有一双温暖的手伸过来就够了。

一个蹲黑牢的人能承受的生理及生命极限是多少天？一周？一个月？抑或一年？有人出来后就疯了，瘫了，废了，有人直接送了火葬场。赵广陵第一次蹲黑牢后听到的传闻多了。他倒不是为自己担忧，而是李旷田老师身子那么弱，他害怕有一天在黑暗中再也拉不住他的手。好在十天半月的批判会让这些蹲黑牢的人总算有了放风见阳光的机会。即便站在台上挨斗受羞辱，也总比蜷缩在黑牢里强上十万倍。当然，他们也绝对想不到，在一次公审公判大会上，会忽然宣布判处他们死刑。

那是一个阳光炽热的夏天。刑场就在怒江河谷西岸的一片乱石滩上。江水还没有上涨，阳光灼烤得河滩上的石子乱跳、沙尘纷扬。双手反绑跪在河滩上的赵广陵还记得 1944 年 8 月里一个同样燥热难当的热天。他带着自己的部队渡过怒江，那时松山上的日军困兽犹斗，远征军已经强攻了两个多月了。赵广陵还记得他踏上怒江西岸时意气风发的一句话："兄弟们，攻下松山，我就可以回家了。"

十二个被宣布判处死刑、立即执行的死刑犯胸前挂着沉重的木牌，上面是打了红色大叉的名字和被处死的罪名——历史反革命、特务、偷越国境分子、杀人犯、强奸犯、"五一六分子"、三青团骨干、盗窃耕牛团伙头目等。他们一字排开地跪在乱石滩上，每个死刑犯身后站有两个士兵，负责把吓瘫了的犯人提溜起来，让他们跪有跪相——经常有这样的死刑犯，刚在公判会上听到"判处死刑、立即执行"的宣判后，就已经瘫成一堆烂泥了，行刑的人不得不像拖死狗一样把他们拖到刑场。现在，行刑队站在七八步开外的地方，压满了子弹的半自动步枪紧握在他们手中，枪上的刺刀闪着寒光。只等监刑官一声令下，他们便会齐步上前，瞄准，射击……

快点给我一颗子弹，送我回老家吧。赵广陵只是这样想。公审公判大会开了一上午了，就像在嘲弄他长达四十二年的失败人生。他本来应该在二十四岁时就光荣地战死在这里——松山。但无情的命运似乎要捉弄他近二十年，让他以这种屈辱的方式，了结当年未竟的死亡。

"荒诞！"赵广陵当时肯定听见了被押在他身边的李旷田说了这么一句，押他的两个警察还用力把他的头往下压，不准他再乱说乱动。赵广陵的脖子上也挨了一巴掌，那是为了让他扭过去的头转回来。也许李旷田为自己被枪毙的罪名感到荒诞？他胸前挂的牌子上写的是"裴多菲俱乐部主任，盗窃耕牛团伙头目"。在冗长的宣判过程中，赵广陵那时还有时间想，那些给李旷田罗织罪名的人知道裴多菲吗？知道裴多菲的"生命诚可贵，爱情价更高，若为自由故，二者皆可抛"的千古名句吗？他们或许只知道裴多菲是个洋名，是洋的就是资产阶级的，就应该和盗牛这样下作的行为编织在一起，以达到他们羞辱一切知识、文化、文明、美德、崇高的目的。马克思、恩格斯、列宁和斯大林，是不是洋人？可他们却是伟大革命导师。这的确荒诞，与多年以前赵广陵（那时他叫廖志弘）打了败仗被李弥枪毙一样荒诞。

赵广陵听见了行刑指挥下达了命令："枪上膛，向前，齐步走！"然后他感到背脊一阵阵发凉，四只有力的手压住他的双肩和手臂，他努力想挺直腰杆。真是窝囊到家了，当年在战场上要是知道会是这种死法，真不如面对敌人的枪口勇敢地扑过去。赵广陵还有时间回忆：松山战役进入尾声时，被团团围住的日本鬼子弹尽粮绝，有两个鬼子军官挥舞着指挥刀，直着腰杆扑向远征军的枪林弹雨。他们不号叫，也不缴械，更不会投降。这种敌人你对他有一万种恨，也会暗生钦佩。人生一世，草生一秋，死得灿烂如花，壮怀激烈，那才是好男儿的死法。被人按着像杀猪一样给宰了，真是轻如鸿毛，死亦有悔了。赵广陵最后向左侧李旷田那个方向瞄了一眼，发现他和他一样，挺直了身躯，昂起了头，花白的头发令人心碎，虽然五花大绑，但依旧凛然有尊严。而他身边的两个死刑犯已经瘫了。

天戕斯文，广陵散绝矣！

一阵排枪响后，江水凝固，太阳沉落，松山矮了下去；几只白鹭在远处的稻田里受到惊吓，拍翅惊飞，盘旋在青山绿水间。白鹭啊白鹭，请带我回家。白鹭，你就是我家牛背上的那一只吗？快告诉我的爹娘，不孝孩儿回来了。

但这不是死亡，也不是天堂里的景象。赵广陵依然跪着挺立在刑场上，他转头四处张望，发现李旷田和他一样跪得笔直，只是头低垂，像是很害羞的样子，又像在思索生与死的界限。还有两个也是陪杀场的，但已瘫成了一堆泥，不得不被人提溜起来，拖着走了。这时赵广陵听见一个声音喝道：

"赵广陵，站起来！还不感谢政府对你的宽大？"

跟我玩这个，你们还嫩了点。1944 年的春天，远征军大反攻在即，赵广陵的连队驻扎在保山城郊的一个村庄待命。那是一个开满梨花的村庄，一天，值勤排长来报告说抓到一个偷百姓鸡的士兵。按当时的军规，侵扰驻地百姓者，就地正法。村庄里派出三个老者送来全村人按了手印的请愿书，请求不要枪毙那个士兵。但赵广陵不为所动，军法如山，岂可儿戏。枪毙这个士兵时，把他绑在一棵梨花灿烂的梨树上，担负行刑的正是他的老乡，这家伙放了一枪空枪。枪响之后，老百姓捶胸顿足、呼天抢地。但那被绑着的兄弟忽然高喊：孬种！这种枪法还能上战场打日本鬼子！赵广陵大喝一声：小三子，牵马来！他跳上马，跑出去十几步远后，回身挥手就是一枪。梨花惊落，军民震动，绑在梨树上的那条好汉才软了下去。

人保持最后一点尊严其实很容易，以死相争就是了。两个陪杀场的人回到各自的禁闭室后，赵广陵长久没有听到那边的声音。他在墙壁上敲了三下，又把头凑到那个洞口："李老师，你还好吗？李老师！"

黑暗中终于传来一声："士……可杀不可辱……要关要杀，干吗不痛快点！"

"李老师，别跟他们一般见识。李老师，你吃饭了吗？把你的手给我。"

"唉，与其被他们这般羞辱……"

"李老师，你可别乱想啊，要活着，要活下去！"赵广陵摸着了李旷田的手，使劲地摇晃，希望把活着的信心传递给他，就像当年李旷田鼓励他要坚持写作，写下去一样，"李老师，我一直想请教你一个问题。为什么现在的红卫兵运动和我们当年的学生运动不一样了？都是学生，都当'丘九'，还都是共产党领导。"

那边无语，许久才传来一个似乎厌倦了的声音："我也想不明白。"

本来在黑暗中最适合反思这样的问题，但又最想不透彻。生不易，死也不易；牢里的人活得艰难，外面的人也不轻松。各级革委会夺权、反夺权；造反，再被造反。城头变幻大王旗如同儿戏。更儿戏的是赵广陵他们的假枪毙后来成为一种常例。每次枪毙人都把他们拉出去陪杀场，每一次枪毙他们的都是同一个士兵。相互间竟然成为了熟人。一个说你不用怕，一个说你辛苦了。赵广陵把它当成了荒诞的玩笑，而李旷田却认为这是一次又一次的强奸。他终于受不了啦。以至于有一次他在黑暗中愤懑地说："这是法西斯式的改造！"

一天，假枪毙的戏收场后，阚天雷把赵广陵留了下来，说木工队那几个犯人都是笨到吃屎的日脓包，连个牛车都修不好，你去帮着打理一下。再做几块竖在路边的大语录牌。

赵广陵的机会来了。他完成任务后还偷偷做了个茶几，在阚天雷来检查时，大着胆子对他说："报告政府，我用多余的材料做了个小茶几。请政府抬回去吧。"

阚天雷鼓起眼睛盯着赵广陵，又看看那个小巧漂亮的小茶桌："赵广陵，你好大的胆子，你想腐蚀政府？"

赵广陵的心咚咚乱跳，但他从阚天雷看茶几时不经意间流露出来的欣赏眼光，便拿准了这个工农干部的心思。因此他说："报告政府，都是用边角余料做的，不做这小茶几，那些材料也丢了浪费了。我是想，政府为我们日夜操劳，客厅有个小茶几，政府平常喝茶看报方便，我也是多为革命做点贡献。"

"嗯，这个……你个小狗日的，天黑后抬到我家里去吧。"

农场的干部们都住在单独的宿舍区，其实也是一排很简单的土坯房，只是每人有一个独立的小院。赵广陵从一个茶几开始，慢慢成了政府宿舍区里的常客。因为阚天雷的妻子要求赵广陵再帮他们做一个三门柜，然后是阚天雷的邻居们。他们都说这个 3209 号犯人木工手艺好。阚天雷家活计多，又有点乡村人的朴素好客习性。赵广陵在他家干活的第二周，他就招呼赵广陵上饭桌了，而且每到晚上还倒一碗包谷酒和赵广陵对干。在一个酒酣耳热的晚上，赵广陵趁势说：

"报告政府，我今天中午休息时听广播，说毛主席又特赦了一批国民党战犯了。"

"毛主席真伟大。"阚天雷真诚地说，又真诚地喝了一口酒，"怎么，你有什么想法？"

赵广陵的罪名中就有"战犯"一条，因此他赶紧说："不敢不敢。毛主席特赦的都是中将以上的大战犯。我们这种小蚂蚱，还要认真接受政府的改造。"

阚天雷斜了赵广陵一眼，说："嗯，好好改造，政府会宽大你们的。所以你们不论怎样，都要相信政府、相信党。来，喝一口。"

"是是是。"赵广陵端起酒碗一口饮尽，"报告政府，有个事情想向政府报告一下。"

"讲。"

"雨季快到了，我想在下雨前把政府的这组沙发尽快做好，这样木料才不会变形。请政府帮我派个帮手吧。能不能让李旷田来？"

"他一个臭文人，懂得使用刨子锉子吗？"

"让他来帮政府干活，对他也是一种改造吧。"

"革命不是请客吃饭。你不要说了！我要关谁放谁，还要你来指挥？别忘了自己的身份。"阚天雷语气冷淡下来了。

"报告政府，我们是牛鬼蛇神，真心接受政府的改造，重新做人。这是政府的政策，我们衷心拥护。但在某些时候，我们也需要政府的宽大、慈悲。就像毛主席把国民党的那些大战犯都赦免了，放回家了。因此人民群众都说毛主席伟大、英明。政府其实也可以像毛主席一样英明。"

"胡说！毛主席是毛主席，我是我。别瞎扯。"

"政府像毛主席一样对我们宽大仁慈，也就是执行了毛主席的革命路线，不敢说政府伟大，政府至少也是慈悲的。"

"慈悲？对你们这种人？"

"只需要小小的一点就好，就是给条活路就够了。过去解放军还优待俘虏呢。抓到的俘虏不打不骂，主动缴枪的还有'缴枪费'；解放军自己粮食不够吃，却让俘虏吃饱。因此敌人都往解放军那边跑。政府行点慈悲，就是一种美德。老百姓的说法，叫积德。谁不想积德呢？"

"积德？干我们这行的人……"

"政府做的是治病救人的事情，人救过来了，当然是积大德。请政府救救李旷田，他有严重的风湿病，再在禁闭室里关下去，我估计他连路都走不了啦。毛主席有天大的权力，他为人民谋幸福，他就是人民的大救星；政府也有政府的权力，用这个权力来救人一命，也是救星。政府的祖先一定会为你积的德感到欣慰。"

"权力……祖先……"

第二天李旷田就从禁闭室放出来了，青苔、霉斑布满他的全身，连胡须都是绿色的。他踉踉跄跄地跟在赵广陵后面，绚烂的阳光让他浑身哆嗦，疼痛不已。他看着那些家具，满腹狐疑地问：

"小赵，你真以为我会干木匠？"

赵广陵苦笑道："当初我就想当个像你这样的作家，结果就成了个木匠。"

附件6：家书（之三）

赵广陵同志：

伟大领袖毛主席教导我们："要斗私批修。"

几次申请探监都得不到批准，一年又七个月零十三天也没有收到你的只言片语。你被正式判刑以后，我才知道你在松山服刑劳改。不知道一切可安好？农场的改造生活想来也像外面一样，四海翻腾云水怒，五洲震荡风雷激，革命形势一片大好吧？

请不要责怪我们的儿子豆芽。他要求进步，我们做父母的不能给他创造更多更好的条件，已经很委屈他了。豆芽现在响应毛主席的号召，成为了一名光荣的下乡知识青年。

我不是你的好战友。我们的老二豆角不在了，走了。是我们这当爹妈的不好，给孩子带来不好的出身，又教育不好孩子，眼睁睁地看着孩子一个又一个从身边离开，心上的肉一坨又一坨地被挖走……伟大领袖毛主席说："鸡蛋因适当的温度而变化为鸡，但温度不能使石头变为鸡。"我们这种反革命家庭，没有革命的温度，孵不出小鸡来，我们养的都是石头！

伟大领袖毛主席又教导我们说："雄关漫道真如铁，而今迈步从头越！"经过组织做工作，不厌其烦地帮助我，教育我，为我介绍认识了叶世传同志。叶同志是个伤残革命军人，为革命流过血流过汗，毫不利己、专门利人，革命半辈子还没有成家。组织认为我和叶同志的结合就是符合革命利益的，也是有利于你的改造的。我左思右想，转辗反侧，"孔雀东南飞，五里一徘徊"。终于决定接受组织的安排。林副主席也说过："革命战士是块砖，哪里需要哪里搬。"现在不是嫁鸡随鸡、嫁狗随狗的年代了，希望你也看清形势，认识自己，同意结束我们有罪的婚姻……

　　赵哥哥，就请你看在我们的儿子赵豆芽的分上吧。他上次来信说数次要求入团，但数次政审都通不过。

　　赵广陵同志，一万年太久，只争朝夕。十二年刑期在人生中也只是一个小片断。希望你认真接受政府的改造，加强学习，争取减刑。

　　祝福我们伟大的领袖毛主席万寿无疆，敬爱的林副主席永远健康。

　　（又：上邪！我欲与君相知，长命无绝衰。山无陵，江水为竭，冬雷震震，夏雨雪，天地合，乃敢与君绝！）

致以革命的敬礼！

舒淑文　泣书

一九六九年十二月三日

　　赵广陵在黑牢里擦完火柴盒里最后一根火柴，才把这封舒淑文要求离婚的信读完。火柴是他给政府做私活时偷偷带进禁闭室的。为了防止蹲黑牢的人有不轨行为，每次他们回到禁闭室都要搜身，但赵广陵每次在屁股里夹带一两根火柴，用蚂蚁搬家的方式，终于积攒了一盒。深陷黑暗深处的人，自然会对一点光亮有强烈的欲望和丰沛的想象力。但他绝没有想到，一盒火柴能提供的那点微弱而短暂的亮光，不过是为了让他看到自己家破人亡、妻离子散的末路穷途。他划一根火柴看一句，再划一根火柴又看一句，像读甲骨文那样慢，像读一个被逼为人妻的陌生女子的身世那样费尽思量。这是舒淑文吗？是舒淑文写的信吗？只有读到最后的那首汉代乐府民歌时，他总算读懂了妻子的心。不但读出了他们二十几年夫妻生活相濡以沫的默契、信任、依赖和患难与共，还看到了字字句句饱蘸的眼泪，看到了在那些满纸荒唐言背后，一个妻子也会像他被假枪毙一样，不得不承受命运的嘲弄与侮辱。那时火柴上的余烬已经烧进了他的手指。

上邪啊上邪！既与君相知，长命与君守。可是啊上邪，二月冬雷，七月飞雪，山川倾覆，天崩地陷如斯，竟至与君绝！

大悲无泪。如果时间能够被"黑洞"吞噬，心也会的，那是比"心死"更不可言说的无垠黑暗。赵广陵第一次进监狱时，不是没有想过离婚的问题。那时很多右派同改都离婚了，说是为了家庭好。赵广陵开初不是很理解。蹲个监牢算什么，国民党时代因政治原因蹲监牢的人多了，但似乎很少听说会给家里人带来什么影响。他在舒淑文来探监时曾试探着问她会不会这样想，没想到遭到妻子的严厉呵斥，说赵哥你胡乱想些什么，你把我看成什么样的人啊？我只恨自己不能跟你一同蹲监牢呢。你是政治犯，没偷没抢的，我不丢人。那些高知同改听赵广陵叙说自己妻子的态度后，都说，赵广陵，你这辈子值了。

第二天赵广陵被提审，阚天雷身边还有个管教干部熊队长，阚天雷问你老婆信后面那段话是哪样意思，是不是对一片大好的革命形势有哪样意见？犯人的家信都必须经管教干部拆阅后，才可分发给犯人，回信也一样。赵广陵回答说，那不过是一首乐府歌谣。阚天雷鄙视道，哪样岳父（乐府）老丈人的，尽是封资修的东西。赵广陵争辩说，它可是劳动人民的民歌，不是封建地主阶级唱的。熊队长不耐烦了，就问赵广陵对离婚什么态度，还说人家那边发函来了。你快做决定。

催人离婚也比替人办喜事更急迫，还要正式发公函。真是荒谬绝伦。赵广陵心灰意冷，不想再跟两个工农干部申辩什么了，就说请借我纸笔，我写。

孔雀东南飞，何苦复徘徊，嫁狗犬戴链，嫁鸡引颈屠。愿妻入青庐，教子相新夫；爱子易他姓，贵贱有天命。弓射比翼鸟，棒打鸳鸯散；梧桐叶凋零，孔雀不复还。

赵广陵挥笔写下这首短诗，心里空空的，仿佛跌进一个"黑洞"里了。两个管教干部看了半天也不明就里。但他们从赵广陵的情绪上，估计他八成是同意了。阚天雷说：

"赵广陵，别假装斯文了，写些哪样狗屁诗。"

赵广陵攥紧了拳头，眼珠子都要蹦出来了，就像一个要跃出战壕拼命的死士。"老子老婆儿子都不要了，你们还要老子写'春风杨柳万千条，六亿神州尽舜尧'吗？"

熊队长喝道："放肆！给我蹲下！"

阚天雷似乎动了恻隐之心，便说："就写同意不就是了嘛。真是脱裤子放屁。"

赵广陵回到黑牢里才放声痛号，李旷田不知他这边出了什么情况，不断低声呼喊他，让他把手伸过去。

到赵广陵号声平息，他爬在黑暗中摸到了李旷田的手。

"你的历史又被翻出来一段了？"一个幽幽的声音从那边传来。

这是一个有何等眼力的老革命！当初怎么就把他给骗了？赵广陵此刻只感到羞愧。"不是，李老师。我……我刚才……我妻子被他们逼着改嫁，我……我只得同意啊……"赵广陵又哽咽了。

李旷田摇摇他的手，算是安慰，良久才说："这是为他们好。壮士断腕，嗯？"

"嗯……"

"我进来前，就和我妻子协议离婚了。"李旷田淡淡地说。

赵广陵抓紧了李旷田的手，他为刚才的软弱无地自容，自己就像一个在战场上受了点擦伤就叫唤得呼天抢地的娘娘腔。这时他才忽然醒悟到，不是他"自愿申请"来黑牢里陪伴李旷田，而是在这个黑白颠倒、疯狂迷乱、蒙昧盛行的世界里，他需要和高尚靠拢，和直面惨淡人生的勇者为邻。三十年代末期李旷田的妻子穿花格呢子裙，大红色毛衣，扎两条粗黑柔顺的辫子，走在西南联大的校园里，学生们不知道她究竟是哪个系的系花；五十年代时，赵广陵在省文联的学习班又见过她一面，那时她穿列宁装，戴军帽，是省军政委员会的解放军干部。她来给学员们讲《资本论》，赵广陵才知道师母原来是北大哲学系的高材生，抗战前就毕业了。

"小赵，小赵……"

"嗯。"

"昨天我做的那条小板凳，还行吧？"

"嗯。"

"你说过，能做小板凳的木匠，就算是出师了。开初我还不相信，一条凳子多不起眼啊。自己动手做才明白，刨板、改方、凿眼、斗榫，斧、锯、刨、锉、锤、墨斗、角尺，十八般兵器，样样都得会用。你还得学会构思，有想象力，会布局，注意细节，营造美感，做好了后还要打磨修整，润色上漆。这其实跟写文章一样啊。小赵，你让我学会了木匠手艺，我们互为师徒。以后我能出去，也可靠此手艺谋生，对吧？"

"嗯。"赵广陵想起当年自己学纳鞋底时的感悟。知识分子就是这样改造出来的。

又是长久的沉默，看来是话篓子遇上讷言者了。李旷田又说："小赵，你还记得你的朋友老韩吗？我前几年在街上碰见了他，他劳改结束后拉板车送蜂窝煤，身体壮实着哩。我拉着他的手说来我们文联坐坐。他气鼓鼓地说，你们那庙堂我进不起。嘿嘿，是个有个性的人呢。那个何三毛，你别说还是有几把刷子的。反右前一年文联办春节联欢会，他演了一段阿Q的独角戏，我看在中国没几个人可以超越。本来他就要结婚了，是个乡下姑娘，但阿Q一成右派，人家就不干了。这是我的罪孽啊！我真不知道如何才能赎还。"

李旷田忽然加重了语气："有一年，大概就是在反右期间吧，省公安厅的两个干部来文联外调，说是找一个叫赵岑的人。"

李旷田感到赵广陵一直握着他的手松了一下，就像一个被抓住的人想逃脱开去。李旷田暗自得意，怕你不开口？他继续说："我说我们这儿没有这个人。但人家说，你们这儿曾经给一个叫赵迅的人办过学习班，后来他被人民管制了，又查出他是国民党反动军官。还取了不同的名字，一个时期叫赵广陵，一个时期又叫赵迅，还有一个时期叫廖……廖……廖志弘。"

赵广陵像个小偷一样抽回了自己的手，但李旷田又在黑暗中捕捉到了它。"哈哈，你可真够狡猾的。他们怀疑你根本不是赵广陵、赵迅，或者廖志弘，叫这些名字的或许是另外一个人。因为还有一个在敌伪档案中记录在案的国民党反动军官漏网了。"

"赵岑战死了。"赵广陵终于开口说话了。

"在哪里被打死的？"

"滇缅战场上！"赵广陵的声音激昂起来，愤懑的情绪洪水一般倾泻出来了，"怎么，你们难道连为国家民族抗击侵略者的人，也要查祖宗三代吗？活的要查，死的也要查。当年谁不是为了不当亡国奴，才走上抗日战场的？共产党抗日没错，国民党的军队就只是在逃跑、投降？这松山是怎么打下来的？日本鬼子是怎么从滇西被赶出国门的？为攻克这一座松山，就在这里战死了六七千人。你要是在外面，晚上你都可以听到大风中的哭声。那些战死的士兵，像码柴火一样堆起来掩埋。你活下来了，但就像还活在噩梦里。你曾经的生死兄弟，就是那尸体堆里的某一个。无论你走到哪里，他们都会跟随着你。在晚上哭着闹着要你带他们回家。我一来到这里，他们都来找我了。我几乎每个晚上都能和他们见面……"

"难怪我有几天在黑牢里仿佛看见有人，浑身血污，断胳膊少腿的。"李旷田禁不住心有余悸地插话。开初他以为是梦幻、是错觉，但那些飘浮在黑暗中的身影仿佛伸手可及，后来他又以为这些人是和他一起押赴刑场的死鬼。现在他反应过来了，这些人是穿着军装的。他一直不好意思问赵广陵是否也看见过这些鬼魂。因为他是个彻底的唯物主义者，如果他相信人间有鬼神，那么他坚持了大半生的信仰，就不纯洁了。

"可能他们不小心窜到你那边去了。在你没来这里之前，他们去砸松山上的抗日阵亡将士纪念碑。碑被砸倒的当天晚上，劳改农场全体闹鬼。砸碑的人大部分腹泻、发烧、发疯说胡话，农场医务室就像个疯人院。有四个人还无缘无故地摔断了手脚。松山主峰燃起了大火，天都烧红了。可派人上去查看，却一点火星星都没有发现，只有松涛在怒吼。去查看的人回来说听见了鬼打架的声音，刀枪相碰的声音，那是我们远征军还在和日本鬼子厮杀啊！可是那些造反派不相信，开了一个批判会，结果两个上台发言的人下来后嘴就歪了，半年才恢复过来。"

"呵，小赵，你在讲神话故事哩。什么样的碑，被你说得那么神？"

"远征军第8军103师的碑。103师是松山的主攻部队，一个团一个营打下来都没剩下几个人。虽然是国民党军队，但那些普通的士兵，都是在为国家民族牺牲，为什么要砸他们的碑掘他们的坟呢？这里是他们的血衣葬地，那些为国捐躯的人，怎么不成孤魂野鬼？"

"嘿嘿，一说到你的战场，你不但忘记了抛弃你的老婆，还忘记了你这些反革命言论，又可以加判你五六年。"李旷田再次使劲地摇晃赵广陵的手，"告诉我，当年你在这里是怎么打日本鬼子的？那个叫赵岑的，又是怎么战死的？"

17 · 松山之役——黑暗中的倾诉

君不见走马川，行雪海边，平沙莽莽黄入天。轮台九月风夜吼，一川碎石大如斗，随风满地石乱走。匈奴草黄马正肥，金山西见烟尘飞，汉家大将西出师。将军金甲夜不脱，半夜军行戈相拨，风头如刀面如割。马毛带雪汗气蒸，五花连钱旋作冰，幕中草檄砚水凝。虏骑闻之应胆慑，料知短兵不敢接，车师西门伫献捷。

　　李老师，每当我回到这滇西，我的每一个还活着的细胞，都在吟诵岑参的这首诗，哪怕是以一个劳改犯的身份。1944年春夏之交的滇西边地，每一条江河，每一座山头，每一块岩石，每一棵树木，都在高唱这讨伐侵略者的慷慨激昂之音。伴随这大风之歌的，是滇缅公路上连绵不绝的军车队，天上隆隆飞过的飞虎队的战机，落在日本鬼子阵地上的炸弹，以及怒江经久不息的怒吼。"车辚辚、马萧萧，行人弓箭各在腰。"国军打仗从来没有这样气派过，虽然还是土布军装、脚上还穿着草鞋。但我们已经以车代步，有强大的火炮，有空中优势，有美国人提供的最新式武器，比如火焰喷射器，那时我们叫喷火枪。是那些躲在地堡里的小鬼子的夺命枪哩。

　　好吧李老师，我不跟你兜圈子了，我向你如实交代。其实我就是赵岑，这是我上黄埔军校时和打日本人时用的名字。我要效仿边塞诗人岑参嘛，上联大时我写的论文就是关于岑参的诗歌的。赵广陵是我上西南联大时的名字，赵迅是我抗战胜利后在昆明搞戏剧时的名字，那时我又以鲁迅的弟子自诩了。而在联大"冬青社"时，我用的是笔名"长河"。李老师来"冬青社"指导我们时，还点评过长河同学的一篇小散文。那时我们都是文艺青年，在联大时我们都以把过去的旧名字抛弃为时尚。我有个学兄是联大的桂冠诗人，也是我的情敌，他的笔名叫"巨浪"，那时年轻气盛，互相不服输，你敢叫"巨浪"，我就叫"长河"。当然，我还有其他的名字，以后再慢慢告诉你吧。生逢乱世，人不得不变换各种身份。

　　1944年8月14日，我随部队渡过了怒江。我们第8军本来是整个滇西战役的战略总预备队，松山由远征军第11集团军第71军新28师担任主攻。但他们攻了将近一个月，几乎把一个师打残了，却连松山的主阵地都没有拿下来。71军同时还担负攻打龙陵的任务，所以我们第8军不得不紧急增援松山。

　　松山的后面就是我的故乡龙陵啊，还有比一个抗日军人打回老家更令人热血沸腾的事情吗？我在第8军任103师307团2营1连上尉连长。在我们连来到松山之前，第8军的兄弟部队也打了一个月多了。

这仗开初打得非常窝囊。我们连开上松山的第一仗，我把部队编成三个攻击波次。第一波攻击部队就遇到敌人正面和侧面的同时打击，我们的士兵大都是一些军事素质不太高的壮丁兵，冲锋时倒是勇敢了，但敌人机枪一响，士兵就像打翻了一簸箕的豆子一样，满山坡乱滚。许多士兵被打中时，后面督战观察的军官都不知道暴雨般的子弹是从哪里泼洒出来的。没有倒下的士兵们哗啦啦就退下来了。我那时在督战的位置，督战机枪手就趴在我的身边。在我身后观战的营长吼道，机枪，把他们打回去！那些可怜的士兵，上前冲锋是死，退后一步也是死。机枪手望着我，可是我下不了这命令啊。我的一个勤务兵小三子忽然抓过了司号兵的军号，滴滴哒哒地吹了起来，往回跑的士兵们愣了一下，又看到我率队冲出了堑壕，于是都发声喊往回冲了。我们只占领了日军的一段堑壕，把前沿阵地往前推了不到二十米。但我们连损失了差不多一半的人马，战死了一个副连长、两个排长和几个班长，还连鬼子的影子都没有看见几个。

那天战死的本来应该是我。小连长嘛，就是打冲锋的命。但我的副连长说，赵连长，明天就是你的生日了，我先上吧。你好好活过今天。这个副连长姓秦，陕西人，典型的关中大汉呀。

这小鬼子阵地设计得太精了，他们占领松山两年多来，像建造自己的家园一样经营松山的阵地。松山方圆二十多平方公里，日军的大小阵地几十个，每个阵地又是多层堡垒，互为侧防，上下掩护，交叉射击。那些堡垒圆木铺一层，泥土铺一层，钢板铺一层，如是者三，外面还用汽油桶装满土掩护。堡垒里上下有三层，150 毫米的榴弹炮弹落上去，晃都不晃一下。还有数不清的暗堡、地堡、堑壕、散兵坑，你现在上松山上去看，这些玩意儿都还没有塌。当年里面可是铺满了敌我双方的尸体。

一天团部来命令说，先前攻打松山的 71 军新 28 师派来了几个军官，还有美军的一个顾问小组，他们可以给我们提供一些经验教训。我一到团部的前沿指挥所，就看到了一个熟悉得不能再熟悉的身影。你猜是谁？廖志弘，71 军新 28 师的上尉连长。

对，廖志弘是另外一个人，他是我的联大国文系同学，湖北荆州人。他个子不高，略显羸弱，他就是那个笔名叫巨浪的才华横溢的家伙，1939 年我们一起投考黄埔军校，他是闻一多先生的得意门生。和我们一起投考军校的还有一个化学系的老兄刘苍璧，他是曾昭抡先生的高足。对，曾先生就是建国后当过教育部长的那个大化学家。当年我考上的是北大37级，廖志弘是清华36级的，刘苍璧是南开35级的，那时我们被称为"联大三杰"。不是因为我们学习成绩怎么好、诗才怎么样啥的，而是由于我们三个是较早的从军学生。

你一定要问，我为什么一段时间叫"廖志弘"？这个问题太复杂，后面再慢慢讲吧。

这是我们军校毕业后第一次见面。1942年我们提前毕业，我和刘苍璧分去二战区阎锡山的司令长官部报到，而廖志弘分到了滇缅战场的远征军，随杜聿明的第五军参加第一次入缅作战。我们联大的青年教师、诗人穆旦也是这个时候加入了入缅远征军的。

自然了，在战场上见到同学，比见到爹娘还高兴。况且大家都干的是舔血吃饭的营生，历尽劫波兄弟在，世上还有比这更幸运的事情吗？廖同学比大学时壮实多了，目光也深沉多了，像杜甫饱经沧桑的沉郁之眼。他还似乎长高了些，也许是因为他脚蹬美军军靴、头戴着美式钢盔的缘故吧。那时不是人人都有一顶美式钢盔的，我脚上都还穿着草鞋呢。我们在开初的惊喜之后，却都沉默了。我不说话，是因为我刚经历了一场败仗，不好意思面对老同学；他不说话，是因为他把我们共同深爱着的女神，弄丢了。是的，她死了。死在野人山了。我们开完作战会议，回到堑壕里，廖同学这样告诉我。

死了？我当时一把甩了自己的军帽，抓着他的军装前襟猛烈摇晃。死了？你以为是死一个大头兵吗？你不是一个军人吗？连自己的爱人都保护不了，你何以保护自己的国家？我们可以死，她不能死啊！女神怎么能死？

我们的女神是联大38级外文系的，有一个很美的名字，常娟。我们戏剧社演《雷雨》时，她演四凤；我们出壁报，她帮我们装饰花边，画些很布尔乔亚情调的花纹。她是陪都重庆人，据说家里很阔，长江上有一支船队。在众多的追求者中，也许我和廖志弘是最有希望的候选选手。廖志弘诗写得好，自然会赢得许多爱才的女生的芳心；我篮球打得好，在球场边也赚到不少眼热的秋波。

是啊，我们念书念得好好的，为什么要投笔从戎呢？那时大家一心只读圣贤书，读书救国论是主流吧李老师。师生们好不容易从北平、天津流亡到长沙，又从长沙迁徙到昆明，总算有一方安静的书桌了。似乎教授们也不太鼓励学生上战场，国民政府提倡"战时教育平时看"，初中以上的学子都可以免兵役。更何况我们联大学生是国家精英，抗日的烽火好像就与我们无关。

1939 年的暑假，曾昭抡教授带领我们联大的一队学生到昆明郊区的大板桥搞兵役宣传队，廖志弘、常娟和我都参加了，我们都是学生团体的活跃分子嘛，廖志弘还是我们这个队的小队长。我记得那是个赶街天，我们在当地镇公所的帮助下在街边搭起了台子，为老百姓朗诵诗歌，演独幕抗战剧，唱抗日歌曲。

> 四万万人的中华，四万万人的国家，四万万人全体，一心一意爱他。要是你真爱他，莫让人家害他，等到人家害他，要你来爱他。倘若你爱他，人家如何害他，中华，中华。

可是效果似乎并不好，人们该赶街的照样赶街，该聊家常的照聊家常。那几天我成了宣传队的忙人，走村串户的同学都愿意跟我结伴，因为我是云南本地人，没有语言障碍。我当然愿意跟常娟同学一个组了。村庄里的人们不算贫困，但几乎都患有"大脖子病"，曾教授说是甲状腺肿大，缺碘导致的。晚上大家就借宿在镇公所，同学们中时常有争论，这样的民众，大着脖子怎么去跟日本人打仗？有的说我们跟日本至少相差 50 年，这抗战不知要打到何年何月。曾教授总是衔着烟斗开导我们，既然我们是被迫抗战，不打，要亡国，打了，暂时还看不到胜利，那就先打了再说，总比当亡国奴好。你们就这样跟老乡讲。作为小队长的廖志弘那几天心里很不痛快，他在台上慷慨激昂地朗诵自己的诗歌，仿佛对牛弹琴；他还在一户人家里碰了一鼻子灰。那家人有五兄弟，但一个也不报名当兵，还指着廖志弘的鼻子骂：你们这些学生娃娃，咯是吃着屎了？好男不当兵，哪个不晓得？小日本地上有铁甲车大炮轰，天上有飞机下蛋蛋，我家有哪样？莫在我家扯白撂谎的了。要打仗送命，你们凭哪样不硌（去）？

那天回到住宿地后，我发现廖志弘把常娟单独约出去了。我嫉妒啊，只恨自己为什么不先下手。那是一个月色很好的夜晚，我和其他同学在屋子里瞎吹，实际上我发现至少有三个男生跟我一样心神不宁。我相信要是哪个人发一声喊，我们一定会把廖志弘痛打一顿。年轻人嘛，都是刚学会打鸣的小公鸡。

不，不。我和常娟从没有在校园里出双入对，也没有过花前月下的漫步，甚至连手都没有拉一下。那时我确信自己恋爱了，但我却没有勇气表白。嘿嘿，典型的单相思吧。我是一个来自边地乡下的学生，人家常娟就像是另一个星球的人。联大刚迁过来那几年，一些学生还很看不起云南人，称之为"老滇票"。我当然是同学们眼中的"小滇票"了。土气么，学长们看的书都可以把我压垮。每当他们谈论华兹华绥、济慈、拜伦、雪莱、普希金、波特莱尔、兰波等名家的作品，甚至尼采、弗洛伊德的高深理论时，我真不知道何以才能说出语惊四座的话来。廖志弘是诗歌王子，还是诗论高手。当他朗诵诗的时候，就像在布道，橄榄枝编织的桂冠已经戴在他头上，石头听了他声情并茂的朗诵都会掉泪。当他谈论先贤诗人们时，他已是他们的化身，完美地继承了他们的衣钵，还常有惊世骇俗之言。居然说胡适先生为精神领袖的"新月派"已经过时了，似乎徐志摩、戴望舒、闻一多、卞之琳、杨振声、陈梦家、臧克家、林徽因、沈从文等都不在他这个现代主义诗人的话下——而闻一多先生却对他相当赏识。他和另一个现代派诗人穆旦一唱一和，穆旦那个时候就看不起沈从文，说他没资格在联大教书。可我对从文先生是蛮佩服的，但我辩不过他们。他们眼里只有英国诗人艾略特、法国诗人波特莱尔、奥兹等现代派诗人。比如廖志弘说到兰波时，第一次跟我们讲到"spirit speak（通灵）"说，艺术表现的真实并不是真正的真实，冥冥中的真实只有在 delusion（幻觉）和 somniloquism（梦呓）中才能抵达，因此正常人的感知系统必须被打乱，而要做到这一点只有借助大麻和烈酒。在幻觉的飘升或沉沦中诗人便可达到"通灵"的境界，才可写出真正的诗。诗人们，If you dream to do something, taste the world of corruption first（要想有点出息，先堕落吧）。廖诗人经常醍醐灌顶似的高喊，听得我们一愣一愣的，有几个胆大的同学起身反驳，我们没有大麻，但我们有的是鸦片，你是不是让大家都去吸鸦片？廖诗人不屑地说，刘文典教授为什么要吸鸦片呢？他敢于自言除了庄子本人，只有他才理解庄子。你们达得到他的境界吗？那时我看见常娟同学看廖大师的目光中只有一种东西：worship（崇拜）。

唉，不要跟诗人辩论，更不要跟诗人成为情敌。

那晚十一点钟左右，他们回来了。让我们感到奇怪的是，常娟同学一反常态地走进我们男生的房间，廖志弘跟在后面，一副器宇轩昂的样子。我心里直叫苦，完了，他们已经确定恋爱关系了，廖志弘要打碎所有男生的春梦了。在我们都恨得牙齿痒痒的时候，常娟同学向大家宣布道：廖志弘同学决定弃学从军，去报考中央陆军军官学校。The great knight（伟大的骑士）。

常娟同学的语气里全是钦佩、羡慕、敬仰，甚至……浓情蜜意的爱。

我们那时都愣在那里，竟然都无话可说。中央陆军军官学校也就是先前的黄埔军校，说真话，那时联大的学生是看不起这所蒋介石当校长的学校的，视之为"丘八"的学校，而我们是被胡适先生称为的"丘九"，是懂道理但造起反来又不讲道理的人。嘿嘿，年轻嘛，天王老子也不服的。那些年国民政府各部门也常来我们联大招生，什么中央军政部的，陆军军官学校的，空军的，税警总团的，青年干训团的，但同学们并不热心。不是我们不爱国，而是大家都认为自己是国家精英，读好书可以为国家做更大的事情。

廖志弘看我们大家都傻了，便又来了一段诗人的自白。他说下午被一个云南老乡给从温柔乡里赶出来了。如果我们写着诗、唱着歌、喊着空洞的口号把我们的兄弟送上前线，而我们却在这安宁的大后方继续读之乎者也、子在川上曰，我们离当亡国奴也就是一步之遥了。我们的脑子就真如那个老乡说的，装的不是四书五经，唐诗宋词，而是 shit（屎溺）！如果一个农民兄弟的血是该洒在疆场的，那么一个诗人的热血，既然可以为诗而澎湃，就更应该为抵抗外侮而喷洒。可你们看看板桥镇的民众，昆明的民众，云南乃至中国的民众，他们需要 awaken（唤醒），他们需要 example（榜样）。上马杀贼，下马写诗，这才是一个诗人在这个时代的 most noble duty（最崇高的职责）。明天我就要告诉他们，我将和他们一起奔赴抗日战场。我还要给他们朗诵我刚才想到的几句诗：

> 没有足够的兵器，且拿我们的鲜血去；
> 没有热情的安慰，且拿我们的热血去；
> 热血，是我们唯一的剩余。
> 自由的大地是该用血来灌溉的，
> 你，我，谁都不曾忘记。

廖诗人朗诵诗歌时，常娟同学的眼泪淌下来了。我的热血也冲到脑门上，我忽地从铺上站了起来，头都撞到天花板啦。我说，宁做百夫长，不为一书生，我也早就厌倦了这大后方的生活了。我响应巨浪同学的倡议，上军校去！

是的，我走上抗日战场的初衷并不高尚，但我从不后悔。我们离开联大要出发前，常娟和几个同学在翠湖边的一家饭馆为我们壮行，那天都喝了不少酒，酒酣耳热时，大家边敲着碗筷边唱我们联大的校歌：

万里长征，辞却了五朝宫阙。暂驻足衡山湘水，又成离别。绝徼移栽桢干质，九州遍洒黎元血。尽笳吹，弦诵在山城，情弥切。

千秋耻，终当雪；中兴业，须人杰。便一成三户，壮怀难折。多难殷忧新国运，动心忍性希前哲。待驱除仇寇，复神京，还燕碣。

那时真是我们的时代，热血澎湃，豪气干云。廖诗人一口把酒杯里的酒干了，大声说：我不戴着军功章，就不回来见你们！我也把酒喝了，还把酒杯砸了，说：老子不杀死十个日本鬼子，也不回我们的联大。李老师，你知道常娟在那时有多浪漫吗？她扑上来一人给我们一个热吻。这个吻的甘甜，我现在都还珍藏在记忆的深处。常娟同学还有一句融化在我们血脉里的叮嘱，是她在送我们离开校园时说的：你们三兄弟上了战场，要互相照应啊！

好吧，好吧，不讲我们联大了。联大的生活真是太自由了，太"少年不识愁滋味"了。进了军校，上了战场，方知道 sense of responsibility（责任感）、sense of honor（荣誉感）、sacrifice（牺牲精神），才痛切地理解到了家国情怀为何物。

我的勤务兵小三子爬过来劝我们说，他在一处岩石下搭了个窝棚，我们可去那里避避雨休息一下，明天还有一场恶战哩。我想起我还有一陶罐酒，是我在保山待命时买的。原来想等打下松山时和弟兄们当庆功酒，现在老同学来了，又是这阴冷的雨天，漫天的尸臭，这酒正可派上用场。

我布置好警戒哨，和廖志弘去到窝棚里，小三子帮我们把湿透了的军装拿去烤干。我把酒倒在两个瓷缸里，对廖志弘说，老同学，醉里挑灯看剑，梦回吹角连营。这曾是我们向往的生活。刚才你在作战会议上介绍说，你们部队在松山连排长伤亡率达八成以上。看来明天就该轮到我了。小连长嘛，顶枪子儿的官。廖志弘问，你害怕啦？他总是这样，喜欢在语气上压人一头。我说我只怕自己死在你的前面，先你一步见到常娟。那时你可别怪我。

我在第二战区打游击时，曾经收到他们的结婚请柬。身在战场的人，哪能说回来喝喜酒就能拔腿走人，况且我当时恨不得一刀捅了自己。我还没有杀够十个日本鬼子，你也没有戴上军功章，重然诺，守信义，才为真男儿也。

谁会晃着一副空空的肩膀去见大家共同的女神？但诗人浪漫起来，跟有夫之妇私奔就像去郊游，他才不管有没有军功章哩。诗人的浪漫轻率足以摧毁一切信义。这是诗人的缺点，也是他们的优点，你想学也学不来。尤其是在多年以后，诗人远去，他们的所作所为都不重要了，你只能面对他们的诗作，充满怀想。

1942 年元月，廖志弘成了国军中尉后第一时间跑到西南联大，可以想象一个诗人、远征军青年军官在校园里引起的轰动。学长穆旦那时也给我来信说，廖志弘回到校园的第二周就和常娟形影不离了。到第三周，正在上大三的常娟同学出人意料地宣布也要弃学从军，跟随廖志弘去缅甸打日本鬼子，据说她家还为此跟她断绝了关系。他们在缅甸密支那举行了浪漫的战地婚礼，机枪声、大炮声、战车的隆隆声，就是他们的婚礼奏鸣曲。一个诗人的婚礼，大约应该如此吧。

我刚才的话说到廖志弘的痛处了，他喝下一大口，说，兄弟，我对不起你，也对不起我们联大。常娟是我的妻子，但我知道她更是我们联大的女神。我现在就像一个渎神者，无以面对联大的先生和师兄师弟们。

我不想听他道歉，就说，讲一讲野人山吧。

廖志弘的眼泪终于下来了，淌得凝重而悲戚，似红烛之泪，梧桐之雨。照明弹的亮光不时打在他的脸上，这个诗人胡子拉碴、面容憔悴黢黑，手臂和脚腕处也乌青发紫，那是尸水浸染的。我们上到松山战场时就被告知，扎好自己的绑腿，保护好眼睛，因此你不知道什么时候一块腐肉或者一团尸水就被炮弹掀起来飞溅到你的眼睛里。

请不要误会了我的眼泪，廖志弘说，我不是为自己哭，也不是为常娟，我是为我们第一次入缅的远征军哭。还记得闻一多先生在我们投考军校时对我们的期望吗？他说希望我们这些有知识的青年能够改造旧军队，为中国建造一支现代的新式军队。这样的军队有责任感、荣誉感，有牺牲精神，有Humanitarianism（人道主义），因为军队是拿枪的团体，没有 Humanitarianism，无异于一支土匪武装。你知道我随远征军踏出国门的第一个任务是什么吗？护送一支为我们师长走私鸦片和玉石的骡马队伍！这样的师长怎么指望他能带兵打仗？

野人山没有野人，只有忠魂野鬼。成千上万的士兵，死在战场上也好啊！为什么要让我们去走野人山？长官部的老爷们避战，畏战，草率，贪生。日本鬼子占领了腊戍，截断了我们归国的退路，那里不过只有一个大队的日军，可我们的将领们缺乏杀出一条血路的勇气和气概，宁愿去和大自然赌一把，也不愿和日本人战斗。我们还有成建制的师，成建制的团，大家手里拿的又不是烧火棍！我们也可以避走印度，像孙立人将军带领的新38师那样。但杜长官（杜聿明）不愿意把自己的军队交给史迪威将军，他宁愿把我们交给饥饿和死亡。谁拥有了军权，军队就是谁的，这样一支还带有封建色彩的军队，跟以武士道精神为军魂的日本鬼子作战，怎能不败？

常娟本来在团部当少尉政工宣传员，但部队打散后，她就自愿要求去医疗队。我要她随团部一起走，存活下来的概率高一些。但她说有那样多的伤员需要照料，我们这些手脚健全的人，岂能丢下他们不管？我只好离开师部，跟她一起走。大溃败的部队哪里还有什么章法规矩？我们的学长穆旦本来随第五军军部一起走的，可你看他也差点没饿死在野人山。我们随医疗队走了不到半个月后，再没有了食物，没有了药品，没有了绷带，医生护士们最后只能把伤兵们集中在一处茅屋，或者某棵大树下，让他们等待当日本人的俘虏。但那些伤兵们说，军医官，放一把火吧，我们死也不当小鬼子的俘虏……常娟被伤兵们叫作"战场之花"，放火前，她……她就把几个护士召集拢来，为伤兵们唱最后的歌谣。让他们听着她的歌声，看着她的美，走向自己的天堂。她们流着眼泪唱，伤兵们流着眼泪听。《松花江上》《马路天使》《渔光曲》……

> 云儿飘在天空，鱼儿藏在水中，早晨太阳里撒渔网，迎面吹来大海风，潮水升浪花涌，渔船儿飘飘各西东……

在这样的歌声中，我就是那个去点火的人啊……从几个十几个伤兵，到几十个上百个伤兵，一支歌，一把火，一把火，一支歌，就这么一路点下去，点下去，点下去……哼，Humanism。

我知道这两年的军旅生涯早已打掉了我们身上的学生腔，但我没有想到廖志弘变化会这样大。他已经不再是一个单纯的诗人了，他是波特莱尔的"the flower of evil（恶之花）"，是兰波的"crow（乌鸦）"，是死亡的嬉戏者和不得不以毁灭生命来行善的铁血军人。而我们这些被战火锤炼、被硝烟熏染、在死人堆里打滚的青年学子，谁不是呢？

常娟的死我已经难以复述。于廖志弘，于我，不要说讲述，就是想一想，都是用一把钝刀把伤口重新挑开，让血和眼泪一起流。那个悲伤的晚上唯一让人开心的是，在我们彻夜长谈时，小鬼子送上门来了，他们一个晚上不折腾几次好像心里就不安一样。我们听到枪声和呐喊声时，小鬼子的五官在照明弹的亮光中都能看得清清楚楚的。他们面无表情，像僵尸一样挺直了身子冲进了我们的堑壕。我们抓起身边的"汤姆逊"冲锋枪就跳了出去。刚才的压抑、愤懑终于找到发泄的机会，就像手正痒得骨头"咔咔"响的人，刚好有个傻脑袋瓜伸过来了。我们疯了一般地呐喊，把枪弹扫射得像阵阵疾风骤雨。这些小鬼子根本就是从坟墓中钻出来的僵尸，你分明打倒了他，都看得见枪弹撕开他们的军服、洞穿了他们肮脏的肉体，但他们翻个滚又爬起来了，挺着一张五官错位的脸向你扑来。混战中我就被这样一个身材高大的鬼子扑倒了，我们在地上翻滚扭打。我的腰磕在一块岩石上，痛得我使不上劲。小鬼子占了上风，不知使个什么家伙就往我头上砸，我只有一口咬住他的肩膀，连他的肩章都咬穿了。那鬼子哇哇乱叫，越挣扎我咬得越深，就像一头疯狂的狼撕扯最后一块肉。这时又一个鬼子窜过来，想用刺刀来刺我。因为我是被压在下面的，两个人又翻来扭去，这让他一时不好下手。我看到那明晃晃的死亡刺刀在我的眼前晃来晃去，就像死神漂浮不定的白眼。忽然，刺刀飞出去了，连同一颗脑袋，一股污血泼了我一脸。然后又听得"哐当"一声脆响，僵尸般压在我身上的鬼子终于软下去了。哈，伟大的现代派桂冠诗人廖志弘同学如关公般耍起了大刀。他第一刀削掉了那个拿刺刀的鬼子的头，第二刀砍在和我搏斗的鬼子的钢盔上，愣是把那钢盔给劈裂了。

　　一个诗人，什么时候学会舞大刀的呢？这是我一生都没有想明白的问题。

　　战斗结束后，我们把那个家伙翻过来后，发现他刚才只是被震晕了，那顶钢盔救了他的命。这样，我和廖志弘同学就联手抓了一个俘虏，这让我们非常开心。这是松山战役打响以来，我军抓到的第一个俘虏。不过当时我差点没有杀了他，我掏出了手枪。但廖同学一把压下了我的枪，说humanitarianism，留个活口。我大喊道，不，我要为常娟报仇！廖志弘愣了一下，仇恨似乎也被我点燃了，他也把腰间的手枪掏出来了。滑稽的是那个小鬼子竟然给我们跪下了，不断地磕头，还用半生不熟的中文说：重庆军的，俘虏的不杀。Humanity, humanity（人道、人道）。他妈的，我们漫山遍野地扔传单要他们投降，他们理都不理；我们的炮弹把松山犁了几遍了，他们仍然负隅顽抗。现在你看这个被打倒的小鬼子，像他妈的一个无赖！我推弹上膛，廖志弘忽然又改变主意了。他一脚踢翻了这家伙，对旁边的小三子说，给我捆起来。

廖志弘听他学说 humanity，便断定他也懂英语，因此我们用英语审他。这个鬼子叫秋吉夫三，是个见习下士官，竟然还是东京帝国大学文学部人文专业毕业的，竟然还说自己是个日本共产党员！还曾经是个社会主义者，反对军国主义，为这个还坐了三年监牢，1943 年出狱后就被送到松山战场上来了。看来那个时代世界各国的大学生都向往社会主义啊。我们问他，你既然是反战的，为什么还来侵略我们的国家，还这么死硬顽固？他说战争是错误的继续，为了修正错误，就只有战斗下去。就像诗人去狎酒嫖妓，本来是对不住家人的，但为了写出好诗来，他还得去那些地方。他的交代让我和廖志弘面面相觑，似乎遇到了同道，但这同道又是个魔鬼。

我记得廖志弘同学那天说了句很长我们联大志气的话：你们东京帝国大学，还不是败在我们西南联大手上了。

第二天早上，廖志弘接到命令，押送秋吉夫三去远征军长官司令部。我怕他路上有什么闪失，就让我的勤务兵小三子随他一起去。临行前廖志弘才告诉我，他参加了一个非常保密又精锐的军事单位，叫"OSS·OG"，既美军战略情报局下面的作战组，这是一个中美混编的伞兵突击队，每个组都由20 到 30 名美军战斗人员和几十名中国军人组成。联大懂英语的从军学生在这种部队的人还有不少。他们执行的是特种作战任务，敌后侦察、破坏、捕俘、突袭等。这次他们是配属到71 军作战，为了保密，也打着71 军新 28 师的番号。我这时才知道，廖诗人已经受过跳伞训练，诗人的翅膀现在能够诗意地翱翔在蓝天了。伞兵，即便是现在，都是个多么带劲的军种！把我给羡慕的，连说这么好的差事，也不早通报一声，让兄弟也同去啊。廖志弘按着我的肩膀，说我们马上就要插到敌后去了，你以为当伞兵浪漫吗？你在天上飘的时候，就是地面上的敌人的活靶子。老同学，有个事情要拜托你。我说你讲。他说，去年受训之前我回了一趟家。家中父母……唉，我一进家门就拜堂……我问，你是什么意思？他说我家只有我一个男丁，又身在战场。当爹娘的哪个不急？我大叫起来，你个骚诗人，常娟还在野人山啊！一提到常娟，两个人的泪水都在眼眶中打转。

我瞬间又理解他了，男儿效命沙场，尽忠不能尽孝，尽孝不能尽忠，爹娘想留个种，只是我们唯一能尽到的孝道。

廖志弘说，如果我战死了，你替我回家看望爹娘，让我那妻子早日改嫁。她叫陈椒兰，还是一个大户人家的女子呢。你战死了，我也去做同样的事。

他用一双你不能拒绝的眼睛看着我，黑色的眼瞳里全是炽热的光芒。我记得那时天空格外晴朗，太阳就要爬上山来了，对连续在雨中作战的攻击部队来说，这是绝好的天气，我军的预射炮击已经开始，炮弹呼啸着飞过我们的头顶，落到敌人阵地上，我将要带部队紧随炮弹的脚步，去把山顶上那颗好战的"太阳"打下来，让我们中国的太阳，和平地升起在东方。我们不知道这一次见面之后，谁还能幸运地活着，或者都在英烈簿上携手长眠……

分手时，廖上尉站在堑壕口，忽然向我行了个军礼，那姿势利落、潇洒、自信，带有一个诗人的浪漫和优雅，一个军人的强悍和刚毅，一个学长的温暖和鼓励。我一辈子都记得这个漂亮的军礼！晨曦打在他的脸上，让他像一个电影明星般英武挺拔，行礼的右手掌仿佛足以搅动乾坤。那一瞬间我忽然觉得他和常娟是真正的绝配，不是他们男才女貌，而是他们共赴国难的慷慨激昂，同心热血，让我嫉妒得眼热。

我到现在都很后悔，竟然没有还他一个军礼！所谓生死之托，就是这样的吧。当时并不觉得这份承诺有多重，只有活下来的人才知道，这份托付太沉重！

廖志弘上尉就转身走了，背影消失在硝烟中。我们什么都没有说，似乎头晚已经把该说的话说尽了。杜甫在《梦李白》中有诗云："死别已吞声，生别常恻恻。"廖志弘同学那时也许预料到什么，因此他向我行军礼、作"死别"，我竟然没有反应过来，真是遗憾终生！当"死别"来临时，人们都会想：还会相逢的，还会一起煮酒论英雄的。人和人啊，死生契阔，不可间无。

我们有太相似的人生了，简直就像孪生兄弟。1940年军校第一年寒假，我回了一次家，那时日本鬼子还没侵占龙陵，我也是假还没有休完，就被家人拥进了洞房。这是我的第一次婚姻，一个我根本不喜欢的陌生女子，奉父母之命媒妁之言与我成婚。我是受过现代教育的大学生，free love（自由恋爱），romantic（罗曼蒂克），谁不想？更何况那时我心里还暗恋着常娟。但我出生在一个诗书传家的耕读之家。我的老父亲说，你为国家去打仗，我双手赞成；你为国捐躯了，我为你骄傲。但你要把我们赵家的家谱续下去，到你这一代不能断了香火。我父亲还亲自给我授旗一面，杏黄色绢面，黑色大字，由我母亲和我的新媳妇含泪绣成。什么旗？不是锦旗，也不是令旗，而是一面"死字旗"。上面一个斗大的"死"字，旗左下侧是家父的亲笔手书：

> 岳母刺字，精忠报国；赵家犬子，赐旗一面。尽孝留后，尽忠上阵；伤时拭血，死后裹身。斩尽倭寇，乃告家翁；随身携带，勿忘父训。

是的，家父从知道我弃学从军后，就不指望我还能活着回家了，因此我必须为赵家留下香火。死并不是很难的事，难的是活下来的亲人怎么办。我们那时早就抱定拼光我们这一代人，也要打败日本鬼子，把国家留给我们的后代去建设。种子留下来了，山上过几道山火，不几年青山就又绿了。这话也是家父说的。我们赵家在龙陵虽然不算大户人家，但从明洪武年间起，香火绵延，子嗣兴旺，家谱都有十几卷了。

可是啊李老师，你看看我现在，何以面对列祖列宗，唯一活着的儿子还改姓了。唉！

不，我和第一个妻子没有孩子。1945年春天我养好了伤，获准再次回家乡探亲。松山攻克后，1944年11月光复了龙陵。故乡还到处是战争的创伤，县城断壁残垣，村庄十室九空，满目疮痍，连故乡的炊烟都还在哀伤之中。走到村庄前，我的心跳得仿佛要蹦出来了。近乡情更怯，古人早把天下游子还乡的情感写透了。村口有一个临山崖的池塘，山崖边有几块光滑的巨石，夏天里是人们洗衣服、孩子们跳水嬉戏的好地方，我们叫它"跳跳石"。那天我在山崖对面看见一个穿靛青布上衣的女子在"跳跳石"上洗衣，蓝底白花的头巾，壮实的手臂挥舞着锤衣棒，撩起的水花在阳光下像满天抛洒的珍珠，远远望去非常美。真有乐府民歌里"行者见罗敷，下担捋髭须。少年见罗敷，脱帽著帩头"那种韵味。我归家心切，也没有把那女子看真切，待回到家里，家人悲喜交加、涕泗横流。报纸上的阵亡官佐名录上有我的名字，所以他们都以为我战死了。我的家里可没有抗战胜利后"剑外忽传收蓟北，漫卷诗书喜欲狂"的喜庆之情。我的老父亲被日本鬼子杀害了，我的老母亲气瞎了双眼，但我哥哥说是盼我盼的。我在簇拥着我的家人中没有看到我的媳妇，就问小梅呢？我媳妇叫卢小梅，我和她总共生活了十二天。在战场的空隙时间里我偶尔会想起她，却常常想不起她的真实面貌。她的脸团团的，皮肤黑黑的，话不多，身体壮实，臀部肥大，我母亲说这样的女子会生娃娃。我承认我不爱他，我像廖志弘一样，只是为了尊父命尽孝道。但是啊，当我问我的妻子何在时，家人都沉默了，都流眼泪了。李老师，那些狗杂种日本人侵占龙陵时，不时到乡间强拉民女去做慰安妇啊！有一天他们偷袭我的村庄，我媳妇……我媳妇就跑，两个鬼子在后面追，她跑到村口的池塘边，就从"跳跳石"那里跳下去了……跳下去……就再没有起来……

我刚才在村口看见的就是我的媳妇啊！

你不相信？那是她的阴魂。我相信人是有阴魂的，我在阴间有那样多的亲人、战友、兄弟。他们还活在我的生活中，我时不时都要和他们打照面，与他们交谈，在他们那里找到宽慰。我在阳间是个猪狗不如的历史反革命，在阴间的那些生死袍泽、患难兄弟找到我时，我仿佛才能找到尊重，知道自己还活着，还是个人哪！李老师，那些屈死的、冤死的、战死的人，阴气特别重。也就是说，他们的灵魂比寿终正寝的人更重，因为他们心中有恨啊。我第一次蹲监狱时，有个同改是美国回来的物理学家，他说在美国曾经有些科学家专门研究人的灵魂有多重，竟然还给他们称出了重量，说是有22克左右。但我的妻子，我的那些抗战时战死的战友，我相信他们的灵魂绝对超过22克。他们的灵魂不会随风飘去，无影无踪。他们会经常回来的，为了让活着的人记得他们。

好吧，你不相信人的灵魂是可以显现的，但我那天真的看见我媳妇了。我回家第二天就去"跳跳石"那里凭吊我的妻子，却发现"跳跳石"离水面有近两米高。那时正是旱季，池塘里的水也混浊，没有人傻到这个时候来这里洗衣服。陪同我的哥哥告诉我，这是小梅知道你打日本人回来了，从阴间赶来显形给你看。兄弟，你还得回去多杀几个日本鬼子！

李老师，你说这日本人到底是什么样的人种？是爹娘生下的不知道礼义廉耻的人吗？是直立行走的禽兽吗？可是你看那个秋吉夫三，也像我们一样上过大学，也读普希金、雪莱、拜伦、艾略特，甚至还背得不少唐诗宋词。我还记得他戴着眼镜的模样，看上去又颇有书卷气。他的五官长得很开阔，不像我们漫画中那些贼眉鼠眼的日本人。有深陷的眼窝，挺直的鼻梁，唇线很柔和的嘴。我那时忽然有个很奇怪的联想：不知这家伙在东京帝国大学，是不是也会演话剧？可不管这些日本人受什么教育，会不会演话剧，一到战场上，他们就都成了魔鬼。

战争啊……

我兄长的那句话就让我重新走上了战场。只是没有想到的是，日本人很快投降了，我们稀里糊涂就被送到内战前线。今生要是还赶得上和日本人开战，我一定要报名上战场。这一回，我要站在共产党这边。

1944年9月6日，松山即将攻克，小鬼子只剩下最后几个据点了。唉，看我说得多么凌乱，颠三倒四的。反正在这黑暗中，我们都是没有时间感的人，想到哪儿说到哪儿吧。松山战役打到尾声，双方都战得筋疲力尽。蒋介石几次发电报来斥责前线指挥官，要我们向日本军人的顽强精神学习。远征军长官司令部总司令卫立煌也火了，所有战场上的军官都降一级继续战斗，我那时也从连长降成了排长，而我的身边实际上还没有一个班的人，事务长、卫生兵、炊事员、司号员、勤务兵都编进了战斗队。兵都打光了，老蒋的命令是："九一八"国耻纪念日之前再攻不克松山，各级军官都要上军事法庭。

小鬼子躲在地堡里，任凭你把嗓子都喊哑了，他们就是不出来。我们用火焰喷射器往地堡里喷射，把他们一个个地烧成烤鸭。一般的情况是，只要火焰喷射器一射击，一分钟内里面的小鬼子就受不了啦，浑身是火地往外冲，我们守在洞口的人便是一阵乱枪。我们称之为"打火鸟"。真是让人痛快的经历啊。李弥那时还是第8军的副军长，已经督战到了第一线。他说他也想来打几只"火鸟"解恨。

我记得那是下午五六点钟，残阳在天上滴着血缓缓沉落，大半边天空血红血红的，不知是松山上的血染红了天，还是夕阳的血浸染了大地。这血色黄昏的世界在我的记忆中就像一幅永远印在脑子里的油画，凝固沉重，浓墨重彩，悲壮血腥。从山上俯瞰峡谷深处的怒江，竟然是一条血色的河流！怒江峡谷两边的大山荒蛮苍凉，地老天荒般沉默，像是为松山上漫坡遍野的战死者致哀，松山主峰山坡上已没有一棵树，横七竖八躺满了尸体，活着的人像梦游的鬼魂，在尸陀林中穿行。本来日本人的太阳就像天上的那轮残阳，已经不可逆转地沉落下去了，大家应该兴奋才是。但如此惨胜，实在令人高兴不起来。阵地上随处可见士兵和军官蹲在尸体边发呆、哭泣，那一定是他们的老乡、部下或者亲兄弟。还有像冥纸一样的法币，花花绿绿地撒满在尸横遍野的山岗上，那是组建敢死队时发给官兵们的。可是啊，尸体身边的钱，才是世界上最没有用的东西。有三兄弟同在一个团，老二最后只捡起了他哥哥的半截身子和他弟弟的一条腿。他哭哥喊弟的时候，周围的人无不动容。

"壮志饥餐胡虏肉"，要是面前有个鬼子，我真的不敢保证自己是否会几把将他撕来吃了。更让人悲不胜悲的是，一个少校军官抱着个头被打掉半边的中尉，嚎啕大哭说，兄弟啊，我怎么回去跟你爹娘交代啊！全营的弟兄都死在松山了，我也和你们一起去吧。然后他拔出手枪，饮弹自戕。

我相信那时敌我双方都拼到极限了，神经都快崩断了。有个鬼子军官衣帽整齐忽然从地堡里钻了出来，像出操走正步一样迷迷瞪瞪地往我们的枪口上撞。士兵们全愣住了，竟然都不放枪，不是以为活见鬼了，而是没有见过这种"自杀式冲锋"。直到他走到我们的士兵面前，哇呀一声举起了战刀，劈砍了一个发愣的士兵，身边的人才反应过来，抬枪就给他一梭子。

李弥副军长那时双眼冒火，胡子拉碴，挥动手中的"汤姆逊"枪到处吼叫督战。在我们用喷火枪攻击最后一个地堡时，忽然一个火球从李弥身边的暗堡里滚了出来，之前谁也没有发现这里还有个出口。那个火球滚到李弥跟前，忽地站了起来，扑向李弥。我刚好就站在李弥身边，一个箭步冲上去就把那火球抱住了。那是一个烧得皮肤都在淌油的小鬼子，但他有僵尸一般的力气，抱住我就往山坡下滚。我们滚了四五十米，这个家伙竟然还拉响了身上的手榴弹……

后来，据说他们找到我时，都认为我死了。我裹在身上的"死"字旗也烧得一块布片片都不留了。手榴弹就在我的身边爆炸，我全身也被烧得看不出个人样。但我和那个鬼子还紧紧抱在一起，人们怎么也不能把我们分开，于是就把我们一起往死人堆里抬。李弥虽然在内战时是个顽固到底的反动派，但在战场上对官兵还是很有感情的，他看到士兵们要把我和那个鬼子一起掩埋，就高声骂道：你们这些混账，怎么能把我们的勇士和鬼子一起埋葬，给我把他们分开！我要给这位兄弟单独立碑。一个军官回答说，副军长，两个人都烧在一起了，分不开。李弥给了那军官一马鞭，自己跳下了墓坑，其他人也只有跟着跳下来。李弥抱着我的头说，你们都给我轻一点，不要弄痛了我这兄弟。我那时大约死不瞑目。我能阖眼吗李老师？松山都快要攻克了，我马上就要打回老家去了，我还要睁大眼睛看着他们滚回东洋哩。其实那时我还剩下最后一口气，这口气化作了一滴泪，这滴眼泪恰好又被李弥看到了。李弥蹲在我身边帮我揉眼眶，想让我阖上眼。他揉啊揉，忽然站起来大喊：王副官，快给老子抬担架来，这位兄弟还在淌眼泪！

那是我最后一滴眼泪。从那以后，我再悲伤都只有干号了。没有眼泪。

我的眼泪被烧干了。

我的抗战就这样结束了，想想挺窝囊的。在国家民族需要你效命的时候，你拼尽了全力，也只能做芝麻大点的事情。到今天，真是恨不抗日死，至今蒙难羞！哪像我们联大伟大的诗人廖志弘同学，死得那样轰轰烈烈，那样悲壮激昂。

对了，我后来为什么李代桃僵、顶了廖志弘的名字，跟随李弥参加内战呢？我还是把故事讲回到松山上吧。廖志弘离开那天早上，小三子把头晚帮我们烤干的衣服送来，匆忙中我们互相穿错军服了。领章上都是一杠三星的上尉，本来远征军的军装左胸前都有个胸章标识牌，上面写有部队番号、军衔、军种、姓名。但在战场上，除非你战死了，哪个还有闲心去辨认那标识牌？

我的勤务兵小三子被我派去跟随廖志弘押送那个日军俘虏到远征军长官部，后来就一直跟着他重返战场。小三子以为我战死了，就对廖志弘说，我的长官死了，你就带我一起打鬼子吧。他们后来参加了收复龙陵的战役，然后追着小鬼子的屁股打，一直打到一个叫黑山门的地方，廖志弘已经受了伤，但国境线就在前方，亲手把日本鬼子赶出国门，是一个抗日军人多大的荣耀啊。

但我们的诗人廖志弘，却战死在中缅边境的国门口，阵亡时间是 1945 年元月 19 日。两天后，我们滇西远征军和驻印度的中国远征军胜利会师。胜利的曙光即将带来和平，我们的诗人却倒下了。

这些年来我一直在想，廖志弘是一个完美主义的诗人，不是他的诗如何完美，而是他的人生。在他倒下的地方，一首最为完美的史诗，终于以血写成了。

自由的大地是该用血来灌溉的，你、我，谁都不会忘记。

1946 年，我从内战前线回到昆明，小三子告诉我说，廖志弘牺牲时，他就在他身边。他已经浑身是血，都不知道他身上到底有几处战伤。小三子听廖志弘断断续续地对他说："贾霁……贾霁……"他以为廖连长临死前糊涂了，忙高声喊，长官，我是郑霁，郑霁，不是贾霁。

1961 年我第一次服刑提前出狱后，曾经想回一次龙陵老家。但在怒江河谷上的惠通桥哨卡处被挡回去了。为什么？因为那时"搞政治边防"，我这样的人不能靠近边境线，哪怕我的家就在那边。我只能在松山对面的山上遥望我的家乡和松山。记得就在那天，我听到远方的云团上有个声音飘来，那是廖志弘在天堂里的叮咛："王师北定中原日，家祭无忘告乃翁。"我才幡然醒悟，这才是他最后的遗言！

家祭啊家祭，我们现在何以有家？

我负伤后在昆明的美军医院昏迷了二十多天，醒来后发现人们一直在叫我廖志弘。那是因为我那身烧得破破烂烂的军装，刚好还可辨识出"廖志弘"三个字。养伤期间李弥曾经到医院来看我，为我授勋，还带来了廖志弘的一大堆家信。由于我是战前刚调来第 8 军的部队，他怎么会认识我这个小军官呢？加之我已被烧得面目全非，我的营长、团长都战死了，连里的兄弟也没几个活下来的。因此他就根据下属的报告把我当成 71 军的廖志弘，授勋证书上也写的是廖志弘的名字。说真话，我认为他配这个荣誉，人都战死了，没有勋章，连碑都没有一块。他在九泉之下得知以自己的名获得了一枚四等云麾勋章，我相信可以告慰他的英灵了。天堂里的常娟也会为他感到骄傲，为我感到高兴。再说，当时已经把战功表寄给廖志弘的家乡了，我实在不愿廖志弘的父母再接到一纸"荣哀状"，也就是国民政府发的阵亡通知书。

我从内战前线狼狈逃回云南的路上，曾经专程去到湖北廖志弘的家乡，想把那枚勋章交给他的亲人。廖志弘的遗腹子已经一岁多，他是这个家庭的希望和欢乐源泉。我还记得他的妻子那时的模样，朴素、沉静、温婉、贤惠，虽是乡下女子，但也不失落落大方。我在他家喝了一碗茶就仓皇逃跑了，就像一个懦弱的逃兵。因为那时我已经玷污了这块勋章……

那些年我一直以廖志弘的名义给他家写信，告诉那远在湖北的老父老母，弘儿立战功了，弘儿又晋升了，弘儿随军开赴北方接受日本人的投降，弘儿定会带一面日军军旗回家，弃之于猪圈，任吾家猪狗践踏；弘儿戎机紧迫，实在无暇回家探望父母……到了 1950 年以后，我再也不敢给那边写信了，怕给人家带来麻烦……黄遵宪有诗云"芝焚蕙叹嗟僚友，李代桃僵泣兄弟"。我顶着廖志弘的名参加内战的那些日子，多少个夜晚，哭我又哭我的好学长啊！我人生中的错事做得多了，我不知道这是不是最错的一件事。

唉，就让他们以为廖志弘到台湾去了吧。人只要没有确切的死讯，就会给活着的亲人留点希望。

卷宗四　1975：第四次交代——以特赦之名

19·战场实习生

20世纪80年代，国家正像大病初愈的巨人，一点一点地恢复元气。省公安厅副厅长周荣"文革"期间先是靠边站、挨批斗，然后蹲了两年监狱，还在五七干校劳动了三年，1980年终获平反，官复原职，还是回到他原来的办公室。一天，他整理自己办公室里的档案柜，在拉开一个抽屉时，忽然就像打开了一段被混乱的岁月尘封多年的往事。

"小段，准备一下，明天去松山劳改农场。"他对外间喊。

松山劳改农场还是从前那个模样，只不过劳改的犯人少多了，现在只关刑事犯。大批政治犯都平反释放，当然，政治犯的含义现在已经发生了转变，像阚天雷这样的"文革"造反派，就从劳改干部变成干部劳改了。

公安厅副厅长到了劳改农场，当然是大事。农场的大小领导在大门口列队欢迎，寒暄之后落座吃饭。周荣坐下来就问：

"你们这里还有个叫赵广陵的人吗？"

场长忙回答道："有。现在是我们农场劳动服务公司的副经理。"

"哦，干得不错嘛，叫他来。"周荣说。

场长犹豫了一下，说："周副厅长，他是个留队人员。"

周荣面露愠色，说："留队人员还不是国家职工，和我们大家是平等的。"

"是，是是是。周副厅长。我马上让人去叫。"

机灵的场长已经揣测出赵广陵和周荣一定有某种特殊的关系。于是开始夸奖赵广陵，说他如何能干，"文革"结束后在农场的支持下办起了服务公司，原来我们以为他只会做木匠，没想到这个同志脑子特别好使，把农场的多种经营搞得风风火火。更没想到的是他文化水平特别高，给我们的劳改干部办文化学习班，编刊物、出报纸，样样都拿得上手。还搞了个英语补习班，好几个干部家属的孩子在他的辅导下都考上了大学，还有一个孩子考上了北大哩。连地方上的人都来请他。这几年保山地区的英语教师搞培训，年年都离不得他。地区教育局还想来调他，但我们怎么能放他走。周副厅长，他是我们松山农场改造出来的人才啊。

"那是人家的底子好。"周荣说。

说话间赵广陵进来了。他的头发更花白了，个子好像矮了一截，但脸膛红润，神色坦然，尽管还显得有些拘谨。周荣站起身，快步走过去，拉住了他的手，使劲摇晃。旁边的人都看得出来，两人眼光里的热度，赛过夏天里的怒江河谷。

晚饭后，周荣让秘书小段把想陪他喝茶打牌的农场领导挡回去，他说要跟赵广陵单独谈谈。招待所那间房间的灯光，通宵未熄。

1941年的深冬，赵岑和他的联大校友、中央陆军军官学校的同学刘苍璧从成都校区被分到第九战区实习。说是实习，其实就是直接上战场。刘苍璧是学防化防毒的，照理讲不该到第一线。那时中国第一次面对日军的毒气战和细菌战，许多士兵不得不用毛巾、甚至抓把树叶捂在鼻孔上、嚼进嘴里来抵挡日军的各种毒气，根本分不清什么是糜烂型毒气，什么是窒息性毒气，什么是催泪型毒气。防化专业的学员下到部队顶多配属在师一级任防化参谋。但刘苍璧在军校期间组织了个马列主义读书小组，聚集了一批思想左翼的同学。表面上看军校还比较开明，不妨碍学员们的各种课外活动，你在课堂上讨论毛泽东的《论持久战》都没有问题，但到决定学员去向时，思想左翼的学员们就都被"高看三分"了。

赵岑是学员分队的分队长，刘苍璧虽然比他年长，无论是军事技术还是学习成绩都不比他差，但他由于被"另眼相待"，所以只是赵岑手下的队员。他们俩同时被分配到鄱阳湖边的一处基地，学习如何操控一种无人快艇。

那时太平洋战争已经爆发，美国人给中国的援助开始增多了。这种快艇也就比一条舢板稍大点，艇上装满烈性炸药，由无线电控制着去撞日军横行在长江上的军舰，其实就是一枚水面上的鱼雷。中国的海军已基本上打没了，只有采用这种方式去搏击鬼子的军舰。

这种玩意儿虽说是美国货，但技术仍不过硬。无线电遥控器能控制的距离仅有两公里，距离越远操控能力越差。而日本人的舰炮火力威猛，你还没冲到它跟前，就已经把你打爆了。国军试了几次，均未成功。

只剩下两艘无人快艇了。战区长官部下了命令，组建敢死队，采用自杀式攻击，务必击沉日军战舰。两艘无人快艇被改造成有人驾驶，不外乎临时加了个方向舵，焊了两个铁座椅。

实际上这样的敢死队根本无须由军校的学员去充当，国家为培养他们花费了多少银子啊，更不用说他们还都是学有专长的人。但那天师政工部的一个上校主任来到学员分队说，养兵千日用兵一时，你们都是党国精英，国家需要你们杀身成仁，我党国军人岂可首鼠两端。刘苍璧，你如何看？

刘苍璧啪地一个立正，高声喊道："为国家民族而死，正是卑职之荣耀。长官不用多说了，敢死队有我一个。"

赵岑连忙站起来说："报告长官，刘苍璧同学是学防化的，上军校前还是国立西南联合大学化学系的高材生，国家还有用得着他大才的时候。请长官再斟酌。"

"怎么，大学生就不可以为国赴死吗？"政工部主任训斥道。

"赵分队长，不用多说了。我去！"刘苍璧朗声说。

赵岑回头看了刘苍璧一眼，热血一下就冲到头顶了。他转身请缨："报告长官，我是分队长，敢死队里应该有我一个！"

四个敢死队员挑选好，赵岑和刘苍璧一个艇，另外一个军校学员和一个中士班长一个艇。刘苍璧找到赵岑说：

"他们要我们这些不听话的学员去送死，你这个优秀学员来凑啥子热闹？"赵岑那时在军校满脑子国家民族、三民主义、抗日杀敌，对政治派别不感兴趣，因此他的各项评分都很高。他能当学员分队的分队长，还不是仅靠他身材高大，站在队列前孔武有力、仪表堂堂。

"学长，我就是不满他们公报私仇。大敌当前，还分什么左右。"

"老弟，这可是去送死。不是驾游览船。"刘苍璧虽然是实习分队的队员，但私下里学长就是学长，学弟还是学弟。

"你我从上军校那天起，生死就是一个铜板的两面了。人家空军能驾机撞向鬼子军舰，我们当陆军的，有这样报国杀敌的机会，岂能错过？再说了，能和学长一起殉国，也是我们联大生的生死缘了。"赵岑悲怆地回答道。他和刘苍璧在1937年从长沙参加"湘黔滇旅行团"徒步到昆明时就认识。那时刘苍璧是大三的学生，也是他们那个学生旅行团的分队长。一路上新生赵岑没少得到他的照料。刘苍璧在1939年本来已经考上曾昭抡教授的研究生了，但他却出人意料地投考了军校。当年和他一起考上研究生的同学，现在已经赴美国深造了。

刘苍璧是川东人，长江边长大，有巴蜀人的精明、豪爽、吃苦耐劳和坚韧。赵岑记得在联大时他为了挣生活费，跑到昆明防空司令部自行车队打工，这个部门的人在预行警报时，骑着自行车在大街小巷穿梭，摇着小红旗通知人们赶快跑警报，空袭结束后他们又骑着自行车摇绿旗子告知人们解除警报。这是个人人都往城外跑警报而他们却要顶着炸弹履行职责的活儿，许多人对此还颇有微词，一个联大大学生，犯得着去冒这个险吗？赵岑曾经在一次跑警报的途中撞见过刘苍璧，他穿一双张口的布鞋，膝盖上两个大补丁特别显眼。

那个春寒料峭的赴死之日让刘苍璧和赵岑两人没齿难忘。头天情报说日军的一艘军舰、三艘炮艇将要通过第九战区的防区，长官部命令敢死队驾驶装满炸药的快艇头晚就在江心的一个沙洲边设伏，俟日军舰驶过，以飞蛾赴火之势，与敌舰同归于尽。

"春江潮水连海平，海上明月共潮生，滟滟随波千万里，何处春江无月明。"赵岑为了驱赶自己的紧张感，下意识地吟诵了一段诗句，他说，我们再没有春江花月夜的生活，再看不到长江上的月亮了。坐在驾驶舱里的刘苍璧回头望了赵岑一眼，说，你们学文科的就是多愁善感。不过呢，我在大一选修了国文选读，听过朱自清先生和闻一多先生的课，有段时间甚至想转到你们国文系去念。

赵岑为了挑起话头，故意说："你是为了追我们系的女生吧？"

"你莫说我真的喜欢你们系的一个女生。"赵岑忙问追上没有。刘苍璧说，哪能呢，你们国文系的男生都是些铁公鸡。赵岑说，我们打篮球打不赢你们，女生们的眼光都在你们身上，那种时候我们羞耻啊。他想想又说：

"妈的，现在我终于可以让她们为我自豪一回了。"说得有些苍凉。

刘苍璧眼眶里瞬间浸满了泪水，他伸出一只手来，重重搭在赵岑的肩膀上说："前几天我看见报纸上说，日本人的飞机又去袭炸我们联大了。炸毁了我们的男生宿舍和图书馆。梅贻琦校长发了全国通电。此仇不报，枉为联大学子！"

"这帮禽兽，是想毁我中华文脉啊。"

"龟儿子休想。"

"什么时候我们的国家才能强大到把军舰开到东京湾，坦克开到日本的皇宫前，让他们俯首称臣啊？"

"我们有这个实力也不会去，我们中国人太善良。我们能够夺回被侵占的领土，保卫好自己的国家。就像你们国文系的一个诗人写的那样：从地上来的，从地上打回去。从海上来的，从海上打回去。从天上来的，从天上打回去。那时我们的国家就足够强大了。"

这雾锁长江的早晨，江面静谧得让人听得见睡醒了的鱼儿冒出水面打出的哈欠，远处的水鸟在江边的芦苇丛中梳洗羽毛时抖落的水珠。如果没有战争，这该是一幅多么恬淡雅致的水墨画啊。但此刻，这宁静正被刀尖挑着，一丝风儿也可将它刺穿。

　　长时间的沉默后，赵岑说："学长，给你看样东西。"他解开身上的棉衣，从腰上解下那面"死字旗"来。

　　刘苍璧把"死字旗"展开仔细念了一遍，感慨地说："'伤时拭血，死后裹身'，老弟，你有一个伟大的父亲。"

　　"没想到第一次出征，就用上了。"赵岑把"死字旗"重新裹在腰上，眼睛里涌动起泪水。

　　刘苍璧也大动感情，他长长呼出一口气，然后从驾驶舱里爬出来说："你来负责驾驶，我来管机枪。等会儿冲到敌舰 500 米左右时，你先跳船。"

　　赵岑瞪大了眼睛："老兄，怎么可以跳船？逃回去也是要枪毙的！"

　　刘苍璧狡黠地笑了，他从挎包里翻出一个遥控器来，晃了晃说："我们有这个。"

　　"哪里来的遥控器，不是早被他们拆了吗？"

　　"昨天下午我已经把两艘艇改造过来了。你看这个分电开关，向左拨是有人驾驶，向右拨是无人遥控。这帮哈脑壳，就不晓得动动脑筋。我们接近敌舰时，再跳船用遥控。这时信号强，就好操控了。"

　　学理工出身的就是不一样。赵岑想了想说："我是分队长，还是你先跳吧。万一你的遥控器不灵了呢？"

　　刘苍璧自信地说："这点雕虫小技，我还没把握，就白上联大了。电学上的事，你不要跟我争。我可以去听你们文科的课，你却听不懂我们理科的课吧？"

　　赵岑顿感自卑，便解嘲道："主要是理科女生少。"

　　刘苍璧哈了一声，说你们那边的尼姑多，我们理工学院的和尚不来文法学院转转，阴阳不平衡。正说着忽然就传来一阵马达声，越来越清晰越来越恐怖，仿佛不是几艘军舰正开过来，而是正在开启的绞肉机。以至于开初两人都听得头皮发麻，两眼发愣，差点忘记自己的任务了。还是刘苍璧先清醒过来，大喊一声："上啊！快吹哨子。"

　　赵岑脖子上挂着哨子，负责指挥两艘死亡之艇攻击。他忙把哨子塞进嘴里，吹了几下，竟然吹不响！急得他汗水都下来了。刘苍璧问，哪个啦？赵岑窘迫地说，冻住了，可能……刘苍璧又喊："启动，启动！他们听到我们的马达声会跟上来的。"

赵岑拧开了点火开关，快艇吼叫一声射出去。他回头看时，另一艘艇也冲上来了。雾中的江面什么也看不见，他们只得朝着马达声更大的方向疾驰。忽然有枪炮声传来了，一些苍白的火光在闪烁，像雾中开放的狼毒花。刘苍璧边用机枪还击边喊道，就是那边，冲！此刻快艇前方和周边不断有水柱升起来，江面就像开了锅。冲了不到1000米，身后传来一声震天巨响，他们不用回头看就知道姊妹艇被击中了。赵岑大喊一声："狗日的日本鬼子，老子们跟你拼了！"

已经看得见敌舰的轮廓了，军舰上炮口火光闪耀，黑烟团团冒出。刘苍璧喊道："撞那个大家伙！"

大家伙就是那艘排水量三千多吨的军舰，几艘小炮艇拱卫着它，而且它的火力更猛更肆虐。赵岑驾驶快艇绕着"S"形，那时他根本不担心自己会死，而是害怕重蹈了姊妹艇的覆辙，出师未捷身先死。好在快艇改成有人驾驶后，航速快多了，它像穿行在弹雨中的勇敢海燕，在江面上划着优美的弧线，编织着抛向日本人的死亡绳索，越收越紧了。

"兄弟，快跳！"刘苍璧喊道。赵岑看到他已经把机枪丢在一边，手里抓起了遥控器。他翻身就跳进了江里。等他从水里冒出头来时，他还看得见快艇上那个背影岿然不动。赵岑的眼泪一下就下来了。学长啊，你怎么还不跳？一个浪头打来，将赵岑埋了下去，再次浮上水面时，他听见一声翻江倒海般的炸响，鬼子的军舰被一团巨大的红光包裹。随即黑烟升起来了，烈火燃起来了，军舰上的鬼子像大火中的蚂蚱一样纷纷往江里跳。

"哈哈！狗日的日本鬼子……"赵岑兴奋得从水中一跃而起，像梁山好汉里的浪里白条张顺，他一拳砸在江面上，把长江都砸了一个洞了。

可是我的学长呢？他对着血色江面声嘶力竭地喊："刘苍璧——"

"刘苍璧，这个名字我在心里念叨了三十多年。"赵广陵说。

"赵岑，这个人我也寻找了三十多年啊。"周荣说。

那个夜晚两个老兵促膝长谈，把时光拉回到了烽火连天的光荣岁月。烟蒂插满了烟缸，烟雾让他们仿佛沉浸在战场上的硝烟之中。他们的头发都一样花白了，稀疏了。赵广陵岁数小一点，但看上去苍老得多，更像一个大山里质朴的老农民。而周荣虽然也受了十来年磨难，但依然汉官威仪，器宇轩昂。赵广陵时而在屋子里兜圈子，时而从椅子上溜下来蹲在地上和老同学说话。以至于周荣说，别蹲着，坐下来说话嘛。他当然知道当过犯人的人，对蹲着说话有一种不自觉的习惯。因此周荣不能不感叹道：

"我还是喜欢那个时候的赵岑，年轻、威武、侠义肝胆。"

赵广陵回敬道："我还喜欢那个时候的刘苍璧呢，聪明、朴素、勇于担当，像个大哥般敦厚。"

周荣再次感叹："可惜啊，当年你要是听我的，何至于这些年……"

赵广陵抓起桌子上的一支烟又点上，狠狠地吸了几口，吸得直咳嗽。然后他说："为打日本人，吃这些苦，我不后悔。生命中所有的付出，都是命运的安排，都有价值和意义。"

周荣想反驳，但话说出来却是："你少抽点吧，我看你肺上有毛病了，呼噜呼噜的像个风箱。明天跟我回昆明，找人给你照个片。然后呢，再给你安排个工作。"

"不要。"赵广陵像个倔强的老小孩，"这次我还是不听你的。"

"你个龟儿子的，过去是'小滇票'，现在成了'老滇票'，更犟了！"

20·无为在歧路

1942年元月，中央陆军军官学校第十七期的学员在成都提前毕业。按抗战时规定，军校毕业学员一律开赴前线，任中尉排长。当然也有个别成绩优秀的学员，会被重庆国民政府的一些大机关或者各战区的长官司令部选用为参谋。比如像步兵科各项科目平均第一的赵岑，军政部来了一纸函，指名道姓地要他去重庆报到。

军校的学员大多是些热血青年，将能到战事最艰苦、最激烈的战区服役视为荣耀，像正打第三次长沙会战的第九战区，浙赣一带的第三战区，尤其是即将开赴滇缅战场上的中国远征军，更是一支让无数有志青年倾心向往的部队。上了军校的学员哪个不心高气傲，踌躇满志，渴望金戈铁马、大兵团作战？钻山沟打游击只是那些土八路干的事情。如果说其他大学的毕业生是刚学会打鸣的小公鸡的话，军校毕业生就是眼睛充血的好斗小公牛了。军旅诗人廖志弘就不惜写下血书，终于获得去远征军报到的光荣。

当年从西南联大来的三个同学中刘苍璧的去向最差，奉令到第二战区阎锡山的长官司令部报到。那里虽说也是正面战场，但几乎只算是游击区了。其实大家心知肚明，即便像刘苍璧这种在实习期间立了战功的学员，因为思想左翼，就不能到中央军的嫡系部队了。

但刘苍璧还不是最郁闷的，赵岑才觉得自己没有脸面见人。他已经觉察到来自同学们嘲讽的眼光。"让那些娘娘腔去重庆陪贵妇人们跳舞吧。"有一天他在食堂里打饭时听到身后有人讥笑。他一怒之下，将手中的搪瓷缸摔了，扭身就往学校政工部跑。他找到政工部学生科科长白啸尘，说自己近来悉心研读毛泽东的《论持久战》，对游击战法颇有心得，希望去第二战区阎司令长官部效命。白啸尘惊讶得好像在自己的办公室听到了匪情，说一个笃信三民主义的革命军人，怎么能去读"赤匪"头目的书？赵岑那天就是专门去顶撞他的，言之凿凿地说《论持久战》是经政府审查通过的书，何以不能读？教学大纲上的好多科目还是日本陆军大学的教材，我们是否更不能读？白啸尘拍起了桌子，真动气了，说他放肆，说他辜负了蒋校长，辜负了学校的栽培。赵岑也不客气地回敬道，学生只是不敢辜负国家民族。白啸尘气得无话可说，只得把手指向了大门，向右——转。滚出去！

"处置"很快下来了，不服从分配的赵岑如愿以偿，到第二战区报到。人家要你向右转，你偏要向左。刘苍璧曾经打趣赵岑。赵岑的回答是：我现在越来越觉得，左代表了进步的方向，从文学到政治。

和刘苍璧、赵岑一起分到第二战区的还有两个学员施维勤和卞新和。他们从成都出发翻越秦岭，一路上舟车劳顿，一直走到晋南大地，赵岑的目光一直在往左看，总是在一些路口问，左边去哪个县，再往左走又该到哪个地方。有一回卞新和实在不耐烦了，就回了一句，再往左就走到延安去了。

还记得是这年的正月初七，下午他们来到山西洪洞县一个叫刘村的镇子，找到一个姓刘的保长，递上军校的派遣证和政府开的公函。保长是个五十开外的中年人，精明狡猾，能说会道。他一边说，嚯，去太原府啊；一边朝身后的人比划了三个手指头。马上就有人把他们迎进一个院子里，端茶送水，很是热情。炮科毕业的施维勤还感慨道：敌后的民众，抗日热情还蛮高的嘛。

毕竟还是刚刚毕业的学生官，不知道敌后战场形势的复杂。吃晚饭时，刘保长叫了两个人来作陪。酒杯刚刚端起来，一个甲长慌慌忙忙跑进来，不断将手掌握起又放开。刘保长大惊失色，忙说糟了糟了，老总们快跑。

已经来不及了。一群穿灰色军服的人眨眼就包围了镇公所。一个排长举着盒子炮带人冲了进来，四个军校生糊里糊涂地就当了"皇协军"的俘虏。

刘保长叫那个"皇协军"军官高排长。他是个长得很敦实的北方汉子，浓眉大眼，手脚麻利，要是脱了这身灰皮，怎么看也不像个汉奸。他的手下搜出了军校的派遣证和公函，这个家伙像唱戏一样吆喝起来："嗬嗬，还抓到了中央陆军军官学校的老总啊！了不得的大人唷。你们军校的教官就没教过你们吃饭时要派个岗哨？"

刘保长点头哈腰地说："高排长，他们是学生，不懂，不懂哦！"

"不懂？不懂跑到俺这地面上来作啥？"

刘保长又说："路过，路过，他们要去太原府。明天就送他们走。"

"走个屁！"高排长眼睛一横，"孙班长，给俺把他们推墙边去，毙了！"

四个人被捆起来推到了墙边，一排士兵稀里哗啦地拉枪栓。四个军校生就像还在一场噩梦中没有醒过来，互相惶恐地望着，仿佛都在问：就这样被人给毙了？刘保长却急了，不断给高排长作揖，说老总开恩吧，都是中国人，何必动刀动枪的。说不定哪天大家还低头不见抬头见哩。但高排长根本不听，他叫人搬了张凳子来，自己坐在对面，说俺倒要看看这些军校学生枪子儿打不打得倒。当年老子报考他们的学校，他们的门槛高着哩。

刘苍璧鄙夷地说："你只配当汉奸。"施维勤和卞新和也喊"汉奸""狗奴才"。赵岑恨恨地看着刘保长："真他妈的洪洞县里无好人。"他认为他们中了刘保长的奸计了。

刘保长忽然变魔术般在手里现出一块怀表来，金灿灿的表链夺人眼目，嘴里亲热地说："兄弟，拿着。算是给兄弟拜个晚年吧。刚过了年，就开杀戒也不好。兄弟，我家里还有半扇猪，今晚就给弟兄们炖了，好好喝一盅。"

高排长斜了那怀表一眼，挥手就将它挡回去了："你也来羞辱俺？这四条人命就只值一块表和半扇猪？要是他们抓到俺，还不是像俺对他们一样？"

"老总们不会的，不会的。都是中国人，出来混饭吃不容易。"刘保长的汗水渗出脑门了，仿佛要挨枪子的是他。

高排长悠闲地叼上一支烟，刘保长赶快给他点上。他们今天遇上一个话篓子了。"你说对啦，都是中国人，凭什么说我就是汉奸？我帮日本人做事，防俄防共，维持治安，我就是狗奴才，是汉奸。重庆的蒋委员长背后还不是站着美国佬，他是不是最大的汉奸？这几个人是不是跟我一样也是小汉奸？

延安的共产党背后是俄国赤匪，他们是不是汉奸？天道不公，官吏腐败，军阀混战，就会有你们说的汉奸。你们为了这主义那主义，把国家搞得生灵涂炭、民不聊生，是不是败家子卖国贼？你国家自己没治理好，军阀、共产党、国民党打来斗去，乱成一团，还怪老百姓去当人家的顺民。你有本事你打到日本去、打到美国去，他们也会出日奸、美奸。你们在救国图存，难道我们不是？人活下去了，中国人还是中国人，你管他帮哪个做事。"

这家伙高谈阔论了一番后，站了起来，脸色铁青，大喝一声："举枪——"

一排伪军哗啦啦就把枪抬平了，对准四个学生官。施维勤忽然双腿一软，跪下去了。他说："老总，饶了我们吧。求求你了。"

刘苍璧羞愤地喝了一声："站起来，软骨头！"赵岑伸手去拉他，却怎么也拉不起来。而卞新和也在这一刻崩溃了，虽然没有跪下，但他掩面而泣："我才二十二岁，什么都没有干，老总……"

高排长舒适地伸伸腰，把袖子捋到手肘，虎着眼攥着拳头走到他们面前。一个男人是不是条好汉，只有当他面对行刑队时才高下立判；而战争年代，死是太容易的事情了，不容易的是一个要活下去的中国人能不能保持自己的气节。这个伪军军官太明白这一点了。因此他冷笑着说：

"好吧，俺也不杀你们了，指头都不动你们一根。明天送你们去见皇军。俺倒要看看，你们那个门槛高的军校会不会出汉奸。来呀，把他们先关起来。"

他们被关在一间黑屋子里，外面有两个岗哨。四个学生官最感到气恼的还不是刚才受到的羞辱，而是还没有走上抗日战场，就这么窝窝囊囊地成了敌人俘虏。

"唉，学得满腹经纶，练得一身武艺，没想到栽在这几个小蟊贼手里了。"赵岑蜷缩在土炕上，睡也不是坐也不是。南方人第一次住这硬邦邦的坑意儿上睡觉，就像睡在地上。没有上床的感觉，便没有睡意。

刘苍璧也气哼哼地说："日本鬼子没见着，倒先见着汉奸了，真是滑稽。毕业第一课啊，让我们晓得抗日有多难。"

夜半时分，村子外忽然传来一阵枪声，然后是急促跑动的脚步声。四个人迷迷糊糊中赶紧爬起来，刘苍璧往窗外听了会儿，说，岗哨好像撤了。我们赶紧想办法跑。正说着门打开了，刘保长掌了一盏灯进来，后面跟着高排长和两个端着机枪的兵。刘苍璧他们心里一沉，这下完了，人家要"清仓"了。没想到高排长双手一抱拳：

"各位老总，今天算是见过了。以后战场上相见，别忘了大家都是中国人。"说完转身就走。大家还在发愣时，刘保长右手比了个八字，说：

"这个来了，老总们有救了。"

赵岑大叫一声："哈哈，踏破铁鞋啊。"

其他三个人都用诧异的眼光看着他，卞新和说："高兴个屁，还不是再当别人的俘虏。"

一支共产党的游击队神不知鬼不觉地包围了村庄，"皇协军"胡乱放了几枪就跑了。要是他们知道这支游击队的武器装备的话，也许他们还会在自己的主子面前立上一功。天亮时四个被解救的军校毕业生才发现，这支队伍总共只有两支汉阳造步枪，几颗手榴弹，四五支火枪，其余的就是大刀和长矛了。与其说他们是一支队伍，还不如说是看家护院的乡勇，也许连乡勇手上的家伙都比他们好。

这就是八路啊？

刘保长看上去跟这些人也很熟，四处张罗着为他们做早饭。游击队梁队长是个乡村教书先生模样的人，留小分头，人长得白白净净的。他对刘苍璧他们倒是很客气，开初说可以护送他们到太原，后来又说，你们是念过军校的人才，不如先留在我们队伍里干一段时间。国民党共产党的队伍都是打日本人，哪里都一样么。

堂堂军校毕业生，怎么愿意跟这些土八路打游击？将来回到国军那边又该如何交代？但人家是你的救命恩人，又有强留的意思，想走也不是那么容易的事情。况且赵岑对参加游击队有极大的热情，首先表态愿意加入。刘苍璧看施维勤和卞新和在犹豫，便说就当是一次实习吧。

就这样跟游击队开始了钻山沟的军旅生涯。这支游击队有一百多号人，梁队长是个典型的乡村秀才，好读《水浒》和《三国演义》，他说日本鬼子来了后他在父亲的鼓动下，卖了几十亩好地，就拉杆子上山跟日本人干了。那时也不属于任何党派，最多的时候有三四百人。后来共产党收编了他们，派来了一个政委，但在去年鬼子扫荡时战死了，现在新的政委还没有派到。他们属于八路军晋南军分区下面的第三支队第二大队。梁队长还说，刘保长其实也是他们的人。刘村这个地方，国、共、汪伪伪军都经常去。国军的人去了，他就往身后比画三个指头，意思是信三民主义的人来了；八路军去了，他就比画个八字；伪军来了，他就把拳头攥紧又放开。他身后的人就知道怎么应付了。这种人晋南一带多了，说他们是汉奸吧又不全是，哪路人马来了他都要应付。毕竟是老百姓嘛，难。你们就是他派人叫我来救的，你们要是真被抓走了，他在政府那边也不好交代。

跟着这支寒碜到家的游击队在大山沟里转了半个多月，没有打过一次仗。如果说"敌驻我扰"尚可接受的话，有一次未遂的伏击战就让四个军校学员彻底对这支队伍失望了。那是一次巧遇。游击队在转移中忽然与一支鬼子的车队撞上了。当时游击队在山上，利用灌木岩石掩护没让坡下公路上的鬼子发现。赵岑看到一辆敞篷吉普，后排坐了个满脸大胡子的老鬼子，正抽着烟和车上的鬼子谈笑风生。公路坑坑洼洼的，车速很慢，鬼子烟头上的红光都看得清清楚楚。赵岑估计这老鬼子至少是个大佐一级的军官。他悄声对梁队长说，把你的枪给我，我一枪可干掉那个老鬼子。但梁队长说，不能打。没见后面卡车上那一车鬼子，还有机枪哩。赵岑急了，掏出自己的手榴弹就想扔出去。梁队长死死压下他的手，厉声说，一切行动听指挥。他们过后我们撤。

第二天四个军校学员自动脱离了这支游击队。梁队长也没有派人追，道不同不相与谋。一路上赵岑还气咻咻地说，这种打法，游而不击，日本鬼子何年何月才能打出中国。施维勤笑着说，政府的报纸讲土八路"游无敌之击，击无辜之民"，大约就是这个样子吧。刘苍璧马上反驳道，你们难道就没有看到游击区那些被发动起来的抗日民众？游击队讲给他们抗日的道理，动员他们组织了那么多抗日武装？这倒是事实，共产党的游击区给人的感觉就是不一样，识字班，读书会，武装群众，坚壁清野，连儿童都有一支长矛。这些生气勃勃的面貌是在国统区里看不到的。

课堂上学到的东西，跟战场上的差距就这么大。四个学生官对于何去何从产生了分歧，施维勤是炮科毕业的，卞新和学的是无线电专业，他们的专长在游击队里显然毫无用武之地，他们认为还是应该去找阎长官报到。学防化的刘苍璧却出人意料地说，我在晋城那边还有个亲戚，我想先过去看看。他给赵岑使了个眼色，赵岑犹豫了一下说，我跟你去吧，反正离报到的最后期限还有一周。

在游击队时，刘苍璧和赵岑就打听出晋城有个八路军办事处，梁队长说办事处是专门为延安招贤纳士的，好多有志青年都通过那里去了延安。有军人，有青年学生，还有作家诗人和演员。赵岑当时就听得眼睛发亮，刘苍璧当然对这位老弟的心思明察秋毫了。他是不受国民党待见的人，他只是不明白赵岑为什么也对延安那么心神向往。在军校时，他们虽然思想上都左翼，还有生死之交，但还是不好询问对方是不是倾向共产党的人。

晋城八路军办事处是个不起眼的小院落，门口也没有岗哨，两个军校毕业生推开门就进去了。一个留齐耳短发、穿着臃肿棉军服、中学生模样的女兵出来问他们要找谁。两人都拘谨了一下，赵岑才说，找你们长官。女兵说我们领导在开会学习。你们先到会客厅坐坐吧。

会客厅里有一张办公桌，几把椅子。面对正门的墙上悬挂了马克思、恩格斯、列宁、斯大林的画像。这是房间里最显目的东西。刘苍璧将四幅画像一一仔细观赏过，感叹地说：

"原来他们长这个样子啊！"

赵岑却说："既然都在国民政府统领之下，怎么没有国父的画像呢？"他在任何军政机关，看孙中山先生的画像太多了。共产党的会议室，第一次让他不适应。

那个女兵提来了水壶，热情地招呼他们喝水，问："你们是从国民党部队那边来的？"

赵岑这才发现这个女兵算得上漂亮，要是穿身学生装或者旗袍的话，绝对是个美人。都说八路土，把漂亮女生打扮成村姑，那才叫浪费美。他心里有怜香惜玉般的惋惜，便想逗一逗人家："你怎么认定我们是国民党呢？"

女兵认真地说："你们国民党，和我们八路军，看一看就知道。"

"哈哈，我们哪点跟你们不一样呢？是我们脑门上刻有国民党三个字，还是你们流的血是红色的，而我们的是白色的？"

女兵愣了一下，脸红了，说："就是不一样。"

赵岑乐了，忘乎所以地问："小姐，我想知道为什么？"

女兵正色道："我不是你们的资产阶级小姐，叫我同志。"女兵转身走了，鼻孔里还哼了一声。赵岑冲他的背影做了个鬼脸，刘苍璧埋怨道："你搞啥子嘛，来人家的地盘上，要谦逊点。"

来晋城的路上两人曾经有过推心置腹的交流。刘苍璧说他在读毛泽东的《新民主主义论》中看到中国未来的希望所在了。战场上丧师失地，民众没有彻底发动起来，上层官僚腐败，尸位素餐，前线指挥官要么只想保存实力，要么互相猜忌，窝里斗。就是因为我们还是个半殖民地半封建的国家，是眼下这个制度有问题，跟我们面临的社会现实有关。而共产党倡导的革命是先进的、可行的。尤其是新民主主义革命中的土地革命纲领，让刘苍璧这种来自农家的弟子更为倾慕。土地的解放，就是人的解放。

赵岑那时对共产党的认识没有刘苍璧深刻，他是抱定主意不在国民党部队干了。你思想活跃一点，多看几本党国不喜欢的书，说了一些与领袖相左的话，就被视为异己。一个政党的领袖心胸狭隘到这种地步，一个国家的政府不让人民有自由的选择，民主的权利，这样的政府是没有希望的。战胜了日本又如何？还不是一个封建专制独裁的国家。而共产党那边就像重庆雾气沉沉的天空之外出现了一片晴朗的天。那里有民主选举的政府，有公平、正义、自由、民主和抗日的部队。共产党讲联合，搞民族统一战线，倡导组建联合政府，多党派和平共存，这才是中国的希望。

赵岑还有一个观点与刘苍璧不谋而合，他们都向往去一支崭新的抗日部队，一支有文化的部队。哪怕它土一点，穷一点，但人家有鲁艺呢。一个以大师之名专门建一所艺术院校的政党，再穷再弱小，也是有品味的。

赵岑那时还有个梦想，他热爱舞台艺术，热爱进步文艺。如果他能在延安的鲁艺深造，能够用自己的艺术才华去唤醒更多的民众走上抗日前线，或许比他拿枪上阵作用更大。就像当年鲁迅先生弃医从文一样。救一个人是小事，救大众，才是有志男儿该做的大事业。这样也不枉费西南联大人文精神的培养。

天快黑时一个中年人才快步走进来，不失热情地说欢迎二位来我们办事处做客。两位从哪里来啊？

刘苍璧怕赵岑再像刚才那样冒失，便"啪"地一个立正："报告长官，我们是中央陆军军官学校的毕业生，分配到阎锡山长官司令部报到。但我们想去延安投八路，请长官多多关照。"说完递上两人的派遣证和公函。

"不要叫长官，叫同志。我姓杨，叫我杨同志好了。"

杨同志很快看完了他们的材料，很高兴地说："你们两位，都是我党需要的人才啊。欢迎欢迎。"又再次过来跟他们握手。然后又问："是谁介绍你们来的呢？"

刘苍璧说："没有哪个介绍。我们是自愿来的。"

杨同志愣了一下，但很快用笑脸掩饰了心中的疑惑，说："好啊，革命是要靠自觉的。你们向往革命的精神，难能可贵，难能可贵。"

敏感的赵岑察觉出了杨同志热情温度的下降，忙说："我们在八路的一支游击队里待过一段时间，但我们都是有大志向的青年，认为去延安更能为国家民族做更多的贡献。杨……同志，我们可以去延安了吗？"

"这个嘛，你们还得等一些日子。"杨同志斟词酌句地说，"你们知道，国民党方面在通往延安的路上设了些障碍，阻止进步青年的追求。尤其是你们现在的身份，困难很大。不过，我们有办法将所有向往延安的革命青年都安全地送达。你们先住下来，休息休息，革命不是一两天就成功的么。走，我们先去吃饭。"

他们和办事处的人一起吃晚饭，一人一碗小米粥，两个窝窝头。大家端着碗蹲在一起，其乐融融。刘苍璧和赵岑才知道，杨同志是这里最大的长官，办事处主任，而且更让他们惊讶的是，杨主任还是他们的学长，人家是北大30届的，老"民先"队员。刘苍璧用筷子指着赵岑说，他也是北大的，我是南开的，不过我们都是联大生了。杨主任笑呵呵地说，我们都来自五湖四海，为了共同的革命目标，走到一起来了。真该跟你们干一杯。不过我们八路军办事处没有酒。

他们没想到在八路军办事处一等就是一个多月。这期间又陆陆续续来了一些人，有青年学生，中学老师，对社会现状不满的政府职员，甚至还有一对逃婚的情侣。他们全都带着对现实的憎恶而向往一个全新的世界。社会总是不完美的，完美的社会在书面上，在传说中，在梦想里。人一旦有了自由的精神，闯荡天下的勇气，叛逆社会的决心，延安就是一个最好的选择，就是实现梦想的圣地。一个坏的世界如果有了对立面，哪怕它再偏远，再艰苦，再不可捉摸，有勇气的人都会不管不顾地向它奔去。那对逃婚的情人，男的看上去是个大户人家子弟，女的大约是个舞女。他们从上海一路风雨兼程地奔赴延安，一到办事处就脱下礼帽、呢大衣、西装、皮鞋和旗袍，换上八路军的棉军服，端起小米粥就喝。新鲜有趣的生活啊，充满朝气和希望的日子啊。聚集了十来个人后，办事处就组织他们学习，读文件，听报告，介绍边区生活，还唱歌、郊游。共产主义式的集体生活让人觉得乌托邦并不只是一种幻想。

有一天赵岑无聊时问刘苍璧，你不是说在晋城有亲戚吗？我们去你亲戚家打个牙祭吧。刘苍璧笑笑说，我的亲戚就是共产党啊。赵岑说，学长，这共产党跟我们想象的还是不一样。赵岑还在和新来的人交流中发现了一个细节，他们都是有介绍函的，连那对逃婚的情人都有，有的人甚至已经是共产党员。他们一到办事处就是同志，是战友，有回家的感觉。唯有赵岑他们两个来路不明，身份可疑。尽管他们的去向明确，但还是感觉和那些人有隔阂。

赵岑是学文的人，他看细节。见微知著，是智者的洞察力，也是文人的敏感和想象力，是他们的优点，也是他们的局限，他们很可能犯一叶障目的错误，也可能从一个眼神，就能敏锐地捕捉到另一个世界的复杂乾坤。他们对人生走向的判断，如果不是理性的，便把它交付于激情了。而激情，是渗透在一个文人血脉里的因子，它会在血管里海潮般涨起，又潮水般退去。

一个天气晴朗的早晨，一辆破破烂烂的卡车停在了晋城八路军办事处的门口，急迫地要去延安的人们欢天喜地地往车上搬行李，背包、大皮箱、麻袋、木箱，甚至连羊都推上去了两只。这是那对逃婚的情人专门从集市上买来的，人们已经得知延安生活很艰苦，那个富家子弟曾对他的恋人说，我们自己养羊，我去参加革命，你在家当我的牧羊姑娘。那对羊死也不肯上车，乱撅蹄子，好不容易抱上车，它一纵身又越过车挡板逃了。人们又乱哄哄地满地抓羊。在一通手忙脚乱后，领队清点人数，点来点去，发现少了一个人。

赵岑不见了。

刘苍璧急得一头汗，院里院外到处乱窜，扯开嗓子大喊。办事处的工作人员也在帮忙寻找。又折腾了半个多小时，还是不见人。最后杨主任失望地说："算了，不找了。这种人去了延安也会当逃兵。"

卡车摇摇晃晃地驶出了晋城，刘苍璧还在四处张望，车已经开出几十里地了，他还认为赵岑会忽然出现在某个路口、某棵树下，向他们挥手。连绵的山梁到处灰扑扑的，一个人影也不见。赵岑看来是赶不上这趟通往革命圣地的汽车，存心与革命的道路背道而驰了。难道他不想去上鲁艺了吗？难道他被延安的艰苦吓倒了吗？显然这都不是理由。刘苍璧怎么也不会相信，一个敢参加敢死队的人，一个从江西战场实习回来后就一心向"左"的人，一个奉鲁迅为祖师爷的人，在再迈一步就可到延安的关键时刻，会怕吃苦，会放弃对进步的追求，放弃上鲁艺的机会。

一路上，车上的年轻人慷慨激昂地唱着革命的歌儿。"琵琶起舞换新声，总是关山旧别情。"刘苍璧想起赵岑曾经给他吟诵过的这句古诗，想起他们"联大三剑客"离开军校时，在成都的一家小酒馆喝的道别酒，想起他们对未来人生是向左转还是向右行的争论，他和赵岑一方，廖志弘一方，军旅诗人说我对你们这些左啊右的不感兴趣，我只想杀日本鬼子。等我们打败了日本人，我回去念书，写诗，同样不管左右，我本一书生。刘苍璧坚持说，无论打日本人还是建设国家，都是要讲主义的。赵岑那时就像刘苍璧的应声筒，说主义是要分左右的，不管现在还是将来，都要作出选择。刘苍璧还想起他们在联大念书时，有一天赵岑塞给他二十元钱，说学长，这一阵日本飞机炸得凶，不要去挣那份玩命钱了。

陕北高原的天空越来越晴朗了，黄色的大地波浪起伏，像黄河之水天上来，也像黄色的人群前赴后继。刘苍璧悄悄抹了把眼泪，为赵岑。

"这几十年来我一直在想：赵岑这个龟儿子临阵脱逃，比人家逃婚跑得还快。为啥子？你今晚就看在老同学、老战友的分上，老老实实地告诉我吧。这不是审讯。你放心，'文革'都结束了，不会再搞运动整人。你想到啥就说啥吧。"

天都快亮了，两个老兵都还没有睡意，周荣嘴里虽说不是审讯，但他就像个一心要从对方口里挖出一切秘密的审讯者。其实很多时候赵广陵不用周荣问就自己竹筒里倒豆子般稀里哗啦地倾诉出来了。在过往历史的许多细节上，两人还互相更正。不，不是76师304团，是67师304团。对对，这话我说过，但不是在你说的那个场合说的。你记错了，这个事不是我干的，是廖志弘干的。哎呀，这事我想不起来了，当初是咋个回事？有历史沧桑的人，逆流而上时，也会发现两岸风光无限，激流险滩已如脚下泥丸，狂风骤雨已成谈笑资本。还有什么可怕的呢？这么一把岁数的人了，共产党国民党的监牢都坐过了，什么风浪都经历过了，就当这是一次历尽劫波的兄弟在忆旧吧。而回忆，不过是为了战胜时间，拒绝遗忘。他们已经被迫遗忘得太多太多。

"你还记得李旷田李老师吧？"赵广陵忽然插开话题问。

"记得。'文革'前省文联的主席，大作家嘛。"

"他还是我们联大文法学院的老师呢。只是他来的那一年，我们刚好去上军校了。"

"哦，在联大时，我对他没有印象。"

"他就是从延安回联大教书的。"

"噢，老延安了嘛。"

"'文革'闹的最凶那阵，也关在这里。那么好的一个作家，没有熬过那个坎。自杀了。"

"这事我知道，前不久去省里开会还说要给他平反昭雪。可惜了一个好同志。"

"我们是狱友，一起蹲黑牢。为了帮他出来晒晒太阳，我教会了他一些木匠手艺。没想到啊，有一天我们去山下买木工的材料，钉子啊松香啊土漆什么的，他忽然跑到江边，站在一块岩石上，回头望了我一眼，好像说了句什么，我还没有反应过来，他就跳下去了。"

两人都沉默良久。周荣才问："那一阵，他们批斗他很凶吗？"

"岂止是批斗，隔三差五地拉我们去陪法场。你的神经就是钢筋做的，也会崩断的。"

"这帮混账法西斯！"

赵广陵忽然呜咽起来，又蹲在了地上。"如果不是和李老师做狱友，我可能也扛不过去啊。是他一直在鼓励我，教化我。一个人在没有未来的时候，只有靠过去活着。而我们的过去又是反动的，有罪的。这就像你肚子饿了要吃饭，但是米是发霉的、腐坏了的。你的未来是一片荒原，什么都不会长，你只有靠霉烂的过去苟活。"

"唉！"周荣重重叹了口气，上前去搀扶赵广陵，"起来吧。记住了，以后跟我说话不准蹲着。"

赵广陵站起来，没有坐下，走到窗子前推开了窗户，窗外星空灿烂，凉风山泉水一般流淌进来。"延安的种子就是李老师最先在我心里种下的。那时他在联大给我们上大二国文，讲秦汉古文。一节课里有一多半的时间在讲他当年如何蹲北洋政府的监狱，如何去了延安那片空气纯净、阳光明媚的地方。同学们听得津津有味，课本都丢到一边去了。"

"既然种子那么早就播下了，那你为什么不去？"

"还记得有一天我们俩的争论吗？"赵广陵回到座位上，拍拍自己皱纹初现的脑门，仿佛要把经年往事一巴掌拍出来。

"什么争论？我倒是记得我们那时经常辩论，从对战场局势的看法，到对八路军办事处的伙食。"

"我是被那时这主义那主义搅糊涂了，可却认为自己坚持的是最正确的。"赵广陵说，"你知道的，我是个坚定的三民主义者，虽然也欣赏共产党的新民主主义学说，可在晋城八路军办事处，我的世界观忽然有被颠覆的感觉。"

周荣想起来了，他们在那段时间，也被组织起来学习毛泽东的《新民主主义论》等文章，在讨论时，赵广陵认为三民主义里既有政治革命，也有社会革命，如果不同的政党都尊崇它、服从它，人们的思想不是更统一？面对强敌，社会不是更团结？目前中国社会四分五裂，难道不是主义太多所致？日本只有一个皇权，只服从军国主义，因此它的军队与国民之思想是高度统一的，齐心合力的。谁都知道，战争时期，军令、政令必须统一，才能有效地抗击侵略者。如果在战场上，该冲锋的时候各打各的，该防守时各怀其志，这战还怎么打？

赵广陵的观点在学习班上当然受到猛烈的抨击。杨主任指出他没有领会毛泽东同志的革命要有阶段之分，只能由一个革命阶段即新民主主义革命，进入到另一个革命阶段，即社会主义革命。中国社会的革命决不能"毕其功于一役"。但对赵广陵这样的西南联大生来说，好辩论、思想自由、独立判断是他多年来浸淫在骨子里的东西。如果说他在国民党阵营那边还有所收敛的话，那么现在来到八路军办事处，他认为自己可以充分与人讨论自己的观点和对社会政治的看法了。他投奔这边，就是想自由表达的。他反问杨主任，既然共产党也承认"三民主义为抗日统一战线的政治基础"，那么等打败了日本人，为什么要抛弃三民主义而奉行社会主义革命呢？有没有失去基础了的社会革命？杨主任回答道：不是不要这个基础了，而是我们向前发展了。社会主义革命是三民主义革命的高级阶段了。你总得承认，任何革命都是要向前发展的，就像我们还要从社会主义革命进步到共产主义革命一样。赵广陵也不示弱，问，你们坚持你们的革命主张，国民党当然也会这样。等打败了日本人，国共两党是不是又该因所持主义不同而打内战了？杨主任严肃地说，我们不愿打内战，也不怕打内战。我们相信人民群众是站在我们一边的。因为社会主义是社会历史发展进步的潮流。如果内战真打起来了，我们共产党人只是顺应了这个潮流。

在晋城八路军办事处，赵广陵就像一个"我绝不同意你的观点，但我誓死捍卫你说话的权利"的好辩者，在辩论中为自己拥有的理论沾沾自喜，在辩论中找到自己探寻的方向，在辩论中确立自己作为一个独立的人的价值。他认为，不是他非要与众不同，而是他是受过民主自由熏陶教育的西南联大生；不是他不向往革命，而是他在献身一个事业之前，需要辨清这个事业的伟大所在。可他不知道，在共产党阵营内，他越与人不同，就越像一个爱钻牛角尖的思想落后者。甚至连食堂里的大师傅都不待见他了，有一天他去晚了，大师傅用勺子敲敲空空的大锅说，小米粥没有了，窝窝头也没有了。你的肠子不是很硬吗？

刘苍璧恍惚记得他和赵广陵确实大吵过一架。吵起来的原因已经忘记了，刘苍璧大约说过赵广陵，你就是还站在地主资产阶级的立场上，因为你们家有良田万顷，佃户雇农，你不愿失去自己的乐园，因此你反对共产党的土地革命主张。赵广陵当时跳起来想揍他，说几块田地算什么，日本人不赶走，国土都是别人的了。我们投笔从戎，难道只是为了自家那点财产？刘苍璧骂赵广陵是"顽固分子"，赵广陵骂刘苍璧"狭隘短视"。两人那天差点没有伤了生死战友的情谊。

"那时年轻啊，受不得半点委屈，容不得一丝不公。只看见对方眼中的木屑，而看不见自己眼中的大梁。"赵广陵感叹道。

"追求某种主义，是不是像追求某个女人呢？"赵广陵又自顾自地说，"谁也不是先知先觉。你热恋她的时候，脑袋晕乎乎的，对未来的生活充满憧憬，但却不一定是理性的判断。那时你听不进身边人的一句劝告，甚至你的父母反对，都无济于事。你把宝押在这个女人身上，你可能幸福终生，也可能七年之痒后，才发现找错了人。"

"我从不这样类比。"周荣递给赵广陵一支烟，"我追求社会主义，是因为它代表了社会进步的方向，是因为我那时所看到的社会现实证明，三民主义不能救中国。难道你没有看到吗？"

"我看到了，但是我不能轻率地非此即彼。我只是预感到两党的主义之争，在打走日本人后还要打内战。这就让我很矛盾了。一方面我赞成毛主席说的，不同的阶级就有不同的主义，一方面我又担心主义多了，'刀头仁义腥'。我想我也许该学廖志弘，不管主义之争，先打走日本人再说。我不懂政治，也不喜欢政治，大不了自己去读书做学问，远离政治。我那期间真的很厌烦了，延安老不能去，成天价组织我们开会学习，难道这就能打跑日本人？"

"全民抗战，是长久的事业，总得先提高认识嘛。"周荣说。

"如果是那些刚刚放下锄头扁担的壮丁兵，你提高他们的认识没错。我们是读过书的人啊，谁不知道位卑未敢忘忧国？我去延安是要投奔一支能够痛痛快快打日本鬼子的部队的，是想去鲁艺深造的。可你如果天天让我开会学习，让我不能保持自己的独立判断和自由思想，我不干；你让我把洋人当祖宗，背离三民主义，我更不干！"

"学习认识提高了，就送你上战场了。你着什么急？"

"你呢，又如何？"赵广陵此刻像个审讯者，语气里有股愤懑、霸道。

刚才周荣回忆说，他到了延安后，正赶上整风运动的高潮，不容分说就被打成国民党"特嫌"，在窑洞里审查了三年多。其中还有一条最说不清楚的罪状跟赵岑有关，既然是两个人一起来投延安的，那个人去哪里了？直到1945年春天的"抢救运动"，周荣才被释放出来。周荣讲这段个人史本是想开导赵广陵，干革命嘛，哪个不受点委屈、经受些考验。赵广陵的反问是：我是去打日本人的，干吗让我受委屈？

在打日本人这点上，周荣是不能在赵广陵面前气粗的。他后来一直在抗日军政大学当教员，再没有上过前线。现在被赵广陵反将一军，他的心里便有些五味杂陈了。但革命队伍的自我净化，自我斗争，不是那些深受小资产阶级自由气息熏染的人可以接受得了的。赵广陵这些年受到的审查、怀疑、"洗澡"、监禁、劳动改造，他周荣从延安时期到"文革"，也不比赵广陵少多少。不同的是周荣并不觉得委屈，好钢需要锻造。革命的队伍向太阳，阳光下也会有阴影。有的人即便在监狱里头发都蹲白了，还是坚定地信仰社会主义，而有的人稍微受点委屈，就对共产党丧失了信心。周荣现在人前人后被尊称为老革命，但须知只有那些经受得住历次政治运动洗涤的幸存者，才有资格当老革命。战场上枪林弹雨出生入死，和政治运动的风险比起来，都不过是小菜一碟。赵广陵永远不会明白，干革命，不仅仅是和敌人真刀真枪地干。当年的刘苍璧是在延安听过毛主席作报告的，在"抢救运动"中，毛主席谦逊地代表党中央给大家道歉，说"这次审干，本来是让你们洗个澡，结果高锰酸钾放多了，把你们娇嫩的皮肤烫伤了"。还说这是"黑夜里的白刃战，难免误伤同志"。伟大领袖讲话多风趣幽默啊，周荣当时和很多被抢救出来的知识分子都是流泪了的，都在喊"毛主席万岁！"。他虽然没有再上前线多杀几个日本鬼子，但整风运动让他锤炼到火候了，脱胎换骨了，连名字也改了，夺取政权后的历次政治运动，他就知道该如何去应对了。打仗还有误伤，干革命当然也会有"黑夜里的白刃战"。赵广陵怎么能理解这些？他不但皮肤"娇嫩"，心都是玻璃做的。他永远成不了一个革命者，他太单纯了，太自我主义了，太自由散漫了。

21·儿女共沾巾

当年赵岑躲在晋城外的一个山坡上，默默地注视着开往延安的卡车驶出自己泪水模糊的眼。灰色的云层铺展在遥远的天空，一如他自此以后灰色的未来。在那个年代，颜色象征着一个人所在的阵营，左右代表了一个人所秉持的主义。似乎还没有哪一种东西能超越，让那些一心想把侵略者赶出家园的人们，有所依持。

一个月后，赵岑穿上了阎锡山部队的灰色军装，在一个师部任中尉作战参谋。赵岑发现自己加入的虽说是一支正规军，但所在的师仍然担负敌后游击战的任务。上层军官们从不制订主动攻击的作战计划，他们成天考虑的仅是如何守住既有的地盘，既要防日本人打过来，也要防共产党八路军方面的蚕食。赵岑就和搞侦察的情报员去过几次敌占区。在他看来日本人的防范并不是很严，各据点驻扎的日军多的一个中队，少的仅一个班。汉奸队伍"皇协军"成了维持当地治安的主要力量。赵岑曾经向自己的长官提出了攻击一座县城的计划，如何进攻，兵力如何配置，如何阻止敌人的增援，攻占后又如何防守。按他的规划，一个师六七千人，调一个团上去，攻打一百来号鬼子和五六百伪军，半天工夫就可结束战斗。他真把自己当作战参谋了。可他的师长面对厚厚的一摞作战计划，却不肯翻阅一下，就扔在一边去了。还说，鬼子都不来进攻，我凭啥要去打他。

但日本人可不会闲着。1942 年初夏，日军又一次的"扫荡"作战死神一般降临。这次"扫荡"主要是冲八路军根据地去的，赵岑刚好作为友军带来了两个电台兵和一部电台以及一批军火，被派到八路军 129 师下属的一个独立团当联络官。说是一个团，其实只有一个营的规模。他一报到就逢人便问，知道一个叫刘苍璧的人吗？他也是个八路。好像刘苍璧是八路军里的名人，人人都该知道。独立团的团长是个参加过长征的老兵，开初对赵岑不是那么友好，时不时会说，当年在江西，介个鬼佬国民党如何如何。那时赵岑总算不卑不亢地回一句：长官，我只是一个抗日军人。我们都是。

其实八路这边早被日军铁壁合围了，连 129 师的师部和中共的北方局机关都被包围在里面。独立团在一个鸟儿都飞得干干净净的晚上接到的命令是：掩护师部机关突围。

穆团长找到赵岑说，你是友军，先随机关一起撤吧。赵岑回答说，友军八路军，都是抗日军人。没有接到我的上峰命令之前，就要在自己的岗位上。

穆团长眼里有了钦佩，说你这个鬼佬不一样啊。好吧，跟我们走，我还用得着你们的电台。我全团打光了，也会保护好你。赵岑正色道，报告长官，军人以战死沙场为荣耀。赵岑并非贪生怕死之辈。

第二天便是一场恶战。日军摸清了八路主力转移动向，很快就向突围的豁口蜂拥而来，独立团占据着几个山头苦苦支撑，命令是一定要守到天黑。但赵岑估计，以独立团的战力，能坚持半天就不错了。追击而来的鬼子少说有一个联队的兵力，还有两辆装甲车。独立团愣是坚守到了黄昏，尽管阵地已经被分割成几小块了，全团拼光是迟早的事情。赵岑命令两个电台兵砸毁了电台，两个小兵边砸边哭，赵岑喝了一句：哭什么？别给我们国军丢脸。

这是让赵岑到敌后以来感到兴奋异常的一仗。他下午时用机枪点杀了两个冲过来的鬼子，鬼子中弹后"哇哇"叫喊的声音都听得见。那一刻他有憋了一泡老尿瞬间被释放出去了的快感。老子战死也值了。

到了该考虑如何去死的时候，赵岑并没有感到有多害怕。他身边已没有人，鬼子的叫喊声从几十米处传来。赵岑还有一颗手榴弹和一把手枪。他想还是吞枪自尽吧，杀身成仁，死个全尸。在他把枪已经塞进口里时，忽然侧面枪声大作，一彪人马从鬼子的后边杀了过来，喊声震天地和鬼子拼上了刺刀。在鬼子进攻锋芒稍稍被压下去之际，两个八路军士兵滚进了赵岑的战壕。他们说，赵参谋，快跟我们走。

是穆团长派了一支敢死队把赵岑从火线上救了出来，为此还牺牲了七个士兵。赵岑一辈子都在找这个有些木讷、不苟言笑、打仗鬼精鬼精的江西老俵。在他后来参加的内战中，他总觉得对面阵地上一定是穆团长的部队。那个江西老俵正眯着眼，把皱巴巴的布军帽一把从头上抓下来：赵参谋，介个鬼佬，搞犀利（什么）东西啊，来来来，坐到吃茶，掐（吃）饭。

"你看你，都走到革命队伍里来了，怎么又跑了？"周荣不无遗憾地说。赵广陵并不回答，坐在椅子上，头歪斜着似乎睡过去了。

从五十年代第一次和赵迅见面后，他无数次调阅过自己老同学的档案，但都没有看到他交代过和周荣的生死之交、在晋察冀打游击、投奔延安未果的经历和在八路军里参加反"扫荡"的这些历史。是为了保护他，还是这个狡猾的老龟儿子，到底还有多少秘密？

周荣参加革命大半辈子，自觉从没做过对不起党的事情。唯有在赵广陵的问题上，他时常深陷在革命性和人性的矛盾中，并同时也承担了极大的风险。他一个干公安工作的老革命，五十年代就知道有一个漏网的国民党军官就在自己身边，而且他身份之复杂可疑，历史之扑朔迷离，早就引起了专政机关的注意。周荣就像一棵无形的大树，把扑向赵广陵的风雨化解到最小，至少不至于淹没了他。但凡老同学相见，少不了一杯浊酒，一场叙旧。但那些年他们就像刚认识的普通人一样，公事公办，仿佛已"相忘于江湖"。有一种大恩是日月之光，滴水之泉，从不用言说。1957年反右开始，周荣神不知鬼不觉地阻挡了赵迅的鸣放文章，让他逃过当右派的劫难；"文革"初期赵广陵再次以战犯之罪名入狱，所幸周荣那时在公安系统说话还一言九鼎。赵广陵永远不会知道那个将他从黑牢里"捞"出来的军代表，曾经是周荣的老下属；他也不会知道松山劳改农场几次报上来的镇压名单，周荣都以各种革命的理由将赵广陵的名字"勾"了出去。干革命是要讲究策略的，政策和策略，是党的生命。政策是党制定的，策略是执行政策的人具体掌握的。他当然知道自己这么干是违反革命原则的，是在拿自己的政治生命来冒险。但他只凭良知和一个人的历史赌一把：赵广陵在旧社会是个对国家民族有功的人，新社会也不会对社会主义有多大害处。为了证明自己的判断，他甚至在那个木器社安插了一个"眼线"，暗中监视了赵迅两年多，直到1957年赵迅被人揭发出来之前，那个卧底也没有发现赵迅有任何违法之举。

从土改、清匪反霸、肃反、镇压反革命、三反五反、反右到"文革"时期，前政权遗留下来的历史问题，已经被梳理了一遍又一遍，有历史前科的该抓的抓，该判的判，该杀的都杀了。但有一条漏网之鱼就像在一潭浑水里闪现了一下，就再也找不到了。根据缴获的敌伪档案上记载，有个籍贯为云南、名叫龙忠义的"军统"特务，曾在重庆的中美合作所受训，在抗战时派回了滇缅战场，但却再也没有了他的任何消息。战死者的名录中找不到他的踪影，破获的潜伏特务组织里也不见这个人的相关档案。当时肃反机构推测此人即便不死，也可能逃到缅甸去了。此案本来可以存档了结，但1964年抓到的一个国民党潜伏特务交代说，他五十年代在昆明的街头偶然碰见过龙忠义，他们在中美合作所同期受训。那天龙忠义一看见他转身就跑，国民党方面那时还想招他重新归队哩。

这条线索让省公安厅的政治保卫部门大费周章，一次又一次审查、甄别、侦查、外调，各方面汇总来的情报堆在周荣的办公桌上。他左看右看，归纳来分析去，这个人的相貌在他的脑海里大体形成了。只差最后一点证据，他就可以下令捕人。但"文革"爆发了，公检法机关被夺权砸烂。周荣在被打倒的前一周，把这包档案材料装进了自己办公室档案柜的暗屉里。这是符合规定的，因为它们是最为机密的材料。不无讽刺的是，这个暗屉正是当年的木匠赵迅做的。它在抽屉的里面挡板上还安有一个树叶状的木梭，不知道的人只会当它是个装饰。把这个木梭往右一拨，便可拉开里面的小抽屉。赵迅曾经称之为"活棺材"。

这具"活棺材"埋葬了一个人的某段历史，也救了他的命。周荣靠边站、被打倒批斗、关进监狱、再到农场劳动，前后也折腾了十来年。这期间竟然没有人发现过这个暗屉，也没有人去翻一翻档案记录——也许在砸烂公检法的混乱中被烧掉了？在形形色色的批斗会上和审查中，周荣可以交代自己的历史问题，交代自己的路线错误，交代自己的官僚作风，但他绝不会告诉那些造反派们那个暗屉里的惊天大秘密。

这是因为周荣被打倒前已经初步判断：在中美合作所受训过的军统特务龙忠义，就是赵广陵、赵岑（还一度冒名廖志弘）、赵迅。他不愿别人来接手这个案子，他需要亲自证实。

十年多的磨难，周荣情愿自己忘记这份档案。但他那天无意中拨开了那个木梭，就像拨云见日，记忆之门轰然洞开。他必须去会会自己的老同学、生死战友和证实那个疑似的漏网"老特务"了。

周荣没有睡意，去盥洗间洗了把冷水脸，回来时赵广陵醒了，像说梦话一样冲周荣说：

"你认识129师的穆团长吗？他可以帮我证明，我在八路军里干过。"

周荣一语双关地说："老伙计，现在你在哪里干过都不重要了。"他还蛮有优越感地幽了自己的老同学一默，"难道你这个'老滇票'还想要求平反落实政策嗦？"

"我的政策人民政府给我落实得比你还早，我是特赦人员。"赵广陵一本正经地说，好像还很光荣，"我只是想让你相信，我在国共两边的阵营里都打过日本鬼子。"

"你这个人哪……"周荣挠着自己的头，在屋子兜圈子。他在想，要不要直截了当地向赵广陵点出自己的怀疑呢？即便你获得了口供证据，又能怎么样？再把他抓起来吗？与其这样，还不如继续装糊涂。有些人的个人秘密，能带进坟墓，未尝就不是一件好事。人生谁没有错？即便是他这样的老革命，干了那么多年的公安工作，自己羞于面对的错误可以用大卡车装。他同样不会轻易告诉任何人，准备把它们带进棺材的。同理，一个本质善良的人，为什么不可以隐瞒自己不见容于现在这个社会的某段历史呢？这就像一个男人年轻时轻佻浪漫，钻了某个女人的被窝，但他断乎是不会告诉自己的老伴和子孙的。

"你还是不信任我。"赵广陵有些气哼哼地说。

"你信任我吗，老伙计？"

"说实话，三分相信，七分不信。"

"我和你相反，七分相信你，三分怀疑你。"

赵广陵说："我就是百分之百地不相信你，也对你无碍；你有百分之一怀疑我，我就可能重新进去。"

周荣沉默了，许久才叹一口气说："什么时候我们这两个老龟儿子，能像打鬼子时当敢死队那样，同袍同泽，以心印心？"

"不可能了，我们现在是两个世界的人。"

"难道我们不都是中国人？"

"中国人是要讲阶级成分的，要讲矛盾斗争的。夫妻、父子，都要讲阵线、论左右，这是我在监狱里学到的。夫妻互相背叛，父子互相出卖，信义、道德、良知都被打上了阶级的烙印。人分了阶级，就像水有了落差，人就有了斗争的动力。人和人斗来斗去，其实没有输赢，只剩下伪装。无论胜者还是败者，每个人都戴上了面具，伪装自己的谎言和套话，伪装自己的爱或者恨，伪装自己的左或者右，伪装自己的强大或弱小，伪装自己的过去和现在，甚至伪装自己对一朵花儿的真诚赞美，对一个漂亮女人的真实想法。人要是都脱去了伪装，就跟我这个老丑八怪一样不堪入目了。"

"别瞎扯啦，赵广陵同学。"周荣忽然目光炯炯地逼视着自己的老战友，"实话告诉我，龙忠义是哪个？"

"你……"赵广陵仿佛眼睁睁看着一个信任的人一刀扎在自己肚子上，身子微微颤抖了一下，颓然瘫倒在椅子上，"你这个老龟儿子。"

22·最后一次交代

你一定看过小说《红岩》吧？中美合作所，白公馆，渣滓洞，这些人们一提到就恨得咬牙切齿的名字，反动派的集中营，国民党特务的老巢，屠杀共产党人的人间地狱。好像谁要是和这些地方沾上点边，不死也要脱一层皮。

过去是共产党人害怕，现在是我这样的人害怕。

当年我怎么能料到历史会如此阴差阳错呢？我在第二战区打游击干得好好的，已经升上尉了。但1943年的夏天，上峰忽然来了指令，是军令部的函，要我和卞新和一起去重庆报到。没有说到什么单位报到，也没说干什么，只给出了地点，重庆缫丝厂。当时我们两个还嘀咕，让我们去缫丝厂干吗，搞工业？卞新和那时已是阎锡山长官司令部无线电台的少校副台长，能回重庆他很高兴，说总算可以回大后方跳舞了，这些满脑袋高粱花子的山西老醋，老子连下舞场的兴致都没有。

半个月后我们赶到了重庆，报到时才知道，我们的单位叫"中美特种技术合作所"，也就是现在我们大家都知道的"中美合作所"。缫丝厂是个大地名，在歌乐山下，"军统"的很多单位都在那一带。我们被告知，"中美合作所"主要担负对日情报、破坏、侦察、破译、气象、心理等方面的特种作战培训工作，由美国军事教官和特工专家亲自培训。我们都是从军中和各大学还有地方上挑选出来的优异青年，那时我们真的感到很自豪，很荣幸，觉得自己在为国家民族干大事，至少比打游击钻山沟强多了吧。国民党时期的口号标语也多，大都空洞，但在那里一幅高挂在墙上的大标语让我热血沸腾——"武力！劳动！创造！"这正是我们那个时代需要对抗日本人的东西啊。在抗战的关键时刻，人家把你送到一个可以施展才华的大平台，哪个热血青年会拒绝？我先被分到秘密行动组，卞新和分到破译组。在登记造册时，因为我所在的培训班性质特殊，我们可以用一个化名，于是我就填上了龙忠义的名字。这也不是随便编的，我是龙陵人，就让我的家乡做我的姓吧。而忠义，是我小时候的名字。我是我们赵家"忠"字辈的。

我接受了两个月培训后就对学到的东西心怀憎恶了：潜伏、伪装、暗杀、破坏、爆破、侦讯、跟踪与反跟踪。有一次教官用"军统"特务干的一桩暗杀事件来作为课堂教学案例。被暗杀者是一个同情汪伪政权的知识分子，大约是个还有点名气的记者吧。"军统"的人在他去上班时便将他枪杀在家门口。重庆是个山城，人家的老婆刚好在窗户里居高临下地看见了这一幕，于是一家人呼天抢地地追出来，还抓住了一个没来得及逃跑的小特务。这事儿就闹得满城风雨。美国教官嘲讽"军统"说，他们有一万种方式去杀一个人，但他们却选择了最愚蠢的一种，在人家的家门口杀人。这是非常不人道的。当时我就想，杀人还有人道可讲吗？后来想明白了，吃上特务这碗饭，人生里就没有"humanity（人道）"一词了。他们后来暗杀闻一多先生，不也是在闻先生的家门口行的凶吗？

我想我是一个抗日军人，从事的是堂堂正正的男儿之事，让我去搞暗杀我可不干。我们是受过联大人文思想教育的人，对"特务"这种职业多么憎恨，只有傻瓜才会去从事自己讨厌的职业。虽然我也讨厌特务受训，但我那期间学到的本事也没浪费。1946年我从内战前线跑回昆明，曾经跟在闻一多先生身边一段时间，自愿当他不喜欢的保镖，只是在他遇害时，我先被"军统"的人抓走了，关进了监狱。这段经历我交代过，你可以查查。再一个好处就是，这些年你们一直查不到我的这段历史，为什么呢？嘿嘿，有名师指点过的。

我庆幸那时血气方刚，只认准一个人生目标：杀日本鬼子。为了这个目的，你给我多少高官厚禄我都不干。有段时间"军统"的大特务戴笠要来"中美合作所"选几个人去蒋介石的侍从室，他们竟然选中了我，也许因为我个子高，体格健壮，还人模狗样吧。但我不去。而且我还告诉他们，不想在行动组受训了，我请求去军事组，并列举了一大堆理由，但未获批准。我就去找军事组的美国教官科尔少校。这个家伙是弗吉尼亚军校毕业的，标准的职业军人。美军教官那时都住在白公馆，还不是《红岩》小说中写的那种阴森恐怖的监狱，白公馆本来是幢洋房别墅，我们叫它第三招待所。美国人喜欢打篮球，我在联大时就是我们国文系篮球队的，因此在球场上跟科尔少校混熟了。而且他喜欢英国诗人艾略特的诗歌，这个我可不含糊，一段一段地用英文背给他听，把他震得一愣一愣的，说中国军人怎么还认识艾略特？我说艾略特算什么，我还能背杰斐逊草拟的《独立宣言》哩。We hold these truths to be self-evident, that all men are created equal, that they are endowed by their Creator with certain unalienable Rights, that among these are Life, Liberty, and the pursuit of Happiness.（我们认为下面这些真理是不言而喻的：人人生而平等，造物者赋予他们若干不可剥夺的权利，其中包括生命权、自由权和追求幸福的权利。）

这下我去军事组就易如反掌了。我去那里是有野心的。那时我们已经提前知道，中国远征军的驻印军即将从印度反攻，打通中印公路，这支部队是中美联军，完全由史迪威将军统率，不会再重蹈1942年远征军第一次入缅作战时指挥不灵的覆辙了。我想通过在军事组的受训，去那支部队效力。你我都知道，将帅无能，累死三军。国军部队的败仗大多是这种原因。

可后来为什么我没有去成驻印军而到了滇西的远征军呢？这真是命里有安排。不知是哪个家伙告的密，我们在山西参加八路军游击队那一段被"军统"掌握了，我和卞新和都被抓进了渣滓洞受审。虽说那时国共是统一战线，共同抗日，但毕竟是"军统"的单位，审查严格。你以为渣滓洞监狱只关共产党人吗？也关我们这些人啊。渣滓洞的脚镣手铐我还是戴过的。卞新和很快就被放出去了，但我和你去晋城八路军办事处那一段却交代不清楚啰。嘿嘿，我们两个各为其主，那时都不受主人待见啊。可能同一时间里，你在延安蹲窑洞受审查，我关在渣滓洞。我们都在一个黑暗的"洞"里憋屈着哩。你说说，这历史可笑不可笑？

　　三个月后我才放出来，那时已是1944年的春天了。这还要感谢那个美国佬科尔少校，他亲自向戴笠担保我是个好军人。和我同组受训的人已各奔东西，还有人飞印度雷多加入中国远征军的驻印军。而我成了落单的孤雁，一个有污点的人。"军统"已经不信任我了。但科尔少校很欣赏我的为人，他去戴笠面前说情，让我留在中美合作所，当他的助手。他还说等打败了日本人，如果我愿意的话，他可以帮我去美国深造，随我学什么。那时"军统"和美国人还有个协议，优秀学员可送到美国深造一年。我说我要上前线去打日本鬼子，不愿待在大后方。老子要想留重庆的话，军校毕业时就进军政部了。

　　也是天遂人愿。有一天，我在"中美合作所"的一个同僚说，有个上校军官走私了一车"云土"（云南鸦片）到重庆，被稽查处的人查到了。这家伙想要通关，就包了一个溜冰场，广请陪都的各路神仙，当然"军统"的人是必请的。那时的溜冰其实是溜旱冰，但在陪都也是个时髦的玩意儿，大约是那些逃难的下江人从上海一带传过来的吧。能去溜冰场的男士都是哔叽呢西裤，西装扔一边，白衬衣系领带，袖子还挽得高高的，一手扶女士小姐们的腰，一手拉住她们的手。留声机放着华尔兹，真的是"歌尽桃花扇底风"啊。那天在溜冰场上，我看到一个黑黑壮壮的中年汉子，穿上溜冰鞋就倒，爬起来又倒，四周全是哄笑。我为他汗颜，我已经知道他就是那个为今晚掏腰包的土鳖，还是我的云南老乡。于是我去扶起他，教给他溜旱冰的要领，半个小时后，他就可以带着一个穿旗袍的女士满场飞了。休息时我们就攀了老乡，他来重庆倒卖"云土"，是因为前线的部队一周只能吃到一次肉——多说一句，我在劳改时还一周吃一次肉呢。一个军人，如果左手做生意，右手打仗，你说这仗怎能不打得艰难？可是那些营养不良的兄弟们是要上战场拼命的人啊。

这个上校团长说。于是我才知道他所在的第8军作为远征军的战略总预备队，已经开到滇西大理去了。我连忙请求他带我去他的部队。老乡嘛，他们就是那种在异乡愿意伸出一只手来的人。再多说一句，这位团长姓刘，后来战死在松山了。

命中注定我要参加远征军打回我的家乡。从重庆回云南的路上，我心里那个高兴啊，就像几年前我被特赦回昆明时那种还乡的感觉。这真是世界上无法言说的情感。一个浪子要回家了，不是背着行囊走进家门，而是带着部队赶走霸占我家乡的侵略者。还有比这更荣耀的事情吗？

我赶到第8军报到时，部队已经在保山集结。我被分到103师，熊师长看我是"中美合作所"出来的，又有"军统"的背景，当时就不是很高兴。国民党部队的指挥官对特务系统的人还是又恨又怕的。我马上表明态度，说愿意到第一线部队，我要跟随师长打回我的老家。也许人家熊师长也不愿意身边有个"军统"特务随时打小报告，就直接把我派到连队当上尉连长。

谁喜欢特务那身皮啊。回到前线我就把名字又改回来，仍然叫赵岑。尽管我知道"龙忠义"的名字还挂在"军统"的档案里，但我想"龙忠义"已经"死"在了渣滓洞，现在赵岑又是光明正大的抗日军人了。而我们的同学廖志弘又在滇缅战役中顶着赵岑的名战死了，我想，这是苍天给我的最好"伪装"。

老学长，我比你运气好多了吧？总算回到战场跟日本鬼子大干了一场。此生足矣。是"中美合作所"成就了我这个愿望，但又是它让我在这个染缸里走了一遭，让我的人生又多了个污点。可是我怎么知道它后来会被作家的小说写成那个样子呢？六十年代时全国人民都在读《红岩》，这部书我读了不下五遍。不过，我觉得这本书与历史事实有出入。杀地下党的事跟"中美合作所"这个单位没有关系，因为它在抗战胜利后就撤销了，美国人走了后白公馆才成为关犯人的地方。科尔少校1946年回国时给我写过一封信，还问我要不要去美国。而《红岩》书里写到的那些逮捕、审讯、关押、大屠杀，都是发生在1948至1949年重庆解放前夕，对吧？

但那时我不敢站出来说话啊。这个不敢说，好多真实的历史也不敢说了。我没有资格说，有资格说的人也不说。我们的历史，就没有常识可讲了。人都说历史是个小姑娘，可以随意打扮。要我说啊，历史是个旧情人，有反目成怨，情断义绝；有美好如初，相思绵绵；也有藕断丝连，情债难偿。你要不想惹麻烦，你就忘掉你的"旧情人"。可我们这些过来人，哪个和她撇得清干系？过去和她山盟海誓，现在与她锦书难托。发生过的事情，都在你的生命里有烙印。我们不过是把这些烙印伪装掩饰起来罢了。我在伪装，很多人也在伪装。伪装的人多了，我们就弄出一部伪史。

现在邓小平同志倡导实事求是，还说"实践是检验真理的唯一标准"，对历史，我们也要实事求是吧？是怎样就是怎样，不能歪曲吧？我在里面的时候，它真的是个抗日的单位。我们受训的所有科目，都是针对日本人的。据我所知，"中美合作所"训练出了很多"别动军"，派到敌后去打游击；卞新和他们的破译组，侦破了不少日军的密码，卞新和还为此立功受奖。他得到一大笔奖金，还请我吃过饭哩。当然，"中美合作所"培训出来的那些"军统"特务，后来也干了不少反革命的坏事，但这不能算在"中美合作所"头上。这就像枪在好人手里，是杀敌人的，在坏人手里，是杀好人的一样。你能判枪有罪吗？

我在这里说"中美合作所"的好话，并不是想洗清我在那里受训过的经历。是历史的欠债，迟早都要还。这是我的最后一笔债了，还清了它，我干干净净地走进坟墓。

现在，你可以逮捕我了。

附录

范稳主要作品出版年表

一、中短篇小说

1987.2 → 《风·树·太阳》（上）（中篇），《电视·电影·文学》。

1987.2 → 《德·斯科特》（短篇），《天津文学》。

1988.4 → 《风·树·太阳》（下）（中篇），《小说》。

1989.4 → 《千种风情》（短篇），《山野文学》。

1989.3 → 《女大学生马力亚》（短篇），《个旧文艺》。

1989.11 → 《曾经有四个圆和一个点》（中篇），《萌芽》。

1990.1 → 《世纪悲情》（中篇），《山野文学》。

1990.5 → 《苦海》，《电视·电影·文学》。

1990.6 → 《哭哭啼啼或者轻拨流年》（中篇），《萌芽》。

1991.6 → 《回归温柔》（短篇），《青年文学》。

1992.1 → 《失家园》（中篇），《新生界》。

1992.5 → 《男人辛苦》（中篇），《十月》。

1993.4 → 《海边走走、海边看看》（中篇），《萌芽》。

1994.5 → 《恍兮惚兮》（中篇），《上海文学》。

1995.3 → 《李老倌的圣诞节》（中篇），《十月》。

1996.1 → 《一夜轮回》（短篇），《边疆文学》。

1996.2 → 《人河中的浮萍》（中篇），《上海小说》。

1996.4 → 《孩子链》（中篇），《小说》。

1996.6 → 《虚拟现实》（中篇），《大家》。

1997.2 → 《到处乱跑》（中篇），《青年文学》。

1997.4 → 《脸不红心不跳》（中篇），《十月》。

1998.7 → 《泪尽北枝花》（中篇），《边疆文学》。

2000.2 → 《嘘声四起》（中篇），《边疆文学》。

2006.4 → 《轮回的熊》，《大家》。

2007.4 →《香格里拉客栈》,《十月》。

二、长篇小说及中短篇小说集

1992.4 →《回归温柔》(中短篇小说集),云南人民出版社。

1994.12 →《冬日言情》(长篇),北京出版社。

1995.4 →《男人辛苦》(中短篇小说集),云南人民出版社。

1999.6 →《清官海瑞》(长篇小说),海峡文艺出版社。

1999.9 →《生命与绿色同行》(长篇报告文学),云南人民出版社。

2000.1 →《苍茫古道》(长篇人文散文),云南人民出版社。

2000.1 →《人类的双面书架》(长篇人文散文),云南人民出版社。

2001.3 →《藏东探险手记》(长篇人文散文),天津新蕾出版社。

2004.1 →《水乳大地》(长篇小说),人民文学出版社。

2006.6 →《悲悯大地》(长篇小说),人民文学出版社。

2007.5 →《雪山下的村庄》(长篇散文),中国青年出版社。

2007.5 →《雪山下的朝圣》(长篇散文),中国青年出版社。

2010.5 →《大地雅歌》(长篇小说),北京文艺出版社。

2011.4 →《碧色寨》(长篇小说),云南教育出版社。

2014.10 →《吾血吾土》(长篇小说),北京十月文艺出版社。

2017.4 →《重庆之眼》(长篇小说),重庆出版集团。